VIBRATING LOVE
Deseo compartido

Carol Branca

Título: Vibrating Love. Deseo compartido.
1ª edición: 2019
Copyright © 2019 Carol Branca

Créditos de portada: David Pérez
Fotografía: Shutterstock
Créditos de corrección: Isabel No
La corrección se realizó siguiendo los parámetros establecidos en la última edición
de la Ortografía de la lengua española (2010)
All rights reserved./Todos los derechos reservados.
ISBN: 9781688881044

A todos los que aman desde la libertad, la confianza y el respeto.

PROGRAMAREMOS JUNTAS EL HOMICIDIO

Mi respiración parece estar normalizada cuando abro los ojos. Ya no me tiemblan las manos y los nudos que tenía en el estómago y la garganta han desaparecido. Tengo un poco de frío. Una azafata con cara simpática me sonríe desde el asiento de mi derecha y me hace aire con un papel plastificado con instrucciones para el vuelo.

—¿Está mejor, señorita? —me pregunta en voz baja.

—Sí... —respondo por inercia sin pensarlo siquiera.

Observo que estoy recostada contra la ventanilla del avión. Cuando miro a través del frío cristal solo veo nubes y más nubes.

—Parece que ha perdido la consciencia durante unos minutos... —La azafata toma mi mano derecha con delicadeza y busca el pulso en mi muñeca.

Yo la dejo hacer mientras intento entender qué está pasando. ¿Por qué estoy volando sola a Ibiza?

Busco mi móvil, pero no lo veo.

—¿Y mi móvil? —le pregunto algo inquieta. ¿Lo habré soñado todo?

—Lo hemos apagado y está en el bolsillo exterior de su bolso. Debo recordarle que no puede encenderlo hasta que aterricemos.

Parece que mi pulso le parece correcto, conforme con lo que sea que haya contabilizado, y suelta mi mano con suavidad.

—¿Cuál es su nombre?

—Sofía Ribeiro.

Asiente. Se levanta de pronto y me recuerda de nuevo que estoy volando sola. No ha sido un sueño, es real. David no está aquí. Toco el asiento vacío con mi mano.

Los pasajeros cercanos me miran de reojo. La azafata vuelve con un vaso de agua.

—Tome, beba un poco de agua.

Me bebo el vaso entero con tal de no discutir, además, tengo la boca seca, mientras ella me mira con expresión afable.

—¿Se encuentra bien?

—Sí. Creo que sí.

—¿David Colton era su acompañante?

Un escalofrío helado atraviesa mi sistema nervioso al oír su nombre.

—S-sí.

—No ha venido. Le hemos llamado por los altavoces desde el mostrador del embarque repetidas veces, pero no ha respondido a ninguna llamada, tampoco había equipaje facturado.

—Ya.

Se sienta a mi lado sopesando mi expresión. Ha de ser un poema. Toma mi mano helada entre las suyas y me pregunta con un tono muy bajo y discreto:

—¿Por eso se ha alterado tanto?

—Sí.

—Esperaba que viniera, ¿verdad?

—Claro. Tendría que estar aquí.

—¿Sabe si le ha ocurrido algo?

—Sé que está bien... me ha escrito.

No sé ni qué contestarle; espero que no me pregunte más cosas.

—De acuerdo. —Parece que lo intuye porque deja de hacerme preguntas pero no suelta mi mano. Por los altavoces se escucha «señores pasajeros, en breve iniciaremos nuestro descenso en el aeropuerto de destino, por favor, mantengan el cinturón de seguridad abrochado y la mesilla cerrada».

Parece que estamos llegando a Ibiza. Entre la crisis y el colapso en el que me he ido a otro mundo, me he perdido medio vuelo.

La azafata suelta mi mano con delicadeza y la deja sobre mi pierna.

Se abrocha el cinturón y comprueba que el mío también lo está. ¿No tiene que ir a ningún sitio? ¿Se queda a mi lado? La verdad es que lo prefiero.

¿Por qué David dice que no soy real? Sigo sin entender nada. ¿Cómo no voy a ser real? ¿Y cómo ha podido llegar a pensar eso? Si no soy real para qué me escribe... ¿Y por qué no ha venido? No entiendo. Respiro profundo y me doy cuenta de que es por imitación. La azafata está haciendo respiraciones muy profundas y me invita inconscientemente a que yo también lo haga. Me mira sonriente cuando ve que respondo bien. Me calma respirar así.

—No se preocupe. Seguro que en cuanto aterricemos lo podrá gestionar, sea lo que sea —me dice con una bonita sonrisa transmitiéndome un poco de su positividad.

Suspiro sonoramente y vuelvo a mirar por la ventana. Ya atisbo la isla blanca entre las nubes. Siempre que la veo sonrío; suele significar que un gran viaje o una escapada alucinante está a punto de comenzar.

¿Qué puedo esperar hoy? Mi acompañante ha dicho que no soy real y me ha dejado tirada en un avión. No sé ni en qué hotel tenía reserva y no sé adónde iré al bajar.

Empiezo a darle vueltas a la idea de tomar el primer avión de regreso a Barcelona en cuanto aterrice e ir directa a la casa de David a pedirle explicaciones.

¿Qué no soy real? Pues que me lo explique a la cara. Verá lo real que soy cuando pique a su puerta y le cante las cuarenta.

De pronto paso de la tristeza a un enfado importante. ¿Cómo ha sido capaz?

Yo nunca hubiese dejado a nadie tirado en un avión. Ni siquiera ha sido capaz de llamarme. Me ha enviado un puto mensaje.

«Disfruta del viaje», dice.

Eso es de ser mala persona. No tiene otra explicación.

¿Qué puedo haberle hecho yo para que de pronto haya actuado así?

Pero si esta mañana me ha dicho que me quería, ¡por el amor de Dios! ¿No será por eso?, ¿porque no me sentía preparada para responderle?

¿Cómo va a ser por eso? No soy menos real por eso, ¿no?

Analizo los últimos hechos que han ocurrido mientras estábamos juntos, lo que nos hemos dicho. Justo después del «te quiero» me ha dicho algo de que no se creía que yo fuera real. Empiezo a hacer conexiones mentales que dan algo de sentido a esas frías palabras.

¿Cómo ha sido? Intento recordar exactamente las palabras que él ha usado.

«Eres tan buena que quizá no seas real» creo que era. O algo parecido.

«Me parte el corazón que no seas real», decía en el mensaje. No puedo verlo, pero lo tengo grabado en la mente, eso sí que no se me olvida. ¿Entonces, cree que no soy tan buena como pensaba? ¿Es algo así? ¿Y por qué iba David a pensar algo así de mí? Claro que soy buena. Soy buena persona, soy sincera, amable, me preocupo por los demás..., ¡hasta reciclo!

Por mucho que le doy vueltas no consigo entender nada. Así que lo dejo.

La azafata a mi lado sonríe en cuanto la miro, parece que sea mi tutora legal y tenga que controlarme hasta que estemos en tierra y deje de ser una amenaza para el vuelo.

Intento relajarme los últimos minutos del viaje. Mantengo los ojos cerrados y me concentro únicamente en mi respiración. Cuando el avión toca tierra, suspiro aliviada. Por fin voy a poder encender mi móvil y aclarar todo esto.

Esperamos el tiempo prudencial, hasta que se apagan las luces de mantener los cinturones abrochados; la amable azafata que me ha acompañado todo el vuelo se encarga de bajar mi maleta del compartimento y de acompañarme hasta la puerta.

El resto de azafatas me saludan al pasar como si nada.

—Buenas noches, gracias por haber volado con nosotros.

—Gracias... —les respondo fingiendo una sonrisa que me sale muy forzada... casi siniestra.

La azafata-tutora legal avanza por el *finger* con mi maleta y entiendo que me acompaña hasta el aeropuerto.

—¿En dónde se aloja? —me pregunta muy casual.

—No lo sé.

—¿Tiene a alguien que pueda recogerla? —Me mira con preocupación.

Pienso en Óscar. Él está en Ibiza. Claro, no sabe nada de que estoy aquí. Pero si le llamo por supuesto que vendría a recogerme. Sé que puedo contar con él pase lo que pase.

—Sí —le digo tras unos instantes—, mi mejor amigo puede recogerme si le llamo.

—Estupendo entonces.

Tal como salimos del *finger* y nos encontramos en el aeropuerto, la azafata me sonríe, me entrega la maleta y me estrecha la mano con firmeza como si cerráramos un trato.

—Buena suerte, Sofía.

—Gracias... por todo.

En cuanto se marcha, busco un asiento libre donde sentarme y encuentro uno junto a la puerta de embarque por la que acabo de aparecer dentro del aeropuerto de Ibiza.

Lo primero que hago es buscar mi móvil y encenderlo. Mientras la manzanita se ilumina, y se enciende mi Iphone, vuelvo a lo de respirar profundamente, más que nada por eso de evitar otro ataque de nervios.

Cuando por fin se enciende todo, tengo tres llamadas perdidas de Mónica. Cuatro de Christian. Una de Lucas y cero de David.

Abro los mensajes.

> Mónica:
> Corazón, ¿qué ha pasado? ¿Has embarcado?
> 19:10

> Tengo un mensaje rarísimo de David.
> 19:10

> Oye, llámame en cuanto aterrices.
> 19:11

> Espero que estés bien.
> 19:11

> Christian:
> Sofi, ¿qué ha pasado?
> 19:20

> Llámame en cuanto aterrices.
> 19:21

> Por favor.
> 19:21

Parece que tengo muchas llamadas por hacer. Miro el mensaje de David de nuevo antes que nada.

> David:
> Me parte el corazón que no seas real. Disfruta del viaje.
> 18:59

Suspiro. En fin.

Se pone en línea de pronto. No sé si contestar o llamar. Creo que debo calmarme lo primero.

Me pongo de pie y empiezo a caminar tirando de la maleta sin saber ni a dónde ir. Respiro varias veces y me calmo. Vuelvo a sentarme donde estaba antes y me armo de valor antes de darle a «llamada».

Keep calm, *Sofi. Esto ha de ser un malentendido,* me digo mentalmente mientras mi móvil llama a David, *seguro que habláis y lo aclaráis... y os reís juntos de esta anécdota.*

Escucho como da línea. Una vez, otra, otra... ¿¡Es que no va a contestarme!? ¿¡En serio!?

Miro la pantalla del móvil alucinada. Estoy llamándole y no responde. Pero si estaba en línea hace un momento.

Cuelgo y miro en WhatsApp. Efectivamente sigue en línea. No me lo puedo creer. Está ignorando la llamada. Así, tal cual. Ha visto mi llamada en su móvil y ha decidido pasar de ella.

Mi siguiente llamada es a Mónica, pero el móvil me responde con un mensaje automático que dice que está apagado o fuera de cobertura. Dios, Mónica, te necesito.

La tercera llamada que hago es a Christian, si me ha escrito es que sabe algo. Ha de informarme él, no puede ser que David no se digne siquiera a hablar conmigo.

¡Esto es muy fuerte!

Llamo a Christian y contesta enseguida.

—¡Sofi! ¿Estás bien? —me pregunta preocupado.

—¡No! ¡Claro que no! —exclamo entre histérica y muy cabreada.

—¿Qué ha pasado? ¿Dónde estás?

—¡En Ibiza! ¡Me ha dejado tirada en el avión y no me contesta al teléfono!

—Qué me dices... —suena completamente sorprendido y alucinado.

—Como lo oyes... ¿Tú sabes algo? ¿Puedes explicarme qué está pasando? —le ruego.

—Esto ha de ser un malentendido... —murmura casi como para sí mismo.

—Eso pienso yo también —le doy la razón más calmada.

—No sé nada. Lo estoy llamando desde hace horas, pero no me contesta a mí tampoco.

—¿Y a Lucas? ¿Sabes si ha hablado con él o con alguien?

—No, Lucas tampoco sabe nada de él. Pensábamos que cogía el avión contigo esta tarde —comenta abatido.

—Yo también lo pensaba.

—De pronto me ha enviado un mensaje, estábamos juntos tomando algo y no entendíamos nada.

—¿Qué decía el mensaje?

Quizá eso aclare un poco esta situación.

—¿Christian? —le pregunto tras un silencio por su parte.

—Sí, sigo aquí. No recuerdo las palabras exactas, si te esperas lo miro y te lo leo o te lo reenvío.

—¿Dónde está Mónica? Pásamela —le pido. Seguro que ella sí que las recuerda exactas. O aproximadas, ¡qué más da! Ahora no puedo perder tiempo con esto.

—Se ha ido directa al aeropuerto. Ha dicho que cogería el primer vuelo que hubiese para Ibiza, no tenía casi batería y desde hace rato no responde así que entiendo que se le ha agotado ya del todo.

¿Qué Mónica quiere coger el primer vuelo? ¿Por qué? No es tan grave esto, ¿no? Bueno, es grave, pero sobreviviré. Mónica es demasiado. Algo bueno hice en una vida anterior para merecerla.

—No sé si habrá conseguido algún vuelo. No sé nada. —Christian suena algo nervioso también.

—Ufff... —Suspiro. Intento encajar las piezas pero algo se me está escapando—. ¿Qué decía el mensaje de David? —vuelvo a preguntarle recordando que no me lo ha dicho aún.

Mientras tanto, la gente pasa por delante de mí con sus maletas y sus sonrisas... y yo estoy intentando recomponer mi vida. Es increíble.

—No recuerdo las palabras exac... —empieza Christian, pero le corto bruscamente:

—¡Déjate de palabras exactas! ¿Qué decía el mensaje, Christian?

Se hace un silencio y parece que coge aire antes de contestarme. Me preparo para algo gordo.

—Decía algo como «Llama a Sofía. Ha embarcado en el vuelo para Ibiza y yo no voy a ir».

—¿Y ya está?

—Sí, solo era eso. Entonces hemos empezado a llamarte y a él también, pero tú aparecías fuera de cobertura y él no respondía a ninguna llamada.

—No entiendo nada, te lo juro.

—Te aseguro que yo tampoco. Esto no es propio de David. —Suspira contrariado—. ¿Ha pasado algo hoy?

—¿Algo como para que me deje tirada en un vuelo a Ibiza? ¿Con un puto mensaje? —mi tono de va calentando igual que mi interior, es que no me lo creo—. ¡No! Claro que no ha pasado nada. Esta mañana hemos desayunado juntos y se ha ido a casa para hacer la maleta. Nos teníamos que encontrar a las seis.

—¿Y después el mensaje? ¿Y ya está? ¿No ha pasado nada más?

—¡No!, ¡nada más! Bueno, sí. —Recuerdo con amargura—. Esta mañana ha pasado algo más.

—¿El qué? ¿Habéis discutido?

—¡No! Me ha dicho que me quería, Christian. —Una lágrima rueda por mi mejilla al recordar ese momento. ¿Cómo puede haberse convertido algo tan dulce en algo tan amargo?—. Y lo siguiente ha sido dejarme tirada en el avión.

—No entiendo nada. He ido a su casa y no estaba allí. Me preocupa todo esto.

—A mí también.

—Bueno, voy a llamar a Lucas a ver si sabe algo nuevo, cualquier cosa, nos llamamos.

—Vale... hasta luego.

La llamada con Christian no aclara nada, pero al menos me doy cuenta de que no soy la única que está flipando con todo esto. Ya es algo.

Bueno, he de salir del aeropuerto. Aunque sea a la parte de la entrada para comprar un billete de vuelta a Barcelona.

Me dirijo hacia la puerta arrastrando los pies, la maleta y el estado de ánimo. Algunas lágrimas ruedan por mis mejillas y paso de la tristeza a la rabia intermitentemente sin llegar a comprender nada.

Las puertas corredizas se abren y un montón de gente aguarda al otro lado. Esperan la llegada de amigos y familiares. Pienso en que debería estar cruzando esta puerta con David a mi lado. Los dos impacientes por llegar al hotel y disfrutar de nuestra escapada juntos y en cambio la estoy cruzando sola, con el corazón a trozos y un dolor profundo que encima no consigo moderar.

Avanzo como una zombi y paso por delante de toda la gente. Me da igual que algunas miradas me recorran con lástima. He de dar una imagen bastante triste. Me limpio las lágrimas con la manga de la camisa tejana intentando que no se corra todo el rímel y entonces, una voz me sorprende tanto que me asusta y me paro en seco sobre mí misma.

—¡Sofíaaaaa! —gritan—. ¡Sofíaaaaa!

No espero a nadie aquí. ¿Quizá es a otra Sofía? Pero la cosa es que la voz me resulta familiar. De pronto diviso a Óscar corriendo hacia mí; por inercia suelto la maleta y lo recibo abalanzándome sobre él y abrazándolo con fuerza máxima.

- ¡Óscar!

Tal como sus brazos me rodean estrechándome comienzo a llorar como una niña.

—Óscar... —Intento calmarme—, ¿cómo...?, ¿cómo sabías que...?, ¿yo...?

—Shhhh. Tranquila. —Me acaricia la espalda e intenta tranquilizarme.

Respiro con conciencia varias veces intentando recobrar el control sobre mi cuerpo y parece que funciona. Me ha dado hipo pero he podido parar el llanto. Me voy calmando. Me doy cuenta de que no recuerdo haber abrazado a Óscar antes. Como es tan así con sus espacios personales no creía que fuera buena idea nunca. Pero es muy agradable.

Me separo un poco y lo observo mejor. Lleva el pelo recogido en una mini coleta con algunos mechones furtivos cayéndole por el rostro. Me mira con cariño familiar y me siento de pronto reconfortada por su presencia. ¡Pero si aún no le había llamado!

—Mónica me llamó antes de que se le acabara la batería —me explica.

—Ahhh —consigo decir y busco un clínex en mi bolso para limpiarme un poco la cara.

—Solo llegó a decirme: «Es una emergencia, Sofía va para Ibiza y algo ha ocurrido con David, no sabemos el qué. Has de estar allí cuando aterrice», y luego se cortó la llamada —me cuenta preocupado, observándome e intentando desvelar el misterio.

—Sí... yo... no sé qué ha pasado.

¿Qué le puedo decir? No sé mucho más que eso.

Mónica es demasiado buena, por cierto. Qué suerte tengo de tenerla. Y Óscar también.

—Ven, vamos. Tengo el coche aquí afuera. —Coge mi maleta con una mano y me pasa el otro brazo por la espalda. Caminamos juntos hacia la salida mientras me limpio con el clínex y recobro la compostura.

Un momento. ¿Adónde vamos? Me paro.

—Óscar... yo... quiero volver a Barcelona.

—¿¡Ahora!? —Óscar se para frente a mí y me mira como si estuviera loca.

—Sí, ahora.

—¡Pero si acabas de llegar!

—Ya lo sé. Pero he de solucionar estas cosas.

—Escucha —me corta y me coge por los hombros acercando su cara a la mía para que no me quede más remedio que mirarle atentamente—, ahora vamos a coger mi coche, vamos a ir a cenar algo y a tener una conversación tranquila tú y yo. Después miraremos vuelos y si te quieres ir, te vas mañana más calmada. ¿Está bien?

Supongo que es lo más coherente, tranquilizarme un poco antes de salir corriendo. Además, si Mónica ha conseguido un vuelo es posible que esté volando hacia aquí. Vaya lío.

—Está bien —suspiro rendida y reanudamos el paso hacia la calle.

En cuanto salimos el aire caliente mueve mi cabello y el aroma típico de la isla me inunda por completo. Ibiza huele a hierbas... a hierbas silvestres, a anís, a tomillo, a sal de mar... Es algo difícil de describir, pero tiene su propio olor y es muy característico. Enseguida ese aroma me conecta con miles de recuerdos maravillosos y me siento, en parte, feliz de estar aquí, aunque sea así y no como esperaba.

—¿Pero y Mónica? No sabemos si ha conseguido coger un vuelo. Quizá esté llegando —le digo en cuanto llegamos a su coche.

—No te preocupes por eso; ahora haré un par de comprobaciones y vemos en qué vuelo está, si es que está en alguno, aunque dudo que haya encontrado vuelos, Sofi. En pleno agosto es difícil.

—Ya... vale.

Me subo al coche de Óscar y él guarda mi maleta en el maletero. Es su Honda Civic negro. Se lo habrá traído desde Barcelona con el *ferry*. Suena una música electrónica cuando enciende el coche que retumba con bastante volumen. Lo baja enseguida y me mira con una sonrisa.

Siempre escucha música así, desconocida, electrónica, extraña... A mí ya no me sorprende.

—¿Qué quieres cenar? —me pregunta mientras conduce saliendo del aeropuerto hacia la ciudad.

¿Cenar? Miro la hora y son las ocho y media. Es algo pronto para cenar, además, con todo lo que está pasando tengo el estómago completamente cerrado.

—No tengo hambre.

—Iremos al McDonalds.

Pues vale. Afirmo mirándole divertida. No sabía que le gustara el McDonalds. Con lo *realfooder* que es él. Es realmente raro que haya propuesto eso.

Bajo mi ventanilla y disfruto de sentir el aire sobre la piel de mi cara. Huele a vacaciones... a sitio que me encanta. No puedo evitar sonreír sin darme cuenta. ¡Estoy en Ibiza!

Óscar apaga el aire acondicionado y baja también su ventana. Me guiña un ojo y sube la música.

Esta canción la conozco. La pone siempre en el estudio. Se llama *Aphex twin* de Xtal. Dentro de todo lo raro que suele escuchar, es una de las que más me gustan, es electrónica pero suave, casi relajante.

Me calma y me reconforta tener a Óscar al lado. Lleva unos *shorts* tejanos por encima de las rodillas, una camiseta gris lisa y Converse negras, como siempre.

Una llamada de Christian me hace volver a recordar la pesadilla por la que estaba pasando hace unos minutos. Se me había olvidado al parecer.

—¡Christian!

—¡¡Cariño!! —exclama Mónica al otro lado de la línea—. No he conseguido vuelos. Quería ir para allá... ¿Cómo estás? ¿Qué ha pasado?

—No lo sé. La verdad es que no lo sé —le digo rendida.

—Tranquila, ya me ha dicho Christian lo que habéis hablado. Oye, estoy sin batería, pero ahora cuando Christian me lleve a casa miraré vuelos por internet y mañana estoy ahí.

—No te preocupes, estoy con Óscar. Me ha venido a buscar. Gracias por eso.

Si no es por ella, allí estaría como alma en pena aún.

—¡Menos mal que el Sugus ha respondido como debía! Te quedarás en su casa a dormir, ¿verdad?

—Ehh... no. —Prefiero no dormir en casa de Óscar, necesito estar sola—. Ahora miraré de reservar algún hotel.

—¿Reservar hotel? —pregunta Mónica confundida. Óscar me mira de reojo con el ceño fruncido mientras sigue conduciendo.

Oigo de fondo a Christian que le dice algo y le saca el móvil a Mónica de las manos.

—Sofi, escucha, tienes reserva en el hotel Villas de Ibiza. No tienes que reservar nada. Ve allí, ¿vale? Conozco a los que lo llevan; ya he hablado con ellos y te están esperando.

—Está bien. Gracias, Christian.

Es asombroso que tanta gente se haya preocupado por mí. Me siento agradecida y abrumada. Abandonada de mala manera como si fuera una bolsa de basura, pero reconfortada por ver que hay personas buenas que se preocupan por mí.

Es contradictorio, pero siento ambas cosas a la vez. El yin y el yang.

Mónica vuelve a ponerse en el teléfono y me dice:

—Escucha corazón, pase lo que pase, no tomes decisiones drásticas ni emprendas acciones de las que te puedas arrepentir. Espérate a que llegue yo mañana y organizamos juntas el asesinato de David a conciencia.

Lo dice tan seria que empiezo a reír a carcajada limpia. Óscar me mira como si me hubiesen salido tres cabezas. Mónica también se ríe al otro lado y por un momento me siento bien. Es mágica, me hace reír en circunstancias en las que solo tengo ganas de llorar.

—Vale. Programaremos juntas el homicidio. Pero no es necesario que vengas, mañana miraré vuelos para volver yo.

—Bueno, de momento no tomes decisiones. Mañana volvemos a hablar y concretamos el plan de acción.

—Está bien —acepto rendida—. Te quiero.

—Y yo a tiiiiii.

Entonces Christian le quita el teléfono nuevamente.

—Oye, nada de homicidios. Esto hay que aclararlo. Ha de ser un malentendido.

—Sí, estamos de broma, lógicamente —aclaro.

—Ya, pero yo estoy muy preocupado. No está en casa y no responde al teléfono; nunca ha actuado así, no es nada propio de él. Algo le tiene que haber pasado.

—Ya.

—Bueno, descansa. Y si tienes noticias de él avísame, por favor.

—Lo mismo te digo —le pido y suspiro.

—Claro.

—Gracias.

Cuelgo el teléfono y Óscar, lejos de interrogarme, sube la música y hace como si nada. Mejor. Aunque estoy segura de que durante la cena comenzará su tercer grado.

NI LA MEJOR ACTRIZ DE HOLLYWOOD SERÍA CAPAZ DE ALGO ASÍ

David

Sofi se está duchando y tengo grandiosas tentaciones de colarme en la ducha y hacerle muchas cosas bajo el agua. Pero quiero imprimir los billetes de avión antes que nada. El arrebato de destrozar mi iPhone anoche no fue una buena idea.

Le doy a imprimir en cuanto los tengo descargados, pero no ocurre nada. Así que busco la impresora en el despacho y veo que está sin papel. ¿Así cómo iba a poder imprimir?

¿Dónde tendrá esta chica las hojas? No quiero volver a interrumpir su ducha así que me lanzo a buscarlas. Abro un cajón, otro. Nada. No hay hojas blancas.

Bueno, ya las imprimiré en mi casa.

Pero entonces veo un tercer cajón que hay justo debajo de la impresora y al abrirlo encuentro lo que buscaba. El paquete de hojas blancas está aquí. Sobre él hay algo que llama mi atención. Se trata de una carpeta roja. He de apartarla para poder coger las hojas y lo curioso es que, al levantarla, descubro que en la parte de abajo pone «DAVID COLTON» en letras negras de rotulador.

¿Será algo que me ha escrito? La curiosidad me mata, así que abro la carpeta. Un CD cae al suelo. Miro por encima los papeles que se encuentran dentro de la carpeta y no entiendo nada. ¿Son balances económicos de mi empresa? ¿Por qué tiene Sofi esto? Ojeo el contenido de las hojas por encima y encuentro capturas de pantalla de mis perfiles de Facebook y de la web de *swingers*, incluso comentarios en foros de parejas liberales. Pero ¿de dónde ha sacado esto? ¿Y por qué?

Recojo el CD y me siento descolocado. No entiendo nada. Mi pulso se ha acelerado y una idea demasiado oscura como para contemplarla de frente aparece en mi mente.

¿Me ha estado engañando todo este tiempo?

¿Es que acaso me estaba investigando?, ¿o espiando?

Pero ¿por qué iba alguien a investigarme o espiarme? No le veo mucho sentido.

Cierro la carpeta con todo el contenido dentro. Sé que está mal y que no debería haber revisado sus cosas, pero ¡pone mi nombre! Cómo no iba a mirar.

Cargo papel en la impresora y espero a que se impriman los billetes, mientras, mi mente va a demasiadas revoluciones como para poder frenarla.

A cada minuto que pasa me siento más nervioso, más alterado, más inquieto.

¿Quién es Sofía en realidad? ¿Y qué es lo que quiere de mí?

No puede ser que me haya engañado en todo, me habría dado cuenta, ¿no?

Dejo la carpeta donde estaba y recojo los billetes. Voy caminando hacia el baño e intento de verdad relajarme, bajar las pulsaciones, al menos respirar con normalidad.

Abro la puerta del lavabo y se asoma tras la cortina de la ducha como si nada. Yo no puedo ni mirarla a la cara. ¿Debería preguntarle?

«Oye, Sofía, he revuelto tus cajones sin querer y he estado revisando tus cosas... ¿Me has estado investigando? ¿Quién eres?».

Suena a demente.

No me siento capaz de hacerlo. Necesito entender mejor todo esto antes de tener esa conversación. No sé qué puedo esperar de ella.

Le dejo su billete y le digo que nos vemos en el aeropuerto. Estoy a punto de irme de su casa cuando una fuerza irrefrenable me lleva al despacho de nuevo. Cojo la carpeta antes de irme.

Cuando salgo a la calle, el sol me da en la cara. Intento respirar profundo y no sacar conclusiones antes de tiempo. Esto ha de ser un malentendido. Pero el peso de la carpeta entre mis manos dice lo contrario. Un malentendido es confundirte, es entender algo de manera equivocada.

No. Un informe detallado de mi negocio y de mi vida privada no es un malentendido. Es una jodida trampa en toda regla.

Mientras conduzco a casa, paso de la incredulidad y el alucine a un cabreo importante. ¿Puede ser verdad que una persona actúe y engañe de esta manera?

En casa la situación no mejora. Estoy tan inquieto y afectado que, nada más entrar, la carpeta se me cae de las manos y se esparcen frente a mí todos los papeles, fotos, balances... Hay incluso fotos mías con Gloria de hace meses. ¿De dónde coño ha sacado eso?

De pronto toda esta situación me abruma y me dejo caer al suelo de rodillas con toda la información ante mis ojos. Muevo los papeles con la mano un poco y, a cada cosa que veo, alucino más que con la anterior. Hay hasta un balance de las pérdidas y los beneficios que han dado mis tres empresas desde que las fundamos.

¿Es legal que alguien tenga toda esta información? Ni siquiera lo sé. Sofi...

Una presión en el pecho asoma y me pongo la mano encima. El corazón me late apresurado. Siempre he sentido, desde que la conozco, que era demasiado buena para ser real. Me duele más de lo que me podía imaginar, descubrir y confirmar que, efectivamente, no lo era.

¿Cómo puede ser? Le entré yo en el ascensor. Yo escogí esa oficina y la alquilé sin que nadie me aconsejara. Voy haciendo memoria y recordando cómo fueron esos primeros encuentros. Parecía cosa del destino. Sentía una atracción tan grande hacia ella... Y ella parecía tan genuina, tan buena y natural.

¿Quizá empezó a investigarme después de conocerme? Pero ¿por qué?

«¿Por qué?» es la pregunta que más se repite en mi cabeza.

Tomo consciencia de que un dolor de cabeza punzante está subiendo de intensidad muy rápido. Me masajeo las sienes sin apartar la vista de todos esos papeles y fotos. No me lo puedo creer. No puede ser verdad. ¿Qué clase de persona es?

Parece que haya dos voces en mi mente. Una dice que seguro que esto ha de tener una explicación racional y otra que dice: ¿Qué clase de explicación podría justificar que tuviera toda esta información reunida sobre ti? Una explicación falsa, otra mentira, otro juego.

Me planteo llamarla, pero entonces recuerdo que mi móvil está hecho añicos y que debería buscarle solución. Lo malo es que me está empezando a doler la cabeza de mala manera y necesito parar de pensar un poco.

Pruebo varias cosas (meditación, relajación, ibuprofenos, un té de tila, unas valerianas...) antes de caer rendido sobre la cama, con toda la habitación a oscuras y una rabia y una impotencia que crece dentro de mí como si fuera un monstruo que se alimenta de mis entrañas. Encima estoy incomunicado y en pocas horas se supone que he de estar en el aeropuerto.

¡De puta madre! ¡Una migraña ahora me viene de puta madre!

Me quedo dormido en algún momento gracias al efecto de la tila y las cuatro valerianas que me he tomado. Menos mal que soy antimedicamentos, si hubiese tenido tranquilizantes en casa, seguro que me los habría tomado todos.

Cuando me despierto sigo igual de jodido. Y, además, empiezo a valorar seriamente no irme a Ibiza con ella. No tengo nada claro que sea trigo limpio. Necesito aclarar el hecho de que me haya investigado antes de seguir adelante con esta... «relación». Joder.

Me la imagino nerviosa esperándome en el aeropuerto y se me parte el corazón. Tengo que conseguir un puto móvil antes de dos horas. El dolor de cabeza ha ido en aumento y no me siento capaz ni de salir a la calle a comprar uno nuevo. Se me ilumina una bombilla mental y caigo en que tengo un iPad. Bajo al comedor a buscarlo y vuelvo a subir a la oscuridad de la habitación, no soporto la luz ahora mismo.

Cuando intento acceder al WhatsApp me dice que me está enviando un código de acceso a mi móvil. ¡De puta madre! ¿De qué me sirve si no tengo móvil? ¡Joder!

Veo una aplicación en la *tablet* que es un servicio que por pocos euros transportan cosas de un sitio a otro. Comida, paquetes, envíos. Pero también compran y entregan a domicilio. Perfecto. Solicito la compra de un iPhone, en la Apple store, urgente con entrega en mi casa. Me gasto un dineral pero me da igual. En menos de una hora me aseguran que lo tendré en las manos.

Vuelvo a dormirme un rato y me pego un susto de muerte en cuanto me despierta el timbre. ¡Ha de ser el mensajero! Efectivamente, un adolescente con greñas aparece en mi puerta. En una mano lleva un casco de moto y en la otra, una bolsa de Apple. Le doy las gracias y recojo mi móvil nuevo.

Me encargo de encenderlo y a través del iTunes recupero todos los datos. Por suerte hago copias de seguridad semanalmente así que mi móvil nuevo pronto está como estaba hace tres días. Veo que, por la hora que es, Sofía ha de estar embarcando, llamándome o preguntándose por qué no estoy allí. Me duele esa imagen a pesar de todo. Quiero llamarla y decirle que no suba al avión, pero entonces un fuerte pesar se instala en mi estómago y algunas lágrimas de rabia y frustración se escapan por mucho que intento frenarlas.

¿Cómo puede haberme estado investigando? Le habría dado toda esa información yo mismo si me la hubiera pedido. Ya le dije que no tenía nada que esconderle. Si tan importante era saber cuánto dinero gano o cómo van mis empresas, se lo habría dicho, ¡joder!

Paso de la angustia a la rabia y no me puedo creer que en algún momento le haya importado tanto mi dinero como para investigar a fondo mis ganancias. ¡Es de locos! ¿Qué sentido tiene?

Abro WahtsApp y simplemente dejo que la rabia escriba el mensaje por mí:

> Me parte el corazón que no seas real. Disfruta del viaje.
>
> 18:59

Tal como lo envío me arrepiento de haberlo hecho. Veo que se pone en línea y la angustia me invade pensando en cómo reaccionará. En el peor de los casos es una mala víbora que me ha engañado todo este tiempo porque le interesaba mi cuenta bancaria, aun así, no le deseo este mal.

La cabeza se me va a partir. Así que pongo en silencio el móvil y vuelvo a la cama. La culpa y el arrepentimiento cada vez pesan más sobre mi conciencia. ¿Cómo he sido tan capullo de escribirle algo así? No me reconozco.

Necesito arreglarlo, hacer algo. Si ha subido al avión, al menos que alguien la recoja allí. Pienso en Mónica, seguro que podrá hacer algo. No tengo su número, pero como seguro que está con Christian, le envío un mensaje a su móvil para ella:

> Christian, dile a Mónica que Sofía seguramente va en un avión para Ibiza. Yo no voy a ir. Llamadla en cuanto aterrice. Por favor.
>
> 19:05

En fin, el daño ya está hecho. Entre rabia, angustia y millones de preguntas y de hipótesis cada vez más retorcidas, pasa la siguiente hora.

En cuanto siento que el dolor de cabeza ha remitido bastante, percibo una angustia muy intensa que aparece como un nudo enorme en mi garganta. ¿De verdad ha sido todo mentira? Lo que yo sentía era muy real. ¿Habrá fingido todos los besos? ¿Todo lo que hemos vivido, hablado y compartido?

Quiero pensar que ni la mejor actriz de Hollywood sería capaz de algo así. Pero...

Ese «pero» es lo que me jode.

¿Y si...? ¿Y si lo ha hecho? ¿Cómo puedo confiar en alguien que ha sacado informes detallados del puto dinero que gano con mis empresas? ¿Y las fotos con Gloria?, ¿ha sabido todo este tiempo de ella y no me ha dicho nada? Es que no me lo puedo creer. La cabeza me va a estallar como siga dándole vueltas a esto. He de parar.

Miro el móvil y descubro con gran pesar que me ha estado llamando. Ya habrá llegado a Ibiza.

Joder. Se suponía que íbamos a pasar unos días geniales juntos. Tenía cantidad de planes para disfrutar a su lado.

Tengo siete llamadas de Christian y otras tantas de un número que no tenía en la agenda. Nada más agregarlo, veo, por su foto de perfil de WhatsApp, que es Mónica. Incluso Lucas me ha llamado también. La bomba ha estallado, es evidente.

Sé que si me quedo de brazos cruzados me volveré loco. He de aclarar todo esto. Me levanto de la cama, me visto y hago rápidamente la maleta. Meto en ella todo lo que tenía pensado poner esta mañana cuando aún íbamos a viajar juntos de vacaciones. Meto también la puta carpeta roja. Cierro y me voy directo al aeropuerto en un taxi.

Me percato del hambre que tengo cuando mi estómago ruge y el taxista me mira curioso por el espejo retrovisor. Hago una mueca y me masajeo el vientre. Desde el desayuno que no he comido nada. Estoy tan nervioso y alterado que ni me había dado cuenta. He de conseguir algo de comida en el aeropuerto.

Durante el trayecto voy mirando en el móvil webs de compañías aéreas, buscando billete de avión para salir lo antes posible hacia allí, pero no encuentro nada antes de mañana. Quizá en el aeropuerto tenga más suerte.

En cuanto llego, busco vuelos para salir directo a Ibiza e ir a buscarla. Tengo que hablar con ella mirándola a los ojos, no por mensajes ni con una llamada. Necesito preguntarle si me ha estado engañando todo este tiempo y ver qué me responden sus ojos.

La mala suerte me persigue y no hay un puto vuelo hasta siete de la mañana. Me da igual, lo compro. Aun con el vuelo comprado, voy a cada rato a los mostradores para comprobar si hay algún vuelo antes en el que puedan meterme. Pero nada.

De pronto miro el móvil. Sofía está escribiendo. Hasta ahora solo ha intentado llamarme, pero no me había escrito nada. Mi corazón late con fuerza y los nervios me vuelven todos de golpe. ¿Qué va a decirme? Debe odiarme ahora mismo... o quizá sepa lo que ha pasado. Quizá intuya que se ha destapado el pastel y que la he descubierto.

Por favor no me odies.

Aparece su mensaje en la pantalla:

Sofía:
¿No vas a contestar nunca más a mis llamadas?

22:14

¿Cómo se pasa de decir te quiero a ignorar a una persona en un mismo día?

22:15

Está descolocada.

¿Sabes cómo se pasa del te quiero al no puedo ni contestarte las llamadas? Descubriendo que me has engañado. Y si hay algo que no soy capaz de tolerar ni permitir en esta vida, ¡son las putas mentiras!

Escribo y borro. No quiero hacerle más daño del que ya le debo haber causado esta noche. Pero tampoco puedo ser un falso y hacer como si nada.

¿Habrá ido al hotel? No le dije dónde había reservado. Aunque a Christian sí se lo expliqué el otro día y seguro que él ya se lo habrá dicho. Aun así llamo al hotel para comprobarlo:

—Hotel Villas de Ibiza, buenas noches... —me responde una mujer con acento... ¿asiático?

—Buenas noches.

—¿En qué puedo ayudarle?

—Necesito saber si mi mujer ha llegado bien al hotel, no me responde al móvil, estoy muy preocupado.

Mi voz suena tan preocupada y nerviosa que hasta yo me lo creo. En parte es todo cierto. Bueno, una pequeña parte.

—¡No se preocupe! Dígame el nombre de la reserva.

—Está a mi nombre, David Colton.

—Ahora mismo lo compruebo. —Oigo como teclea cosas—. Sí, efectivamente, esta habitación ha sido ocupada hace un rato. ¿Le paso con ella?

¿Pasarme con ella? Oh, no. No sé qué decirle aún, tenemos que hablarlo personalmente.

—No... no me la pase. Ya me quedo tranquilo.

—De acuerdo. Oiga, tenemos su tarjeta de crédito en la reserva, cargaremos en ella el pago de las consumiciones de su mujer y los gastos de la habitación.

—Si, por supuesto. Cuento con ello.

—Gracias. Buenas noches.

¿Y ahora decido pagarle las consumiciones y el hotel?

Pero ¿cómo no voy a hacerlo?

Quizá todo este tiempo solo me ha querido por mi dinero y aun así yo quiero pagarle las vacaciones.

Estoy perdiendo la puta cabeza.

Vuelvo al mostrador de Vueling para ver si hay alguna cancelación y pueden colarme antes, pero la chica niega con la cabeza desanimada en cuanto me ve aparecer por tercera vez en lo que va de noche.

—El último vuelo que sale hoy para Ibiza va con mucho retraso. Voy a comprobar si hay alguna anulación de último momento, pero no tengo ninguna noticia de ello. A ver... —Teclea cosas en su ordenador y yo rezo para que haya habido alguna cancelación. He de llegar a Ibiza cuanto antes y este vuelo es mi última oportunidad, ya no hay más hasta el de las siete de la mañana.

Una mujer muy alterada llega al mostrador y pregunta lo mismo que yo a la otra chica que hay trabajando. La oigo decir que es una emergencia familiar, que su padre vive allí y lo han tenido que ingresar por no sé qué problema de salud. Habla tan rápido que no consigo entender la mitad y creo que la azafata de Vueling que la atiende, tampoco.

—¡Vaya!, qué suerte ha tenido señor Colton, le puedo adelantar el vuelo al que salía a las once de la noche, es el que va con retraso. La nueva hora de salida estimada es las doce y media ¿Le parece bien? —pregunta la azafata mirándome con una sonrisa sincera y esperando mi respuesta para cambiar mi billete.

—Lo siento mucho, señora Flores, no hay ninguna cancelación disponible. Tendrá que volar en el primer vuelo de la mañana —dice la azafata de al lado a la mujer alterada. Esta empieza a llorar y se me parte el corazón.

¡Joder! David di que sí. Di que sí. Di que sí. ¡No seas un puto blando! ¡Ahora no!

—¿Señor Colton? ¿Quiere que hagamos el cambio? Ha de ser ya, están haciendo el embarque y hemos de cerrar el vuelo —me pide la azafata.

Di que sí. Di que sí. No la mires. No la mires.

Error.

Miro a la señora. Podría ser mi madre. Sé que me voy a arrepentir de esto. Lo sé. ¡Joder!

—Escuche, si es tan urgente para usted volar antes...

—¡Sí! ¡Es urgente! —me interrumpe la señora y me coge del brazo—. Es mi padre, ¡está muy mal!

Miro a la azafata y me encojo de hombros.

—Haga el cambio para ella. Yo esperaré al de primera hora.

La señora me abraza como si pretendiera asfixiarme o romperme los huesos, una de dos. Y, tras besarme en la frente, exclama:

—Gracias, hijo. Dios te bendiga.

Dios te oiga.

Tras realizar la buena acción del día, pago un acceso a las *air rooms* de la terminal, pero en vez de ir a la habitación me acomodo en un sofá de la sala de espera que hay allí dentro y me tomo una cerveza sin alcohol. Me espera una larga noche. El tener pagada una habitación en el aeropuerto me permite estar en esta sala vip. Aquí se está bastante bien. Hay comida, bebida, tele, cargador para el móvil, auriculares...

He cenado una hamburguesa vegana y un poco de ensalada. La verdad es que estar ahora un rato tranquilo, en estos sofás tan cómodos, es un relax que estaba necesitando y mucho. Saber que esa señora estará pronto con su padre me hace sentir bien también, aunque me joda reconocerlo.

—Perdona. ¿Está ocupado?

Alzo la vista y una mujer joven, delgada, rubia, con una cara preciosa y una copa en sus manos me mira y señala el trozo de sofá que queda libre junto a mí.

—Sí, estoy esperando a mi mujer —le digo sin saber por qué coño he dicho algo así.

—Oh, disculpa.

La rubia baja la mirada apenada y se va a la barra.

Dios mío. Ahora sí. Es oficial: estoy muy jodido.

Me quedo dormido en el sofá con las gafas de sol puestas; una amable azafata me despierta en algún momento:

—Oiga, va a perder su vuelo.

Me levanto de golpe, miro la hora, le doy las gracias y salgo corriendo por todo el aeropuerto arrastrando la maleta. Llego justo a tiempo para embarcar.

El vuelo se me hace largo y denso pensando en que Sofía ha hecho el mismo trayecto hace doce horas. Me martiriza pensar en que pueda haberlo pasado mal. Lo único bonito del trayecto es que amanece mientras volamos y el cielo es un espectáculo de colores y luz.

Cuando aterrizo en Ibiza veo que tengo seis llamadas nuevas de Christian, cuatro de Mónica y ninguna de Sofía. ¿Se habrá rendido ya? Si tiene explicación su informe, no debería rendirse tan pronto. Pero no puedo esperar a que siga llamando y escribiendo cuando yo ni siquiera le contesto.

Alquilo un coche en el aeropuerto y voy directo al hotel Villas de Ibiza.

Un chico muy agradable y simpático me recibe en el mostrador del hotel en cuanto llego y me da una tarjeta magnética para entrar en la habitación.

Cuando llego a la puerta de la *suite*-villa que reservé falta poco para las nueve de la mañana y no se oye ningún ruido tras ella. A las nueve y cuarto aún estoy mirando la puerta y pensando en qué hacer.

¿Entro? ¿La despierto y tenemos una larga conversación en la que le doy la oportunidad de explicarme qué coño significa la carpeta roja o me voy? Podría pedir otra habitación y simplemente descansar un rato y pensármelo mejor. Hablar con Christian o llamar a mi madre. Sí, he de llamar a mi madre, eso seguro.

Inspiro profundamente y me doy cuenta de lo nervioso que estoy cuando meto la tarjeta tres veces en la ranura antes de que la luz se ponga verde.

Abro despacio, sin hacer ruido, no quiero asustarla. Ha de estar dormida. Solo quiero tumbarme a su lado y aspirar su olor. Abrazarla y sentirla cálida contra mí. ¿Cómo puede ser que sea lo que más deseo después de haber visto esa carpeta roja? ¿ Podría ser una sociópata que solo busca dinero, arruinarme o algo peor.

Me niego a aceptar que eso sea posible. Sofía tiene de ser la persona buena, dulce y maravillosa que he descubierto todos estos días que he pasado a su lado. Me aferro a ello mientras abro despacio la puerta y veo el interior de la habitación.

Todas mis emociones se congelan igual que mi cara en cuanto veo que la cama está hecha y no hay nadie sobre ella. Cierro tras de mí y avanzo arrastrando mi maleta hacia el interior de la habitación. Las cortinas están abiertas y entra el sol de la mañana. La cama tiene signos de que ha estado encima, pero no está deshecha. No ha dormido aquí, eso es evidente. Su maleta está sin abrir junto a la cama. Su móvil está cargando en la mesita de noche. Miro en el lavabo, en la terraza, en todas partes y Sofía no está. ¿Pero dónde puede estar a estas horas?

Me siento en la cama y me cojo la cabeza entre las manos.

Este asunto me está desquiciando. No he pasado tantos nervios juntos en toda mi vida.

La habitación huele a ella y, sin darme cuenta, es algo que me reconforta. Pero ella no está. Quizá ha dejado su móvil cargando y se ha ido a la cafetería a desayunar. Puede ser que no haya deshecho la cama porque no haya podido dormir.

Entonces veo algo frente a mí: la papelera. Colombo siempre revisaba las papeleras de los hoteles cuando investigaba algo. ¿Cómo no lo había pensado?

Dentro de la papelera encuentro cuatro cosas. Las dos primeras son botellitas de whisky vacías. La tercera es una lata de Fanta limón también vacía. Así que ha arrasado con el minibar antes de desaparecer. La cuarta cosa es un papel arrugado. Lo estiro un poco para ver qué pone: «Jacob» y un teléfono.

¿Quién coño es Jacob? ¿Ha estado bebiendo whisky con Jacob? ¿Y por qué tiene su teléfono?

Bueno, no sé si lo tiene. Estoy actuando como un novio celoso y no me puedo creer que me haya convertido en esto. Desbloqueo su móvil, la he visto muchas veces desbloquearlo con el año de su nacimiento, y busco en la agenda de contactos «Jacob». No aparece. Miro el historial de llamadas y sus últimas llamadas son a mí.

No entiendo nada. Dejo su móvil cargando tal como estaba y saco el mío.

He de quitarme la puta duda de la cabeza. Llamo al número del papelito y en cuanto empieza a dar línea me parece oír un tono de llamada cerca. ¿Será posible que...?

Acerco el oído a la pared que hay tras la cabecera de la cama y no me puedo creer que sea verdad. Suena un móvil en la habitación de al lado. Ha de ser casualidad, ¿no?

Cuelgo y deja de sonar. No puede ser.

Vuelvo a llamar y vuelve a sonar. ¡No me lo puedo creer!

Salgo al jardín de la *suite* y salto a la de al lado intentando no matarme ni hacer demasiado ruido. Lo de no matarme lo consigo. Lo de no hacer ruido es otra historia. Aunque tampoco hago demasiado para la que estoy liando con el *parkour* improvisado entre jardines.

Me acerco a la ventana y veo que las cortinas están cerradas pero no del todo. Así que pego la cara al cristal, hago sombra con las manos y lo que veo me deja completamente helado.

¿QUIERES LA VERSIÓN CORTA PORNO?

Llegamos al McDonalds de Ibiza, el que está en una rotonda antes de entrar a la ciudad, y tomamos asiento en una especie de reservado del estilo de las cafeterías americanas. Óscar me pregunta qué quiero y como mi respuesta es «nada» decide irse a buscar comida y decidir por mí lo que debo cenar.

Yo me quedo sentada guardando la mesa y no dejo de mirar el mensaje de David. Su última conexión es de hace quince minutos. No sé si volver a llamar o enviarle un mensaje o algo... o nada.

Recuerdo las palabras de Mónica, bromas aparte, tenía mucha razón con lo de no tomar decisiones ni acciones esta noche. Estoy abrumada por todas las emociones que siento y no serían decisiones ni acciones lógicas, sino pasionales y, probablemente, desacertadas. Mejor esperar a que todo se calme y pueda pensar con más frialdad. No quiero arrepentirme de nada.

Óscar aparece con una bandeja llena de cosas. Se sienta y reparte la comida. Me da una ensalada César, una manzana cortada a trozos que deben haber sacado del menú infantil, o algo así, y un agua. Sin duda ha seleccionado lo más saludable de la carta.

Comenzamos a cenar nuestras ensaladas, yo tengo el estómago cerrado pero a medida que voy masticando y tragando, parece que me va sentando bien.

—Bueno —dice Óscar finalmente. Ya estaba tardando—, ¿me cuentas lo que ha ocurrido?

—¿Versión corta o versión larga? —le pregunto como puedo con la boca llena de ensalada.

—Versión corta, *of course*. Sintetiza y ve a los puntos clave.

—Está bien. ¿Quieres la versión corta porno, la versión corta telenovelesca o la versión corta tipo informe policial? —Trago la ensalada y, totalmente seria, añado—: ¿qué prefieres?

Óscar se ríe a gusto de mis tonterías y cuando se calma comienza a mordisquear un trozo de manzana mientras hace como que se lo piensa.

—Mmmm... Versión corta... tipo informe policial.

Cómo no. Por cierto está comiendo la manzana a la vez que la ensalada. Este chico no sabe que el postre va después.

—¿Por dónde empiezo? ¿Desde el «chica conoce a chico»? ¿O desde el «chica queda con chico para viajar juntos y chico la deja tirada como una bolsa de basura en un avión»?

—A ver, Sofi... —Óscar empieza a cansarse de mis jueguecitos—. ¿Ibas a venir con David a Ibiza?

Ha decidido interrogarme.

—Sí.

—¿Por qué?

—¿Versión romántica?, ¿versión psicótica?, ¿versió...? —Óscar me interrumpe abruptamente.

—¡Versión informe policial! —dice alzando un poquito la voz—. ¡Habíamos quedado en eso! —me regaña.

—Porque habíamos decidido venir a pasar unos días juntos a la isla —le respondo tan tranquila.

—¿Por qué?

—Porque sí. ¿Te vale?

Óscar pone los ojos en blanco. Exhala sonoramente transmitiéndome su hartura, deja la manzana en el plato y se centra en mí:

—¿Estáis juntos? ¿Es eso?

—Estábamos... pretérito imperfecto.

—¿Hasta hoy? —Retoma la ensalada mientras lanza una pregunta tras otra.

—Así es.

—¿Qué ha pasado?

—No tengo la más remota idea, la verdad. —Suspiro y miro a través de la ventana la cantidad de gente que pasa por la calle.

Dejo de lado la ensalada y abro mi manzana a trozos, me ha dado ganas.

—¿Te ha dejado tirada en el avión?

—Sí, no se ha presentado.

—¿No hay ningún indicativo o pista de por qué puede haber actuado de esa manera?

Ahora soy yo la que pone los ojos en blanco y le respondo como si fuera lo más obvio del mundo:

—¡Claro que no!

—Está bien. —Hace una pausa para limpiarse con la servilleta—: ¿Cómo te sientes?

Óscar preguntando por mis emociones. Ha de estar realmente preocupado.

—Estoy bien... no voy a suicidarme ni nada de eso, tranqui.

—Sofi, por favor... —me regaña porque no me tomo en serio la conversación y lo sabe.

—Perdón, lo siento. Estoy que no me aguanto ni yo. Pero mañana será otro día y me comportaré como una persona normal.

Me acabo la manzana en silencio. Óscar me mira con preocupación mientras yo finjo que no me entero mirando hacia afuera. A veces se pasa de protector, pero debería tener mejor actitud con él; me ha salvado de un destino solitario y horrible llorando sola por el aeropuerto sin saber qué hacer ni a dónde ir.

—Me alegro de que estés aquí, por cierto. —Su mano se desplaza hasta la mía y la coloca encima. Sin más. Sin presión, sin caricia, simplemente dejándola allí.

—Y yo... de estar aquí. Te debo una. Me has salvado... la vida —parezco un telegrama sin pilas.

—No me debes nada. —Presiona un poco mi mano y la retira.

Hoy estamos teniendo mucho contacto físico.

—¿Duermes en casa? Mi madre estará encantada de verte.

—Ehhh... no. Tengo una reserva de hotel.

—¿Y qué? La podemos anular ahora mismo.

Me encanta su madre y he dormido en su casa otras veces; tienen una habitación de invitados monísima y me tratan como a una más de la familia. Pero hoy necesito estar sola. Es lo que me pide el cuerpo.

—Gracias, Óscar, pero necesito estar sola. Necesito espacio para pensar.

—Eso es una estupidez —suelta sin más.

—¿Por?

—Estás triste y alterada. No creo que estar sola sea lo más adecuado y lo del espacio... ¿pensabas que iba a meterte en un armario? Tienes una habitación para ti sola en casa, ya lo sabes.

Se recuesta sobre la silla y se cierra de brazos. Buf. Eso significa que su paciencia para conmigo ha llegado a su límite ya.

—Óscar... ya sé que muchas veces mis decisiones te parecen estúpidas o incomprensibles, pero ¿podrías simplemente aceptarla y ya está?

—¿Tengo otra opción? —pregunta resignado.

Hago una mueca con los labios como respuesta y me encojo de hombros. Claro que no tiene ninguna otra opción.

—Vamos, te llevaré al hotel.

Se levanta y se dirige a la puerta sin esperarme. Sin duda está molesto.

Antes de arrancar el coche me pide el nombre del hotel y eso es lo último que hablamos hasta que llegamos a la puerta. Se baja sin más y va hacia el maletero para sacar mi maleta. Me acerco, la cojo y me quedo mirándole evaluando el grado de enfado que tiene por no quedarme en su casa.

Nos miramos. Quizá él también me esté evaluando a mí.

—Escucha, Óscar...

—Mira, Sofi...

Nos decimos casi a la vez. Nos reímos de la coincidencia.

—Dime... —le cedo la palabra.

—¿Vas a estar bien aquí sola?

—Sí. Te lo prometo.

—¿Vengo mañana y desayunamos juntos?

—Vale. —Sonrío. La negociación va bien.

—Está bien. Llámame si necesitas cualquier cosa, por favor.

Me pone las manos sobre los hombros y las desliza un poco hasta los brazos. Se queda ahí como si hubiese una barrera invisible que no le permite más contacto por hoy.

—Sí, claro. Cualquier cosa te llamo; prometido.

Me presiona un poco los brazos, sonríe y se va.

Es como una versión Oscarizada de un abrazo y un «te quiero».

Me vale. Mucho.

—Mil gracias —le digo antes de que se suba. Me guiña un ojo como respuesta y se va.

Entro contrariada por el destino horrible que me ha tocado vivir esta noche y busco la recepción. De pronto alucino de lo bonito y lujoso que es el hotel por dentro. Me acerco al mostrador donde una chica, ¿japonesa?, me sonríe encantadora.

—Buenas noches y bienvenida a Villas de Ibiza.

Otra vez con el nombrecito.

—Emmm... gracias. —Sonrío en plan siniestro otra vez, no sé por qué solo me sale esta sonrisa tan extraña hoy.

—¿Tiene usted reserva señorita?

—Ehhh... Sí, creo que sí.

—¿A su nombre?

Buena pregunta. No tengo ni idea.

—Podría ser... Me llamo Sofía Ribeiro.

—Ahora mismo lo compruebo.

La simpática recepcionista teclea algo en el ordenador y yo aprovecho para recorrer el sitio con la vista. Unas enormes cortinas blancas caen del techo hasta el suelo y separan la recepción de una zona de sofás. Más allá se ve la piscina iluminada. Es todo de diseño y se ve superhiperlujoso y bonito. ¡Qué pasada de hotel!

—¿David Colton?

Me sobresalto al escuchar ese nombre y miro asustada a la chica.

—¿Es el nombre de la reserva?, ¿puede ser? —me pregunta con mucho tacto intentando suavizar la pregunta.

—Ehhh, puede ser, sí... Sí. Sí, ha de ser esa.

—Usted figura en esa reserva, por eso lo digo.

—Sí, claro, es esa, sin duda —confirmo.

—¿Me deja su documento de identidad?

Le tiendo el DNI y suspiro pensando en que esta reserva es la que hizo David para los dos. No sé por qué había pensado que era una reserva nueva que había hecho Christian para mí.

O sea que voy a estar sola en la habitación en la que debíamos estar juntos.

Camión, mátame ya.

—Perfecto. —La amable asiática me tiende el DNI y una tarjeta magnética—. Esta es la llave. Si sigue por el paseo de la piscina encontrará su *suite*. —*Una* suite, *cómo no*—. Bienvenida y disfrute de su estancia. —Sonríe.

—Gracias.

—Ahhh, y el desayuno es desde las ocho hasta las once de la mañana.

—Perfecto.

Tomo el documento, la tarjeta y avanzo arrastrando mi maleta por el paseo de la piscina como me ha indicado. La piscina está iluminada y mucha gente toma copas en una barra que hay junto a ella. La noche es preciosa y no hace ni frío ni calor. Se está genial. Suena una música ambiental *supercool* que incita a pedir un cóctel glamuroso y relacionarse con los demás huéspedes. Pero avanzo por el paseo deseando llegar a la habitación. Yo no estoy para nada de eso. Solo quiero quitarme la ropa, tumbarme en la cama y dormir hasta mañana.

En vez de un edificio alto lleno de pisos, el hotel consta de villas de dos pisos y son todas a pie del jardín. Cada villa se divide en cuatro partes. Dos *suites* en la parte inferior con jardín privado y dos habitaciones encima a las que se accede por una escalera exterior. Voy mirando los números de las puertas buscando la mía hasta que la encuentro. Está relativamente cerca de la zona de la piscina.

Cuando entro en la habitación y enciendo la luz, alucino. Es preciosa e inmensa. Toda blanca con muebles de diseño y siguiendo una línea que transmite mucho *glamour* a la vez que armonía. Dos cosas de las cuales ahora mismo carezco totalmente.

Frente a mí hay un enorme ventanal que da a un precioso e iluminado jardín privado con unas hamacas para tomar el sol sobre el césped.

—¡Qué fuerte! —exclamo al ver lo bonito que es este hotel.

A mi derecha está la cama que ha de ser XXL. Lo que más me llama la atención es que a los pies de la cama, a mi izquierda, hay una bañera y, junto a ella, una ducha con mampara de cristal. Está todo a la vista, vamos. Por suerte el WC está más resguardado, tras unas puertas de cristal opaco.

Bueno. Pues aquí estoy. Esta iba a ser nuestra habitación del amor.

Suelto la maleta a un lado y me dejo caer bocabajo en la cama como un peso muerto. Apago la luz desde el interruptor de la mesita y miro hacia la ventana al notar la luz que entra de fuera. Se ve la estela de la luna desde la cama. Me giro un poco para quedar de lado y no sé en qué momento ni por qué, aparecen las lágrimas de nuevo, pero esta vez no las retengo. Dejo que salgan y lloro a gusto.

No es por estar sola en Ibiza. No es porque alguien crea que no soy real. No es por no entender nada. Es porque siento que algo muy bonito y especial que estaba empezando de pronto ha desaparecido y no quedan ni los restos. Y duele. Duele mucho.

¿Quizá David me ha engañado todo este tiempo haciéndome creer que sentía algo por mí y que yo le importaba cuando en realidad nada de eso era cierto? No, no tiene sentido. ¿Ha engañado también a sus amigos? No, ha de ser otra cosa.

Paso del dolor a la rabia. Varias veces se me ocurre coger el teléfono y llamarle. Tengo ganas de gritarle lo mala persona que es y lo idiota que está siendo por no hablar las cosas como adultos.

¿Quién se enfada y deja de contestar al teléfono?

¿Qué es, un niño de cinco años con una pataleta o un adulto?

Pues me está demostrando que tiene más de niño que de adulto.

Sé que no debo, pero cuando consigo calmar el llanto busco el móvil y veo que ha estado en línea en WhatsApp hace cinco minutos. Un impulso incontrolable me hace llamarle. Mi cuerpo se llena de adrenalina y nervios a cada timbre que oigo en la llamada. Y no responde, claro.

Vuelvo a llamar. Y otra vez. Y una cuarta.

Lo veo en línea en WhatsApp y alucino con que esté viendo las llamadas y no las conteste deliberadamente. ¿Qué clase de persona es?

Vuelvo a llamar. Y una vez más. Rendida, tiro el teléfono lejos de mí. Por suerte cae en la cama. ¡Sí que es grande esta cama, la virgen!

De pronto suena un mensaje y mi corazón se salta un latido. Repto por la cama hasta el móvil y lo desbloqueo a la velocidad de la luz esperando que sea David.

Pero es Óscar.

Óscar:
Mañana a las 11 estoy ahí para desayunar. Descansa. Un beso.

21:50

Ya habíamos quedado en eso.

Hecho. Gracias por todo... Buenas noches.
21:51

Pongo el wifi del hotel y casi sin querer (vamos, que solo he buscado a David en la lista y he entrado en su conversación) he visto que sigue en línea. ¿Qué hace tanto rato en línea? ¿Está hablando con alguien? Conmigo seguro que no.

Le he prometido a Mónica que no tomaría decisiones ni emprendería acciones, pero... ¡Es que no me lo puedo creer! ¿Cómo se pasa de decirle «te quiero» a alguien a ignorarlo? Yo alucino. Y cada vez me cabrea más pensarlo.

Así que sin darle muchas vueltas, tecleo:

> ¿No vas a contestar nunca más a mis llamadas?
>
> 22:14

Ya está, enviado. Y en el acto aparece el doble *check* azul. ¡Así que me está leyendo! Y nada oye, ni se inmuta. No responde.

> ¿Cómo se pasa de decir te quiero a ignorar a una persona en un mismo día?
>
> 22:15

Enviado. De pronto estoy muy nerviosa. Me da miedo que me responda. Me da miedo que no lo haga. Jo. Me estoy arrepintiendo de haberle escrito.

El doble *check* aparece enseguida. Puedo ver a David con su móvil entre las manos, mirando mi conversación, lo que le digo, y decidiendo conscientemente no contestarme. Y me parece muy fuerte. De pronto aparece algo en la pantalla que hace que me altere sobremanera: «escribiendo...».

Dios. Me centro en respirar. Inspiro. Expiro. Cuento hasta tres. «Escribiendo...».

¿Qué escribe tanto?

Sigo respirando... profundamente... ¿pero qué escribe?, ¿la Biblia? «Escribiendo...».

A cada segundo que pasa estoy más nerviosa. Realmente me da mucho miedo lo que sea que me esté escribiendo.

Y de pronto: nada. Ya no aparece que esté escribiendo. Solo en línea. Y nada más.

¿Ha escrito y borrado? No entiendo nada. Suspiro sonoramente. Mis nervios están al borde del colapso. Y de pronto se desconecta.

Me quedo varios minutos en silencio. Simplemente mirando su chat. Pasando un dedo por la pantalla cuando la luz se baja para evitar que se bloquee. Y nada. No vuelve a conectarse. Ni contesta a mis mensajes.

Empiezo a caminar por la habitación arriba y abajo intentando no volverme loca. Finalmente acabo pegando un grito contra la almohada con toda la capacidad pulmonar de la que dispongo y parece ser que es grande porque ni la almohada amortiza el volumen. Pero me da igual, me hace sentir bien, me quita toda la mala energía de dentro así que sigo gritando y gritando, otro grito y otro más:

AHHHHHHHHHHHH.

¡CABRÓÓÓÓÓÓNNNN!

¡SOYYYYY REAAAAAAAAAAAL!

AHHHHHHHHHHHH.

Grito insultos aleatoriamente hasta que me quedo a gusto. Respiro agitada cuando termino. Unos golpecitos en la puerta me hacen volver a la realidad. Ups, ¿me he pasado?

—¿Hola?, ¿estás bien? —suena una voz masculina tras la puerta.

Me tapo la boca con las manos no sea que se me ocurra contestar. Paso.

—Oye, estoy en la habitación de al lado. Si necesitas hablar... Bueno, o si quieres gritar, no me molesta, ¿eh? —Me hace gracia el comentario y me aguanto la risa con las manos—. Puedes seguir gritando. Es solo por si necesitas hablar con alguien, ¿vale? Te voy a dejar mi tarjeta por debajo de la puerta. Me llamo Jacob.

Veo como un papel aparece por debajo de mi puerta; tras unos segundos prudenciales me acerco a cogerla. Oigo como la puerta de al lado se cierra y entiendo que realmente es mi vecino de villa.

La tarjeta en realidad es un trozo de papel con «Jacob» escrito a mano y un teléfono móvil. ¿Pretende que le llame? ¿A santo de qué? Y aún más preocupante: ¿a quién se le ocurre darle el teléfono a una desconocida que grita como una energúmena en un hotel?

A un tarado, sin duda.

Hago una bolita con la nota y la lanzo a la basura.

Bueno. Basta ya. He de hacer algo con mi vida o me volveré loca. Me planteo mentalmente las opciones que tengo ahora mismo:

A) Emborracharme con todo lo que pille con alcohol del minibar.

B) Salir a tomar un par de copas a la piscina y emborracharme al aire libre.

C) Conseguir drogas duras (Valium, básicamente) y dormir varios días seguidos.

D) Seguir llamando a David cual psicópata desesperada.

E) Enviarle unos matones a su casa para obligarle a que me conteste el puto teléfono.

F) Darme un baño relajante con espuma e intentar descansar. «Mañana será otro día».

Mónica tenía demasiada razón con el consejo de «no hacer ni decidir nada hoy». Así que sopeso bien mis posibilidades y tomo la más adulta, coherente, lógica y equilibrada.

La A, claro. Seguida de la B y sin descartar la C ni la D.

LA MACARENA ES UNA COREOGRAFÍA DIGNA DE UN RITMO *HOUSERO*

Saqueo el minibar de la habitación. Tanto es así que me entra calor, me saco la camisa tejana y me quedo con el vestido blanco y las cuñas. Cuando he acabado con las existencias de whisky del minibar no he tenido bastante y decido pasar directa a la opción B.

Son las once de la noche y el ambiente en la piscina es total. La gente bebe, baila y se lo pasa bien. Hay hasta un DJ pinchando y luces de discoteca; todo al aire libre. Oía música y jaleo desde la *suite*, pero ¡para nada me imaginaba semejante festival!

Mientras un amable y guapísimo camarero me prepara un mojito, me doy cuenta de que hay gente dándose un baño en la piscina. Mmmm, me apetece, pero me da palo. Así que, con el mojito en mano, me alejo un poco de la gente y me siento en un murito que delimita el hotel del campo. Al fondo se ve la ciudad iluminada y es una pasada. Y pensar que podríamos estar aquí juntos disfrutando de este momento.

Tú te lo pierdes, ¡por capullo!

El alcohol me ha hecho pasar de la tristeza a la euforia y ahora me encuentro en el enfado. Empieza a costarme mantener el equilibrio, por suerte no tengo que hablar con nadie, porque no tengo claro que pueda formar varias frases coherentes seguidas.

Cuando pido el segundo mojito el camarero me parece más guapo que antes y eso me hace entender que he aumentado el grado de borrachera considerablemente. Se llama «Stephen» y es sudafricano. Me recuerda al actor de Thor, ese buenorro. Es rubio con piel de pelirrojo y fuerte que no veas.

Tal como me da el mojito, en vez de apartarme del bullicio, me mezclo. Me integro en la masa de gente feliz que baila y disfruta y meneo la cintura al ritmo de la música. La alegría va colonizando mi sistema poco a poco y cada vez me siento mejor. Sonrío a la gente y pronto me encuentro bailando con personas que no conozco, y dándolo todo. Manos al aire incluidas.

Tercer mojito, este no lo he pagado yo, me ha invitado una alemana de pelo negro y piel muy clarita, monísima. No nos entendemos ni papa en cuanto a comunicación se refiere, pero bailamos juntas y parece que seamos amigas desde siempre.

En algún momento de la noche decido que la macarena es una coreografía digna de un ritmo *housero* y electrónico como el que está sonando y la termino bailando con la canción *Cola* de Camelphat. Como mi equilibrio está realmente perjudicado, en mitad de la coreografía acabo en el agua. Era cuestión de probabilidades. Ya tardaba mucho en caer.

Voy a buscar un cuarto mojito ya que he perdido la mitad del tercero en el agua de la piscina y me entra una risa muy tonta cuando veo que todos mis billetes están mojados. Al parecer mi vestido se ha vuelto transparente al empaparse, así que entre los billetes húmedos y que parezco salida de un concurso de camisetas mojadas, el camarero guapérrimo de los mojitos me lo da gratis. ¡Toma ya! ¡Para que luego digan por ahí que no soy real!

—¡Toma i-rr-eal-l-lidad capu-i-i-o! —grito al aire con fuerza.

De pronto me preocupa que mi móvil haya muerto por el naufragio de la piscina, pero entonces recuerdo que lo he dejado en la habitación cargando. ¡Menos mal!

Sigo bailando con la alemana y sus amigos y otra gente que no sé quién es. Cuando ya lo he dado todo y no me queda nada, acabo rendida en una tumbona con el vestido a medio secar, las cuñas no sé exactamente dónde y mirando las estrellas e intentando que no giren tan rápido. Vaya mareo llevo.

Me preocupa considerablemente no llegar a la habitación. Empiezo a plantearme tomar medidas como conseguir una toalla con la que taparme y dormir aquí. Total, debe quedar poco para que recojan la fiesta y monten el desayuno.

Cap-pui-io.
Cap-bróóó-ón.
Daf-vitd.

Soy-y mu-y r-r-eaa-l.

—¿Con quién hablas? —una voz masculina me sorprende en mi repertorio de insultos al cielo.

—Con n-nadie-e...

—Ahhh, *OK*. ¿Estás bien?

—S-sí... ¿no te ve-es? —no quería decir eso.

Oye, vas a coger frío. ¿Estás alojada aquí? ¿Te acompaño a tu habitación?

Vale, si va a seguir diciéndome cosas, voy a hacer el esfuerzo de enfocar bien su cara para identificar quién me está hablando. Frunzo el ceño como una abuela que se ha dejado sus gafas en casa y consigo aclarar un poco la visión borrosa y doble que tengo. La voz proviene de un ser humano. Macho. Moreno. Gafas. Aquí concluye el análisis. No doy para más.

—De-jame... es mi cas-sa... soy r-reeeial.

—Oye, no quiero molestarte, pero vas bastante perjudicada y no creo que sea buena idea que te quedes aquí medio enseñándolo todo, no sé si te has dado cuenta la cantidad de borrachos que hay acechándote.

Tiene sentido. Pero no quiero fiarme de nadie. De este que parece bueno tampoco. Luego dicen que no soy real. Bah. Paso de todo.

Las estrellas giran cada vez más rápido y se me ocurre empezar a cantar una canción inventada para la ocasión. «Las estrellas giran en el cielo y yo sigo siendo real... Las estrellas brillan en el cielo y tú no estás...».

—Las este-iras... giraaaaaa-giraaaaan en el cieeeeeeee-eee-lo. Soi re-i-iaaaaaal. —Vale, en mi mente suena mejor por algún motivo que ahora mismo no consigo discernir.

Una presión fuerte por la espalda me sorprende. Me siento como un saco de patatas. Intento enfocar la visión y solo veo luces que se mueven. Noto como alguien está bajando la música. ¿Por qué la bajan? Aún es pronto... Sigo siendo real.

—Este-iaaaaagi-raaaaa, gi-raaaaa —sigo cantando hasta que mi voz ya no sale más.

—Ehhh, oye...

Una voz de ultratumba se me mete en pleno cerebro y resuena como si fuera una casa vacía. Auch. Duele.

—Perdona... chica...

La voz insiste en romperme la cabeza. De pronto unos empujoncitos con dos dedos en mi brazo izquierdo.

—Grrrrrr —gruño.

—Oye... tienes que despertar, chica.

¿Despertar? ¿Cuándo me he dormido?

Abro un ojo como puedo y con ese único abierto recorro mi alrededor intentando entender qué está pasando. Estoy tumbada en la cama del hotel. Tapada hasta arriba con una sábana. A mi lado un chico castaño con barbita y gafas de pasta me mira con condescendencia. Está vestido con tejanos y polo negro y no sé quién es. No lo he visto en mi vida. ¿Cómo se ha metido en mi habitación?

—¿Quién eres? —Le fulmino con la mirada—. ¿Y quién te ha dicho que podías entrar? —le recrimino algo más alterada de lo que pretendía.

—¿Entrar? ¡Si es mi habitación! —me contesta alucinado.

Ups.

Observo mejor la habitación y, la verdad, es igualita a la mía, pero es cierto que no están mis cosas y en cambio hay otras que desconozco. Igual tiene razón el chico y soy yo la intrusa aquí.

—Ah, vale...

Me levanto poco a poco y el confirmar que llevo el vestido y la ropa interior puesta me calma un poco. Aunque, ¿por qué estoy en una habitación que no es la mía?

—¿Por qué estoy aquí? —le pregunto sujetándome la cabeza como si estuviera a punto de desintegrarse.

—Te quedaste dormida en la piscina y me pareció que no era el mejor sitio para que durmieras. Tranquila, no ha... no ha pasado nada entre nosotros. —Señala la cama.

Dios mío. Ni siquiera me lo había planteado. No recuerdo nada.

Entra un sol deslumbrante por la ventana y debe ser bastante tarde.

—Estás aquí alojada, ¿verdad?

—Sí.

Me encamino hacia la puerta. Freno en seco y retrocedo un paso para observar mi imagen en un espejo por el que acabo de pasar.

Oh-my-God.

Enfoco bien la vista frunciendo el ceño de nuevo y lo que veo en el reflejo es tan espeluznante que me hace reír, así que me río sin más, tipo: «ja, ja, ja-ja, ja» mientras me señalo a mí misma en el reflejo.

Llevo los pelos como una loca. Parece que me los haya cardado porque esta cantidad de volumen desproporcionado no tiene ningún propósito. El vestido blanco está manchado de líquido naranja por diferentes partes. Voy descalza y tengo algunos rasguños por las piernas y brazos.

¿Pero qué he hecho esta noche?

—En fin... Ehhhh... Gracias.

Abro la puerta y salgo entre avergonzada y apresurada. Tal como cierro tras de mí me doy cuenta de que no llevo el bolso. ¿Dónde pude haberlo dejado?

Justo en ese momento se abre de nuevo la puerta y me giro para observar al chico de nuevo con mi bolso colgando de una mano.

—Te dejas esto, chica.

—Ohhh... eso, es justo lo que buscaba.

Cojo el bolso y el desconocido me sonríe. Es majo. Parece buen chico. Le digo adiós con la mano, enérgicamente, y parece que le hace gracia. Se aguanta la risa y mantiene la compostura.

Miro el número que hay junto a la puerta del desconocido e intento disimular la mueca que me sale sin querer.

No-puede-ser.

Es la habitación contigua a la mía.

¡No me jodas! Este es Jacob, el de la tarjeta por debajo de la puerta. Dios, qué vergüenza.

Se queda ahí, mirándome, para ver hacia dónde voy. No puedo abrir mi puerta o sabrá que soy «la colgada de los gritos». Aparte de «la colgada de la piscina» que eso ya lo sabe. Demasiada información.

Camino descalza, pasillo arriba, alejándome de Jacob y de mi habitación. Cuando POR FIN se mete dentro y cierra, vuelvo sobre mis pasos y, haciendo el menor ruido posible, entro en mi habitación.

Tan pronto entro, corro hasta el móvil y descubro que tengo ocho millones de llamadas y de mensajes (más o menos). Son las once menos veinte así que al menos no llego tarde a la cita con Óscar. ¡Uf! Menos mal.

Miro las llamadas. Tengo cuatro de Óscar. Tres de Mónica. Tres de Christian y cero de David.

Voy a por los mensajes.

> Óscar:
> ¡Buenos días! ¿Qué tal has dormido?
>
> 10:09

Voy para allá.

10:32

Le contesto rápido un «espérame en la cafetería del hotel que me ducho y bajo».

Abro más mensajes.

Mónica:
Ya tengo vuelo.

09:20

¿Estás durmiendo? ¿Por qué no contestas?

09:21

Llámame en cuanto te despiertes.

09:22

¡A sus órdenes! Luego la llamo.

Bueno, tengo cinco minutos para ducharme, adecentar mi imagen y bajar a desayunar con Óscar. Así que me doy más prisa que nada y quince minutos más tarde estoy corriendo como una loca por los jardines en dirección a la cafetería. Me ha dado tiempo a ponerme un vestido fresco de tirantes color burdeos con un cinturón negro en la cintura y unas sandalias negras planas. Llevo el pelo mojado y me va chorreando la ropa.

Cuando entro en el comedor del desayuno, diviso a Óscar sentado en una mesa para dos y avanzo rápido hasta él. Lleva su habitual pelo recogido en una minicoleta. Una camisa blanca de lino y unos *shorts* tejanos. Converse negras, claro.

—¡Buenos días! ¡Perdón por el retraso! —le digo y le doy un rápido beso en la mejilla.

Óscar me mira de arriba abajo y parece que no le gusta lo que ve.

—Tienes un aspecto horrible. ¿Qué te ha pasado?

Ups. Debería haberme maquillado un poco. Para tapar las ojeras más que nada y quizá los rasguños. Por cierto, ¿cómo me habré hecho estos rasguños?

—¡Nada! He hecho una cura de sueño... estoy... ¡Cómo nueva! —Me encojo de hombros mientras me siento frente a él.

—Sí, ya veo. Fresca como una lechuga —contesta sarcástico.

Se acerca un camarero a nuestra mesa y pienso rápido en lo que quiero pedir para que me lo traigan cuanto antes y me tome un buen cóctel de ibuprofenos.

—Buenos días, ¿qué desean?... ¡Hombre, Sofía! —exclama el camarero con un acento... ¿francés?, y me sonríe como si fuéramos íntimos. ¿Y yo le conozco de algo? ¿Por qué sabe mi nombre? Está bueno. Es joven, de nuestra edad. Pelo rubio algo larguito y rizado. Tatuajes. Cachas.

—Ehhh... Hola. —Miro la plaquita con su nombre—. Este-phen... ¿Qué tal? —contesto simpática.

—¡Súper! ¡Vaya noche!, ¿eh? —Se parte el tío.

—Sí. He dormido... muy bien —digo mirando a Óscar y afirmando con la cabeza para reforzar la mentira.

—Ehh... Sí, claro. Bueno, ¿qué os pongo?

Parece que ha pillado que necesito discreción. Óscar me mira como si fuera una estatua y pudiera lanzar rayos láser con su mirada. Ayyyy.

—Unas tostadas y un café... bien grande. Tipo XL. Con leche de soja. —Sonrío enseñando todos los dientes.

—Hecho. ¿Y para usted, señor?

—Lo mismo —murmura Óscar sin quitarme la vista de encima.

Stephen se aleja con nuestra comanda.

—¿Qué hiciste anoche? ¿Te fuiste de fiesta con el camarero o qué?

Pongo cara de pánico, me llevo las manos a las mejillas y ahogo un grito muy dramático.

—¡Pero qué dices! —exclamo con miedo en la voz.

—No sé... ¿A qué venía todo eso sino?

—Ni idea. Este hotel es rarísimo —le digo bajito—. Llevan eso del trato personalizado al extremo. Es esa clase de hoteles... Ya sabes —no sé ni lo que digo.

Óscar ni responde. Me mira con lástima. No me extraña.

Stephen nos trae las tostadas y unas tazas enormes llenas de café, ¡qué bien!

Devoro las tostadas como si fuera una superviviente de un holocausto zombi. Óscar me mira entre asqueado y asustado con una ceja ligeramente levantada y los labios un poco torcidos. Pero me da igual. Las engullo sin piedad. Incluso me atraganto y estoy al borde de la asfixia, pero lo supero.

—Ehh... Sí que tenías hambre.

—Sí —contesto con la boca llena—, mucha —a dos carrillos.

—Vale. Esto... ¿Qué plan tienes para hoy?

No tengo plan para hoy. Qué triste es todo.

—Emmm... decidir el plan. Ese es mi plan. —Oh que positivo ha sonado eso. ¡Punto para mí!

—Perfecto. Oye, mastica un poco, no tenemos prisa.

—Claro. ¡Ehhh! ¡Perdona! —llamo a Stephen que pasa justo por nuestro lado—. ¿No tendrás por casualidad un ibup...?

Stephen mete la mano en el bolsillo de su camisa blanca, saca un ibuprofeno antes de que acabe de decirlo y me lo tiende con un guiño del ojo. Uau.

—Uhhh... ¡gracias! —articulo alucinada.

—¿Qué? ¿Te duele la cabeza de tanto descansar? —me pregunta Óscar en cuanto Stephen se aleja.

Será hijo del mal.

—Sí. Creo que he dormido demasiado. ¿Sabes esas siestas que se te van de las manos? Pues lo mismo.

Óscar me mira escéptico. Sabe que miento como una bellaca. Es cuestión de minutos que me obligue a escupir la verdad. Al menos tiene la decencia de esperar a que me tome el ibuprofeno; ya es más de lo que merezco.

Algo me llama la atención desde la mesa de atrás y cuando enfoco la vista en ella veo a una chica saludándome enérgicamente con la mano.

—*Hallo!* ¡Sophie! —Sigue moviendo la mano—. *Hallo!*

Esta me suena. Es la alemana. He bailado con ella. ¡Eso lo recuerdo!

—*Hallo!* —le respondo y la saludo con la mano amistosamente. Que no venga. Que no venga.

—¿Y esta quién es? —me pregunta Óscar inquieto.

—Ehhh... no sé, me suena. —Hago como que me esfuerzo por recordar—. Creo que anoche hicimos el *check in* a la vez.

—Ahhh. Sí, tiene mucho sentido todo.

Afirmo con la cabeza.

Acabamos con las tostadas y disfruto del café como si fuera el elixir del paraíso. Oh, qué bueno está.

—Vale. Te doy dos minutos —me enseña dos dedos— para que me resumas, VERSIÓN CORTA estilo informe POLICIAL, todo lo que ha pasado esta noche —dice totalmente serio recostándose sobre la silla.

Silencio. Me limpio los labios despacio con la servilleta, la dejo sobre la mesa, suspiro y me preparo para la que me va a caer.

—Está bien... —Allá va—. Me emborraché un pelín —confieso, no tengo otra opción.

—¿Qué te emborrachaste? Pero... ¡En qué estabas pensando! —me grita un poco y el dolor de cabeza vuelve como un rayo.

—¡No grites! Por lo que más quieras —le pido tocándome la frente con cara de muerte inminente.

—¡Es que no me lo puedo creer! ¿En qué momento se te ocurrió que era una buena idea emborracharse? ¿Qué tienes, quince años?

—Oye, solo bebí un par de mojitos. ¡No es para tanto!

Y dos whiskies. Y un tercer mojito que se me cayó al agua, creo. ¿Y quizá un cuarto mojito? No recuerdo del todo esa parte.

Óscar se queda pensativo. Suspira y vuelve al ataque:

—¿Qué más?

—Nada más.

Lo de despertar en habitaciones ajenas no es necesario contarlo, ¿no? Eso me lo guardo para mí.

—Mientes —dice con un pelín de rabia contenida.

—¿Por qué dices eso?

—Sofía, ¿hola? —Me saluda con la mano—. Soy Óscar.

—Hola, Óscar. —Le devuelvo el saludo con la mano como si estuviera loco.

—A mí no puedes engañarme.

—Ya, por eso no lo hago.

Parece que se conforma con la información que le he dado y doy los últimos sorbos al café. ¡Qué rico!

Pero como dice Murphy, si algo puede salir mal, ¡saldrá mal! Y si una tostada se te cae al suelo, sin duda caerá del lado de la mantequilla. Pues bien. Esta mañana todas mis tostadas están revolcándose con gusto por el suelo. Tienen una buena fiesta ahí montada.

Pido a Stephen que añada el desayuno a la cuenta de la habitación. Óscar mira su móvil mientras yo masajeo mis sienes con la esperanza de que el ibuprofeno actúe pronto. Y veo lo que me faltaba esta mañana, mi última tostada caída del lado de la mantequilla al suelo: Jacob.

Se aproxima a nosotros con... ¿un zapato en la mano? Ostras, es mi cuña.

¡Ahora no! Lo miro abriendo mucho los ojos y negando enérgicamente con la cabeza. Se para en seco. Mira a Óscar. Me mira a mí. Quizá piensa que es mi marido. Da igual. Funciona.

Óscar me mira. Sonrío y disimulo mientras me acaricio el lóbulo de la oreja. Se gira para ver qué ocurre, ve a Jacob disimulando haciendo como que mira una carta de una mesa. Vuelve a mirarme a mí.

—¿Sabes? Prefiero no saberlo.

—¿Eh? ¿El qué? —pregunto haciéndome la tonta.

—Lo de ese chico ahí —dice señalando con el pulgar a Jacob—, haciendo como que mira la carta, con un zapato tuyo en la mano.

Ley de Murphy. ¿Sí o no?

—No tengo nada que decir —le contesto rendida.

—Vale —acepta—. ¿Nos vamos?

—Sí. Esto... ¿adónde?

—A buscar a Mónica al aeropuerto —dice levantándose.

—¡Uy! ¡Mónica! Se me ha olvidado llamarla —exclamo.

—Tranquila, he hablado con ella mientras te esperaba, todo controlado.

Ufff. Menos mal que alguien controla algo.

A VECES USAN UN LENGUAJE QUE SOLO ENTIENDEN ELLOS

Recogemos a Mónica en el aeropuerto y la sorpresa es grande cuando aparece Christian junto a ella. Vienen como la pareja de guapos que son. Mónica con su dorada melena llena de bucles. Unos tejanos color desgastado con roturas por todas partes, una blusita sin mangas negra con escote pronunciado y unas cuñas negras. Christian va con unos pantalones cortos negros y un polo gris clarito. Añade unas gafas de sol Wayfarer al *look* de guapo que lleva. Por un momento mi corazón late más rápido de lo normal por pensar —no sé por qué— que quizá David viene con ellos. Pero no.

Mónica me abraza con fuerza en cuanto me ve y yo sonrío para tranquilizarla.

—¡No era necesario que salieras corriendo! ¡Estoy bien!

—Ayyyy —Suspira—. ¡Vaya carita tienes! ¿Te has pasado la noche llorando?

Emmm...

—No, es que ha hecho una cura de sueño que le ha sentado del revés —responde, ácido, Óscar por mí.

Saludamos a Christian que también me mira preocupado.

—¿Has hablado con él? ¿Le has visto? —me pregunta tras darme un efusivo abrazo.

¿Qué si le he visto? ¿Qué pregunta es esa?

—No. ¿Cómo voy a verlo? Si ni siquiera contesta a mis llamadas.

Christian mira a Mónica y parece que se dicen algo mentalmente. ¿Qué ocurre aquí? Mi mente privilegiada está de resaca y no funciona

45

correctamente hoy ni hace ningún tipo de conexión.

—No hemos conseguido hablar con él. Pero en casa no está y bueno... yo... —parece que Christian no sabe cómo decir lo que sea que quiera decir—, yo... me he metido en los movimientos de su tarjeta y he visto que anoche compró un billete para Ibiza.

¿Un billete para Ibiza? ¿O sea que viene? ¿O ya ha venido? ¿O qué? Me entran unos nervios totales.

—Aficionado, ejem —Óscar hace como que tose para disimular lo que acaba de decir.

—¡Óscar! —Entonces caigo en la cuenta—. ¿Puedes comprobarlo? —Lo miro como si la vida dependiera de esto—. ¿Saber en qué vuelo viene?

—Claro que puedo.

—¿Podrías mirarlo? —le pido desesperada.

—Sí, podría —contesta chulo sin pestañear.

—¿Podrías mirarlo ahora mismo?, ¿por favor? —quizá así de masticado lo entienda mejor.

Parece que se lo piensa y finalmente se aleja de nosotros mientras hace una llamada.

—¿Tu socio tiene contactos en el aeropuerto? —pregunta Christian curioso.

Mónica y yo nos reímos.

—No. Él es algo así como... un informático. Avanzado. Profesional... muy avanzado. —No sé cómo explicarlo mejor.

—¡Es el hacker del demonio! —concreta Mónica divertida.

—Ah, interesante. Llevo tiempo buscando a alguien así.

Mónica y yo lo miramos asombradas. ¿Que busca un hacker?, ¿para qué?

Los minutos se nos hacen eternos hasta que Óscar vuelve junto a nosotros.

—¿Y bien? —le pregunto ansiosa en cuanto lo tengo delante.

—¿Y bien qué? —me replica. ¡Es de lo que no hay!

—¿Tienes la información?

—Sí.

Ogggggg.

—¿Me la puedes dar?

—Claro que puedo.

Ufffffff... Dios dame paciencia porque como me des fuerza... ¡Lo mato!

Christian y Mónica nos observan como si fuéramos un partido de ping-pong.

—¿Por favor, Óscar, me dices lo que sepas sobre el vuelo de David? ¿Ahora?

—Sí. ¿Versión corta, versión larga...?

Me lo merezco.

—Versión corta, informe policial. Puntos clave, ya sabes.

—¿Pero qué dicen? —Christian le pregunta bajito a Mónica.

—Déjalo. A veces usan un lenguaje que solo entienden ellos. Luego les pedimos que traduzcan —le contesta Mónica.

—¿Seguro que no quieres la versión porno? Porque también tengo la versión romántica, la de chico conoce a chica. Chico compra billete de avión...

—Eres malo —le digo achinando los ojos—, muy muy malo.

—Chico voló a primera hora. Chico llegó a las ocho de la mañana.

—¡Eso lo he entendido! —exclama contento Christian.

—¿Así que ya ha llegado? ¿Y dónde está? —pregunto inquieta mirando a todas partes como si pudiera estar detrás de mí.

—¿No ha ido al hotel? —pregunta Christian.

—¡No que yo sepa! —exclamo casi desquiciada abriendo mucho los ojos del susto.

—Claro, con la cura de sueño que hiciste es difícil poder saberlo con seguridad... —apunta, ácido, Óscar.

Le lanzo mi mirada más temible.

Dios. ¿Es posible que haya ido al hotel no me haya encontrado en la habitación?

Ay, mi Diosito lindo. Se me está complicando la vida por momentos.

—Corazón, respira. —Mónica me coge por los hombros y respira profundamente para que la imite. Es como un *déjà vu* de ayer. Me hizo lo mismo la azafata.

Le hago caso. Respiro.

—¿Estás bien? Oye... —me dice alejándome un poco de los chicos—, ¿has llamado a Laura?

—¿A Laura? ¿Qué Laura? —le pregunto confusa.

—A tu *coach*. Ya sabes, la que te ayudó con todo el tema de Mark.

—¿Por qué iba a llamar a Laura?

—Bueno —me dice con mucho tacto y suavidad intentando maquillar que me está llamando «loca desquiciada en plena crisis existencial»—, porque ella es muy buena con todo esto de las emociones... —Ahí está—. Y quizá te pueda ayudar un poquito con este tema, ¿no crees?

En realidad tiene razón. Debería llamarla. Es un sol de chica y siempre me ayuda mucho.

—Tienes razón. Debería llamarla.

Mónica sonríe satisfecha. Y parece que espera a que haga o diga algo.

—¿Qué? —le pregunto—. ¿Quieres que la llame ahora? ¿Ya mismo?

Mónica afirma y mantiene la sonrisa.

Está bien. Mónica se merece que haga cualquier cosa que me pida. ¿Qué amiga deja toda su vida en pausa para coger un vuelo y venir al rescate? No me la merezco.

Llamo a mi *coach* mientras salimos del aeropuerto y Christian alquila un coche. No quiere depender de Óscar. Yo pienso en alquilar otro para mí, pero Mónica no me deja. Se ha puesto en plan maternal y me lleva cortita.

—¡Hola, Sofi! —exclama Laura con cariño al otro lado del teléfono.

—Laura, ¿cómo estás?

—¡Muy bien! ¡De vacaciones! ¿Y tú?

Ups.

—Bien... Bien, muy bien —miento como puedo.

—Uy, ¿qué ha pasado?

¿Tan evidente soy?

—Nada, unos asuntillos que se me han complicado y... Bueno, he pensado en ti. Pero oye, que podemos gestionarlo cuando vuelvas de las vacaciones.

—Escucha, Sofi, si necesitas hablar podemos hacer una sesión por Skype.

—Sí, bueno, es que estoy fuera... en un hotel. Es complicado. Mejor cuando volvamos quedamos un día en tu consulta.

—¿Dónde estás? —me pregunta.

—En Ibiza.

—¡Oh! Bueno, estoy lejos, en Canarias. Vuelvo la semana que viene.

—Perfecto. Te llamo entonces —lo he intentado.

—Escucha. Estoy pensando que conozco a una terapeuta que trabaja allí en Ibiza, está impartiendo un taller de empoderamiento de la mujer estos días. ¿Te gustaría ir a verla? Puedo llamarla.

¿Empoderamiento de la mujer? Uf, no sé. Me suena un poco a chino.

—No es tan urgente, nos podemos ver más adelante.

—Sofi, si me has llamado es que es urgente. Te voy a pasar ahora la dirección y te acercas, seguro que puedes hablar un rato con ella, es muy dulce y buena, ¡y es un *crack* del desarrollo personal! Se llama Bárbara.

—Vale. Pásamelo y veo si puedo acercarme.

No lo tengo claro.

—Bien. Ahora te lo paso por WhatsApp. Me alegra escucharte, Sofi. Igualmente a la vuelta de las vacaciones nos vemos, ¿vale? Aunque sea para un café.

—¡Sí! Genial.

Cuelgo y veo que Christian ya tiene coche, ¡y vaya coche! Ha alquilado un Nissan Qashqai blanco superchulo.

—Corazón, ¿vamos? —me pregunta Mónica subiendo al coche de alquiler de Christian.

—Sí. Oye, ¿tú que vas a hacer? —le pregunto a Óscar.

—Yo tengo planes para esta tarde, pero puedo anularlos.

Ahora está en plan buen amigo. ¡Después de lo que me ha hecho pasar! Bueno, vale, me lo merecía.

—No anules nada. Estoy bien.

—¿Seguro? No lo parece, la verdad. Tu grado de locura de hoy es el más elevado que he registrado y sufrido en años.

—Si, bueno... pero estoy bien, de verdad. —Le sonrío.

—Bueno, ¿nos llamamos para cenar? Decidme qué plan tenéis y me acerco. Siempre que no sea muy glamuroso ni festivo... ya sabes.

—Sí, tranqui. Te llamo luego y te informo.

Le doy dos besos con cariño y él me sonríe. A veces nos mataríamos, pero la verdad es que nos queremos como familia.

—Y gracias, de nuevo, por todo.

Me guiña un ojo y se sube a su coche. Yo hago lo mismo en la parte de atrás del de Christian y ponemos rumbo al hotel.

—¿Qué te ha dicho Laura? —me pregunta Mónica desde el asiento de delante.

—Bueno, que está de vacaciones y que conoce a alguien que empodera a las mujeres o no sé qué.

—¡Ah! Suena interesante. ¿Te ha dado los datos? —pregunta ella con tono cantarín.

—Si, me lo acaba de pasar por WhatsApp.

—Christian, ¿qué te parece si nos dejas con la empoderadora esta y nos encontramos más tarde?

—Sí, perfecto.

Parecen papá y mamá tramando llevarme al médico. Oye, que no estoy tan mal, ¡en serio! Lo único que quiero es aclarar lo que está pasando con David. Pero bueno, si ella cree necesario que hable con alguien, yo lo hago.

Christian cambia el rumbo a la dirección que me ha pasado mi *coach* por WhatsApp. Empiezo a preocuparme cuando nos alejamos completamente de la civilización y nos adentramos en campo ibicenco. No hay más que tierra roja, árboles frutales y caminos sin asfaltar. Al menos hay marcas de neumáticos. Alguien más ha caído en la trampa y ha venido recientemente a empoderarse. ¿Pero dónde empodera esta mujer? Si no fuera porque tengo plena confianza en mi *coach*, Laura, ya habría obligado a Christian a pegar un volantazo y dar la vuelta.

Finalmente llegamos a donde marca el GPS y es una masía enorme de estilo ibicenca rodeada de campo y más campo. Nada más. Bueno sí, un Jeep blanco de esos modernos aparcado en la puerta.

Christian y Mónica se despiden acaramelados como si no fueran a verse en semanas. Es tan alto el nivel de azúcar que desprenden que me bajo del coche para que me de el aire.

Fuera del coche hace un calor de mil demonios, pega un solazo fuerte fuerte. Es casi la una del mediodía y lo que menos me apetece es estar aquí y tener que hablar con una terapeuta que no conozco. Con lo a gustito que estaría en mi habitación, durmiendo hasta pasado mañana, por ejemplo.

—Ehhh, dame un beso, ¿no? —me pide Christian por la ventana y por un momento dudo de si me habla a mí.

Me acerco al coche de nuevo algo dubitativa y le doy un beso en la mejilla que me responde girando un poco la cara y convirtiéndolo en un pico improvisado.

¿Y esto a qué viene?

Mónica se ríe de la situación mientras da la vuelta al coche y me coge de la mano.

—Nena, estás fatal fatal, ¿eh? Menos mal que van a empoderarte.

Christian se ríe y se va con su sonrisa de seducción masiva.

Yo estoy entre perpleja, desorientada y resacosa a nivel muerte-cerebral. Cuando me recupere espero que alguien me explique qué ha pasado estos días en general.

Bordeamos la casa hasta que encontramos la entrada. Es una puerta enorme de madera rodeada de buganvillas en flor, tiene un color fucsia alucinante. Picamos a la puerta y tras un par de minutos eternos, una senora de la edad de mi madre aparece tras ella. Es delgada y alta como nosotras. Tiene el pelo rubio casi platino, los ojos marrones algo rasgados y una sonrisa preciosa que desprende luz. Ya me está gustando un poco más estar aquí y eso que aún ni hemos hablado.

—Hola... ehm... busco a Bárbara —le digo algo tímida.

Ella sonríe, tuerce un poco la cabeza y me mira con tanto cariño que me descoloca. Avanza un paso hasta quedar frente a mí y me abraza. No como un abrazo formal, sino como un abrazo de una madre a su hija. Dura varios minutos y me presiona contra su pecho. Al principio es incómodo y no sé ni dónde meterme, pero poco a poco es como si mi respiración se fuera acompasando a la suya y me relajo. Me destenso. Me aflojo. Ella sigue presionándome contra su cuerpo y me acaricia la espalda con ternura. Es realmente descolocador, pero muy muy muy inmensamente reconfortante y agradable.

En algún momento mi cuerpo baja tanto la guardia que un reguero de lágrimas empieza a caer por mis mejillas. Entonces Bárbara, (bueno, imagino que es Bárbara, aunque bien podría ser una *hippy*-drogada-desconocida) se separa un poco de mí, lo justo como para mirarme la cara y secarme las lágrimas con su mano.

—Cariño... —me susurra—, cuánto amor hay en tu corazón.

Habla despacito y tiene una voz tan dulce y suave que bien podría valerle para hipnotizar a cualquiera como también para una línea de teléfonos eróticos.

No contesto, porque no sé que se contesta a algo así. Sonrío y asiento. Y ella me mira, sonríe y asiente también.

En ese momento parece que toma consciencia de que Mónica está allí y me suelta para abrazarla a ella.

—Oh, tú debes de ser Mónica, querida...

Mónica responde al abrazo y me mira con cara de circunstancias. Yo intento no reír. La situación es surrealista, pero esta mujer es auténtica. Por cierto, ¿cómo sabe que se llama Mónica?

—Pasad, chicas. Sed bienvenidas.

Bárbara (sigo queriendo creer que es ella) lleva un vestido de lino blanco suelto y largo hasta los tobillos, muy ibicenco. La melena rubia, lisa y larga le cae en cascada por la espalda. Entramos en su casa tras ella y es una vivienda preciosa. Está llena de ventanas y de luz. Flores frescas, muebles de madera rústica, cortinas blancas. Huele a lavanda, a romero y a incienso.

Tiene el aire acondicionado puesto y se está de maravilla. Pasamos por delante de varias puertas cerradas y nos hace entrar en una salita que bien podría ser una sala de yoga. El suelo es de *parquet* y hay cojines por todas partes; el olor de incienso venía de aquí. La sala da a un porche de madera con salida a la parte trasera de la casa; las vistas al campo son idílicas.

David me viene a la mente y me abrazo a mí misma frotándome los brazos como si tuviera frío, no sé por qué.

—¿Me esperáis aquí unos minutitos, lindas? Tengo que despedirme de alguien. Enseguida estoy con vosotras. —Y tras una sonrisa llena de luz, cierra la puerta y nos deja a Mónica y a mí en la sala.

Mónica toma un par de cojines, se hace un puf improvisado y me prepara uno a su lado. Nos sentamos como indias y me susurra bajito:

—¿Te la ha recomendado Laura? Tenemos referencias, ¿no?

Me aguanto la risa aunque se me escapa un poquito.

—Sí, tenemos referencias de personas que han venido a verla y han salido vivas y enteras.

—¡Tonta! —me dice divertida pegándome en el brazo—, no lo digo por eso, es que... bueno, no sé. ¿No ha sido un poco raro todo?

—Sí. ¿Y por qué sabe tu nombre?

—Ostras es verdad. ¿Cómo lo sabe? —me dice muy asombrada.

En ese momento Bárbara abre la puerta y con su preciosa sonrisa se acerca a nosotras, se pone un par de cojines y se sienta cerrando el círculo.

Suspira y nos mira a una y a otra con ternura.

—Contadme, chicas.

—Eres Bárbara, ¿verdad? —pregunto yo con ganas de confirmarlo y quitarme la duda.

Bárbara se ríe y afirma con la cabeza divertida.

—Podéis llamarme Barby.

—Ah, vale. Pues verás, Barby, estoy pasando unos días un poco raros y difíciles.

Hago una mueca y me armo de valor para poder continuar hablando sin volver a llorar. Bárbara me mira seria pero muy atenta, parece que estuviera estudiando mis gestos.

—Y mi amiga, Mónica —digo mirando hacia ella—, me ha sugerido que hable con alguien... profesional.

—Qué buena amiga tienes, Sofía —exclama acariciando la mano de Mónica con dulzura—. Cuídala como el tesoro que es.

Mónica sonríe encantada.

—Cuéntame más. Háblame de él —pide volviendo su atención a mí.

¿De él? ¿Tan evidente es que todo esto es por un hombre? Pfff. Soy patética. Todas las mujeres que sufrimos por hombres lo somos.

—Está bien. —Inspiro aire para coger fuerza—. Él... es muy especial. La verdad es que es diferente a todo lo que había conocido hasta ahora.

—¿Ha cambiado todo tu mundo, Sofi? —me pregunta con esa voz suave y dulce que emboba a cualquiera.

—Sí. Ha cambiado todo mi mundo. Lo ha puesto patas arriba.

Afirma dándome la razón.

—Cuéntame más. ¿Cómo es lo que sientes por él?

—Es muy fuerte... muy intenso. Nunca he sentido nada parecido por nadie.

—Ajá... ¿qué color le pondrías a esas emociones?

¿Color? ¿Desde cuando se pone color a las emociones?

—Emmm... Rojo.

—¿Rojo pasión o rojo sangre?

Mónica nos observa sin decir nada, pero abre mucho los ojos y es muy expresiva. Creo que está alucinando con esta conversación.

—Rojo pasión y quizá sangre también. ¿Pueden ser las dos cosas? —pregunto confusa.

—Sí, claro. —Entonces pone su mano sobre mi corazón y cierra los ojos—. ¿Le quieres?

Oh. No me esperaba esta pregunta.

¿Le quiero? Supongo que sí. Bueno, es evidente que sí. Todo esto que siento es porque le quiero, si solo me gustara no estaría tan desquiciada ni afectada. Y la ilusión con la que he vivido lo que he compartido con él, sin duda está subrayada por el amor.

Trago con dificultad. Cierro los ojos y siento su mano cálida sobre mi corazón. Dejo que responda él y no mi mente.

—Sí, le quiero.

Bárbara abre los ojos, retira su mano y sonríe complacida.

—Entonces confía en el Amor y todo se pondrá en su lugar.

Mónica la mira y después me mira a mí. Yo las miro a las dos intermitentemente y espero algo más. No sé el qué. Pero nadie dice nada más.

—Y... ¿ya está? —pregunto finalmente.

—Sí, ya está. ¿Os queréis quedar a comer? He preparado una ensalada con muchos frutos secos y un gazpacho casero riquísimo. Receta de mi madre.

¿Ein? ¿Ahora nos invita a comer? ¿Y la sesión de *coaching*?

—¡Me encanta el gazpacho! —exclama Mónica y se pone de pie como un resorte.

Bárbara se levanta también, coge a Mónica del brazo y caminan juntas hacia el salón.

—¿Y tú Mónica? ¿Estás enamorada hasta las trancas como Sofi?

—¡Ay, sí! Me pasa igual... —confiesa ella encantada.

¿«Enamorada hasta las trancas»? ¿Ese es su diagnóstico profesional? *Laura... ¿dónde me has enviado?*

POR CIERTO, ¡SIGUES SIENDO REAL!

Comemos en una mesa en el jardín. Hay sombra y corre un airecito fantástico. El gazpacho de Bárbara es el mejor que he probado en mi vida. Y la ensalada es muy completa y sabrosa. A David le gustaría. No dejo de pensar en él.

Bárbara es encantadora y nos habla de *coaching*, bioneuroemoción, constelaciones familiares... Parece que sabe de todo y es realmente muy *crack* en el tema. Sin embargo, «la sesión» que me ha hecho no tenía nada de *coaching*. Sino que era mucho más... ¿holística? No sé cómo llamarla. O bueno, una charla entre amigas.

También nos cuenta cómo va el taller de empoderamiento de la mujer y la verdad es que no encaja nada conmigo. Soy algo escéptica con estos temas. Reunirme en círculo con otras mujeres bajo la luna llena y cantarle a la diosa Venus, es algo que se me escapa de las manos. Con todo mi respeto. Sigo confiando en que si Laura me la ha recomendado, es por algo. Tengo plena confianza en ella.

Cuando acabamos de comer Mónica mira el móvil y hace una mueca.

—Vaya, no me había dado cuenta de que tengo cero cobertura aquí.

Miro mi móvil y está igual «solo llamadas de emergencia». Se lo enseño a Mónica.

—Oh, sí, chicas. En esta casa no hay cobertura con ninguna compañía, tenéis que acercaros al camino de tierra por el que habéis venido. Allí tendréis algunas rayitas. Como veis la desconexión por aquí es total. —Ríe encantada.

A mí se me ponen los pelos de punta de pensar en vivir en un sitio sin coberturas. Aunque seguro que me vendría bien por una temporada... muy corta... de máximo dos horas.

Por cierto, si no hay ninguna cobertura, ¿cómo sabía que veníamos? ¿Cómo le ha avisado Laura?

—Voy a acercarme al camino para llamar a Christian, ¿vale? A ver si viene a recogernos.

—Sí, genial —le respondo.

Mónica se aleja hacia el camino y va moviendo el móvil por el aire sobre su cabeza buscando señal. No se nos puede sacar de la ciudad.

Mientras, ayudo a Bárbara a recoger la mesa; entramos juntas a la cocina para dejar los platos sucios.

—Me ha encantado conocerte, Sofi... —susurra mientras echa agua sobre los platos sucios en la pila.

—A mí también, Bárbara.

—Eres tan dulce y transparente como te había imaginado.

¿Me había imaginado? ¿Y eso por qué?

—Gracias... —contesto sin saber bien qué decir.

Cierra el grifo, se seca las manos con un repasador blanco y toma mis manos.

—Cuando todo se solucione, ¿me prometes que vendrás a verme? —me pide mirándome a los ojos. Me doy cuenta de que no son marrones, sino verdes. O son verdes ahora al menos.

—Sí, claro...

—Genial. —Sonríe encantada.

¿Para qué querrá que vuelva?

—Por cierto, me has de decir el precio de la sesión. ¿Cuánto te debo?

—¡Oh, nada! —exclama con convicción—. Con que cumplas tu promesa será más que suficiente.

—No. Me sabe mal... ¿Seguro?

—Sí, muy seguro. Además, no ha sido una sesión propiamente dicha, solo una conversación entre mujeres.

Así que piensa lo mismo que yo. Me sonríe y salimos fuera a ver si Mónica ha encontrado señal. La veo junto al coche de Christian y parece que se han llamado con la mente.

—Están conectados... Es el amor —dice Bárbara confirmando mis pensamientos.

Nos despedimos de ella con un gran abrazo y vuelve a transmitirme mucho cariño en él. Me reconforta. La verdad es que no me ha hecho nada de *coaching*, pero sea lo que sea que me haya hecho, ha funcionado. Me encuentro mejor, mucho mejor.

Nos subimos en el coche con Christian y va tan callado que es extraño.

—¿No nos preguntas cómo ha ido? —le dice Mónica. Ella también lo nota extraño.

—Sí, claro... ¿Cómo ha ido? —contesta él como despistado.

—Muy bien.

—Genial.

Yo prefiero no añadir nada más. Si no le interesa, ¿para qué?

—¿Has comido? —le pregunta Mónica.

—Sí, he picado algo en el hotel.

—¿Ya tenemos habitación?

—Sí, una *suite*, como la de Da... como la que tiene Sofi —rectifica rápido.

Christian me mira por el retrovisor y yo levanto las cejas. Está más raro que un perro verde. Puede pronunciar su nombre, ¿eh? No me va a pasar nada.

—¿Tienes noticias de David? —le pregunto intentando ver si van por ahí los tiros.

—¿En qué sentido? ¿Tienes noticias tú? —me pregunta algo incómodo y a la defensiva.

—Ehhh... no. Yo no sé nada. ¿Y tú? —insisto.

—¿Por qué iba yo a saber algo?

Entonces sube la radio y vamos el resto del trayecto escuchando la música sin hablar.

Cuando llegamos al hotel me he quedado medio dormida. Necesito mi cama y una siesta de mínimo tres horas para recuperarme. La fiestecita de anoche me está pasando factura.

Me bajo medio zombi del coche y entramos juntos al hotel. Pasamos por la piscina y el ambientillo es animado y glamuroso como es costumbre en este hotel. Por un momento me parece ver a David. Pero cuando enfoco mejor la vista no está. ¿Empiezo a tener alucinaciones? Esto es grave.

—*Sophie! Hallo!* —gritan y, sin girarme, sé que es mi «amiga» la alemana. La encuentro con la mirada en el *jacuzzi* rodeada de maromos. Anda que no. La saludo con la mano y se pone contenta.

Seguimos avanzando y cuando ya estamos llegando a la zona de las *suites* veo unos arbustos a los lados y pienso en que quizá mis rasguños sean de haberme caído por esta zona intentando volver a mi habitación. Podría tener sentido, sí.

Entonces una pareja joven aparece en dirección a la piscina y me saludan encantados.

—¡Sofía! ¿Te veremos esta noche?

Dios mío, causé furor.

—Ehhh... sí, claro, seguro.

—¡Genial! Por cierto, ¡sigues siendo real! —me dice el tío.

Madre mía, qué debí decirles anoche para que me digan esto ahora. Sonrío y saludo. Mónica y Christian me miran en plan «¿y esto?». Yo sonrío y muevo la mano en el aire en plan «dejadlo, no intentéis entenderlo».

Cuando llegamos a la villa veo que están cerca de la mía, justo en la siguiente. Vuelvo la mirada hacia la puerta de Jacob que queda contigua por el otro lado. Hablando de él, he de recuperar mis cuñas blancas en algún momento.

—¿Nos vemos más tarde? ¿Vas a dormir un rato? —me pregunta Mon.

—Sí. Cuando reviva os llamo, haced vuestros planes.

—Vale. Cualquier cosa que necesites...

—Que síííí.

Me da un beso en la mejilla y entonces Christian, sin decir nada, me da un beso en los labios y sonríe. ¿Lo ha tomado por costumbre? La verdad es que después de lo que compartimos la otra noche con el jueguecito no me extraña. Pero me sorprende. ¿Y a Mónica no le molesta? En fin, ahora no puedo pensar.

Cuando cierro la puerta tras de mí, observo que la cama está perfectamente hecha y todo recogido. Me acerco a la mesita de noche y veo que la señora de la limpieza ha dejado el papelito con el teléfono de Jacob extendido sobre la misma. Está todo arrugado, pero se lee perfectamente. Ha debido de pensar que era información valiosa o algo así.

Cierro las cortinas opacas para que no entre nada de luz y tal como me tumbo sobre la cama mullida gigante, me quedo profundamente dormida.

Sueño con Bárbara y también con David. En mi sueño Bárbara baila conmigo en la fiesta de la piscina invocando a Venus y David quiere hablar conmigo y aclarar las cosas. Es bastante agradable y placentero por eso remoloneo mil veces antes de abrir los ojos y volver a la realidad. Quiero seguir soñando con él aunque sepa que no es real.

Tras mucho pensando, me levanto, abro la cortina y me asusto un poco al ver que es de noche. ¿Cuántas horas he dormido?

Miro el móvil y son las diez de la noche. Tengo cientos de llamadas: dos de Mónica, dos de Christian, una de Óscar y cero de David.

Mensajes, otro tanto.

> Mónica:
> Corazón nos vamos a tomar algo a la playa.
> 18:30

> Cuando te despiertes, llámame y vamos a buscarte.
> 18:31

> Ya estamos en el hotel.
> 20:12

> ¿Sigues dormida?
> 20:12

> Nena, ¡estamos duchados y listos para irnos a cenar!
> 21:03

> ¿Vienes?
> 21:04

Ups. Hace una hora de esto.

> Óscar:
> Estamos en el bar de la piscina, con tu amigo Stephen.
> Nos está contando cosas muy interesantes.
> 21:30

> VEN.
> 21:31

Ups de nuevo. ¿Es que Stephen trabaja veinticuatro horas al día? ¿No descansa nunca? ¿Y qué les está contando? Si yo no hice nada, ¿no?

Vale. Llamo a Mónica y le digo que ya bajo y que me explique el plan. Al parecer vamos a cenar a un restaurante que ha propuesto Christian y después a tomar algo por ahí.

No estoy para muchas fiestas, la verdad. Pero con lo que he dormido esta tarde dudo que pueda pegar ojo, así que salir un poco no es tan mala idea al fin y al cabo.

No puedo evitar mirar el estado de David y veo que ha estado conectado hace pocos minutos.

¿Dónde estás David? ¿Por qué has venido a Ibiza y no me has buscado? ¿Dónde te has metido?

Es todo cuanto me gustaría preguntarle, pero no lo hago.

Salgo de la habitación con un maquillaje suave, pero marcado. *Eyeliner* negro, muchísima máscara de pestañas y cacao hidratante en los labios. El pelo castaño, liso, suelto y un vestido negro cortito con transparencia en la zona del escote. Es el que me puse la primera vez que fui a Caprice. Llevo también una chaqueta *beige* de hilo por si refresca.

Además, me he puesto unas cuñas negras y un collar plateado maxi.

Cierro la puerta despacio, pero no se cierra bien así que vuelvo a intentarlo, esta vez con un portazo de escándalo. ¡Ahora sí!

Tal como doy tres pasos, una puerta se abre tras de mí y una voz conocida me llama:

—¿Sofía? ¿Eres tú?

Me giro inquieta porque no espero a nadie conocido y me encuentro a Jacob en su puerta mirándome con expresión confusa.

—Ah... hola Jacob. ¿Qué tal?

Le saludo desde donde me encuentro. Él cierra la puerta de su habitación y viene hasta donde estoy yo. Tiene cara de buena persona, me da esa sensación. Además, parece un estudiante, las gafas negras de pasta le dan un aire interesantísimo.

—No sabía que tú... bueno... yo...

Parece que no consigue formar una frase completa.

«Sí, soy la que anoche gritaba cosas sin sentido» y «sí, soy la que rescataste de la piscina y ha dormido en tu cama».

—Sí —es todo cuanto consigo añadir en realidad.

—Vale. Oye, mira —parece que le cuesta encontrar las palabras—. ¿Empezamos de cero? Me llamo Jacob —dice y extiende su mano.

—Sofía, encantada. —Tomo su mano y la estrecho. Sonríe.

—Tengo tu zapato.

Ups.

—¿Solo uno? Vaya...

—Sí, solo llevabas uno —se encoje divertido.

—Ya... vaya noche, ¿ehh? —le digo con una mueca de avergonzada.

Empezamos a andar hacia la piscina.

—¿Hoy repites? —pregunta con curiosidad.

—No, no. Espero no repetir nunca lo de anoche la verdad. No suelo comportarme así. Tuve un mal día.

—Sí, ya... Me di cuenta.

Nos reímos.

—Por cierto, ¿no sabrás tú cómo me he hecho todo esto? —digo señalando los rasguños de los brazos.

—Sí. Te cogí en brazos de la hamaca de la piscina, tenías como cuatro buitres extranjeros borrachos y colocados revoloteando a tu alrededor con mirada sucia. —Me da un escalofrío de pensar en el destino que me evitó—. Y a medio camino, mientras cantabas algo de las estrellas, te revolviste inquieta y me hiciste bajarte. Querías ir por tu propio pie. Pero solo llevabas un zapato y tropezaste. —Mi cara es un poema imaginando lo que me relata, encaja totalmente—. Caíste entre unos arbustos y empezaste a reptar entre ellos. —Hace una mueca en plan «lo siento, no pude pararte».

—Ahhh... vale. Misterio resuelto.

—Finalmente conseguí volver a cogerte y te llevé en brazos hasta mi habitación, estabas medio *KO* y no tenía forma de saber cuál era la tuya.

—Hiciste bien. Te debo una.

—¡No es nada!

Llegamos a la zona de la piscina y veo a los chicos en una mesa.

—Bueno, Jacob. ¿Nos vemos por aquí?

—Ehhh... sí. Nos vemos —dice mirando hacia la mesa—. ¡Disfruta de la noche!

—Igualmente.

Me estrecha la mano de nuevo y se va. Es un chico majo. Muy caballeroso, aunque también un poco raro. Pero bueno, ¿quién soy yo para juzgarlo? La impresión que tiene él de mí ha de ser bastante deleznable.

Me siento en la mesa en el lugar que queda libre, con Mónica delante de mí, Óscar a mi derecha y Christian a la izquierda.

—¡Buenos días, bella durmiente! —exclama Christian con expresión divertida y me da un sonoro beso en la mejilla estrujándomela.

Óscar mira la escena con cara de póker, ha de flipar.

—¡Esto sí que es una cura de sueño, eh! —comenta divertido y de buen humor.

—¿Y ese quién era? —pregunta Mon mirando hacia donde estaba Jacob.

—Jacob, un... amigo.

—¿Te ha dado tu zapato ya? —pregunta Óscar con malicia.

—No, todavía no. ¿De qué zapato hablas por cierto?

Me mira achinando los ojos y nos reímos.

—Bueno... ¿vamos? —pregunta Mónica y se pone de pie. Lleva un vestido negro ajustado que no deja duda de ninguna de sus curvas. El pelo suelto ondulado y un maquillaje suave pero marcado como el mío.

Los chicos llevan tejanos y Christian una camisa azul que realza el color de sus ojos. Óscar también lleva camisa pero es de lino blanco, parecida a la de que llevaba por la mañana. Están guapos.

Podríamos ir todos en el coche de Christian, pero Óscar prefiere tener libertad de movimiento así que me subo en su Honda Civic para que no vaya solo y seguimos al coche de Christian y Mónica.

En cuanto arrancamos, Óscar rompe el silencio.

—¿Estás mejor?

—Sí... la verdad es que sí —respondo sinceramente.

—Me alegro. Me tenías preocupado.

—Lo sé. Fue un mal día, nada más.

—Este chico... David. Te ha dado fuerte con él, ¿eh?

Creo que es la primera vez que me habla de chicos sin rabia.

—Sí —respondo y le miro con una sonrisa y cara de enamorada.

—¿Estás liada con Christian?

—¿Qué? ¡No! —exclamo con efusividad.

—Vaya rollo raro que os lleváis... —dice negando con la cabeza.

Da por finalizada nuestra conversación y sube la música. Suena *Let Forever Be* de Chemical Brothers. Le encanta. Va tarareando bajito la letra. Agradezco que no haya esperado una conversación más completa sobre lo de Christian, no sabría por dónde empezar a explicarle «el rollito raro que llevamos todos».

Miro a través de la ventana las luces de los coches que pasan por la carretera en la que vamos y me quedo pensativa. Hace un día que no sé nada de David y la última noticia es que me dejó tirada en un avión. Pero aun así no puedo negar que lo que siento por él es muy fuerte.

Hablar con Bárbara me ha servido como mínimo para eso. «Confía en el amor», me dijo.

Y cuánta razón tiene. Si confío en que David me dijo «te quiero» de verdad, todo lo demás no puede ser más que un malentendido.

Llegamos a un restaurante precioso en una especie de antiguo embarcadero marinero y en cuanto veo el nombre caigo en la cuenta de que es el sitio al que David quería traerme nuestra primera noche. Teníamos reserva para cenar aquí anoche. Trago con angustia y me entran ganas de llorar.

¿Dónde te has metido David? ¿Y por qué sigues sin llamarme?

Disimulo como puedo. Christian está encantado con cenar aquí, dice que es amigo del dueño. Nos tienen una mesa preparada que debe ser la mejor de todas las que tienen. Está junto al escenario donde hay actuación musical en directo, frente al mar y un pelín separada de las demás. ¡Es lo máximo!

Nos traen de entrada un *sushi* delicioso como aperitivo. Christian se encarga de pedir platos para compartir y que probemos todos. Óscar, extrañamente, se lleva muy bien con Christian y parece que está a gusto con la situación. Es bien raro, Óscar no es de llevarse bien de buenas a primeras con nadie. A ver cuánto dura.

Mónica y Christian siguen acaramelados como aquel día que cenamos juntos antes de ir a Caprice. Han pasado solo dos semanas pero parece mucho más tiempo y su relación avanza como me hubiese gustado que avanzara la mía.

Los camareros parece que se desviven por atendernos. Nos llenan las copas de vino constantemente, nos recogen los platos, nos preguntan si nos gusta lo que vamos probando. Es un trato intenso, pero no cansino.

El *show* musical es precioso, se trata de un chico joven que toca la guitarra y canta. Sus canciones son todas preciosas. Aplaudimos cada vez que termina con una.

Cuando pedimos los postres, Christian no deja de escribir cosas en su móvil y Mónica hace como que mira para otro lado, incluso intenta darme tema para distraerme. Empiezo a olerme algo raro.

—Oye, Christian, ¿con quién hablas? —le digo acercándome a él para ver su móvil.

Pero lo guarda con rapidez y me dice que con nadie. Una idea cruza mi mente como si fuera una estrella fugaz.

—¿Estás hablando con David?

Creo que reflejo pánico en la cara. Al menos en el tono de voz lo parece. Es que no me puedo creer que, si David se ha puesto en contacto con alguien, ¡no me lo hayan dicho!

Christian no responde y acaba su copa de vino. Le cojo del brazo y pongo mi mirada asesina antes de amenazarle en serio:

—Como me entere de que estás hablando con David y no me has informado programaré tu homicidio y te aseguro que lo haré a conciencia, ¡con todo lujo de det...!

Christian me corta y no me deja acabar la frase. Creo que se ha asustado.

—Escucha, Sofi, ¿por qué no me acompañas? —dice poniéndose de pie y dejando la servilleta sobre la mesa algo tenso.

¿Que lo acompañe adónde? Me pongo de pie y veo que Mónica tiene cara de circunstancias y Óscar también. ¿Es que están todos metidos en el ajo o soy yo que estoy paranoiándome?

Christian comienza a andar muy serio hacia unas escaleras de madera que bajan a la playa. ¿Querrá matarme? Sería un buen sitio.

Lo sigo inquieta y me da frío en cuanto llegamos a la arena. La brisa marina se acentúa al alejarnos del restaurante y de la gente.

Christian camina aún más por la arena y yo le sigo como puedo intentando no hundirme con las cuñas al caminar. Finalmente se para en un sitio donde ya no nos ven desde el restaurante y se pone frente a mí. Me coge las manos con cariño y en la mirada aparece algo nuevo. No sé qué es.

—Nos conocemos desde hace poco tiempo... —dice suavemente.

—Sí. Así es —confirmo.

—Pero eres alguien importante para mí.

Dios mío, ¿y esto a santo de qué? Pensaba que iba a decirme algo malo y esto es más parecido a una declaración romántica que a un homicidio.

—Tú también lo eres para mí, Christian. Eres un buen amigo.

—Exacto. Yo también te considero una amiga; por no hablar de que eres la mejor amiga de la chica que me ha robado el corazón.

Uhhhhh. Esto se pone interesante.

Sonrío como una tonta por saber que está enamorado de Mónica. Son tan ideales. La romántica que llevo dentro da saltos de alegría y desea que triunfe el amor.

—Pero aunque no fueras la mejor amiga de Mónica serías igualmente importante para mí —continúa sin soltarme las manos—, no solo por el buen *feeling* que hay entre tú y yo... —dice con una sonrisita traviesa y un brillo especial en los ojos.

Se me escapa una risa nerviosa. Es tan encantador.

—... Sino que, ADEMÁS, también eres la chica que le ha robado el corazón a mi mejor amigo.

Ufff... algo se rompe por dentro de mi ser. Es como una capa fina de hielo que se había formado en alguna parte. ¿De verdad él cree eso?, ¿que tenemos posibilidades, David y yo, a pesar de lo que ha pasado?

—Con todo esto solo quiero que sepas que me importas. Por eso estoy aquí. He cogido un vuelo esta mañana porque me preocupaba que alguien te hiciera daño. Aunque ese alguien sea David.

Qué intensidad. Qué momento. Tengo todo el cuerpo tenso de las emociones que siento.

—Lo sé. A mí también me importas —digo con un hilo de voz.

—Dicho esto me gustaría que te imaginaras por un momento una situación.

—Em... vale.

No sé adónde vamos.

—Imagínate que Mónica se enfada conmigo... mucho y solo te tiene a ti para poder desahogarse y contarte lo que le está pasando.

—Sí, claro. Haría lo mismo yo con ella. Somos como hermanas; es mucho más que una amistad.

—Exacto.

Creo que me tiene donde quiere. Estoy algo espesa. ¿Adónde nos lleva esta conversación?

—Seguramente yo estaría destrozado, ¿cierto? —me pregunta y yo afirmo con la cabeza—, y seguramente te llamaría y te pediría que me ayudaras a recuperarla.

—Claro. Si eres listo, seguro que querrás recuperarla.

Christian se ríe y continúa con su relato:

—Dime, Sofi, ¿traicionarías una promesa que has hecho a Mónica de no decir nada para contarme a mí cosas que yo te preguntara sobre ella?

¡Qué fuerte! lo tenía delante y no lo veía. Esto ha de ser la resaca más el haber dormido tantas horas. ¿Cómo no me he dado cuenta hasta ahora?

Suelto las manos de Christian algo brusca y me giro para mirar al mar. No soporto verle ni un segundo más la cara.

—No te enfades, por favor. Tienes que entenderme. Lo quiero como a un hermano —me pide y se pone frente a mí buscando mi mirada de nuevo.

Las lágrimas ruedan por mis mejillas. Me siento traicionada, pero a la vez lo comprendo y entiendo que no me diga nada. ¡Qué rabia tan grande!

Pero ¿qué coño está pasando? ¿Por qué David no me llama y habla conmigo? ¿Por qué Christian sabe cosas que no puede decirme? Esto parece una película de ciencia ficción.

—Sé que tú harías lo mismo si Mónica te lo pidiera; y yo me jodería, pero tendría que entenderlo.

No soy capaz de contestarle. La rabia me corroe por momentos y no soy capaz de calmarme. Empiezo a respirar profundamente como hacía la azafata y también como hacía Mónica esta mañana y Christian me mira asustado.

—Oye, ¿estás bien? ¿Estás... hiperventilando o algo así?

—Déjame, necesito estar sola —escupo con rabia y empiezo a caminar para alejarme de él, de todo.

Me sigue y vuelve a ponerse delante de mí. Me coge por los brazos y su expresión está completamente cargada de preocupación.

—Sofi, ¡por favor! Si le traiciono no me lo perdonará en la vida. ¡No me hagas esto!

—¿Que yo te hago qué? —le digo aún con más rabia y alzando la voz inconscientemente.

—¡Me pones entre la espada y la pared!, ¿no lo ves?

—¿Que yo te pongo dónde? ¡Pero si yo no he hecho nada! Te recuerdo que soy yo a la que han dejado tirada en un puto avión, Christian, ¡EN UN PUTO AVIÓN!

Estoy fuera de mí. Creo que he llegado al límite.

—¡Lo sé Sofi! ¡Créeme que lo sé! —respira resignado—. ¡Y también sé que todo tiene una explicación! Pero no me corresponde a mí darla.

—Eres increíble... Tanto decir que te importo, ¿era para esto? ¿Para traicionarme sin culpa? Pues no te preocupes, y puedes meterte nuestra amistad, ¿sabes dónde?

Entonces Christian me descoloca totalmente abalanzándose sobre mí y estrechándome fuerte contra él en un abrazo potente.

—Tranquila. Shhhh... —me dice y me acaricia el pelo como si fuera una niña pequeña con una rabieta.

Al principio pienso en deshacerme de él y salir corriendo, pero respiro hondo varias veces y consigo calmar todos los nervios.

—Perdóname, por favor, has de entender —me susurra y me seca las lágrimas que han comenzado a rodar por mis mejillas de nuevo.

Me doy cuenta de que todo el enfado que siento no es por él. ¿Qué culpa tiene Christian? El pobre se ha visto en medio de esta historia y no tiene culpa de nada.

—No. Yo... lo siento —murmuro y me separa un poco.

—Tranquila, no tienes que sentir nada. Yo sí que lo siento.

Me acaricia las mejillas y me besa tiernamente en una de ellas.

—¿Puedes decirme solo una cosa?

Me mira inquieto. Creo que la respuesta es NO. Pero aun así lanzo la pregunta:

—¿Él... está bien? —pongo mirada de corderito, Christian se muerde el labio inferior, pero niega con la cabeza y mira al suelo.

Me consuela un pelín saber que él también lo está pasando mal aunque a la vez me preocupa. ¿Por qué tenemos que estar sufriendo los dos? ¡No lo entiendo!

—¿Qué he de hacer? ¿Le sigo llamando? —Me mira sopesando la respuesta.

—Él vendrá a ti, Sofi. Es solo una cuestión de... tiempo.

—¿Tiempo? —*¿He de darle más tiempo?*—. Pues el tiempo no es eterno. Como no venga pronto a hablar de todo esto, será tarde para solucionarlo. No voy a aguantar esto mucho más —concluyo resolutiva y enfadada otra vez.

OH, DAVID... ¿DÓNDE ESTÁS?

Christian me coge de la mano y volvemos juntos al restaurante. Antes de adentrarnos en las mesas, me limpia los párpados con sus dedos muy suavemente. Imagino que estaba mutando hacia oso panda con el rímel corrido. Así que le doy las gracias y avanzamos hasta la mesa. Mónica y Óscar se quedan en silencio en cuanto llegamos; parece que estén evaluando nuestro estado.

—¿Vosotros también lo sabíais? —pregunto entre enfadada y alucinada.

—No, ellos no sabían nada —contesta Christian por ellos—. Se los he dicho en la piscina justo antes de que llegaras. Les comenté que había hablado con David y que te lo iba a decir, pero que no puedo traicionarle. Lo mismo que te he dicho a ti, vamos.

—Ya veo.

—¿Cómo estás, nena? —pregunta Mónica cogiendo mi mano por encima de la mesa.

—Bien... supongo —no tengo clara la respuesta a esa pregunta la verdad.

—Bueno, tómatelo con calma y recuerda lo que nos ha dicho Bárbara hoy.

Sí, que confíe en el Amor y todo se pondrá en su sitio. ¿Acaso tengo alguna opción diferente?

De momento la única información que tengo es que David no se presentó en el aeropuerto alegando en un mensaje que yo no era real. ¡Manda huevos! Claro que soy real. Después cogió un vuelo esa misma madrugada y se encuentra en la isla. No ha venido a verme ni me ha llamado siquiera. Pero ha contactado con Christian y le ha pedido que no me diga nada. ¿A qué está jugando y por qué?

Me acabo el vino de la copa y me entran ganas de irme al hotel, solo quiero pillar mi cama y dormir varios días hasta que todo esto se haya solucionado.

—¿Te llevo al hotel? —me pregunta Óscar bajito como si leyera mi mente. A veces creo que la tiene hackeada.

—Sí, creo que es lo mejor.

Mónica y Christian me miran preocupados.

—¿Te quieres ir al hotel?, ¿ya? —pregunta Mónica.

—¿No íbamos a tomar algo al puerto? —me recuerda Christian.

—Sí, pero he cambiado de idea. Prefiero irme a dormir. Estoy cansada.

—¡La cura de sueño la tiene exhausta! Es muy dura —dice Óscar, el hijo del mal.

—Menos guasa. ¿Vamos?

—Vamos —dice él y se pone en pie sacando la cartera para pagar.

—Está bien. Por cierto, no intentéis pagar nada. Invito yo a la cena —exclama Christian con cariño.

Le damos las gracias y tras varios besos y abrazos, los dejamos disfrutar a solas de la velada. Me subo al coche de Óscar y aparece la música del infierno.

—¿No tienes algo un pelín más... suave? —pregunto.

Óscar hace morritos mientras piensa y finalmente pone una canción en su móvil, al tenerlo conectado por *Bluetooth*, enseguida empieza a sonar por los altavoces. Vale. Creo que no ha entendido lo de «suave». Me ha puesto música clásica. En fin. Seguro que es la banda sonora de alguno de sus juegos.

—Desde que he llegado no hemos hecho más que hablar de mí... —reflexiono en voz alta—. ¿Cómo estás tú? ¿Qué tal por aquí?

—Bien, ya sabes... desconectando bastante de WolfWatches y descansando. Lo necesitaba.

—Sí. Yo también. ¿Y qué más? ¿Qué has hecho estos días por aquí?

Se rasca la cabeza pensativo mientras conduce.

—Bueno, te diría que he ido a la playa, he quedado con colegas para tomar cervezas y he hecho... ¿actividades acuáticas?, ¿como pádel surf?

Me hace reír, no puedo evitarlo.

—Pero como eres la persona que probablemente mejor me conozca después de mi madre, mejor te digo la verdad. —Sonríe antes de confesar—. He estado jugando a varios juegos online. Chateando con una amiga y ayudando algunos días a mis padres en su tienda.

—Guay. ¿Quién es esa amiga con la que chateas?

Hace milenios que no me habla de chicas.

—Bueno, la conocí en uno de los juegos online que te he dicho y hemos chateado bastante últimamente, la verdad.

—Uhhhh.

Óscar se ríe y se revuelve incómodo en el asiento. Odia hablar de chicas y relaciones. Y la romántica que hay en mí siempre sueña con que me cuente historias de amor en la red.

—¡No empieces con los «Uhhhh»! Es solo una amiga.

—¿Y vive en Ibiza?

—Pues la verdad, no sé dónde vive —dice pensativo sin quitar ojo a la carretera.

—¿No sabes dónde vive? ¿No es esa una pregunta de Sota, Caballo y Rey?

—¿Ein? —me mira confuso.

—Una de las primeras preguntas que se hace cuando conoces a alguien por internet. Ya sabes. Cómo te llamas, qué edad tienes, dónde vives.

—Ahhh, no. Yo no suelo preguntar esas cosas.

—¿Y de qué habláis tanto?

—Bueno, del juego... de cosas informáticas, componentes, *software*. Series, pelis... de todo vaya.

«De todo», sí.

—Pues pregúntale de dónde es, ¿no? Así ves si podéis quedar para tomar un café real.

—Pse, puede que se lo pregunte.

Sonrío satisfecha. Algo es algo.

Cuando llegamos al hotel le doy un beso amistoso en la mejilla y las gracias por traerme. Se va con una sonrisa. Creo que él también estaba deseando saltarse la parte de «ir a tomar algo al puerto», ya ha tenido bastante relación social por hoy.

Entro en la recepción y vuelve a estar la japonesa de las noches.

La saludo con la mano al pasar.

—Buenas noches, señora Colton —me dice. Freno en seco y asimilo lo que oigo.

¡Señora Colton, dice! No me río allí mismo porque estoy muy cansada emocionalmente.

Avanzo por la piscina y el ambiente es el de la noche anterior. Fiesta total. No veo a mi amiga la alemana. Ni a la pareja que me he encontrado por la tarde, esa que me ha dicho que sigo siendo real. Me habría hecho gracia verles y que me confirmaran que aún soy real. Stephen sí que está. Tras la barra, coctelera en mano, sonrisa en boca, guiris locas por él delante.

Sigo caminando hasta mi habitación y cuando estoy a pocos pasos de llegar, sale Jacob de la suya.

—Buenas noches —le digo mientras avanzo hasta mi puerta.

—¡Hombre, Sofi!, ¿qué tal?

—Bien... aquí... a punto de ir a dormir.

Me mira divertido, mientras, yo sigo mi camino y abro la puerta de mi habitación.

—¿Tan pronto?

—Sí... estoy cansada. —Espero a ver si con eso me deja tranquila.

—¿Sabes que hay una zona *chill out* en el jardín para tomar algo tranquilamente?

—¿Ah, sí? Pensaba que en este hotel era todo fiesta a tope.

Se ríe y avanza varios pasos hasta quedar frente a mí.

—Si estás cansada imagino que no aceptarás una invitación para una copa en el jardín *chill out*...

No estoy de humor para copas ni para mantener conversaciones con extraños con los que he compartido cama.

—Exacto.

—Pero no podrás decirme que no a una infusión relajante; va muy bien para irse a dormir.

Pone ojitos de niño bueno y se me hace difícil decirle que no. Una infusión calentita me apetece, además. Bueno, venga, voy a ir. Pero máximo media hora.

—Está bien... pero solo una infusión —digo cerrando de nuevo la puerta de la habitación.

—Hecho.

Sonríe complacido y caminamos juntos hasta la zona del jardín *chill out*. Es junto al comedor donde he desayunado, tiene un porche con sofás y mesitas de madera y hay gente tomando un *gin-tonic* mucho más de relax que en el resto del jardín y la zona de la piscina.

Nos sentamos en unos sillones individuales, uno junto al otro.

Cuando pedimos las infusiones, la camarera nos mira un poco raro, pero toma nota y se va.

—Bueno, Sofi... no sé nada de ti. Solo sé que te gusta bastante la fiesta y bailas la macarena muy bien —dice aguantándose la risa.

—¡Qué malo eres! —Río yo también—. Pues nada, estoy aquí... de vacaciones, un poquito, ¿y tú? —Que hable él que era el que quería tomar algo.

—Yo no estoy de vacaciones.

—¿Estás aquí por trabajo? ¿A qué te dedicas?

—No puedo decirlo —dice muy serio.

¿Es broma? Me quedo esperando, pero nada.

—Ah, vale.

—Bueno, te lo diré pero has de prometerme que no se lo dirás a nadie.

—Vale, te lo prometo.

Nos traen las infusiones y mantenemos silencio hasta que la camarera se aleja. Me encanta sentir la taza calentita entre mis frías manos.

—Soy policía —exclama bajando mucho el tono.

—¿Eres poli?

—Shhhh. Sí y estoy en una especie de misión secreta, por así decirlo.

—Ah... uau, OK. Tu secreto está a salvo conmigo —le aseguro.

—Gracias. No puedo contarte nada más.

—Lo entiendo.

Doy sorbitos a la infusión de manzanilla. Está rica sin añadirle nada de edulcorante. ¿Será verdad que es poli en misión secreta o me estará tomando el pelo? Bah. Me da igual.

—¿El chico con el que desayunabas es tu... marido?, ¿o algo así?

—¿Óscar? ¡No! Es un amigo.

—Ah, vale, ¿no estás casada entonces?

—No, no estoy casada. ¿Y tú?

—No, tampoco.

No puedo evitar ver la alianza que lleva puesta y él ve cómo la miro.

—Esto es... *atrezzo* —dice señalando su alianza.

Afirmo en silencio. Pues vale.

—¿Sueles ir sola de vacaciones?

—No. Es una larga historia que prefiero no contarte ahora —le digo al ver que esperaba con interés la explicación.

—Oh. Está bien. Espero que me la cuentes otro día.

No puedo evitar desviar la mirada hacia la zona interior del comedor donde están los camareros. Me parece que David está allí hablando con una camarera y he de pestañear varias veces para comprobar si alucino o es real. A pesar de pestañear varias veces, sigo viendo a David así que me pongo de pie inquieta para observar mejor. ¿Es David? ¿Lo estoy soñando?

—¿Qué ocurre? —pregunta Jacob poniéndose también de pie y mirando hacia el interior.

De pronto, el que podría ser David desaparece de mi campo de visión adentrándose hacia la recepción del hotel. He de comprobarlo o no dormiré.

—Eh... nada. ¿Me disculpas un momento?

—Claro.

Dejo la taza sobre la mesa, me cierro un poco la chaquetita de hilo *beige* sobre el vestido ya que empiezo a tener frío, o mi cuerpo se está helando por momentos a causa de los nervios y la impaciencia de saber si es David o me lo he imaginado.

Avanzo veloz hacia el interior en dirección a la recepción. No hay nadie allí aparte de la recepcionista que me mira y automáticamente esboza una sonrisa amable.

Me quedo allí delante del mostrador mirando hacia todas partes. Pero ni rastro. ¿Estaré perdiendo la cabeza? Me toco la frente algo confusa.

—¿Señora Colton, la puedo ayudar en algo? —me pregunta suavemente la recepcionista.

—Ehhh... no. —Pienso mejor—. Sí, en realidad sí. Verá, no encuentro al señor Colton. ¿Sabe si por casualidad él ha estado o está por...?

—Su marido acaba de pasar hacia allí —dice con cara seria señalando el camino que va hacia la zona de las villas.

¡O sea que está aquí!

¡Dios mío!

Miro la plaquita de su nombre.

—¡Muchas gracias, Zun!

Corro en la dirección que me acaba de señalar. En dos ocasiones estoy a punto de tropezar por el camino de tierra y morir trágicamente pero consigo evitarlo. Estoy llena de nervios y de impaciencia total por verle, pero cuando llego a la zona de mi villa no hay nadie a la vista.

Abro la puerta por si acaso. Si se ha registrado en el hotel diciendo que es mi marido, quizá tenga tarjeta de acceso a mi habitación. Dios mío, todo esto es surrealista. ¿No es más fácil que me llame por teléfono y nos veamos como personas normales? En serio, ¿a qué demonios está jugando?

Dentro de mi habitación no hay nadie. Vuelvo sobre mis pasos decepcionada y sonrío con tristeza a Zun al pasar nuevamente por allí.

Una nueva idea me viene a la mente.

—Disculpe, Zun. ¿Podría decirme si mi marido tiene tarjeta magnética para acceder a la habitación?

—Sí, claro. Tiene llaves para acceder a las habitaciones cuando quiera. —Zun mueve su melena lisa y negra como el azabache y alucino del brillo que tiene—. Como usted...

—¿Llaves?

¿En plural?

—Ehhh... Sí, llaves. —De pronto se muestra insegura.

¿Es que David tiene llave de mi habitación y además ha reservado otra? ¡Esto es muy fuerte!

—Pues yo solo tengo una llave —digo casi como pensamiento en voz alta.

—Cierto, tengo la otra aquí. —Busca en el escritorio, abre un sobre con el nombre «Colton» y me da una tarjeta magnética como la que ya tenía. Atisbo a ver en el sobre el número de habitación y sonrío agradecida a Zun.

Los nervios se acumulan en mi estómago. Mientras avanzo de nuevo por el mismo camino a paso rápido voy pensando en que, en parte, son nervios malos, porque no tengo ni idea de lo que está pasando y este hombre se ha propuesto volverme loca. Pero por otra, de pronto siento una especie de alegría súbita por saber simplemente que está cerca... en un radio pequeño. ¿Cómo puede simplemente eso alegrarme? Y la posibilidad de verle y poder hablar. Ya no digamos la posibilidad de abalanzarme sobre él y hacerlo mi esclavo sexual hasta que decida perdonarle por estos días que me ha hecho pasar. Porque le voy a perdonar, ¿no?

Ahora no puedo pensar en eso, solo quiero verlo.

Paso por delante de la puerta de mi villa, de la de Jacob, ¡ostras Jacob! Me he olvidado de él, paso también por delante de la de «Montian» y la siguiente es la que marcaba el sobre.

¿Estará dentro? Una cobardía terrible me domina. ¿Y si se enfada?, ¿y si está con alguien?, ¿y si no quiere verme?, ¿y si...?

Pero no puedo seguir así, he de averiguar qué está pasando. Meto la llave valientemente y abro la puerta de su habitación.

No parece que haya nadie así que enciendo la luz y cierro la puerta tras de mí. Suspiro profundamente algo decepcionada por no encontrarlo dentro. Observo todo a mi alrededor. Hay una maleta pequeña junto a la cama, el cargador del móvil en la mesita de noche y ropa que reconozco de David tendida sobre la butaca. La habitación huele a él y algo dentro de mí se rompe. Quizá era otra capa de hielo que se había formado en alguna parte. Pues ya no existe.

Oh, David, ¿dónde estás? Te necesito. Necesito poder hablar contigo y aclarar qué está pasando... o voy a acabar loca.

La decepción de que no esté aquí me mata. Pero la confirmación de que está cerca me da esperanzas.

Valoro la posibilidad de volver con Jacob y acabarme la infusión que debe estar más que fría, pero paso. No tengo ganas ni de ser educada ni de ir a avisarle. Lo siento mucho.

De pronto, todo mi cuerpo me pide acercarme a David todo cuanto pueda y esta habitación vacía es lo más cerca que he estado de él en los últimos dos días.

Las lágrimas empañan mis ojos y decido abrir la cama y meterme en ella. Si se enfada por allanamiento de habitación de hotel, ¡que le den! Voy a plantarme aquí hasta que decida aparecer. Entonces lo ataré a la butaca (tengo que conseguir cuerdas o bridas) y le obligaré a hablar conmigo y aclarar todo. Tiene que ver que soy real y ha de volver a eso de los «te quiero» que tenía antes de ayer por la mañana. Realmente lo necesito.

Pasan varias horas. Horas que dedico a mirar el estado de David en su WhatsApp cada pocos minutos y su foto de perfil. Sonrío sin querer al verla.

Si después de lo que me ha hecho, sigo confiando en el Amor... él tiene que confiar también. Algo tan bonito y especial como lo que hay entre nosotros no puede desaparecer de la noche a la mañana. Me niego a aceptarlo.

Cada vez que oigo pasos en el camino me da un vuelco el corazón. Pero todos los pasos se desvanecen antes o siguen de largo. Ninguno se para en esta puerta.

¿Dónde estás David? ¿Por qué no me llamas? ¿Por qué no me buscas?

LA HE LLAMADO MENTALMENTE. QUIERO CONOCERLA

David

Veo a Sofía acostada en la cama, tapada con las sábanas y un tío medio en pelotas mirando su móvil junto al mueble bar. Creo que lo he despertado. ¡Que se joda!

Mi móvil vibra en el bolsillo de los tejanos y cuando lo miro veo que es el tío este que me está llamando. ¡Hay que joderse!

Vuelvo a saltar hasta el jardín de Sofía y calculo un poco mal la caída, así que me hago un rasguño en una pierna. Entro en su habitación frío por completo y no es por la caída ni porque haga frío. Es que estoy helado de lo que acabo de ver.

¿Se ha ido a la cama con un desconocido? ¿A la primera de cambio? Es un poco fuerte.

Puedo abrir mi mente y aceptar que la puta carpeta roja tenga una explicación lógica. No la consigo ver, pero vale, puede ser que exista.

¿Pero y esto? Que esté durmiendo con ese tío me parece que es algo que está bastante claro... blanco y en botella.

Me siento en su cama algo mareado. Me acaricio las sienes intentando comprobar si la migraña está volviendo o si es solo que todo esto me está afectando más de lo que me gustaría.

He de pensar en algo que me distraiga ya que la opción que más ganas tengo de hacer es la de entrar a esa habitación y liar una buena.

Pienso en mi madre. Necesito ir a verla. Que me calme, que me dé una alternativa o una visión distinta; seguro que la tiene.

Cojo el Jeep y me voy directo a su casa. Vive un poco apartada en el campo, pero a ella le gusta, dice que son vacaciones de todo. Las temporadas que vive en Ibiza en realidad nunca son vacacionales, hace sus terapias y sus historias. Pero a su manera, es como un periodo vacacional ya que es distinto de lo que hace el resto del año en Barcelona. Allí también tiene sus charlas y talleres, pero siempre dice que es completamente distinto a cuando está en Ibiza, que la isla tiene una energía magnética y poderosa que no hay en otros lugares.

Entro en la casa sin llamar, son casi las nueve. Me encuentro a mi madre preparando té en camisón. Cuando me ve, se lleva las manos a la boca de la sorpresa y corre hasta mí para abrazarme como si hiciera años que no nos vemos.

—¡David! ¡Estás aquí! Hijo mío... ¡Qué alegría!, ¡y qué sorpresa! —exclama mientras me estrecha entre sus brazos.

—Si, mamá, estoy aquí.

Se aleja un poco para mirarme la cara y me examina el rostro con el ceño fruncido.

—¿Qué te pasa?

—Nada, no he dormido mucho esta noche.

Me deshago de sus brazos y me dejo caer en el sofá.

—¿Quieres dormir aquí un rato? Puedes acostarte en la habitación si quieres. Luego hablaremos cuando hayas descansado.

Mi madre me desespera muchas veces y muchas otras saca lo peor de mí. Nuestra relación pasa del hielo al fuego en cero coma. Pero también tiene ese don que poseen las madres de apaciguar los ánimos. Cuando estoy cerca de ella, siempre me siento mejor. Sea lo que sea que me haya ocurrido. Y la verdad es que ahora mismo me siento muy muy cansado. El haber dormido escasas horas esta noche me está pasando factura. Necesito acostarme con urgencia.

Acepto su invitación y me tumbo en la cama de la habitación de invitados. Mi madre se ocupa de cerrar las cortinas y ponerme el aire acondicionado para que pueda descansar. Me da un beso en la frente como si tuviera cinco años y me deja dormir.

La angustia aparece en mi garganta de nuevo antes de que me duerma. No me puedo creer que Sofía esté en la cama con otro. ¿Será verdad que me ha engañado todo este tiempo?

No me lo puedo creer.

* * *

Me despierto tras un par de horas. Descansado y más tranquilo. Con la cabeza un poco más acallada. Aun así medito diez minutos antes de salir de la habitación. Quiero tener la mente muy clara hoy y tomar buenas decisiones.

Cuando salgo de la habitación mi madre me ha preparado unas tostadas y un café. Lo devoro en la mesa del jardín mientras ella me hace reiki. Dice que necesito regenerar mi energía. Yo la dejo hacer. Lleva toda la vida así, no la voy a cambiar ahora.

—Háblame sobre la chica que te tiene así —es lo primero que me pide tras la sesión.

—¿Cómo sabes que hay una chica?

Sonríe satisfecha.

—Porque lo sé. Háblame de ella.

Suspiro e intento aclarar las ideas en mi mente antes de verbalizarlas.

—Ella es... es diferente... es... —Sonrío sin querer al pensar en lo dulce que es y la forma con la que me mira, como si yo fuera alguien importante o especial. Realmente me hace sentir así cuando estoy a su lado.

—¿Ha puesto tu mundo patas arriba?

Afirmo con la cabeza y añado:

—Es una muy buena descripción de lo que ha pasado, sí...

—Así que es... LA CHICA —dice ella marcando mucho esas palabras y mirándome con sus rasgados ojos verdes.

Afirmo de nuevo. No puedo negarlo. Hasta hace veinticuatro horas estaba totalmente convencido de que era ella.

Entonces mi madre pone su mano sobre mi pecho, concretamente sobre el corazón, y cierra los ojos. Tras un minuto o más, la quita satisfecha y vuelve a mirarme.

—¡Cuánto amor hay en tu corazón, cielo!

Ya empezamos.

—Han pasado cosas rarísimas en las ultimas horas, mamá.

—¿Cosas imperdonables?

Pienso en ello antes de contestarle. ¿Puedo perdonar que me haya investigado para saber incluso el dinero que tengo? Hago una mueca al descubrir que sí. ¿Qué más me da? En realidad no me importa para nada. Sé que no le van mal las cosas con su empresa, al contrario, sé que le van bastante bien. Por eso me sorprende más que nada que se interese tanto por esos temas. Pensaba que era distinta. Pero sí, es algo que puedo perdonarle.

¿Puedo perdonar que se haya acostado con otro tío a la mínima que la cosa se ha puesto fea? En realidad no me molesta que se haya podido acostar con otro. Claro que puedo perdonarlo, es que no hay nada que perdonar. Ella es libre de hacer y deshacer lo que quiera. ¡Más faltaría!

Lo que me jode es que le haya dado igual lo que pasaba entre nosotros. Que haya tardado tan poco en olvidarse de mí. Sí, en realidad es más bien esto lo que me duele tanto.

¿Puedo perdonar eso? Joder, creo que sí. Creo que puedo perdonar cualquier cosa con tal de volver a tenerla cerca. Esta situación me está matando.

—No. No hay nada que no pueda perdonarle. No se me ocurre de hecho nada que no le perdonaría.

—Cariño, eso es amor verdadero —sentencia mi madre con un susurro.

¿Ella me quiere hablar de Amor verdadero a mí? ¿Ella que engañó a mi padre con otro y traicionó su confianza? En fin... no quiero ni mencionarlo porque acabamos mal, como siempre.

Sí, yo sí que siento amor verdadero por Sofi. Es el único que quiero sentir de hecho.

—Si no ha hecho nada imperdonable y la quieres tanto como para darte cuenta de ello, ¿por qué no estás arreglando las cosas con ella ahora mismo?

Buena pregunta. Porque he ido a arreglarlas y me la he encontrado metida en la cama de otro tío. ¡Qué fuerte, por cierto! Cuanto más lo pienso más me jode. Es contradictorio con el sentimiento que tengo de perdonarle cualquier cosa. Pero es que me siento así de contradictorio ahora mismo.

—Escucha, cielo —continúa mi madre—, confía en el Amor. Todo se pondrá en su lugar.

Tras decir eso, se levanta y recoge las cosas del desayuno.

—¿Te quedas a comer? Voy a hacer gazpacho, receta de la abuela, y una ensaladita vegana y muy completa, como a ti te gusta.

¿Mi madre haciendo comida vegana? Esto sí que es nuevo.

—Está bien.

No puedo negarme. Es la primera vez que me quedo a comer con ella y no me hace pavo a la plancha. «Ah es que pensaba que pavo sí que comías», me dice siempre. Claro, como el pavo es un vegetal...

—Mamá, ¿no tenías Wifi? —Busco redes en mi móvil pero ni cobertura, ni wifis ni nada—. ¿Cuál es la clave?

—Sí que tengo, pero solo enciendo el *router* para comunicaciones urgentes, prefiero no tener rayos extraños ni energías electrónicas por la casa.

—Tú sí que eres un rayo extraño —le digo en broma y se ríe—. Dame la clave y enciéndelo, que esto es una comunicación urgente.

Suspira contrariada pero enciende el *router* y me da un papelito con la clave «AYAHUASCA». Prefiero ni preguntar. Enseguida que se conecta mi móvil al wifi aparecen varios mensajes de llamadas perdidas y WhatsApps de Christian.

Christian:
¿Estás en Ibiza?
12:00

No me preguntes cómo, pero sabemos que has aterrizado esta mañana.
12:01

Sofi está muy alterada.
12:02

Y yo empiezo a estarlo también.
12:02

Llámame.
12:03

¿Qué Sofi está muy alterada? Pues no lo estaba tanto hace unas horas en la cama del tío ese, el pringado de Jacob.

Decido escribirle un mensaje a Christian.

Estoy en casa de mi madre.
12:45

Te llamo más tarde y hablamos.
12:46

Discreción, por favor, necesito algo de tiempo.

12:47

Christian:
Hecho.

12:48

Acabo de pillar coche de alquiler.

12:48

Ahora voy a llevar a las chicas a un sitio.

12:49

Te llamo en cuanto esté solo.

12:50

Me vendrá bien la opinión de Christian respecto a todo lo que está pasando, es quien mejor me conoce después de mi madre. Me acerco a la cocina y hablo un rato con ella mientras apaga el *router* como si fuera un aparato infernal y después prepara el gazpacho y la ensalada. Me cuenta de sus terapias, sus círculos de la mujer y sus historias. Parece feliz. Se le ilumina la mirada cuando habla de las mujeres que ayuda y con las que trabaja. Se siente útil y me alegro de que esté así de bien.

—¿Sabes de lo que tengo ganas, David? —me pregunta mientras prepara el aliño de la ensalada.

—¿De qué?

—De que me hagas abuela.

Y dale. Ahí está con lo de ser abuela. Siempre con el mismo temita; una y otra vez.

—Claro... Pues habla con tu hija —escurro el bulto como puedo.

—Tu hermana es más joven y no ha encontrado a la persona adecuada aún.

—Bueno, ¿y qué? Puede hacerte abuela igual, hoy en día...

Se ríe y se echa el pelo rubio hacia atrás coqueta. Qué madre guapa que tengo.

—No importa que te niegues, sé que me harás abuela.

—¿Ah, sí? ¿Lo has visto en las cartas? —bromeo.

—No, en las cartas no. En el cielo.

«En el cielo». Debe de ser alguna nueva terapia de las suyas.

—Ajá. ¿Y el cielo no te dice si vas a tener un novio pronto? Para que dejes de dar por saco a tus hijos con hacerte abuela, más que nada.

Se ríe y corre a abrazarme de nuevo. Se me pega como una lapa y yo la estrecho con cariño.

Cuando me deja respirar y se separa de mí, añade:

—¿No te dije una vez que llegaría una chica a tu vida que la pondría patas arriba por completo?

—Sí, mamá, me lo has dicho como mil veces con esta.

—¿No te dije también que sentirías cosas por ella que nunca habías sentido?

—Sí, eso también lo dijiste.

—¿Y acaso no tenía razón? ¿No ha ocurrido exactamente así?

Pienso en ello. Sí. En realidad ha ocurrido así. Como ella me dijo hace meses; la última vez que la vi.

—Sí, mamá, puedes decirlo: «Te lo dije» y yo te diré «oh, gran madre de las madres omnipoderosa, siempre tienes la razón absoluta universal».

Se ríe y me da una colleja en broma.

—Ríete de mí todo cuanto quieras. Sabes que tengo razón —sentencia segura.

Lo peor es que la tiene. Y lo peor es que, por mucho que me joda, yo he heredado todas esas ideas místicas de ella. Me río mucho de sus teorías, sus terapias y su trabajo. Pero luego soy yo el de los universos paralelos y el destino. Además, siempre se cumple todo cuanto me dice que me va a pasar. Siempre ha tenido ese sexto sentido especial para detectar las cosas. En otra vida debió ser bruja, seguro.

Me imagino a mi padre diciendo: «¿en otra vida? ¡En esta sí que es una bruja!», y me río para mis adentros. Mi padre nunca le ha perdonado que lo engañara y lo comprendo, la verdad. Creo que cuando ocurrió todo eso entre ellos, fue el momento exacto en el que decidí que yo jamás engañaría nunca a ninguna chica y que jamás quería que ninguna me engañara y me partiera el corazón como hizo mi madre con mi padre.

Ahí comenzó mi filosofía de vida liberal.

No se puede engañar a alguien cuando tienes permiso absoluto para hacer todo cuanto quieras. No se puede traicionar a alguien cuando no existen las mentiras ni los engaños. Por lo tanto, no existe ese tipo de dolor en una relación sincera y coherente con estos valores.

Nadie puede romperte el corazón cuando no está en sus manos.

Oímos un coche acercarse por el camino de tierra y mi madre se acerca a la ventana.

—No espero a nadie —dice curiosa intentando adivinar quién viene.

Me acerco tras ella y veo como... ¿¡Sofía!? Se baja de un coche. Me froto los ojos y enfoco mejor la vista. ¿Es ella?, ¿en serio? Tiene mal aspecto y empiezo a sentir unas ganas terribles de salir corriendo a abrazarla. Pero no puede ser, ¿no? La estaré imaginando.

—¿Es ella, cielo? —pregunta mi madre con una sonrisa llena de cariño señalando hacia la chica idéntica a Sofía que vemos a través de la ventana.

Así que ella también la ve. ¿Cómo coño lo sabe? ¿Y por qué no está flipando como yo?

—Sí, es ella... ¿cómo sabe que estoy aquí? ¿Le has dicho algo tú? —Una nueva teoría conspiratoria se forma en mi mente.

—No digas tonterías, cómo voy a decirle yo nada si no tengo ni cobertura en esta casa. Sé que es ella porque la he llamado.

—¿No dices que no tienes cobertura?, ¿en qué quedamos? —le pregunto confuso y nervioso.

—La he llamado mentalmente. Quiero conocerla.

Mi madre y su comunicación mental. Como lo desarrolle un poco más, le quita el trabajo a los de Vodafone.

Mónica se baja del coche también y, cuando Christian se aleja por el camino, se acercan hacia la casa.

—¿Pero cómo...? ¿Cómo pueden haber sabido que estoy aquí?

—No deben saberlo, cielo.

Mi madre tan tranquila y yo alucino porque Sofi esté aquí, pero si casi ni le he hablado de mi madre, ¡cómo va a saber donde vive! No entiendo nada.

—¿Qué vas a hacer? ¿Te quedas o te vas?

—Creo que me voy. Habla tú con ellas, a ver para qué vienen. No sé, es que no entiendo por qué están aquí.

—Ya te lo he dicho. Las he llamado yo —se pone con los brazos en jarra y añade—: vete a la habitación. Te aviso cuando puedas salir y así me dejas a solas con ellas, ¿te parece bien?

—Sí, vale.

No puedo pensar en reaccionar de otra forma ahora mismo porque, la verdad, lo último que me esperaba era ver a Sofía aquí.

Me meto en la habitación de invitados y recojo mis cosas mientras mi madre les da la bienvenida durante varios minutos y las hace pasar a la sala de las terapias.

Entonces aparece de nuevo en la habitación donde me encuentro.

—Cielo, tengo que decirte dos cosas —dice susurrándome de forma que casi no la escucho ni yo.

—¿Qué? ¿La has visto? ¿La has conocido? ¿Qué hace aquí? ¿Está bien? —Una repentina inquietud me altera por completo.

—Escúchame... —me dice cogiéndome por los hombros—: la primera cosa es que sí, es ella. Y la segunda, te quiere —hace una pausa dramática y añade—: Has de solucionar esto, hijo.

Joder con mi madre.

Le doy un abrazo rápido y varios besos en la mejilla.

—Eres la caña, mamá. Me voy a ver a Christian. Te llamo más tarde, ¿vale?

—Ve. Pero después soluciona esto, no dejes que sea demasiado tarde.

Asiento con la cabeza. Cojo mi maleta y salgo de la casa. No puedo evitar sentir la presencia de Sofía cerca y eso me altera por completo. ¿Cómo puede atraerme tanto? Incluso estando cabreado y confuso como estoy.

Me subo al coche y me voy directo a Villas de Ibiza. Esta es mi oportunidad para hablar con Christian. Valoro totalmente la opinión mística de mi madre, pero también me gusta razonar las cosas y el rey del sentido común, la lógica y la razón es mi amigo.

Lo llamo por el camino y quedamos en el bar del hotel. Tal como entro se levanta de la silla donde se encontraba esperándome y viene hasta mí. Me da un abrazo más largo de lo habitual y me mira a los ojos analizándome.

—¡Tío! ¿Estás bien? —pregunta totalmente preocupado.

—Bueno... no ha sido mi mejor día.

—¿Qué coño ha pasado?

Nos sentamos en una mesa y tras una promesa sólida de no decir ni hacer nada, le explico absolutamente todo lo ocurrido con todos los detalles. Incluso lo de flipar al verle llegar con ellas a casa de mi madre, él flipa también.

Me jode bastante cuando defiende a Sofía en vez de aceptar que es todo muy extraño y pinta mal. Pero su veredicto es que debo hablar con ella y darle el beneficio de la duda y la oportunidad de explicarlo. Tiene toda la razón del mundo.

Cuando acabamos de comer, Christian decide ir a buscarlas. Yo pido una *suite* para mí, necesito darme una ducha, cambiarme de ropa y descansar un poco. He decidido ir a hablar con ella y quiero tener la mente clara y hacerlo bien. Mi madre me llama al rato de irse ellas, cuando va al pueblo a hacer la compra y pilla cobertura.

Pero es mi madre y, lejos de razonar o aclarar nada, está como en las nubes. Encantada de la vida con Sofi y Mon. Le ha ilusionado conocerlas. Han comido juntas y han tenido un rato de «intimidad y conexión», según dice, que no sé ni qué quiere decir.

Sigue en sus trece de que debo solucionarlo y de que «es ella».

Christian me envía mensajes y me presiona para que vaya a cenar con ellos. Pero paso de ir a comer y hacer como si nada, necesito estar a solas con Sofi para poder aclarar todo esto. No es algo que podamos hablar mientras cenamos con amigos. La esperaré en su habitación hasta que vuelva y así tengo un margen de tiempo para relajarme y pensar bien lo que le quiero decir.

Hacia las once de la noche, y tras cenar en la terraza del hotel solo y tranquilo, me voy a su habitación. Empieza a haber gente tomando copas y yo quiero tranquilidad y relax.

Me tumbo en la cama de Sofi y pongo la tele. Espero que no se asuste al entrar en la habitación y encontrarme dentro. También espero que en caso de no asustarse, no se cabree por haberme metido sin avisar. Bueno, es mi habitación en realidad. La he reservado y pagado yo. Así que, legalmente, no tiene motivos para enfadarse. Pero realmente espero que no le moleste, no quiero empezar la conversación con una bronca.

La tele es basura absoluta y acabo apagándola y jugando a un juego de póker online por el móvil. Gano cien euros como quien no quiere la cosa y mi estado de ánimo mejora sustancialmente. Me encanta ganar. Sea lo que sea.

Hacia las doce escucho pasos acercándose hacia la puerta y me levanto algo alerta. No sé si es mejor que me encuentre acostado en su cama o si debería sentarme. Bueno, me siento. Escucho como mete la tarjeta en la ranura. Ha de ser ella. Abre un poco la puerta y mi pulso se acelera como si estuviera a punto de darme un infarto. Me pongo de pie junto a la cama y me peino un poco el pelo con los dedos tras estirarme la camiseta.

La oigo hablar con alguien. ¿Un tío diciéndole algo de ir a tomar copas? ¡Espero que no sea el puto Jacob! ¡Por su seguridad e integridad física!

La puerta se cierra y Sofía no entra. Me quedo con cara de gilipollas. ¿Se ha ido a tomar algo con él? No quiero desquiciarme pero esto, como mínimo, es chungo de cojones.

Pasado un tiempo prudencial, cuando he conseguido calmarme. Salgo y me dirijo tranquilamente como quien da un paseo hacia el porche *chill out* del que he oído que hablaban. Cuando llego, los diviso sentados en unos sillones, bien cerca el uno del otro y con sus infusiones. Parece que estén pasando un gran momento juntos. Hablan y se ríen y me cabrea un montón cómo lo mira. ¿Otra vez esta mierda de los celos? No. No voy a tirarlo todo por la borda.

Me acerco a una camarera; le pido que añada las infusiones a la cuenta de mi habitación y le diga a Sofía que su marido las ha pagado y la espera en su habitación. La camarera acepta muy discreta sin hacer comentarios al respecto.

Yo no puedo evitar reírme un poco al imaginar la cara del tío ese cuando oiga esas palabras. ¿Y la cara de Sofi? Me va a dar rabia perdérmela.

Me ilusiona saber que en pocos minutos estaremos juntos, aunque sea solo para darnos la oportunidad de hablar y aclarar las cosas. Mi estado de ánimo es muy bueno ahora mismo. Doy un paseo por la zona de la piscina antes de ir a su habitación y lo que me encuentro allí sí que no me lo esperaba.

—¡Hola, mi *amol*! Yo quiero tu mojito... —me dice Fani con acento cubano.

Espera. ¿Qué hace Fani aquí?

—¡Hombre desaparecido! —me abraza Lucas por detrás.

—¿Qué hacéis vosotros aquí? —pregunto alucinado.

—Si Mahoma no va a la montaña... —dice Lucas con una sonrisa que enseña toda su blanca dentadura.

—¡Qué os pensabais! Qué ibais a estar todos juntitos en Ibiza y nosotros nos lo íbamos a perder? ¡Ni *hablal* de eso, huevón! —exclama Fani divertida.

Me alegro de verlos. Pero ahora no puedo entretenerme mucho.

—¿En qué habitación estáis?

—En la 116.

—¿Desayunamos mañana juntos? —les propongo separándome un poco para seguir mi camino.

—¿No te quedas a tomar algo? Mira que ambientazo —me dice Lucas señalando a la gente que se está tirando a la piscina con ropa y copa en mano.

—Ehhh... no, tengo que solucionar algo.

—¿Con tu amorcito? —pregunta Fani muy melosa.

—Disfrutad de la noche, pareja, nos vemos mañana en el desayuno. ¡Vaya sorpresa se va a llevar Christian!

Voy a la habitación de Sofi. Aún no ha llegado. Me siento sobre la cama de nuevo. Ha de venir en algún momento, ¿no? No pretenderá quedarse toda la noche con Jacob.

Pasadas unas dos horas en las que juego con el móvil, hago flexiones en el suelo, paseo por la terraza de la *suite* y ya no sé qué más hacer, decido salir; quizá aún esté tomando algo con él y me temo que esta vez no voy a pagarles las consumiciones. Me da igual liarla parda, ¡es que he llegado al límite de mi paciencia ya!

Una decepción enorme aparece cuando veo que no hay nadie en la zona *chill out*. Reviso el móvil y veo un mensaje de Christian de hace unos momentos:

Christian:
¿Por qué no vienes a Amnesia? Estoy con Mónica. ¿Y sabes quién se acaba de sumar? Ven y lo ves tú mismo.

01:00

¿Será Sofía? ¿Se habrá ido a Amnesia con ellos? No tiene mucho sentido, pero como en su habitación no está, y en el hotel tampoco la veo por ninguna parte, no se me ocurren más opciones. Pido un taxi a través de una aplicación del móvil y tal como me recoge en el hotel, le pido que me lleve a Amnesia directo.

RECUERDA... NO ERES DE GELATINA

Me quedo dormida un buen rato en su cama. Huele un poco a él aunque no parece que haya dormido en ella. Me despierto y al mirar el móvil veo que son las seis de la mañana. Me asomo a la ventana y observo cómo está amaneciendo. Tengo el sujetador integrado en la piel por haber dormido con él puesto así que haciendo malabarismos dignos de un *show* erótico (o más bien de circo) me lo quito por un brazo sin sacarme el vestido.

Hay una camiseta de David sobre la butaca y me la pongo por encima del vestido. Huele a él y me reconforta. Me recuerda que es real. Que ha estado aquí. Que no ha aparecido en toda la noche en su habitación, pero que una vez existió y lo tuve pegado a mi piel como esta camiseta.

Abro la puerta de la terraza privada de la *suite* y no se oye nada fuera. La fiesta de la noche anterior debe haber acabado hace un rato. Camino descalza por el césped y siento frío. Me abrazo a mí misma y me froto los brazos. Pero me encanta ver el color que tiene el cielo y como va cambiando a medida que va amaneciendo. Es un momento mágico.

Camino un poco por el césped del jardín privado, cierro los ojos y respiro profundamente varias veces. Una sensación de tranquilidad se expande por todo mi cuerpo y tengo la impresión de que todo está bien. Es como una catarsis. No tiene ningún sentido, pero me siento así. Quizá el destino me esté dando un mensaje alto y claro: «olvídate de él, es demasiado complicado».

Empiezo a sentirme agotada mental y emocionalmente y la opción de olvidarme de todo esto empieza a tener cada vez más peso. Quizá solo sea un mecanismo de defensa, pero empiezo a estar cansada de esta situación.

Me duele en el alma porque lo que siento por él, o lo que sentía antes de que me dejara tirada en el avión, era algo muy parecido al amor. Pero he de quererme a mí misma primero. Alguien que te deja tirada en un avión no es alguien que te quiera bien.

Vuelvo a la habitación de David y la sensación de que debo dejarle ir cada vez es más grande. Es como si mi corazón no quisiera hacerlo, pero toda mi razón me estuviera empujando a salir de aquí. Así que recojo la habitación, intentando que no se note que he dormido en su cama, y me voy a la mía.

Lo primero que hago al entrar es ducharme. El agua parece que limpiara todas las malas sensaciones y experiencias de los últimos días. ¡Se acabó! No voy a sufrir más. Tiene mi teléfono, sabe exactamente dónde estoy. Si después de dejarme tirada como a una maleta vieja no se ha dignado siquiera a llamarme, será que no le importo tanto. Y si le importo algo, espero que lo demuestre.

Me pongo el bikini (uno lila con líneas doradas) y, tras ser la primera en el hotel en desayunar, me tumbo en una hamaca de la piscina a tomar el sol hacia las diez. Este es mi tercer día en Ibiza y aún no había estrenado el bikini. ¡Se acabó! Pienso tomarme lo que queda de semana de vacaciones totales. Las necesito. Saco mi Kindle y leo. Disfruto de desconectar de la vida adentrándome en la vida de otra a través de esa historia.

En la piscina se van sumando personas. Cada vez hay más hamacas ocupadas. Pero yo tengo la mejor. ¡Oh, *yeah*!

Según mi Shazam la canción que suena se llama *Lake Arrowhead* y es de Nora En Pure, es una música *house* ambiental que da un rollo muy chic a estar aquí tomando el sol; por primera vez en varios días, me siento en paz. Pero de verdad. Como si todo lo que ha pasado estos días fuera un mal sueño del que finalmente despierto.

Miro el móvil por si hay señales de Mónica pero no las hay. Su última conexión es de las seis de la mañana así que se habrá ido a dormir cuando yo me despertaba. ¡Que disfrute! Que ella también se merece unas buenas vacaciones. Y me encanta que las esté disfrutando junto a Christian. Él me gusta para ella.

A las once de la mañana algo me hace sombra. Cuando me tapo el sol con una mano para poder ver qué o quién es, me encuentro con Óscar.

—¡Buenos días, socia! ¿Se puede? —me pregunta señalando la tumbona que hay a mi lado.

—Vaya sorpresa; claro que se puede.

Óscar no es muy de tomar el sol, pero se tiende en la tumbona a mi lado y me mira divertido.

—Te veo mejor, socia.

—Lo estoy. —Suspiro aliviada—. Estoy muchísimo mejor.

—Esta noche sí que has tenido un sueño reparador, ¿eh?

—Sí, esta noche sí. —Me río.

—¿Los demás duermen?

—Eso creo.

Óscar se levanta y acerca arrastrando una sombrilla hasta que toda la sombra cubre su tumbona. Se vuelve a acostar satisfecho. Ya decía yo que estaba durando mucho bajo el sol.

—¿Sabes? La chica que te dije es de Barcelona.

—¿La del juego? ¡No me digas! —exclamo sorprendida.

—Sí, qué casualidad, ¿no? Podía ser de tantas partes y es de Barcelona.

—¡Cuando vuelvas, tienes de quedar con ella! —Doy palmas en el aire emocionada.

—Bueno, bueno, no te emociones mucho. Ya veremos.

No quiero agobiarle así que afirmo con la cabeza y no añado nada más. Con Óscar todo esto ha de ir paso a paso.

—¿Y tú qué? ¿Cómo llevas el tema... David? —me pregunta como con miedo a nombrarlo.

—Lo llevo mejor. He decidido cerrar ese capítulo.

—¿Cerrar ese capítulo? —repite incrédulo.

—Sí.

—¿Definitivamente? —concreta él.

—Bueno, temporalmente. Tampoco nos pasemos. —Río tímida—. Pero el tiempo dirá.

—Ahhh, ya decía yo. Con lo pillada que estás...

Me hace gracia que me vea así.

—Sí, lo estoy. Pero he de quererme y valorarme. No puedo dejar que un tío me abandone en un avión y después correr tras él para perdonarle cuando él ni siquiera me ha llamado en estos días. Ya sabe donde estoy; si quiere algo, que me busque.

—Joder —exclama con sorpresa—. ¡Me sorprendes, Sof!

—¿Por qué? —Me bajo las gafas de sol y lo miro a los ojos intentando comprender a qué se refiere.

—Porque has tomado una decisión muy madura y correcta, nada pasional como sueles hacer tú siempre.

Me considera muy pasional porque tengo sentimientos como el resto de humanos. Bueno, vale, tiene algo de razón, me dejo llevar que da gusto.

—Sí... gracias.

—En serio, ¡muy bien! ¡Que se lo curre si quiere que le perdones!

—Sí, exacto... ¡Que se lo curre! —exclamo divertida comulgando con esa idea.

Me pego varios baños refrescantes que me sientan de maravilla. Óscar no ha traído bañador así que se limita a tomar la sombra y leer cosas en su móvil. La gente de la piscina debe pensar que somos una extraña pareja.

Hacia las doce y media aparece Christian. Viene arrastrando las chanclas, con toalla en mano y sin camiseta luciendo el cuerpazo que tiene. Dios bendito. ¡Cómo está el moreno! Además, lleva el pelo como despeinado y lejos de quedarle mal, le da un toque salvaje muy sexy.

Parece que va a seguir de largo cuando pasa por delante de nosotros y lo llamo.

—Ehhhh, morenazo.

Se gira sorprendido y achica un poco los ojos enfocando bien para ver quién le llama, parece que le haya pasado un camión por encima. ¡Vaya fiesta se debieron pegar!

—¿Sofi? —dice acercándose a mí y sentándose en mi tumbona. Aparto las piernas para que pueda hacerlo sin chafarme.

—Sí, soy yo. ¿Qué te pasa? Pareces un *walking dead*.

—Sí, soy más zombi que ser humano ahora mismo —confiesa divertido y choca la mano de Óscar en señal de saludo. Tras eso me da un beso sobre los labios que me deja algo descolocada. He de hablar de este tema seriamente con él. ¿Es que piensa saludarme así siempre? ¿Y Mónica qué piensa de ello? Cuando consigo reaccionar le lanzo una pregunta:

—¿Y eso? Vaya fiesta te pegaste con la rubia anoche, ¿eh?

—Sí... con la rubia y con más —dice. Su expresión divertida de esfuma y mira al suelo.

¿Con más mujeres? ¿Es que hicieron un trío o algo así? Christian vuelve a subir su mirada y busca mis ojos.

—Están aquí Lucas y Fani —dice aclarando mis dudas.

—Ahhh... ¡No sabía! ¡Vaya sorpresa! ¿Se alojan en este hotel?

—Sí. Llegaron anoche y se unieron a la fiesta. Acabamos en Amnesia.

—Ahhh... Lo habréis pasado muy bien, «felices los cuatro», ahora entiendo que estés así de zombi, hijo —le digo acariciando su brazo. Qué fuerte está. Debería dejar de acariciarle así. Retiro mi mano y sonrío muy natural. Supernatural.

—Esto... sí. Los cinco.

—¿Los cinco? —le pregunto levantando una ceja.

—Vino David también —confiesa bajando el tono de voz y parece que esté cargado de culpa.

¿¡QUE DAVID SE FUE DE FIESTA CON VOSOTROS, DICES!?

Dios, las ganas que tengo de chillar no me caben en los pulmones. He pasado de cero a cien en un segundo. Con lo en paz que estaba yo, ¡la madre que lo...! ¿Es posible que este hombre sea en realidad un cabrón de enorme magnitud? ¿En vez de arreglar las cosas conmigo se va de fiesta? ¿Y yo en su habitación esperando a que llegara? ¿Cómo he podido ser tan tonta?

—Ajá —exclamo totalmente neutra con toda la contención de la que Dios me dotó.

—¿Ajá? ¿No estás... enfadada? —Me mira como si fuera a pegarle en cualquier momento o algo así, ¡pero si él no tiene la culpa!

—No... No lo estoy —le digo en el mismo tono contenido de antes—. Y ahora, si me disculpas...

Me levanto, doy cuatro pasos hasta la piscina y del salto que pego me estampo en plan bombazo en toda el agua y salpico hasta a las guiris que están tomando el sol más lejos. Era eso o explotar de rabia. Aprovecho para nadar de un lado al otro hasta que consigo extraer de mí toda la furia y la ira que había aparecido en mi interior. Acabo exhausta, relajada, agotada, en paz. Qué sano es esto.

Debería retomar mi buena costumbre de salir a correr, me dejaba como nueva.

Cuando salgo del agua veo que Christian se ha tumbado en mi silla y habla con Óscar como si fueran amigos de siempre.

Me tumbo en una tercera junto a Christian.

—Vaya largos te has pegado —dice Christian en cuanto me acerco.

—Sí, tenía muchas ganas de nadar —respondo como si nada.

—Ya veo... bueno... oye... ¿qué vas a hacer?

—¿De qué? —Me pongo las gafas de sol y lo miro tras ellas mientras coloco bien la parte de arriba de mi bikini. Es más pequeño de lo que recordaba y me cuesta mantener todo bajo la tela. Es demasiado sexy para mi gusto. No sé en qué pensaba cuando me lo compré. Bueno, sí sé en qué pensaba.

—De... David —dice de nuevo con cautela. ¡Que no le voy a pegar!

—No voy a hacer nada, Christian, me he cansado. Tiene mi teléfono, sabe donde estoy. Si en algún momento quiere aclarar algo que venga y lo haga, ¡yo paso!

Christian me mira sorprendido pero no dice nada. Al poco afirma con la cabeza y mira hacia el infinito.

La siguiente en aparecer es Mónica, lo hace en un bañador negro *superfashion* con un escotazo total, pamela de paja y cuñas playeras con plataforma. Parece salida del anuncio de ropa de baño.

—Buenos días... nena. —Me mira y me lanza un beso en el aire—, Sugus. —Le lanza otro a él—, Christ. —Se lanza a besarle sin vergüenza y sin casi respirar. No me extraña. Yo haría lo mismo si fuera ella.

—¿Qué hacéis? —pregunta cuando termina de besuquear a su chico y vuelve a tomar consciencia de que estamos aquí Óscar y yo de espectadores.

—Pues nada, aquí tomando el solecito. ¿Y tú qué? ¿Resacón en las Vegas?

—Nah. Si no bebimos nada, pero vinieron Fani y Lucas y no veas la que nos liaron en Amnesia —dice recogiéndose el pelo en una cola bien alta.

—¿Y David también la lió? —le pregunto con una sonrisa totalmente diplomática (o eso pretendo).

—Ehhh... Sí... Esto... ¿Vienes conmigo un momento? Voy a pedir un zumito.

Me mira incómoda y asiento. Espero que ella lance un poco de luz sobre toda esta historia.

La acompaño hacia la barra de Stephen. Solo que Stephen no está y en su lugar hay una camarera. Mónica pide un par de zumos verdes antiox depurativos con cantidad de cosas (hortalizas básicamente).

—Ese zumo aquí lo llamamos «volver a la vida» —exclama divertida la camarera y se pone a prepararlo.

Tras sonreírle a la camarera, Mónica me mira, me coge las manos y me dice:

—David vino a Amnesia porque pensó que tú estabas allí. Se ve que no te encontró en el hotel.

Bueno, algo es algo. Acaba de bajar un punto en la escala de cabrón donde se ha coronado.

—Ajá. Pero como no me encontró se unió a la fiesta y claro —digo yo muy ácida—, una cosa llevó a la otra y se le olvidó que yo existía.

—Estuve hablando con él, ¿sabes? Creo que todo lo que ha pasado ha sido un malentendido.

—¿Ah, sí? ¿He malentendido que me dejó tirada en un avión sin dar ni una explicación? —Me está costando más de lo que pensaba ocultar mi cabreo.

—No. Te dejó allí porque pensó que tenía motivos para hacerlo. Pero eso sí que es un error. Y ahora quiere hablar contigo.

—¿Sabes...? Bueno, es igual. —No sé ni qué iba a decir.

—No, dime. —Mónica presiona mis manos entre las suyas—. ¿Qué piensas hacer?

—Pasar de todo. Si quiere hablar que venga, pero no las tengo todas de que esto se vaya a solucionar con una conversación. Se ha pasado.

Mónica me mira y sus enormes ojos azules están llenos de interrogantes.

—¡Ostras, nena! Vaya cambio. ¿Qué te ha pasado esta noche?

—Que me he cansado. No puedo dejar que David aparezca y ponga mi mundo del revés. Me dejó tirada en un puto avión —digo conteniendo de nuevo la rabia que me provoca recordar ese momento—, ya sea por un malentendido o no, las cosas no se hacen de esa forma. Si ahora quiere hablar y aclarar algo que lo haga. —Mónica me mira con una expresión que no sé descifrar.

—¡Bien dicho, nena! —me dice afirmando con la cabeza—. ¿Lo tienes bastante claro esto?

—Sí, totalmente claro —afirmo convencida.

—¿Seguro? ¿Al cien por cien?

—Ehhh... Sí.

—¿Y crees que cuando lo veas frente a ti no cambiarás completamente de parecer y te volverás de gelatina? —me susurra divertida y mira detrás de mí fugazmente.

Voy a girarme para ver qué mira, pero me coge por la barbilla aplastando mis mejillas contra mis labios y me hace mirarla en un movimiento rápido.

—¡Nu piensu vulverme de gelutina! —le contirmo como puedo moviendo los labios como un pez.

—Perfecto, porque lo tienes ahí —dice Mónica girándome la barbilla un poco para que mire hacia mi tumbona.

Uy, no estaba preparada para esto.

David está en bañador, un bañador gris tipo bóxer ancho con una camiseta negra ajustada, unas gafas de sol oscuras, descalzo y de pie junto a Christian mirando hacia nosotras.

Uffff.

Un torbellino de sensaciones me atraviesa desde la coronilla hasta los pies. No queda ni una sola célula de mi ser que no sea arrasada por el impacto de verle.

De pronto me siento pequeña, frágil e insegura. Unas ganas terribles de correr hacia él me invaden, pero no tengo claro si después de hacerlo quiero fundirme en un abrazo infinito o darle una torta y gritarle de todo por dejarme tirada y hacerme sufrir tanto estos días.

—Respira, Sofi. Recuerda. No eres de gelatina —me susurra Mónica desde atrás.

Su comentario me hace reaccionar y tras cuadrar los hombros y adquirir una pose mucho más segura y erguida (no me había dado cuenta, pero me estaba encogiendo), me coloco de nuevo las gafas de sol. Cuando veo que Mónica ya tiene sus megazumos verdes revitalizadores «volver a la vida» en las manos, comienzo a avanzar hacia él con paso firme. Firme y sexy debo añadir. No sé por qué pero me sale así. Estar enfadada me sienta bien al parecer.

Él no me quita la vista de encima, bueno, me lo imagino, ya que con las gafas oscuras que lleva no se le ven los ojos. Pero está completamente enfocado hacia mí y parece que ni respira. Lleva el pelo hacia atrás y con el sol los reflejos dorados brillan como nunca. Su presencia me impone más de lo que me gustaría reconocer, pero aún así me voy acercando hasta ellos y cuando tan solo dos pasos nos separan, observo como se tensa, se le nota en todo el cuerpo, sobre todo en la expresión facial, en la mandíbula. Y eso, sorprendentemente, me da aún más fuerzas. Al fin y al cabo, mi presencia también le impone.

Le sonrío diplomáticamente, me siento en mi tumbona y me coloco cómodamente a tomar el sol sin decir nada. Christian, Mónica y hasta Óscar me miran con las mandíbulas desencajadas y parecen estar esperando una reacción mucho más explosiva que la que acaban de ver.

Quizá se esperaban que le propinara la torta. O que le gritara. O que llorara. O que riera. O que le besara. O que dijera algo. Sí, creo que cualquier reacción habría sido mucho más lógica que la que tengo. Pero ahora mismo, esto es lo que hay.

David sigue mirándome y, aunque no veo sus ojos, sé que está descolocado. Supongo que él también esperaba otra cosa.

Cierro los ojos unos segundos y me concentro en escuchar *All We Need* de Odesza. Es eso o estallar en risas nerviosas. Ahora mismo desconozco cómo puedo reaccionar. Estoy tan alterada en general, que no me conozco en esta situación.

Me centro en mi respiración y noto que alguien se sienta en mi tumbona como ha hecho Christian antes, solo que sé que no es Christian. Aparto las piernas a un lado para dejar espacio y abro los ojos.

Es David.

Me encuentro con él cara a cara. Sigue con las gafas de sol pero está sentado en mi tumbona y me mira inquieto. Está muy cerca de mí. No me roza de milagro y doy gracias a los astros de que así sea. No estoy preparada para que me toque.

Me levanto un poco para no estar tan acostada y me retiro las gafas hacia atrás como una diadema.

Le miro sin expresión alguna en mi rostro y espero simplemente a que diga algo.

—Hola —murmura tímido.

—Hola, David.

Advierto como le cambia el gesto cuando oye su nombre en mis labios. Sigo ejerciendo ese efecto en él, como hasta hace tres días. Está como si no hubiera pasado nada, pero ha pasado mucho.

—¿Có-cómo estás? —me pregunta. El nerviosismo se hace evidente en su voz.

—Muy bien, aquí, tomando el sol —en cambio mi voz sale, fría no, helada.

Asiente algo nervioso. Miro a los lados y veo que a los demás solo les falta un bol con palomitas. ¿Somos un *show* en vivo y en directo o qué?

Creo que les he transmitido algo con la mirada porque de pronto, Óscar ha decidido ir a comprarse un zumo, Mónica y Christian se han mirado y se han ido juntos al agua y nos hemos quedado solos David y yo compartiendo mi tumbona y este momento tan extraño. ¡Perfecto! ¡Solo me faltaba esto! Estar a solas con este... este hombre que me vuelve loca en todos los sentidos.

El perfume de David empieza a llegarme y nubla un poco mi juicio. Siento como si pudiera convertirme en una gelatina en cualquier momento y me reafirmo en ser una mujer que se respeta a sí misma y que es fuerte y segura.

—¿Y tú cómo estás? —le pregunto volviendo a posar la vista sobre él.

Se retira las gafas, las cuelga en el cuello de su camiseta y me encuentro con una mirada triste. Tiene los ojos rodeados por unas ojeras pronunciadas y llenos de preocupación. Creo que nunca he visto su mirada así. Me dan ganas de acariciarle la cara y besarle hasta que se le borre esa preocupación del rostro. Pero me aguanto.

—Bueno... No muy bien —contesta con tono frágil que me remueve por dentro.

—¿No? ¿Y eso? —me hago la ingenua pero mi voz ya no suena tan helada. Me estoy descongelando por segundos y en cualquier momento aparecerá la gelatina.

Se rasca la barbilla y tras mirar hacia la piscina pensativo, vuelve a mirarme a mí.

—¿Vas a hacer como que no ocurre nada, Sofi?

Oh, no... Tampoco estaba preparada para que me llamara «Sofi». Oír mi nombre en sus labios es algo que me descongela del todo. Trago saliva despacio.

—No, no voy a hacer como que no ocurre nada, claro que no —le digo con seguridad y un tono neutro.

—¿Entonces?, ¿por qué actúas así, como si todo te diera igual?

—Bueno, es lo que has hecho tú hasta ahora, ¿no?

Me mira con algo nuevo, creo que es decepción o algo así. ¿Qué se esperaba? ¿Que corriera a sus brazos e hiciera como que nunca me dejó tirada? Es lo que él esperaría que hiciera cualquier chica, ¿no? De hecho es lo que quería hacer yo hasta hace unas horas. Pues no, esta chica ha decidido quererse a sí misma por encima de todo y hacerse respetar. Nadie puede dejarme tirada como una basura y pretender que haga como que no pasa nada.

David suspira y sigue mirándome inquieto. Me cuesta sostenerle la mirada. Parece como si hubiera una tormenta tras esos ojos azules que tiene.

—Mira yo... quiero hablar contigo y aclarar las cosas —dice muy conciliador.

—Sí. Eso mismo intenté hacer yo el otro día cuando te llamé varias veces y te escribí mensajes, pero parece que no tenías las mismas ganas de ahora.

Frunce el ceño a la vez que entorna un poco los ojos y puedo palpar la decepción con la que me mira.

¿No le gusta lo que le digo? A mi tampoco me gusta que me dejara tirada con un mensaje y no volviera a contestarme ni a dar señales de vida hasta ahora.

—Sí tenía ganas de arreglarlo, pero no por mensaje. Por eso cogí el primer vuelo y vine, para verte y poder arreglarlo.

Tiene sentido. ¿Pero y ayer? ¿Por qué no me llamó? ¿Por qué no me buscó? ¿Por qué no vino a dormir siquiera? Yo estaba en su habitación; quería arreglarlo, quería verle.

No sé qué decirle.

No aguanto más la profundidad de su mirada y la desvío a la piscina. Veo a Mónica y Christian mirarnos y disimular. Están intentando saber de qué hablamos, seguro. Busco a Óscar y lo veo mirándonos también, esperando a que la chica de la barra le prepare el zumo.

Siento el calor que desprende el cuerpo de David o quizá solo me lo imagino pero me siento atraída a él como un imán. Solo pienso en acercarme más o tocarlo con cualquier pretexto. Lo que pasa es que mi cuerpo está inmóvil, pareciera que tiene otros planes.

—Mira, entiendo que estés enfadada —dice suavemente con la voz rasgada y llena de... ¿ternura?—. Tienes derecho a estarlo. ¡Joder! Sé que lo que hice no tiene perdón —exclama con un tono mucho más agitado, gesticulando y moviendo los brazos—, ¿pero no crees que deberíamos hablar e intentar aclarar lo que ha pasado?

Sí lo creo. Pero estoy tan dolida y me siento tan atraída a la vez que no puedo tomar una decisión coherente ahora mismo. He de calmarme primero.

—Sí, tengo derecho a estarlo y lo estoy —contesto a la primera parte de su frase—. Y sí, creo que deberíamos hablar y aclarar las cosas, como te he dicho, el domingo lo intenté en varias ocasiones sin éxito.

—¡Sí! —exclama algo alterado—, ya sé que me llamaste y vi tus mensajes, pero no quería arreglarlo con un mensaje, necesitaba verte, yo... —Se acerca más a mí con decisión y acerca una mano tanto a mi cara que estoy segura de que pretende acariciarme la mejilla o cogerme como hacía siempre antes de besarme. Solo que su mano se queda helada antes de tocarme y vuelve a donde estaba.

¡Salvada! Si me toca estoy perdida.

—Mira, Sofi... de verdad que lo siento. Entiendo cómo estás... lo entiendo de veras.

Parece que vuelve a sentirse inseguro o algo así. Mira al suelo decaído y yo no sé qué hacer ni qué decir. Así que solo me queda ser visceralmente sincera.

—Yo... —digo como en un susurro y se me quiebra la voz, carraspeo y vuelvo a intentarlo con más fuerza—. Yo... necesito algo de tiempo, David.

Él levanta la vista al oírme y vuelvo a percibir ese pequeño gesto al oír su nombre de mi boca. Me mira descolocado. No dice nada, pero el poco espacio que hay entre su cuerpo y el mío se llena de esa carga eléctrica que ya me empieza a resultar familiar. Es una mezcla entre deseo, atracción física, química, biología y hasta latín... Puedo sentir cuánto deseamos tocarnos, abrazarnos, sentirnos, perdonarnos... Pero estoy bloqueada, de veras que lo estoy.

—Está bien —susurra rendido—. Lo que necesites.

Me sonríe con tristeza y es un gesto tan contradictorio como lo que siento en mi interior. Así que le devuelvo la sonrisa con tristeza y tras colocarse de nuevo las gafas de sol, coge la tumbona que hay a la izquierda de la mía y la pega sin dejar ningún espacio entre ellas. Se saca la camiseta lentamente frente a mí y entiendo que ha decidido torturarme, esto no tiene otro nombre.

Madre mía... su piel, su torso, su expresión entre seductor y rendido. Esto me está superando.

¡Camión, mátame ya!

Se tumba junto a mí, a escasos milímetros de rozarme, pero sin hacerlo. Y ya está.

Ha decidido tomar el sol a mi lado. Muy cerca de mí. Vamos, más no podía pegar su tumbona. Yo alucino y empiezo a sentir cómo me transformo en una masa de gelatina blandita y moldeable que puede deshacerse en cualquier momento y desaparecer.

Dejo que pasen varios minutos en los que intento ni mirarle. Solo respirar y recobrar la compostura interna.

Mónica y Christian vuelven algo serios del agua y se tumban en sus respectivas tumbonas sin decir nada, Mónica a mi derecha, Christian en la siguiente y Óscar... no sé dónde está.

CREO QUE ESTOY MUY LOCA

La situación pasa de ser incómoda a ser insostenible. Tengo a David a escasos milímetros de mi cuerpo. Toma el sol sin decir nada ocultando su expresión bajo las gafas de sol. Yo hago lo mismo. Mónica y Christian igual. Parece que estemos los cuatro igual de incómodos. ¿O solo soy yo y me estoy montando una película?

—¡Hombreeeeee! —exclama una voz femenina cantarina con mucho énfasis—. ¡Si están aquí las dos parejitaaaaas!

Abro los ojos y me encuentro con Fani y Lucas.

—¡Sofid y Montian! —exclama Lucas contento al vernos.

Fani viste solamente un bikini amarillo casi fosforito y Lucas lleva un bañador que parece que vaya a juego con el de ella, es de un amarillo muy similar. ¡Vaya dos!

¿Y yo qué respondo, por cierto? «No, nada de parejitas. Estamos en crisis».

Nada, si alguien quiere hacer alguna aclaración que la haga. Yo paso.

Nos levantamos a saludarles y nos sorprenden con picos a todos. ¿La norma no era solo para su casa?

—¡Cuando estamos de vacaciones juntos la tradición es saludar así! —exclama Fani al ver mi cara de circunstancias por el beso que me acaban de dar los dos. ¿Será que Christian también aplica esta norma entonces?

—¡Ahhhh, claro! —digo yo divertida como si fuera lo más lógico.

Pues vale. Ya me estoy acostumbrando a estas cosas con ellos.

David se mantiene a mi lado, como si estuviéramos juntos, pero no me toca, ni tan siquiera me roza. Y más le vale continuar así.

—¡Bueno! Vamos a ver si nos dan algo de desayuno, estamos hambrientos, ¿verdad bombón? —pregunta Lucas a Fani.

—Sí, ¡hambrientos! Ahora venimos —dice Fani alejándose hacia el bar con él de la mano.

—Voy con vosotros —dice David y tras mirarme con una sonrisa triste como la de hace unos minutos, se aleja con ellos.

En el momento en que se marchan, Christian se sienta en la tumbona de mi lado mientras Mónica me coge las manos y me mira inquieta.

—¿Habéis hablado? ¿Está todo aclarado?

—No. —Miro a la piscina algo desanimada—. Le he pedido algo de tiempo.

—Bueno, está bien, nena, si lo sientes así...

Amo a Mónica por entenderme y apoyarme por encima de todo y sobre todo aunque me esté equivocando.

Presiono sus manos con cariño y le sonrío.

—Tenéis que hablar Sofi. Hazme caso. Hay varios puntos que debéis aclarar; es importante —me dice Christian desde la tumbona. Lo miro escéptica.

Aparece Óscar en ese momento.

—Bueno, uno que se pira.

—¿Te vas? —le pregunta Mónica y me lo saca de la boca.

—Sí, he quedado con mis padres para comer.

—Oh... vale. ¿Vendrás por la noche a cenar con nosotros? —le pregunto yo.

—No sé. Luego te llamo y me dices qué plan tenéis y ya veo... sobre la marcha.

—Está bien.

Nos da dos besos, choca mano con Christian y se marcha.

—Bueno... Antes de que vuelvan, ¿qué queréis hacer hoy? —nos pregunta Christian a las dos. Mónica me mira a mí esperando mi respuesta.

—Lo que queráis. Es la una y pico ya, pero si estos están desayunando ahora... no sé... podemos ir a comer más tarde a algún sitio, ¿no? —respondo yo.

—Yo optaría por comer algo aquí mismo —propone él—, después podemos arreglarnos e ir a dar un paseo por el centro de Ibiza. Cenamos algo por allí y después, lo que os apetezca...

—A mí me parece bien —dice Mónica con una sonrisa—, ¿y a ti?

—Sí, también —respondo.

La verdad es que aunque estemos raros entre nosotros, el hecho de que David esté aquí hace que mi humor sea muchísimo mejor que el de los días anteriores. Tiene ese efecto en mi persona el condenado.

El calor de la la tarde es bastante insoportable desde la tumbona. Así que me meto en la piscina y me quedo tumbada en una zona en la que casi no hay profundidad y parece la orilla de la playa, el agua cubre justo mi cuerpo hasta el cuello. Cierro los ojos y siento como el agua va bajando la temperatura de mi cuerpo poco a poco. Me siento relajada y en paz; no puedo evitar que la sensación de alegría por saber que David está aquí vaya en aumento por minutos. Claro que hemos de hablar. Y hablaremos. Es solo que el *shock* ha sido fuerte y no quiero tomar decisiones precipitadas por lo que siento cuando lo tengo delante. Mente fría y buenas decisiones. Ese es mi plan ahora mismo.

—¿Te gusta este hotel?

La voz de David me saca de mis pensamientos y abro los ojos de golpe dando un brinco en el agua. Está a mi lado, tumbado en el agua como yo, ni me he dado cuenta de que se metía en el agua, y nuevamente está lo más cerca que puede de mi cuerpo, pero sin rozarme, como si una barrera imaginaria nos mantuviera separados. Está sin gafas de sol y no puedo evitar mirar las ojeras que enmarcan sus ojos. Vuelven a entrarme unas ganas terribles de arreglarlo todo ya mismo.

—Sí. Me gusta —respondo con una sonrisa contenida.

—Bien... sabía que te gustaría. —Me devuelve la sonrisa y nuestras miradas dicen mucho más que nuestras palabras.

«¿Por qué me dejaste tirada?». «Cuánto te he echado de menos». «¡Soy real!» Son algunas de las cosas que le dicen mis ojos.

—Bueno... le he dicho a Christian de ir a cenar esta noche a un sitio que os va a gustar, está en la playa y tocan música en directo.

«Suena romántico», pienso.

—Ajá. Suena bien —es lo que le contesto.

Miro hacia el frente, hacia las tumbonas, y veo que Mónica, Christian, Lucas y Fani están mirándonos desde allí. Cuántas expectativas tiene todo el mundo puestas en nosotros. Sonrío y les saludo con una mano. David mira hacia donde saludo y se ríe al ver que los cuatro responden moviendo sus manos en el aire.

Sigo mirando al frente, concretamente a una chica que flota en la piscina sobre un flamenco hinchable rosa superchulo. Siento la mirada de David sobre mí, por el rabillo del ojo puedo ver como recorre mi cuerpo. Me altera mucho todo esto. Suerte que estoy bajo el agua y la temperatura se mantiene a un nivel adecuado, sino ardería.

David acerca su hombro al mío y me empuja suavemente, cuando levanto la vista para ver a qué viene este contacto me sonríe con la sonrisa de las hoyuelos y un hormigueo aparece en mi estómago.

—¿Qué? —le pregunto divertida mirándole a los ojos.

—Nada —contesta y desvía la mirada al frente sonriente.

—Vale.

Vuelve a acercar su hombro al mío y vuelve a empujarme suavemente. Tiene la piel suave y caliente. Cómo me gustaría coger este pequeño contacto y expandirlo a algo mucho más grande, como fusionarnos en un abrazo infinito, por ejemplo.

—¿Qué? —le pregunto con más insistencia entre risas.

Me mira de refilón y me guiña un ojo.

—Estás preciosa —susurra acercándose a mi oído lo que hace que el hormigueo de mi estómago se vuelva un temblor.

—Sí, seguro —digo yo entre tímida e incrédula. ¿Está flirteando conmigo? ¿Y por qué me encanta tanto que lo haga?

—Sí, ya te lo aseguro yo —dice en un susurro que me suena demasiado íntimo, como si no hubiesen existido los últimos días.

—Pues tú no tienes muy buen aspecto —confieso con tono de broma.

Él se hace el sorprendido por mi comentario y pone cara de ofendido.

—¿No tengo buen aspecto? —pregunta señalándose a sí mismo con falsa vanidad. Si hay algo que no es David, es creído, y bien podría serlo con el atractivo que tiene.

—No. Tienes ojeras —respondo con suavidad mirando lo oscuras que están—, y tu sonrisa no llega a tus ojos. —Su expresión cambia de divertida a seria en cuanto digo esto último—. Y en definitiva... parece que la fiesta de anoche te dejó hecho polvo, ¿eh? —esto último me sale con un tono bastante ácido.

—No es la fiesta de anoche lo que me ha dejado así. —Baja la mirada y mueve la mano que tiene entre nosotros removiendo el agua pensativo—. Pero todo lo que necesito para sentirme bien otra vez, está aquí —dice mirándome y entiendo que se refiere a mí.

—Me alegro entonces —replico, y le guiño un ojo como ha hecho él antes.

La rubia del flotador de flamenco vuelve a pasar por delante de nosotros y se acerca demasiado a David como si existiera una corriente marítima en la piscina que la llevara casualmente hasta allí. Sí, claro.

David parece que ni se entera. Entonces ella se acerca más, como por casualidad, y le da en un pie.

—Oh, disculpa —le dice muy coqueta como si yo no existiera.

¿Hola? Podría ser su novia. ¿Te da igual, tía? ¿De qué vas? ¿A que te ahogo?

—No hay problema —responde él muy educado con una sonrisa amable.

—¿Eres Español? ¡Pensaba que solo había *guiris* en este hotel! — exclama ella encantada.

Es como la Barbie. Ojos verdes rasgados, pelazo rubio, medidas perfectas. Pffff... Miro hacia otro lado para que no se despierte mi lado asesino y la ahogue con mis propias manos bajo su flamenco, que por cierto, tras ahogarla me lo quedo. ¡Cómo mola!

—¿Ah, sí? Pues no, mi mujer y yo somos de aquí —responde él dándome en el hombro de nuevo como antes—. ¿Verdad, cariño? — pregunta mirándome a mí.

¿Mi mujer y yo? ¿A qué juega?

He de reconocer que verle la cara a la rubia mirándome sorprendida es más de lo que jamás había podido desear que ocurriera. ¡Es mejor que ahogarla con el flamenco rosa! Yo sonrío muy encantada de ser yo misma y eso aún le da más rabia, estoy segura.

—Así es, mi amor —respondo exageradamente melosa.

Jamás actuaría así ni aunque fuéramos marido y mujer de verdad, pero me encanta chincharla. Y más me encanta simular una vida fantástica en la que estamos juntos de verdad. Qué bonito sería.

—Oh, qué bien... —dice ella finalmente y rema un poco con sus manitas para alejarse con su flotador hacia lo profundo de la piscina.

Bye bye, *Barbie... te has salvado de una buena.*

Tengo ganas de decirle adiós con la mano y una sonrisa de arpía, pero me contengo. David se ríe a mi lado por lo bajo.

—Oigan, tortolitos, nos vamos a pegar una siestaja —dice Lucas acercándose hasta el borde de la piscina—, y posterior a eso... ¡una duchaja! —Se ríe él solo de lo que dice.

Fani lo mira con gesto condescendiente y niega con la cabeza en plan «no tiene remedio».

—¿Nos vemos después para ir al centro? —propone ella mirándonos alternativamente a David y a mí.

Ambos asentimos con la cabeza.

—Nosotros también nos vamos a descansar un poco y a ducharnos —me informa Mónica tirando de la mano de Christian.

Es una emboscada, claro. Nos están dejando solos. Quieren que hablemos. Lo veo en los ojos de Christian que me mira fijamente mientras empieza a alejarse y sé que me está diciendo «habla con él». Christian es muy expresivo con la mirada.

—¡Hasta luego, nena! Avísame al móvil cuando os vayáis a vestir así me preparo también yo —le pido a Mónica.

—Hecho. —Sonríe y se van.

Se hace un silencio. David mira al frente y se moja el pelo con la mano. La verdad es que si no fuera por lo fresquita que está el agua estaríamos achicharrados.

Me giro y me pongo boca abajo apoyada sobre los antebrazos para que me de un poco de sol también por la espalda.

Siento que David vuelve a recorrerme con la mirada. Pero si me ha visto desnuda en diferentes ocasiones ya, ¿qué mira tanto? Ya sabe lo que tengo, no hay nada nuevo que no conozca.

Se gira también quedando boca abajo y vuelve a acercar su hombro empujando el mío.

—¿Qué? —le pregunto con una sonrisa divertida; él solo se ríe un poco.

—Nada.

—¿Tú también vas a hacer siesta? Esta noche no habéis dormido nada con tanta fiesta —le digo con un poco de tono recriminatorio sin querer.

—Bah. Yo estoy bien. Duermo poco, ya sabes...

—Pues no deberías dormir tan poco —le recuerdo pensando en sus migrañas.

—Ya dormiré —me dice con una sonrisa triste que transmite muchas cosas.

Nos quedamos en silencio. Uno junto al otro sin tocarnos. No sé él, pero yo estoy disfrutando de esta cercanía, volver a tenerlo cerca es algo que me hace sentir demasiado bien. Inspiro profundamente y expulso el aire con un suspiro inconsciente.

Él me mira atento, pero no dice nada. Cuando deja de mirarme y cierra los ojos enfocando su cara al sol, aprovecho para deleitarme recorriendo su cuerpo con mi mirada. Su piel está morena y brillante. Tengo cada vez más ganas de estirar mi mano hasta tocarla. Quiero acariciar su nuca, sus hombros, su espalda... Es como una necesidad que va creciendo.

Estamos solos y supongo que deberíamos aprovechar para hablar. Pero me encantaría no tener que hacerlo y, tan solo, seguir disfrutando de este momento, tal como es.

—¿Te has puesto crema? —pregunto de pronto cuando me doy cuenta de que no le he visto ponérsela. Él abre los ojos y me mira sorprendido antes de contestar.

—La verdad es que no, no he traído. Debería comprarme una.

—Yo tengo allí en la tumbona, deberías ponerte. A esta hora está muy fuerte el sol.

—Sí... creo que me estoy quemando —comenta mirándose el hombro derecho.

—Vamos —le digo y me levanto.

Él se levanta tras de mí y me sigue hasta las tumbonas, mientras, yo voy escurriendo mi pelo en un torniquete sobre mi hombro izquierdo.

Busco en mi bolso la crema y se la doy.

Me mira por un momento como si estuviera decidiendo si pedirme que se la ponga o no. Yo quiero decirle que, si quiere, le ayudo a ponérsela, pero las palabras se me amontonan en la boca y no salen.

Hago como que miro el móvil mientras él empieza a ponérsela por el torso, los brazos, piernas... Intento no mirar, de veras, pero es que vaya imagen, ¡esto no se ve todos los días!

Buffff. Empiezo a acalorarme. Me pongo las gafas de sol y me hago aire con la mano torpemente. Necesito una sombrilla o arderé en cualquier momento entre David y el calor que hace. Busco con la mirada alrededor de la piscina y veo que todas las sombrillas están pilladas. Localizo entonces algo en lo que no me había fijado, son unas camas tipo balinesas que, al tener techo, tienen sombra y parecen supercómodas.

Sería ideal tumbarnos en una. Claro que no estoy preparada para compartir «cama» con él.

—¿Quieres ir allí? —me pregunta al verme mirar las camas balinesas.

—Ehh... sí, ¿no? Es que pega muy fuerte a esta hora y no hay sombrillas.

—Vamos —decide.

Se encamina muy decidido hacia la cama libre que hay, yo cojo el bolso, el pareo y voy tras él. Nos tumbamos de nuevo muy cerca uno del otro, pero sin tocarnos. Agradezco al instante la sombra tan agradable que proporciona el techo. Además, corre un poquito de brisa y me parece que estoy en el cielo.

—Toma. —Me devuelve la crema con una sonrisa sincera—. Gracias.

Sé que no se ha puesto por la espalda. Y sé que podría ofrecerme para solucionarlo, pero ¿seré capaz de repartir crema por su espalda sin que me dé algo? Creo que estoy algo inestable ahora mismo y prefiero no arriesgar tanto. Además, como ahora hay sombra, ya no corre peligro de quemarse, sino lo haría.

—Mmmm. Qué bien se está aquí —murmura encantado acomodándose y cerrando los ojos.

—Sí —es todo cuanto puedo añadir.

Pocos minutos después su respiración se vuelve regular y profunda y creo que se ha quedado dormido. Me tumbo sobre mi costado derecho para poder observarlo mejor.

Está guapo a rabiar a pesar de las ojeras.

Me debato internamente entre acariciarle ahora que duerme sin que se entere o quedarme simplemente observándole. Creo que estoy muy loca.

Pero es que me encanta este momento. Querría atesorarlo en mi memoria para siempre. Me encanta estar con él. Su presencia, su calidez, su amabilidad y ternura. Me encanta todo de él, la verdad. Menos que pensara que yo no era real y me dejara tirada, pero bueno, espero que me lo aclare en breve.

De pronto se gira dormido hacia mí, me rodea la cintura con su brazo y pega su cabeza en mi pecho. Tras unos segundos en los que me quedo algo helada, consigo reaccionar y bajo la mano que había dejado en el aire para apoyarla en su espalda.

Sonrío al darme cuenta de que por fin le estoy tocando y de lo que me fascina sentir su piel contra la mía. Juraría que está dormido, pero bien podría ser una técnica para acercarse a mí sin que pueda negarme ni pedirle tiempo. Sea como sea, estoy encantada.

Acaricio su pelo hacia atrás peinándole con los dedos y después me deleito en recorrer su espalda como si estuviera leyendo braille. Él sigue respirando acompasadamente contra mi pecho y creo que, de tanta alegría que siento de estar así de cerca de él, podría estar irradiando luz ahora mismo.

Juro que no es consciente, pero mi cuerpo se pega aún más al suyo; suspiro cerrando los ojos al sentirlo tan cerca de mí, como si esta cercanía me estuviera proporcionando calma emocional, física y hasta espiritual.

Ojalá pudiera parar el tiempo en este momento.

Pasado un buen rato, entre caricias a su espalda y sentir su aliento cálido en mi escote, me quedo completamente dormida igual que él, sintiéndome muy feliz y muy plena de tenerlo pegado a mi piel como si nunca nos hubiéramos separado.

Un ruido suena, pero lo ignoro. Acto seguido siento que David se remueve contra mi cuerpo y su calidez se aleja de mí. Abro un poco los ojos para ver por qué algo tan terrible está sucediendo y veo que David no está. Localizo el foco del ruido y veo que es mi móvil. Mónica me está enviando mensajes diciendo que ya se han despertado de la siesta y que van a pedir algo de comida en la habitación para después ducharse y vestirse. Son las cuatro de la tarde y ni hemos comido.

¿Dónde está David? Miro a todas partes y suspiro aliviada en cuanto lo veo entre la gente de la piscina aproximándose a mí con una bandeja en las manos. ¿Qué trae?

Cuando está más cerca, me doy cuenta de que su expresión ha cambiado y no parece tener tan mala cara ya, le ha sentado bien la siesta.

Sonrío en cuanto llega a mi lado y observo el contenido de la bandeja que deposita entre nosotros en la cama. Hay un plato con *sushi* y otros dos con algo que parece una ensalada de arroz. Lleva trozos de mango, pepino, maíz, *shitake* y varias cosas más que no sé qué son. También hay dos bols con fruta cortada y dos botellas de agua fría.

—Uau... —exclamo al darme cuenta del hambre que tengo y la buena pinta que tiene todo.

—¿Te apetece? Te he traído por si querías.

—Sí, ¡gracias!

—¿Eso que sonaba antes era tu móvil? —me dice tras darme el plato con mi ensalada de arroz y coger el suyo.

—Sí, era Mónica, dice que ya se han despertado y que van a comer algo y a preparase.

—*OK.*

Compartimos el *sushi*, que sorprendentemente es de tofu y vegetales, y después comemos las ensaladas en silencio mirando la cantidad de gente que hay en la piscina y alrededores. Empieza a haber personas que no van en bikini, sino arregladas y con copa en mano. ¿Es que la fiesta empieza a las cuatro de la tarde aquí o qué?

El ambiente es bueno y suena *Saltwater* de Nora En Pure un *house* suave que es muy agradable. La ensalada está deliciosa y no dejo absolutamente nada en el plato.

David también se acaba la suya y me pasa la ensalada de frutas. Deliciosa también, superdulce y fresquita. No podía haber escogido mejor, me encanta todo.

Le choco un poco el hombro como hacía antes él en el agua y me mira de reojo divertido.

—¿Qué? —me pregunta.

—Nada. —Sonrío y dejo el bol vacío en la bandeja.

—Nos hemos quedado fritos, ¿eh? —dice él dejando vacío su bol también junto al mío.

—Sí. No me he dado ni cuenta —miento recordando como me he aprovechado de que dormía para acariciarle todo cuanto deseaba sin tener que dar explicaciones.

—Yo tampoco. Y creo que te he chafado un poco; me he despertado y estaba prácticamente sobre ti —dice entre divertido y avergonzado.

—¿Ah, sí? No me he dado cuenta —vuelvo a mentir como una bellaca.

—Sí. Creo que te he acosado un poco... dormido —dice con una sonrisa traviesa que alcanza sus ojos y los vuelve expresivos y nítidos como yo recordaba.

—Acoso y secuestro, ¿eh? —digo rememorando lo que siempre me decía.

—Sí. Aún estás en peligro, no lo olvides.

Su mano se aproxima a mi cara y yo me quedo inmóvil. No tengo ni idea de qué va a hacer, ¿me va a besar?, ¿me voy a resistir? Lo estoy deseando. Demasiado.

Calor, mucho calor de solo pensarlo. Tiene los labios gruesos y húmedos y solo puedo pensar en absorberlos y morderlos. Su mano va directa a la comisura de mis labios y me lo acaricia con el pulgar fingiendo que tengo algo.

—Tenías un poco de fruta —dice y sé que es mentira.

—Oh, gracias —le sigo el juego.

La electricidad entre nosotros se puede cortar con un cuchillo. Silencio. Nos miramos sin decir nada. ¿Me lanzo a besarlo?

—Bueno —dice él—, ¿vamos a ducharnos?

—¿Juntos? —le pregunto yo sorprendida a lo que él rompe en risas.

—Si insistes. Te aseguro que no seré yo quien se niegue —añade levantando sus manos en el aire con gesto de inocencia.

Oh... Lo he interpretado mal. Esta cabecita mía.

Tras reírme yo también y quitarle importancia nos dirigimos hacia las habitaciones. Los pocos pasos que dura el trayecto le doy mil vueltas a si debería perdonarle y ducharnos juntos o mejor no. Aún no hemos hablado. Aunque podemos hablar después de bañarnos. Mi cuerpo me pide ducha con él. Mi mente dice que deberíamos hablar primero y aclarar las cosas que han pasado. No tiene mucho sentido que me quiera hacer respetar y a la mínima de cambios me rinda ante su belleza y carisma. No. He de ser fuerte. Yo puedo.

—¿Te vengo a buscar en una hora? —pregunta él poniendo solución a todo mi dilema mental; no puedo más que sentir frustración por saber que se va a alejar de mí una hora.

—Sí. Genial —exclamo disimulando con una sonrisa.

Se acerca mucho a mí y yo me quedo paralizada por el deseo y la esperanza de que me bese. Pero deja un dulce beso en mi mejilla lleno de cariño y con bastante presión y se aleja hacia su habitación con una sonrisa tierna en los labios. Está en la villa siguiente, en la puerta que hay junto a la de Mónica y Christian. Se me antoja demasiada distancia ahora que por fin lo tenía a mi lado.

Tan pronto entro en mi habitación, suspiro y parece que saco, junto al aire, toda la frustración que sentía. Vuelvo a sentir alegría y bienestar por saber que en cincuenta y nueve minutos estará aquí. Tras poner el móvil a cargar y una buena lista de Spotify sonando de fondo a todo volumen me meto en la ducha, me depilo íntegramente, me exfolio toda la piel, me pongo *aftersun* al salir, me peino, me maquillo y escojo modelito: un vestido morado ajustado, una chaquetita de seda tipo kimono rosa pálido por encima y unas sandalias altas negras a juego con un bolso pequeño ideal para llevar solo el móvil, DNI, tarjeta de hotel y dinero.

Me miro al espejo cuando estoy lista y me sorprendo a mí misma, la verdad es que estoy muy guapa y tengo la piel entre rosada y dorada del sol. Justo en ese momento unos nudillos llaman a la puerta de mi habitación y una sonrisa llena de ilusión se me escapa al pensar en que estoy a pocos segundos de estar con David de nuevo.

¿Cómo puedo desearle tanto? No es ni medio normal esto.

SOY MUY FAN DE LA IDEA DE COMPARTIR CAMA TODOS JUNTOS

Cuando abro la puerta todas mis ilusiones se hacen realidad al ver a David frente a mí. Se apoya en el marco de puerta y trae puesta una sonrisa de seducción masiva que es demasiado. ¡Lo que me faltaba!

—Hola —saluda.

—¡Qué puntual! —le digo con una sonrisa—. ¿Pasas? Estoy acabando de arreglarme.

Lo dejo allí mirándome con algo de confusión. Voy al lavabo a ponerme los pendientes frente al espejo. Oigo que cierra la puerta y me hago ilusiones desmedidas sobre quedarnos en esta habitación encerrados durante horas (o días... o años... o para siempre).

Me pongo un poco de perfume y vuelvo a la habitación. Está junto a la cama, mirando algo en la butaca. Aprovecho para hacer un escaneo rápido y discretísimo de todo él. Lleva unos tejanos negros, una camisa gris de manga corta muy chula y el pelo castaño claro con mechones rubios, húmedo igual que el mío.

—¿Esto es... mío? —pregunta entre curioso y divertido.

Me acerco hasta ver que lo que tiene entre las manos: es su camiseta gris, la que tomé prestada de su habitación esta mañana. Ups. A ver cómo se lo explico.

—Esto... sí. Es tuya —titubeo y hago una mueca de culpabilidad con la boca. David se ríe y me mira lleno de dudas.

—¿La has cogido de mi habitación? No entiendo...

—Ehhh... Sí. —Junto mis manos detrás y miro al suelo, soy como una niña a la que han pillado robando golosinas.

—No pasa nada... solo me ha sorprendido. ¿Tienes llave de mi habitación entonces?

Alzo la mirada y me encuentro con sus ojazos azules. Me mira entre tierno y divertido, para nada enfadado.

—Sí. Te la doy ahora mismo si quieres —le respondo y me dirijo al bolso para buscarla.

—No, para nada. Me gusta saber que la tienes —dice acercándose a mí y poniendo su mano sobre las mías para que deje de buscarla.

Al notar el contacto de su piel se me escapa un suspiro y dejo de buscar porque aunque quisiera ya no coordinaría movimientos.

—¿Cuándo has estado en mi habitación? —pregunta mientras su mano acaricia muy suavemente las mías.

—Anoche —respondo con sinceridad, no me queda otra—. Esperaba encontrarte y como no estabas... me quedé allí... hasta esta mañana.

Frunce el ceño y me mira como si estuviera intentando entender una ecuación matemática compleja. Después relaja la expresión.

—Yo también tengo llave de la tuya —confiesa.

—¿¡Ah, sí!? —simulo no saberlo.

—Sí. Y también entré a buscarte y no te encontré. —Baja la mirada a mis manos y sigue sin soltarlas.

¿Qué entró a buscarme? ¿Cuándo? Quiero preguntar, pero no me salen las palabras. Sentir su contacto y tenerle tan cerca...

—¿Cuándo has entrado a buscarme? —consigo preguntar cuando mi cuerpo responde.

—Hace dos noches... Es igual. —Le quita importancia—. Cuando quieras hablar de lo que ha pasado, te lo contaré mejor. —Sonríe con tristeza.

Quizá mi petición de tiempo no sea muy inteligente o lógica, pero la sigo necesitando. Aunque tengo claro que no voy a poder retrasar la conversación que tenemos pendiente mucho más.

Su cuerpo cada vez está más cerca del mío, o tal vez es el mío el que se acerca al suyo. Vuelve a mirarme y yo desvío la mía de sus ojos porque tiene demasiada intensidad para lo que puedo resistir. Miro hacia delante, a través de la ventana, al exterior. Él sigue inmóvil, con los ojos clavados en mí, tomando mis manos. Me reconforta sobremanera este contacto. Tan poco, tan leve, tan casual... Es de las mejores sensaciones que he tenido en los últimos días. Estoy de loquero, ¿sí o no?

Alguien golpea a la puerta y me saca de mi trance; pego un bote sobresaltada y David se ríe de mí un poco y yo me río con él.

Me deshago muy contra mi voluntad de su contacto y voy a abrir la puerta. Me encuentro con Mónica, Christian, Lucas y Fani. Están todos. Pasan su mirada de mí a David que se ha acercado, y está a mi lado, y nos miran con expectación.

—¿Interrumpimos? —pregunta Mónica con mucha mucha malicia.

—No —respondo yo.

—Para nada —responde a la vez David.

Todos se ríen.

—Claro —dice irónico Lucas—. Bueno, ¿vamos?

—Sí —respondo. Tras coger el bolso y sacar la tarjeta, cierro la puerta y nos vamos todos.

La repartición en los coches es una emboscada muy preparada, claro.

—Bueno, nosotros vamos en este y tú vas con David, ¿vale? —me dice Christian alejándose y despidiéndose de nosotros con la mano sin dejar ni que le responda.

Yo miro a David. Él se muerde el labio divertido y me enseña las llaves del coche.

—¿Vamos? Te ha tocado venir conmigo, al parecer.

—Sí... eso parece. —Sonrío.

En realidad estoy más que encantada. No quiero separarme de este hombre por nada del mundo, ni para un trayecto de diez minutos.

Me sorprende ver el coche que ha alquilado, es un jeep blanco muy moderno y chulo. Como el que había ayer en casa de Bárbara... Espera. ¿No es mucha casualidad? Bueno, seguro que alquilan este modelo como los churros. Con lo chulo que es.

Me encanta todavía más en cuanto me subo.

Suena música pop en la radio y David conduce sonriente. Tiene muy buena cara, nada que ver con cómo estaba esta mañana. Me alegra saber que, de alguna manera, yo tengo algo que ver.

Siento su perfume por encima del mío y me transporta a momentos que hemos compartido en su coche, en su casa, en el club...

—¿Adónde vamos? —le pregunto cuando me doy cuenta de que no tengo ni idea en realidad.

—El plan es ir al puerto, en el centro. A dar una vuelta y tomar algo.

—Ah, genial —contesto contenta. Aún no he estado por el centro y es visita obligatoria.

Pienso en que Óscar no me ha dicho nada y le escribo preguntando si va a querer venir a cenar o qué.

Guardo el móvil. Tras mirar de reojo a David un par de veces y encontrarlo concentrado en la conducción y en silencio, tengo tentaciones de poner mi mano sobre la suya en el cambio de marchas. Pero no debo, ¿no? Antes de acercarme más a él deberíamos hablar y aclarar todo lo que ha pasado. Quizá este no es el mejor momento para ello.

Me sorprende una llamada en el móvil y pienso que es Óscar pero me encuentro con una llamada de Anaís. Le contesto y hablamos de Bothor (de momento la fusión ha quedado así, es idea de ella). Me cuenta que ha comido todo y que ha estado yendo cada tarde a verlo para que no se sienta solo. Me pregunta por Ibiza y le contesto escuetamente que todo bien. Ya tendré tiempo de explicarle mejor todo lo que ha pasado cuando la vea. Qué mona es por llamarme para informarme y por estar cuidando a mi gatito. Me siento tranquila por saber que está en buenas manos.

—¿Anaís? —me pregunta David en cuanto ve que he colgado.

—Síp.

Sonríe y no añade nada más.

Aparcamos en un *parking* al aire libre que está a pocas calles del centro y caminamos juntos en silencio. No me coge la mano y yo tampoco busco la suya. Me da la sensación de que hemos retrocedido al día del ascensor. La atracción es más que evidente y no solo es atracción, es que sentimos muchas cosas. Ambos lo sabemos, pero estamos midiendo nuestros actos.

Son más de las seis de la tarde y el sol empieza a dar tregua, está aflojando el calor y el ambiente en el centro es relajado y *preparty*, todo a la vez. Hay mucha gente paseando y en las tiendas. Las terrazas están llenas, copas, helados, compras, risas, idiomas distintos... Es muy Ibiza y yo estoy encantada de estar aquí y en tan buena compañía.

—Mira están allí —dice David señalando al grupito.

Tras juntarnos con ellos, damos un paseo por el puerto admirando los yates y embarcaciones de excesivo lujo y medidas desproporcionadas. Alucinamos. David continúa en silencio, cerca de mí en todo momento, pero manteniendo la distancia. Lucas y Fani bromean con todo y yo me río con ellos de sus ocurrencias.

«Montian» parece que estén de luna de miel. No hay más que besos furtivos, miradas intensas, sonrisas... Ufff. Me alegro mucho, pero también los envidio mucho ahora mismo.

Decidimos parar a tomar algo en una de las terrazas. Cuando el camarero viene a pedir nota, pido un Nestea. Los demás piden refrescos, excepto Fani que nos mira a todos con cara de asco por algún motivo que desconozco. Aunque intuyo que sus expectativas estaban en un mojito —como mínimo— y no en unos refrescos sin alcohol.

—Panda de aburridos —nos llama a todos— a mí póngame un mojito. De fresa. —Sonríe al camarero satisfecha.

Sonrío al haber adivinado qué era. Empiezo a conocerla.

—Que sean dos y anule el Nestea. —Me sumo a su causa. La verdad es que un mojito de fresa me apetece mucho.

—Que sean tres. —Se une Mónica.

Los chicos siguen adelante con el refresco. Miro a David curiosa y él mueve las manos en el aire como si moviera el volante del coche. Capto la idea. Ha de conducir y es megarresponsable. Me encanta eso de él.

Cuando acabamos el mojito, el camarero aparece con una segunda ronda y dice que «invita la casa» con lo que alucinamos, pero aceptamos encantadas, claro.

—Ahora que ya vais borrachillas... Contadme cómo han ido vuestras duchajas —pide Lucas frotándose las manos.

Lleva una camisa de cuadros azul, unos tejanos cortos y el pelo castaño semidespeinado a lo sexy. Tiene los ojos marrones llenos de intriga y una sonrisa de lo más traviesa en sus labios mientras espera a que Mónica o yo le contestemos. Es monísimo. Si no fuera por lo personaje que es...

—Una dama jamás habla de esas cosas —le responde Mónica con desparpajo. Fani choca su mano por encima de la mesa.

—¿Tú tampoco me lo vas a contar? —Lucas me mira con ojos de corderito.

Niego con la cabeza. Claro que tampoco tengo nada que contar o que no contar.

—¿Os cuento cómo ha ido la mía? —ofrece mientras empieza a acariciar su torso sensualmente de forma exagerada. Todos nos reímos y Christian le impide seguir.

—Déjate de duchajas.

—Bueno. Oye, Fani ha traído juegos nuevos. ¿Os hace una ronda esta noche?

Vuelve a mirarnos unos por uno alzando las cejas varias veces en plan sexy y sugerente. «Juegos» y «Fani» en la misma frase es peligroso y todos lo sabemos. Hemos aprendido la lección.

—¡Amoooor! —interviene Fani en tono de queja—. ¡No es el momento!

—Oh, perdona, bombón, ya me callo. —Hace como que cierra un cierre imaginario en los labios y se recuesta en su silla rendido.

Christian se inclina hacia David y le pregunta muy bajito esperando a que nadie lo oiga, pero yo lo escucho perfectamente:

—¿Todo bien?

David simplemente asiente con la cabeza y le sonríe en respuesta. Christian le guiña un ojo.

Estos dos y su lenguaje verbal/no verbal.

—Tenemos reserva a las diez, ¿vamos para allá? Así vemos la actuación en directo —propone Christian. Tras acabarnos los mojitos, nos vamos.

Mientras caminamos hacia los coches me siento algo afectada por la doble ronda de mojitos, pero poca cosa. Nadie debe notarlo, vamos.

—Nena, ¿habéis hablado ya? Estáis raros —me comenta Mónica al oído mientras simula que me abraza para poder cotillear.

—Aún no, pero hablaremos... pronto —le contesto.

—Ohh, vale. Bueno —suena misteriosa.

Cuando llegamos al *parking*, no hace falta que nadie diga nada, ya sé que yo voy en el coche de David y el resto va en el otro.

Así que entro en su coche, se sube también él y en cuanto lo enciende la música empieza a sonar, el aire fresco aparece por los ventiladores y su perfume de nuevo llega hasta mí. Cuando alzo la mirada lo encuentro observándome en silencio.

Su mano se acerca hasta mi rostro y retira un mechón de pelo con mucha suavidad, dejándolo tras mi oreja. No puedo evitar cerrar los ojos al sentir su contacto.

Creo que mis dotes disimuladoras no están funcionando. Quizá esos dos mojitos me han afectado más de lo que creía.

Su caricia se extiende y me acaricia con cariño la mejilla y el contorno de la cara.

Cuando abro los ojos me encuentro con que se ha acercado y deposita un beso cariñoso en mi mejilla dejándome sin aliento. Después de eso se aleja de mí, arranca el coche y empieza a conducir sin más. Yo me quedo medio flotando entre mi asiento y el suyo con cara de boba.

Recupero la compostura y miro el móvil para disimular. Óscar me ha contestado que hoy no viene, pero que mañana se suma por la mañana si hacemos algún plan de playa. Yo espero que sí, aún no he pisado la playa desde que hemos llegado.

Suena *Capsize* de Frenship, canción que me encanta, en la radio y me muevo discretamente en mi asiento y la tarareo (todo a la vez). David me mira de reojo y una gran sonrisa aparece en sus labios. Muevo el pecho de un lado al otro sin mover la cintura, al más puro estilo Shakira y sigo el ritmo de la música.

—Esos mojitos iban cargados, ¿eh? —dice sonriente.

Yo me río en mi asiento y sigo bailando. Puede ser que estuvieran cargados, pero la felicidad que siento no la traían ellos.

Cuando llegamos al restaurante, observo el lugar en el que se encuentra y es precioso. Se trata de un acantilado que da al mar, todo rodeado de pinos; allí, en medio, está el restaurante con unas vistas alucinantes. Nos sentamos en la mesa que hay reservada a nombre de David, parece que somos los primeros en llegar. Él se sienta a mi lado y apoya el brazo en el respaldo de mi silla. Apenas me roza, pero me hace sentir bien que se aproxime.

Escuchamos la música y disfrutamos del momento en silencio. Lo de disfrutar es relativo, hay una tensión creciente entre nosotros bastante notable. Es evidente que no podemos seguir haciendo como que no ha pasado nada. No puedo dejar que pase de esta noche que hablemos todo. He de hacerlo.

Enseguida llegan los demás y toman asiento a la mesa. Christian delante de mí, a su lado Mónica y junto a ella Lucas. Delante de Lucas, Fani, David y yo.

—Bueno, ¿pedimos varios platos y compartimos? —propone Christian, echando un ojo a la carta.

Los demás nos miramos y aceptamos. Dejamos que se encargue él de pedir cuando viene la camarera a tomar nota. Lucas se encarga de pedir el vino. Christian y David piden refrescos.

—¿Por qué no dejáis los coches aquí aparcados y cogemos taxis? Así podéis beber si queréis —propone Fani.

—No te preocupes, yo no quiero beber de todas formas —le responde David.

—A mí también me da igual —se suma Christian.

Corre una brisa marina fresca muy agradable. El sonido de la música en vivo es muy cautivador y el vino blanco, una delicia.

Christian propone organizar el resto de la semana para aprovechar bien los días que nos quedan en la isla. Mónica tiene que volver a Barcelona el viernes para estar en un evento al que tiene de asistir por la noche. Christian está valorando volver con ella o quedarse hasta el domingo. Fani y Lucas se vuelven el sábado para estar en la fiesta del Caprice y controlarla. Así que, como mínimo hasta el viernes, estaremos todos.

Con la tontería ya es martes y, ya que estamos todos en Ibiza, la idea es aprovechar a tope el tiempo que queda.

—Me gustaría proponer un cambio de hotel —dice Christian mirándonos a todos.

—¿No te gusta Villas de Ibiza? —pregunta David sorprendido.

—Sí, me encanta. Pero me gustaría algo más... rural, tranquilo, apartado. No sé... podríamos irnos todos juntos a una casa, ¿qué os parece?

—Yo soy muy fan de la idea de compartir cama todos juntos — contesta Lucas alzando la mano al aire y votando positivamente la moción de cambio.

—No va de compartir todos cama, churri, sino de buscar una casita chula, con barbacoa, piscina y poder montar nuestras propias fiestas — le responde su novia, la cual también parece convencida con el cambio.

—Exacto. ¿Cómo lo veis el resto? —pregunta Christian mirándonos a mí y a David principalmente, imagino que con Mónica ya lo ha hablado, ya que esta se limita a sonreír y a mirarnos.

—A mí me parece bien —digo poco convencida en realidad—. Vamos, el hotel me gusta, pero una casita en el campo también me agradaría. Aunque en pleno agosto, sin reserva, no sé si encontraremos algo.

—Por mí, lo que queráis la mayoría —sentencia David.

—Pues... ¡ya tengo la casa! —Estalla en risas Christian y Mónica se une.

—¿Ya la tienes? —pregunta Fani divertida.

—Sí, mañana nos trasladamos. Vais a flipar, es una pasada de casa.

Todos asentimos con ilusión. Pues a flipar se ha dicho.

—Vale, el resto de la semana la organizamos sobre la marcha, ¿eh? Cuando estemos en la casa ya vamos viendo —añade.

Pues vale. A mí me da igual. Con tal de estar con David, yo ya tengo suficiente. Me da igual si es en el Villas de Ibiza, en una supercasa de campo o bajo una tienda de campaña en un *camping* cualquiera. Lo que más quiero es estar con él, a pesar de todo. Que al plan se hayan sumado nuestros amigos es algo que mola un montón.

Durante la cena, Christian me mira mucho. Varias veces alzo la vista y me encuentro que está observándome, él simplemente sonríe y ya está. Pero me pregunto qué pasará por su cabeza.

David está atento a mí todo el tiempo. Me acerca platos a los que no llego, me rellena la copa con vino sin que lo pida, me pregunta si me gusta lo que voy probando y busca cualquier excusa para tocarme de forma casual (el brazo, el hombro, la mano...). Yo estoy bastante afectada por el vino y empiezo a acercarme mucho a él de forma casual, bueno y totalmente premeditada también. Incluso me apoyo en su muslo para acercarme a Fani por encima de él y que esta me enseñe un vestido en su móvil que ha pedido por internet para no sé qué fiesta que hay en Caprice la semana que viene. Parece ser que hay que ir elegantes, es una fiesta de semietiqueta. Ya me enteraré mejor.

David me mira entre incómodo y encantado por mi cercanía. No sé qué pesa más la verdad. Pero me gusta porque, como mínimo, le afecta.

—Bombón, ¿podemos hablar ya de tus juegos? —le pregunta Lucas a su chica.

—¡No! Es algo que ha de fluir con el momento —le responde ella mirándonos a todos con una sonrisa pícara.

¿Qué estarán tramando? Miedo me da. Bueno, más que miedo curiosidad, en realidad.

—Hablando de juegos... —añade Lucas con la voz cargada de misterio—. ¿Es que nadie va a comentar nada sobre la otra noche?

Nos mira a todos y parece que nadie tiene pensado responder, pero todos reímos a la vez.

«La otra noche» se refiere a la que jugamos, claro. Yo no estoy preparada para hablar de ello con todos abiertamente. Además, ¿qué quiere hablar?

—¿Qué os está pasando, tíos? —ahora ataca concretamente a sus dos amigos que siguen sin decir nada, pero se ríen—. Desde que estáis *in love* parece que os hayan adiestrado. Bueno —continúa—, yo sí tengo algo que decir.

Fani carraspea falsamente y le clava una mirada asesina que funciona, ya que su chico no continúa hablando.

—¿Decías algo, Lucas? —le chincha David.

—Sí... ¿no decías que ibas a comentar algo? —se suma Christian.

Lucas gruñe por lo bajo y niega con la cabeza.

—Adiestrado, ejem. —Christian tose camuflando lo que ha dicho y todos reímos.

Tras una cena compartida en la que probamos diferentes platos, todos muy sabrosos y creativos, pedimos postres y tras ver que Montian comparten uno y Lucani (hemos decidido entre todos ponerles nombre de pareja, como hace Lucas con nosotros) comparte otro, David me pregunta, con mucha sutileza, si me apetece compartir alguno con él y yo asiento encantada.

Nos decidimos por un *brownie* y nos lo traen con una bola de helado de vainilla encima que inevitablemente me recuerda al que me hizo él en su casa cuando me invitó a cenar la primera vez. He de reconocer que el suyo estaba mucho más bueno que este. Pero no está mal tampoco.

Varias veces choca su cuchara con la mía a propósito, haciéndose el distraído. Para cuando queda el último bocado, el de la vergüenza, lo coge él sin reparo lo cual me parece bien, así no se queda ahí.

Pero entonces acerca la cuchara a mi boca y me lo ofrece. Lo acepto sin quejarme y cuando vuelvo la vista a la mesa, tenemos ocho ojos clavados en nosotros y varias sonrisas pícaras contenidas. ¡Vaya plan!

Lucas y Fani nos invitan a todos y pagan la cena, no dan opción a la negociación así que lo dejamos estar. He de adelantarme en alguna ocasión e invitar yo, no me gusta que siempre me inviten a todo ellos.

El móvil de David empieza a vibrar sobre la mesa y no puedo evitar quedarme mirando para ver de qué se trata. Pero él rápidamente lo coge, lo desbloquea y se pone a escribir. Serán mensajes. Lo observo discretamente (creo) y lo veo concentrado, escribiendo rápido y con el ceño fruncido.

¿Quién será el que le está escribiendo? ¿Y qué será tan importante para que se haya puesto a contestar aunque estemos de sobremesa todos juntos? Me encantaría saberlo.

ALUCINO. ME QUEDO HELADA. ESTOY TAN SORPRENDIDA QUE NI REACCIONO

Tras la cena discuten sobre si ir a Pacha o a Privilege. A mí me da completamente igual. Llevo desde el domingo en la isla y no he pisado ni una discoteca, pero tampoco es imprescindible para mí. Aunque no puedo negar que sería divertido ir todos. Nunca he estado con ellos en una discoteca normal. Madre mía, con la de cosas que he compartido con esta gente y algo como ir a una discoteca normal es algo nuevo.

David tampoco dice nada. Tiene la mirada como perdida, está totalmente pensativo. ¿Quizá sea por los mensajes que le han llegado antes?

Me sabe mal, creo que en parte también está así por nuestra situación. Y que conste que me encantaría perdonarle sin más y volver al punto de partida. Pero también creo que no puedo hacer como que no ha pasado nada, me dejó tirada. No contestaba a mis mensajes ni llamadas. Ha sido todo muy raro. Imagino que ha de tener algún motivo o excusa, pero sea el que sea, yo he de hacerme valer también. No soy una chica a la que dejas tirada y sigue detrás de ti como si no tuviera otra opción. Estar sola es una buena opción y, además, no me da miedo. Aprendí la lección después de lo de Mark, más vale sola que mal acompañada.

Christian y Mónica votan por Pacha, dicen que es más glamuroso y el ambiente más elegante. Lucas y Fani quieren ir a Privilege porque dicen que suele haber más desfase. No sé a qué se refieren con «desfase», pero casi que eso inclina la balanza hacia Pacha por mi parte.

Finalmente preguntan a David y cuando este vuelve al planeta tierra de donde sea que estuviera, dice que Pacha queda más cerca del hotel y con eso finalmente nos ponemos en marcha rumbo al lugar.

Esta vez la distribución de los coches cambia, Lucas y Fani dicen que ya van ellos con David y Mónica me coge la mano y tira de mí para que vaya con ellos. Yo sonrío y acepto. Aunque por dentro me da como ansia por separarme de David aunque sea para un trayecto de quince minutos. ¿A qué viene esta necesidad de estar cerca de él constantemente? Estoy fatal.

—Bueno, ¿habéis arreglado las cosas esta tarde? —pregunta Christian nada más arrancar el coche.

—No... En realidad no —confieso mientras engancho el cinturón de seguridad.

—Nena, tienes que hablar con él. Lo que hizo estuvo mal, pero ¿le has preguntado por qué lo hizo? —pregunta Mónica girándose en el asiento para mirar hacia la parte de atrás donde me encuentro yo.

—No, no le he preguntado. Es que creo que, sea lo que sea, estuvo mal.

—Sí, claro que estuvo mal, Sofi —coincide Christian y me alegro de que alguien me de un poco la razón—. No debió dejarte en el aeropuerto sin ninguna explicación.

—Pero tenéis que hablar como adultos y aclararlo, ¿no te parece? ¿No es lo que querías? —insiste Mónica.

—Sí, claro que quiero... y hablaremos. Es solo que esta tarde no lo hemos hecho.

—¿Y qué habéis estado haciendo solos toda la tarde? —pregunta Christian con picardía y me mira por el retrovisor. A mí se me escapa la risa.

—¡Nada! Siesta, comer, poco más.

—Créeme que le importas Sofi. Conozco a David desde hace más de diez años, he conocido a todos sus ligues, sus «novias» —dice enmarcando en comillas en el aire la palabra—, y sus amigas. Y te aseguro que contigo está diferente.

—Te creo, y me encanta saberlo —reconozco abiertamente—. A mí también me importa él... Pero no puedo hacer como si nada.

—¡No, claro que no! —coincide Mónica—, pero hablad, malditos, ¡hablad! —Ríe.

—Síí, ¡hablaremos! Te lo prometo.

—¿Esta noche? —pregunta Christian.

—Pacha no creo que sea el mejor escenario para mantener esa conversación, ¿no?

—Joder... tenéis que hablar —se queja.

—Vale, nos iremos pronto y hablaremos esta noche, ¡tranquilos!

Se ríen satisfechos y en parte me halaga. Están muy preocupados porque arreglemos la situación. Nosotros les importamos. Son nuestros mejores amigos y se nota que es por algo. Lo de que Mónica haya dejado todo y haya cogido un vuelo para estar a mi lado, es algo que nunca se lo habré agradecido lo suficiente. Dice tanto de ella. Es la mejor amiga que podría tener.

Christian pone música en la radio y conduce en silencio el resto del trayecto, de vez en cuando acaricia la rodilla de Mónica o la mira de reojo. Ella sonríe coqueta. Son tan monos. Me encanta verlos juntos.

Sonrío como una tonta y miro el cielo a través del cristal de la ventana. Se ve totalmente estrellado y vuelve a sorprenderme. En Barcelona nunca se ve tan nítido ni tan oscuro. La luz de la ciudad no nos deja ver las estrellas como se ven desde aquí. Es una pasada.

Aparcamos en el *parking* privado de Pacha y nos reunimos con los demás en la puerta, al parecer estamos en lista (se ve que Lucas lo ha gestionado por el camino con un contacto que tiene) y entramos directamente y sin pagar. ¡No veas!

Vamos directos a la barra de la pista central, aún no está llena y se puede atravesar sin problemas. Mientras esperamos a que nos atienda el camarero, me giro buscando a David con la mirada, lo he perdido de vista al entrar, y me sorprendo cuando veo que está pegado justo detrás de mí. Me sonríe al darse cuenta de que lo buscaba y se acerca todavía un poco más.

—¿Me pides una tónica? Con hielo y limón, por favor —me pide cerca del oído y un cosquilleo aparece en mi vientre. Asiento en respuesta.

Cuando el camarero me hace caso pido la tónica y un ron con cola para mí. Una vez que todos tenemos las bebidas, nos movemos hacia un rincón de la pista donde hay espacio y observamos todo: la decoración de la discoteca, la gente que nos rodea (extranjera en su mayoría, vestidos elegantes ellos y sexys ellas), el Dj que hace de antesala al que viene más tarde, cómo cambian las luces...

—¿Habías estado aquí antes?

David me sorprende de nuevo por estar más cerca de lo que tenía previsto y su susurro en mi oído me estremece. Otra vez.

—Sí, hace años —le contesto al oído—. ¿Y tú?

Afirma con la cabeza.

Mónica saca el móvil y empieza con los *selfies*. Hace unos muy acaramelada con Christian, otros divertidos con Lucas y Fani en los que los tres ponen morritos sexys y luego se hace un sinfín conmigo las dos solas. En plan sexy, en plan divertido, en plan poniendo muecas extrañas. Nos reímos y antes de terminar la sesión de fotos, pide a David que se una y hace unas cuantas más en las que salimos los tres. Él no tiene el mismo humor que el resto, se nota que algo le preocupa, pero sonríe y disimula todo. Solo que yo me doy cuenta. Sé exactamente cómo es esa sonrisa en la que sus ojos no responden. Y los hoyuelos de la muerte no se marcan como siempre.

Al final va a ser que lo empiezo a conocer bastante bien para el poco tiempo que llevamos. Antes de que Mónica guarde el móvil miro las fotos y me alegra ver que he quedado bien, ¡estoy guapa esta noche! Y David, madre mía... Es que es una cosa mala. ¿Cómo puede ser tan atractivo? Hasta con mirada de preocupación y sonrisa medio forzada está para comérselo.

La música cada vez es más animada y todos vamos moviéndonos un poco más. Lucas y Fani en algún momento desaparecen; cuando Christian ve que los busco con la mirada, se acerca y me explica al oído que es tradición que en todas las discotecas desaparezcan por largo rato. No hace falta que me explique más. Puedo imaginar lo que están haciendo, ¿en el lavabo quizá? Me curiosea, pero no tanto como para ir a comprobarlo, la verdad.

Mónica se acerca a mí y me obliga a bailar con ella. Pronto me quito el kimono de seda que tengo a modo de chaqueta y lo dejo colgando de mi bolso, el cual me alegro de que sea tan pequeño ya que no me molesta lo más mínimo. Christian y David hablan entre ellos mientras acaban su copa y no nos quitan ojo de encima. Notar sus miradas, sin duda, incrementa la sensualidad de nuestros movimientos, es inconsciente, de veras, pero lo hacemos. Christian se une y se coloca entre las dos. Nos reímos y bailamos dejándolo estrujado entre nosotras y él, encantado, se ríe y se pega más. David está recostado en una columna y sonríe cuando lo busco con la mirada, pero no baila ni se acerca más.

Cuando he acabado mi copa decido que no voy a beber más por esta noche. Quiero tener la mente clara, por si nos vamos pronto y tenemos «la conversación» esta noche. Pero entonces, en un momento de despiste, aparece Christian con una ronda de copas que no le habíamos pedido y me parece mal rechazarla.

David mira su móvil y creo que está escribiendo cosas en él. ¿Estará hablando con alguien? ¿Será la misma persona con la que se escribía durante la cena?

Christian sigue bailando con nosotras y nos divertimos mucho con él. No es que sea un gran bailarín ni siga especialmente bien los ritmos, que no. Es que es muy divertido y nos hace reír a cada rato con sus movimientos y las caras que pone. Es cómico. Muy sexy y cómico.

Fani y Lucas siguen sin aparecer y ya ha pasado un buen rato como para que hayan podido hacer algo... repetidas veces.

No puedo evitar mirar a David todo el tiempo y observar sus movimientos, su expresión, el ceño algo fruncido y la media sonrisa que aparece por lo que sea que lee en su móvil. Me inquieta y a la vez me enfada un poco. ¿Por qué no está más por mí? ¿Por qué no baila conmigo? Ya no se acerca ni me toca.

Cuando acabo la segunda copa veo que Christian va a dar un paso hacia la barra y lo paro por el brazo. Me coge por la cintura muy estrechamente en respuesta y yo no entiendo nada.

—Ehhh... yo... no me pidas más copas, ¿vale? —balbuceo inquieta por su cercanía.

—Hecho. —Sonríe, me guiña un ojo y me da un beso fuerte en la mejilla.

Se va hacia la barra igualmente y Mónica decide ir con él lo que me deja bailando sola delante de David. Este sigue en su puto mundo con el puto móvil.

Pues nada. Sigo bailando a mi rollo. Muevo sexy las caderas al ritmo de la música y hago como que me da igual que pase de mí. Ni siquiera me mira ya. Está completamente concentrado escribiendo en su móvil. Decido darle la espalda. Sigo bailando sin mirarle ni prestarle atención, tal como hace él conmigo.

Busco la canción que suena y es *More* de Jan Blomqvist, es *house* electrónico, bastante cañero. Ritmos fuertes bien marcados. Pero una voz masculina habla suavemente por encima de los *beats* y me dejo llevar por el ritmo y la fiesta que se respira a mi alrededor. Toda la gente que me rodea baila, ríe, bebe, algunos se besan, otros hablan acaramelados, otras lo están dando todo (brazos al aire incluidos), otros han cerrado los ojos y se dejan llevar por la canción. Todo el mundo tiende a enfocarse hacia la cabina del DJ; no le conozco, pero sin duda sabe lo que hace.

Lanzan el humo blanco que envuelve toda la pista como una niebla fresca y perfumada y en medio de ese momento unos brazos fuertes me abrazan desde atrás. Siento que su cuerpo se pega a mi espalda siguiendo mi ritmo. Bailo unos segundos más encantada por la compañía. ¿Será que ha dejado ya el puto móvil y va a hacerme algo se caso?

La niebla se va difuminando hasta que solo queda el perfume a mi alrededor.

Me giro con una sonrisa traviesa en los labios deseando encontrarme con sus ojos y la sorpresa es mayor cuando me encuentro con un completo desconocido. Parece extranjero. Es muy moreno, ojos oscuros y tiene el pelo negro echado hacia atrás. Es de nuestra edad, treinta y pocos. No es feo, pero tampoco es mi tipo. Sonríe meloso y quiero deshacerme de sus brazos cuanto antes como si me quemaran. Me aparto dando un paso atrás y me mira confundido.

—¿Ya no quieres bailar? —me pregunta con un acento italiano claro y alto.

—No, pensaba que eras otra persona —le digo y busco a David con la mirada en la columna que estaba apoyado, pero ya no está.

—¿Por qué no? —insiste el italiano y vuelve a invadir mi espacio vital intentando rodearme la cintura.

—Porque tengo novio —miento— está en la barra y ahora viene, lo siento —le digo y vuelvo a deshacerme de su cercanía dando pasos hacia atrás mientras él sigue avanzando hacia mí; no se da por vencido en lo que a dejar un espacio entre nuestros cuerpos se refiere.

—Solo quiero bailar.

Sonrío y niego con la cabeza a la vez que apoyo las manos en su pecho y lo freno.

—Lo siento, pero no.

David, ¿dónde estás?

—Yo no veo a tu novio, ¿estás sola? —insiste.

—No, no estoy sola.

Me giro para irme a la barra a buscar a Christian, alguien ha de hacer de novio para que este hombre se vaya. Pero el italiano vuelve a abrazarme por detrás y no me deja avanzar. Diviso con la mirada a Christian, está esperando a que le cobren y le den el cambio, Mónica está a su lado y ninguno de los dos mira hacia mí. Podría aparecer Lucas también. Alguien tiene que salvarme.

¿Y por qué necesito que alguien me salve? Yo puedo salvarme sola, ahora que lo pienso bien.

Me giro enfrentando al italiano. Esta vez pongo las manos en su pecho y le suelto un empujón algo más fuerte de lo que había imaginado en mi cabeza. Se queda sorprendido y me mira estupefacto.

—¡Te he dicho que no! ¿Te queda claro ahora? Déjame tranquila y no vuelvas a tocarme.

Levanta las manos en señal de inocencia, me mira como si estuviera loca, pero se aleja. ¡Bien por mí! Y sin novio ficticio que me salve. ¡Toma ya!

—Vaya...

Escucho a mi derecha y cuando dirijo la mirada encuentro a Mónica y Christian sorprendidos.

—¿Qué? ¡Era un pesado! —exclamo con hartura y me recojo el pelo a un lado. Tengo calor.

—¡Bien hecho, nena! —Mónica me choca la mano con complicidad.

—¿Dónde está David? —pregunta Christian con tono acusatorio buscándolo con la mirada.

—Ni idea, ha desaparecido —contesto resignada.

Mi bolso vibra y saco el móvil.

David:
Me voy al hotel, te espero en la puerta.

02:07

A no ser que prefieras quedarte y seguir bailando con tu amigo.

02:08

Releo los mensajes atónita. A este hombre se le va la olla, definitivamente.

¿Qué yo quiero bailar con mi amigo? Si me estaba acosando el muy pesado. Es verdad que he bailado un minuto con él, ¡pero porque pensaba que era David!

—¿Qué? —me pregunta Christian y giro el móvil para enseñarle la pantalla, acabo antes si lo ve él mismo. Cuando lee los mensajes, niega con la cabeza y me mira contrariado. Suspira armándose de paciencia y añade—: ¿Te vas entonces?

—Sí, será lo mejor.

Asiente y me abraza intentando no derramar su copa. Me da un beso dulce en los labios (como ya viene siendo algo normal en él) y me susurra:

—Paciencia. No es tan capullo como está intentando hacerte creer últimamente. Te lo juro.

Me río por su comentario. Sí, parece que se esfuerza en que nos enfademos. Entiendo que sea un malentendido, pero podría haberse acercado a hablar conmigo en vez de irse fuera y enviarme esos mensajes. Aunque también es verdad que al menos me ha enviado mensajes y me está esperando en vez de irse sin más, ya es algo.

Mónica me abraza con cariño y me besa en la mejilla.

—Arregladlo, corazón.

—A sus órdenes, rubia.

Le contesto a David un «espera que ya salgo» y avanzo entre la gente hasta llegar a la calle. En la puerta no le veo, pero es que hay cantidad de gente haciendo cola para entrar. Vuelvo a mirar mi móvil en cuanto siento que vibra.

David:
Estoy en el coche, saliendo a la derecha. Te espero aquí.
02:14

Avanzo entre la cola que aguarda paciente por entrar de donde yo acabo de salir y diviso el Jeep Wrangler blanco en la esquina. A medida que me acerco veo que la expresión de David es seria. Me subo y simplemente arranca.

Vamos en completo silencio por el camino. Ni música, ni radio, ni palabras. Pues muy bien. Yo no pienso hablar. No puede ser que vuelva a estar enfadado conmigo sin razón ni motivos. Es que es don *enfadica*. Voy manteniendo una discusión acalorada en mi mente imaginando lo que me dice y buscando algo con lo que contestarle y rebatirle a todo. Estoy preparada para que me diga cualquier cosa, tendré una buena respuesta. ¡JA!

Los dos cubatas que me he tomado hacen que me maree un poco durante el trayecto por lo que me pongo la mano sobre el estómago sin darme cuenta. David sí se da cuenta y para enseguida en un camino de tierra que parece que sea la entrada a una propiedad privada. Está todo oscuro y no hay ni una alma en los alrededores.

—¿Estás bien? —pregunta desabrochándose el cinturón y acercándose a mí.

—Sí... es solo... estoy algo mareada.

—Estás muy pálida.

Suena preocupado y yo me concentro en no vomitar. De pronto siento como un sudor frío por mi frente. Me encuentro fatal.

David se baja del coche y tarda medio segundo en abrir mi puerta. Me desabrocha el cinturón y me hace bajar con cuidado como si fuera delicada o pudiera romperme.

—Respira un poco de aire fresco.

Inspiro sonoramente y expiro haciéndole caso. El aire fresco de la noche efectivamente me hace sentir mejor. Huele a campo y a hierbas silvestres. Me encanta.

David se queda a mi lado y pasa su mano por mi espalda en círculos suavemente. Me hace sentir bien. Tener su atención completa es algo que me fascina. Estoy fatal..., pero fatal de los fatales.

—Yo no estaba bailando con ese tío —digo con rabia aprovechando que ahora me escucha y me atiende—, yo... pensaba que eras tú.

Deja ir el aire con un sonido, pero no dice nada. Solo se oyen los grillos en el campo que nos rodea y algún coche que pasa de vez en cuando por la carretera por la que íbamos.

—Joder... —murmura más para sí mismo y se aparta de mí mirando hacia la oscuridad del campo.

¿Y ahora qué ocurre?

—David... —le llamo en cuanto lleva lo que me parece una eternidad mirando a la nada.

—Sofía, tenemos que hablar. —Se gira resolutivo y coge mis manos entre las suyas.

Me parece que sus ojos están llenos de preocupación y ese «tenemos que hablar» me suena fatal.

—Sí... Claro... ¿De qué quieres hablar? —le pregunto insegura.

—¿Cómo que de qué quiero hablar? —Me mira como si fuera una demente—. ¿A ti te parece que no tenemos nada de qué hablar? —resopla y añade con enfado—: ¿Es que quieres seguir haciendo como que no pasa nada?

—Yo no quiero seguir haciendo como que no pasa nada —niego con la cabeza y añado—: ¡claro que pasa! —ahora la que sube el tono soy yo y, además, me deshago de sus manos.

Él vuelve a cogérmelas entre las suyas y sus ojos me transmiten miedo. ¿Ahora el que se asusta es él?

—Quiero darte el tiempo que necesites, pero es que no podemos seguir evitando la conversación que tenemos pendiente —dice suavemente, muy conciliador de pronto.

—¿Con quién hablabas tanto por el móvil en Pacha? —suelto sin pensar a modo de respuesta.

Percibo un microgesto de sorpresa que se desvanece rápidamente en cuanto me contesta:

—Con Gloria, mi amiga.

¿Con Gloria? ¿La Gloria intensa del Caprice que no llegué a conocer el otro día? ¿La que no paraba de llamarlo? ¿Con la que supuestamente quería que hiciéramos cosas? Buf. Esa Gloria no me gusta nada.

—¿Y qué hablabas tanto con ella a la una y pico de la mañana? — Estoy desatada.

—Me estaba contando algo que le ha pasado —responde sin inmutarse. No le cuesta nada responderme, es evidente. Y a mí me cuesta horrores preguntarle y procesar todo esto.

—¿Y era más importante que estar conmigo? —No me puedo creer que le haya preguntado eso. Vuelvo a soltar sus manos y doy un paso atrás—. Quiero decir... ¿más importante que estar con tus amigos?

David me mira entre incrédulo y sorprendido. No sabría decir qué emoción pesa más en su rostro.

—¿Te ha molestado que estuviera con el móvil?, ¿es eso? ¿Ese es tu problema? —me pregunta dando un paso hacia mí e intentando cogerme las manos de nuevo, cosa que no le permito cruzándome de brazos a la altura del pecho.

—¿Mi problema? —repito sarcástica con una sonrisa muy falsa—. ¿Sabes cuál es mi problema, David?

Niega con la cabeza y se acerca más a mí intentando rodearme por la cintura, pero doy otro paso atrás y no se lo permito.

—Mi problema es que me dejaste tirada en un maldito avión — escupo con todo el rencor y el dolor que quedaba en mi cuerpo.

Su gesto queda helado y baja la mirada al suelo como si no soportara sostener la mía, la cual echa chispas, por cierto.

—¡Es más! —añado casi gritando—, mi problema es que, además, ni me cogías el teléfono ni eras capaz de contestarme un maldito mensaje para decirme qué demonios te estaba pasando para actuar así.

Alza la mirada sorprendido por la dureza de mi tono y mis palabras y vuelve a dar un paso hacia mí. Levanto las manos en el aire frenándole y se queda justo donde estaba. Separa los labios como si fuera a decir algo, pero no lo dice.

—Y ahora vienes a Ibiza —continúo yo—. Se supone que tienes alguna intención o interés en arreglarlo, pero lo que haces es ignorarme por completo y prefieres estar chateando con tu amiga toda la noche por el móvil. ¡Pues alucino! —intenta cortarme y decir algo, pero no se lo permito y sigo hablando yo—. Y no sé muy bien si esta es la tónica general de lo que tú tenías pensado por «conocernos». —Hago unas comillas en el aire con las manos—. ¡Pero yo paso de esta historia!

Respiro agitada y él sigue mirándome sin contestar por un segundo. Siento el corazón bombeando agresivo en mi interior.

—¿Qué pasas de esta historia? —repite incrédulo—. ¿Qué quieres decir con eso?

Invade mi espacio personal por completo y me rodea la cintura en un abrazo fuerte como si temiera perderme.

—¡Que paso, David! Que cuando «quieres a alguien» —vuelvo a encomillarlo con mis dedos en el aire— no le haces esas cosas. Tu forma de querer no es para nada lo que yo...

—¡Ni siquiera me has dado la oportunidad de explicarme! —me corta brusco sin dejarme acabar la frase y su mirada ahora está encendida, creo que de rabia—. ¡Y prefieres poner en duda todo lo bueno que tenemos!

¿Qué yo pongo en duda lo bueno que tenemos? Pero ¿¡qué dice!?

Me quedo callada para ver si dice algo más. Sigue abrazándome por la cintura y preferiría apartarme, pero a la vez necesito este contacto, esta cercanía... Qué locura de sentimientos encontrados.

Resopla sonoramente y niega con la cabeza bajando la mirada.

—¿Hay una explicación para lo que me hiciste, David? —le pregunto casi en un susurro, dolida de recordarlo.

Una lágrima furtiva cae por mi mejilla y odio que se me haya escapado. Vuelve a alzar su mirada y la clava en la mía, esta vez con preocupación y el ceño arrugado. Con su pulgar atrapa mi lágrima y me seca la mejilla.

—Hay una explicación —dice casi sin voz como si hubiera perdido toda su fuerza por un golpe—. Pero que haya una explicación ya no tiene ninguna importancia en realidad.

—¿Cómo no va a tener ninguna importancia? ¡Para mí la tiene!

No me puedo creer que diga que ya no importa.

—No tiene ninguna importancia porque no excusa ni perdona que haya actuado como lo hice.

Me mira con ternura, con dulzura, como si estuviera a punto de besarme. ¿Y qué puedo decir? Me desarma por completo esa mirada, ese tono torturado y dulce, esas palabras. Mi cuerpo se va aflojando de la tensión previa y siento que, si no me sujetara por la cintura, podría volverme de gelatina en cualquier momento y escurrirme.

—¿Por qué no me lo explicas y así puedo decidir eso yo misma? —le pido en un susurro mucho más suave y calmada.

Me quita un mechón de pelo que caía sobre mi cara con extremo cuidado colocándolo tras mi oreja en una caricia tierna y, sin mirar a mis ojos, responde:

—Porque ahora mismo no soy capaz de hacerlo.

Apoyo mis manos en sus brazos, que vuelven a rodearme la cintura.

—Claro que lo eres... David... ¿no querías hablarlo?

Estoy confundida. ¿No era justo eso lo que me estaba pidiendo o recriminando? ¿Y cómo es que pasamos de cero a cien en un segundo? ¿Es normal este tsunami de emociones?

—Sí. ¿Sabes qué pasa? Sabía que había actuado mal, lo sé desde el mismo momento que envié aquel mensaje.

Se refiere al del avión en el que me dejaba plantada, entiendo.

—Pero ver el dolor que te he causado... no sé si esto tiene arreglo ya, la verdad. —Suspira abatido y me mira con tristeza.

No me lo puedo creer. ¡¿Cómo no vamos a tener arreglo!?

—¿Es que te estás rindiendo? —Levanto su barbilla suavemente para mirar en sus ojos.

—No es que me rinda, Sofi. Es que te he hecho daño. Demasiado daño.

—Sí, lo has hecho —confirmo—, pero habría algún motivo, algo te pasó para que actuaras así.

—Nada puede justificar que te haya dejado tirada de esa forma, jamás debí hacerlo. —Vuelve a negar con la cabeza y su mirada sigue siendo triste y apagada—. Vamos, te llevaré al hotel.

Se separa de mí y un frío helado me invade en el momento en el que se aleja rodeando el coche y se sube. Suspiro armándome de paciencia y tras plantearme quedarme en el camino de tierra hasta que vuelva y podamos acabar de hablar, desisto y subo al coche.

Él arranca y conduce en silencio. Yo ya no sé qué decir así que me sumo a su silencio. ¿Cómo puede ser que haya conducido tan mal esta situación? ¿Por qué no he sido capaz de gestionar todo esto mejor? ¿En qué momento se me ha ido de las manos todo esto?

Llegamos al hotel y caminamos juntos, pero sin tocarnos. David va completamente concentrado en sus pensamientos aunque me va lanzando miradas como para comprobar que aún estoy ahí.

Llegamos a la puerta de mi habitación, me paro mientras saco la tarjeta para abrir, pero él sigue avanzando cabizbajo hacia la suya.

—¿David? —lo llamo sorprendida de que se vaya sin más. ¿Es que ni va a despedirse?

—Buenas noches, Sofi —dice mirándome por última vez antes de volverse y seguir avanzando por el camino hacia su habitación.

Alucino. Me quedo helada. Estoy tan sorprendida que ni reacciono hasta que oigo cómo se cierra su puerta. ¿Así que es cierto?, ¿se ha ido así sin más? ¿Se está rindiendo? No entiendo nada.

De pronto me siento la mala de la película por haberme enfadado y haberle gritado. Odio discutir y gritar. Yo no soy para nada así, pero es que tenía que sacarlo.

Tal como entro en mi habitación un río de lágrimas aparece en mis ojos y salen como en cascada, ¿tantas tenía retenidas aún?

Me desahogo tumbada en la cama con una presión terrible en el pecho.

¿Es que se ha terminado de verdad? ¿Ya está? ¿Lo nuestro ya no va a seguir avanzando más?

Me siento como si ya no tuviera ningún tipo de control sobre lo que está ocurriendo entre él y yo.

¿Pero es que alguna vez lo he tenido?

No sé qué puedo decir o hacer para solucionarlo. Quiero que me explique qué le pasó. Quiero poder entenderlo. Quiero poder perdonarlo. ¡Demonios! Si ya lo he perdonado y aún ni sé qué mosca le picó.

¿CÓMO PODEMOS DESEARLO TANTO Y NO HACERLO?

Una vibración me saca de mi llanto y mi congoja. Cojo el móvil entre mocos y lágrimas y veo «David» en la pantalla, lo cual me saca del trance momentáneamente y capta toda mi atención. Abro su mensaje lo más rápido que puedo con unas manos especialmente torpes por el cúmulo de emociones que me suben y bajan como una montaña rusa.

> David:
> Quizá no puedas creerme con todo lo que ha pasado.
> 03:01

> Pero te quiero. No hay nada más real que esto ni nada más sincero.
> 03:01

¿Y ahora me envía un mensaje para decirme que me quiere? Este hombre me va a volver loca, pero de verdad. Sonrío entre lágrimas como una tonta y busco un pañuelo para sonarme la nariz.

¿Entonces no me ha dejado?, ¿no hemos acabado? ¿Y qué le contesto?

Veo que sigue escribiendo.

> David:
> Eres la persona más especial que he conocido nunca.
> 03:02

Jamás he sentido lo que siento cuando estoy contigo.

03:02

¿Seguro que estos mensajes son para mí?

Pero la he cagado.

03:03

Y sé que hay cosas que no se pueden perdonar.

03:03

¿Pero como no voy a poder perdonarlo? Claro que podría... Solo quiero saber los motivos, ¡alguno ha de tener!

¿No me vas a dejar decidirlo a mí eso?

03:04

Como no contesta nada, le escribo de nuevo.

¿Por qué no vienes y lo hablamos en persona?

03:05

Me muerdo el labio inferior nerviosa y corro al lavabo a desmaquillarme y limpiarme los chorretones negros que enmarcan mi cara.

No responde nada y me temo que eso sea una forma de responder que NO.

Me desespero un poco y pienso en ir yo a su habitación pero considero que la pelota está en su tejado y que si de verdad le importo, ha de dar algún paso él.

Me pongo un camisón negro de algodón con tirantes que tiene una blonda de puntilla en la parte de abajo y en el escote de forma corazón. Es sexy pero cómodo. Me meto en la cama y no dejo de mirar nuestra conversación. Sigue en línea, pero no contesta.

Pienso en muchas cosas que podría decir, en expresar de alguna forma todas las emociones que hay haciendo presión por salir de mi pecho pero no digo nada más. Los ojos se me cierran con el móvil aún en las manos mientras releo sus mensajes y ni me doy cuenta de que me quedo dormida.

Sueño con que David aparece en mi habitación, ni llama a la puerta, simplemente entra y me besa. Es como un final feliz de película romántica. Pero toda la felicidad que esa escena me provoca se desvanece en cuanto abro los ojos por la mañana y me doy cuenta de que nada de eso ha ocurrido. Estoy sola en mi cama y el móvil sigue en mis manos aunque por suerte lo puse a cargar antes de caer en los brazos de Morfeo. Desbloqueo la pantalla y descubro un mensaje suyo que no he leído.

> David:
> ¿Estás despierta?
>
> 03:45

No, David. Cuarenta minutos antes ya dormía. Sí que le costó decidirse a responderme.

> Ahora sí.
>
> 11:09

Veo que su última conexión fue a las cuatro y poco. Estará durmiendo aún. Bueno, he de conseguir hablar con él bien hoy y aclarar de una vez por todas lo que ocurrió. Él duda de que lo pueda perdonar, pero yo siento como si ya lo hubiese perdonado en realidad.

Solo necesito que me diga... algo. Cualquier cosa a la que pueda agarrarme. Un motivo que dé sentido a que actuara de aquella manera. Algo ha de haber. Un malentendido, lo que sea. Tengo derecho a saber qué es.

Me lavo la cara mientras pienso en que no tengo ni idea de cuál es el plan del día. Creo que Christian quería llevarnos a una casa rural así que no sé si ponerme el bikini o hacer la maleta. Cuando acabo de asearme, decido ponerme un vestido color salmón con tirantes, suelto a partir de la cintura, e irme a desayunar hasta que los fiesteros se despierten y vea cuál es el plan.

Paseo por el jardín del hotel siguiendo el caminito que lleva a la piscina y al restaurante. Está todo tranquilo, realmente es un hotel muy marchoso y nocturno, se nota porque por la mañana está todo el mundo durmiendo. Cuando llego a la zona de los desayunos me sorprende muchísimo ver allí a David. Está solo en una mesa y lee el periódico. Me dirijo hacia él y a medida que me acerco, veo que vuelve a tener ojeras y pinta de no haber dormido demasiado. Aún así es insultantemente guapo. Lleva unos *shorts* negros y una camiseta de manga corta, negra también, algo ajustada, marcando bíceps, pectorales y todo lo demás. Muy arrancable todo aquí mismo, en medio del comedor y los huéspedes con sus tostadas.

Camión, mátame ya. A ver quién desayuna con este panorama.

—Hola —murmuro cortada por lo que me impone su presencia al llegar a su lado.

Su mirada se ilumina en cuanto me ve y aparece una sonrisa que desarma las pocas armas que me quedaban alzadas. ¡Perfecto! ¡El niño tenía que sonreír! No podía ignorarme o mirarme serio, no, tenía que sonreírme de esa manera. ¡Estoy acabada!

—Buenos días. —Cierra el periódico y me dedica absolutamente toda su atención como si no existiera nada más en el mundo.

—¿Ya has desayunado? —le pregunto observando la mesa y descubriendo que no hay rastro de comida en ella.

—No, te estaba esperando. —Sigue sonriendo dulce y poco a poco me va pareciendo cada vez más que estoy soñando y es el David de mis sueños, ese que vino a mi habitación y me besó sin más, y arreglamos todo.

—Genial —respondo.

Se levanta y vamos juntos a buscar las cosas. Cojo un zumo de naranja y unas tostadas. David me choca el hombro cuando estoy decidiendo qué mermelada coger. Él coge una de melocotón y yo me decido por una de fresa. Vamos juntos a la mesa y me siento frente a él.

Mientras esparzo la mermelada por la tostada, él se bebe su zumo y me observa.

—¿Has dormido bien? —me pregunta curioso.

Vaya, esto de hacer como que no ocurre nada, cada vez se nos da mejor, es alarmante.

—Sí. Estaba muy cansada; me quedé dormida.

—Ya lo vi.

Sonríe y esparce su mermelada en sus tostadas.

—¿Tú has dormido bien? —le pregunto algo preocupada al observar más atentamente el color oscuro que enmarca sus ojos.

Me responde moviendo la mano en el aire con el gesto universal de «más o menos». Mientras mastica su tostada.

—¿Sabes? —le digo de pronto recordando las palabras de sus últimos mensajes—. Todo tiene solución menos la muerte.

Me mira sorprendido como si no supiera de qué le hablo.

—O al menos eso dice siempre mi padre —continúo yo—, así que no hay nada que no pueda ser solucionado.

Levanta las cejas un poco por la sorpresa y hace un mohín. ¿Puedo morderle ya esos labios irresistibles que tiene o he de esperar por algo?

Parece que ha captado de lo que le estoy hablando. Deja lo que queda de tostada sobre el plato, se limpia con la servilleta y busca mi mano por encima de la mesa. Se la doy encantada y la toma con fuerza.

—Sé que todo tiene solución —dice muy serio y convencido—. Pienso igual que tú en ese aspecto.

—¿Pero...? —le animo a que continúe.

—Pero hay veces que perdonar cuesta más que otras.

—Sí. ¿Y...? —sigo intentando sacarle las palabras.

Respira hinchando el pecho y se me va la vista repasando su camiseta. Vuelvo rápidamente a sus ojos.

—Y nada más.

—No te entiendo bien —le digo con una mueca—. Tus mensajes de anoche... Esto que dices ahora... ¿Puedes decirme claramente lo que piensas? —le pido casi como un ruego.

—Te quiero —responde sin apartar su azul mirada de la mía y me traspasa como un rayo. Creo que incluso lo nota en el leve temblor que transmite mi mano. La presiona y la acaricia con dulzura.

Yo también te quiero.

¿Por qué no puedo decirlo? Sé que lo siento. Lo noto expandirse por todo mi cuerpo. Es Amor. Amor del bueno.

—Y es tanto lo que me importas que no voy a rendirme, Sofi —añade para acabar de romperme y deshacerme del todo.

Gelatina llamando a emergencias: «Hola, ¿qué tal? ¿Alguien puede recogerme?».

Ahora sí, ¿puedo ya abalanzarme sobre él y comérmelo?

En el momento en el que mis labios se separan para contestar algo, ni siquiera sé el qué, algo nos interrumpe.

—Chicos, ¡pero qué intensos estáis de buena mañana!

Mi mirada busca con ansiedad quién osa romper este momento y me encuentro con Lucas. Su pelo castaño está revuelto, sus ojos marrones brillan con intensidad, lleva una camiseta de tirantes gruesos gris y unas bermudas negras.

Se sienta a mi lado con un enorme zumo de naranja y nos mira a uno y a otro esperando algo. No sé el qué.

David retira su mano de encima de la mía y odio a Lucas temporalmente por interrumpirnos.

—Y tú qué oportuno —le contesta David con sarcasmo.

—Oye, no os cortéis. Podéis seguir hablando —nos dice con una sonrisa traviesa.

Justo en ese momento aparece Fani y se sienta junto a David. Bueno, nuestro momento, definitivamente, ha pasado.

—¡Buenos días, chicos! ¿A vosotros también os ha despertado Christian aporreando la puerta? Voy a matarle en cuanto pueda —dice con cara de asesina.

—No, yo me he despertado hace rato —le responde David y yo niego con la cabeza.

—¡Pues qué suerte! A nosotros sí. Este chico no tiene la misma idea que yo de lo que son las vacaciones —exclama Fani divertida.

—¿Hablas de mí? —pregunta Christian que aparece justo tras ella.

—Sí, ¡de ti! ¡Maldito despertador de vacaciones! ¡Como vuelvas a despertarme te mato! —exclama divertida. Él se ríe, apoya las manos sobre los hombros de Fani y se los masajea con cariño mientras nos mira a todos.

—Bueno, como veo que ya estáis todos en pie, os aviso: en una hora necesito que estéis todos haciendo el *check out* y con la maleta lista en la entrada para irnos. Máximo a las doce y media.

—Sí, mi general —responde Lucas como si fuera un militar, y desaparece en busca del desayuno.

—¿Una hora? —pregunta Fani descontenta—. ¡No me da tiempo en una hora!

—Oh, sí, seguro que sí —la convence Christian—. ¡Vamos! En marcha! —añade dando una palma en el aire y volviendo por donde ha venido.

—Creo que voy a pedir el desayuno para llevar —exclama Fani y se va hacia el camarero para pedírselo.

Volvemos a estar David y yo solos en la mesa. No puedo olvidar que hace escasos minutos estaba diciendo que me quiere y que hay cosas que cuestan más de perdonar, pero que no va a rendirse. Yo tampoco pienso rendirme.

Terminamos nuestras tostadas sin decir nada, aunque parece que nuestros ojos hablan por sí solos. No dejamos de cruzar miradas cómplices y sonrisas.

—¿Vamos? —me pregunta en cuanto he terminado también con el zumo.

—Sí.

Me pongo en pie y caminamos juntos por el camino de tierra hacia las villas. David está muy pensativo y yo pagaría grandes fortunas por saber en qué piensa. Pero me da corte preguntar, corte o miedo, no sé.

Cuando llegamos a mi puerta, David sigue junto a mí. Cuando voy a poner la tarjeta en la ranura, me doy cuenta de que está pegado a mi espalda y no puedo evitar girarme para verlo. De pronto me apresa contra la puerta y pone sus manos apoyadas en ella a ambos lados de mi cara. Todo su cuerpo se pega al mío y mi temperatura corporal se dispara igual que mi pulso y los latidos de mi corazón.

Esta situación me recuerda a nuestro primer beso en el rellano de nuestros trabajos. Me recuerda a otros besos en similares situaciones en los que la pasión nos llevaba. Y sin embargo, ahora mismo, no tengo ni la más remota idea de a dónde nos lleva esta.

Su mano derecha acaricia mi mejilla casi con devoción mientras observa mis reacciones. Su cuerpo ejerce un poco más de presión contra el mío y es algo tan agradable, que me atormenta. Necesito perdonar a este hombre cuanto antes y volver a eso de devorarnos y sentirnos sin límites a cualquier hora y en cualquier lugar.

—Te recojo en cincuenta minutos, ¿vale? —susurra cerca de mi oído y me estremezco por completo.

Sonríe al ver el poder que ejerce solo con su voz sobre todo mi ser.

—Va-vale —respondo aturdida por su perfume, su cercanía totalmente íntima y su voz cargada de deseo oculto.

No deja de sonreír mientras se aleja.

Esta me la pagarás maldito, pienso al darme cuenta de cómo me enciende para dejarme así de desorientada y abandonada a mi suerte.

Recupero la respiración y entro aturdida y ardiendo a mi habitación. Hago la maleta como una loca: metiendo todo dentro lo más rápido posible sin demasiado orden; repaso la habitación antes de salir de ella definitivamente.

He tardado solo veinte minutos así que decido ir a su habitación y sorprenderlo. Quizá aún podamos reconciliarnos. O hablar. O comernos mutuamente. O lo que sea.

Uso la tarjeta que tengo de su *suite* y al entrar veo que tiene la maleta hecha y lista junto a la puerta. No hay rastro de él en la habitación. La cama está hecha. No hay signos de que haya dormido en ella y el único sonido que hay es el del agua de la ducha.

Tengo tentaciones tan inmensas de entrar ahí y, como mínimo, hacerlo mío repetidas veces que vuelvo a salir al camino antes de que pierda el control de mis actos.

No, Sofi, acosar sexualmente a David no está bien. Primero hablad y solucionad vuestros rollos. Después lo demás.

Está bien —respondo a mi consciencia—, *pero de hoy no pasa. Hemos de arreglarlo y calmar esta ansia terrible que siento de tenerlo dentro de mí, y volver a conectar con él como lo estábamos hasta hace unos días.*

Me encuentro a Mónica y Christian saliendo de su villa y me uno a ellos. Vamos juntos hasta la entrada y hacemos el *check out*. Con la sorpresa añadida de que cuando intento pagar la cuenta de mi habitación, la recepcionista me dice «que mi marido ya ha pagado todo hace horas».

¿Este hombre no duerme? ¿Y no me va a dejar pagar nada nunca? Se está pasando.

Christian se ríe de mi cara de alucine, pero pronto se le va la sonrisa cuando Mónica no permite que pague y prácticamente discuten allí mismo por ver quién paga. Al final Christian gana y Mónica se queda con la misma cara que tengo yo.

Vale que tengan dinero, ¡pero que nosotras también tenemos! Y nos gusta pagarnos las cosas e invitarlos también, tendrán de aceptarlo en algún momento.

A los pocos minutos aparece «mi marido» y a mí se me corta un poquito la respiración. Podría tratarse de un anuncio de tejanos, de polos, de perfume o de cualquier otra cosa que él quisiera. Ver a David aproximarse es siempre algo para lo que no estoy preparada. Se queda junto a mí e intentamos sacar información a Christian sobre adónde nos lleva, pero no conseguimos nada.

Tras mucho esperar a «Lucani», la pareja aparece corriendo y arrastrando sus maletas con ruedas. Poco después estoy en el coche con David de camino a una localización que nos ha enviado Christian al móvil. Se lleva un misterio que nos tiene a todos intrigados. Solo

Mónica sabe los planes de su chico y deben ser buenos por la sonrisa permanente y pícara que hay en sus labios.

El trayecto en coche con David es en parte incómodo porque el deseo que siento empieza a pasarme factura. La ansiedad que tengo por tocarlo y sentirlo cerca es casi de demente. Y la poca fluidez de palabras que tengo hoy es poco común. ¿Podríamos llamarla resaca? Sí, podríamos. Vale. Llamémoslo por su nombre: resaca. Pero no es solo el malestar. Es la fusión entre una resaca y una sobredosis de deseo desmedido y frustrado.

Cuando llegamos a la localización vemos que el otro coche aún no ha llegado y eso que lo teníamos detrás hasta hace unos minutos. Entramos por un camino de tierra y una piedra enorme a un lado del camino hace de cartel en el que pone «Mil estrellas». Debe ser el nombre de la casa.

Llegamos a la entrada. David me ayuda con la maleta, arrastra la suya y la mía mientras alucinamos con la piscina desbordante con vistas a Dalt Vila que tiene, el jardín verde lleno de flores y plantas y la inmensa casa blanca de una planta y estilo ibicenco con toque moderno que es de lujo total.

En el porche principal un juego de madera con seis sillas y una bandeja llena de fruta fresca en medio parece de catálogo.

La puerta está abierta y el interior es igual de bonito o más que el exterior. Nada más entrar hay un comedor con sofá, tele y aire acondicionado. A la izquierda una barra americana tras la cual está la cocina. Dos escalones llevan a dos baños con duchas. Volviendo al comedor veo que hay tres puertas que dan a tres habitaciones dobles y a la derecha una puerta que da a un porche en el que hay un *jacuzzi*. ¡Qué pasada!

Le hago algunas fotos con el móvil a las vistas desde el porche que tiene el *jacuzzi*. Ya me estoy imaginando en él con una copa de cava y mirando a las estrellas.

—Sofi... —me llama David desde el comedor.

—¡Qué pasada de casa! —exclamo en cuanto lo veo.

—Sí... mmm... ¿qué habitación quieres? —dice mirando hacia las puertas consecutivas que dan a las tres habitaciones.

Les echo un vistazo desde fuera y veo que son las tres iguales: tienen la misma cama grande, el mismo armario, el mismo tamaño y las tres están igual de bonitas decoradas.

—Cualquiera, ¿no? —le pregunto—. ¿Cuál quieres tú?

Me mira algo inquieto y no entiendo el porqué.

—¿Esta misma? —dice entrando a la que está más a la derecha y la más cercana del porche del *jacuzzi*.

—Sí, perfecto —contesto entrando tras él.

Dejamos las maletas y nos miramos incómodos. Claro, vamos a dormir juntos aquí y estamos «así de raros». Primero hemos de terminar la conversación que empezamos anoche y que continuamos esta mañana en el desayuno.

—Yo... —dice él acercándose y cogiendo mis manos con cariño. Parece que cogernos las manos es el acercamiento que tenemos permitido últimamente— dejo aquí mi maleta, pero dormiré en el sofá. ¿De acuerdo?

Asiento sin contestar. ¿Cómo que duerme en el sofá? ¿Por qué? Dejo de asentir y empiezo a negar con la cabeza. David se ríe un poco y se mantiene expectante ante mi respuesta contradictoria.

—¿No quieres...? ¿No vas a...? —demonios, las palabras no me salen. David se ríe sin piedad de mí y me besa en la frente lo cual me frustra tanto que me enfado conmigo misma. ¿Por qué no acabo ya con toda esta situación tan extraña? ¿A qué estoy esperando?

En ese momento oímos como se cierran las puertas del coche de Christian y nos soltamos las manos como si quemaran.

Todos entran haciendo comentarios sobre lo alucinante que es la casa y se reparten en las habitaciones. Junto a la nuestra se ponen Lucas y Fani y en la siguiente Mónica y Christian.

Nos tomamos todos un rato para sacar la ropa de las maletas y colgarla en el armario y ocurre algo curioso: David y yo compartimos armario y cuando veo toda su ropa colgada junto a la mía siento que es como una ilusión de algo bonito que nunca tendremos.

¿Cabe la posibilidad de que algún día su ropa esté junto a la mía en un mismo armario?, ¿de que lleguemos a vivir juntos? Este pensamiento me ilusiona tanto que me da un valor adicional para hacer algo.

Cierro la puerta de la habitación y él termina de colgar una camisa en el armario mirándome sorprendido. Cierra el armario y me mira a la espera de algo. ¿Pero qué espera? Debe pensar que estoy cerrando para tener intimidad. Y sí, así es. Sofía, por Dios, céntrate. ¡Y habla!

—Oye... no-no tienes que dormir en el sofá... —le digo nerviosa. Me estoy poniendo roja, lo noto.

—Sofi, tranquila, no pasa nada.

David vuelve a cogerme las manos y sonríe cálido intentando que lo acepte sin más. Debe pensar que lo digo por compromiso o algo así.

—Sí pasa. Quiero acabar la conversación que anoche se quedó a medias —ya está dicho. Me armo de valor inspirando fuertemente antes de continuar—: y quiero que duermas aquí... —le informo mirando a la enorme cama de matrimonio que tenemos para dormir juntos— conmigo.

Sonríe sacando aire por la nariz sonoramente, recorre la poca distancia que nos separa y me abraza tan fuerte que podría romperme, pero en realidad se siente como si estuviera pegando todas mis partes rotas.

Me estruja contra su pecho y yo me dejo hacer encantada.

—No sabes cuánto lo deseo —susurra cerca de mi oído con un tono ronco terriblemente sensual y cargado de contención. Mi corazón late con violencia y algo arde entre mis piernas.

—Entonces olvídate del sofá —le pido—, y no vuelvas a mencionarlo... odio al sofá —añado como si estuviera celosa de él y él se ríe a carcajadas.

—Ya somos dos. Yo también odio al sofá. —Sonríe y busca mi mirada separándose un poco. Enmarca mi cara con las dos manos; nuestros labios están tan cerca que casi puedo sentirlos. Pero no avanza. No sella nuestro pacto con un beso. No rompe la última barrera de hielo que nos está separando.

—Vuelve conmigo —le pido en un susurro sin saber por qué y sin pensarlo. Simplemente dejando ir en alto un deseo de lo más profundo de mi corazón.

—Nunca me he ido —responde sin apartar su mirada y pegando su cuerpo al mío.

—Sí te has ido, David... y necesito que vuelvas, ahora mismo.

Suspira receloso. Mira mis labios y sé que está dudando en si besarme o no.

¿Cómo podemos desearlo tanto y no hacerlo?

¡Se acabó! Recorro la pequeña distancia que nos separa y poso mis labios sobre los suyos delicadamente, como si no quisiera asustarle.

Pero el que me asusta es él. Que de pronto me abraza por la cintura con fuerza y ejerce una presión tan fuerte con sus labios contra mi boca que me doblo un poco hacia atrás como si fuera a hacer el puente. Pierdo totalmente el equilibrio, pero sé que no pasa nada, porque él me está sujetando y no va a dejar que me caiga. Debemos parecer un poster de esos de película romántica en la que el beso es apasionado y alucinante. Recuperamos una postura menos peligrosa. Entonces entreabro mis labios por la sorpresa de ese beso tan fuerte y él aprovecha para profundizar y besarme de verdad. Su lengua recorre mi boca totalmente ávida de mí. Yo le cojo por la nuca para no perder el equilibrio ya que mis piernas han pasado a ser totalmente de gelatina e incluso me tiemblan un poco.

Suena un móvil, pero estamos tan sumidos en este beso que no es capaz ni de interrumpirnos. De pronto un calor terrible se expande por todo mi cuerpo y la ropa sobra, sobra muchísimo. Él sigue sujetándome por la cintura y pegándome a él, pero sus manos bajan despacio hasta mi trasero y masajea mis nalgas con mucho mucho deseo.

Yo le absorbo los labios, se los muerdo un poco, juego con su lengua, le saboreo, lo devoro. Calmo una sed descontrolada que había llegado a su límite.

¿Cómo hemos podido aguantar tanto tiempo sin esto?

—Dios... Sofi... —exclama sin dejar de besarme ni yo a él. No creo que pueda parar jamás. No se me ocurre ningún motivo de peso ni ninguna causa razonable para ello.

Sus manos, que siguen masajeando mi trasero, bajan más y me coge por las piernas levantándome en el aire y poniéndome sobre él. Se sienta en el borde de la cama con solo dar un paso atrás y me quedo sentada sobre él a horcajadas, sin saber cómo podré parar en algún momento de besarle. Hemos pasado de cero a cien en un segundo. Ha sido como abrir las puertas en un incendio que intentábamos contener y dejar que el fuego lo arrase absolutamente todo a la velocidad de la luz. Respiramos agitados y nuestro beso es entre tierno y violento. Hay agresividad, hay pasión, hay miedo, pero sobre todo hay mucho amor. ¡Cuánto lo necesitaba! Ni siquiera era consciente de ello. Lo sé y lo siento ahora que lo tengo.

Mis manos reposan aferradas en su nuca y con los pulgares acaricio su cuello. Él tiene sus brazos cruzados en mi espalda y me aprieta contra él como si quisiera que nos fusionáramos en uno solo.

De pronto algo terrible ocurre: David se separa unos pocos milímetros de mí y apoya su frente contra la mía. Respiramos exhaustos como si acabáramos de correr una maratón. Mi pecho sube y baja con un buen ritmo contra su torso.

¿Por qué ha parado? ¿Por qué no podemos seguir con esto como unas ocho horas más por lo menos?

Busco sus ojos, separándome lo justo de su rostro, y veo que está con los ojos cerrados. Parece que estuviese concentrándose para algo.

—¿David...?

—Dame un segundo —me pide en un susurro.

TODO TRANSCURRE POR MI MENTE DE FORMA ACELERADA

Tras lo que me parece una eternidad, David abre los ojos y me mira con cariño.

—Casi acabas con el poco control que me queda cuando estoy contigo —susurra. Me quita el pelo de la cara echándolo todo hacia atrás suavemente como si me estuviese haciendo una coleta.

¿Y por qué no hemos acabado con ese horrible control? ¿Por qué hemos de parar?

—Odio a ese control.

David se ríe de mi comentario y me da un beso suave en los labios.

—No lo odies. Quiero hacer las cosas bien.

Yo sí que quiero hacer cosas bien. En esta misma cama y en este mismo momento. *Righ there, right now, baby.*

Llaman a la puerta. Cuando intento levantarme o apartarme, David me sujeta contra él y me inmoviliza para que no me separe ni un milímetro. Sonrío incómoda pero feliz de quedarme.

—Adelante —contesta David y aparece Christian tras la puerta.

—Uh... Vaya... no quería interrumpir... —se disculpa con torpeza y claramente incómodo al vernos juntos.

—No interrumpes, tranqui —responde David sonriendo como si fuera el mejor momento de su vida.

—¿Nos vamos a la playa y comemos algo allí? —propone entusiasmado.

—Claro... ¿nos das un minuto?

Asiente repetidas veces y sale volviendo a cerrar. De pronto abre de nuevo y nos dice:

—Por cierto... ¡ueeeee! —Levanta los puños en el aire como si celebrara un gol de su equipo—. Veo que ya habéis arreglado las cosas, ¡ueeeee! —exclama entusiasmado mil y desaparece de nuevo.

David y yo nos miramos y nos reímos. Le echo el pelo hacia atrás en un gesto íntimo que, de nuevo, siento que tengo permiso para hacer. Él me levanta en el aire y me deja en el suelo.

—¿Seguimos la conversación en la playa? —propone alegre.

—Esto no era exactamente una conversación —aclaro yo con otras intenciones muy frustradas.

—Bueno... ¿seguimos con... esto... en la playa?

Me río y no respondo. Pero voy al cajón a buscar mi bikini donde lo he guardado hace escasos minutos.

Me quito la camiseta y los *shorts* sabiendo perfectamente que detrás de mí se encuentra David y que, seguro, está mirando hacia aquí.

—Pero... ¿q-qué... haces? —me pregunta abrazándome por detrás.

—Ponerme el bikini —respondo como si fuera obvio.

—Si de verdad quieres ir a la playa, no se te ocurra quitarte nada más hasta que no haya salido yo de esta habitación —me advierte serio.

—¿Por qué...?, ¿qué pasaría si...? —pregunto haciéndome la ingenua, desabrochando mi sujetador y dejándolo caer al suelo.

En el acto sus manos se encuentran cubriendo mis pechos, masajeándolos y amasándolos con devoción. Sus labios succionando mi cuello por el lado derecho y sus tejanos pegados a mi trasero clavándome una evidente erección a través de la ropa.

Dios... no vamos a poder salir de esta habitación. Es imposible que alguien pueda parar esto. Sentir sus manos sobre mis pechos me enciende y me pone tanto que vuelvo a estar como en el punto anterior, antes de que entrara Christian.

De nuevo David y su horrible autocontrol me sorprenden y se separa de golpe de mí. Coge un bañador del armario y desaparece de la habitación.

Me quedo respirando agitada, en tanga y con una frustración terrible que crece por momentos.

Está bien. Iremos a la playa. Pero como vuelva a tocarme así, no respondo de mis actos.

Con un bikini rosa, un vestido del mismo color por encima, unas chanclas hawaianas y el bolso de la playa, salgo de la habitación acalorada de más y me encuentro con David saliendo del lavabo. Con el bañador puesto y una camiseta gris a rallas blancas.

—¿Lista? —pregunta tendiéndome su mano. Asiento como una tonta y salimos juntos de la casa. Cerramos y vemos que los demás ya están en el coche esperándonos con impaciencia.

—¡Pero bueno, tortolitos! ¿Habéis venido a fornicar a esta casa o a estar con vuestros amigos? —pregunta Lucas, travieso, por la ventana de atrás. Los demás se ríen y nos mirar expectantes.

—¿Tenemos que elegir? —responde David haciéndose el pensativo.

Como tenga que elegir yo, me quedo a fornicar, eso lo tengo más que claro ahora mismo.

—¡No! Se pueden hacer las dos cosas... juntas... —asiente Lucas como si estuviera trazando un plan maléfico en su mente.

Nos reímos y nos subimos al coche. Seguimos al de Christian ya que no sabemos ni a qué playa vamos.

Suena *house* por la radio y hacemos el trayecto, que es bastante corto, en silencio. Miro mi móvil y descubro que la llamada perdida que me ha parecido soñar cuando estábamos en la habitación, era de Óscar. Seguido a eso tengo varios mensajes suyos.

> Óscar:
> Hola, te llamaba por si vais a la playa.
> 13:05

> Pero imagino que estuvisteis de fiesta por las fotos que ha colgado Mónica en su Facebook a eso de las seis de la mañana.
> 13:05

> Te llamo esta tarde y quizá me vengo a cenar con vosotros.
> 13:06

Le contesto enseguida:

> Estamos de camino a una playa pero no sé cuál es.
> 13:48

> Llámame esta tarde y te cuento. Nos hemos cambiado de hotel.
>
> 13:49

En cuanto llegamos, aparcamos en un descampado de tierra que hace de *parking* y está a pocos metros de la playa. David me pide que no me baje del coche y yo le hago caso curiosa.

Él se baja y habla algo con Christian, el cual asiente y se aleja hacia la playa con el resto. Mónica me lanza una mirada curiosa a lo que yo me encojo de hombros en plan «no tengo ni idea de lo que está pasando».

David vuelve al coche, me quita el cinturón y coge mis manos entre las suyas. Agradezco que no haya apagado el motor y que siga saliendo aire fresco porque afuera hace un calor de mil demonios.

—Bueno, antes de que esta situación se me vaya de las manos hay algo que quiero decirte —susurra buscando mi mirada, sus ojos azules están claros y expresivos como siempre—, lo primero de todo... lo siento.

Su mirada transmite verdadero arrepentimiento y culpabilidad. De alguna manera, su cuerpo, sus ojos y toda su energía me transmiten que verdaderamente lo siente y no es solo un decir.

Asiento sin decir nada.

—Me comporté muy mal dejándote en el avión sin darte ninguna explicación. Sin darte opción de hablarlo. Sin consideración alguna. Lo siento muchísimo... —Baja su mirada a nuestras manos y me las acaricia con cariño—. Sé que estuvo mal desde el primer momento, pero anoche cuando te vi llorar me di cuenta de la gravedad.

—¿Podrías explicarme por qué...? ¿Por qué me dijiste que no era real? ¿Por qué no viniste al avión? —las preguntas se me amontonan con prisa por salir.

—Sofi... —empieza y hace una pausa en la que parece que busque las palabras adecuadas—, vi algo en tu casa... bueno, no debí haberlo visto, estaba en un cajón, pero yo buscaba las hojas para la impresora y lo vi... No pude evitar abrir la carpeta, ponía mi nombre...

Mi corazón se salta un latido en el preciso momento en el que entiendo lo que me está diciendo y ahogo un grito por la sorpresa.

¡El informe de Óscar! Ha de ser eso. Dios mío... ¿no lo tiré a la basura?

Todo transcurre por mi mente de forma acelerada como si la vida me pasara por delante. Veo en mi mente a David buscando las hojas y encontrando aquella carpeta con su informe. Debió alucinar. Había tanta información allí dentro... información que ni siquiera yo vi, por cierto. Dios mío, puede haber visto allí dentro cualquier cosa. ¿Qué habrá pensado de mí?

Me pongo en su lugar y no sé cómo habría reaccionado si me encuentro en su casa una carpeta llena de información de mi vida personal y con fotos.

—Escucha... —interrumpe mis pensamientos por lo que vuelvo la vista a él—, no necesito que me expliques nada con respecto a eso... solo quiero que me perdones. Te prometo que jamás volveré a actuar así.

¿Que le perdone? ¿Qué no le explique nada? Cómo puede estar pidiendo perdón después de todo. No sé ni qué decir; estoy procesando toda esta información.

Todas las piezas encajan, todo se pone en su lugar.

«No eres real», me dijo. Claro, debió pensar que toda yo era una farsa. Quizá pensó que lo tenía preparado, que mentía en todo. Yo lo habría hecho de haberme encontrado algo así en su casa.

—Pase lo que pase, no te dejaré tirada de esa forma... nunca —continúa él.

Yo sigo sin poder articular palabra. Es increíble que no se me haya ocurrido antes esta posibilidad, es que ni recordaba la existencia de esa carpeta. ¿Cómo iba a pensar que podría a verla por accidente y que sacaría tantas conclusiones equivocadas sobre mí?

Pero todo empieza a tener sentido. Entiendo la decepción que debió sentir y las mil interpretaciones que debió hacer en su cabeza. Actuó mal, debió llamarme, decírmelo, darme la oportunidad de hablar. Pero entiendo que actuara así, la verdad. ¡Qué fuerte!

—¿Por qué cuando viniste a Ibiza no me buscaste para hablar? Yo te lo habría explicado...

—Sí te busqué —contesta condescendiente y algo cambia en su mirada.

—¿Cómo...?

—Esa misma noche, el domingo, me fui al aeropuerto y cogí el primer vuelvo a las siete de la mañana. Llegue al hotel y no estabas en la habitación, pero te vi... estabas en la habitación de al lado.

Oh, Dios mío... ¡Jacob! ¡No hice nada con él! Pero claro, cómo va a saberlo. ¿Nos vio en su cama? ¿Cómo? ¿Cuándo? ¿Qué nivel de inconsciencia tuve esa noche?

—Sofi... no necesito que me des explicaciones, pero sí puedes decir algo, si quieres. —Sonríe inquieto.

—Estoy... alucinando —es todo cuanto me sale.

—¿Por qué?

—No sé siquiera la magnitud de este error, no soy capaz de calcularla...

Frunce el ceño y me mira curioso sin soltar mis manos.

—No te entiendo...

—Esa carpeta que viste en mi casa... Puedo imaginarme la cantidad de cosas difíciles de explicar que debe contener. Pero ni siquiera puedo explicarlo porque no tengo conocimiento de lo que contenía.

—¿Quieres decir que no era tuya? —intenta aclarar con suavidad como si estuviese desactivando un artilugio explosivo.

—No, sí... O sea, claro que era mía —aclaro torpemente—, pero no llegué a abrirla ni a ver su contenido en ningún momento —no espero que me crea, pero he de decirlo porque es la verdad.

Asiente sin decir nada y desvía su mirada hacia el mar.

—Ojalá pudiera darte una explicación mejor, pero no la tengo. No sé ni qué has visto dentro. Para mí esa carpeta es como si no existiera. Ni siquiera recordaba que la tenía. Y lo de Jacob... me desperté allí. Fue una noche... —busco la palabra— complicada. Pero no ocurrió nada con él, ¡de verdad! ¡Ni con nadie! —añado.

Palmea mis manos y asiente de nuevo sin mirarme. Esto no va bien.

—David, empiezo a entender lo que ha pasado... —le digo con un hilo de voz.

Dios mío, no sé ni cómo explicarlo. No sé ni qué locuras podía contener esa carpeta y tampoco quiero involucrar a Óscar en esto. Y que me haya visto en la cama con Jacob... ¿Cómo va a creerme? Me gustaría poder obviar todo este tema y olvidarlo para siempre pero imagino que necesita una explicación y de las buenas, aunque ha dicho que no la necesita.

De pronto vuelve su mirada a la mía y sus ojos están brillantes, cristalinos. Su expresión es seria y no sé definir si es enfado o tristeza lo que hay tras ellos.

—No sabes cuánto lo siento Sofía... —murmura.

—¿Qué sientes? —pregunto algo descolocada. ¿Y por qué me llama Sofía y no Sofi?

—Que haya pasado todo esto entre nosotros. Que no haya actuado como debía sentándonos para hablarlo y aclararlo como adultos.

Pues eso es verdad. Me sorprende que reaccione tan bien.

—Yo también lo siento. Ojalá me hubieras dado la oportunidad de explicarme. Pero no se trata de buscar de quién es la culpa, David, sino de aprender de esto.

David sonríe y los ojos le brillan de nuevo, esta vez me parece que de alegría. Entonces se acerca con cautela hacia mí y me rodea con los brazos. Yo doy el siguiente paso, acercándome más y respondiendo a su abrazo. Entonces me estrecha contra su cuerpo con cariño.

—Lo siento muchísimo, nena... —me susurra con un tono de intimidad que me remueve algo por dentro, algo bueno.

—Y yo también lo siento. Debí destruir ese informe. Cuando decidí no verlo, debí eliminarlo.

Me acaricia el pelo y la espalda con suavidad mientras seguimos abrazados; yo entierro mi nariz en la curva de su cuello. Aspiro sin querer su perfume y eso me hace sentir «en casa». Estar cerca de David es mi lugar preferido desde que lo conozco, y cada día que pasa, soy más consciente de ello.

—He pasado unos días muy... —empieza a murmurar contra mi pelo— molesto, desubicado, confuso. ¿Pero sabes qué era lo peor?

¿Pensar que yo era una farsa? ¿Que le había engañado? ¿Que lo tenía estudiado?

—No... —murmuro contra su cuello sin separarme ni un milímetro de su piel.

—Lo peor de todo ha sido el vacío que sentía por no tenerte cerca, por no poder tocarte, hablar contigo, escucharte reír o ver cómo tu sonrisa ilumina todo cuando aparece.

Su confesión me llena de una alegría muy genuina. No quiero, pero he de hacerlo, me separo un poco para buscar sus ojos, me encuentro con una mirada sincera y una expresión llena de cariño en sus facciones.

En realidad yo también he estado muy enfadada, molesta y confundida. Pero es cierto que también lo echaba de menos más de lo que podía imaginar. Solo hace unas semanas que sé que existe este hombre pero casi desde el principio se convirtió en alguien muy importante para mí.

—Yo también te he echado de menos —confieso bajito. Quiero añadir una larga lista de todo cuánto he echado de menos de él, pero no me salen las palabras.

David amplía su sonrisa y me acaricia el contorno de la cara con su mano derecha. Mira mis labios y no puedo evitar pensar que me va a besar. Pero no. Vuelve su mirada a mis ojos y ambos sonreímos sin decir nada más.

—¿Entonces... me perdonas? —pregunta él con algo de inseguridad en el tono.

—Sí. Claro que te perdono.

Como si tuviera otra opción en la vida.

—¿Y tú podrás perdonar que exista ese informe? De verdad que no sé ni qué contiene, pero es terrible que exista siquiera. ¿Y el malentendido con lo de Jacob? Yo te puedo asegurar que no ocurrió...

Sus labios me callan y vuelven a estar donde deben: sobre los míos. Nuestro beso sella nuestro perdón mutuo. El aire fresco mueve mi cabello, la música suena bajita de fondo, la playa nos espera, pero este beso... es especial, sabe a algo nuevo. Me da la sensación, mientras David me besa, que estamos empezando algo nuevo. Nos conocemos mejor. Nos hemos hecho daño y hemos aprendido. Yo he descubierto cuánto siento por él y lo terrible que ha sido no tenerlo.

Me da varios besos suaves sobre los labios.

—¿Vamos? —señala la playa con la mirada.

—Sí, vamos.

Preferiría seguir a solas. Hay tanto que hablar... o que besar... o que recuperar... Pero está bien. Paso a paso, Sofi.

Nos descalzamos y avanzamos juntos por la arena hasta encontrar dónde se han instalado nuestros amigos, bastante apartados de todo el mundo. Están en una zona menos transitada y menos concurrida. Encontramos las toallas y pareos extendidos y la sombrilla, pero ellos están todos en el agua. Nos deshacemos de la ropa, extendemos mi pareo y la toalla de David y nos vamos al agua con ellos.

Se trata de un agua cristalina, azul verdosa, con franjas más claras. No está fría, como me esperaba, se encuentra a una temperatura muy agradable; por mucho que avanzamos hacia dentro, no se hace profunda, nos sigue llegando por las rodillas aunque diría que más adentro, donde están los demás, hay más profundidad.

El sol brilla con fuerza, son casi las dos de la tarde. No es la mejor hora, ¡pero por fin piso la playa!

David va a mi lado en bañador y aunque he visto su torso desnudo muchas veces, sigue siendo impactante. ¡Cómo está de bueno! Y me mira como si fuera lo más bonito que ha visto nunca. Alucinante. Todo.

Cuando llegamos adonde están nuestros amigos descubro que las chicas están en toples. Mejor, menos marcas. Cuando salga del agua me lo quito.

No tengo complejos con eso, por suerte, nunca los he tenido. Siempre he aceptado que mi cuerpo no era perfecto pero era bonito tal como era. Una talla más de pecho no habría estado mal, pero tampoco me puedo quejar, la verdad.

—¿Ya habéis fornicado en el coche? ¡Seréis ansiosos! —exclama Lucas y nos salpica con el agua.

David le responde y acaban en una guerra de agua de la que todos salimos escaldados. Nos reímos y disfrutamos del momento.

El baño es refrescante, las vistas de la playa son preciosas, la compañía en la que estamos juntos es buenísima y la maravillosa e impagable sensación de estar de vacaciones hacen que el cóctel sea explosivo.

Mientras los chicos siguen haciendo ahogadillas y creo que en algún momento alguno podría matar al otro, Mónica y Fani se me acercan.

—Corazón, ¿todo aclarado? ¿Ahora sí?

—Sí. Qué fuerte —susurro yo alucinando por el descubrimiento del informe y lo de Jacob.

Fani nos mira sin saber mucho de qué hablamos, pero no interrumpe, solo nos oye y observa. Mónica asiente dándome la razón.

—¿Ves como había una explicación?

—Ya... pero...

—Sí, sí, muy fuerte —me da la razón nuevamente—. Pero ¿todo bien?

—Sí. No hay nada que no se pueda solucionar.

—¡Desde luego que no!

—No hay nada que no se pueda solucionar —añade pensativa Fani—. Y para todo lo demás... Mastercard.

Reímos las tres por el *mix* que ha hecho de frases y agradezco que no me pregunte más. No quiero explicarle todo lo que ha pasado en los últimos tres días. Quiero pasar página.

Las observo mejor y a través del agua me doy cuenta de que no llevan bikini.

—¿Estáis haciendo nudismo? —les pregunto atónita.

—Ahhh, ¡sí! —exclama Mónica como si nada.

—¿Pero esta playa es nudista? —pregunto mirando a los lados y viendo gente con bañador y gente sin, pues es de todo al parecer.

—Sí, a medias —confirma Fani—. ¿Te animas?

—¡Qué remedio!

Me quedo unos segundos pensando que en Mónica me ha visto desnuda infinidad de veces, David otras tantas, Fani una vez, Christian y Lucas no, pero como si me hubiesen visto después del jueguecito de la otra noche. Así que, ya da igual.

En realidad, yo los he visto desnudos a todos. Así que es justo. Me quito el bikini allí mismo en el agua y lo sujeto con la mano mientras sigo disfrutando del baño sintiendo el agua por todas partes. ¡Qué sensación! No solo la del agua, sino la de libertad absoluta que siento ahora mismo.

Y qué alegría haberme depilado *todita* ayer.

—¡Esto se animaaaa! —grita Lucas y nada como un tiburón hacia nosotras salpicándonos y pellizcándonos el trasero a las tres varias veces.

Estoy salpicando a Lucas en respuesta y riendo de ver el susto que le ha dado a su chica con el pellizco cuando David me rodea por detrás y me abraza. No hay ropa entre nosotros. Él también tiene el bañador en la mano.

Ay, Dios mío.

—¿Te has propuesto acabar conmigo hoy? —me susurra al oído como si leyera mi mente. Es justo lo que pienso de él.

—¿Yo? —pregunto con exagerada ingenuidad.

—Sí, tú... —Me acaricia la barriga y me besa en el cuello.

—Como sigas por ese camino... —consigo decir a modo de amenaza, pero suena a promesa.

—Estás acabando con mi autocontrol, nena.

Ese susurro me deshace por completo. Pero muy a mi pesar, David se aleja y se va nadando hacia Christian que está más hacia lo hondo con Mónica.

Veo que Fani está besando a su chico y no puedo evitar recordar lo sorprendida que me quedé al besarle yo. No sé si en los próximos días (o noches) volverá a haber juegos, pero si los hay, tampoco me importaría. La experiencia del otro día fue intensa, pero liberadora. Además se creó un vínculo entre los seis diferente al de unos amigos normales. No solo por lo que compartimos físicamente, sino por lo que significa compartir una experiencia así con ellos.

¿Quién me iba a decir a mí hace un mes que iba a estar hoy bañándome con un grupo de amigos nuevos, en bolas y compartiendo experiencias como las que compartimos? Un demente. Y no lo habría creído bajo ningún concepto. Cómo es la vida de curiosa.

¿QUÉ DICE EL PUTO JACOB AHORA?

David

Cuando llego a Amnesia me llevo una gran decepción al ver que Christian se refería a Lucas y a Fani y no a Sofía. ¿Pero dónde se ha metido ella? No me puedo creer que se haya ido otra vez a la habitación de ese tío.

En cuanto Mónica me ve, su cara pasa de la alegría a una terriblemente expresiva que transmite enfado y decepción. Ni me saluda siquiera, tras echarme una mirada asesina, hace como que no estoy.

Me acerco a hablar con ella después de saludar al resto.

—Hola, rubia.

—Hombre... te has dignado a aparecer —me dice bastante borde. Me jode, pero la entiendo.

—He venido para hablar con Sofía y arreglar las cosas.

Casi estamos gritando, es bastante difícil hablar en la pista con la música tan alta.

—¿Vienes y te explico? Por favor... —le pido gesticulando para que me entienda. Ella parece que lo piensa, pero finalmente afirma con la cabeza. Cojo su mano y cruzamos la pista hasta llegar a la entrada. Nos ponen un sello y salimos al *parking*. Está lleno de gente haciendo cola para entrar. He tenido suerte de que Christian saliera a buscarme, sino aún estaría haciendo cola.

—Bueno, ¿qué me quieres explicar? —pregunta ella cruzándose de brazos a la altura del pecho.

—Mira... ha pasado algo que me ha hecho dudar de Sofía, pensar que era todo mentira, que me ha engañado no sé para qué —le explico como puedo, siendo lo más sincero posible.

—¿Pero de qué estás hablando? —pregunta ella mirándome como si estuviera loco.

—Encontré una especie de carpeta en su casa llena de información sobre mi empresa, mi vida, mis movimientos.

La cara de Mónica muta del escepticismo a la sorpresa y de la sorpresa al susto o algo así. ¿Qué le está pasando?

Se tapa la mano con la boca de la impresión y finalmente habla:

—¡Qué fuerte! ¡El informe del demonio!

—¿El informe de qué? —le pregunto alucinado. ¿Así que sabe de lo que le hablo?

—Es igual —de pronto se muestra segura y resolutiva—. ¡Tienes que hablar con Sofía! ¡Esto es un malentendido! ¡Créeme!

—¿Un malentendido?

—¡Sí! —exclama elevando mucho la voz.

—¡Vale! ¡Claro que hablaré con ella! —le aclaro en el mismo tono.

Me pone una mano en el hombro y con la otra me da golpecitos en el pecho con su dedo índice.

—¡En serio, David! ¡Tienes que hablar con ella y aclarar todo esto!

—De verdad, Mónica, te digo que lo haré.

—Está bien. Ufff, se lo has hecho pasar fatal, ¿eh? Esto no te lo perdono.

Vuelve a cruzarse de brazos y creo que me odia.

—Lo sé. Me he comportado como...

—¡Como un crío! ¡Como un capullo! ¡Como un cretino! —añade ella con muchísima rabia.

Bueno, yo no iba a decir eso, pero vale, me lo merezco.

Asiento y bajo la mirada.

—Pero oye, arréglalo y nunca vuelvas a hacer algo así, ¡a nadie! Pero mucho menos a Sofía. ¿Sabes lo sensible que es? Dios mío, lo que has hecho es terrible —añade muy dramática.

Joder. Sé que estuvo mal, pero está siendo muy dura conmigo.

—Yo... lo siento. Ojalá pudiera retroceder y cambiar las cosas, pero...

—¡Pero no puedes! ¡El daño ya está hecho! ¡Para siempre!

La miro con los ojos abiertos como platos. ¿Qué me quiere decir con eso? ¿Es que está insinuando que ya no tiene arreglo? Como Sofi no me perdone, yo sí que no tendré arreglo.

—Bueno, oye, tranquilo... tampoco quiero asustarte —me dice de pronto y vuelve a poner su mano en mi hombro, esta vez con compasión.

—Joder, Mónica, me estás asustando... la verdad.

—Sí, ya veo. —Se le escapa un poco de risa y la miro alucinado de que se ría con lo mal que lo estoy pasando yo —. Perdona, no me río de ti... es que sois tan ideales y tan «tal para cual»... —de pronto suena romántica y esperanzada. Esto ya me gusta más.

—¿Me perdonará, verdad? —le pregunto algo desesperado.

—Eso no te lo puedo asegurar, pero espero y confío en que sí. — Sonríe y me abraza.

Le devuelvo el abrazo y sienta jodidamente bien. Cómo necesitaba que alguien me diera ánimos.

Volvemos al interior de la discoteca y le explico a Christian todo mientras pedimos en la barra. Yo pido una tónica, pero pronto me doy cuenta de que el resto va bastante fuerte con las bebidas; no sé cómo piensan volver a casa con tal nivel de alcohol. Dicen que en taxi, pero no me fío demasiado.

Al final paso gran parte de la noche apoyado en una columna viendo cómo bailan y dándole vueltas a todo lo de Sofi, mi cabeza no para. Pienso en irme al hotel a dormir pero sé que no dormiré; decido quedarme para llevarlos y asegurarme de que llegan sanos y salvos.

Cuando los veo entrar cada uno a su respectiva *suite* me quedo tranquilo. Son más de las seis de la mañana y por fin pillo la cama. Estoy reventado. Cuando me tumbo entre las sábanas una extraña sensación me invade. Es como si Sofía estuviera en la misma cama. Huele a ella.

¿Me estaré volviendo loco? Aspiro la almohada y todo me dice que sí, que huele a ella. Sentirla así de cerca aunque sea en sueños hace que me quede completamente dormido. Sueño con que la veo con el puto Jacob. Van juntos de la mano paseando y riendo. Yo intento hablar con ella, pero parece como si no me escucharan ni me vieran, como si yo no existiera. Grito con tanta fuerza que me despierto del grito que pego de verdad.

Estoy sudando y me froto la cara aliviado de que solo fuera una pesadilla.

He de arreglar lo de Sofía cuanto antes. De hecho, he de arreglarlo... ¡AHORA MISMO!

Salgo en calzoncillos, descalzo, despeinado, aún sudando de la pesadilla y recorro los pasos que separan mi villa de la de Sofi. Me clavo ramas de pino y algunas piedras a cada paso que doy. Llamo a su puerta con fuerza. No sé ni qué hora es. Me peino un poco con los dedos, tampoco es cuestión de asustarla. No responde y algo me empuja a llamar en la puerta contigua, ¡la del puto Jacob! Como la encuentre dentro... no quiero ni pensarlo.

Abre la puerta el puto Jacob y parece que lo he despertado, me lo encuentro en pijama y con los ojos entrecerrados. Vacilo por un momento y al final decido entrar sin pedir permiso y avanzo hasta su cama en busca de Sofía, pero por suerte no está allí. Un alivio recorre todo mi cuerpo y respiro sonoramente.

—¿Se puede saber qué coño haces? —pregunta el puto Jacob desde la puerta y me mira como si fuera un demente. Razones no le faltan.

—¿Dónde está Sofía?

—¡Aquí no! —responde cabreado.

Salgo de su habitación y cuando paso por delante de él me mira entre sorprendido y asqueado.

—Tío no sé si te has dado cuenta de que vas medio desnudo.

—¿Dónde está Sofía? —insisto intentando no alzar la voz más de la cuenta.

—¡Yo que sé! Estará en su habitación o con su novio, ¡no tengo ni puta idea, tío!

¿Con su novio? ¿Es que le ha dicho que tiene novio? ¿Y por qué dormían juntos el otro día? Ufff... No quiero ni pensarlo. Esa imagen me perturba más de lo que me gustaría.

—¿Por qué iba a estar aquí? ¿Es que te ha dicho algo de mí? —me pregunta curioso.

¿Qué si me ha dicho algo de él? ¿De qué? ¿Qué dice el puto Jacob ahora?

—¿Que por qué iba a estar aquí? No sé, dímelo tú, ¿qué hacía aquí la otra noche? —Estoy perdiendo el control de esta situación—. ¡Mejor no me lo digas! ¡No quiero ni saberlo! —añado con rabia.

—¿La otra noche? —repite alucinado—, se quedó dormida en la piscina tras un berrinche de caballo y una borrachera a la altura. Tenía varios guiris acechando y la saqué de escena antes de que alguien abusara de ella.

Me quedo frío. Creo que toda la sangre se ha evaporado de mi cuerpo.

¿Qué tuvo un berrinche y se emborrachó?, ¿y podían haber... haber abusado de ella unos guiris? ¡Joder! ¿Y todo por mi culpa?

—Tío, tranquilo... respira. No ha pasado nada. —¿Ahora me consuela?—. Durmió aquí sin más. A la mañana siguiente se fue y fin de la historia. ¿Tú eres su novio o algo así? ¿Por el que gritaba la otra noche?

—¿Gritaba? —No quiero ni visualizar esa imagen porque me duele. Me duele físicamente tomar conciencia del dolor que le he causado. ¿Cómo he podido actuar así?

—Sí, gritaba —confirma mis peores pensamientos—, lloraba y gritaba que era «real» o algo así.

Un escalofrío me atraviesa entero. Me froto los ojos con las manos como si quisiera borrar esa imagen de Sofía sufriendo por mi culpa. ¿Cómo he podido? ¿Cómo no contesté a sus llamadas? No me va a perdonar esto en la vida. Tiene motivos para no hacerlo.

—Yo... perdona por entrar así —consigo decir de pronto lleno de culpa y vergüenza.

—Tranquilo, tío... no pasa nada —me dice muy conciliador y amable. ¡Puto Jacob que encima es buena gente! ¡Y hasta le voy a deber una! Que sacara a Sofi de esa situación tan chunga... es algo que nunca podré agradecerle lo suficiente.

—Yo... eh... gracias... —consigo decir.

Me sonríe satisfecho y tras asentir sin decir nada, cierra la puerta. Tomo consciencia de que voy medio desnudo por el jardín del hotel y que es mejor si me pego una ducha antes de ir en busca de Sofi por Ibiza.

En cuanto entro en la habitación veo que son las doce y media pasadas y tengo un mensaje de Christian de hace unos minutos.

Christian:
Sofía está aquí en la piscina. Ven YA.
12:32

Pffff. Saco todo el aire de mis pulmones en un sonoro suspiro. Me pego una ducha rápida mientras intento calmarme y aclarar el plan de acción.

1. He de conseguir hablar con ella.

2. He de conseguir que me perdone.

Hasta aquí mi plan de acción. Si consigo esas dos cosas, el resto ya lo iremos viendo. Me pongo el bañador, una camiseta gris, unas gafas de sol que tapen un poco la cara de muerto que llevo y voy hacia la piscina, inquieto y nervioso. ¿Puedo abrazarla hasta que se le pase? Debería secuestrarla esta vez en serio. No sé, pero he de conseguir arreglar todo esto como sea.

Cuando llego a la piscina la veo hablando con Mónica junto a la barra. Me acerco a Christian y este se pone de pie enseguida.

—Tío, ¿qué tal?

—Bien —contesto sin quitar ojo de Sofía.

—Está dolida, pero creo que podéis arreglarlo.

Ojalá sea cierto, amigo.

Cuando Sofía se gira y clava su mirada en mí, agradezco tener las gafas de sol puestas. Y eso de que podamos arreglarlo, sinceramente, empiezo a dudarlo. Muy a mi pesar.

Al final el encuentro no ha sido tan duro como pensaba. Al principio estaba fría y distante, hacía como que no me conocía. Pero poco a poco ha ido volviendo a ser Sofi, *mi Sofi.*

Me he dado cuenta de que realmente tengo posibilidades de arreglarlo cuando me he quedado dormido entre sus brazos y ella ha repartido caricias llenas de cariño por toda mi espalda. ¡Me quiere! Estoy casi seguro de eso, por extraño y poco probable que sea. Tengo que encontrar un buen momento para hablar con ella. Quiero pedirle perdón en condiciones.

Esta tarde ha sido imposible, estábamos todos juntos y no encontraba el momento adecuado. Tras la cena ha querido salir de fiesta, yo tenía esperanzas de irnos juntos al hotel y poder hablarlo tranquilamente a solas. Pero he acabado en Pacha con un marrón que ni me imaginaba.

Gloria ha empezado a enviarme mensajes durante la cena diciendo que si podía llamarla, le he contestado que la llamaba en otro momento, pero cuando estaba en Pacha ha empezado a llamar y escribir de nuevo diciendo que necesitaba hablar conmigo urgentemente y que era importante.

> ¿Qué ha pasado, Gloria? Tampoco puedo llamarte ahora, estoy en Pacha.
>
> 01:04

Gloria:
He discutido con Javi. Creo que es definitivo.

01:05

¿Definitivo? Pero ¿por qué habéis discutido?
01:05

Gloria:
Adivina.

01:06

¿Por mí? ¿Han discutido por mí? Pero si vi a Gloria cinco minutos en Caprice la otra noche y hacía semanas que no nos veíamos. Antes quedábamos mucho más y a su marido nunca le ha molestado. No es poliamoroso pero tiene claro que su mujer sí y han sabido acordar bien los límites, las reglas y los permisos. Después de tres años de matrimonio no-monógamo no entiendo que ahora de pronto discutan por este motivo.

¿Por mí? ¿Por qué?
01:07

Gloria:
Por lo de siempre.

01:07

«Por lo de siempre». Entiendo que es que él propone cerrar la relación y volverla exclusiva y ella se niega rotundamente. Niego con la cabeza releyendo su último mensaje.

¿Por qué la gente se compromete a ciertas cosas y después lo retira todo? No es justo. No puedes engañar así a nadie y mucho menos a tu pareja, la cual siempre ha sido visceralmente sincera contigo. Gloria es la persona más sincera (después de mí) que he conocido nunca.

Tú nunca le has mentido ni has roto ningún compromiso con él.

01:08

> Seguro que podréis arreglarlo.
>
> 01:09

Sonrío imaginándola encerrada en el coche con el móvil. Cada vez que ha tenido una discusión fuerte con su marido ha cogido el coche y ha conducido hasta mi casa. Sabe que mi casa es la suya y siempre ha encontrado refugio, consuelo y una amistad real conmigo. La quiero como a una mejor amiga. Una con derechos, pero una mejor amiga al fin y al cabo.

Gloria:
Gracias...

01:10

¿Puedo quedarme en tu casa esta noche?

01:10

Ahí está. Probablemente ya esté en mi casa en realidad.

Gloria:
Javi se fue de casa antes de ayer... y no quiero estar aquí cuando se digne a volver.

01:11

> Por supuesto, ya sabes que sí.
>
> 01:11

Gloria:
Te echo de menos...

01:12

Y yo, Gloria, pero ahora no puedo. Alzo la mirada un momento para ver si Sofía sigue bailando con Mónica y la imagen que me encuentro es bastante alucinante. Un italiano de casi dos metros la está sobando a base de bien y ella encantada, oye. ¡Lo que me faltaba!

Salgo de Pacha echando humo y alucinando que Sofi se comporte así en vez de estar conmigo hablando y solucionando nuestros problemas. Por el camino recibo otro mensaje de Gloria.

Gloria:
¿Cuándo vuelves? ¿Podremos vernos?

01:15

Aún no me has presentado a Sofía.

01:15

No puedo contestarle. Ahora no.

En vez de contestar a Gloria le escribo a Sofía para decirle que la espero afuera. Una vez en el coche y durante el trayecto, paso del enfado a la preocupación cuando me doy cuenta de que está mareada y blanca como una hoja de papel.

Iniciamos una conversación a medias en la que me doy cuenta de lo dolida que está en realidad. Una lágrima cae por su mejilla y me duele en el pecho saber que soy yo el culpable. Recuerdo lo que me ha dicho Jacob esta mañana; imaginarla llorando y gritando por mi culpa, me mata. Literalmente me mata.

He roto un límite de Sofía sin saberlo. Dejé de hablarle cuando más lo necesitaba y no le di oportunidad de explicarse. Ya ni siquiera me importa ese puto informe ni lo del puto Jacob. Vale, saber que no pasó nada con él ha ayudado a que lo odie menos.

Pero lo que realmente quiero es solucionar esto y volver a donde estábamos, ¿será posible?

Me vengo bastante abajo al ver lo dolida que está y que me hable de que mi forma de querer no sea buena o correcta o lo que ella esperaba. ¡Ni siquiera he tenido oportunidad de demostrarle cómo es mi forma de quererla! Es injusto que esto haya sucedido así.

Entre el cabreo, el disgusto y las pocas horas que he dormido en las últimas noches, decido dejar la conversación e irme a mi habitación antes de meter más la pata.

Sin embargo, cuando me acuesto, no puedo dejar de pensar en ella y le escribo un par de mensajes diciéndole lo que siento y lo importante que es para mí. Me pide que vaya a su habitación, pero justo Gloria me llama llorando desde mi casa y me tiro una eternidad consolándola por teléfono.

Javi, su marido, le montó un pollo importante hace dos días. Le exigió hablar conmigo, ¡conmigo! ¿Qué tendré yo que ver con sus problemas con ella? Ella es la que es poliamorosa, si no fuera conmigo, sería con otro.

Dice que tras gritarle de todo y ella negarle la posibilidad de hablar conmigo, cogió y se marchó. No ha vuelto a saber nada de él desde entonces.

Cuando le contesto a Sofi ya no responde. La impotencia es muy grande como para poder dormir, pero, tras meditar media hora, lo consigo y me duermo. Sueño con Jacob y también con Gloria. No recuerdo el qué.

Me despierto pronto, pago el hotel, hago la maleta y me voy a desayunar y a esperar a que Sofi se levante.

Tras desayunar, nos cambiamos a la casa que ha alquilado Christian. Es tan pija como él. Pero mola. La incomodidad aparece en cuanto vemos que hay tres habitaciones dobles y yo no sé muy bien cómo vamos a organizarnos. Pero Sofi me sorprende (como siempre) pidiéndome que duerma con ella y que recuperemos lo que teníamos. Es lo que más deseo en el mundo.

Hablando de deseo, el que despierta esta mujer en mí, no tiene ningún límite. Volver a besarla, a sentirla... Sentirme deseado por ella, su entrega, su pasión, su calidez es demasiado. Pero toca esperar, Christian nos avisa para ir a la playa y yo no veo el momento de que llegue la noche y pueda tenerla entre las sábanas solo para mí.

Ya en la playa, he conseguido tener un momento de tranquilidad y sacar el tema del informe y también de Jacob.

Le he pedido perdón. Ella de hablar, ha hablado poco. Ha alucinado con lo del informe, según dice (y creo en ello totalmente), no tiene ni idea del contenido.

No sé por qué tienes en tu casa un informe tan completo de la vida de alguien si no tienes intención de verlo, pero eso es otro tema y, aparte de que lo desconozco, ya ni me importa.

Solo quiero tener la oportunidad de avanzar con ella y de poder expresar cuánto la quiero y lo importante que es para mí.

Joder, si que me ha dado fuerte esto. Es que ahora que vuelvo a tenerla cerca tengo una sensación de alivio y bienestar tan grande en todo mi ser, que no tiene precio.

Me acerco a Christian y Mónica en el agua alejándome un poco de la fuente de mi deseo (eso o montamos un numerito sexy en medio de la playa).

—¿Qué, tío? —me dice señalando a Sofi con la barbilla—. ¿Cómo va ese tema? De puta madre, ¿no? —Sonríe satisfecho.

Asiento.

—Hemos podido aclarar todo.

—Sí, ya os he visto muy aclaradores —insinúa riendo y Mónica se suma.

—¿Vosotros qué tal?

Con todo lo que ha pasado me doy cuenta de que llevo días desconectado de todo.

—Vacaciones, playa, amigos... ¿qué más se puede pedir? —pregunta Mónica abrazando a Christian por detrás.

—Nada. No se puede pedir más. Hay que agradecer —contesta Christian mirando al horizonte.

—Agradecer... Yo tengo mucho que agradecer —comento pensativo mirando a Sofi. Le da luz a mi vida.

ME HACES PERDER LA CABEZA

Salir del agua me da un pelín de corte. Es la primera vez que hago nudismo en mi vida. Pero la decisión está tomada. Salimos todos a la vez, además, y nadie mira a nadie. Me tumbo bocabajo en mi pareo y cierro los ojos. Si supero los primeros minutos de incomodidad seguro que luego ya no será para tanto.

Siento como David se tumba a mi lado, en su toalla. Su mano se posa en mi espalda y reparte crema por todas partes con suavidad. Menos mal porque el sol está fuerte a esta hora. Se recrea levemente en mi trasero y continúa con las piernas y brazos.

—Gracias —murmuro en cuanto ha terminado.

—Nada. ¿Me pones tú a mí? —me pide.

—Claro.

Me incorporo un poco y le pongo por la espalda. Tiene una espalda ancha y fuerte que me gusta de manera exagerada. Fani y Lucas también se están poniendo crema mutuamente. En cambio Christian y Mónica están bajo la sombrilla y ambos están concentrados con sus móviles. Vaya dos.

Continúo por sus brazos, su trasero y por las piernas. Me recreo bastante la verdad. Casi ni me acuerdo de que estamos todos en bolas, parece lo más normal del mundo y, además, nadie mira a nadie así que no me siento observada o incómoda. Vaya experiencia.

—Gracias —murmura David y me besa en los labios cuando nota que ya he terminado.

Esto es... demasiado. Me pongo bocabajo otra vez y cierro los ojos de nuevo. Abro un ojo y le miro un poco. Vuelvo a cerrarlo. ¡Cómo está así este hombre! Buf. No puedo más.

Tras un rato tranquilo y agradable bajo el sol en el que no consigo calmar mi sed, Christian se dirige a todos:

—¿Comemos algo en el chiringuito? Son casi las tres ya.

—Me apunto —responde Lucas inmediatamente.

—Por mí, bien —añade David.

Yo también tengo hambre, y me refiero a hambre real, bueno vale, hambre de todo. Pero comer me vendrá bien.

Nos ponemos bañadores y bikinis para ir al chiringuito, tampoco es plan de pasarse con el nudismo, para ser el primer día ya está bien.

Pedimos unas claras las chicas y ellos unas cervezas. Un poco de pica pica para compartir y una paella para todos. Deliciosa.

Cuando acabamos de comer vemos que se han levantado bastantes olas, hay un fuerte viento que está haciendo volar varias sombrillas por la playa y los barcos que estaban fondeados en la cala se están yendo todos. Nos preocupa que se haya volado nuestra sombrilla así que pagamos la cuenta (Mónica y yo, que nos adelantamos a todos, ¡toma ya!) y nos vamos rápidamente a la zona donde hemos dejado todas nuestras cosas. Por suerte encontramos la sombrilla aún clavada aunque moviéndose con un vaivén bastante violento. La cerramos y decidimos recoger todo e irnos a la casa para ducharnos y prepararnos para la noche. Cuando ya tenemos todo recogido y nos estamos empezando a vestir veo que David está en la orilla mirando hacia el horizonte fijamente. Me acerco a él para preguntarle qué está mirando y por qué no se viste para irnos. Cuando estoy a pocos pasos de él, se va mar adentro corriendo por el agua hasta que le cubre y entonces comienza a nadar con mucha velocidad hacia más adentro.

Christian aparece a mi lado corriendo.

—¡Hay un niño ahogándose! —exclama horrorizado y corre mar adentro hasta llegar a lo hondo, donde se pone a nadar tras David.

Yo no veo al niño ahogándose en ninguna parte, pero un miedo terrible me sacude entera. No sé qué debo hacer. ¿Debería ir con ellos? No creo que pueda ayudarles mucho.

Fani y Mónica aparecen a mi lado.

—¿Un niño ahogándose? —pregunta Fani inspeccionando el mar sin éxito.

—Yo no lo veo. ¿No hay socorristas esta playa? —pregunta Mónica mirando hacia todos lados buscando un puesto de socorro.

—¡Qué va! En esta cala no hay nada —responde Fani—. ¡Ya lo veo! ¡Lo tienen!

Miramos hacia donde están los chicos y vemos que, efectivamente, los dos están nadando como pueden hacia la orilla con un tercer cuerpo más menudo y que parece inmóvil.

Oigo a Lucas, tras nosotras, que está llamando a emergencias y explicando la situación.

Cuando ya están en la zona en la que hacen pie, Lucas le pasa el teléfono a su chica y corre hacia ellos para ayudarles a cargar con el chico. Las olas dificultan bastante que puedan salir. ¡Con lo calmada que estaba el agua! Hace apenas unas horas parecía una piscina.

Finalmente llegan los tres a la orilla y depositan al niño sobre una toalla que ha extendido Fani. Ha pasado el móvil a Mónica que está intentando indicar a los de emergencias el punto exacto en el que nos encontramos y describe la playa con los máximos detalles útiles que se le ocurren.

David y Christian respiran muy agitados, casi exhaustos por lo que han nadado a contracorriente. Y yo no sé qué hacer ni cómo ayudar. Jamás me he encontrado en una situación igual.

Por suerte Fani toma el relevo de la situación y comienza una reanimación cardiorrespiratorio y un boca a boca muy profesional. Claro, Fani es enfermera, sabe lo que hace. ¡Menos mal!

El niño no debe tener más de diez o doce años. Es moreno y tiene miles de pequitas en la piel. Lleva un bañador azul. Es terrible verle tan inmóvil. Miro a todas partes, ha de haber una madre buscándolo. En ese momento la localizo, viene corriendo hacia nosotros con una expresión de pánico en su rostro.

Por Dios, que esto funcione... Fani sigue con el masaje, va contando en voz alta a la vez que presiona su pecho despacio pero con firmeza. Me deja alucinada la concentración y profesionalidad con la que lo hace. ¡Yo no sería capaz! Me tiemblan hasta las manos.

Un sonido maravilloso nos hace respirar a todos y sacar el aire contenido que nos estaba ahogando. Es el niño, expulsando agua por la boca. En ese instante llega su madre y se arrodilla junto a él diciendo cantidad de cosas en italiano que yo no entiendo.

Lucas le responde en un perfecto italiano y creo que le explica lo que está pasando. El niño abre los ojos, sigue tosiendo y expulsando agua, pero es evidente que Fani le ha salvado la vida. Bueno, Fani, David y

Christian. Dios mío, tengo el cuerpo de gelatina. ¡Pero esta vez por el susto!

Los chicos cargan con el niño hasta el chiringuito donde hemos comido y allí le dan agua y lo envuelven con toallas secas. Esperamos con ellos hasta que llega la ambulancia. Aunque está fuera de peligro, se lo llevan; su madre, entre lágrimas, nos da las gracias en español y se va con él.

Nos quedamos hechos polvo de los nervios que hemos pasado. Pero muy felices de que haya acabado bien.

—¿Cómo lo has visto? Al niño —le pregunto a David mientras caminamos hacia los coches.

—Lo estaba viendo hacía rato, me parecía peligroso que nadara tan adentro con las olas que había. De pronto ya no lo vi y me he dado cuenta de que algo iba mal.

—¡Madre mía! Menos mal que lo has visto —exclama Mónica impresionada.

—¡Y menos mal que mi bombón es una máquina! —grita Lucas abrazando a Fani y repartiendo mil besos por toda su cara. Ella sonríe encantada.

—¡Es lo que hubiese hecho cualquiera!

—¡Cualquiera no! —le respondo yo—. Te aseguro que yo no sabría ni por dónde empezar.

—Ya os daré unas clases de primeros auxilios.

—¡A mí dame un curso intensivo de boca a boca! —le responde Lucas y ambos se ríen.

Cuando me subo al coche con David y emprendemos la vuelta a la casa, estoy impresionada de cómo ha actuado, no ha dudado ni un momento, se ha lanzado a salvar a ese niño aun sin saber ni si iba a poder él solo. El momento de salir del agua con el niño en brazos era una imagen que difícilmente podré olvidar. ¿Es que nunca va a parar de sorprenderme y sumar puntos a lo muchísimo que ya me encanta de por sí? Ufff...

—Ha sido increíble lo que has hecho —reflexiono en voz alta.

Pongo mi mano sobre la suya en el cambio de marchas y él me mira de reojo con una sonrisa tierna.

—No ha sido nada, nena. Lo que hubiese hecho cualquiera.

¿Podemos parar el coche en algún sitio apartado? Necesito abalanzarme sobre este hombre y besarle hasta que no podamos más. No sé si puedo aguantar hasta llegar a casa.

Pero sí, aguanto hasta llegar. Y en cuando aparcamos en la casa, vemos que los cuatro están saltando a la piscina. Miro a David para ver si quiere unirse al baño pero él tan solo me coge la mano y tira de mí hacia la casa.

—¿No venís a daros un bañito? —nos pregunta Mónica desde la piscina al vernos pasar por delante. David niega en respuesta y yo me encojo de hombros sin saber qué planes tiene.

Seguimos avanzando hasta el lavabo y una vez dentro, cierra la puerta y echa el pestillo.

Oh, sí. Esto se pone interesante.

David se quita la camiseta, esas ganas de gritar como una fan aparecen en algún lugar de mi mente, pero consigo reprimirlo. En su lugar, me quito el vestido. David recorre mi cuerpo con la mirada y me enciende como si desprendiera fuego allá donde posa sus ojos.

Se quita el bañador mientras yo me quito el bikini y seguimos mirándonos con demasiado deseo, sin decir nada.

Una vez desnudos, enciende el agua de la ducha. Es una ducha enorme y moderna, superchula. Toma mi mano para indicarme que entre en ella con él. ¡Y yo encantada!

Me meto bajo el chorro del agua y la gradúo para que no queme. Mientras, él pone música en su móvil con el volumen al máximo. ¿Es para que no nos oigan? Me río al entender sus intenciones y confirmarlas. Y me muero del deseo también.

Se mete en la ducha bajo el agua pegando su cuerpo al mío y me rodea con sus brazos. Quiero decirle muchas cosas. Quiero volver a pedirle perdón por lo del informe, darle las gracias por haber venido a Ibiza, a pesar de todo, a buscarme para aclararlo, decirle que no quiero volver a estar ni un solo día sin él... quiero decirle que le quiero, ¡maldita sea! ¿Por qué no se lo digo ya?

Pero sus labios se posan sobre los míos suavemente y cualquier posibilidad de emitir alguna palabra con sentido se esfuma por completo en el preciso instante en el que conectamos.

El beso empieza siendo suave, paciente, tranquilo... Es tan tierno que podría deshacerme en cualquier momento. Rodeo su cuello con mis brazos y le acaricio la nuca. El agua nos cae en forma de una lluvia muy fina que nos hace cerrar los ojos y sumergirnos en la situación por completo. ¿Puedo parar el tiempo justo ahora? Este sería un gran momento para ralentizarlo por completo y disfrutarlo muy muy lentamente.

Su cuerpo firme desprende calor contra el mío y su erección se clava en mi bajo vientre. Mi mano se cuela hasta allí para poder repartir caricias y masajearlo. En el momento en que eso ocurre, parece como si hubiese despertado a la bestia. Me besa de forma mucho más profunda, saboreándonos por completo, devorándonos con un ansia que va en aumento. Con sus manos masajea mis glúteos a su antojo y me presiona más contra su cuerpo. Un gemido escapa de entre mis labios y se ahoga en los suyos cuando profundiza las caricias y llega hasta mi sexo. Separo un poco las piernas sin pensarlo para darle más acceso y disfruto de dejar que me toque como quiera pero, sobre todo, como bien sabe que me vuelve loca.

Nuestras caricias se vuelven rápidas y enérgicas, el ansia está a punto de consumirnos y arrasar con nosotros, pero en ese momento David me levanta en el aire y me pone contra la pared de la ducha, que casi no me da tiempo de pensar en que debemos ponernos un condón. Su erección entra en mi abertura, me olvido por completo de esa idea y desaparece de mi mente como si jamás hubiese existido. Solo existe él y lo que me hace sentir. Me invade, me llena, me completa, me transporta a otro lugar.

La introduce clavándola en lo más profundo de mí con fuerza y otro gemido escapa entre mis labios.

¡Qué buena idea la de poner música! No me apetecía que todos nos escucharan desde la piscina. Y esto es algo que no puedo reprimir.

David respira agitado junto a mis labios y veo fuego en su mirada. Me siento tan deseada que ardo de placer.

Pero tras una segunda embestida aún más intensa que la primera, se retira y sale de mi cuerpo dejándome de pie en el suelo de la ducha con una sensación horrible de abandono. ¿Pero qué hace? ¿¡Por qué!?

Sale de la ducha mojándolo todo, abre cajones, armarios y enseguida comprendo que está buscando algo: condones, claro.

Abre entonces un neceser negro masculino y parece que encuentra lo que buscaba. Se lo pone mientras vuelve a la ducha y me mira mordiéndose el labio inferior.

—Me haces perder la cabeza, nena.

Es lo último que dice y de pronto vuelvo a estar sobre él, contra la pared, sintiendo como vuelve a entrar hasta el fondo con mucha contundencia. Esta vez es casi un grito lo que se me escapa de la boca. David me succiona los labios con un punto de agresividad y me masajea los glúteos con vehemencia, lo cual, me enciende todavía más.

Sus embestidas son lentas, pero tan profundas que me deshago con lo que me hace sentir en cada una de ellas. ¡Suerte que me sujeta!

El ritmo se vuelve un poco más intenso, yo muerdo su hombro y beso su cuello con mucha pasión. Oigo a David gemir por encima de la música y es un sonido tan masculino y sexual que hace que alcance el clímax en ese preciso momento.

Me contraigo alrededor de su pene aprisionándolo en mi interior mientras el orgasmo arrasa con todo. Echo la cabeza hacia atrás apoyándome en la pared exhausta, extasiada, alucinada...

Sigo sintiendo como me penetra una y otra vez, con fuerza, hasta el fondo, lo cual consigue que se alarguen las sensaciones tan placenteras que estoy teniendo hasta que se corre también él.

Se deja caer sobre mi hombro y yo acaricio su pelo mojado con los dedos. Respiramos exhaustos, durante unos instantes, hasta que nos recuperamos.

Reparte miles de besos por mi hombro y mi cuello antes de salir de mí y dejarme con cuidado sobre el suelo. Se saca el preservativo y lo tira en una papelera que hay junto al váter.

—¡Ufff! —exclamo en cuanto vuelve a la ducha y me mira. Es todo cuanto puedo decir.

Se ríe de mi elocuencia y me besa en los labios con fuerza.

—¿Te he dicho alguna vez lo increíblemente bonita que estás recién follada?

Un calor terrible se extiende por todo mi rostro. Me enciende tanto que me diga esas cosas...

—Sí. Creo que algo me habías dicho ya. —Hago como que intento recordar y él se ríe.

Me acaricia el pelo que me caía a los lados echándolo hacia atrás, se pega mucho a mí y me hace otra pregunta pegando sus labios a mi oreja izquierda que me provoca un temblor interno inexplicable.

—¿Y te he dicho ya que te quiero?

¿Qué mariposas ni que ocho cuartos? ¡Esto es un tsunami! Se me revuelve algo muy en mi centro que me deja fuera de juego.

Me quiere... y oírlo de su boca es algo demasiado alucinante como para acostumbrarse a ello.

—S-sí... —consigo balbucear torpemente.

Busca mi mirada y no sé qué encuentra en ella, pero le gusta, porque tiene una sonrisa permanente con hoyuelos incluidos que me deja *KO* ya del todo. Estoy completamente atontada-enamorada-prendada.

—Bien, solo quería asegurarme.

Usamos el jabón de alguien para lavarnos, el champú probablemente de Mónica para el pelo y tras enjabonarnos mutuamente, bailar bajo el agua al ritmo de la música que sigue sonando y reírnos como niños con una alegría muy intensa, damos por finalizada la ducha.

David me envuelve con una toalla enorme y me abraza con ella por detrás. Observo la imagen en el espejo del baño y me gustaría poder capturarla para siempre. Qué sensación tan extraordinaria sentirme rodeada por sus brazos. Me hace sentir tan... segura, querida... ¡Qué demonios! Cojo su móvil y sin quitar la música abro la cámara y hago una foto al espejo capturando este momento para siempre. David sonríe a la cámara y quedamos bastante bien, desnudos y cubiertos solo por las toallas, pero simplemente es este momento tal cual y... ¡me encanta!

Salimos del baño envueltos en las toallas. Nos encontramos con Lucas que sale de su habitación haciéndonos la ola.

—¡Eso es un polvazo de reconciliación y lo demás son tonterías! —exclama levantando ambos brazos en el aire repitiendo la ola.

Christian aplaude desde su habitación y las chicas se ríen. Yo me quiero morir. Pero me río y avanzamos hasta la nuestra. Así que algo han oído a pesar del truco de la música.

Una vez dentro de nuestra habitación, nos vestimos juntos; yo saco mi neceser para peinarme y arreglarme un poco. David se perfuma y el olor llena la habitación. Es embriagador. Me afecta como si fuera una droga. Estoy fatal de los fatales.

Yo también me echo perfume y salimos arreglados y listos para lo que depare esta tarde-noche. Nos encontramos con Christian y Mónica, que se han duchado también y ya están vestidos, cortando sandía en la barra de la cocina y nos unimos a la fresca merienda.

—Bueno, bueno... —dice muy pícaro Christian mirándonos a los dos y ofreciéndonos una tajada de sandía—, parece que habéis aclarado ya del todo, todo... ejem. —Se ríe y nosotros también.

—¡Sí, y qué manera de arreglarlo! —añade Mónica, la muy...

—Eres mala —le digo en broma y choco su hombro con el mío mientras comemos la sandía.

—¿Os apetece salir esta noche o nos quedamos en casa? —nos pregunta Christian a las dos.

Yo me encojo de hombros y le digo que me da igual. Mónica dice que lo que quieran todos.

Christian mira a David esperando que se manifieste.

—Yo creo que deberíamos hacer un poco de compra y podríamos cenar aquí en casa hoy, hacer algo más tranquilo. Una barbacoa, unos *gin-tonics* en el porche...

—Sí, *rollo tranqui* —confirma Christian—, a mí me parece correcto —afirma con la cabeza.

Los gritos lujuriosos y placenteros de Lucas y Fani se oyen desde la cocina. Están en la otra ducha y también suena música de fondo, pero no camufla nada. Parece que las duchas de esta casa son muy... incitadoras.

—Estos tienen para rato. ¿Vamos nosotros a hacer la compra? —propone Christian.

—Sí, vale; les dejamos una nota.

David se encarga de ello:

«Hemos ido a comprar. Cenamos aquí esta noche. Si necesitáis algo, escribidnos al móvil».

La dejamos sobre la barra de la cocina.

Al salir hacia los coches Christian propone que vayamos en dos. Uno al supermercado a comprar cosas básicas para el desayuno y demás. Y otro a la carnicería para hacer la barbacoa de esta noche.

—Yo prefiero ir al súper —aclara David—, lo de las carnicerías, como que no es lo mío —aclara arrugando la nariz.

—Eso lo tenía claro —le contesta su amigo—. ¿Sofi me acompañas tú a la carnicería?

Miro a Christian sorprendida. Bueno, ¿por qué no?

—Vale.

—¿Vas tú con David al súper, cielo? —le pregunta muy meloso a Mon.

Está afirma y se lanza a besarlo a modo de despedida.

Ya nos han liado. Pero si Christian quiere que estemos a solas un rato quizá es porque quiere hablar conmigo de algo, así que me parece bien.

David me da un beso alucinante antes de irse hacia su coche. Siento que podría comenzar a flotar en cualquier momento y colgarme de alguna nube. Estoy fatal, pero fatal, fatal. Esto me está dando mucho más fuerte que antes de la crisis por el informe. Parece que David ha vuelto a mi vida con la fuerza duplicada del huracán que era antes de que ocurriera todo.

Cuando me subo al coche con Christian este me guiña un ojo y arranca.

—Me sabe mal separaros ahora que habéis arreglado vuestras cosas —comienza mientras conduce hacia el pueblo.

—Ah, *tranqui*, puedo separarme un rato y sobrevivir... por ahora —añado divertida.

—¿Sabes? Me encanta veros así de bien. Ya te dije que David nunca había estado con nadie como está contigo, pero es que me sorprende cada día más.

Suspiro muerta de amor.

—Y tú estás igual, te tendrías que ver la carita —añade riendo.

Abro el espejo del copiloto y aprovecho para mirarme. Sí, efectivamente, tengo cara de enamorada acabada. Es oficial.

—Quería que me acompañaras a comprar porque así aprovechamos para hablar.

¡Ahí está!, lo que yo pensaba.

—¡Claro! ¿Qué quieres hablar? —pregunto algo curiosa.

—Creo que David no te ha explicado mucho sobre... nuestro... estilo de vida. —Niego con la cabeza dándole la razón—. ¿Te ha explicado algo sobre el poliamor?

Vuelvo a negar con la cabeza y me alegra que esté sacando este tema. ¡Por fin alguien va a explicarme algo!

—Quiero que sepas bien donde te estás metiendo. Quiero que os vaya bien, que podáis crear algo genial juntos, como ya estáis haciendo. Pero con toda la información.

Me encanta que Christian tenga esta conversación conmigo. La necesitaba sobremanera. Afirmo y continúo escuchando lo que dice atentamente. Me giro completamente en el asiento para verle bien, si pudiera sacaría papel y boli para tomar apuntes de todo lo que hablemos. Me siento como un esponja que necesita absorber la mayor cantidad de información posible.

—Y creo que es importante. No. Es VITAL que no tengas dudas y sepas bien cómo funciona todo.

—Sí, yo también lo creo —afirmo totalmente de acuerdo.

—También sé que a él le da miedo hablarte abiertamente de todo esto. Creo que tiene pánico a perderte o algo así, lo noto.

¿Qué tiene pánico a perderme? Demasiado bonito para ser verdad.

—Así que aquí, tu amigo Christian, va a resolver todas tus dudas de su parte, ¿qué te parece?

—¡Genial! —exclamo encantada y muy contenta. ¡Viva Christian! Aplaudo y todo—. ¡Eres el mejor amigo del mundo!

—La verdad es que soy como una extensión de su mente, lo sé todo de su vida, de su forma de pensar, de hacer, de vivir... Así que cualquier cosa que quieras saber sobre él, yo te la puedo explicar.

¡Qué maravilla! Es como una *WikiDavid* personalizada. No puedo pedir más.

—Uau... fantástico —respondo entusiasmada.

Christian se ríe.

—¡Pregunta lo que quieras!

¿Y yo qué le pregunto ahora? Hay tantas cosas que quiero saber, que no sabría ni por dónde empezar. ¡Qué agobio! Lanzo lo primero que se me ocurre sin pensar.

—¿Crees que existe la posibilidad de que tengamos una relación norm... —rectifico antes de terminar de decirlo— monógama, tradicional?

—Rotundamente, NO.

Responde tan contundente y sin siquiera pensarlo que me quedo sin palabras.

Y nos quitamos los cinturones. Creo que me falta algo de aire. Vaya, esta conversación no empieza como yo esperaba.

OH, MY GOD... QUÉ PLANTEAMIENTO TAN IDÍLICO

—Lo siento, Sofi. Quizá muchas de mis respuestas no te van a gustar. Pero quiero ser muy sincero contigo —comenta, con un poquito de tristeza, Christian.

—Claro... No, genial... Está bien —disimulo como puedo la decepción.

—¡Venga, otra! —me incita.

—¿Por qué crees que «rotundamente NO»?

Se ríe antes de responder.

—Porque lo sé. Esto no es como dejar un *hobby* o una costumbre. Lo que me preguntas es si David puede dejar de ser David algún día.

Oh, no, yo no quiero que David deje de ser David jamás.

—No, no... Yo no...

—Ya —me corta—, ya sé que no quieres eso, pero que tenga una relación monógama es hacer que deje de ser él mismo.

—Y que yo acepte tener una relación abierta... o poliamorosa o lo que sea, ¿no es hacer que yo deje de ser Sofía?

¡Toma ya, morenazo!

—Esa es una muy buena pregunta —responde pensativo —. Vamos a la carnicería y te la respondo a la vuelta.

Nos bajamos del coche y compramos la carne, parece que entiende bastante de hacer barbacoas porque va dictando todo cuanto quiere con total seguridad y decisión.

Una vez tenemos todo cuanto necesitamos, salimos y me dirijo hacia el coche. Tras dejar la compra en el maletero, Christian mira a un lado buscando algo con la mirada.

—¿Te apetece un café?

Acepto y entramos a una cafetería que hay allí mismo. A pocos metros de donde hemos aparcado.

Escogemos una mesa pequeña para dos con sillas de madera. La cafetería está bastante vacía. Entiendo que al ser las ocho de la tarde no sea la hora punta de los cafés. El sitio es silencioso y bastante ideal para poder hablar a gusto. Pedimos dos cortados y encima tienen leche de soja, así que genial.

—Respondiendo a lo que me has preguntado, David ha conocido la monogamia, sabe lo que es, lo ha vivido. Y ha tomado una decisión consciente de tener otro tipo de relaciones en su vida.

—Ajá —respondo mientras saboreo mi café. Delicioso.

—En cambio tú, aún no has conocido el poliamor o las relaciones no-monógamas. Ahora las estas conociendo... Y por supuesto, una vez las conozcas bien podrás decidir si es o no para ti. Y si decides que no va contigo, bueno, claro... entonces tendréis un problema.

—Oh.

Auch. Eso duele. Christian está siendo muy sincero y la verdad es que no pensaba que fuera a ser tan claro con sus respuestas. Pero me sirve, y mucho.

—¿Tú eres poliamoroso también? —se me ocurre que nunca se lo he preguntado ni tengo confirmación por parte de David. Doy por hecho que sí, pero realmente no lo sé.

Antes de contestar se ríe con su sonrisa de seducción masiva y se me contagia. ¡Qué atractivo tiene Christian! No solo físicamente, sino todo él.

Coge mis manos por encima de la mesa y me las besa con suma delicadeza y cariño.

Miro a los lados porque sin duda, si alguien nos ve, ha de estar pensando que somos una pareja de enamorados.

—¿Tengo que responderte a eso? —me pregunta a modo de respuesta.

—Entiendo.

¡Claro que es poliamoroso!

—¿Sabes que tú también tendrás un problema con Mónica si ella no acepta este cambio de... enfoque? —selecciono las palabras con cuidado.

—Por supuesto. —Se esfuma su sonrisa y suelta mis manos despacio—, pero confío mucho en el amor verdadero.

El amor verdadero. Uau. La rubia lo tiene loquito.

—¿Quieres decir que confías en que se hará poliamorosa entonces?

—No. En lo que confío es en que el Amor siempre acaba triunfando. Encontraremos la manera, la forma, el camino...

—Yo también puedo encontrar la manera, la forma el camino..., con David —añado esperanzada.

—Sí, claro que sí, Sofi. No todo es blanco o negro. He sido un poco tajante antes porque no me gustaría que todas tus esperanzas residieran en cambiarlo a él.

—No, claro, te entiendo.

—Has de estar muy abierta de mente para conocer bien esta opción antes de tomar una decisión.

—Lo estoy.

Creo.

—¿Seguro que lo estás? —Me reta con la mirada.

—Sí, seguro, ¡lo estoy! —exclamo divertida.

—¿Serías capaz de querer a otra persona ahora mismo?

Ups. No. Claro que no. ¿O sí? Bueno, no sé. No tengo ni idea la verdad. Pero creo que no. Christian observa mi silencio y me lanza otra pregunta.

—¿Lo ves? Tienes que abrir tu mente, sino no llegarás a saber bien cómo funciona esto.

—Dime tú, ¿cómo funciona?

Christian se acaba el café y juega con la taza dándole vueltas sobre el plato antes de contestar.

—No hay una forma de explicarlo. Tienes de vivirlo. Cada pareja forma su propia relación, en realidad. La base es la sinceridad y la comunicación absoluta, por eso creo que es tan importante que habléis sobre este tema; tenéis que hablar mucho de esto.

—Sí, yo también lo creo —coincido totalmente con él. Ojalá David pensara igual que él.

Mueve su silla para acercarse y la pone a mi lado antes de continuar hablando.

—Cada pareja o cada relación debe saber cuáles son sus límites, lo que no toleraría, lo que le haría daño, lo que no desea que ocurra. Y lo que está dispuesto a probar o a tolerar. En realidad, se ha de ir diseñando sobre la marcha. No hay una relación tipo.

Qué interesante. Me pregunto por qué David no me ha explicado esto nunca así de bien. ¿De verdad le dará miedo?

—Hay muchas formas de relacionarse fuera de la no-monogamia, ¿sabes?

Me mira con una intensidad que abruma. Afirmo con la cabeza.

—Hay parejas que tienen una relación base, es con la que conviven, tienen una hipoteca... incluso hijos y luego tienen otras relaciones satélite... secundarias... esto sería una relación poliamorosa jerárquica.

—Ajá. No tenía ni idea.

—Hay otras relaciones fuera de la monogamia en las que no hay jerarquías y todas las relaciones tienen la misma importancia o fundamento.

—Pero si tienes una relación base de esas..., por ejemplo, imagínate que David y yo somos la relación base. —Christian asiente divertido, creo que sabe lo que quiero preguntar—. Imagínate que en diez años estamos casados, con una hipoteca y dos hijos. —*Oh, my God...* qué planteamiento tan idílico—. ¿Para qué queremos tener otras relaciones? Si la nuestra ya nos da todo lo que queremos.

—¿Cómo puedes saber que esa relación te dará todo cuanto querrás o necesitarás siempre? —pregunta él y apoya su mano en mi muslo, cosa que no me molesta para nada, pero me inquieta.

—No lo sé... pero me lo imagino —le respondo.

—Imagínate esto. Estás casada con David, tenéis una hipoteca, dos hijos, ¡y venga, un perro también! —añade divertido a mi imagen idílica de amor eterno y felicidad monógama y yo sonrío encantada—, y resulta que te encantaría ir a bailar salsa en pareja todos los viernes pero él ya no quiere.

—Ajá.

—¿Renunciarías a ello?

—Sí, claro. Supongo... o iría sola, no sé.

—O podrías ir con una amiga a la que le gusta y se apunta contigo, ¿verdad?

—Sí, claro. ¿Por qué no? —me pregunto casi a mí misma. No sé adónde me está llevando.

—Imagínate que esa amiga es un amigo en realidad. Soy yo, por ejemplo.

—¿Iríamos juntos a bailar salsa? —le pregunto casi riendo.

—Claro. Si los dos queremos y nos apetece. No hacemos daño a nadie, ¿no?

—Claro que no.

185

—Pues el poliamor es eso —sentencia tan tranquilo.

Yo me quedo intentando comprender qué relación tiene ir con una amiga o amigo a bailar salsa con el poliamor, pero no, no encuentro la relación.

—No te entiendo. —Hago una mueca de incomprensión.

—¡Eres adorable! —exclama sonriente y pone un mechón de mi pelo tras la oreja. Se me ha secado al viento y lo tengo algo ondulado.

Sonrío sin saber qué decir a eso.

—¿Crees que harías daño a alguien por tener un amigo con el que ir a bailar salsa?

—No, claro que no.

—¿Y podrías llegar a quererme?

Parece que lo pregunte esperanzado, no sé por qué.

—Claro... —Otra vez siento que me está llevando a algún lugar que desconozco.

—Entonces querrías a dos personas.

—Pero de diferente manera —aclaro.

—Si, de la manera que quieras, pero lo harías.

—Sí.

—Serías poliamorosa entonces.

¿Debo entender, entonces, que el poliamor abarca todos los tipos de amor? ¿Soy poliamorosa por querer a Mónica o a mis padres?

—¿Qué pasa con el sexo? —pregunto de pronto pensando que es justo donde se diferencia una relación familiar o amistosa de una relación íntima amorosa.

—El sexo es parte de la vida —responde tan tranquilo.

—No me digas. —Pongo los ojos en blanco ante lo obvio de su respuesta—. Me refiero al sexo en el poliamor. No me dirás que eres poliamoroso por querer a tu pareja y también a tu mejor amigo. Porque eso no se diferenciaría en nada de una relación monógama.

—Ahí tienes toda la razón. Y, lógicamente, el sexo es una parte importante, aunque no imprescindible, en una relación amorosa.

—¿Ah, no?

—Claro que no —dice tan tranquilo—. Hay muchas relaciones en el poliamor entre personas que se quieren, establecen una relación íntima, se encuentran para satisfacer alguna necesidad y no ha de ser necesariamente sexual. Podría ser la de tener a alguien con quien hablar, mimarse, bailar salsa, viajar, crear un negocio... Es una relación en la que hay un vínculo íntimo y el amor es la base, claro.

—Ajá... —alucino. No sé si estoy empezando a entenderlo o cada vez entiendo menos—. A ver... vamos a aclarar esto porque me cuesta bastante entenderlo. —Christian asiente y se queda callado esperando a que hable yo—. Ser poliamoroso es querer a más de una persona con la que nos relacionamos, pero no tiene que haber sexo de por medio necesariamente, ¿es eso? —Christian afirma con la cabeza y sigue sin decir nada—. Entonces soy poliamorosa por querer a Mónica.

—¿A Mónica y a David?, ¿te refieres a eso?

¿Estamos dando a entender que quiero a David? Sí, claro, es que lo quiero.

—Sí.

Christian sonríe y creo que es por confirmar que quiero a su amigo claramente.

—Pero Mónica es tu amiga, no es una relación íntima amorosa. Es una relación de amistad, más bien fraternal, ¿no?

—Ah... sí, creo que empiezo a entenderlo.

Christian se rasca la barbilla pensativo.

—Bueno, Sofi, es que yo no soy experto en la materia, la verdad. Te hablo desde mi experiencia. En realidad no tengo ni idea de cómo funciona para otras personas. Te hablo de cómo me funciona a mí y a David, claro.

Ahora la que juega con la taza del café vacía soy yo. Estoy pensando en mi siguiente pregunta. Demonios, tengo mil. Necesito más tiempo para esta conversación tan valiosa.

Un mensaje suena en mi móvil y sin desbloquearlo veo que es David.

> David:
> ¿Dónde estáis? Ya hemos llegado a la casa.
> Te echo de menos.
>
> 20:14

Le respondo enseguida con una sonrisa de tonta total.

> Hemos parado a tomar un cortado. Yo también te echo de menos.
>
> 20:14

Christian ve todo cuanto leo y escribo.

—A cosas como esta me refiero cuando te digo que me está sorprendiendo.

Se refiere a David imagino. Sonrío encantada y lanzo la siguiente pregunta que me viene a la cabeza.

—¿Has conocido a muchas «novias» o relaciones poliamorosas de David?

—Define «muchas» —responde y se ríe.

Esto no me gusta.

—Más de... ¿cinco?

Mueve la cabeza hacia un lado y a otro pensativo.

—Sí. He conocido a más de cinco. Pero relaciones reales, más o menos estables en el tiempo y que le importen, solo dos.

—¿Gloria es una de ellas? —no puedo evitar preguntarlo.

—Sí, Gloria es una de ellas. Y la otra ya no está en su vida desde hace años. No funcionó.

—¿Con Gloria funciona?, ¿a día de hoy? —Me muero de miedo por lo que pueda responderme, pero he de saberlo.

—¿Nunca te ha hablado de ella? —Christian frunce el ceño disgustado.

—No.

Suspira sonoramente y niega con la cabeza.

—Prefiero que te hable él de este tema.

—Está bien. ¿Tú y él...? —¿Cómo lo pregunto?—. ¿Habéis compartido...? —Ostras no sé cómo formular la pregunta.

—¿Chica? —termina mi pregunta con una mueca divertida.

—Sí.

—Sí. David y yo nos conocimos en la universidad. —Sonríe, recordando ese momento, y me la contagia—. Fue en un examen. Yo estaba perdido, muy agobiado, no había podido estudiar y no daba pie con bola. Era un examen tipo test, de esos que has de marcar la respuesta correcta.

—Afirmo con la cabeza, sé de qué tipo de exámenes me habla—. Él estaba en la mesa de al lado y sin conocerme de nada, imagino que intuyó el nivel de agobio que tenía encima y la de vueltas que le daba a las hojas sin marcar nada, a pocos minutos de terminar la hora del examen, simplemente acercó sus hojas al borde de su mesa y me enseñó todas sus respuestas. Lo miré sorprendido y él me guiñó un ojo con complicidad. Al salir del examen le di las gracias y le dije que le debía una muy grande por lo que había hecho. Nos fuimos a tomar unas cervezas al bar de la universidad y desde ese momento surgió una amistad como no había tenido nunca antes.

—Se os ve muy unidos —confirmo sonriente.

—David es un amigo de verdad, de esos que lo da todo por ti sin pedir jamás nada a cambio —continúa explicando y yo sonrío encantada, me fascina saber más sobre David—. Sé que puedo contar con él para lo que sea. En serio, lo que sea.

—Ya.

—Es totalmente incondicional. Bueno, ¡me estoy enrollando que no veas! —exclama entre risas—. ¿Cuál era tú pregunta? ¡Se me ha ido de la cabeza! —Ríe.

—¿Si alguna vez tú y él... habéis...?

—¡Ah, sí! —me corta al recordar—. Te contaba cómo nos conocimos porque desde ese momento hemos compartido muchas cosas. Hemos compartido alquiler, coche, familia, amistades, empresa... Y sí, chicas también.

No me imagino cómo puede funcionar algo así y me muero porque me cuente más.

—¿En plan rolletes o cómo? —quiero que especifique.

—Al principio sí, claro. Cuando nos conocimos no sabíamos nada del poliamor. Solo que las relaciones monógamas tradicionales no encajaban con nosotros. Él por unos motivos y yo por otros.

Me gustaría saber cuáles son exactamente esos motivos pero no quiero cortarle.

—Así que simplemente íbamos un poco de flor en flor. Además, imagínate: época universitaria, los dos jóvenes, solteros, compartíamos piso... Las fiestas eran épicas.

Madre mía.

—Ya me imagino —respondo divertida.

—Pues eso que te imaginas, multiplícalo por dos y será bastante cercano a la realidad. —Se ríe pícaro—. Así que sí, compartimos algún rollete... probamos algún trío... Hasta que llegó Emma. Fue la primera novia más o menos seria que le conocí. Estuvieron un año. No funcionó porque Emma tendía a cerrar la relación y David a mantenerla abierta. Sus caminos se acabaron separando. Era una chica supermaja, la verdad, pero no estaba preparada para lo que él necesitaba o quería.

Dios mío... ¿Y yo? ¿Estoy preparada?

—Claro —respondo como si nada.

—Durante el año que él estuvo con Emma yo también estuve con una chica más o menos en serio, Julia. Tampoco funcionó. Mismos motivos. Fue después de que ambas relaciones fracasaran cuando descubrimos que lo que realmente queríamos era una relación no-monógama. Apareció el Poliamor en una charla que daban en la universidad sobre relaciones y culturas y fue como escuchar con las palabras adecuadas algo que siempre habíamos sentido y no sabíamos ponerle nombre, ¿sabes?

—Sí, claro —respondo alucinada. Cuánta información.

—Después de Emma y Julia empezamos a conocer chicas en ambientes diferentes, comenzamos a frecuentar locales *swingers* y fue cuando vimos la falta que hacía una aplicación o portal web para personas que buscaban este tipo de relaciones.

—Uau. ¿Por eso creasteis el portal swinger?

—Bueno, realmente la web que tenemos no es de *swingers* aunque también tienen cabida, claro, nuestra web y su correspondiente aplicación es más poliamorosa. ¿No la tienes instalada? —me pregunta señalando mi móvil.

—No, si no sé ni cómo se llama.

Christian coge mi móvil y me la instala mientras sigue explicándome.

—Bueno, como te decía... empezamos a movernos en círculos distintos. Y ahí fue cuando conoció a Gloria.

—¿Tú también has estado... con ella?

—Sí. Empezamos una relación prácticamente de tres.

Uau, ¡qué fuerte!

—¿Y funcionó?

—Sí, bastante bien —confiesa pensativo—. Durante un tiempo, incluso vivimos los tres juntos. Gloria se trasladó a nuestro piso y fue una época divertida. Pero como te he dicho, no me corresponde a mí hablarte de ella. Espero que me entiendas.

Deja el móvil sobre la mesa con la aplicación en descarga y toma mi mano entre las suyas.

—Claro, *tranqui*. No sabes cuánto te agradezco todo lo que me estás contando. Estos minutos... este rato... valen tanto para mí. No te haces una idea —le agradezco sinceramente.

Sonríe encantado y acaricia mi mano.

—¿Sabes? David y yo siempre hemos coincidido bastante en cuanto a chicas se refiere.

Uy.

—¿Ah, sí? —Me hago la tonta.

—Sí. Siempre nos gustaba la misma. Por suerte nunca fue un problema.

—Sorprendente —afirmo con la cabeza, estoy realmente sorprendida—. En cualquier relación de dos amigos eso sería «el» problema. No algo anecdótico.

—Sí, sé que es sorprendente y extraño, pero es la verdad. Después de Gloria hemos tenido amigas que también han estado con él y conmigo... Bueno y Fani.

—¿Qué hay con Fani? ¿Cómo es lo que...? —otra vez no sé cómo formular la pregunta.

—¿Lo que tenemos? —pregunta intentando entender a lo que me refiero. Yo asiento—. Bueno, Fani está con Lucas desde hace años. A Lucas también lo conocimos en la universidad. Se unió rápidamente a nuestro clan y encajó como la pieza que faltaba en nuestro equipo. Nosotros éramos más cortados, menos intrépidos, y él nos lanzaba al abismo, nos empujaba a probar, a pedir, a experimentar... nunca ha tenido vergüenza de nada. Bueno, ya lo conoces.

—Sí, está claro. Vergüenza no tiene ninguna. —Me río pensando en él.

—Sus gustos con respecto a las chicas no encajaban tanto con los nuestros así que iba más por libre. Aunque también hemos participado en juegos con él, como el de la otra noche.

—Ah, ya.

—Fani, en cambio, a mí personalmente no me atrae ni me gusta como pareja o posible relación. La quiero un montón como amiga y me encanta para él, pero no me llama.

—Claro.

—Y a David tampoco, aunque él queda a veces con ella. Bueno, quedaba —rectifica enseguida—. Sé que para lo último ya no. O quedaba con los dos, con Lucas y Fani, quiero decir.

¿Hacía tríos con ellos? Bueno, no me sorprende. Es lógico que haya hecho cosas con ellos.

—¿Qué hay de Mónica? —pregunto indagando sobre esa vía. Imagino que nos iremos en breve y posiblemente esta sea mi última pregunta.

Christian suspira sonoramente antes de responder y mira nuestras manos que siguen unidas. Cómodamente unidas, he de decir.

—Mónica me encanta. Desde el primer momento que la vi, llamó tanto mi atención que no pude parar hasta conocerla mejor. ¿Aquel evento que montamos en la azotea? —Asiento sabiendo lo que me va a decir—. Lo montamos solo para tener la oportunidad de veros. —Hace una mueca entre tímido y pillín.

Me río.

—Además fue la primera vez que nos fijamos en chicas distintas desde lo de Emma y Julia.

—Qué curioso.

—Lo que no quita que no me haya fijado después.

¿Ein?

—En ti, quiero decir —aclara supertímido de pronto.

—¿En mí? —Me siento descolocada.

—Sí. Bueno, ¿nos vamos? Deben estar inquietos de que tardemos tanto.

—Ehh... sí, vamos.

Christian paga los cafés y vamos en silencio hasta el coche.

¿Que se ha fijado en mí? ¿Qué quiere decir eso? ¿Y qué implica? Dios, cuántas preguntas.

ESTO NO HA PASADO JAMÁS EN LA HISTORIA DE NUESTRA AMISTAD

David

Hacer la compra con Mónica ha sido divertido. No me extraña que sea la mejor amiga de Sofi, es igual de dulce y buena. Nos hemos reído mucho y hemos comprado de todo. Creo que nos hemos pasado bastante teniendo en cuenta que solo nos quedan tres días en la isla. Pero bueno.

Llegamos a casa y veo que el coche de Christian aún no está. ¿Qué harán tanto rato fuera? No es que me preocupe, es curiosidad. Le envío un mensaje a Sofi. Me responde enseguida que están tomando un café. Pffff, seguro que Christian está hablando con ella sobre relaciones y poliamor. Como si lo viera.

Mónica y yo hemos guardado la compra y me dispongo a preparar una ensalada y algo vegano para mí; la barbacoa no me entusiasma. Mónica aprovecha para encender su portátil y avanzar cosas de su blog, ha de preparar un *post* con fotos del viaje y no sé qué. La verdad es que hay una opinión generalizada sobre que las blogueras viven bien por su cara bonita, pero, esta cara bonita al menos, se lo curra un montón y le echa horas.

A las nueve y media aparecen Christian y Sofi por la puerta. Vienen sonrientes y no puedo más que dejar todo cuanto estoy haciendo y acercarme a ella para abrazarla y besarla. Joder, la he echado de menos y han sido menos de dos horas. ¿Qué es lo próximo? ¿Qué no pueda respirar si no está presente? Se me está yendo de las manos.

Se sorprende de mi beso apresurado, pero me responde encantada.

—Hola —susurra buscando mi mirada.

—Hola. —Sonrío encantado. Me hace feliz tenerla cerca.

—¡Iros a un hotel! —exclama Lucas desde el sofá en el que descansa.

Nos reímos y salimos al porche. Hace una noche buenísima. Ha refrescado un poco, se ve el cielo completamente despejado y lleno de estrellas, no hay un solo sonido alrededor de la casa más que el de los grillos.

Christian se pone a hacer la barbacoa con Lucas, yo me siento con las chicas a tomar una cerveza y picar un poco de aperitivo. Fani ha puesto olivas, patatas fritas de bolsa, queso cortado a taquitos y unas tostaditas con *mousse de foie*, yo me centro en las olivas y las patatas fritas.

—¡Todavía estoy impactada de lo del niño de esta tarde! —exclama Mónica tras comerse una oliva.

—Bah, mujer. No ha sido nada. —Quita importancia Fani.

—Sí lo es. Y si me permitís, quiero explicar lo que ha pasado, en mi blog, como anécdota de las vacaciones, ¿os parece? No pondré vuestros nombres si no queréis.

Fani me mira como esperando a que diga algo.

—Claro que puedes.

—¡Genial! Estas vacaciones me están dando mucho contenido interesante. —Sonríe divertida.

—Uau, para mí es un honor —responde Fani encantada—. Salir en tu blog, ¡qué fuerte!

Sofi coge una patata chip. Paso el brazo por su espalda y siento como se remueve al contacto. Siempre responde a las caricias. Es tan sensitiva...

—¿De qué habéis hablado antes Christian y tú? —le susurro cerca del oído mientras Mónica y Fani hablan del blog.

Sofi me mira con una sonrisa contenida y responde con mucha calma:

—De relaciones, de poliamor, de ti...

—¿De mí? —pregunto curioso. ¡A saber qué le habrá contado!—. ¿Algo interesante?

—Todo sobre ti es muy muy interesante —responde inclinándose hacia mí. No puedo evitar besarla sonoramente sobre los labios. ¡Ella sí que es interesante!

Pongo música a través del móvil para que suene por un altavoz *Bluetooth* que ha traído Christian y comienza a sonar una música bajita que me parece bastante adecuada para la cena. Es tipo acústica.

—Bueno, ¡ya tenemos la carne lista! —anuncia Lucas acercando una bandeja con la cena—, y tus pinchos de tofu o lo que sea esta cosa blanca que has intercalado con las verduras —añade señalando mis pinchos con cara de escepticismo.

La cena transcurre entre copas de vino, risas y miradas de complicidad entre todos. Me sorprende mucho ver a Sofi y Moni tan integradas con mis amigos, a ratos me parece como si hubiesen estado siempre con nosotros. Nunca he tenido una relación con alguien que se integrara tan bien con todo lo que me importa como lo hace Sofi.

Observo cómo bromea con Lucas, cómo se divierte, y quisiera congelar el tiempo. Tiene una sonrisa que lo ilumina todo y cuando ríe es como si me contagiase su alegría y felicidad, no puedo evitar imitarla.

Me siento muy afortunado de haberla conocido, de que aceptara venir a mi casa a cenar aquella noche y de que se haya embarcado en esta locura que le he propuesto como forma de relación.

Mi madre me lo comentó hace meses. Me dijo que llegaría una persona a mi vida que pondría todo del revés, que destruiría todo cuanto había creado y que me obligaría a rediseñarme como alguien totalmente nuevo y diferente.

Ya soy alguien nuevo y diferente, ya ha puesto todo del revés. ¿Destruir todo cuanto he creado? No sé a qué se refería mi madre con esa parte, la verdad. Pero sin duda, esta es la relación más «relación» que he tenido nunca y destruye todo mi ideal preestablecido.

Quizá se refiriera a eso... no lo sé, ni siquiera me importa con tal de que pueda seguir acariciando su mano entre las mías como ahora mismo, en silencio, siendo un observador de sus gestos y de lo que expresa su mirada.

—¡Tierra llamando a David! —exclama divertido Lucas—. ¿Hola? ¿Estás ahí? —Agita una mano como saludándome.

Respondo a su saludo con el mismo gesto.

—Pensaba que te habíamos perdido, tío... —dice simulando preocupación—. Bueno, ¿qué dices?

—¿Qué digo de qué? —pregunto y todos se ríen por lo bajo. De verdad me había empanado.

—¡Del juego! Tío, ¿pero qué...? ¿Qué es lo que te hace Sofía para que estés así? —Qué cabrón—. Oh, Dios, si alguna vez estoy así de embobado, ¿me hacéis el favor de avisarme? Para que me haga un lavado de cerebro o algo así.

—¿Es que no lo estás ya por mí, churri? —le recrimina Fani haciéndose la ofendida.

—Oh, sí. Estoy completamente embobado por ti, mi cari, pero joder... lo de David empieza a preocuparme.

—Lucas, céntrate. ¿De qué juego me hablas? —Intento reconducir la conversación como puedo.

—Lucas nos ha propuesto jugar a algo que ha diseñado personalmente con Fani para la ocasión —me aclara Christian muy diplomático.

—Suena... mal, ¡muy mal! —exclamo y todos nos reímos.

—Sí, tío, suena mal y jugar aún es peor. Pero ¿tienes algo mejor que hacer esta noche? —pregunta Lucas.

Oh, sí. Tengo algo inmensamente mejor para esta noche. Observo que Sofi me mira con mucha expectativa y no puedo desearla más.

—Lo siento, chaval. Esta noche causo baja de tus jueguecitos. Guardadme una plaza para mañana. Pero hoy... necesito descansar.

—Bahhhh. ¡Esto es peor de lo que pensaba! —exclama todo teatral—. ¡Lo estamos perdiendo pero de verdad! ¿David autoexcluyéndose de un juego? Esto no ha pasado jamás en la historia de nuestra amistad —dramatiza Lucas. ¡Será cabrón!

Me río como respuesta, pero no puedo negar nada, tiene razón.

—Bueno, cuéntanos cuál es el juego, ¿no? —reclama Mónica y acapara toda su atención.

—Para ello tenemos que ir ahora mismo a un sitio, ¿estáis dispuestos? —pregunta Lucas.

Mónica y Christian afirman con la cabeza.

—¡Pues no se hable más! ¡Nos vamos! —dice Lucas poniéndose en pie—. ¿Qué dices Sofi? ¿Te apuntas o te quedas con el empanado del tofu? —Extiende los brazos hacia ella y la coge de las manos. Pero Sofi lo mira divertida y niega con la cabeza.

—Lo siento, pero yo también causo baja esta noche.

—¡No me digas! ¿También te ha entrado un cansancio de pronto? —dice mirándome acusativo.

—Pues... Sí, es exactamente eso. —Ríe ella y me mira cómplice.

—Vale, ¡panda de aburridos! Pues os toca recoger la mesa por quedaros. A los demás: os quiero en el coche en cinco minutos.

Fani, Mónica y Christian se levantan y empiezan a llevar las cosas de la mesa, con prisa, a la cocina. Lucas va a su habitación y a los pocos segundos se dirige hacia el coche.

Nos ponemos de pie también y abrazo a Sofi. La estrecho contra mi cuerpo y siento su calidez y cariño.

Me sabe mal, quizá ella quería divertirse y jugar un poco esta noche. Y yo, egoístamente, solo la quiero para mí.

—¿Quieres que vayamos? —le pregunto al oído para que no oiga nadie más.

—No, quiero quedarme aquí contigo —susurra en mi oído erizando todo el vello de mi cuerpo.

Que así sea. Es lo que más deseo ahora mismo.

Le doy un beso rápido sobre los labios y me apresuro a recoger todo de la mesa. Tenemos nuestra primera noche juntos en Ibiza por delante y no pienso desaprovecharla.

Lo de esta tarde en la ducha ha sido brutal. Pero necesito tener intimidad con ella para poder hablar, poder sentirla y conectar como antes de que pasara todo.

Odio desear esto, pero ojalá estuviéramos solos en estas vacaciones. Ojalá hubieran sido como planeamos de entrada. Pero bueno, es lo que hay y es así totalmente por mi culpa, así que no me puedo quejar. Solo puedo poner todo de mi parte por recompensarla y recuperar la conexión que teníamos antes de que la cagara estrepitosamente el domingo.

Mónica ríe y Fani la sigue, corren juntas hacia el coche. Christian se me acerca en la cocina antes de seguir hacia el coche también.

—¿Todo bien?

Le guiño un ojo afirmando y me abraza ligeramente.

—Disfruta de la noche —me dice antes de irse.

—¡Igualmente, hermano!

Sofi entra a la cocina con las copas vacías y, mientras las deja en la pila, no puedo evitar observarla. Lleva un vestido rosa claro, bastante corto que deja unas piernas sexys a la vista totalmente deseables. Marca sus curvas y me encantaría quitárselo ahora mismo.

Oigo como el coche se aleja mientras guardo lo que ha sobrado de la carne en la nevera. Estamos solos. Sofi sale a recoger lo que queda sobre la mesa y la ayudo a ponerlo en el lavavajillas para acabar cuanto antes.

Lo pongo en marcha mientras ella me observa apoyada en la barra que separa la cocina del comedor. Me hace sentir... especial cuando me mira así. Puedo sentir que me desea y eso hace que la desee aún más. Es un círculo muy peligroso, porque se retroalimenta constantemente sin parar.

Me apoyo sobre la encimera frente a ella y veo como se muerde el labio inferior y sonríe traviesa.

—Bueno, parece que estamos solos esta noche —anuncia con un tono dulce a la vez que sensual.

—Eso parece, sí.

Suena *Sister*, de Haux, de fondo y me parece que la canción es muy indicada para este momento y para lo que está pasando. Subo el volumen desde el móvil, lo dejo sobre la encimera y tiendo una mano a Sofi.

La coge con una sonrisa y tiro un poco de ella para pegarla a mí. La abrazo por la cintura y ella rodea mi cuello con sus brazos y reparte caricias suaves en mi nuca.

Se recuesta en mi hombro y comenzamos a movernos lentamente sintiendo la música. Amo bailar con ella. No importa qué música sea ni dónde. Amo sentirla así de cerca.

Nos mecemos al ritmo de unos acordes suaves y delicados y de una voz llena de sentimientos. Siento tantas cosas por ella. Sé que es pronto, pero no puedo controlarlo (ni quiero).

Acaricio su espalda presionando ligeramente para sentirla todavía más contra mi cuerpo. Beso su cabello y siento su perfume. Dios, cómo la he echado de menos estos días. No puedo volver a cagarla así.

Cuando acaba la canción, Sofi se separa un poco para mirarme y preguntar:

—¿Habéis comprado helado esta tarde en el súper?

Me río porque era lo último que esperaba que me preguntara.

—Sí, hemos comprado helado de chocolate, de fresa y de vainilla. ¿Por qué?

—Mmmmm... ¿sabes qué me apetece? —pregunta sonriente como si fuera confesar un deseo privado.

—No, dime, nena, ¿qué te apetece?

Estoy dispuesto a cualquier cosa que ella desee.

—Helado de vainilla... *jacuzzi*... tú... y yo.

Joder, ¡y a mí!

—¡No se hable más! Ve preparando el *jacuzzi* que yo me encargo del helado. —Sonrío encantado.

—Y no te olvides de lo más importante... —añade— de traerte a ti también.

Me río por su tono juguetón. El vino tiene parte de responsabilidad en que me esté diciendo estas cosas. Cómo me gusta cuando se suelta y dice lo que quiere. Me encanta que se abra conmigo y sea capaz de decirme cualquier cosa que quiera o desee. Estoy deseando cumplir absolutamente todos los deseos que tenga.

Saco el helado de vainilla del congelador y dos cucharas pequeñas. Comienzo a oír el ruido del agua del *jacuzzi*.

—¡Me encanta esta música que has puesto! ¿Es el «momento sensual» aquel? —me pregunta desde el porche.

—¿Momento sensual? —repito confuso desde la cocina.

—Sí, la lista de Spotify que tenías en tu casa cuando me invitaste a cenar —aclara.

Me sorprende gratamente que se haya quedado con el nombre de la lista, debió gustarle de verdad.

—No, nena —respondo riendo un poco—, esta es otra lista, pero puedo poner la sensual si quieres.

—Sí, pon la sensual y ven ya.

Busco la lista que me pide en el móvil y empieza a sonar por el altavoz, el cual también recojo de la mesa y llevo hacia el lado del porche donde está el *jacuzzi*. Apago la luz para poder ver mejor las estrellas.

En cuanto llego a él me quedo algo helado. Sofi se ha desnudado por completo, se ha metido en el agua y se está recogiendo el pelo en lo alto con un moño.

¡Gracias, universo, por esto! Es más de lo que puedo desear o merecer.

Le paso el helado y las cucharas y apoyo el altavoz cerca en una silla. Veo que ha dejado allí su ropa y hago lo mismo. Observa atenta cada movimiento que hago desde el agua y vuelvo a tener esa sensación de deseo por su parte que me enciende y me vuelve loco.

Me meto al *jacuzzi* por detrás de ella, abrazándola por la espalda. Noto como el agua está calentándose y burbujeando flojito a nuestro alrededor. La sensación es alucinante.

Desde la bañera se ve el cielo más allá del porche completamente despejado. Al tener la luz apagada, estamos iluminados únicamente por el fulgor que desprenden las estrellas desde el cielo. Solo se oye la suave música, algunos grillos del campo que nos rodea y la paz es absoluta. Sofi se recuesta sobre mi torso y la rodeo con los brazos por debajo de su pecho. Tiene la piel tan suave...

Se estira para alcanzar el helado y vuelve a recostarse sobre mí. Solo coge una cuchara y, tras probarlo, emite un sonido delicioso. Un simple «mmm...», pero que evoca muchos recuerdos de momentos muy íntimos que ya hemos compartido. La segunda cuchara que coge de helado se gira un poco y me hace comerla. Vaya, cuánto me alegro de haber comprado helado de vainilla en el súper esta tarde, ¡y encima vegano! No puede gustarme más.

Pasamos unos minutos así, simplemente saboreando la fresca vainilla y sintiendo como se relajan nuestros cuerpos con las burbujas y la paz de la noche. Tras varias cucharadas de helado, Sofi parece que tiene suficiente y, sin preguntarme, lo tapa y lo deja en el borde del *jacuzzi*. Cojo un mechón rebelde que se había escapado de su moño y lo dejo tras su oreja. No puedo evitar repartir algunos besos húmedos por su cuello.

Le acaricio el vientre con las yemas de los dedos muy suavemente y ella se gira un poco buscando mi boca. Me besa con ganas, con muchas ganas. Nuestras lenguas se encuentran enseguida, como si ya se echaran de menos y disfruto de sentir cómo me besa.

Sofi gira todo su cuerpo y se sienta a horcajadas sobre mí. Mi erección hace acto de presencia entre nuestros cuerpos, esta mujer me pone a cien. ¡Qué digo a cien! ¡A mil!

Nuestro beso se vuelve todo lenguas, deseo y juego intenso. La cojo por la cintura y muevo sus caderas para encarar su sexo a un chorro de agua del *jacuzzi*. Sé que le gusta porque cierra los ojos y me deja hacer. En el momento en el que gime cerca de mi boca no puedo evitar lamer con codicia sus labios.

Siento su mano alrededor de mi erección, la acaricia desde la base hasta la punta... lo hace de maravilla.

Gimo de placer cerca de su oído y se revuelve alterada, es tan susceptible a todo. Está tan atenta a mí y a mi placer.

Recorro el trayecto del chorro de agua hasta llegar a su clítoris y lo encuentro duro e hinchado, le acaricio muy suavemente trazando círculos a su alrededor; Sofi echa la cabeza atrás y respira muy agitada.

Sus caricias también van a más y me encanta. Echo la cabeza atrás apoyándome en el borde del *jacuzzi*.

Me sorprende repartiendo besos húmedos y calientes por mi cuello. Me vuelve loco esta mujer. Va ascendiendo hasta el lóbulo y tira un poco de él con los dientes. Ahora el que se revuelve inquieto soy yo, como siga tocándome así voy a correrme.

Busco su mirada y la encuentro llena de deseo, encendida, ardiente. Introduzco un dedo entre los labios vaginales mientras el chorro sigue golpeando, burbujeante, en su clítoris. Introduzco otro dedo y los muevo suavemente de afuera hacia adentro y otra vez. Intento mantener un ritmo constante y siento que se va tensando por todas partes, ella también está a punto.

Sofi cierra los ojos y un gemido sexy y sensual al máximo escapa entre sus labios mientras noto un temblor alrededor de mis dedos, presiono fuerte varias veces más mientras siento que se está corriendo. La observo sintiendo que es lo más erótico que he visto jamás.

Quiero ser quien provoque sus orgasmos toda la vida. Jamás tendré suficiente.

Tras el clímax, se desploma un poco sobre mí y normaliza la respiración poco a poco mientras me sigue acariciando con maestría la polla.

Reparto caricias suaves por su espalda a la vez que cierro los ojos y disfruto de lo que me hace. De todo lo que me da.

Acelera los movimientos con su mano y con la otra acaricia suavemente mis huevos. Abro los ojos de golpe por la sorpresa pero me dejo hacer. Me encanta todo. Pero el deseo que tengo de sentirme dentro de ella es demasiado intenso como para poder quitármelo de la cabeza ahora mismo.

—¿Puedo pedirte algo? —le pregunto y coloco mi mano sobre la de ella para pararla.

—Claro. —Sonríe encantada—. Lo que quieras...

—Lo que quiero. Bueno... —comienzo pero no consigo reunir todas las palabras.

Quiero sentir que nada nos separa, quiero conectar con ella a todos los niveles, quiero que su placer sea el mío, quiero que dejemos de ser Sofía y David por un rato para ser solo «nosotros».

—Necesito estar dentro de ti. ¿Puedo? —pregunto finalmente.

Sofi asiente con una sonrisa preciosa que eclipsa toda su belleza por unos instantes. Alargo la mano hasta los tejanos y encuentro el preservativo del bolsillo trasero, he hecho bien de guardarlo antes, esta mujer me sorprende siempre en situaciones y lugares donde no tenía previsto hacer nada.

Me pongo de pie en el *jacuzzi* para ponérmelo fuera del agua. Noto la brisa fresca de la noche en mi piel mojada. Sofi apaga las burbujas y me mira atenta mientras me lo enfundo. Siempre me observa como si le encantara lo que ve y, joder, eso es un interruptor brutal a mi libido.

Me siento otra vez en el *jacuzzi* y el agua caliente me envuelve de nuevo de forma muy agradable. Tiendo una mano a Sofi y, cuando me la coge, tiro un poco de ella para que vuelva a sentarse sobre mí. Retoma sus caricias, ahora por encima del condón, y la dirige hacia su abertura. Juega un poco pasándola por toda ella de arriba abajo; yo jadeo de placer.

—Me encantas —le digo sin pensar.

Ella sonríe, pero sigue concentrada en lo que hace. Introduce un poco la punta y va bajando despacio mientras siento como va entrando toda. Es una sensación dulce y placentera. Cuando ya la ha introducido del todo comienza a moverse sobre mí, tiene los ojos cerrados y está buscando su placer, lo cual me enciende todavía más, si es posible.

Dejo que Sofía me folle a su antojo. Ella marca el ritmo, los movimientos, la profundidad, la intensidad... Yo solo puedo entregarme a ella y dejar que haga conmigo todo cuanto quiera. Acaricio sus caderas mientras siento como las mueve con sensualidad y decisión.

Veo como sus tetas suben y bajan delante de mí con los movimientos y no puedo evitar capturar un pezón con mis labios. Lo succiono con fuerza y siento que Sofi se remueve. Lo presiono entre mis dientes y tiro un poco, con cuidado para no hacerle daño. Cómo me gustan sus tetas.

—Ohhh, sí —gime ella confirmándome que le gusta lo que le hago.

Voy al otro pezón y repito. Mientras, ella acelera los movimientos de su cadera y se clava una y otra vez en mí. Estoy a punto. Y sé que ella también por como respira fuerte y cierra los ojos sin dejar de moverse sobre mí.

Muevo un poco mi cadera para penetrarla al máximo siguiendo el ritmo que ella marca, noto que se tensa por dentro, lo que resulta ser el impulso final a mi clímax. Siento como nos corremos juntos, a la vez, y es tan placentero como mágico.

La abrazo fuerte mientras nos recuperamos con la respiración agitada. ¡Vaya polvazo me ha pegado!

—Dios, nena... ¡me vas a matar! —le susurro feliz.

Ella se ríe divertida y sus mejillas se tiñen todavía más de un rosa posorgasmo que le sienta demasiado bien.

Me besa y se recuesta sobre mi pecho. Le acaricio la nuca, el cuello, la espalda... ¿Cómo puedo sentir tantas cosas con solo tocar su piel?

—Te quiero tanto —susurro casi sin pensar.

Es como expulsar el aire cuando lo has tenido retenido demasiado tiempo en tus pulmones. Simplemente es lo que siento y no podía evitarlo. Tenía que salir.

Se levanta un poco y me mira con curiosidad.

—¿De verdad...?, ¿me quieres? —me pregunta con incredulidad.

—Sí, mucho —confirmo con sinceridad y amor. Es la verdad.

—A pesar de lo que ha pas...

—A pesar de nada —la corto suavemente—. No he dejado de quererte ni un instante.

Sus ojos brillan y sonríe contenida. Me mira en silencio y no sé en qué piensa. Me encantaría saberlo.

—¿No me crees? —le pregunto sonriendo para quitarle hierro a la pregunta. Acaricio su nuca y ella apoya sus manos en mi pecho.

—Sí. Claro que te creo. Es solo... no sé... me sorprende — responde sin dejar de mirarme a los ojos.

—¿Por qué te sorprende? ¿Te pensabas que era el hombre de hielo o algo así?

Se ríe un poco pero no dice nada.

—Joder, Sofi. Es imposible no quererte. Eres demasiado increíble. Cada minuto que paso a tu lado es un minuto completamente diferente a cuando no estás. Créeme —le pido—. Estos días en los que no te he visto lo he podido confirmar.

Sigue mirándome incrédula. Supongo que me lo he ganado por capullo. Pero no me rendiré, voy a recuperar su confianza. Al final lo haré.

¡NO ME LO PUEDO CREER! ¡INTENSO! ¿YO?

Es turbador sentir esas palabras en su boca. «Te quiero tanto», me ha dicho. Se me ha removido hasta el alma y me ha temblado un poco todo el cuerpo.

Y no es que no le crea, sé que habla en serio, puedo sentir que es cierto que lo siente, me lo transmite con la mirada, con sus caricias, con sus gestos... Es solo que me alucina. ¿Cómo puede quererme? O sea, soy querible, claro. Pero ¿por qué a mí? ¿Qué he hecho yo para que alguien como David sienta algo así? No sé en qué momento ha pasado y me deja sin palabras, no sé ni qué contestar. Creo que también le quiero. Joder, claro que le quiero. Lo he confesado a varias personas ya (a Bárbara, a Christian...), ¿por qué aun no me siento lista para decírselo a él?

Me tranquiliza bastante el hecho de que él no parece esperar a que le responda nada, me quita presión. Aunque la presión que no me da él, me la pongo yo. Me siento mal escuchando que me quiere y no contestando o correspondiendo con palabras ese hecho.

Me estoy poniendo el camisón negro de tirantes con blonda de puntilla en el escote y en el borde de abajo. Es cómodo, casual y sexy, todo en uno. David aún no lo conoce.

Estoy en la habitación mientras él ha ido al lavabo. Oigo un cepillo de dientes eléctrico desde aquí. Yo he ido antes que él.

Los chicos aún no han vuelto y en parte lo agradezco. Necesitaba tanto tener este rato de intimidad con él y de estar a solas. Esta es nuestra noche y aunque ya son más de la una, quiero mantenerme despierta hasta que amanezca. Tan solo estando con él. ¿Alguna vez tendré bastante David? ¿Me sentiré saciada de él? Me cuesta creer que ese momento vaya a llegar alguna vez. Es tan adictivo que siento que quiero más y más de él y de su compañía. Podría pasarme la vida a su lado queriendo despertar cada día, un día más, a su lado.

Apago la luz del techo y dejo encendida la de la mesita de noche. La ventana abierta con la mosquitera permite que entre un fresco agradable. Se nota que estamos en el campo porque de noche refresca mucho más que en la ciudad.

Voy a deshacer la cama para meterme bajo las sábanas blancas que la cubren justo cuando oigo pasos y David abre la puerta. Entra y cierra tras él. Va con unos bóxers negros ajustados y una camiseta gris con cuello redondo. Es demasiado sexy para ser casual. Es demasiado tentador para poder simplemente acostarnos a dormir. Él es demasiado.

Me quedo mirándolo mientras él deja su neceser en el armario y va hacia el otro lado de la cama.

—¿Qué ocurre? —pregunta algo serio.

No ocurre nada. Bueno, ocurre todo. Es que estoy muy alterada por tenerlo cerca otra vez. Por haber superado la crisis, por el rato del *jacuzzi* que ha sido alucinante... Por escucharle decir que «me quiere tanto».

—Nada. Llevo varias noches deseando este momento —confieso mirando hacia la cama. Levanto la sábana por mi lado y me meto en ella.

Él hace lo mismo. Se recuesta de lado encarándome y, sin tocarnos, nos miramos esperando a que el otro diga algo.

—Lo siento, nena —susurra con un hilo de voz.

—Oh, no, no quería decir eso —rectifico entendiendo que lo he hecho sentir mal—. Me refiero a que me encanta esta sensación, este momento. Ir a la cama, en la misma habitación, en la misma cama.

No sé ni lo que digo, solo espero que entienda a lo que me refiero mejor de lo que lo entiendo yo misma.

—A mí también me encanta este momento, ¿sabes? Y lo he echado mucho de menos estas noches pasadas.

Me coge por la cintura y me arrastra hasta él. Me pega a su cuerpo sin quitar la mano de mi espalda. Como si quisiera evitar que me separe. ¡No quiero separarme ni un milímetro!

Sonrío cerca de su boca. Sus ojos brillan y responden a la sonrisa.

—Echaba de menos verte sonreír así —le confieso acariciando su pelo hacia atrás y después su mejilla.

—Yo echaba de menos verte, sentirte, tenerte cerca.

Me estrecha fuertemente en un abrazo en el que, si presiona un poco más, tendré dificultades para seguir respirando. Pero no se me ocurre forma mejor de morir ahora mismo, la verdad. Así que respondo al abrazo con la misma efusividad.

—No quiero volver a separarme de ti... nunca —susurra cerca de mi oído y me remuevo un poco inconscientemente por lo que significan esas palabras.

Busco sus ojos separándome un poco. Está serio.

—¿Nunca? ¿Estás seguro? —le pregunto sonriendo un poco dando a entender que estamos en clave de broma.

—Sí, muy seguro —sonríe sin bromear.

—Para ser poliamoroso, estás muy intenso hoy.

Ahora sí que se ríe.

—¡No me lo puedo creer! ¡Intenso! ¿Yo? —Vuelve a reír y yo también mientras asiento con la cabeza—. ¡Lo que me faltaba! —continúa. Me encanta oírle reír, tiene una risa masculina, sexy, divertida y contagiosa por lo que termino haciéndolo también.

—Sí, estás intenso. Pero, ¡eh!, que a mi me encanta. No vayas a malinterpretarme —le digo y él sigue riendo.

—Ay, qué bueno —exclama cuando consigue tranquilizarse—. Cuando se lo cuente a Christian se muere de la risa seguro, «Sofi me ha llamado intenso» —repite y vuelve a reír.

No sé por qué le hace tanta gracia. Es verdad, está muy intenso en emociones.

—Y tienes razón, eso es lo peor de todo —añade ya más calmado—. La intensidad que tengo contigo es totalmente nueva para mí. —Me acaricia la mejilla con cariño y me mira con devoción. ¿Puedo derretirme ya?—. Siempre he sido de sentir sin reprimir. De querer de verdad, de dejarme llevar. Pero es que contigo, se me va de las manos. —Vuelve a reír encantado.

—Bueno, a mí me gusta. —Sonrío—. Ojalá yo me dejara llevar como tú.

—Ya lo harás. Cada persona tiene sus tiempos —responde muy conciliador.

¿Así que no espera que sienta tanto como él tan rápido? Me quita otro poquito de presión de esa que me pongo yo misma.

—Mis tiempos son más... lentos —confieso. Aunque también podría decir «precavidos», «cuidadosos», «prudentes».

—Tus tiempos son perfectos —me responde sonriendo con picardía—. ¿Acaso tienes prisa por algo?

Niego con la cabeza.

—Yo tampoco. Tenemos toda la vida por delante.

Otra vez esa intensidad que me abruma, pero de felicidad y de amor.

Su mano deja de acariciar mi costado y busca mi mano, entrelaza sus dedos con los míos y, tras besar el dorso, sigue mirándome con una gran sonrisa.

—¿Tienes sueño?

—Un poco —confieso—, pero no quiero dormir todavía.

—¿Ah, no? —dice alzando las cejas—. ¿Y qué quieres hacer? ¡No me digas nada sexual que necesito reponerme! —Ríe de nuevo lleno de alegría.

—No, no. —Río yo también—, no me refiero a eso, yo también necesito reponerme, pero no sé, quiero seguir simplemente así. —Observo nuestros dedos entrelazados, nuestros cuerpos tan pegados, la calma de la habitación, la quietud de la noche... es maravilloso este momento.

—Vale. Pero antes aclárame una cosa, por favor —me pide.

—Sí.

—Volviendo a lo que me has dicho. ¿Te asusta esta intensidad? —pregunta algo precavido.

—No me asusta, David —le respondo y le doy un beso suave en los labios.

No me asusta para nada. Me encanta. Me abruma pero en el buen sentido. Es solo que me sorprende.

—¿Seguro, nena?

—Sí, seguro.

—Párame si voy muy deprisa. De verdad, te lo pido —susurra bajando la mirada.

—¿Ir deprisa? ¿Adónde? —Sonrío divertida.

—A dónde sea, no sé.

—Está bien. lo haré si alguna vez me parece necesario. Pero de verdad que no lo creo.

—OK. —Asiente y empieza a sonreír como si tramara algo.

—¿Qué?

—Si te pidiera que me acompañaras mañana a ver a mi madre, ¿crees que sería demasiado? —pregunta y se queda mirándome evaluando mi reacción.

Por cierto, ¿cuál es mi reacción? ¿Conocer a su madre? Uau. No me esperaba que el poliamoroso me presentara a su familia nunca y menos tan pronto. Pero me encantaría y sobre todo su madre, ¡ha de ser genial! ¡Y cuánto significa que quiera presentármela!

—No quiero presionarte. Es que está aquí en Ibiza y tengo que ir a verla —añade al verme callada—. Y bueno, me encantaría que me acompañaras, si te apetece, claro.

—Sí —consigo responder—. Me encantará acompañarte y conocerla. —Sonrío sincera.

—¡No te asustes si te habla de hacerla abuela!, ¿vale? —Ríe.

Yo abro mucho los ojos como si me asustara, en broma, y niego con la cabeza para tranquilizarle. No, no me asustaré.

¡Qué fuerte! Hace dos días pensaba que nuestra «relación» había llegado a su fin y ahora estoy hablando de conocer a su madre. No sé si yo estoy preparada para conocer a su madre. Tampoco tengo claro que esté preparada para presentarlo a mi familia. Es que, además, ¿en calidad de qué? Es mi novio a todas funciones, pero claro, nunca hemos formalizado la relación como para llamarlo así. Como estamos en plan «sin etiquetas»...

—Una duda que tengo... —comienzo.

—¿Sí? Dime —Vuelve a repartir besos por mi mano, la que tiene enlazada con la suya.

—¿Cómo me vas a presentar a tu madre? Quiero decir —aclaro—, ¿en calidad de qué?

David sonríe contra mi mano y sus ojos brillan divertidos. ¿Qué?, ¿tan monógama parezco? Es que me curiosea saberlo. ¿Me va a presentar como amiga? ¿Como novia? ¿Como compañera de vacaciones?

—¿Qué te parece si... —piensa achicando un poco los ojos— en vez de aclararte la duda ahora mismo lo descubres mañana? Cuando te la presente.

—Vale, está bien —acepto curiosa.

David bosteza y entiendo que está cansado. Nos quedamos en silencio unos instantes. Reparte caricias suaves por mi brazo que me relajan en el acto y me quedo como atontada del gusto.

—¿Te estás durmiendo? —me pregunta en un susurro.

—Si me sigues dando esas caricias, sí.

Deja de acariciarme un momento para alargar el brazo hasta el interruptor y apagar la luz. Nos quedamos a oscuras con la única luz tenue que entra por la ventana. Apenas puedo discernir su perfil. Vuelve a acariciarme suavemente y cierro los ojos por unos instantes.

—No quiero dormir —confieso en un susurro.

—¿Por qué? Estás cansada y tenemos toda la vida por delante.

—Eso suena bien —confieso con una sonrisa y sin abrir los ojos—, «toda la vida...».

—Sí que suena bien, sí —responde y me besa en los labios.

El sueño que tengo me vence y me quedo dormida en el siguiente minuto. Lo último de lo que soy consciente es de que me sigue acariciando con dulzura; pagaría porque no parara nunca de hacerlo.

Me despierto en algún momento de la madrugada, cuando empieza a entrar luz por la ventana y me levanto a cerrarla. Quizá tendremos calor, pero al menos podremos dormir un poco más. David está profundamente dormido y me planteo quedarme despierta solo para observarlo cual psicópata obsesiva hasta que despierte.

Antes de volver a la cama, decido ir al lavabo y salgo a hurtadillas de la habitación intentando no hacer ruido. Cuando paso por delante de las habitaciones veo que están las puertas cerradas así que deduzco que ya están dentro los demás, ya que anoche, cuando nos acostamos, estaban abiertas. A pesar de ir descalza y con cuidado, la madera del suelo cruje un poco.

Después de hacer un pis interminable, me miro al espejo y me sorprende ver que para estar algo despeinada y con la cara lavada, me veo bastante bien. Tengo algo de colorcito en la piel y me sienta muy bien. Decido volver a la cama con esa visión de mi belleza actual resultado de estar de vacaciones e *in love* total...

Tras cerrar la puerta del baño con cuidado para no hacer ruido, giro y me pego un susto de muerte cuando me encuentro a Lucas delante de mí.

—¡Qué susto! —exclamo llevándome la mano al corazón.

Lucas se ríe un poco. Lleva un bóxer azul marino ajustado y nada más.

—¿Tan feo soy? —me pregunta aún riendo.

—No, hombre, no. No es por eso. Es que no esperaba encontrarme a nadie —respondo recuperándome del sobresalto.

—¿Así que te gusto? —pregunta con mirada seductora.

¿De donde saca esa conclusión? Estoy tan dormida que no sé ni qué contestar.

—Oye, me vuelvo a la cama... —digo a modo de respuesta y emprendo el paso hacia mi habitación.

Lucas me coge por la muñeca y con un tirón suave pero firme me hace retroceder hasta quedar frente a él y contra la pared.

Se acerca mucho a mí, lo cual me descoloca ya del todo porque ni entiendo ni tenía previsto que nada así pudiera ocurrir en este momento, y pega su cara a la mía mirando fijamente a mis labios.

¿Y esto?, ¿a qué viene exactamente?

Tiene el pelo despeinado en varias direcciones, un poco de barba incipiente, el torso desnudo, el cual marca que, para lo delgado que es, en realidad está fuerte. Él también debe hacer algo de ejercicio. Sino no me explico cómo están los tres así de buenorros.

—¿Qué pasa? —me pregunta en un susurro—. ¿No podías dormir?

—Sí, es solo que...

Intento contestar, pero pone un dedo sobre mis labios y no termino la frase.

—Shhh. —Retira el dedo de mis labios y recorre mi piel con él descendiendo por mi cuello muy lentamente y sin quitar ojo del recorrido.

Trago saliva despacio y noto como se me eriza la piel por el contacto. Cuando llega al escote lo recorre por encima con mucha suavidad.

¿Por qué no puedo moverme?

Su dedo entonces continúa el recorrido por encima de la tela y baja en busca de mi pezón derecho, el cual, nada más sentirlo, se endurece por completo y se empieza a marcar a través de la ropa.

¿Por qué no me voy a mi habitación?

No contento con eso, continúa el recorrido hasta el pezón izquierdo y traza círculos a su alrededor mientras noto que se endurece también.

¿Cómo puede ser que me guste este contacto?

Vuelve su mirada marrón miel a la mía y después a mis labios. ¿Va a besarme? Parece como si lo estuviera decidiendo. Yo me concentro en respirar y esperar expectante a ver cuál es su siguiente movimiento. ¿Por qué? No lo sé. No tengo ni idea. Pero unas ganas pecaminosas y prohibidas de besarle me inquietan desde lo más profundo de mi ser. ¿Por qué? Si ni siquiera me gusta. Me cae bien... a ratos. Y, sin embargo, recuerdo cuando jugamos en su casa y la manera que tenía de besarme, y me entran unas ganas terribles de volver a sentirlo. No voy a hacerlo, pero me temo que si lo hace él, no seré capaz de resistirme.

Parece que toma una decisión y recorre el espacio que nos separa, posa sus labios entreabiertos sobre los míos que se abren al contacto por inercia. Solo aplica un poco de presión sobre ellos y ya está. Pero antes de que pueda recapacitar y tomar conciencia de que estoy en camisón, besando al novio de mi amiga en el pasillo mientras los demás duermen (o peor, podrían despertarse y vernos en cualquier momento), Lucas profundiza el beso con una decisión y osadía que no me esperaba. De pronto el pasillo es como si se difuminara. El hecho de que no sea correcto lo que estamos haciendo. De que estoy enamorada de otro hombre. Que éste ni siquiera me cae del todo bien. Todo eso se difumina demasiado rápido y solo queda presente la sensación que tengo. Sentir el deseo que esconde Lucas tras este beso, la pasión, la entrega con la que me busca y saborea mis labios, la picardía con la que se enreda a mi lengua.

En algún rincón de mi mente aún suena una alarma que dice «prohibido», pero lejos de apagarnos, todavía nos enciende más. ¿Por qué?

Yo nunca he sido de desear lo prohibido. Jamás me ha interesado lo que no se debe hacer o está mal. ¿Por qué ahora sí?

Yo respondo al beso también, aunque mi cuerpo, de cuello para abajo, está inmóvil y el suyo también. No me toca, ni me abraza, ni se pega contra mí. Solo nos conecta el beso.

De pronto me da dos besos suaves y rápidos sobre los labios, se separa un poco y simplemente me mira con una sonrisa pícara antes de entrar al lavabo y cerrar la puerta tras de sí.

Yo respiro algo agitada e inmóvil. No me puedo creer lo que acaba de pasar. Llevo una mano a mis labios y me los acaricio con las yemas de los dedos. Aún están húmedos. Ha sido real. Me acabo de besar con Lucas en el pasillo.

Dios mío, ¿por qué? Creo que esta pregunta ha sonado ya mil veces en mi cabeza en menos de cinco minutos.

Reacciono, antes de que salga y me encuentre paralizada y embobada, y corro hasta mi habitación. Cierro tras de mí y suspiro aliviada al ver que David sigue durmiendo plácidamente.

¿Pero por qué esto me tranquiliza? Igualmente he de decírselo, ha de saber qué ha pasado. ¿Y cómo se lo digo? Justo ahora que hemos arreglado la situación es como el peor momento para que haya ocurrido algo así. Me entra un pánico atroz al pensar en que quizá acabo de estropear las posibilidades que tenía con él. ¿Y todo por qué? ¿Por besar a Lucas? No entiendo cómo ha podido ocurrirme algo así. Yo no soy así para nada.

Me meto en la cama despacio y con una angustia creciente. David se gira dormido hacia mí y me abraza por detrás. Hunde su nariz en mi pelo y ronronea algo contra mi espalda antes de seguir durmiendo.

Yo estoy muy nerviosa y alterada. Ya no solo porque ha sido un beso incendiario, sino porque no me puedo creer que realmente haya ocurrido y el peso de todas las consecuencias empieza a pesar demasiado sobre mi conciencia.

Oigo la puerta cerrarse y entiendo que Lucas ha vuelto a su habitación también. ¿Se lo contará a Fani? ¿Lo comentará mañana en el desayuno? Dios mío, en qué lío me ha metido, ¡porque ha sido culpa suya, claro! Yo es que estaba muy dormida, no sabía ni qué pasaba. Bueno, ¿a quién quiero engañar?, sabía bien lo que pasaba.

Finalmente, consigo dormir un poco más. Pero estoy inquieta y no consigo pasar de un sueño superficial así que, cuando David se remueve en la cama, me despierto a la par que él.

—Buenos días, nena —me susurra antes de abrazarme y repartir muchos besos por toda mi cara.

Es tan dulce y maravilloso que me dejo llevar por el momento y es como si el lapsus del pasillo jamás hubiese ocurrido en realidad. Porque ocurrió, ¿no? Me entra una duda momentánea.

—¿Qué tal has dormido? —le pregunto frotándome los ojos un poco.

—Muy muy bien —susurra sonriente.

¿Se lo digo ya o me espero a que tenga algo en el estómago?

—¿Y tú? —pregunta acariciando mi pelo.

—También —respondo escueta.

—Mmmmm. —David se estira y se levanta a abrir la ventana.

Hace bastante calor, la verdad. Cerrarla no fue la mejor idea.

—¡Qué buen día hace! —exclama mirando hacia fuera. Entra un sol que ilumina todo.

Busco mi móvil para ver qué hora es. Son las diez y poco.

David abre la puerta y va al lavabo. Cuando vuelve yo aún estoy estática pensando en qué hacer con mi vida y cuál es la mejor opción para no destrozarla: ¿Decírselo?, ¿no decírselo?

—¿Qué te parece si quedamos con mi madre para desayunar? Estos aún duermen todos —explica David junto a la cama.

—Sí. Vale, me parece bien.

Irnos de la casa me da un poco de margen, a no ser que Lucas le escriba por el móvil. Es capaz de querer hundirme. ¿Pero en realidad por qué pienso que Lucas quiera hundirme? Es un poco capullín pero quiere a su amigo, no creo que quiera hundirnos.

—Voy a meditar unos minutos a la terraza y nos vamos, ¿vale?

—Sí, perfecto. Así me voy vistiendo —respondo levantándome.

David me tiende los brazos para que me acerque a él y me envuelve en un abrazo dulce y lleno de cariño. Suspiro sin querer al sentirme tan cerca de él en distintos sentidos. Me hace feliz este hombre, eso está claro. Y hoy va a presentarme a su madre, ni más ni menos. ¿Le caeré bien? ¿Será una suegra molona o una bruja? ¿A qué me dijo que se dedicaba? Bueno, solo espero caerle bien y que pasemos un rato agradable. Suelo caer bien a las madres. La de Mónica me adora. Cuando éramos jovencitas siempre caía bien a las madres y padres de mis amigas, me tenían por «la responsable» del grupo, ¡no estaban engañados ni nada!

Tras vestirme con un short tejano deshilachado por los bordes y con algunas roturas, una camiseta básica negra y unas sandalias planas. Me peino un poco con un moño alto y aplico poquísimo maquillaje. Quiero estar lo más natural y desenfadada posible. Quiero sentirme muy yo.

David, cuando vuelve de meditar, también se viste con unos *shorts* algo desgastados y con roturas, un polo verde militar y unas Converse bajas. Está demasiado guapo. En su línea, vamos.

Salimos en silencio de la casa, cogemos el coche y David comienza a conducir hacia alguna parte.

—¿Adónde vamos por cierto? —pregunto mirando el paisaje.

—He quedado con mi madre en un sitio vegano que hacen desayunos ecológicos y orgánicos, está en un pueblecito que me encanta: Santa Gertrudis.

—Ahhh, conozco el pueblo. Es de los que más me gustan de Ibiza —coincido con él—. ¿Le caeré bien a tu madre? ¿Tú qué crees? —pregunto empujada por unos nervios súbitos que me dominan.

David estalla en risas, el buen humor se puede palpar en el aire del coche. No sé por qué le hace tanta gracia que esté con esa inseguridad. ¿Es lógico no? Cualquiera que vaya a conocer a los padres de su pareja ha de sentir un poco lo que siento yo ahora. Encima aún tengo la duda de qué le va a decir que soy para él. ¿Su amiga?, ¿su novia?, ¿una chica que viaja con él?

Cuando consigue parar de reír me mira divertido de reojo y contesta:

—Estoy seguro de que en un universo paralelo ya os conocéis y os lleváis estupendamente.

Me río un poco y consigo quitarle hierro al asunto. David y sus universos paralelos. Qué bonito sería eso.

—Vale. Está bien. Si en algún universo paralelo nos llevamos estupendamente, podré conseguirlo también en este —digo con convicción y alzando un puño en señal de victoria.

David vuelve a reír encantado. Está de un buen humor esta mañana que me transmite una alegría enorme.

—Sí, nena, apuesto por ello —añade sonriente volviendo la vista a la carretera.

Cuando llegamos al sitio, aparca casi en la puerta, pero no apaga el coche. Tras quitarse el cinturón de seguridad, se gira hacia mí y lo que me pensaba que era un besito superficial se convierte en un señor beso que me alucina y me enciende.

—Sofi... —susurra cerca de mis labios.

—Dime.

—Hay algo que quiero decirte antes de que llegue mi madre.

Me separo un poco de él y busco su mirada. Está serio y esa frase ha sonado cargada de preocupación.

—Claro, ¿qué ocurre?

—Es que quiero seguir siendo muy sincero y transparente contigo y ha pasado algo que... —se muerde el labio inferior mientras parece que busca las palabras correctas—. Bueno, no es algo malo, pero me da que no te va a gustar.

Suspiro. Esta vez no es de amor. Es de «mierda... con lo bien que había empezado el día» y también es de «yo también tengo que decir algo que no te va a gustar». Si es momento de sincerarnos no puedo callarme como una p... Tengo que sincerarme yo también.

—¿Sabes? —añado bajando la vista a nuestras manos unidas—. En realidad yo también tengo que comentarte algo que ha pasado, y que no te va a gustar.

¿ELLA ES...? ENTONCES TÚ... PERO... ¿CÓMO...?

David

Sofi parece nerviosa. Casi diría que se ha puesto algo pálida. Me preocupa que haya algo que la tenga así mucho más que lo que pueda decirme.

¿Algo que no me va a gustar? No se me ocurre nada. En cambio lo que quiero decirle yo, sé con seguridad que no le va a gustar un pelo. Pero no puedo ocultárselo, ni quiero.

—Nena, puedes decirme cualquier cosa, dudo mucho que algo no me vaya a gustar. —Sofi me mira con expresión totalmente incrédula—. Bueno, habrá cosas que no me gustarán, vale —acepto— pero lo gestionaré. No pasa nada —intento que se relaje, pero una preocupación se ha instalado en esos enormes ojos marrones que suelen estar llenos de alegría y de luz.

—Sí, lo sé... bueno... ¿quieres empezar tú? —me propone.

Quizá sea buena idea que empiece yo. Cuando le diga lo de Gloria seguro que verá que lo suyo no era para nada tan grave. Joder... y cómo le digo que Gloria se ha instalado en mi casa, por cierto, sin que suene fatal ni la haga querer salir corriendo de mi compleja vida poliamorosa.

—Sí, bueno, como quieras —digo algo dudoso.

—¿Y si hacemos un trato? —me propone esperanzada y yo la escucho atentamente—. Nos prometemos que sea lo que sea no nos vamos a enfadar, ¿qué te parece? —Ríe divertida como si confesara una travesura. ¡Me la como!

—Me gusta... pero no puedo hacerte prometer eso.

—¿Tan malo es? —pregunta volviendo a la expresión preocupada.

—No. Para mí no. Pero me da miedo que sea un inconveniente para ti o algo que te haga dudar de mí o de nosotros.

Asiente pensativa.

—Vamos a hacer una cosa. Cuando Mónica y yo nos encontramos en esta situación, siempre aplicamos «da norma de las palabras».

¿La norma de las palabras? ¿Qué es eso?

—¿De qué se trata? ¿Cómo va eso? —pregunto con interés.

—Cuando nos tenemos que decir algo gordo, aplicamos esta norma. Se hace de la siguiente manera —explica muy concentrada—: lo primero es reducir todo lo que hemos de decir a una sola palabra. Es como buscar la palabra clave o *hashtag* de lo que ocurre.

—Ajá... —asiento expectante de que me cuente más.

—Dejamos pasar un rato en el que la otra persona se mentaliza, porque ya conoce la palabra clave, el título del problema, digamos. Luego de un rato, cuando ya está lista, pide un segundo titular, esta vez con más palabras, pero, eso sí, menos de diez.

—Un titular...

—Sí. Cuando hemos superado la fase «palabra clave» y «titular de menos de diez palabras», entonces ya viene la explicación larga.

Sofi hace una pausa y se queda mirándome. Espera a que diga algo, claro. Me imagino su carita cuando diga «Gloria» y no va a ser buena.

—Si tú quieres hacerlo así... podemos probar, vale —acepto.

—Es una buena forma de mediar en los conflictos, créeme —añade convencida.

—Vale. Ya tengo mi palabra clave, ¿y tú?

—Sí, también. ¿La decimos a la vez, a la de tres?

No sé si es buena idea reducir a un juego esto, pero la intención de que podamos desayunar con mi madre sin estar enfadados o molestos, en realidad, es bastante buena. Y que sepa que el tema va de Gloria, quizá haga que se mentalice y cuando le explique que se ha instalado en mi casa, sea un poquito menos grave.

—Está bien... —acepto.

Sofi cuenta hasta tres y ambos decimos nuestra palabra clave casi a la vez:

—Lucas —exclama rápido Sofi como si respondiera en un concurso de televisión.

—Gloria —digo yo.

Se hace el silencio entre nosotros.

¿Lucas?

¿Tiene que decirme algo que no me va a gustar y tiene relación con Lucas?

Como la haya molestado o le haya dicho algo malo, ¡lo mato!

—Vale —dice algo dudosa—. Ahora ya sabemos las palabras clave.

—Sí. ¿Puedo pedirte ya el titular con más palabras? —le pregunto cogiendo de nuevo sus manos entre las mías—. Es que como te haya molestado o te haya dicho alguna animalada, ¡lo mato! ¡Te juro que lo mato!

Sofi se ríe un poco, pero enseguida vuelve a mostrarse preocupada y seria.

—No, no has de matarlo. Y no puedo darte el titular todavía. La norma de las palabras dice que ha de pasar al menos una hora entre la primera palabra y el titular.

Joder. Cuántas normas tiene la norma.

—Está bien. ¿Cómo de grave es que mi palabra sea Gloria? —pregunto levantando un poco su barbilla para que me mire a los ojos.

—Bueno... si te soy sincera...

—Sí, por favor —le ruego inquieto.

—Cuando has aceptado aplicar la norma de las palabras he pensado en cuál podría ser la peor palabra que podías decirme y... era esa.

—¡Joder! —exclamo con frustración.

Sofi mira a través de la ventana y parece que ve algo que capta su atención.

—¿Esa es...?

—¿Qué? —pregunto y miro hacia fuera. Me encuentro con mi madre, está en la puerta del restaurante y nos saluda con la mano y una sonrisa radiante.

—Oh, ¡conozco a esta mujer! —exclama Sofi sorprendida y baja apresurada del coche.

Yo no puedo evitar reír pensando en la sorpresa que se va a llevar cuando sepa que es mi madre. Apago el coche. Salgo y me acerco a ellas que se encuentran en un abrazo estrecho. Típico de mi madre. Siempre abrazando a todo el mundo. Es como Amma[1] en versión española.

---

[1] Mata Amritanandamayi Devi, también conocida por sus seguidores como Madre *(Amma)*, con el nombre de Sudhamani Idamannel, en el pequeño pueblo de Parayakadavu, cerca de Kollam, Kerala. Es reconocida mundialmente por su

—Qué alegría volver a verte, Sofi... —dice mi madre muy melosa.

—¡Sí, Bárbara! Lo mismo digo. ¡Qué casualidad encontrarte aquí! —exclama sonriente en cuanto se separa de ella y la mira con afecto.

Yo me acerco silencioso y simplemente las observo divertido. Mi madre me mira confusa en plan «¿es que aun no lo sabe?».

—Ah, David, te presento a Bárbara —dice Sofi mirándome.

—A veces los universos paralelos no son muy distintos entre ellos —le digo aguantándome la risa—. Hola, mamá —digo mirando y abrazando con cariño a mi madre.

—Hijo, ¿cómo estás? Tienes mejor aspecto ya, menos mal.

Cuando me deshago de los brazos de mi madre vuelvo la vista a Sofi y está literalmente con la boca abierta. Nos mira a uno y otro como si estuviera en un partido de tenis.

—¿Ella es...? Entonces tú... Pero... ¿cómo...? —balbucea atónita.

Mi madre y yo reímos y finalmente ella también se suma y empieza a reír divertida.

—¡Qué fuerte! —exclama entre risas—. ¿Pero cómo puede ser?

—Se llama destino, cielo —responde mi madre cogiéndola del brazo y entrando juntas al restaurante.

La imagen de las dos mujeres que más me importan ahora mismo juntas a mi lado, es tan bonita que casi he olvidado por completo que tenemos unas palabras clave en el aire, unas cosas malas que confesarnos y un posible cabreo entre nosotros. ¿Pero qué puede estropear esto? No creo que haya nada. Sinceramente. Nada.

El restaurante es todo de madera, con plantas verdes decorando cada rincón y una línea moderna y orgánica. No es muy grande, debe de tener unas diez mesas como mucho. Pero es espacioso. Además, suena una música suave de fondo ambiental y hay una brisa, gracias a los ventiladores que tienen instalados, que hace que se esté de lujo.

Desayunamos unas tostadas con tomate, aguacate, tortilla de patatas vegana (¡sin huevo!) y unos zumos naturales de frutas muy buenos. Cuando ya vamos por los cafés, mi madre y Sofi parecen amigas de siempre. Tenía razón mi madre con eso de que conectaron. Vuelvo a tener, además, la misma sensación de anoche. Sofi encaja demasiado bien con todo lo que compone mi vida. Es asombroso a la vez que un sueño hecho realidad.

En un momento dado, el móvil de Sofi y el mío suenan a la vez y

---

enorme obra caritativa y reverenciada por algunos como un *Mahatma* (gran alma) o como una santa viva.

ambos lo miramos divertidos. Resulta que Christian ha creado un grupo llamado «Felices los 6» en el que nos encontramos metidos todos.

> Christian:
> Hooola, hoooolaaaaa.
> 11:45

> Mónica:
> ¿Dónde estáis, pareja?
> 11:45

> Fani:
> Good morning, beautiful people.
> 11:46

> Christian:
> @David @Sofía, ¿a qué hora vais a venir?
> 11:46

> Lucas quiere reservar mesa para comer en una playa, ¿os hace?
> 11:47

Lo silencio por un año y contesto antes de que se sumen cien mensajes más. No me gustan nada los grupos de WhatsApp. En los pocos que estoy, cada vez que miro hay más de cien mensajes. Total que no leo ninguno por pereza y al final estoy dentro del grupo para nada.

—Sofi, ¿les digo que sí a lo de comer? —le pregunto antes de responder.

Me mira y asiente afirmativamente con una sonrisa.

> ¡Por nosotros vale! Decidnos sitio y hora y vamos directos.
> 11:48

> Christian:
> Sa Trenca. 14:30h.
> 11:49

OK.

11:49

Sofía:
@Mónica estoy desayunando con Bárbara y te envía recuerdos.

11:49

Sofi ríe mientras escribe.

Mónica:
¡No me digas! Me encanta esa mujer.

11:50

Christian:
¿Te encanta la suegra de Sofía?

11:51

Mónica:
¿La suegra de Sofía?, ¿ein?

11:51

Jajajajaja.

11:52

Sofía:
Jajajajajaja.

11:52

Christian:
Rubia, deja el móvil y ven a la cocina que te lo explico, jajajaja.

11:52

Bloqueo el móvil y mientras mi madre va al lavabo, acerco mi silla aún más a la de Sofi y dejo un beso en su mejilla.

—¿Te dije que le caerías bien a mi madre?

—Sí... en otro universo —contesta ella divertida—. Aún alucino que mi *coach* me haya recomendado a tu madre. ¡Es muy fuerte! ¿Qué probabilidades había de que fuera ella? Quiero decir... debe haber muchos terapeutas en la isla, ¡y justo me recomendó ir a ver a tu madre! Alucino —exclama sorprendida.

La palabra clave «Lucas» vuelve a mi mente como intentando estropear este momento. Pero en realidad, si él no le ha hecho nada que la haya podido molestar, no puede ser algo tan grave.

Mi madre vuelve a la mesa y nos mira encantada. Si no la conociera tan bien como la conozco, me sorprendería lo que va a decir a continuación. Pero claro, a mí ya no me sorprende nada.

—Bueno chicos, y... ¿qué? ¿Hay planes de hacerme abuela pronto? —pregunta echándose el pelo rubio hacia atrás de manera coqueta.

Sofi casi escupe el café por la sorpresa, pero por suerte no lo hace y simplemente estallamos en risas los tres.

—Mamá... —le digo en tono recriminatorio—, no empieces.

—Vale, vale. —Levanta las manos en signo de paz—, yo solo quiero saberlo para ir preparando cositas. Pero nada, vosotros a vuestro ritmo, ¿eh? No os quiero presionar.

—¡No, qué va! —le digo yo divertido.

—Bueno, me ha encantado pasar este rato con vosotros y sobretodo lo que más me ha gustado es que tenéis unas caritas de felicidad que no tienen nada que ver con las que teníais el lunes. —Sonríe complacida mientras se pone de pie dando por finalizado nuestro desayuno.

Sofi se levanta y va a abrazarla.

—Oh, Bárbara, ¡a mí también me ha encantado volver a verte!

Mi madre ha de estar enamorada de Sofía en este punto.

—¡Eres tan dulce! —exclama mientras le devuelve el abrazo—. ¡Me encanta que os hayáis encontrado! Por fin —dice ella tan normal como si hablara de algo lógico y con sentido, nada místico ni esotérico.

Pobre Sofi, si no se asusta de esto, tenemos mucho ganado.

—Os dejo, tengo taller de empoderamiento femenino y un grupo de mujeres maravillosas me espera —anuncia orgullosa.

—Genial, madre, ¡empodéralas a todas como tú sabes! —le digo medio metiéndome con ella en broma mientras le doy un abrazo fuerte y un beso sonoro en la mejilla.

—¿Cuándo os vais para Barcelona? —pregunta antes de irse.

—El domingo ya nos volvemos —responde Sofi.

—Oh, bueno, entonces nos veremos allí la próxima vez. —Sonríe a Sofi—. Hijo, llámame y organizamos algo en casa, ¿vale?

—Hecho.

Sale contenta colocándose las gafas de sol y nosotros volvemos a sentarnos.

—¡Qué fuerte! Es tu madre —exclama Sofi aún en *shock*.

—Sí.

—El otro día cuando la conocí me pareció una mujer excepcional, muy especial, pero es que ahora que sé que es tu madre, ¡todavía me gusta más! —Sonríe encantada.

No sabe el efecto que produce en mí con esas palabras. Luego dice que soy intenso. ¡Es culpa suya!

Acaricio su rostro con ternura mientras admiro la belleza que irradian sus ojos.

—¿Y tenías dudas si le caerías bien? La tienes enamorada... como al hijo.

Sofi sonríe encantada y noto un leve rubor en sus mejillas.

—Al final no me has presentado, ¡te he presentado yo a ti! —exclama entre risas al recordar ese momento.

—Es cierto, nena. —Río también yo.

—Me gustaría saber cómo me habrías presentado —pide mordiéndose un poco el labio inferior y no puedo evitar besárselo y succionarlo un poco.

—Quizá te parezca muy intenso si te lo digo —la pico un poco y ella ríe.

—Vaaaa, dímelo, no te llamaré intenso, ¡te lo prometo! —suplica poniendo las manos juntas delante.

—Está bien. —Me enderezo un poco en la silla antes de continuar y me aclaro la voz—. Le habría dicho «Mamá, te presento a Sofía. Es la mujer que he deseado encontrar toda la vida».

No quiero sonar demasiado intenso ni empalagoso, pero es lo que le habría dicho a mi madre. Tal cual. Sofi me mira algo inexpresiva. Parece sorprendida, pero no estoy seguro de si es eso. De pronto se abalanza sobre mí y me abraza estrechamente.

—Oh, David —exclama como emocionada.

—¿Qué? Es lo que le habría dicho, de verdad —reafirmo.

—Sí, te creo. —Sigue abrazada a mí.

Cuando se separa un poco veo que tiene los ojos brillosos.

—¿Qué ocurre, nena? —pregunto preocupado.

—Que yo también he deseado encontrarte toda la vida.

Sonrío eufórico. Lo sé. Estaba escrito que nos encontráramos. En ningún otro universo hemos podido evitarlo.

—Sé que voy a estropear este momento pero... ¿podrías darme ya el titular? —pido inquieto.

Sofi parece que se deshincha y hace una mueca de disgusto. Sí, definitivamente he estropeado el momento. Pero no puedo sentir plena felicidad cuando sé que tenemos pendiente algo que puede estropearlo.

—Sí. Lo voy a escribir en las notas del móvil y te lo enseño, ¿vale? Escribe tú en el tuyo el titular también.

—Está bien.

Desbloqueo mi móvil y pienso en cómo explicar lo de Gloria en menos de diez palabras.

«Gloria ha discutido con su marido, necesitaba un lugar en el que dormir y...».

Mierda, ya llevo catorce. He de poner menos.

«Gloria discutió con su marido. Me pidió ayuda. Está en mi casa».

Doce palabras. ¡Mierda!¿Cómo lo reduzco todavía más y que se entienda?

«Gloria discutió con su marido. Está en mi casa. Temporalmente».

Diez, justo. Perfecto.

Veo que Sofi escribe y borra muy concentrada en su móvil y me pregunto qué habrá pasado con Lucas para que sea así de grave. Es que no me lo imagino. ¿Se le habrá insinuado o algo? Quizá le ha metido mano en algún momento sin que yo me haya enterado. Vamos a tener que poner varias normas dependiendo de lo que haya pasado. Igual que puso él con Fani y con nuestra amistad.

—Ya lo tengo —anuncia Sofi y me tiende su móvil muy seria. Yo le doy el mío y rápidamente leo lo que ha escrito:

«Anoche Lucas y yo nos besamos en el pasillo».

Sin querer me llevo una mano a la boca y me la tapo. No sé si inconscientemente quiero evitar decir algo. Puede ser.

¿Qué se besaron en el pasillo?, ¿anoche? ¿Cuándo? Además, no dice «Lucas me besó». No. Dice «Lucas y yo nos besamos», o sea que fue cosa de los dos.

No sé si prefería la versión en la que tenía que matarlo, la verdad. Que ella haya sido parte implicada de besarle se me hace extraño. ¿Qué le pasa con Lucas? Si parece que no se llevan demasiado bien, juraría que ella conecta mucho más con Christian.

Bueno, en cualquier caso, suspiro algo aliviado. No es tan grave, ¿no? Aunque si para ella es grave entonces debe implicar más cosas que aquí no ha puesto. Puto titular resumido. Necesito saber todo lo demás, ¡ya!

Levanto la vista y veo a Sofi con el ceño fruncido releyendo en mi móvil una y otra vez. Intento descifrar su expresión, pero no lo consigo. Parece muy concentrada aunque es evidente que no le gusta lo que lee.

Dejo su móvil sobre la mesa y ella hace lo mismo con el mío, pero no me mira. Mira a través de la ventana hacia el exterior.

Nos quedamos unos instantes en silencio pensando en lo que acabamos de leer. Contrariados y afectados hasta que Sofi pone su mano sobre la mía.

—Dime algo, por favor.

Suena angustiada y se me parte el alma. Está sufriendo por mi reacción mucho más que por lo que ha leído, es evidente.

—Sofi, respecto a tu titular, quiero que me lo expliques todo... con detalles —intento sonar neutro pero la verdad es que mi voz sale un poco cargada de emociones negativas—. Con TODOS los detalles.

—Sí, claro. Lo haré si es lo que quieres... dentro de una hora.

—¿Otra norma de la norma? —ironizo.

—Sí.

—Está bien —acepto rendido—, pero hasta entonces, no quiero que estés preocupada por ello.

—Yo... sí —afirma inquieta—. Definitivamente sé que te ha molestado.

—¿Cómo estás tú con mi titular? —pregunto curioso, he de saber cómo le ha sentado la noticia.

—Bueno... —empieza a explicar y mueve la cabeza de un lado al otro como sopesando lo que siente— en realidad esperaba algo peor. Quiero saber más también, pero si es solo que la estás ayudando como amigo... es algo que haría yo por un amigo también.

Ufff. Menos mal.

—Sí. Luego te cuento más si quieres.

—Y con lo mío..., ¿sigues pensando en lo que has dicho antes o has cambiado de parecer? —Sus ojos vuelven a brillar demasiado, como si fuera a llorar en cualquier momento.

¡No, joder! Es imposible que deje de pensar en que es la mujer de mi vida. No importa lo que haga, diga o bese. No podrá cambiarlo.

—Por supuesto que sigo pensando lo que he dicho. —Cojo sus manos entre las mías y me acerco más a ella—. No voy a cambiar de idea por un beso.

Suspira aliviada y vuelve a abrazarme.

—Lo siento.

—No tienes que sentir nada. En una hora lo hablamos. Vamos a disfrutar del día mientras tanto, ¿vale?

—Vale —susurra insegura.

Pago el desayuno y, como aún tenemos algo de tiempo, se me ocurre llevarla a ver a unos amigos que hoy justamente hacen una barbacoa en el campo y que tengo ganas de que los conozca.

GESTIONAR LOS CELOS NO SUENA A TAREA SENCILLA, LA VERDAD

Me he sentido muy a gusto al desayunar con Bárbara. Saber que es la madre de David hace que, increíblemente, David todavía me guste más. Es como entender mucho más de él y, a la vez, conocerle mejor. Ahora entiendo muchas cosas. Cuando habla de universos paralelos, del destino, de amor libre... Teniendo una madre tan especial y mística como Bárbara, no podía ser de otra manera.

Y la relación que tienen quizá no sea la mejor, pero yo los he visto muy unidos y, si hay algo sexy en un hombre, es verlo tratar a su madre como a una reina. Al menos para mí.

El respeto, admiración y cariño con el que le habla me ha hecho quererle todavía un poquito más. Ella también ha sido muy cariñosa y dulce con él y conmigo. Me ha hecho sentir muy bien, como si nos conociéramos de más tiempo. Nunca había tenido «una suegra» tan guay y especial. Parece que hemos empezado con buen pie. El primer día que nos vimos confesé que quería a su hijo con todo mi corazón. ¡Vaya presentación hice! Pero debió gustarle porque me ha hablado incluso de darle nietos. ¡Puntazo para mí! Que me he ganado a la suegra sin saberlo.

Por otra parte, «lo de Lucas» aún me tiene muy preocupada... David ha reaccionado muy bien. Bueno, relativamente bien, pero me ha pedido los detalles. Concretamente, TODOS los detalles, y me temo que esa parte no le va a gustar ni un pelo. ¿Y qué detalles le voy a dar? ¿Le digo que fue un beso ardiente y lleno de deseo? No puedo confesar eso. Dios mío, es terrible. Bueno, tengo una hora de margen para pensarlo bien.

Por su parte, tener a Gloria en su casa, temporalmente, es desagradable. Esa chica no me gusta un pelo y eso que ni la he visto aún. Pero tengo ese sentimiento. Saber que está en su casa es, como mínimo, incomodo y desalentador. Me la imagino durmiendo en su cama y usando su ducha y se me revuelve un poco el estómago.

Pero podría ser peor. Pensaba que estaba en la isla o que había estado con ella... no sé, me he imaginado cosas horribles antes de saber de lo que se trataba. La norma de las palabras va bien por esto, al tener la palabra clave, la cabeza siempre tiende a pensar en lo peor, después nunca es tan grave.

Las peores cosas son las que imagina nuestra cabecita.

Estoy conduciendo el Jeep por primera vez, le he dicho que quería probarlo y David encantado. Va en el asiento del copiloto con la ventana baja y observando el paisaje. Está relajado (o eso parece) y entusiasmado con presentarme a unos amigos que dice que me ayudarán a entender más cosas sobre el estilo de vida fuera de la monogamia. Yo encantada, oye. Todo lo que sea saber un poco más y entenderlo mejor, bienvenido sea.

Sé que a David le cuesta hablarme de estas cosas, según Christian es por miedo, pero que me quiera enseñar un poquito más de su mundo me alegra.

Estoy en plan «Samantha y... 21 días de poliamor», ¡a tope y a fondo! Que no se diga que he decidido algo sin haber sabido bien de qué se trataba primero.

Suena una canción *house* en la radio y parece que a David le gusta ya que sube el volumen y palmea sus piernas al ritmo. Es sexy el condenado hasta para respirar, ya no digo nada de moverse al ritmo de la música. Se pasa.

Yo me esfuerzo en no mirarle y seguir atenta a la carretera aunque no tengo ni idea de adónde vamos. Suerte que me va guiando.

—Ahora, en la piedra azul, gira a la derecha; ya casi hemos llegado —anuncia y yo le hago caso.

Entro por un camino de tierra que parece que no termina nunca, a los lados solo hay campo, de ese con tierra roja que tanto me gusta. Llegamos a una bifurcación en la que un cartel anuncia «Can Mora» a la izquierda y «PoliBBQ» a la derecha. Sin que me diga nada tiro hacia la derecha, era obvio.

¿Una barbacoa de poliamorosos?

Llegamos a una zona en la que solo hay coches aparcados y aparco allí mismo. Al bajar del coche, David me coge de la mano y avanzamos hacia una zona con pinos que me recuerda a un merendero, una de esas zonas en las que puedes hacer barbacoas y pícnics.

Efectivamente cuando nos adentramos en el bosque de pinos, sorteamos varias mesas de madera y nos acercamos a una zona de la que proviene un muy agradable olor a brasas.

Al llegar veo un montón de niños correteando y jugando y varias parejas cerca de la barbacoa tomando algo y charlando animadamente.

Enseguida, una de las parejas que nos ve llegar sonríe y se acerca entusiasmada hacia nosotros.

—¡David! ¡Al final has venido! —exclama él y se abrazan.

Debe tener la edad de David o un par de años más, quizá. Es pelirrojo, con el pelo algo ondulado y largo hasta la altura de la barbilla. Por lo demás parece un vikingo, pero de los guapos. La mujer que lo acompaña, debe de ser de nuestra edad también, treinta y pocos. Igual de alta que yo, muy delgada, pelo ondulado negro por los hombros, piel clara y expresión dulce. Mira a David con cariño y espera su turno para saludarle.

—Me alegra que hayas venido —le dice sonriente.

Tras abrazarla, David se gira hacia mí y me coge de la mano.

—Os presento a Sofía.

Ambos me miran con interés y se acercan a darme dos besos. Ian y Clara se llaman. Él tiene los ojos azules más claros que he visto nunca, parecen de agua. Ella los tiene azules también pero mucho más oscuros.

—¡Bienvenida, Sofía! —exclama Clara tras los saludos.

—Gracias... ¿estáis de barbacoa? —intento confirmar.

—Sí, en verano, intentamos quedar una vez a la semana para hacer barbacoa, así los niños juegan. ¡Y los mayores también! —exclama y los tres ríen.

—Ahhh, ya veo —contesto yo.

Empiezo a ver el doble sentido a todo.

—Ven, te daré algo de beber.

Clara me coge por el brazo como si fuéramos amigas y me lleva a una mesa en la que hay varias mujeres más de diferentes edades. Todas me sonríen al verme llegar y siguen a lo suyo, están jugando a un juego de cartas.

—¿Te apetece un Martini?, ¿o eres más de cerveza? —pregunta Clara abriendo una nevera portátil que tienen en el suelo.

—Mmmm, Martini está bien.

—Eres de las mías, entonces —exclama divertida y me prepara un vaso de plástico con hielo y Martini.

Veo que David está saludando a más personas a medida que avanza hacia la zona de la barbacoa donde están asando la carne.

—Ven, siéntate conmigo, Sofía —me pide Clara y nos vamos a la siguiente mesa que está vacía.

Doy un trago al Martini y noto que Clara me está observando como si me evaluara.

—¿Vives aquí en Ibiza? —me pregunta finalmente.

—No, en Barcelona. Hemos venido a pasar unos días.

—Ah. A eso vine yo también y ya llevo dos años aquí. —Ríe.

—¿Ah, sí? ¿Cómo es eso? —pregunto con interés.

—El amor... —Mira al vikingo con ojos de enamorada.

Suspiro sin darme cuenta, ¡soy una romántica! Y nada me gusta más que escuchar historias reales de amor.

—¿Hace mucho que estás con David?

Me encanta que dé por hecho que «estamos juntos».

—En realidad, no. Menos de un mes...

—Ah, ¡aún tenéis mucho por recorrer! —me asegura.

—Sí, sin duda.

¡Qué Dios te oiga, bonita!

Clara bebe de su Martini y me ofrece queso de un plato de plástico. Lo pruebo y está delicioso.

—¿Por qué «PoliBBQ»? —pregunto inquieta deseando aclararlo.

Clara ríe y se seca los labios delicadamente con una servilleta antes de contestarme.

—Es un juego de palabras, Barbacoa y Poliamorosos.

—¡Lo que pensaba! —aclaro triunfal.

—¿Sabes lo que es el poliamor? —me pregunta con cautela.

—Sí. Bueno, lo estoy descubriendo... —confieso sincera— poco a poco.

Clara asiente como si acabara de entenderlo todo.

—¿Te gustaría preguntarme algo? Soy experta en el tema —añade divertida con una gran sonrisa.

—Sí, me encantaría, pero no quiero incomodar.

—¡Para nada! Puedes preguntarme lo que quieras —me aclara y presiona mi mano por encima de la mesa—. Además, te invito a que preguntes lo más difícil, las preguntas fáciles te las puede contestar cualquiera.

¡Qué maravilla! Es una oportunidad genial y quiero aprovecharla al máximo.

De pronto me quedo en blanco. ¡Muy oportuna yo! Y ahora, ¿qué le pregunto?

—¿Cómo... funciona? —hago una mueca y añado—. ¿Es una pregunta demasiado fácil?

—¡No! Es una de las buenas —contesta satisfecha—. Pues te diré que funciona diferente para cada pareja e incluso para cada persona. ¿Quieres que te hable de cómo me funciona a mí?

—Sí.

—Ian es mi marido, el alto pelirrojo que has conocido antes —me recuerda—, y bueno, él es escocés, nos conocimos aquí en la isla un año que ambos estábamos veraneando.

—Ajá... —Quiero que me lo cuente todo, relata la historia con tanto encanto que acaba de empezar y ya me tiene enganchada.

—Yo vivía en Madrid, pero desde el primer momento ya no pudimos separarnos. Así que nos instalamos aquí, en Ibiza. Yo dejé mi trabajo y tardé algunos meses, pero al final encontré otro, tuve suerte. Él sigue trabajando en Escocia y la mitad del tiempo ha de ir allí, la otra mitad trabaja desde aquí, en casa accede de manera remota a su trabajo.

Doy otro sorbo al Martini y veo de reojo que David habla animadamente con Ian y otro chico moreno, pero de vez en cuando mira hacia donde estoy yo y me sonríe. ¿Este era su plan? Que otra persona me contara estas cosas. ¡Qué cobarde! Me río hacia mis adentros y vuelvo la atención a Clara. Luego se lo diré. Ahora quiero aprovechar al máximo lo que esta chica pueda aclararme.

—Y resumiendo mucho la historia, cuando tu marido pasa la mitad del mes fuera, hay ciertas cosas que echas en falta la mitad del tiempo.

—Claro.

—Así descubrí yo el hecho de que en el corazón quepa más de una persona a la vez. —Sonríe con cara de enamorada—. Ian siempre fue muy avanzado en estos temas y de mentalidad muy amplia. Nada que ver conmigo, yo era totalmente tradicional, ¿sabes?

—Como yo entonces —confieso con complicidad y Clara asiente.

Observo que tiene la piel clara y llena de pequitas. Sus labios son finos pero bien marcados y su pelo brilla muchísimo con los rayitos de sol que se cuelan entre los pinos que nos rodean y dan sombra.

—Las primeras Navidades que pasé aquí, conocí a Víctor. —Señala discretamente con un dedo hacia el moreno con el que habla David—, y bueno, poco a poco fuimos abriendo la relación y buscando el equilibrio que necesitábamos.

—Uau... —exclamo asombrada—. ¿Entonces, quieres decir que Víctor equilibra vuestra relación?

—Sí, exactamente —me confirma—. Víctor es la pieza que faltaba entre Ian y yo para que la relación fuera perfecta. Las semanas que Ian está fuera, Víctor pasa mucho tiempo conmigo, hablamos, salimos, vamos al cine, a la playa, hacemos la compra, preparamos la cena, incluso se queda a dormir conmigo muchas veces. Y cuando Ian vuelve, simplemente reducimos un poco la intensidad de vernos.

—¿Y Víctor tiene pareja? —pregunto alucinando con lo que me cuenta.

—Ahora mismo no, pero las ha tenido, sí.

—¿Y lo has llevado bien? —Se me queda mirando confusa y aclaro—, que Víctor haya tenido novias quiero decir.

—La verdad... —piensa antes de contestar—, ¡lo he llevado fatal! Me he vuelto medio loca con todo esto. —Ríe a carcajadas y se me contagia—. ¡En realidad he pasado mucho drama!, y creo que las temporadas en las que Víctor está con alguien, son las que lo paso peor; son durísimas. Creo que ahora lleva tiempo sin conocer a nadie por miedo a mis reacciones. —Ríe culpable.

—¡Vaya! —Río yo también. ¡Qué curioso!—. ¿Ian, a su vez, tiene a alguien más también? —pregunto dubitativa, no quisiera incomodarla con algo muy comprometido.

—Pregunta sin miedo, Sofía. —Me ha pillado—. Y sí, Ian es más de flirtear, no tiene una segunda relación «estable». —Encomilla con sus manos en el aire—. Pero cuando pasa muchos días en Escocia, sé que a veces picotea de lo que le interesa.

—¿Y lo lleváis bien?

—¡Sí! Somos muy felices —exclama con una alegría totalmente genuina—. Fíjate que no me había dado cuenta hasta ahora, que te lo estoy contando —confiesa pensativa—, que llevo mucho peor las «novias» de Víctor, que el hecho de que MI marido pueda acostarse con otra... ¿no es una locura? —pregunta divertida.

—Sí —asiento pensando en que sin duda, ¡es una locura absoluta!—. ¿No tenéis celos?

—Por supuesto que sí, hemos pasado crisis de celos tremendas. ¿Crees que por ser poliamoroso no tienes nunca celos? Los celos forman parte de nuestro día a día —añade con total seguridad—, pero aprendemos a gestionarlos. Vale muchísimo la pena.

—Claro... —añado torpemente.

Gestionar los celos no suena a tarea sencilla, la verdad. Intento pensar en cómo me sentiría si supiera que David está con... ¡con Gloria por ejemplo! Y me entran unos ardores y una rabia que difícilmente podría superar gestionando. Creo que lo superaría más bien... ¡asesinando!

—¿Qué piensas? —me pregunta al verme distraída en mis pensamientos.

—En si yo sería capaz de gestionar bien mis celos.

—¿Eres muy celosa? —Junta los labios y se concentra en mirarme como si midiera mentalmente lo celosa que soy.

—No sé, creo que no. No demasiado al menos.

—Seguro que serías capaz, si yo lo he sido, todo el mundo puede. Yo era extremadamente celosa. Pero te diré más, Sofía, estás centrándote en la peor parte. Piensa en la buena.

¿En poder estar con otro? No sé, nunca he tenido esa necesidad. Si estás enamorada y te sientes plena, ¿para qué ibas a querer estar con otro? En su caso la entiendo, si pasa tanto tiempo sola, pero no es el mío.

—No sé, yo creo que si mi pareja me da todo cuanto deseo, no necesito a nadie más —sueno insegura. ¡Demonios! ¿Me están empezando a convencer los poliamorosos?

—Por supuesto, si te sientes totalmente plena, sería tontería arriesgar —confirma, pero su mirada guarda cantidad de cosas que no dice y finalmente añade—: esto es para inconformistas, para los que queremos más, para enamoradizos, para personas que les gusta experimentar y probar cosas nuevas... Para amantes del amor.

Yo no soy inconformista, ni quiero más. Enamoradiza... no sé, creo que no, pero podría ser... Experimentar y probar cosas nuevas, por otro lado, he descubierto recientemente que me apasiona. Y soy amante del Amor, eso seguro. ¿Quizá soy el prototipo del poliamor y no lo sabía? ¿Y David? David es amante del Amor, eso seguro. Y enamoradizo también, experimentar y probar cosas nuevas: sin duda.

¿Inconformista? No sé... No me gusta pensar que es inconformista, me entristece muchísimo creer que jamás tendrá suficiente «solo conmigo».

—En cualquier caso, ¿te puedo dar un consejo? —me pregunta con una sonrisa dulce.

—Sí, ¡claro!

—Disfruta del camino, descubre tú misma lo que significa para vosotros, esto lo diseña cada uno a su manera... No hay una forma establecida.

—Ya...

—Suena tópico, ¿verdad? —Ríe divertida—. ¿Es lo que te dice todo el mundo? —Yo asiento con la cabeza como respuesta—. Pero es que: es así.

David, Ian y Víctor se acercan a nosotras y dejamos la conversación en el aire.

—¿De qué habláis tanto, chicas? —pregunta Ian y besa a su mujer.

—Cosas nuestras —contesta ella mirándome con complicidad.

¡Ya me cae bien esta chica! Qué mona ha sido de contarme tanto y responder a mis preguntas.

—Por cierto, yo soy Víctor —dice el moreno y me da dos besos—, encantado.

—Lo mismo digo —respondo yo.

Me recuerda un poco a Lucas. Pelo castaño largo por arriba y con diferentes remolinos que hacen que parezca un caos muy hípster. Barba, ojos miel, buena complexión, en definitiva: un chico bastante normal pero con un gran atractivo difícil de explicar.

—¿Os vais a quedar a comer? Lo digo para preparar más carne —pregunta Ian y nos mira a David y a mí.

—No, no podemos, hemos quedado ya —le responde David—, pero muchas gracias por la invitación.

—¡Faltaría más!

Ian se va hacia la barbacoa y David se sienta junto a Clara.

—¿Cómo va todo, pecas? —le pregunta con mucha confianza.

—Muy bien, rubio. ¿Y tú? Te veo muy bien acompañado —insinúa y me guiña un ojo.

Se refiere a mí y me reitero en que me cae bien esta chica. Víctor se sienta a mi lado con su cerveza; me sonríe, pero no dice nada.

—Mucho —responde David sonriente y me mira.

—¿Y Christian? ¿Por qué no ha venido? —le pregunta ella.

Así que conoce a Christian también, claro. David le contesta y siguen hablando, pero algo capta mi atención.

—¿De Barcelona? —me pregunta Víctor y le miro.

—Sí.

—Yo también soy de allí, pero llevo varios años viviendo aquí.

—Qué suerte, me encantaría vivir en esta isla —confieso enamorada de Ibiza.

—Es muy divertido. —Sonríe.

Se hace el silencio y vuelvo a escuchar lo que hablan Clara y David. Él le está contando cómo van las empresas y ella le habla de su trabajo, al parecer trabaja de recepcionista en un club de pádel.

—¿Vais a ir esta noche a la fiesta? —me pregunta Víctor y vuelvo a mirarle.

—¿A qué fiesta?

—A la fiesta blanca. Es en una casa privada, se hace una vez al mes —me explica.

Levanto las cejas asombrada. No sabía nada.

—Si os apetece venir, estáis más que invitados —añade—. La única norma es traer ropa blanca, bikini y una botella.

—¿Una botella?

—Sí, de alcohol —me aclara—. Vino, ron, whisky, lo que queráis beber. Los refrescos y todo lo demás lo ponen los anfitriones.

—Ahh.

Víctor sonríe y vuelvo la mirada a David. Este chico tiene un atractivo muy interesante. Y saber que es el novio a medias de Clara, es como mínimo, curioso. A la vez se le ve tímido, parece que le cuesta un mundo sacarme conversación y claro, yo tampoco se lo estoy poniendo fácil.

—¡Me muero por ver a Lucas! —exclama Clara—. ¡Tenéis que venir a la fiesta de esta noche!

—Bueno, lo comentaré con el resto y te llamo para decirte algo —responde David.

—¡Sería genial!

Miro el reloj y veo que deberíamos irnos a casa, tengo que cambiarme y ponerme el bikini si queremos ir a la playa a comer con los demás.

David me ve mirar la hora y reacciona como si me hubiese leído la mente.

—Bueno, chicos, ¡ha sido genial veros un rato! —dice poniéndose de pie.

—¿Os vais ya? —pregunta con decepción Clara.

—Sí, hemos quedado —le responde él y se dan un abrazo de despedida.

Víctor se acerca a mí y me da dos besos.

—A ver si os animáis y os vemos esta noche.

—Sí, a ver —respondo yo y le sonrío también.

Mucho interés tiene el chico este en que vaya a la fiesta poliblanca o lo que sea.

Tras despedirme de Clara y de Ian, nos vamos al coche y tomamos dirección a la casa. Conduce David que no ha bebido nada, yo solo he dado dos sorbitos al Martini, pero me parece lo más sensato.

Cuando paramos en la casa no hay nadie y nos damos mucha prisa en cambiarnos y salir de nuevo al coche, esta vez con bañador, bikini y ropa de playa.

Llegamos al restaurante cinco minutos más tarde de lo acordado y nos encontramos a todos ya en la mesa abucheándonos como recibimiento. Vaya.

Nos sentamos uno frente al otro en el extremo de la mesa. A mi lado Mónica, junto a ella Fani y delante Lucas, Christian y David.

No hemos dado besos ni hemos saludado a nadie y, sinceramente, menos mal. Solo con ver a Lucas ya se me ha removido todo. ¡En qué momento me dejé besar anoche!

Ufff... pero vaya beso. No puedo negar que fue ardiente.

—Hombre, anoche no quisisteis venir a jugar —se queja Fani—, y esta mañana habéis desaparecido.

—Sí, ¡parece que hayáis venido de luna de miel! —se queja Christian en broma.

Pues esa era la idea en realidad.

Mónica se inclina hacia mí, me pone la mano en la pierna y me besa en la mejilla muy sonoramente.

—Ni caso corazón —me defiende ella. ¿He dicho ya que la amo?

—¿Lo pasasteis bien anoche? —le pregunto curiosa.

—¡Oh, sí! Fue una noche muy divertida —afirma ella dando énfasis en la palabra «divertida». Me lo puedo imaginar.

—Una noche muy... ibicenca, diría yo —añade Fani sonriendo.

—Una noche de «felices los cuatro» —sentencia Christian y todos reímos.

—Sí, fue una noche muy interesante —añade, mirándome fijamente y con mucho misterio, Lucas, el cual aún no había abierto la
boca y, de pronto, capta la atención de todos.

Maldito bastardo. Me acaba de lanzar una daga directa al cuello.

—¿Ah, sí? ¿Qué tuvo de interesante? Si se puede saber —
responde David mirando directamente a Lucas.

Vale.

La tensión se palpa en el aire.

Se me ha secado la boca y el único líquido al que tengo acceso, así
a bote pronto, es un vino blanco fresquito que hay sobre la mesa. Me
lleno la copa y me la bebo como si fuera agua. Mientras, Lucas no me
quita la vista de encima y sabe que tiene mi vida en sus manos.

La comida promete. ¡En vaya lío me he metido yo solita! La madre
que me...

VAMOS A TENER QUE SENTARNOS A REPASAR LAS NORMAS

David

Quiero cortar cuanto antes el jueguecito al que quiere jugar Lucas, pero no sé cómo. No tener toda la información me deja, sin lugar a dudas, en desventaja para esta partida.

No puedo reconducir esta situación ni quitarle todo el poder que cree tener sobre esto, si no sé exactamente qué pasó entre ellos.

Un beso, sí.

Parece algo simple e inocente de entrada. Pero viniendo de Lucas, para nada fue simple ni mucho menos inocente. Eso lo tengo bastante claro y no necesito que nadie me lo confirme.

Sofi está pasando del rosa a un rojo fuego en sus mejillas y juega nerviosa con los cubiertos. Es evidente que la incomoda y mucho todo esto.

—Pues nada, fuimos a la playa a darnos un bañito nocturno... hasta ahí puedo leer —explica Christian.

—Sí, un baño bajo las estrellas —añade Mónica romántica.

—Y descubrimos que en el agua hay ciertas cosas que flotan... —añade muy asombrada Fani. ¡A saber a qué se refiere! Prefiero no saberlo.

Todos se ríen.

—La pasión y el desenfreno fueron los protagonistas de la noche —suelta Lucas.

Sé perfectamente que está hablando de lo que pasó con Sofi y no del baño en la playa por la noche. ¿Pero en qué momento ocurrió? Tiene que haber sido de madrugada porque esta mañana nos hemos despertado a la vez.

Sofi se levanta de pronto de su silla, parece molesta pero disimula y dice que tiene que ir al baño.

—Tío, hemos pedido un par de ensaladas y una fideuá, ¿te parece bien? ¿Quieres pedir algo más? —me pregunta Christian acercándome una carta.

—No, ya está bien. Lo que sí voy a pedir es un poco de agua o Coca-Cola —digo buscando al camarero con la mirada y lo llamo en cuanto me ve.

Mientras se me acerca y pido la bebida, veo como Lucas va hacia el baño totalmente decidido tras Sofi.

Suspiro sonoramente decidiendo si voy detrás de él y lo acorralo en el lavabo hasta que cante. O si voy detrás de él e impido que hable a solas con Sofi. O si me respiro varias veces y me quedo aquí, confiando en que Sofía sabe lo que hace y yo ya tengo bastante con gestionar esta mierda que tengo en el estómago sin tomar acción de ningún tipo contra nadie.

Decido respirar. Así que respiro. Miro hacia la playa. Ver el mar me recuerda que estamos de vacaciones, que estoy con mis amigos, con una chica alucinante y... ¡por el amor de Dios!, ¡que soy poliamoroso! Un beso no puede desestabilizarme de esta manera.

Christian observa todos los movimientos y me mira inquieto.

—¿Qué? —me pregunta acercándose a mí mientras Mónica habla con Fani de algo.

—Nada, ahora no puedo —le digo y continúo con eso de respirar y quitar de mi mente pensamientos que tengan relación entre el cuchillo de la mesa y el cuello de uno de mis mejores amigos.

—¿Es Lucas? ¿Qué ha hecho? —me pregunta Christian muy acertado.

—La pregunta ya no es «qué ha hecho» —le respondo con rabia contenida buscando sus ojos—, sino, ¿qué crees que hace ahora mismo?

No hace falta que diga nada más. Christian se levanta y va al baño tras ellos. Pffff. Mejor que vaya él y no yo, eso seguro.

—Pero bueno, ¿qué es lo que regalan allí? —pregunta Fani mirando en dirección a los lavabos.

—Vamos a tener que sentarnos a repasar las normas —le digo directo y sabiendo a conciencia que va a entenderme a la perfección.

—¿Y eso?, ¿se puede saber a qué viene? —me responde inquieta y sin un ápice de diversión.

Mónica nos mira a uno y a otro sin decir nada con mucha discreción e intentando entender algo. De pronto hemos pasado de las risas a una seriedad notable.

—A que las normas tienen que ir igual hacia las dos partes, ¿no te parece?

—Claro... siempre ha sido así, ¿no? —responde ella y parece preocupada.

—No siempre. De hecho, es bastante reciente el que existan dos partes y no solo una.

Fani no dice nada más. Asiente nerviosa y vuelve a mirar hacia el lavabo. Me ha entendido perfectamente.

Cuando Lucas y ella decidieron ir en serio, las primeras veces que quedamos solos, Lucas puso el grito en el cielo y rápidamente nos sentó para establecer una serie de normas. Me pareció bastante lógico y correcto teniendo en cuenta que ellos formaron una relación principal y su intención era muy estable. Ahora tendré que hacer lo mismo con Sofía. Quiero poder hablar bien con ella esto y que pongamos unas bases y unos límites los dos. Estoy seguro de que ella también querrá aportar a la lista, y con todo el derecho.

No hay nada que quiera prohibirle ni negarle. Por supuesto que es libre de besar y de hacer lo que quiera con quien quiera, ¡faltaría más! Es solo el poder tener claro lo que nos parece bien y lo que nos molesta más. Me fastidia mucho que sea con Lucas porque es un caprichoso. Ahora se ha fijado en ella. Aparte de por los motivos obvios, Sofi es un caramelito en todos los sentidos, pero en gran parte se está fijando en ella porque sabe cuánto me importa y eso le da un interés añadido.

Estoy seguro de que si Sofi no significara nada para mí, a Lucas le gustaría igual claro, pero no tanto como parece que le gusta ahora.

Sofi es la primera en volver del baño. Parece calmada y sonríe así que el nudo de mi estómago se deshace casi un noventa por ciento solo por eso.

Se sienta delante de mí y le tiendo la mano por encima de la mesa. Me la da y la cojo con cariño. Quiero recordarle que estoy aquí para ella y que no estoy enfadado. Me sonríe muy dulce y sé que podría derretirme.

—¿Todo bien, nena?

Ella asiente con la cabeza tranquilizándome ya del todo.

Los siguientes son Lucas y Christian, vuelven menos sonrientes pero, también, parece que en calma. Menos mal que Christian es el mejor mediador de conflictos del mundo. No sé qué haría sin él, sinceramente.

La charla amena y divertida vuelve a dominar sobre la mesa. En un momento dado, Christian me mira y me guiña un ojo. Es suficiente para que sepa que está todo *OK*.

Mientras comemos, les comento lo de la fiesta a la que nos ha invitado Clara e Ian y todos parecen entusiasmados. Después de comer, dudamos entre quedarnos en la misma playa del restaurante o irnos a otra, pero Fani y Mon insisten en ir a otra para aprovechar a ver el máximo de playas en los poquitos días que nos quedan así que ponemos rumbo a Las Salinas, una de las playas más divertidas para mi gusto. Está llena de chiringuitos que ponen música hacia la playa, suele haber famoseo, vendedores ambulantes, promotores de las discotecas, entre otros. Y la playa es bonita, no es de las que más, pero a mí me gusta.

Mónica debe intuir que algo ha pasado porque se viene con nosotros en el coche en el trayecto a la playa y se pasa todo el tiempo intentando averiguar de qué se trata. Sofi le explica el desayuno con mi madre, el encuentro con Clara, Ian y Víctor. Mónica parece satisfecha con esa información, aunque estoy casi seguro de que se huele que hay algo más que Sofi no le cuenta, pero es muy discreta como para preguntar más abiertamente.

Por mi parte, intento que nos cuente más sobre lo que hicieron anoche, pero ella se sonroja y se muere de la risa. Es curiosa Mon, parece una chica muy lanzada y extrovertida pero a medida que la voy conociendo veo que en realidad es bastante recatada e incluso algo tímida. Ambas deben de flipar un poco con nosotros, con nuestras costumbres, juegos, negocios...

Sin embargo, han encajado bastante bien todo.

Mónica me pide que suba la música de la radio, suena una canción que le gusta y se pone a bailar sola en el asiento de atrás. Sofi la sigue y acabamos los tres haciendo el tonto y dándolo todo. Mónica nos graba con el móvil, no sé si para Instagram o para un vídeo que dice que hará de resumen de las vacaciones para su blog. El buen ambiente que se crea y lo que nos reímos, hace que se me olvide por completo durante un rato que aún tenemos una conversación pendiente. Cada minuto que pasa, me importa menos que el anterior lo que haya ocurrido en ese beso.

Al llegar a la playa, buscamos un hueco lo bastante grande y estiramos los pareos todos juntos en la arena creando como una alfombra gigante en la que cabemos todos juntos.

Tras ponernos crema protectora solar, nos tumbamos; a los pocos minutos creo que soy el único que no se ha dormido.

Me levanto sin hacer ruido y me voy al agua. Camino mar adentro hasta llegar adonde el agua cubre, está templada pero es muy agradable. La playa está llena de gente y la orilla también, pero en esta zona más profunda casi no hay nadie.

Veo a Sofi levantarse del pareo y buscarme con la mirada, le hago señas con los brazos y viene hacia mí. Parece que se ralentiza el tiempo en el trayecto en el que avanza hasta llegar a mi lado. Solo lleva la parte de abajo del bikini, es lila y es de lo más sexy. Sus pechos van protagonizando un ligero rebote que me cuesta dejar de mirar. Tiene un tipo de escándalo. Me encanta todo de ella. No es solo que esté buena, es la actitud, el carisma, la energía sensual que desprende. Es algo muy potente y está claro que no solo lo noto yo. Los últimos acontecimientos me lo confirman.

En cuanto llega, sin decirnos nada, la estrecho entre mis brazos, ella me abraza por el cuello y rodea mi cintura con sus piernas. La beso como si hiciera años que estuviera deseando ese momento. Es un beso salado pero de lo más dulce. Sus labios son tan suaves y tersos; nuestras lenguas enseguida se buscan y juguetean en círculos. Mis manos sin querer, bajan hasta su culo y no puedo evitar amasarlo y sentir lo turgente que es.

—Te echaba de menos —susurro contra sus labios en cuanto paramos para respirar.

Sofi sonríe.

—Ya veo.

—¿Podemos hablar ya de lo de antes? —pregunto inquieto rompiendo el momento romántico y sensual, otra vez.

No quiero, ¡joder!, pero es que no podemos dejar de hablar las cosas, casi me cuesta perderla una vez y puedo jurar que no me volverá a pasar nunca más.

—Sí, claro —responde. Baja las piernas para separarse, pero no se lo permito.

—¿Adónde vas? —Sonrío divertido.

—Vale, vale, no me separo —responde y se ríe encantada.

Acaricio su espalda, me mantengo en silencio y sonrío. No quiero que sea una conversación tensa e incómoda. Quiero que se dé cuenta de que puede contarme cualquier cosa y ser totalmente sincera conmigo. No hay ningún recoveco oscuro de su mente que no me vaya a gustar, no hay absolutamente nada que pueda alejarme.

—Empezaré yo, ¿vale? —propone y noto el nerviosismo en su voz.

—Sofi —susurro con cariño—, puedes contarme lo que sea, no me voy a enfadar.

—No lo tengo claro —dice haciendo una mueca de duda.

—Te lo aseguro. Puede que no me guste, puede que tenga que gestionar mis celos, puede que incluso alguna vez algo pueda dolerme, pero te aseguro que jamás me enfadaré porque seas sincera. Es todo cuanto te pido, que siempre me digas las cosas.

—Me tranquiliza saberlo, pero odiaría hacerte daño o molestarte —sigue sonando muy insegura y no sé qué más decirle para que no lo esté.

Decido quedarme en silencio y dejar que me lo cuente; lo que debo hacer es demostrárselo con hechos y no con palabras. Reaccionar bien a todo esto y superar juntos esta situación.

—Bueno... —comienza y baja la mirada al agua— en mitad de la noche, no sé ni qué hora era, me desperté y fui al lavabo. —Continúa sin mirarme y yo, sin decir nada, sigo acariciando su espalda intentando transmitirle apoyo y amor—. Al salir me encontré con Lucas, me asusté porque no esperaba encontrarme con nadie.

Asiento sin romper mi silencio.

—Y bueno, me besó. Es cierto, ¡empezó él! —aclara casi para sí misma—, pero yo respondí... no sé ni por qué... es que no lo sé...

—Tranquila, no pasa nada.

—¿Cómo que no pasa nada? —Me mira de pronto como si estuviera loco.

—¿Qué quieres que pase?

Me entran ganas de reírme, no de ella, sino de que esté tan inquieta y yo tan tranquilo. He pasado momentos a lo largo del día bastante perturbadores e incluso con ganas de matar a Lucas... pero ¿la verdad? No ha hecho nada por lo que me deba enfadar.

Sus besos no son míos. Espero que la mayor parte sí lo sean, pero no el total. Ella no es mía tampoco. Tengo suerte de todos los momentos en los que decide estar conmigo. De la misma forma, yo también estoy a su lado en todos los momentos que lo deseo, sin ser suyo ni de nadie. Cada persona es de sí misma.

—Te estoy diciendo que besé a uno de tus mejores amigos mientras dormías. ¿No es algo imperdonable?, ¿terrible?, ¿asqueroso?, ¿indecente? —dice alzando la voz cada vez más y bastante alterada.

—Sofi. Shhh... —intento tranquilizarla antes de que saque un látigo y se fustigue o algo—. Escucha, es solo un beso.

—¿Solo un beso? —pregunta sorprendida—. Fue un beso grande, David. No un piquito ni algo fugaz.

Medito unos segundos lo que me dice. «Un beso grande». Suspiro sacando de mí una pequeña molestia que se había creado con esa imagen.

—Sigue siendo un beso. Sofi, puedes besar a quien tú quieras, no eres mía. No eres de mi propiedad ni voy a prohibirte absolutamente nada.

—Pero...

—No hay peros —la interrumpo suavemente—, ¿recuerdas el día que fuimos a comer juntos por primera vez? —Ella asiente como respuesta—. Te dije que te dejaras llevar, que me dejaras enseñarte una forma diferente de conocernos.

—Sí, pero...

—No —vuelvo a pararla y niego con la cabeza—, no hay peros. No hay condiciones ni límites más que los que queramos marcar nosotros mismos.

Baja la vista al agua y levanto suavemente su barbilla para que me mire.

—Los marcamos tú y yo —le explico suavemente.

Asiente algo nerviosa.

—¿Entonces...?, ¿no te molesta? ¿No es terrible lo que he hecho?

—No me molesta. Tampoco te diré que me encante o me entusiasme —le aclaro— porque no quiero mentirte, la simple imagen de «un beso grande» hace que algo se contraiga en mi estómago, como cuando te sienta mal algo que has comido, pero no hay nada de terrible en esto.

Me mira como si estuviera viendo a un marciano.

—Vaya... me esperaba otra cosa —dice como si pensara en voz alta.

—¿Que me enfadara?, ¿que discutiéramos? ¿Que te hiciera sentir mal?

—Sí, todo eso en realidad —confiesa seria y casi asustada.

—¿Cómo voy a hacerte sentir mal por algo que es normal? ¿Te crees que no sé que habrá más hombres a los que querrás besar?, ¿o que desearás para algo más?

—Bueno, yo... no sé.

—¡Claro que los habrá! —respondo por ella—. Y es perfectamente natural.

—Pero yo quiero estar contigo, no quiero que nada de eso pueda estropear esto.

—¿Por qué iba a estropear esto? Si los dos tenemos claro que lo natural está bien, no ha de estropear nada.

—«Lo natural está bien» —repite como si quisiera entenderlo.

—Sí. No quiero pedirte que reprimas tus deseos porque eso me convertiría en alguien que no soy ni quiero ser. A parte de que, para eso, podrías tener a cualquiera.

—¿Cómo? No te entiendo —me dice algo perdida.

—Quiero decir que podrías tener a cualquiera que quisiera reprimirte y tenerte como de su propiedad, en exclusiva, y sin que puedas expresar jamás ningún deseo que no sea únicamente hacia su persona. ¿No es así como funcionan la mayoría de las relaciones monógamas tradicionales?

Sofi asiente procesando.

—Yo no soy así ni quiero serlo. Yo quiero ofrecerte algo que nadie te ha ofrecido nunca. Quiero que descubras conmigo una relación que jamás has tenido antes.

Me acaricia la nuca con sus dedos y mira mis ojos como si quisiera traspasarme. ¿Qué estará pensando?

—¿Qué piensas? —pregunto con mucha curiosidad.

—Que era verdad. Eres muy... diferente a... a todo.

Me río un poco por lo que quiere decir y cómo lo dice. No lo dice como un cumplido, sino como aclarándolo.

—Te dije que lo que te proponía era diferente, no te engañaba. Y tengo celos... ¡Claro que los tengo, joder! —admito pensando en el cabrón de Lucas—. Tengo celos de que puedas desear otros besos que no sean los míos... y los tendré siempre, pero no quiero tener jamás el poder de prohibirte ni limitarte. Quiero que seas tú, Sofi, muy tú. Muy de verdad, totalmente libre, auténtica. Quiero que seas como nunca has sido y quiero que puedas serlo conmigo. Quiero ser yo quien te acompañe a ser tú de verdad, sin límites.

Se queda mirándome de nuevo como si fuera un extraterrestre, pero esta vez hay algo de ternura en su mirada. Lo siguiente son sus labios fuertemente contra los míos mientras me abraza con una fuerza enérgica contra ella, como si quisiera que nos fusionáramos en una misma persona.

Yo respondo porque deseo lo mismo. La estrecho contra mí y la beso con pasión, con todo lo que despierta en mí y con todo lo que la ansío.

Se separa unos milímetros, pero mantiene su frente apoyada en la mía.

—Quiero que seas tú. Te quiero a ti, David —me susurra y creo que me derrito.

Acaricio su pelo húmedo del mar.

—Yo también te quiero, nena... y te quiero tal como eres... con todo.

—¡Qué fuerte! —exclama sonriendo.

—¿El qué te parece fuerte? —Sonrío divertido y me separo un poco buscando su mirada.

—Que existas. Que seas así, de verdad. —Me pellizca un brazo.

—¡Auuu! —me quejo bromeando.

—¿Eres de verdad?

—Solo si te quedas conmigo —propongo y le guiño un ojo.

—¡Me quedo! —exclama casi gritando y vuelve a abrazarme fuerte.

Nos reímos y me dejo hundir en el agua llevándola conmigo. Al salir todavía reímos más. Sofi se separa de mí para echarse el pelo mojado hacia atrás y secarse el agua de la cara.

—Antes de que se me olvide todo. ¿Me aclaras lo tuyo? —me pide con cautela.

—Claro. ¿Sabes? Tengo ganas de que conozcas a Gloria.

Intenta no cambiar su expresión, pero algo cambia; noto cómo rechaza la idea con todo su ser.

—Bueno... —continúo—, Gloria es una amiga desde hace años, una amiga especial...

—Ajá —responde manteniendo su expresión más neutral. Pero sé que no le gusta nada.

—Hubo un tiempo en que la relación fue más estrecha, vivimos juntos, incluso, pero finalmente Gloria quiso algo más... —hago una pausa y busco la palabra concreta—: tradicional. Encontró a alguien con quien casarse, meterse en una hipoteca, bueno, ya sabes... «lo normal» —No me gusta usar la palabra normal, pero para que me entienda.

—Claro.

—Solo que nunca dejamos de vernos. La relación ha ido cambiando, claro. Pero siempre hemos mantenido esa amistad especial. Es alguien importante para mí —admito con delicadeza.

—Ya veo. —Sofi juega con el agua que hay entre nosotros. Abre y cierra la mano justo sobre el agua haciendo que salga propulsada por arriba.

—El otro día cuando estaba con el móvil en Pacha fue porque me escribió —explico—; estaba pasando una crisis, al parecer ha discutido con su marido. Ha sido algo gordo y me pidió quedarse en mi casa unos días hasta que lo arreglen.

—Claro —dice como si fuera algo lógico.

—Y ya está. Era eso. —Espero a que reaccione o diga algo más que monosílabos.

Tras unos segundos en los que sigue jugando con el agua, deja de hacerlo, vuelve a mirarme directamente a los ojos, cuadra un poco los hombros y lanza la pregunta que verdaderamente le incomoda:

—Cuando dices «amistad especial», ¿qué incluye exactamente?

Ahí está.

—Todo.

—¿Qué es todo? Quiero decir, sois amigos, vale. Pero ¿con derecho a roce?

—¿Quieres saber si hay sexo entre nosotros? ¿Es eso lo que me quieres preguntar? —intento concretar.

Sofi comienza a enrojecer y entiendo que no es solo que quiera preguntarme eso, sino que, además, no le va a gustar absolutamente nada la respuesta.

NO HA SIDO TAN TERRIBLE NI TRAUMÁTICO, AL CONTRARIO

Vaya. No sé si realmente quiero preguntarle eso. En realidad no sé si quiero saberlo.

Joder, pero he de estar a la altura.

No puedo pretender tener una relación con alguien que dice quererme auténtica, sin limitarme, sin prohibirme nada, queriendo que pueda expresar lo que deseo sin miedo y pretender volverme loca a la mínima que él haga lo mismo.

Vale, yo no soy poliamorosa ni polígama ni liberal. No tengo su experiencia ni su conocimiento sobre el tema. Pero sé que he de intentarlo. Él lo vale. Eso lo tengo más que claro.

Decido ser valiente y afrontarlo.

—Sí, es eso. ¿Tienes relaciones sexuales con ella? —pregunto decidida.

—Sí —responde tan tranquilo.

Como si le preguntara si quiere salir del agua o tomarse un helado. Lo mismo.

Y yo qué cara pongo. Quiero matarla. Y a él también.

¡Pero bueno! ¿Es que se acuesta con ella? ¿Y desde que me conoce también?

¿Quiero saberlo de verdad? ¿Realmente vale la pena esto? No sé si puedo gestionarlo.

Creo que no.

—Escucha, nena, no quiero que te agobies con esto. —Me coge por la cintura y me acerca a él.

247

Yo me tapo la cara con las manos y me froto los ojos suavemente. No es por nada, es que no sé qué cara poner ni cómo decir todo lo que siento ahora mismo.

—No me agobio, es que... me supera un poco... —admito sincera sin quitar las manos de mi cara.

Tengo ganas de llorar, la verdad. Una angustia empieza a instalarse en mi garganta como un nudo que no te permite tragar. Dice que me quiere, está aquí conmigo, estamos creando algo juntos... una relación. Hay amor, hay pasión, hay deseo, hay confianza y sinceridad. ¡Pero claro! También hay una maldita amiga que se llama Gloria y con la que se acuesta. Y yo no puedo ni imaginarlo.

Una imagen de David acariciando un cuerpo desnudo de una mujer que no soy yo me martiriza el cerebro y me encantaría saber cómo pararlo. Al parecer sí que puedo imaginarlo, sí.

—No quiero que te veas superada por esto —exclama realmente angustiado y se me pasa un poco todo.

Saber que se preocupa por mí afloja el nudo de mi garganta. Puedo sentir que esto realmente le agobia a él también.

—¿Ayuda un poco si te digo que desde que te conozco no he estado con ella?

Asiento sin decir nada. Temo que se me quiebre la voz. Siento las lágrimas venir con fuerza contra mis lagrimales y no quiero permitir que salga ni una. He de concentrarme en ello.

Me abraza y aprovecho para esconder mi cara en su cuello, por si se escapa alguna que no lo vea.

—No la he visto, Sofi. Solo el finde pasado en Caprice y no ocurrió nada, ya lo sabes.

Vuelvo a asentir sin decir nada.

—Desde que te conozco no he estado con nadie más que contigo, nena.

Me habla con máxima ternura y suavidad como cuando quieres consolar a una niña pequeña que está triste. Es curioso pero funciona, me tranquiliza. Me hace sentir mejor.

De todas formas no he de perder de vista el punto; no ha estado con ella ni con ninguna otra, pero lo estará.

—Dime algo —me pide con tono torturado.

—No sé. —Suspiro y me separo un poco de él, creo que tengo las lágrimas controladas—. Quiero pensar que llegado el momento estaré a la altura, ¿sabes? Pero no estoy segura de poder.

—Oh, nena, no pienses en eso ahora —me pide. Su cara es un poema, parece que le torture realmente esto.

—Sí que he de pensarlo, David. No te has acostado con ella en estas semanas, pero lo harás y yo no sé... no sé si puedo con esto.

—No tienes que decidirlo ahora mismo ni pensarlo siquiera. Hemos de ir paso a paso.

Una nueva pregunta se formula con fuerza en mi mente. Baja directa hasta mi boca y la escupo casi sin procesarla, sin saber siquiera si quiero obtener esa respuesta.

—¿La quieres?

Ya está hecho. Ya lo he dicho. David alza un poco las cejas por la sorpresa y mantiene el gesto torturado.

—¿A Gloria? ¿Te refieres a ella? ¿A si la quiero?

Asiento nerviosa.

No, no quiero saberlo, no me respondas. No estoy preparada...

—Sí, la quiero. —Oh no—. Como quiero a Fani o a Christian. Es mi amiga, Sofi.

Pero con Fani o Christian no tienes sexo, pienso.

Suerte que no lo digo porque rápidamente rectifico en mi mente, claro; en realidad sí que tiene sexo con ellos.

Y visto así... en realidad... es verdad, a Fani también la quiere y se acuesta con ella, yo misma lo he visto y he participado entre ellos.

No ha sido tan terrible ni traumático, al contrario. Soy capaz de estar con ellos de vacaciones y ni siquiera pensar en ello. ¿Por qué es tan difícil cuando se trata de Gloria? ¿Por qué cambia tanto? Si la imagino como a Fani, pierde poder. Ya no es tan grave ni insuperable.

—Sofi, por favor, no le des más vueltas a esto —me pide con ansiedad—. Has de confiar en mí.

—Y confío. En quien no confío es en mí misma —admito.

—¿Por qué?

—Por lo que te he dicho, quiero pensar que estaré a la altura pero tengo serias dudas al respecto.

—No avancemos acontecimientos, por favor —me ruega—. Estemos aquí y ahora.

Tiene razón. Si me engancho a pensamientos futuros sobre los cuales no tengo el control, me entra el pánico. Mejor ir paso a paso. Si al final he de matar a la maldita Gloria, la mataré. Pero no será hoy.

—¿Qué pasa? —saluda con discreción Christian acercándose a nosotros.

—Buenos días, bella durmiente. —David responde cambiando el tono a uno menos grave.

Yo intento sonreír y volver a este momento.

—¿Cuánto rato lleváis en el agua? —nos pregunta confuso.

David y yo nos miramos divertidos.

—Un buen rato —contesta él.

—¿Y qué hacéis?, ¿he interrumpido algo?

—No, estábamos hablando —respondo yo con una sonrisa.

—Ah, vale... ¿De qué hablabais?

Pienso en decir «de Gloria», pero prefiero no hacerlo. Así que miro a David a la espera de que diga algo él, pero él también me mira esperando a que hable yo. Acabamos riendo los dos.

—Vale, vale, no pregunto más —anuncia Christian y nos tira agua—. Tanto secretito, tanto secretito...

—Bueno, voy a salir —me avisa David y yo asiento.

Quiero salir también, estoy cansada del agua. Aunque se está de muerte. Pero no quiero dejar a Christian solo ahora que acaba de meterse al agua.

—Ahora iré yo también.

David camina hacia la orilla y no puedo apartar la vista de sus hombros, su espalda fuerte, sus glúteos, su manera de caminar, de echarse el pelo de arriba hacia un lado...

Suspiro casi sin darme cuenta. ¿Cómo puede tenerme así de trastornada este hombre? ¿Y por qué ha de ser tan complicado todo?

—Tierra llamando a Sofía —dice, cantarín, Christian.

—¿Sí? ¿Me hablabas? —pregunto distraída volviendo a la realidad.

—¡Lo vuestro es muy grave, eh! —exclama divertido.

—Si tú supieras —le doy la razón.

—Oye, ¿qué ha pasado con Lucas? —me pregunta—. Antes, cuando he ido al lavabo, no pretendía interrumpiros. Estabais hablando de algo y os habéis quedado callados.

—Ah, sí... nada, no has interrumpido nada —aclaro.

—Ah, estáis muy raros todos.

Pienso en algo para cambiar de tema, pero al momento pienso «es Christian». A él puedo decirle cualquier cosa, lo tengo claro.

—Anoche nos besamos.

—¿Quién? ¿Cómo? —pregunta aturdido por la noticia.

Me río un poco por su reacción.

—Lucas y yo.

—Ahhh —exclama aún más extrañado—. ¿Y eso?

—Me lo encontré en el pasillo en medio de la noche y... bueno, simplemente pasó.

—¿Y lo sabe él...? —me pregunta señalando hacia la orilla a David.

—Sí.

—Vale... ¿Y todo bien?

Me encanta Christian por lo discreto que es. En vez de hacerme mil preguntas, va a lo importante.

—Sí. Superado.

—Bueno, me alegro entonces.

Nos quedamos en silencio. No sé qué más decir. He tenido bastante con una conversación profunda por ahora. Necesito dejar de darle vueltas a lo de Gloria, a lo de Lucas y a todo.

—En fin, voy a ir saliendo también, empiezo a estar como una uva pasa. —Me río y le enseño mis manos con todos los dedos arrugados.

—Vale.

Empiezo a alejarme de Christian hacia la orilla y oigo que me pregunta algo.

—¿Qué? —le pregunto para que lo repita.

—Que a qué hora sueles ir al lavabo. Por eso de estar en el pasillo a la hora adecuada y tal... —dice muy en serio.

Por un momento medito si está de broma o no. No lo tengo nada claro, así que empiezo a reírme casi por nervios más que por otra cosa y él también se ríe.

Me giro sin responder nada, negando con la cabeza y pensando que están todos fatal en este grupo. Solo me falta besar a Christian también para acabar de liarlo todo.

El resto de la tarde tomamos el sol, compramos unos helados de nata y chocolate para merendar y paseo por la orilla con Fani para caminar un poco. La verdad es que no vuelvo a pensar en Gloria, ni en el futuro ni en nada que no sea disfrutar de cada minuto del presente.

La conversación en el agua con David ha sido fuerte. Pero a medida que avanza la tarde, cada vez soy más consciente de que fue para bien. Ha sido angustioso pensar en que se acuesta con Gloria. Sí, hacerle frente a eso es jodido y no estoy preparada para ello. Pero ha sido alucinante que se haya tomado tan bien lo de Lucas. Y entender a qué se refiere con que nuestra relación es... impactante. Jamás he estado con nadie como él. Aun me cuesta entender eso de que soy libre y no hay consecuencias si beso a alguien. Es como demasiado... ¿bonito? Para ser verdad. Hasta que pienso en que él también puede besar así a otras, ahí deja de ser bonito.

La libertad es maravillosa cuando la sentimos en nuestro cuerpo y en nuestro ser. Pero ¿la libertad de los demás? Eso es otro tema.

¿No podríamos tener una relación poliamorosa en la que la liberal sea yo y David simplemente me ame a mí? ¿No sería perfecto? Me río sola pensando en ello. ¡Qué pensamiento tan egoísta! Desde luego, así no voy bien. He de empezar a aceptar que igual que él ha reaccionado tan bien a que me besara con un amigo suyo, algún día yo tendré que reaccionar igual de bien a algo que no me va a gustar ni un pelo.

—Sé que anoche os besasteis —me dice Fani sacándome de mis pensamientos y volviendo al paseo que damos juntas por la orilla.

—Sí.

De pronto me siento muy culpable. Claro. Es su novio. Me había centrado en David y en mí, pero ella también es parte afectada. Ufff.

—Solo quiero que sepas que no me molesta ni me he enfadado ni nada así —exclama con tono ligero.

—¿De verdad? Yo... lo siento mucho.

—No has de sentirlo. ¿Crees que eres la primera a la que besa? Ya sabes la relación que tenemos... —Sonríe sin que lo hagan sus ojos—. Cuando acepté cómo era, lo acepté con todo.

—Ya...

—Además, yo me he tirado a tu novio muchas veces, tienes carta blanca con Lucas por mi parte —anuncia entre risas, como si nada, y yo pongo cara de alucine.

—Oh, yo... no... en realidad...

—Ya sé que no te gusta —aclara por mí—, pero si algún día quieres, puedes. Solo digo eso.

—Ya... vale —acepto tímida.

—Y si un día quieres, me avisas y repetimos lo de aquel día en casa de David... pero con Lucas, ¿sabes?

¿Me está proponiendo un trío con ella y su novio?

Asiento como respuesta. No me salen las palabras.

—Nos entendimos bastante bien tú y yo. —Me guiña un ojo y siento como el calor inunda toda mi cara. Esto sí que no me lo esperaba hoy.

* * *

Volvemos de la playa en el coche con Fani. Ha querido venir con nosotros a la vuelta y conducir ella, así que David ha pasado atrás y nosotras vamos bailando y cantando las canciones que ella ha puesto desde su móvil, casi todas de *reggaetón*.

Una vez en casa, mientras extiendo los parcos, con ayuda de Fani, en la terraza para que se sequen, viene David con una toalla colgada al hombro.

—¿Vienes a la ducha conmigo? —me pregunta muy natural tendiéndome una mano para que le dé la mía.

Yo sé que de natural no tiene nada. La ducha con David sé perfectamente lo que significa y un cosquilleo interno que recorre todo mi cuerpo me parece una muy buena señal de que he de responder afirmativamente.

Justo cuando le voy a decir que sí y mi mano está sobre la suya aparece Christian.

—¡No! ¡Nada de duchas compartidas que tenemos prisa! —exclama Christian cogiendo mi mano y separándome de David—. Hemos de cenar y prepararnos para la fiesta de esta noche. Además, hay que guardar energías, por si la fiesta se anima. —Levanta las cejas varias veces en plan sugerente.

—Va, tío, qué dices —se queja David—. Energía no nos va a faltar, te lo aseguro.

—Ya ya, ya sé que estáis en esa fase, pero en serio, ve a ducharte y date prisa, ¡venga! —insiste Christian.

David gruñe por lo bajo.

—Esta te la devuelvo, que te quede claro —le amenaza bastante serio.

Se va a la ducha y Christian sigue sujetándome para que no vaya.

Una frustración terrible se apodera de todo mi cuerpo. Mentalmente acepto la situación y reconozco que Christian tiene razón, se hará eterna la ducha como entre con David. Pero mi cuerpo no entiende de tiempos ni de compromisos, solo sabe que está encendido y quiere a David YA.

En ese momento aparece Lucas desnudo con una toalla atada a la cintura que, por suerte, tapa sus partes.

—Nena, ¿vienes? —le pregunta a Fani.

—No, tu nena no va. ¡Pero qué os pasa con la ducha! —exclama Christian entre risas.

—No rayes —se queja Lucas—. Vamos churri, ven —insiste a Fani.

—Venga, tío, que tenemos poco tiempo y solo hay dos duchas. ¡Date prisa! —le incita Christian de nuevo y finalmente Lucas se va con el ceño fruncido y un cabreo notable.

—Eres un aguafiestas —exclama frustrada Fani y se cruza de brazos contrariada.

—Pues sí, la verdad es que sí —confirmo yo y suelto su mano.

—¡No os enfadéis conmigo! Esta noche tendréis todo cuanto queréis, ¡ansiosas! —nos grita entre risas—. ¡Que sois unas ansias!

—Ni sueñes con que Mónica entre a la ducha contigo —le suelta Fani y Christian se lanza a hacerle cosquillas hasta que Fani se rinde y pide clemencia.

Yo me río y aprovecho para fugarme a mi habitación. Tenemos que ir de blanco, según tengo entendido por lo que Víctor me ha contado esta mañana. Busco en el armario y encuentro un vestido blanco ceñido que es ideal, pero tiene manchas de varios colores, claro, me lo puse la noche que lo di todo en Villas de Ibiza y no me he acordado de lavarlo.

—¡Mierda!

—¿Qué te pasa? —se asoma Mónica por la puerta curiosa.

—Que el único vestido blanco que tengo está manchado por diferentes zonas —le digo enseñándoselo—. ¿Hay lavadora en esta casa? ¿Crees que se secará a tiempo si lo lavo a mano? —pregunto entrando en pánico.

—¡No! No da tiempo, ven que te dejo cosas mías.

La sigo a su habitación y tras abrir el armario y rebuscar entre muchas prendas (¿Cómo se ha traído tanta ropa? Está loquísima), me ofrece unos *shorts* blancos y un *body* que parece más lencería interior que algo que te pongas para una fiesta.

—¿Estás loca? —le pregunto tocando el *body*. Es sexy, no, lo siguiente. Me lo pondría para esperar a David en la cama como muchísimo. ¿Pero para una fiesta? *Niet*.

Es todo blanco de algodón con un escote en uve que llega hasta el ombligo, literalmente, no exagero si digo que se me verá hasta el DNI con ese *body*.

—Es ideal, con el *short*. Además te quedará perfecto, y tienes esas cuñas blancas que quedarán combinadas totalmente —afirma convencida y no da pie a negociar.

—¿En serio? Yo no me veo con esto, ¿eh? —Vuelvo a mirar el *body* indecisa.

—Que sí, nena. Además, es una fiesta de poliamorosos y liberales, ¿no? —Asiento—. Pues ya está, probablemente haya gente en bolas. Tú irás supertapada con todo esto. ¡Venga! No se hable más.

Me empuja para que salga de la habitación y me cruzo con Christian al salir, mira la ropa que llevo en las manos y sonríe pícaro.

—No lo veo claro —murmuro entrando en mi habitación.

David aparece de la ducha y tomo la decisión de irme rápidamente antes de que se quite la toalla y no haya vuelta atrás. Como lo vea desnudo no salimos de la habitación.

—¡Voy a la ducha! —anuncio y salgo corriendo.

Tras una ducha rápida, me visto en el baño con la ropa que me ha dejado Mónica y, mientras me seco el pelo, entra ella a ducharse. Cuando yo me maquillo, se seca el pelo ella y Fani se ducha, así que con la tontería, invadimos el baño y los demás han de irse al otro.

Empieza a sonar música en el comedor y vemos que Lucas la ha puesto y está preparando la cena. ¡Qué apañado!

Mónica me da los últimos retoques de maquillaje y después maquilla a Fani. Yo salgo para ver si puedo ayudar con la cena.

—Fiu fiuuuuuuu. —Silba Lucas al verme aparecer en el comedor. Me mira de arriba abajo con descaro lascivo y deja todo cuanto estaba haciendo para centrar toda su atención en mí.

Debería incomodarme, pero la verdad es que no lo hace y si soy radicalmente sincera conmigo misma, he de reconocer que me gusta la situación. Sé que me queda bien el conjuntito y que es bastante sexy para lo que me suelo poner, tener confirmación masculina es algo que acaba de convencerme ya del todo.

—¡Madre mía! —exclama Christian al entrar de la terraza repasándome igual.

Al final mi autoestima se desborda y me pongo roja como un tomate.

—¡Va! Que es solo un escote. ¡Qué os pasa! —Quito importancia y me acerco a ver qué cocina Lucas. Está calentando una empanada gallega en el horno y prepara gazpacho con trocitos de pimiento y cebolla para decorar.

Lucas se me acerca mucho por la izquierda, me huele el cuello rozándome con su nariz la piel, lo cual me mata de cosquillas y con una mirada felina me dice:

—Esta noche vas a eclipsar incluso a las mujeres hetero.

Emmm... ¿Eso es un cumplido?

—Gracias —titubeo algo incómoda.

Entonces Christian aparece por mi derecha y apoya su mano en la zona baja de mi espalda.

—Vamos a tener que quitarte de encima a media fiesta —anuncia sin quitarme la vista del escote.

Voy a matar a Mónica, se ha pasado con el *look* este; está más que confirmado.

—No te preocupes, yo te cuidaré —anuncia Lucas y pone su mano en mi espalda, más arriba de la de Christian.

Por un momento mi mente se aturde con la proximidad y palabras de ambos y una idea prohibida, pecaminosa, inmoral y muy poco correcta me invade. En esa idea Lucas y Christian están desnudos y me atienden muy mucho, con absoluto detalle, con gran voluntad y servicio. Oh sí, es una idea terrible, pero sexy y caliente como el infierno.

—Ehhh... ¿qué pasa aquí?

La voz de David me devuelve a la tierra y la culpabilidad me recorre. ¿Cómo puedo haber pensado en algo así? Tener pensamientos eróticos con los mejores amigos de tu «novio» debe ser algo bastante bajo en la escala moral, ¿no?

Ambos se separan de mí un poco y me giro para ver a David. Está demasiado guapo para mi gusto y es algo que me sorprende, cada vez que lo veo pienso que ya he llegado a ver lo más guapo que puede llegar a estar, pero es que después aparece en una nueva ocasión causándome aún más impacto que la vez anterior y es como que nunca estaré acostumbrada al atractivo que tiene. Es demasiado.

Lleva unos *shorts* tejanos por encima de la rodilla, una camisa blanca que resalta el moreno de su piel, el pelo peinado hacia atrás y la sonrisa de los hoyuelos exigiendo toda mi atención por momentos.

—Uau... —exclama sorprendido y me mira de arriba abajo.

Yo podría decir lo mismo. Si tuviera voz y pudiera hablar y esas cosas.

Cuando su mirada ha terminado el recorrido y vuelve a mis ojos, parece que pudiéramos comernos con solo mirarnos. En tan solo un instante, avanza decidido, me coge el contorno de la cara y me aplasta contra sus labios en un beso húmedo, profundo, pasional que desde luego, no me esperaba.

Respondo encendida como una hoguera de san Juan. Por unos segundos incluso se me olvida que Christian y Lucas están presentes y observando. Solo existe el deseo de David mezclándose con el mío y arrasando con la poca cordura que me quedaba.

De pronto la idea pecaminosa de hace unos instantes aparece con fuerza en mi mente, pero esta vez David también participa y resulta que tengo a tres hombres que me atraen totalmente entregados a darme placer y satisfacer mis deseos. *Oh, my God!* Parece que el virus del poliamor y el libertinaje me ha pillado con fuerza. ¿Pero esto qué es? ¿Desde cuándo yo tengo fantasías en las que hay más de un hombre presente?

Y algo más preocupante todavía: ¿cómo paro este beso? No soy para nada capaz ni siquiera de intentarlo.

¿QUIZÁ SEA SIMPLEMENTE FALTA DE QUÍMICA?

—Propongo anular la fiesta de blanco y montar la nuestra privada aquí y ahora —anuncia Lucas sacándonos del trance sensual en el que nos encontramos—. ¿Votos a favor?

David absorbe mi labio inferior y se separa un poco sin apartar la vista de mis ojos.

—No suena mal —confiesa Christian.

David de pronto se ríe y los mira a ambos.

—Ya os gustaría —dice algo altivo.

—No voy a negarlo, es imposible —exclama Lucas con tono sincero.

Por un momento mi mente privilegiada no está conectando frases con significados. Solo puedo pensar en los labios de David sobre los míos y en por qué demonios ha tenido que parar.

—Ni yo —se suma Christian y me sigue mirando con algo nuevo en sus ojos. ¿Es que a caso Christian me desea? ¿Y eso no es algo terrible y prohibido internacionalmente? ¡Que es el novio de mi mejor amiga!

En ese momento, por suerte, aparecen Fani y Mónica. Vienen guapísimas. Fani se ha puesto un vestido blanco palabra de honor que realza y deja a la vista la generosa talla de sujetador que tiene y la forma redondeada y perfecta de sus pechos. Es un vestido ajustado y corto por mitad del muslo. Le queda perfecto.

Lleva el pelo negro liso planchado, con su flequillo perfectamente recto. El maquillaje que le ha hecho Mónica en los ojos realza lo rasgados que son y aún lo parecen más que de costumbre.

Por su parte, Mónica ha apostado por una minifalda gris clarita y un top blanco de tirantes ajustado que también marca las generosas curvas de la rubia. Lleva el pelo bucleado como si saliera de la peluquería y un maquillaje sublime que realza toda su belleza sin ser cargado.

Yo llevo el pelo suelto; no me lo he planchado, así que tengo algunas ondas naturales, pero me gusta como queda. Y el maquillaje que llevo es sencillito pero me encanta. Mónica sabe un montón de estas cosas.

—Insisto, ¿por qué no pasamos de la fiesta blanca y nos quedamos aquí? —propone Lucas abalanzándose sobre Fani y besándola con pasión.

Christian coge de la mano a Mónica y se la besa muy caballerosamente mientras le dice que está preciosa; ella sonríe encantada.

David me abraza por atrás rodeándome la barriga con sus brazos.

—No seamos débiles, ¡vamos a la fiesta! —exclama divertido.

Tras cenar la empanada gallega y el gazpacho, nos subimos en los coches, en esta ocasión solos David y yo, el resto en el otro y nos vamos a la casa donde se hace la fiesta.

Por el camino bailamos canciones de *reggaetón* que suenan en la radio y nos van animando. Nuestro humor es la alegría. Nadie diría que hoy hemos superado una crisis importante con lo del beso de Lucas y eso de que Gloria esté en su casa.

Estamos contentos, ilusionados y, sin duda, enamorados. El amor te hace verlo todo de otro color. ¡Me encanta sentirme así! Soy muy fan del amor.

Tras un recorrido de unos veinte minutos, llegamos a una casa completamente perdida en el campo. El GPS del móvil de David nos dice que ya hemos llegado y aparcamos junto a un montón de coches. ¡Pedazo de fiesta! Solo por la cantidad de vehículos que hay, me puedo imaginar el interior y, efectivamente, cuando entramos descubrimos que el lugar está a tope.

La casa es del estilo de las masías del campo de Ibiza, pero su interior no tiene nada de campero. Nadie controla la entrada, así que avanzamos por el interior. Es muy elegante y tiene un diseño moderno y con mucha clase. Es minimalista y dan ganas de hacerle fotos a todos los rincones de lo bonito que es.

La gente es sobre todo joven, no sé por qué eso me sorprende. ¿Qué me esperaba? El rango de edad va desde los treinta hasta los cuarenta como mucho y todo el mundo va vestido, arreglado y con alguna prenda (o todo) de color blanco. La gente sonríe, toma copas, charla y algunos bailan un poco. Al llegar al jardín trasero: más gente, más fiesta y una enorme piscina con bastante gente bañándose y dándolo todo.

La música suena más fuerte afuera, todo esta iluminado con lucecitas blancas, como guirnaldas, y velas que rodean toda la piscina y la casa. Es idílico y el ambiente superagradable.

—¡Habéis venido! —exclama una voz femenina con mucha alegría acercándose a nosotros.

Cuando me giro me encuentro con Clara que me abraza efusiva como si fuéramos amigas íntimas de toda la vida que hace meses que no se ven y, no contenta con eso, me da un beso en los labios. Todos nos miran sorprendidos.

—¡Hola, Clara! —exclamo divertida con la misma efusividad que ha transmitido ella.

A Lucas y a Christian ya los conocía, porque corre a abrazarlos y los besa también con muchísimo cariño. Después saluda a las chicas y enseguida noto como conectan. Clara es un encanto de chica y es tan extrovertida y transparente que enseguida cae bien. Ian aparece junto a Víctor y me saludan con dos besos muy tradicionales y castos. Casi que me decepcionan.

Víctor lleva unos tejanos muy claritos cortos por la rodilla y una camiseta sencilla de algodón blanca que marca su torso. Este chico ha de practicar deporte o algo. Ian lleva un polo blanco muy chulo y unos pantalones de lino blanco hasta los pies. Sus ojos y el color tan claro de azul que tienen vuelven a sorprenderme. Su sonrisa transmite algo agradable y enseguida me siento cómoda entre ellos.

Fani y Mónica desaparecen por un momento y vuelven con copas de plástico. Son de esas de balón y molan mucho. Lucas abre las botellas que ha traído; son una especie de cóctel que ya viene preparado, se supone que con sabor a mojito. En cuanto todos tenemos una copa llena, brindamos.

—Por esta noche —propone Lucas.

—Por esta noche —respondemos casi todos.

El sabor del mojito artificial me sorprende, es bastante bueno y similar al de verdad. Además, se ha mantenido frío y es muy agradable sentirlo tan fresco y dulce.

Mónica es la primera que empieza a moverse al ritmo de la música y enseguida la sigue Clara totalmente desinhibida y como si estuviéramos solas en el comedor de nuestra casa. ¡Me encanta esta chica y lo natural que es!

Me contagian su espíritu fiestero y divertido y acabamos bailando todas y bebiendo nuestros mojitos mientras los chicos hablan y nos van lanzando miradas a cada rato.

A medida que avanza la noche (y los mojitos) me siento cada vez más cómoda con mi *look* hipersexy y dejo de esconderme en una postura encogida, también mi pelo deja de taparme el escote, no me había dado cuenta, pero lo tenía puesto delante con ese fin. Me voy soltando y la verdad es que me lo paso superbién con las chicas. Clara me coge de las manos y me hace bailar con ella mientras Mónica y Fani nos espolean aplaudiendo y diciendo obscenidades en broma tipo «mueve ese culo nenaaaaa» o «te voy a dar lo tuyoooooo» e incluso «sexyyyyyy, yo quiero tu móviiiiiiil, grrrrrrrrr».

Nos partimos de risa. Entonces Clara saca a bailar a Fani, Mónica y yo hacemos lo propio y las animamos también con obscenidades varias y bien creativas. Finalmente estamos dándolo todo y pasándolo en grande sin darnos ni cuenta de dónde estamos, quién nos rodea o qué ocurre a nuestro alrededor. Parece como si no existiera nada más que esta conexión entre nosotras y este rato tan divertido lleno de risas y baileos bajo la luna llena.

Christian y Lucas se unen a nuestros bailes y van rotando y cogiéndonos para bailar con todas. David se queda al margen hablando con Ian y Víctor. ¿De qué hablan tanto?

Me sorprende estar tan a gusto. Cuando llega mi turno de bailar con Lucas, se comporta como si jamás hubiese pasado nada incómodo entre nosotros y fuéramos grandes amigos. Me hace sentir muy cómoda y me despreocupo de todo lo que podía haber enturbiado este momento tan genial.

Además, presto atención a la expresión de David cuando nos ve bailar juntos y es relajada y agradable, así que no podía ser mejor.

En algún momento aparecen los anfitriones de la fiesta, se trata de un hombre que no tendrá más de cuarenta años y su mujer, algo más joven. Parece una pareja de clase económica muy muy alta. Son agradables, educados y muy hospitalarios. Nos ofrecen refrescos, nos hablan de la posibilidad de entrar a la casa y unirnos a algún juego y después se van para saludar a más invitados.

No sé cuánto rato pasamos bailando, riendo, bebiendo y bromeando entre todos, pero resulta ser la mejor noche desde que estoy de vacaciones.

En un momento dado, empiezo a observar mi alrededor y veo que el ambiente se ha ido caldeando y ni nos hemos enterado. En la piscina hay varias parejas liándose entre ellas y cambiando simultáneamente. El interior de la casa está que arde, los sofás llenos e incluso se oyen ruidos extraños procedentes del piso superior.

Claro, no hemos de olvidar el tipo de fiesta que es.

—¿Te lo pasas bien? —me pregunta David cogiéndome por la cintura y besándome por el cuello muy lanzado para lo que suele ser al estar en público y rodeados de nuestros amigos.

—Mucho —contesto, con una sonrisa, encantadísima con todo.

Sus besos recorren mi cuello hasta mis labios y tras capturarlos con ansia, me besa profundamente con un deseo que me sorprende y me enciende por completo.

Su lengua busca la mía y juguetea con ella. Sus labios no dejan de succionar los míos y sus manos de presionar mi espalda contra su torso para que me pegue todavía más.

Tras separarse de mis labios (cosa que me parece terrible), reparte algunos besos por mi mejilla y llega hasta el lóbulo de mi oreja derecha, donde su cálido aliento me provoca unas cosquillas muy estimulantes.

Veo que Mónica también está muy intensa con Christian y que, en cambio, Lucas, Fani, Clara, Ian y Víctor siguen bailando, riendo y haciendo el tonto muy divertidos.

—Puede que la noche coja temperatura a partir de este momento —me anuncia David y suena a amenaza desmesuradamente apetecible.

—Mmmmm... —ronroneo sonriente como respuesta.

—Quiero que recuerdes nuestra palabra —me pide.

—Vibración —confirmo.

—Úsala cuando quieras terminar lo que sea. Mandas tú, nena.

Su mirada profundamente azul e intensa me traspasa y me enciende como un rayo que me atraviesa y muere en mi entrepierna creando un incendio.

No creo que la use, ni esta noche ni nunca. ¿Cómo puede gustarme tanto todo lo relacionado con este hombre? Aunque se trate de alguna perversión. Cuando estoy con él, todo me atrae, todo me llama la atención, todo lo quiero probar y experimentar. Es mi incitador personal al desmelene y a convertirme en alguien que no tenía ni idea de que existía en mí. Se lo deberé toda la vida.

—Chicos, vamos a sentarnos un rato —nos anuncia Fani y señala hacia una mesa alargada con unos bancos que van a lo largo a cada lado.

—Sí, buena idea —confirmo yo deseando sentarme un ratito. Lo he dado todo bailando esta noche.

Vamos todos a la mesa y Lucas se encarga de rellenar las copas. ¿Cuántas botellas de mojito nos habremos bajado ya? Yo desde luego he perdido la cuenta. Y la vergüenza. Eso también lo he perdido en algún momento.

Bailo sentada moviendo el pecho a lo Shakira siguiendo el ritmo de una canción que suena y que me parece fascinante. Sí, creo que he llegado a mi límite de mojitos por esta noche. Lo siguiente puede ser menos divertido como beba una copa más.

David me mira embelesado. Esa forma de mirarme es lo más excitante que he visto en mi vida, lo juro.

—Bueno —empieza Fani y capta la atención de todos—, creo que ha llegado el tan esperado momento.

Lucas hace un redoble de tambores con sus manos contra la mesa de madera y crea mucha expectativa. ¿De qué momento habla?

—¿Nos vas a hacer un *striptease*? —pregunta divertido Víctor.

Vaya, Víctor esta mañana no me parecía tan directo ni bromista. Este también ha recibido ayuda del mojito para soltar la lengua y la desfachatez.

—¡Ya te gustaría! —exclama ella encantada—. No, ha llegado el momento de que juguemos a algo que he creado yo misma.

—¡Uau! ¿Juego nuevo? —pregunta Mónica entusiasmada haciendo palmas.

¡Mira la rubia, qué sueltecita va!

—*Oh, yeah, baby*. He diseñado un juego para esta noche y exclusivamente para nosotros.

—¡Bravo! —Aplaude Christian y todos se suman.

Pues vamos allá. ¿Qué más puede ser? Después de lo que hicimos en su casa la otra noche, creo que no puede ser peor... ¿o sí? No debería subestimar la creatividad de Fani.

Tengo a mi izquierda a David y a mi derecha está Lucas, después Fani. Presidiendo la mesa por la derecha está Víctor, junto a él, y delante de Fani, Christian. Mónica, Clara y presidiendo la mesa por la izquierda, Ian.

Fani entonces saca una botella de la mochila de Lucas y la pone sobre la mesa con nueve vasos de chupito que reparte para que todos tengamos uno.

Esto empieza mal, mi tolerancia para beber se ha terminado con la última copa de mojito que me he bebido.

Miramos expectantes cada movimiento de Fani y Lucas, que la ayuda. Tras repartir los vasitos y llenarlos de un líquido rojo muy curioso, Fani saca su móvil y nos mira a todos uno a uno.

—¿Estáis dispuestos a todo?

¿A todo... todo? No creo.

—Define todo —le pido.

El grupo se ríe como respuesta.

—Todo es todo, querida Sofi —me responde Lucas muy meloso.

—¡Venga! Explícanos cómo se juega —pide Clara encantada.

—Se me ocurrió un juego nuevo y Lucas me ha ayudado creando una aplicación para el móvil —explica Fani.

—De momento es beta, pero con unos retoques, podría tener muchas posibilidades —anuncia Lucas mirando sobre todo a sus socios.

David lo mira entusiasmado y Christian muy curioso.

—Probémoslo entonces —pide Christian.

—Vale, ¡vamos allá! —exclama Fani ilusionada con su proyecto—, pero antes, escribid todos una parte del cuerpo en este papel y lo guardáis para cuando os lo pida. —Nos reparte un pósit y un boli a cada uno.

Yo pienso en escribir mejilla... pero le echo un poco de pimienta al asunto y acabo escribiendo boca. ¡Que sea lo que tenga que ser!

Fani teclea algunas cosas en la aplicación beta que han creado.

—Estoy poniendo vuestros nombres —explica mientras escribe.

Finalmente le pasa el móvil a Lucas y este me lo pasa a mí.

—Empiezas tú, bombón —me anuncia.

Miro el móvil de Fani entre mis manos. Una pantalla en blanco en la que hay un botón rojo que parpadea. No sé por qué pero pinta mal. La última vez que activé un botón rojo... mejor no lo recuerdo ahora.

Intento pasarle el móvil a David y saltarme la jugada pero este lo rechaza y todos me abuchean diciendo que eso es trampa y que he de empezar yo.

—¡Vale! ¡Vale! —exclamo entre risas—. Entiendo que he de darle al botón rojo, ¿no? —pregunto algo afectada por el alcohol.

—¡Efectivamente! —me confirma Fani llena de ilusión.

¡Allá voy!

Le doy al botón rojo ante la atenta mirada de las ocho personas que me rodean. El botón rojo desaparece dejando la pantalla blanca de nuevo.

De pronto aparece una palabra en negro en el centro de la pantalla: *BESAR*.

La leo en voz alta para todos y miro interrogante a Fani. ¿Besar?

—¡Dale a la pantalla otra vez! —pide ella.

Le doy con el dedo a la palabra besar y esta desaparece y en su lugar aparece un nombre: *Víctor*.

—Víctor —anuncio.

—¡Ese soy yo! —exclama Víctor como si acabara de cantar bingo y ganado un gran premio.

Oh, my God. Que empiezo a entender de qué va este juego. ¿Por qué he empezado yo? ¿Por qué me ha de tocar Víctor? ¿Y besarle?, ¿dónde?

—¡Perfecto! Sofi, ¿ya sabes lo que tienes que hacer? —me pregunta Fani.

—¿Besar a Víctor? —pregunto yo muy ingenua.

—*Oh, yeah!* —confirma—, pero antes escoge a una persona del grupo, la que quieras.

Miro a todos uno a uno. Por suerte, antes de decir nada, mi mente privilegiada relaciona hechos y me doy cuenta de que la parte del cuerpo que hemos escrito, seguramente sea la que dictará dónde he de besar a Víctor, ¡qué fuerte!

Miro a Lucas y lo descarto en el acto, ¡fijo que ha escrito pene!

—¿Puedo escogerme a mí misma? —pregunto inquieta. Sé que he escrito boca y es lo más seguro que puedo esperar de toda esta panda de... ¡de depravados!

—Emmm... Pues es una muy buena pregunta —me felicita Fani—. ¡No tengo ni idea! Tendré que pensarlo cuando redacte las normas, pero de momento te diré que no. Pillina... ya veo por donde vas. —Me mira achinando los ojos. ¡Me ha pillado!

Está bien. Rezo porque mi amiga sea mojigatilla como yo y haya escrito «labios» o «boca» y no «teta» ni «chichi» porque me muero, literalmente.

Un voto de confianza para la rubia.

—¿Mónica? —digo con muchas dudas y casi arrepintiéndome al momento.

Mónica se alegra cuando la escojo, pero de pronto su expresión cambia.

—Mónica, enséñanos el papel para que Sofía sepa dónde ha de besar a Víctor —pide Fani.

Mónica está seria y yo me estoy cagando. Como haya escrito «chichi» o «picha», ¡la mato!

Abre su papel despacito mordiéndose el labio inferior y me lo muestra.

«LABIOS».

Oh, sí, Mónica, eres de las mías. Casi hemos puesto lo mismo.

Suspiro aliviada y ella se ríe al ver que no me ha dado un patatús.

—Pues, ya sabes Sofi —anuncia Fani.

Está bien. Me levanto, miro a David antes de alejarme hacia mi reto y veo que está tranquilo y tiene expresión divertida.

¡Es un juego! Me recuerdo a mí misma.

Cuando llego a mi reto, se pone de pie nervioso. Ya no lo veo tan contento como cuando ha cantado su numero. Creo que es más tímido de lo que pensaba. Me acerco un poco a él y cuando estoy a punto de decidirme a besarle con un pico sencillo y casto, Fani me frena.

—Por cierto, yo os diré cuando parar. —Sonríe maquiavélica.

¡La madre que la... !, maldigo internamente.

¡Es que lo tiene todo pensado! Que Dios le conserve esa creatividad.

Está bien. Muevo la cabeza a los lados destensándome, bajo los hombros, pongo mis manos sobre los hombros de Víctor como para impedir que se mueva o algo así y pego mis labios contra los suyos sin darle más vueltas.

Descubro unos labios cálidos, suaves y húmedos. El de arriba es más finito, pero el de abajo me provoca ganas de morder. Me mantengo simplemente presionando mis labios contra los de él y él se ha convertido en una piedra. Creo que ni respira.

Fani... ¿qué tal si dices «Ya»?

—Hasta que no lo hagáis bien, no os diré que paréis. Y si paráis antes de tiempo, habréis perdido —anuncia Fani liquidando todas mis esperanzas de librarme de esta con un piquito.

¡Pues vamos allá! ¡Sofía nunca pierde!

Absorbo un poco el labio inferior de Víctor, este se sorprende, pero pronto reacciona y participa activamente en profundizar el beso.

Sus manos aparecen en mi cintura, simplemente se posan allí como con miedo.

Mi lengua se abre paso entre nuestros labios y busco la suya, en el momento en el que la encuentro, las manos de Víctor en mi cintura me tiran hacia su cuerpo para acercarme más a él. Doy un paso sin dejar de besarle y me sorprende ser tan consciente de todo lo que ocurre a mi alrededor: oigo la música, la respiración de Fani que está cerca de nosotros, siento el aire fresco de la noche, la risita tímida de Mónica... Normalmente cuando me besa David es como si viajara a alguna parte, desconecto tanto de todo que no existe más que ese beso. Incluso con Lucas me ha pasado algo similar. Pero con Víctor no. No sé si es por la presión de tener público o qué, pero me llama la atención. ¿Quizá sea simplemente falta de química?

—Y... ¡Ya está bien! —anuncia Fani con voz cantarina.

Paramos y nos separamos como si nuestros labios quemaran. Víctor me suelta y yo me separo dando un paso hacia atrás. Me seco los labios con los dedos y la sonrisa traviesa que me regala, me inquieta bastante. Este chico ha de ser bastante interesante cuando llegas a conocerlo bien.

—¡Muy bien! —anuncia Fani—, ¡lo habéis hecho muy bien! Así que estáis libres de beber chupito y Mónica también, por haber aportado la parte del cuerpo. ¡El resto ya sabéis lo que os toca! —Ríe malvada—. ¡Que mirar no es gratis!

Todos beben su chupito y Lucas rellena todos los vasos.

—David, tu turno —anuncia Fani y le da el móvil.

Ufff... ¿no podemos jugar ya a otra cosa? Vale, él ha superado mi beso estoicamente y yo he de poder superar lo que venga, ¿o no?

ME PONE MUCHÍSIMO

David

Es mi turno. El sabor dulce del chupito de piruleta que me acabo de tragar no me ha quitado el mal gusto de la boca de ver a Sofi besar a Víctor. ¡Joder con los celos! ¡Empezamos bien el juego!

Pero quitando esta primera ronda desagradable, el juego me gusta. Le veo potencial para la web o para hacerla descargable. Incluso en Caprice podría triunfar para romper el hielo entre la gente. Hemos de darle unas vueltas a ver como lo adaptamos. Sin duda Fani tiene mucha imaginación.

—Venga, David, ¡dale al botón rojo! —pide Fani impaciente.

Lo hago y en la pantalla aparece la palabra *LAMER*. ¡Empezamos bien!

Vuelvo a darle y aparece el nombre de Mónica.

—Mónica, al parecer tengo que lamerte algo.

Mónica responde con una risita nerviosa y se oye un murmullo general en forma de «uhhhhhhh».

—Lamer a Mónica... ¿dónde? —pregunta Fani—. Escoge a alguien que no sea Mónica para que te lea su papelito.

¿Quién puede haber escrito algo decente? Fani, Lucas e Ian quedan descartados directamente. Víctor es una incógnita, ¡no tengo ni idea de que puede haber escrito! Sofi y Christian son demasiado románticos. Tendré que pedirle a Clara, aunque es un arma de doble filo.

—¡No lo pienses tanto! —me exige Fani.

—¡Clara!

Clara se ríe y me enseña su papel: *CUELLO*.

¡Bien! Lamer el cuello a Mónica no es tan grave, ¿no?

Voy hacia ella y veo que se pone de pie, se recoge el pelo a un lado y me deja a la vista el cuello como si fuera un vampiro que va a chuparle toda la sangre.

—Te recuerdo que soy yo la que dice cuándo debéis parar. Si no, perdéis los dos —sentencia Fani.

—Ha quedado claro —le contesto algo seco.

Me acerco al cuello de Mónica y lo primero que me ocurre es que el olor de su perfume me sorprende. Es dulce y me recuerda al que usa Gloria. A partir de ahí me pongo a la tarea, lamo su cuello despacio subiendo un poco y bajando. Mónica se estremece un poco, creo que le da cosquillas, pero se aguanta para que no perdamos. No sé dónde poner las manos así que la cojo por los brazos para inmovilizarla un poco y poder seguir lamiendo hasta que hayamos ganado.

Suspira contenida y estoy casi seguro que se está aguantando la risa. Sigo con la misión que me ha sido asignada y ahora le doy pequeños lametones.

—¡Vaaaale! ¡Muy bien! ¡Eres un gran lamedor! —exclama Fani entre risas.

Le doy un beso con cariño a Mónica en la mejilla antes de volver a mi sitio y esta se ríe.

—Todos bebéis chupito menos Clara, David y Mónica que lo han hecho muy bien —aclara la jueza oficial del juego.

Es el turno de Ian, que está sentado a mi izquierda así que le paso el móvil y le da al botón ansioso. Veo que aparece en la pantalla «quitar la camiseta». No veas con el jueguecito. Lo siguiente que aparece es el nombre de Christian.

—Christian eres la afortunada a la que le voy a quitar la camiseta —bromea Ian poniéndose de pie ansioso por jugar.

—Oh, sí... Soy muy afortunada —anuncia divertido Christian.

—O eso o bebéis chupito los dos —recuerda Fani.

—¡Sin problemas! —dice Christian y se pone de pie—. Cuando quieras, Iancito mío —bromea.

Ian va hacia él y le saca la camiseta como si estuviese destapando una obra de arte y todas las chicas gritan, silban y aplauden encantadas cuando aparece el torso desnudo de Christian, no es para menos. El cabrón parece salido de un póster.

Christian hace una reverencia agradeciendo a su público tanto fervor. Ian vuelve a su sitio y es el turno de Clara.

Le da al móvil y no veo lo que sale. Vuelve a darle y mira a Lucas inquieta.

—Yooooo, ¡soy yoooo! —exclama entusiasmado Lucas poniéndose de pie de la emoción—. Te he tocado yo, ¿verdad?

—Ehhh... sí... y... ¿qué has escrito en tu papel, Sofi? —pregunta Clara.

Sofía abre su papel y enseña la palabra «boca». Clara pone cara de disgusto.

—¿Qué pasa si no lo hago? —pregunta mirando a Fani.

—Que estás fuera. Quedas eliminada —informa muy tajante.

—Joder... —se queja—. Está bien. Lucas, he de poner un pezón en tu boca —anuncia y se acerca hasta él. Todos nos reímos un poco por lo que le ha tocado. ¡Esto va subiendo de intensidad!

Lucas pone cara de que le ha tocado un premio en la tómbola. Esta encantado. Ella se baja la camiseta y como no lleva sujetador, se queda enseñando un poco la teta derecha mientras la acerca a la boca de Lucas. En cuanto Lucas tiene el pezón en su boca comienza a lamerlo, tirar de él y morderlo. Le hace de todo y Clara no para de reírse e intentar apartarse, pero Lucas no la deja.

Se ríe tanto que se nos contagia un poco a todos.

—¡Vale! Ya está bien —los corta Fani—. ¡Lo habéis hecho muy bien! Os salváis de beber, no como el resto, *¡voyeurs!*

Bebemos el chupito de piruleta; vaya mariconada de chupito, por cierto.

Mónica le da al botón rojo y vuelve a darle otra vez. Nos mira a todos preocupada.

—Ian...

—Me temo que ese soy yo —anuncia él muy tranquilo—. ¿Qué has de hacerme?

—Ahora lo verás... me falta saber la parte del cuerpo —anuncia mirándonos a los que aún tenemos el papel doblado. Parece que se decide entre el mío o el de Lucas. Toma una mala decisión al nombrar a Lucas.

—¡Pene! —exclama él encantado enseñando su papelito.

Era evidente. O Mónica ha sido muy ingenua o le atraía la idea de hacer algo con el pene de Ian. No sé qué es.

—Vale... esto... «tocar por encima de la ropa» —explica Mónica y se acerca a Ian.

—Oh, sí, toca todo cuanto quieras —acepta él y se echa un poco hacia atrás dejando acceso a su paquete. Clara observa muy atenta y divertida la escena.

Mónica está algo cortada, pero sin pensarlo demasiado pone su mano encima de la entrepierna de Ian y acaricia de arriba abajo el bulto que rápidamente se hace más notable.

Mientras sigue acariciando mira a Fani con ojos de súplica. Fani sonríe maligna y cachonda, lo sé.

—¡Muy bien, Mónica! Estáis libres de beber. El resto ya sabéis lo que os toca, ¡a pagar!

—¿Ya está? ¿Seguro? —pregunta Ian y hace que se oigan muchas risas.

Todos bebemos el chupito menos ellos. Lucas rellena todos los vasos, a este paso no vamos a poder ni levantarnos de la mesa. Suerte que el licor este en realidad es muy flojo.

Christian le da al botón, se ríe y vuelve a darle. Nos mira a todos creando expectación para acabar mirando fijamente a Sofía y pregunta:

—¿Sofía, estás preparada?

—Yo... —responde, muy cortada, a mi lado—. Sí, estoy preparada.

Christian estalla en risas y se acaricia la barbilla muy pensativo mirando a los que aún tenemos el papel doblado. ¡Será depravado el tío!

Sus ojos se posan en mí y vuelve a sonreír encantado.

—¿David que pone en tu papel?

Lo desdoblo y se lo enseño: *ESPALDA*.

Se ríe de nuevo y coge un hielo de su vaso. Se acerca a Sofía y le pide que cierre los ojos. Ella le hace caso.

Comienza por apartar el pelo de Sofi con mucha delicadeza hacia un lado por encima de su hombro y cuando ya tiene la espalda descubierta, empieza a pasar el hielo por la parte más baja de la espalda de Sofi y lame el reguero de agua que va dejando al contacto con su piel caliente mientras asciende con el hielo hacia la nuca. Sofi se remueve inquieta y ahoga un grito en cuanto siente el hielo en su piel, pero se mantiene inmóvil. Pone las manos abiertas sobre la mesa como intentando aguantarse y continúa con los ojos cerrados. Va curvando involuntariamente la espalda intentando escapar del frío, pero, a pesar de ello, se nota que se mantiene lo más quieta que puede.

Christian va ascendiendo con el hielo por su espalda, el *body* que lleva ella la deja totalmente al descubierto, y va lamiendo el agua que va dejando a su paso con tanta sensualidad que por un momento incluso yo me olvido de dónde estamos y de qué juego es este.

Christian lame la espalda de Sofía con tanto gusto y disfrute que a pesar de ser algo desagradable por el frío, sé que ella está disfrutando y eso hace que, automáticamente, yo también lo haga.

Ya había pensado en incluir a Christian algún día en un juego entre Sofía y yo. Lo único que me para es el tema de Mónica. ¿Cómo lo aceptarán entre ellas? Pero está claro que Christian y Sofi tienen química.

—¡Muy bien! Ufffff, ¡qué calor! —exclama Fani alterada—. ¿Soy la única? Esto está empezando a subir la temperatura que no veas.

—Oh, sí, ya te digo que sí, bombón —confirma Lucas.

Christian tira lo que queda del hielo hacia el campo y besa a Sofía en la mejilla, ella sonríe y abre los ojos como si viniera de algún lugar lejano. Parece que había desconectado durante unos instantes mientras la lengua de Christian recorría su piel.

Muy interesante.

Víctor coge el móvil y le da varias veces.

—Fani eres la afortunada.

Fani lo mira emocionada.

—Dime qué has escrito en el papel... —mira a los que quedan por abrirlo— tú. —Señala a Christian.

—Comisura de los labios —anuncia él abriendo su papel doblado.

Sabía que había puesto algo así.

Víctor se ríe un poco y se acerca a Fani.

—He de escribir una palabra con la lengua en la comisura de tus labios y has de adivinar cuál es.

—Vale.

Víctor comienza a pasar la lengua formando letras en la comisura derecha de los labios de Fani y esta, muy concentrada, va diciendo las letras que cree interpretar.

—¡S!... ¡E!... ¿X? ¡Sí! X... ¡O!... ¡Sexo! —anuncia ella victoriosa.

Víctor se separa de ella y aplaude.

—¡Eres un crack!

—Tú sí que eres un crack con la lengua, ¡madre mía! —dice ella mientras se hace aire con la mano abochornada.

—¡Ya te digo...! —confirma Clara casi como si pensara en voz alta.

Todos nos reímos.

Pasa el móvil a Fani y esta le da dos veces y me mira a mí muy traviesa.

—Te he tocado yo —anuncio inquieto. A ver qué nos depara el jueguecito.

—Síííííí ¡Bieeen! —exclama ella encantada—. Y quiero ver tu papelito, Víctor.

Este lo enseña y pone «Culo».

Espero que no pretenda introducir ni meter ni manipular nada en mi culo porque lo tiene claro.

Se acerca traviesa y me pide que me ponga de pie. Le hago caso y sus manos se posan con violencia sobre mi trasero. Después comienza a masajearme las nalgas con dedicación. Madre mía.

—Me toca masajearte el culo, mi *amol* —anuncia melosa en mi oído.

No respondo.

Intento concentrarme en contar vasos de chupito, vasos de mojito e incluso manchas sobre la mesa para no dejar que me afecten sus caricias.

—¡Ya vale!, ¿no? —pide Lucas con tono irritado.

—¡Sí! Misión cumplida —anuncia sacando las manos de mi trasero y volviendo a su sitio.

Fani me ha tocado montones de veces. Pero nunca con tanto público.

—Solo quedas tú, churri.

Lucas coge el móvil y le da dos veces superansioso.

—¿Mónica? —pregunta dudoso mirando la pantalla.

Mónica y se tapa la cara con miedo. ¡No es para menos!

—Oh, sí... Fani, amor, dime en qué parte del cuerpo he de besar y lamer a Mónica —pide sin quitar ojo de la rubia.

—Pffff... —se queja Fani enseñando su papel descontenta—, bajo vientre.

—Oh, sí... —se frota las manos mientras va hacia Mon.

Mónica se pone de pie y observo la mini falda gris que lleva y el top blanco. Deja justo a la vista la franja del ombligo, pero, sabiendo como es Lucas, querrá bajarle la falda y hacer bien su misión regalándonos un buen *show* a todos.

—¿Te puedes tumbar sobre la mesa? —pide Lucas y Mónica lo mira incrédula—, por favor.

Ahí está, nuestro *showman* exhibicionista particular en acción.

—Está bien —acepta rendida ella—. Todo sea por el juego.

Todos la aplaudimos y la ovacionamos.

Una vez se ha tumbado sobre la mesa, bajo la atenta mirada de todos, Lucas se sube sobre ella sin chafarla y le baja la falda hasta llegar al tanga. Ahí se para y observa el trozo de piel que ha de besar.

Como si fuera un *show* erótico, Lucas hace todo con mucho detalle y espectacularidad. Bajarle un poquito la falda, acariciar esa zona suavemente, acercar sus labios, repartir besos suaves por todas partes hasta comenzar a devorar cada milímetro de su piel con total pasión y entrega. Tanto que Mónica ahoga un grito y se tapa la cara con las manos intentando no decir nada. Le gusta, lo percibo.

A Lucas le encanta sentirse observado. Además, se crece cuando tiene público el muy depravado.

—¡Vale! ¡Muy bien! —les corta Fani, pero él sigue—. He dicho que muy bien, ¡ya vale! —grita Fani divertida—. ¡Como sigas, perdéis los dos! —amenaza riendo.

Lucas para de besar el bajo vientre de Mónica, le coloca bien la ropa y la ayuda a bajar de la mesa como el caballero que no es.

—Bueno, chicos, ¡habéis hecho superbién esta primera ronda! —Aplaude encantada Fani—. ¡Mucho mejor de lo que me esperaba de vosotros!

Todos nos unimos y la aplaudimos por la creatividad que ha tenido con la aplicación y el diseño del juego. No está nada mal para romper el hielo.

—¿Estáis preparados para la siguiente fase? —dice frotándose las manos muy traviesa.

—¿Siguiente fase? —preguntan al unísono Mon y Sof. Me las como.

—Sí, esta era la de calentamiento. Ahora pasaríamos a la buena.

—¿¡La de calentamiento!? —pregunta Sofía entre asustada y a punto de explotar en carcajadas.

—¿¡Pasar a la buena!? —repite Mon divertida.

—Oh, vamos, no me seáis así. ¡Ahora empieza lo bueno!

Lucas, Ian y Víctor hacen palmas y dicen que sí. Yo, si Sofi quiere, me apunto también. Pero no sé si le apetece pasar a una segunda fase. Quizá con esta haya tenido bastante.

—¿Te apetece, nena? —le pregunto al oído.

—Sí. ¿Por qué no? —me responde divertida.

—Ya sabes... cuando quieras parar, usa la palabra y nos vamos a casa, sin preguntas, sin enfados y sin problemas, ¿vale?

Sofi asiente.

—No has de hacer absolutamente nada que no te apetezca —le recuerdo.

Es muy importante que tenga esto muy presente siempre.

—Me apetece todo contigo —responde tan sensual que puedo perder el autocontrol en cualquier momento y acabar montando un numerito sexy en medio de la casa.

—Venga, ¿vamos a por la siguiente fase? Levantad la mano los que estéis a favor —pide Fani levantando su mano en el aire.

Miro a mi alrededor y absolutamente todos estamos de acuerdo. ¡Pues a jugar!

—Para la siguiente fase, ¿os apetece pasar a los sofás o vamos a la piscina? Esto se va a poner muy caliente, ya os aviso —anuncia Fani—. Y vamos a quitar bastante ropa.

Las chicas se miran y parece que estén decidiendo. Yo diría sofá, pero es verdad que allí corremos más peligro de que se unan otros invitados de la fiesta. En cambio la piscina es más... «íntima» según se mire.

—¡Piscina! —deciden las chicas.

En un extremo de la piscina hay una pareja follando mientras una chica les mira y se toca. Intento no mirar demasiado. Lo que faltaba.

Nos vamos al otro extremo donde no hay nadie. Parece que mucha gente ya se ha ido o se han trasladado al interior de la casa. Hemos tomado una buena decisión con la piscina.

Cuando llegamos a esa parte que parecía más tranquila, descubrimos que en las tumbonas hay dos chicos haciéndose una mamada mutuamente en la postura del sesenta y nueve.

—¿Y si nos vamos a nuestra piscina? —propone Mónica algo incómoda con tanta actividad a nuestro alrededor.

—Sí, yo también lo prefiero —dice Sofi.

—¡Vamos! —decido.

Tras discutir sobre quién conduce, imponemos Christian y yo la lógica y llamamos a tres taxis. Así que en uno voy yo con Sofi, Christian y Mon. En el segundo va Clara, Ian y Víctor, y en el tercero Lucas y Fani. Llegamos todos a la vez a la casa.

Antes de que nos demos cuenta, estamos todos en el agua. Mon se mete en tanga y top. Sofía se mete con el *body* sexy ese que se ha puesto esta noche que es demasiado y Fani en ropa interior. Clara llevaba bikini así que es la única que lo usa. Los chicos estamos todos en ropa interior hasta que Ian se quita el bóxer y lo deja fuera del agua, lo seguimos Christian, Víctor, Lucas y también yo.

Ellas miran la jugada, pero se quedan como están, por ahora.

—Bueno, ¿vamos a por la siguiente fase? ¿Estáis dispuestos a todo? —pregunta Fani sentándose en el borde de la piscina y tecleando cosas en su móvil.

Casi todos respondemos que sí y esperamos expectantes a que nos dé instrucciones.

—Vale, como la aplicación ya tiene vuestros nombres, va a formar grupos y os vais a poner por equipos de la siguiente manera: Equipo número uno poneros allí. —Señala el centro de la piscina. Le da tres veces a la aplicación y anuncia—: Ian, Lucas y yo. Equipo número dos poneros aquí. —Señala el lado derecho de la piscina—: David, Clara y Mónica. Y por último, equipo número tres poneros allí. —Señala la otra esquina del lado izquierdo de la piscina—: Sofía, Christian y Víctor.

Me voy nadando hacia el lado derecho de la piscina y veo que mi equipo (Mon y Clara) ya están allí. Esto pinta bien. Busco con la mirada a Sofi que esta en el otro lado de la piscina con Víctor y Christian. Eso no pinta tan bien. En el centro de la piscina, Ian, Lucas y Fani. Eso pinta peor. Madre mía.

—Vale, ¿una mano inocente de cada equipo? Acercaos aquí y dadle al botón de la pantalla —pide Fani preparando una toalla para que sequemos la mano antes de tocar el móvil.

Mónica decide ser la mano inocente de nuestro equipo, Ian del otro y Sofía del tercero.

Mónica vuelve a nosotros con cara de circunstancias y nos dice lo que le ha salido en la aplicación a Clara y a mí: «tocar/masturbar». ¡Joder con la segunda fase! ¡Sí que va a saco!

No sé qué les ha tocado a los otros grupos, pero Sofía se está partiendo de risa y sé que es en parte por los mojitos, pero también porque lo que sea que le haya tocado, le da corte, ¡seguro! Solo espero que pare si no quiere hacerlo.

Confío en que, sino, al menos me avise con la palabra y lo pararé yo.

—Vale, equipos, ¡ya sabéis la misión que tenéis! No importa quién se lo haga a quién, eso decidirlo entre vosotros —explica Fani—. Lo importante es que tenéis tiempo ilimitado para actuar según la acción que tenéis y espero que consigáis mínimo un orgasmo por equipo —hace una pausa para reírse, muy contentilla también por los chupitos, y añade—: ¡No! es broma... aunque no estaría mal. ¡No espero menos de vosotros! Cuando hayáis acabado sois libres de abandonar la piscina, ir al interior o hacer lo que queráis. Solo os aviso de que hay una fase tres y si, os atrevéis, ¡será la hostia! —exclama encantada.

—Bueno, ¿cómo vamos a...? —empieza a preguntar Mon y nos mira a Clara y a mí en espera de que tomemos la iniciativa.

—Mon, ¿qué te parece, ya que somos dos chicas contra un chico, si somos nosotras quienes tomamos la acción con David? —propone Clara.

—¿Si somos nosotras quienes le... tocamos... a él? —pregunta intentando aclarar.

—Sí. ¿Cómo lo ves?

—Ehhh... no lo veo —se sincera Mon algo incómoda.

—Oye, este juego es para pasarlo bien, aquí nadie ha de hacer nada que no le apetezca, ¿vale? No hay que forzarse a nada, espero que lo tengáis claro.

En todos estos juegos y ambientes es ley (al menos para mí) que todas las personas implicadas disfruten y hagan lo que deseen, sino, no hay juego.

Mónica me mira con ternura y me sonríe. ¿Pero qué se pensaba?

—Mónica, qué te parece si empiezo yo haciendo la acción con él y tú... ¿la haces contigo misma? —propone Clara muy resolutiva.

Mon sopesa esa posibilidad y asiente más convencida que con la anterior.

—¡Vale!

Clara me lleva a un lado de la piscina y me pone contra la pared. Se pone delante de mí y su mano rápidamente cubre mi polla con delicadeza. ¡Vamos que ni caricias ni nada, va directa a tocar lo que ella quiere! Comienza a masajearla suavemente y noto como se me va poniendo dura en sus manos. Mon a mi lado se saca el tanga y lo deja fuera en el bordillo de la piscina. Su mano vuelve a bajar dentro del agua y va hacia su entrepierna. Ver a la rubia tocarse es algo que no me esperaba esta noche. No sé por qué pero ver a una mujer tocarse y darse placer a sí misma es de lo más erótico que he visto. Me pone muchísimo.

Antes de perder completamente la consciencia de lo que está pasando y dejar que el placer me nuble la mente, observo a mi alrededor cuál es la situación general, concretamente la de Sofía, he de saber que está a gusto, sino no estaré tranquilo.

Veo a Fani sobre Ian, creo que follándolo, mientras Lucas le masajea las tetas desde atrás y la mueve sobre Ian marcando el ritmo con el que ha de follarlo. Es evidente que ese equipo va muy avanzado.

Tras ellos y en el lado más alejado de donde estoy yo, veo que Sofía está flotando en el agua con el *body* puesto mirando hacia el cielo, se ríe y Christian lame su brazo ascendiendo hacia su pecho, mientras Víctor está besando el interior de sus piernas ascendiendo hacia su sexo. ¡Bueno! Pues parece que lo pasa bien. Recibir siempre es más cómodo que dar las primeras veces que juegas a cosas como estas. Es más sencillo dejarte hacer que tomar acción cuando no tienes experiencia o estás cortado.

Clara me masturba con tanto deseo que no puedo evitar volver la atención a lo que hace. Tampoco puedo evitar estirar una mano hasta la de Mon y pedirle permiso, con ese gesto, para que me deje tocarla. Ella traga con dificultad. Retira su mano y separa un poco sus piernas para dejarme tocarla.

Comienzo acariciando con delicadeza sus labios vaginales y abriendo sus pliegues despacio. Recorro su sexo suave y acabo con caricias circulares en torno a su clítoris. Mónica deja escapar un gemido y se acerca más a nosotros.

Sin que le digamos nada, su mano va hasta Clara y la sorprende, intentando tocarla. Clara sigue asombrada, pero separa sus piernas y se deja hacer mientras me masturba lento pero sin pausa. Pues parece que mi equipo tampoco va mal, al final hemos encontrado, sin darnos cuenta, un equilibrio muy interesante entre los tres.

¿QUÉ SOY?, ¿UNA ABUELITA DEL OPUS?

Abro un ojo con un poco de resistencia por parte de mi mente. Una luz deslumbrante me da en toda la cara y empiezo a pensar que quizá estoy en una nube muy cercana al sol, porque otra explicación no tiene esta cantidad de luz desproporcionada en mi cara. En serio, ¿qué sentido puede tener?

Me tapo con las manos y miro entre los dedos mi entorno.

Estoy en una cama. Podría ser mi cama. No, no lo es. Sé que no lo es porque las sábanas son azul clarito y si no recuerdo mal, las de mi cama eran blancas. Pero es la misma cama y la misma habitación... Ha de ser la de Fani o la de Mónica, la mía, definitivamente, no es.

Estoy sudando y hace un calor de mil demonios, otro dato que me hace pensar en la opción de estar acercándome al sol o algo así. ¿Por qué hace tanto calor? ¿Es normal esto?

Intento moverme y estoy como bloqueada. ¿Qué es lo que pesa tanto y me impide moverme? Levanto un poco la cabeza y veo que hay un brazo (que no pertenece a mi cuerpo) pasando por encima de mi barriga y, además, descubro que estoy desnuda salvo por un tanga rojo que no conozco ni había visto jamás.

El brazo pertenece a un cuerpo masculino desnudo que tengo a mi derecha. La cabeza está bajo la almohada así que no puedo avanzar con el reconocimiento. Pero puedo confirmar que no es David. Conozco su espalda y no es así. Esta también es ancha y fuerte pero el tono de piel y la forma es distinta. Sé que no es él.

Aparto el brazo despacio para que el desconocido desnudo no se despierte y lo consigo victoriosa. Intento moverme y descubro que hay una pierna que me impide moverme más. Resulta que pertenece a un cuerpo masculino desnudo número dos que está a mi izquierda bocabajo.

Se me acelera un poco el pulso. Vuelvo a dejar la cabeza sobre la almohada y tapo mis ojos con las manos.

¿Dónde estoy? ¿Quiénes son estos dos? ¿Por qué estoy en la cama entre dos hombre? ¿De quién es el tanga rojo? ¿Dónde está David? ¿Qué es lo que hice anoche?

Oh, my God.

De pronto empiezo a reírme de forma escandalosa y me tapo la boca con ambas manos intentando pararlo, pero me cuesta muchísimo. Creo que es de nervios porque si no, no entiendo de qué me estoy riendo tanto, pero no puedo parar.

Toda la cama tiembla por mi risa. Mi barriga se contrae con cada carcajada y noto el sudor en aumento por todo el cuerpo.

El desconocido desnudo número dos se levanta un poco y me mira con los ojos entreabiertos intentando entender la situación.

Gracias a eso resuelvo una de las incógnitas: el desconocido desnudo de mi izquierda es Christian.

—¿Qué te pasa, Sof? —me pregunta con la voz superronca de estar medio dormido.

—Na-nada —respondo y continúo riendo como una loca y moviendo toda la cama.

Christian me mira divertido y se ríe un poco.

—¿Te estaba metiendo mano dormido o algo así? —pregunta entre confuso y avergonzado.

—¡No! ¡No! —exclamo y consigo controlar la risa—. Es solo que... ¿de dónde ha salido este tanga? —pregunto señalando la prenda roja que llevo puesta.

Christian lo mira detenidamente. Vuelve a mirarme como si estuviera descifrando una ecuación matemática compleja y finalmente responde.

—Ehhh... ¿estás bien?

Yo asiento con la cabeza, él se encoge de hombros y vuelve a dejar caer la cabeza sobre la almohada.

Retomo la misión de salir de la cama. He de ir al baño o me mearé sobre estos dos hombres, uno de ellos aún sin identificar.

Consigo salir escurriéndome por las sábanas entre ellos. Cuando estoy de pie frente a la cama los miro alucinada. ¿Es que acaso he tenido sexo con ellos? Me tapo la boca ahogando un grito por la impresión que me produce esa idea. ¡Qué fuerte! No recuerdo nada... ¿Christian y yo hemos... fornicado?

Empiezo a reírme de nuevo por haber pensado en la palabra «fornicar». ¿Qué soy? ¿Una abuelita del opus?

Ambos se remueven en la cama al oír mis risas, pero siguen durmiendo.

Vale, Sofía. Vamos a ver. Ponte algo en el cuerpo.

Abro el armario y reconozco toda la ropa de Mónica en él. Al final decido coger la toalla blanca que hay sobre la silla y me envuelvo en ella para no ir desnuda. Salgo de la habitación y veo que las otras están con las puertas cerradas y lo demás está todo tranquilo y en silencio.

Corro literalmente hasta el lavabo y hago un pis de cuatro litros como mínimo. No para de salir líquido de mi cuerpo. Mientras tanto me cojo la cabeza entre las manos, un dolor punzante aparece en la frente; aún no consigo apartar la nebulosa que no me deja acceder a los recuerdos anteriores a despertar con dos hombres en la cama de Mónica y Christian.

Recuerdo el juego en la fiesta y la piscina aquí en casa... Estábamos por grupos y al mío le había tocado «lamer». Los integrantes de mi equipo (Christian y Víctor) habían decidido lamerme entera a mí mientras yo flotaba y tenía que aguantar las risas. Creo recordar que para lo último, dejó de hacerme cosquillas para dejar paso a un fuego desmedido. El ambiente de la piscina era denso y excitante... Tener a dos hombres dedicados a recorrer mi cuerpo con la lengua y con gran dedicación era una pasada y mi mente empezó a maquinar cosas más potentes. El nivel de alcohol que llevaba encima también ayudó a potenciarlo todo, es evidente.

Me miro en el espejo y la imagen no es nada positiva. Tengo rímel por toda la cara, en serio. Por toda la cara. Como aún estoy pegajosa por el sudor, decido meterme en la ducha antes de hacer cualquier otra cosa en la vida.

Abro el agua fría y me meto desnuda bajo el chorro. Dejo que el agua enfríe y relaje mi cuerpo mientras sigo esforzándome por recordar.

De pronto algunas imágenes me vienen a la mente como flashes. Recuerdo a Christian sacándome el *body* con delicadeza y dejándolo en el bordillo de la piscina. Después de eso, Christian detrás de mí, sentado en la escalera de la piscina con las piernas separadas y yo acostada sobre su pecho. Víctor delante de mí, entre mis piernas sujetándome para que flotara y lamiéndomelo todo con gran detalle. ¿Y eso fue delante de todo el mundo? Pero no recuerdo que nadie mirara, cada equipo estaba a lo suyo y yo me sentía como si estuviera a solas con ellos.

Mientras Víctor escribía palabras con la lengua sobre mi clítoris y me volvía bastante loca con ello, Christian besaba mi cuello, acariciaba mi pecho, mi abdomen, mi contorno... Observaba la escena desde atrás sin dejar de acariciarme por todas partes. Y yo... me dejaba hacer todo encantada.

Otro flash: estoy saliendo del agua, desnuda, me envuelvo en una toalla y voy hacia mi habitación creo que con la idea de buscar ropa seca o algo así, pero Christian me para justo antes de que pueda entrar en ella, me pone contra la puerta y me besa como si fuera el último beso de nuestras vidas.

—¡Dios! ¡Qué fuerte! —exclamo casi gritando en la ducha y me tapo la boca.

¿Eso ocurrió de verdad o lo he soñado?

Recuerdo las sensaciones de ese beso. Son una mezcla entre amistad, algo prohibido, culpa, deseo... Recuerdo estar muy excitada y desearlo... mucho.

Cojo jabón y empiezo a frotar todo mi cuerpo con él, como intentando borrar cualquier prueba que pueda haber quedado en mi piel de un beso como ese. ¡Uf!

Mientras me enjabono el pelo con champú aparece otro flash en mi mente privilegiada y resacosa. Estoy encima de Christian, en su cama. Estoy moviéndome sobre él y él me pide que acelere los movimientos cada vez más; presiona mis caderas intentando dominar mis movimientos, pero no lo consigue. Inmovilizo sus manos sobre su cabeza y succiono sus labios con un punto de violencia.

No tengo claro que eso sea un flash real. No me reconozco tan... dominante.

Me aclaro el pelo y me pongo acondicionador. Huele de maravilla, como a almendras dulces, creo que es de Mónica.

Dios mío... Mónica... Se me acelera un poco el pulso al pensar en ella. ¿Seguiremos siendo amigas después de algo así? ¿Será verdad que me he tirado a su novio esta noche?

Pero cómo puede ser... ¿Dónde estaba ella? ¿Y David? ¿Estarían juntos?

Sofía, Keep Calm...

Intento respirar profundamente varias veces y relajarme antes de entrar en pánico. Sé que estábamos jugando y todos lo pasábamos muy bien. Nadie ha de enfadarse con nadie, ¿no?

Otro flash me atraviesa la mente: Víctor desnudo acostándose a mi lado y despertándome con muchas caricias y besos en algún momento de la noche. Recuerdo reaccionar besándole con muchas ganas pero... no recuerdo cómo continuó la cosa. Diría que nos quedamos dormidos sin que pasara nada más.

Acabo de sacarme todo el jabón y acondicionador y salgo de la ducha envuelta en una toalla. Me seco bien y me limpio con un algodón los restos de maquillaje de mi cara.

Cojo el tanga rojo y me dirijo envuelta en una toalla hacia mi habitación. Cuando estoy frente a ella me da miedo entrar. ¿Estará David dentro haciendo algo con alguien? No estoy preparada para esa posibilidad.

Tras varios segundos eternos sopesando mis opciones, decido abrir y coger al menos ropa limpia. Abro despacio la puerta y veo que la cama está vacía. Deshecha, pero vacía. Hago una mueca de confusión, pero avanzo hasta el armario más tranquila, me pongo ropa interior propia y unos *shorts* tejanos con una camiseta básica gris, las chanclas y un moño bien alto con el pelo todavía húmedo.

Cuando salgo de la habitación me encuentro con David. Está en la cocina encendiendo la cafetera y sacando una taza del armario y no sé cómo actuar o qué decirle. No sé siquiera lo que he hecho esta noche ni mucho menos lo que ha hecho él.

Se gira buscando la procedencia del ruido y me mira con una sonrisa tierna. Abre sus brazos pidiéndome que vaya hacia él y lo hago como por inercia.

Me abraza fuerte y aspira el olor de mi piel a la altura del cuello. Su piel está cálida. Huele a jabón y a desodorante. Debe haberse duchado hace más rato que yo.

—¿Has dormido bien? —me pregunta como si nada.

—Ehhh... sí... —respondo torpe—. ¿Y tú?

—Pse.

Me mira y aparta unos pelos rebeldes de mi frente con cariño.

—¿Te apetece un café y unas tostadas?

—Oh, sí. ¡Muero por ello! —confieso con tono desesperado.

David se ríe y me indica que me siente en la terraza y le espere. Hago caso. Me siento y continúo con la misión de recopilar todas las piezas de las últimas horas mientras me acaricio las sienes.

Veo que flotan varias prendas de ropa sobre la piscina y niego con la cabeza pensando en que se nos fue de las manos.

Bueno, se me fue a mí, me corrijo mentalmente.

No debí beber tanto como para no recordar lo que he hecho. ¿Qué tengo, quince años? Por favor... soy una mujer adulta. Esos excesos no van conmigo. Fueron los chupitos de piruleta, ¡sin duda! Fani pretendía matarme o algo así.

De pronto otro flash: Christian haciéndome entrar en su habitación, cerrando la puerta tras él y quitándome muy despacio la toalla. Dejando que caiga al suelo entre nosotros y observando mi cuerpo. Me hizo sentir como si fuera una obra de arte o algo parecido. Recuerdo perfectamente la sensación y he de reconocer que era muy muy alucinante. Sus dedos acariciando mis hombros, mis brazos, mi espalda... Recuerdo mucha suavidad, mucha delicadeza, incluso cariño.

—Toma, las tostadas. —David me tiende un plato y pego un bote del sobresalto por volver a la realidad.

Se ríe un poco de mí pero no dice nada, simplemente se sienta en una silla a mi lado con un plato de tostadas como el mío. Comienza a poner mermelada y me la pasa para que haga lo mismo. Actúa con tanta normalidad que me preocupa un poco. ¿Es que no alucina con lo que sea que haya pasado? ¡Es muy *hardcore*! Yo estoy en *shock*.

David lleva un pantalón de chándal corto de color gris y una camiseta sin mangas negra. Está guapísimo. Informal, despreocupado, relajado... imponente. Como siempre.

—David... —comienzo yo como puedo y capto toda su atención.

—Dime, nena. —Sonríe encantado.

—Yo... anoche... bueno, quiero decir, ¿tú...? —no consigo decir más que eso.

Se vuelve a reír y me acaricia la mejilla con suavidad.

—¿Qué quieres saber? Te contaré todo lo que quieras —anuncia suave y con cariño.

—¿Qué hicimos anoche? —pregunto finalmente.

David niega un poco con la cabeza y acaba de tragar el trozo de tostada antes de contestar.

—Puedo contarte lo que hice yo, con tu parte me temo que no podré ayudarte demasiado.

—Yo... después de la piscina... ¿me fui a la habitación de...? —no consigo nombrar a su mejor amigo. Es demasiado fuerte que haya hecho lo que he hecho. En el cien por cien de las culturas y sociedades que existen lo que he hecho seguro que no tiene ningún tipo de perdón.

¿Acostarte con el mejor amigo de tu novio? Es como el TOP de las peores cosas que puedes hacerle a tu pareja.

—De Christian —termina la frase por mí con total naturalidad—. Lo último que sé es que te fuiste con él a su habitación. No puedo darte más detalles.

—Oh... ya veo... —respondo alucinada y notando como mis mejillas arden. ¿Me odiará?

—¿Quieres un consejo? ¿Cómo amigo?

¿Un consejo?

¿¡CÓMO AMIGO!?

Oh, Dios mío... no va a perdonarme esto jamás.

Asiento con la cabeza, sin emitir ningún sonido, presa del pánico.

—No le des más vueltas. ¿Lo pasaste bien?, ¿ tienes al menos un buen recuerdo?

Me habla con suavidad y yo me esfuerzo por detectar si en el fondo me odia o no.

—No tengo ningún recuerdo del todo claro... —miento—, pero creo que sí... vamos, no recuerdo haberlo pasado mal en ningún momento —confieso.

—Claro que no. No me habría quedado tranquilo de saber que podías estar incómoda. Sabía perfectamente que Christian jamás te haría sentir mal.

Asiento alucinada procesando lo que me dice.

—Me quedé tranquilo porque sé que para Christian, igual que para mí, es lo más importante —me dice y espera a que yo diga algo pero no lo hago así que continúa—: Para nosotros, que todo el mundo lo pase bien y haga lo que quiera hacer, y nada más que eso, es una ley, Sofi. Jamás en ningún juego nuestro harás algo que no desees. Lamentablemente no puedo hablar en nombre de todos los hombres del planeta. Ni siquiera de todos los que conozco. Pero sí en nombre de Christian, de Lucas, de Ian e incluso de Víctor.

Muevo la cabeza afirmativamente para que vea que hay vida dentro de mi cerebro y que escucho lo que dice pero, la verdad, no entiendo nada.

—Jamás te habría dejado con ese nivel de alcohol en sangre en manos de nadie sin saber qué te podía pasar —me dice cogiendo mis manos entre las suyas.

Sigo moviendo la cabeza como una muñeca.

—Nunca haría algo ni permitiría que nada ni nadie te pusiera en una situación incómoda, ¿lo sabes, no?

¿Lo que le preocupa es que piense que me dejó a mi suerte? Entonces... ¿no me odia por tirarme a su mejor amigo? ¿Es eso o es que se me está escapando algo?

—Lo sé —respondo seria.

—Es importante para mí que lo creas de veras y confíes en mí.

—Te aseguro que confío.

Asiente sonriente y me estrecha contra su torso. Me desinflo en cuanto me siento entre sus brazos y respiro algo aliviada. Empiezo a sopesar la posibilidad de que no me odie.

—¿Quieres que te cuente lo que hice yo? —me pregunta en un susurro buscando mis ojos con los suyos. Tiene un azul tan electrizante que me quedo algo embobada.

—No sé... —musito sincera.

—Está bien. Solo quiero que sepas que te contaré todo cuanto quieras saber. Puedes preguntármelo cuando quieras.

—Vale.

—¿De verdad no recuerdas nada? Me preocupa que estuvieras tan mal, pensaba que ibas contentilla, pero no así de borracha como para no recordar. —Niega con la cabeza contrariado—. Eso no está bien.

—No, bueno... sí, tengo como flashes. Recuerdo cosas... pero creo que los chupitos esos de Fani me dejaron fuera de juego.

—¡Puto licor de piruleta! No volveremos a beberlo. Han de configurar un juego sin que el alcohol forme parte de ello. ¿De que sirve disfrutar de una noche así si al día siguiente no la recuerdas?

—Eh... ya...

Se ríe un poco y sigue desayunando. Hago lo mismo. Las tostadas me sientan de maravilla. Mónica aparece en escena. Me da un beso sonoro en la mejilla y un beso rápido sobre los labios a David.

¿En serio? ¿Acaba de darle un pico a David así por las buenas? ¿A santo de qué?

Lleva un pareo como vestido y se sienta en la mesa con nosotros y un enorme zumo de naranja de brik.

Se frota la cara y parece que ya no soy la única con resacón en esta mesa. Me alivia un poco.

—¿Lo pasaste bien anoche? —me pregunta con voz de Manolo el camionero y hasta David se sobresalta un poco al escucharla.

—Ehhh... Sí... ¿y tú? —devuelvo la pelota.

—Sí. —Sonríe pícara y mira a David.

¿Estos dos...? ¿Es que a caso ellos...? Pero bueno, ¿quién soy yo para juzgarlos o molestarme?

¡¡Soy la que se tiró a Christian!!, me respondo a mí misma mentalmente.

—¿Te funcionó mi tanga de la suerte? —pregunta Mónica antes de dar un enorme sorbo a su zumo.

—¿Tu tanga de la suerte? —repito confusa.

—Sí, el rojo. ¿Es que no te acuerdas?

—Ehm... no —respondo llena de curiosidad. Quizá ella pueda echar algo de luz ante toda mi incógnita.

—Ah, vale. Anoche, tú viniste a buscarme a la piscina. Querías mi bendición. ¿Te suena eso?

David nos mira a las dos divertido y un flash de Mónica y yo hablando en la cocina en plena noche me viene de pronto.

«¿Estás segura?, ¿de verdad te parece bien?, ¿no afectará a nuestra amistad?», le preguntaba yo muy insegura y muy borracha. Ella tomó mis manos entre las suyas y me dijo: «te prometo que no, te doy mi bendición. ¡Puedes tirártelo! ¿Me das tú la tuya para que me acueste yo con David?».

Oh-Dios-Mío.

Me tapo la boca con la mano de la impresión de recordar ese momento. O sea que le di mi bendición para que se acostara con David y ella a mí para que lo hiciera con Christian.

¿Y el tanga?

—¿Y el tanga me lo diste para...? —no sé como acabar la frase.

—¡No sé para qué! —Se ríe divertidísima y David también—. Pero te dije que lo cogieras del cajón de mi ropa interior, que te traería suerte. ¡A saber en qué estaba pensando! Bueno, a Christian le encanta ese tanga, quizá fue por eso que se me ocurrió.

¿Y yo fui a su ropa interior y me puse su tanga rojo antes de tirarme a su novio? ¿Pero qué clase de demencia transitoria me invadió anoche?

David pone su mano en mi pierna bajo la mesa.

—No le des más vueltas, hazme caso. Quédate con las sensaciones, con el hecho de que lo pasaste bien —me aconseja él.

—Ya... —asiento contrariada. En realidad quiero saberlo y recordarlo todo.

Me maldigo a mí misma por haber bebido tanto. No pienso volver a beber nunca de esa manera.

¡Joder!

—¿Entonces habéis dormido juntos? —pregunto sin pensar. ¿Qué más da que hayan dormido juntos? Lo importante es saber qué hicieron antes de dormir.

—¡No! —exclama Mónica como si fuera algo obvio—. Yo he dormido con Fani y Lucas, no me preguntes por qué. No sé ni cómo acabé entre ellos. —Se ríe y se tapa la cara muy dramática.

—Ah... ¿entonces tú...? —me dirijo a David.

—Yo he dormido solo.

La imagen de David durmiendo solo mientras yo dormía entre dos hombres, uno de ellos su mejor amigo, en la habitación siguiente me perturba la mente. ¿En qué estaba pensando?

—¿Y Clara e Ian? —pregunto de pronto—. ¿Dónde están ellos?

—Pidieron un taxi y se fueron a casa —responde David.

—Ah...

—Víctor aún está aquí, ¿verdad? —pregunta con delicadeza David.

Asiento con la cabeza dando a entender que he dormido con dos hombres. Quiero morir.

Por si todavía pudiera ser peor mi vida, en ese preciso momento aparecen Christian y Víctor en la terraza. Yo quiero que la tierra me trague y me escupa muy lejos, pero David les saluda como si nada. Christian besa a su chica con cariño. Víctor me mira travieso.

—Te has escapado... —me dice.

—¿Yo? —pregunto señalando a mi pecho.

—Sí, tú. No me he enterado cuando te has ido.

—Ah, ya.

¿A qué viene eso exactamente? ¿Y qué más da?

—Yo sí me he enterado. ¡Vaya ataque de risa tenías! —exclama Christian y se ríe a carcajadas.

Yo estoy seria y blanca como un papel. En serio, tierra trágame y escúpeme muy lejos de hoy y de aquí.

—¿Ah, sí?, ¿un ataque de risa? —pregunta curioso David.

—Sí, se estaba partiendo de risa ella sola... aún no sé de qué —aclara Christian rascándose un poco la nuca y sentándose junto a Mon.

Recuerdo haberle cogido por la nuca y haberlo presionado más contra mis labios. Me los toco con los dedos recordando muy nítidamente cómo nos besamos. Sentía cuánto me deseaba y yo lo deseaba también a él. Empezó con mucha suavidad y delicadeza pero de pronto nos entró como una prisa terrible, era como si tuviéramos tiempo limitado y no quisiéramos desperdiciar ni un segundo sin besarnos, acariciarnos o sentirnos. Solo de recordarlo se me remueve algo muy interno a modo de cosquilleo atravesando todo mi cuerpo.

Víctor me devuelve a la realidad cogiendo mi mano izquierda y yo pego un bote del sobresalto. Vale, esto de intentar recordar lo que ha pasado, me tiene demasiado concentrada.

Me la besa en el dorso con cariño.

—¿Dónde estás? —me pregunta bajito para que solo lo oiga yo.

—Eh... recomponiendo todas las piezas... de anoche —aclaro al verle la expresión confusa.

—¿Qué piezas te faltan?

—Bastantes.

—Si quieres hablar, puedo recordarte las mías. —Sonríe y suelta mi mano.

Víctor es tímido a ratos, pero también es lanzado en otros. Es dulce y atento. Recuerdo que me gustó jugar con él, me hizo sentir muy cómoda. También me gustó que viniera a la cama a dormir con nosotros. Cuando se acostó a mi lado, de hecho, juraría que fui yo quien comenzó a besarlo, pero él me paró y me dijo que mejor durmiéramos. Sí, recuerdo ese momento de frustración en plan: «¿qué les pasa a estos dos?, ¿es que ninguno va a terminar con nada?».

—Es mi último día aquí y me gustaría ir a algún pueblecito y también hacer algunas compras —propone Mónica.

—Yo te llevo, cariño —responde Christian y ella sonríe encantada.

—Yo me piro. Esta tarde trabajo —anuncia Víctor y se pone de pie—. ¿Compartimos taxi hasta la casa de la fiesta para recuperar nuestros coches?

—Claro, buena idea —le dice Christian y se pone de pie también.

Mónica y él se van a la habitación a cambiarse y Víctor se pone a hablar por teléfono alejado de nosotros, creo que habla con Clara, pero no lo sé seguro.

David mira cosas en su móvil y yo sigo acariciando mis sienes mientras miro el paisaje.

Hay varias cosas claras: me lié con Christian. Con Víctor solo recuerdo unos besos. David no parece enfadado ni dolido, pero yo qué sé... esto no es para nada una situación normal de pareja. Al menos no de las parejas que yo conozco. Claro, en su mundillo liberal esto puede ser algo corriente, pero a mí me desestabiliza por completo.

Otra cosa negativa de todo esto; sea lo que sea que haya pasado con Christian, me jode muchísimo no recordarlo absolutamente todo como es debido.

¡TENGO EL TANGA ROJO DE LA SUERTE! ¡TODO SALDRÁ BIEN!

Christian

—¿Lo has pasado bien con la primera parte? —le pregunto a Mónica mientras acaricio sus brazos desnudos. Ella está recostada en mi pecho y nos vamos moviendo únicamente por el traqueteo del coche en estos caminos de tierra.

—Sííí —exclama cantarina—, ha sido muy divertido. ¡Me han lamido dos hombres! —Estalla en risas tras oírse decirlo en voz alta.

—Cierto... te ha tocado primero aguantar a David lamiendo tu cuello y después el *show* que ha montado Lucas poniéndote sobre la mesa y todo.

—¿Será muy «hard» la segunda parte? —me mira inquieta.

Muevo la cabeza un poco, valorándolo.

—Puede ser... viniendo de Fani... —Reímos los dos al pensar en lo intensa y potente que es su creatividad—, pero ya sabes que si no te apetece, puedes dejarlo cuando quieras, sin más.

Asiente conforme.

Sofía va a su lado mirando por la ventana, está tarareando una canción o algo así. David va delante, de copiloto, guiando al taxista para que no se pierda por los caminos de campo, esto es como un puto laberinto.

El taxista nos deja en la casa y ayudo a bajar del coche a Mon, no es que vaya excesivamente borracha, pero entre los tacones y los chupitos... La llevo de cerca para evitar que se mate.

En menos de cinco minutos estamos todos en el agua esperando a que Fani explique cómo será la segunda parte. Los tíos nos hemos despelotado a la primera de cambios, no hay nada que mole más que tener todo libre en el agua. Ellas se han metido en ropa interior y la imagen de la ropa mojada, pegada y haciendo transparencias sobre sus cuerpos, es pura sensualidad.

De nuevo vuelvo a sentir una alegría intensa y una sensación de fortuna cuando veo que, por azar, me ha tocado con Sof otra vez. En la primera parte del juego he tenido que pasar un hielo por su cálida y suave piel. He sentido como se tensaba, como se le erizaba la piel y como se esforzaba por no moverse ni expresar nada. Sé que le ha gustado. Y ahora me toca de nuevo con ella. Sonrío victorioso por ello.

—¿Qué, Sofi? ¿Qué nos ha salido en la aplicación? —le pregunto cogiéndola de la mano y tirando de ella para que se acerque más a mí. Mucho más a mí.

Se acerca y pone cara de circunstancias antes de contestar.

—Nos ha salido «lamer, barra, sexo oral».

¡Joder con el juego!, me río de pura diversión.

Víctor me mira decidido y creo que sé lo que piensa. Evidentemente, nada podría gustarme más que dejarme lamer por ella lo que quisiera, pero creo que es mucho mejor que seamos nosotros quienes se lo hagamos a ella.

—Sofía, ¿cómo ves si tú te dejas hacer y nosotros cumplimos lo que ha tocado contigo? —le propone Víctor con mucho tacto confirmando mis sospechas.

—Ehhh... ¡vale! —exclama poco convencida.

—Haz una cosa. Ven —le pido.

Me siento en las escaleras de la piscina donde me queda cubierta la mitad del cuerpo bajo el agua. La cojo y la recuesto sobre mí.

—Déjate flotar.

Levanta los pies y poco a poco va subiendo todo su cuerpo. Lleva puesto un *body* blanco de Mon que me vuelve loco, tiene un escote por el que se te van los ojos. Hablando del escote, sus pechos comienzan a flotar también y tengo grandes tentaciones de meterles mano, llevo toda la noche deseando hacerlo.

Cuando está flotando, parece que se relaja, mira al cielo y sonríe.

Víctor, entonces, se coloca delante de sus pies y comienza a separar sus piernas mientras acaricia y reparte besos por sus tobillos. Cuando todo su cuerpo está flotando, voy a su lado derecho y cojo su mano, dejo un beso en el dorso y reparto algunos más subiendo por sus muñecas, su brazo, su hombro... en su hombro incluso la muerdo un poco y se parte de risa. Veo a Víctor que asciende chupando el interior de sus muslos, se ha colocado entre sus piernas, pero sube despacio, dando tiempo a que todo coja la debida temperatura como para avanzar al siguiente nivel de nuestra acción sin que se corte.

Si nos pasamos, se cortará y no disfrutará de nada... en cambio si lo hacemos muy suavemente, al final lo disfrutará y mucho. Ese es mi objetivo al menos, aunque diría que es el que se ha marcado Víctor también por lo aplicado que lo veo.

Ya está llegando a su entrepierna y besando ligeramente por encima de su *body*. Observo la expresión de ella en busca de información para saber si disfruta y simplemente ha cerrado los ojos aunque mantiene una sonrisa relajada. ¡Buena señal!

Le bajo un tirante del *body* y beso justo la piel que queda descubierta, repito con el otro tirante y beso también allí. Su piel está mojada pero todavía está cálida. El agua de la piscina se mantiene templada, aun a esta hora, por todo el sol que le da; hace que sea muy agradable bañarse de noche.

Me sitúo detrás de ella y tiro despacio del *body* hacia su cintura, solo un poco... Dejo sus pechos descubiertos hasta los pezones y volviendo al lateral comienzo a besar todo su escote hasta llegar a ellos. Los succiono con hambre, primero uno y después el otro. Siento como se endurecen en mi boca y al mismo tiempo que ocurre eso, siento como se me endurece a mí otra cosa.

Me pone mucho tenerla así; dispuesta, relajada, disfrutando. Con permiso para jugar juntos.

Víctor mira lo que he hecho con el *body*. Suavemente y observando su reacción, desabrocha los botones que quedan justo en su entrepierna, dejando al descubierto todo su sexo. Sofi ni se inmuta, se ríe un poco tímida pero sigue muy relajada.

Él comienza a besar la parte interna de sus ingles y rodea toda la zona para no ir a saco.

Buen trabajo, compañero.

Bajo un poco más el *body* liberando del todo sus pechos y cumplo la fantasía de acariciarlos a dos manos, sintiendo lo turgentes que son, lo redondos, lo firmes, lo suaves... Ella estira los brazos a los lados para seguir flotando y se mantiene con los ojos cerrados. Eso sí, observo como su respiración comienza a alterarse y eso me hace comprobar en qué estado se encuentra Víctor. Lo veo lamiendo directamente su sexo, suavemente, pausado, con calma.

Sigo bajando su *body* hasta que Víctor me ayuda y termina de quitárselo por debajo, lo dejo en el borde de la piscina y vuelvo a colocarme tras ella sentado en las escaleras. Hago que se incorpore un poco y se recueste en mi pecho mientras sus piernas siguen flotando y Víctor se emplea a fondo en lamérselo todo.

Sofi apoya la cabeza en mi clavícula y la deja caer hacia mi hombro, lo que me da vía libre hacia su cuello. Aprovecho para besarlo, lamerlo y estimular todas las zonas erógenas cercanas. Succiono y lamo un poco detrás de su oreja, tiro de su lóbulo con los dientes, beso justo donde comienza el cuello, también donde acaba... incluso por encima de la clavícula, donde le genero, sin querer, muchísimas cosquillas por lo que se ríe y tuerce un poco el cuello para evitar que repita.

Mis manos siguen acariciando toda la piel a la que llego, sus brazos, su cuello, sus tetas, su abdomen.

Observo por primera vez, de todo el rato que llevamos aquí, nuestro entorno y veo que el juego avanza fuerte para los otros grupos. Mi rubia tiene cara de estar disfrutando, David la está masturbando creo, mientras Clara le lame las tetas. En el otro grupo Fani está rozándose contra Ian a la velocidad que le marca desde atrás Lucas. Aún lleva el la ropa interior puesta por eso pienso que roza más que otra cosa. Pero bien podrían estar follando, tampoco me sorprendería.

Un gemido de placer me hace volver la vista rápidamente a mi equipo, Sofi está disfrutando de lo que Víctor le hace. Sus manos buscan las mías y me sorprende demasiado cuando las lleva a sus pechos y me hace estrujárselos de nuevo, pero con mucha más intensidad de lo que lo he hecho antes yo, lo hago más que encantado. No sabía que le gustaba así de fuerte.

Pone sus manos sobre las mías y me hace seguir tocándolas y estrujándolas mientras Víctor continúa con su tarea muy concentrado.

Los gemidos de Sofi cada vez son más seguidos. Es un sonido femenino, sensual, erótico... Me vuelve loco. Odio que sea otro quien los esté provocando, pero me conformo con disfrutar de presenciarlo, de observarla, de escucharla, de responder a lo que me pide tocándola.

Estoy tan duro...

De pronto suelta mis manos y se tapa la cara mientras gime fuertemente.

—Haz más de eso —le pido a Víctor. No sé qué ha sido, ¡pero que lo repita!

Efectivamente vuelve a gemir fuerte sin destaparse la cara y a los pocos segundos siento como se tensa y curva la espalda un poco sobre mi pecho. Respira acelerada y parece que hace un esfuerzo por calmarse.

Ha sido un orgasmo un poco contenido, quizá le daba vergüenza delante de tanta gente, pero estoy seguro de que no lo ha expresado todo lo que lo sentía.

Cómo me gustaría hacerla gritar.

Víctor se separa de ella, por lo que sus piernas dejan de flotar y bajan despacio hasta el fondo, lo que hace que quede más pegada a mi cuerpo. Incluso rozando mi erección con su trasero.

Se frota la cara y parece que está volviendo a la realidad.

—Uffff... —exclama entre exhausta y encantada.

—¿Te ha gustado? —pregunta Víctor. Con una sonrisa de satisfacción, deja un beso en su mejilla.

Ella asiente con la cabeza, pero no dice nada. Se separa un poco de mí, incorporándose, y me mira con las mejillas encendidas.

—¡Vaya con la segunda parte! —exclama con mezcla de tímida y divertida.

—Sí...

Víctor se acerca a Ian y comienza a lamer los pezones de Fani uniéndose al otro equipo. Sofi mira algo inquieta a su alrededor y tras haber hecho un reconocimiento completo de la piscina, vuelve a mirarme a mí. Estamos desnudos; a menos de dos pasos su cuerpo del mío. No decimos nada, aunque nuestras miradas sí que dicen cosas.

«¿Por qué no vienes y seguimos jugando?», dice la mía.

—Esto... voy al baño... —murmura inquieta y con un tono de voz bastante irregular causado por el alcohol.

En cuanto sale de la piscina se envuelve con una toalla y va hacia el interior de la casa con paso poco firme, casi hace más eses que líneas rectas. Me relajo cuando veo que no se ha caído y ha llegado a su destino entera.

Me quedo en un rincón de la piscina con mi equipo disuelto y me planteo las opciones que tengo ahora:

Podría unirme al equipo de Mon ya que son dos chicas y están solas con David.

Podría quedarme aquí simplemente mirando a los dos equipos y pelármela.

Podría ir tras Sofía y...

¡Sí!, ¿para qué darle más vueltas? Si es lo que realmente quiero hacer.

Salgo desnudo de la piscina y voy tras ella.

Cuando entro en la casa veo que sale del baño y va hacia su habitación, pero la paro antes de que llegue.

—Christian... —Me mira sorprendida—, ¿qué haces aquí? —pregunta confusa aunque pronto su mirada pasa de la sorpresa a recorrerme con lascivia de arriba abajo.

Yo no le respondo. La empujo suavemente contra la puerta de mi habitación y dejo que sean nuestros cuerpos los que se hablen. Beso sus labios con tantas ganas que, de entrada, creo que hasta se asusta un poco, pero tarda tan poco en responder, encendida a mil, que ya no hay quien pueda parar esto.

Abro la puerta y una vez estamos dentro, la cierro tras de mí. Es un mensaje universal para el resto de grupo: «no molestar», «no entrar», «fiesta privada».

Se queda de pie mirándome y es como si estuviera intentando comprender la situación. Mientras, tiro de la toalla y dejo que caiga al suelo entre nosotros dejando al descubierto el cuerpazo que tiene. Ahora sí que soy yo quien se deleita observándola y dejando que la mirada la recorra entera. Esta chica despierta un deseo en mí fuera de lo normal.

Pero quiero hacerlo despacio, disfrutar de cada instante, de cada centímetro de su piel, de cada caricia.

Sus labios están algo hinchados y separados. Me mira inquieta aunque sensual. Hay algo ardiente en su mirada y me pone a mil.

Acaricio sus hombros, sus brazos, su espalda... Me acerco mucho a ella, pero sin abrazarla, solo dejando que algunas partes se rocen como por casualidad. Mi erección contra su muslo, sus tetas contra mi torso...

Ella me observa mientras la acaricio; me deja hacer y eso me encanta.

Pero de un segundo para otro, todo cambia. Sofía se abalanza sobre mí besándome muy profundamente y tirando de mi pelo por la nuca. Presionándome contra ella y haciendo que me pegue mucho más a su cuerpo, como si pudiéramos fusionarnos solo por eso.

Su lengua profundiza en mi boca y encuentra a la mía, juegan desatadas mientras mis manos bajan hasta sus nalgas y las estrujo con demasiada ansia.

Entramos en un trance de deseo, calor, excitación máxima y desenfreno. De pronto se separa de mí, me hace retroceder hasta quedar contra la cama y me empuja. Me dejo caer sobre esta con una risa por la urgencia que le ha entrado de pronto y antes de que me de cuenta, está sobre mí. Se pone a horcajadas se sienta justo sobre mi erección. Se mueve adelante y atrás rozando al máximo; no puedo evitar cogerle las caderas para presionarla más, pero responde a ello cogiendo mis brazos y echándolos hacia atrás e inmovilizándome.

¡Joder con Sofía! ¡Vaya bomba es! Así está el colega.

De pronto para, se queda quieta y me mira preocupada.

—¡No podemos hacerlo! —exclama muy frustrada e incluso algo triste.

—¿Cómo que no?

—¡No! ¡Mónica me mataría! —Se tapa la cara con las manos.

—No. Escucha... tenemos carta blanca. Podemos hacer lo que queramos, Mónica no va a enfadarse —le explico destapando suavemente su cara.

—¡He de preguntárselo a ella!

Se levanta, se enrolla muy torpemente en la toalla y se va.

Me toco un poco pensando en los últimos acontecimientos mientras espero a que vuelva.

Aparece de nuevo en la habitación riendo muy contenta. Creo que el alcohol está más presente de lo que pensaba.

Abre el armario y se pone a buscar algo entre la ropa interior de Mónica.

—¿Y bien? —pregunto sin dejar de tocarme y deseando que vuelva a estar encima de mí lo antes posible.

—¡Podemos! Me ha dado su bendición —explica contenta mientras se quita la toalla y se pone un tanga rojo.

Vuelve hacia la cama y la veo con la intención de saltar encima de mí, tipo salto del tigre o algo así. Intento pararla, pero todo ocurre como a cámara rápida y, en realidad, no me da tiempo de hacer nada más que levantar las manos pidiéndole que frene.

La veo cogiendo impulso, saltando con intención de caerme encima, pero cayendo casi al borde de la cama y rodando como una croqueta hasta el suelo.

¡Hostia puta! ¡Se ha matado!

Me levanto corriendo y voy al lado de la cama por el que ha caído, la veo tirada en el suelo bocarriba partiéndose de risa. Resoplo sacando todo el aire que había contenido. ¡Joder, que susto!

—¿Estás bien? —pregunto muy preocupado e intento ayudarla a levantarse.

—Sí, sí... es que... he calculado mal el aterrizaje. —De nuevo explota en carcajadas y se me contagia un poco—, ahora vuelvo a hacerlo y calcularé mejor.

¿¡Volver a hacerlo!? ¡Ni hablar!

Cuando estoy a medio de levantarla, hace peso muerto y acabo desequilibrándome y rodando al suelo. Quedo tirado a su lado y ambos con un ataque de risa.

Me seco los párpados, aún riendo, y cuando consigo levantarme me doy cuenta de que, en realidad, no podemos hacer nada más.

¡Joder!

—Ven, Sofi... levanta despacio.

Me hace caso esta vez y la ayudo a levantarse sin más percances.

—¿Te has hecho daño en algún sitio?

—Ehhh... no sé. —Se encoge de hombros—. ¡Diría que no!

La tumbo sobre la cama y me estiro a su lado, quedamos de lado mirándonos el uno al otro.

Su mano acaricia mi torso y va bajando peligrosamente hasta que la intercepto por la muñeca, en un movimiento rápido, cuando ya está pasando del ombligo y llegando a una zona peligrosa.

—Ah-ah. —Niego.

—¿Qué? ¿No me dejas tocarte? —pregunta muy indignada.

—No, Sof... estás tan borracha...

Se parte de risa antes de contestar.

—Sí, creo que sí. Es bastante buena la borrachera que tengo, pero ¿sabes qué? tengo otra cosa muy buena —explica traviesa y levanta las cejas repetidas veces en plan sugerente.

—¿Ah, sí?, ¿qué cosa?

—La bendición... ¡y el tanga de la suerte! —dice señalándolo y tirando del hilo rojo enseñándome su coñito depilado.

—Estate quieta... —le ruego y quito su mano del tanga para deje de bajárselo.

—Oh, vamos...

Intenta ponerse encima de mí otra vez y la freno como puedo haciendo que se tumbe otra vez y no me roce más.

—¡Christian! —exclama frustrada—. ¿Cuándo volveremos a tener esta oportunidad? ¡No seas así! ¡Tengo el tanga rojo de la suerte! ¡Todo saldrá bien!

Tiene razón... no en lo del tanga, sino en que no sé cuando volveremos a tener esta oportunidad tal como la tenemos esta noche.

¡Pero no joder! No quiero que nuestra primera vez juntos sea así.

—Sofi, no. Estás muy borracha y te aseguro que me jode mucho más a mí que a ti...

—No me deseas... —concluye haciéndose la ofendida.

Estoy a punto de poner su mano sobre mi erección para que lo compruebe ella misma y se deje de tonterías cuando me doy cuenta de que no puedo caer en la trampa.

—Buen intento, pero no.

—¡Jooooo! —exclama aún más frustrada—. ¡No me hagas esto! ¿No hay nada que podamos hacer? ¿Estás seguro? —pregunta mientras su mano vuelve a acariciar mi torso bajando.

Tengo que volver a pararla e inmovilizarla mientras resoplo frustrado. No sé si tendré voluntad para frenarla mucho más. En realidad algo podríamos hacer... ¡No! Mejor que no.

—Sofi, por favor... no me lo pongas más difícil. Te lo ruego.

Se levanta e intenta ponerse sobre mí de nuevo, pero la paro y la vuelvo a tumbar poniéndome encima para inmovilizarla. Quiero que cuando lo hagamos lo sienta de verdad y lo viva con plena consciencia, no a medias y todo distorsionado por el alcohol.

—Hazme el amor —me pide en un susurro mirándome a los ojos.

¡Oh, joder!

Soy débil. No voy a poder soportar esto mucho más.

—No puedo —murmuro acariciando su cabello, todavía un poco húmedo de la piscina, y apartándolo con suavidad de su cara.

—Por favor. Te deseo —confiesa y sus palabras atraviesan como un rayo todo mi interior.

—Y yo a ti... mucho. —Acaricio con la nariz su cuello y aspiro su aroma.

—¿Entonces por qué no me haces el amor ahora? —me pregunta muy confusa.

—Porque me importas —susurro muy sincero buscando su mirada.

Me mira, junta los labios, suspira sonoramente y parece que acepta lo que le digo y se resigna sin hacer más preguntas.

Cuando veo que se ha calmado y está aceptando la situación, me aparto quedando a su lado y esta vez su mano me acaricia sin más intención que la de sentirme. No intenta acceder a zonas peligrosas, solo reparte caricias suaves por mi cara, mi cuello, mi torso... Yo cierro los ojos y las siento plenamente. Es una mezcla entre relajación, placer, cosquilleo y mucho cariño.

Cuando se queda dormida, admiro su cuerpo acariciando el contorno suavemente sin despertarla. Tiene la piel tan cálida y suave. Descubro algunas pequitas justo debajo de su pecho y también cerca del ombligo. Son muy curiosas y sexys. Podría quedarme toda la noche mirándola.

La tapo con una sábana delgada a ver si dejando de verla consigo relajarme, pero no. Ni tapada hasta el cuello lo consigo.

Tras media hora dando vueltas en la cama, me voy de la habitación.

Será imposible que duerma a su lado si antes no soluciono algo.

NO SOMOS FÁCILES... TENDRÁS QUE SEDUCIRNOS

David

Gloria no deja de enviarme mensajes. No quiero ocultárselo a Sofi, pero tampoco quiero que se moleste. Me escribe todo el día para preguntarme cuándo volvemos, qué estamos haciendo, me pide que le mande fotos, me pregunta dónde encuentra una sartén, cosas así. Entiendo que se siente muy sola en mi casa y necesita apoyo en este momento delicado que está pasando. Pero aunque no quiero dejarla de lado, quiero tener mucho cuidado con lo que digo/hago con respecto a ella, sé que a Sofi le molesta mucho y, en parte, seguro que es porque aún no la conoce. Pero aun así...

Bloqueo el móvil y la observo en silencio. Tiene la mirada perdida en algún punto del campo que tenemos delante. Está seria y parece concentrada.

Me sabe fatal que se haya emborrachado tanto, pensé que solo tenía un puntillo, pero que no recuerde lo que ha hecho, es chungo. Debí estar más atento a ella, pero también pensaba que bebería menos, no sé, siempre es muy responsable con eso.

Por otra parte, estoy tranquilo porque sé que Christian es como yo en ese sentido. Si estaba muy borracha, quizá ni llegaron a hacer nada.

Luego se lo preguntaré a él.

—¿Quieres que vayamos con ellos al pueblo? —le propongo cogiendo su mano y entrelazando nuestros dedos.

—Como quieras —responde con una sonrisa contenida.

—¿O te apetece más hacer otra cosa? ¿Playa? ¿Quedarte aquí? ¿Irnos solos por ahí?

Quiero que deje de darle vueltas y disfrute del día que tenemos por delante. Es importante estar aquí y ahora y no dándole vueltas todo el tiempo a cosas pasadas o futuras.

—Vamos al pueblo con ellos y luego ya vemos —propone algo indecisa.

—Vale, vamos.

Aviso a Christian que vamos con ellos y él encantado. Mónica también. Qué graciosa es mirándome diferente desde anoche. Tampoco fue para tanto... solo un juego.

Lo de tocarnos en la piscina fue divertido. Mon al principio estaba cortadísima, pero acabó totalmente desinhibida y participó activamente en el juego. Yo fui el primero en correrme. Lo hice en un preservativo que me dio Fani y era norma de la piscina. Menos mal, sino ya no volveríamos a usarla más. Aunque a pesar de las medidas higiénicas que nos hizo tomar a todos Fani, creo que igualmente no volveremos a usarla.

Después fue Clara, se corrió mientras Mon le acariciaba y yo le lamía el cuello. Mon fue la última. Me dejo tocarla hasta encontrar el ritmo y la presión que la disparó por completo. Clara le acariciaba los pezones mientras observaba sus expresiones, sus gemidos... Fue muy sexual todo.

Después de eso vi que Sofi había desaparecido y que Christian había ido tras ella. Me quedé tranquilo por esa parte. Me acosté en una tumbona de la piscina y estuve hablando con Clara durante horas. Me habló de su relación con Víctor e Ian, de cómo lo llevan, de cómo lo gestionan, de lo que más les ha costado, de lo que más les gusta... Es genial hablar con Clara porque es como un libro abierto, te lo cuenta todo, sin filtros.

Me habló de su charla con Sofi y de cómo le veía mucho potencial para que pudiéramos conseguir un equilibrio juntos.

Cuando vi que Sofía ya no iba a volver, me fui a la cama a dormir. Esta mañana me he despertado, he meditado y luego la he visto aparecer como un fantasma, entre asustada y perdida. Era para abrazarla y no soltarla jamás.

Cuando están todos listos nos vamos de la casa y dejamos a Lucas y Fani durmiendo (como siempre). Vamos en un taxi de ocho plazas que hemos pedido por teléfono y nos lleva a recoger nuestros coches a la casa de la fiesta. Entra aire por las ventanas y mueve el cabello de Sofi que está mirando de nuevo a un punto indefinido del paisaje. Le cojo la mano, nuevamente, con cariño, ella me sonríe en respuesta y vuelve a perderse en sus pensamientos.

Víctor va de copiloto con el taxista. Detrás van Christian y Mónica, la cual va bailando en su asiento todo lo que suena en la radio. Es la caña. Y detrás de ellos, vamos Sofía y yo.

Cuando llegamos a la casa, nos sorprende ver que no solo están nuestros coches, sino muchos más. Quizá aún hay gente durmiendo en ella.

Nos despedimos de Víctor y nos vamos a Santa Eularia, un pueblo con muchas tiendas y sitios para tomar algo o comer. Aparcamos los dos coches en la rambla y paseamos por las calles un rato los cuatro. Sofi se pasa todo el camino absorta; yo le doy su espacio y no digo nada. Imagino que ha de asimilar los últimos acontecimientos, pero me sabe realmente mal que no lo esté disfrutando.

Mónica entra en un millón de tiendas, o esa es la sensación que tengo. Así que cuando entusiasmada nos anuncia que quiere entrar en una más, yo me piro y Christian se une a mi huida.

Nos sentamos en una terracita a tomar un café él y un zumo verde yo mientras ellas entran juntas en la tienda.

—¿Todo bien? —pregunta Christian en cuanto estamos los dos cara a cara.

—Sí, por mi parte, sí. Sofi está un poco... —pienso en cómo describirlo— en *shock*, creo.

—Sí, ya he visto —chasquea la lengua, niega con la cabeza y añade—: tío, no pasó nada anoche.

¿Qué no pasó nada?

—¿Qué quieres decir? —pregunto esperando que concrete.

—Pues que nos enrollamos y estuvimos a punto de hacerlo. —Christian hace una pausa de su relato para darle un sorbo a su cortado—. Pero no quise seguir adelante, estaba muy muy borracha. No eran buenas condiciones para seguir adelante con nada.

Ese es Christian. Tal como ha sido siempre, un caballero moderno, una persona hiperrespetuosa, siempre pensando en el bienestar de los demás por delante del suyo. Desde que lo conozco ha sido siempre así y conozco pocas personas, por desgracia, tan honestas y nobles como él. Por eso me quedé tan tranquilo sabiendo que estaba con ella.

—Sí... dice que no recuerda nada —le confirmo.

—Me costó pararla. La verdad es que teníamos muchas ganas los dos —confiesa y baja la mirada a su taza de café con una sonrisita curiosa.

—Ya habrá más días —quito importancia.

—Me preocupaba un poco Mónica, la verdad. Pero visto lo visto... ha encajado muy bien todo. —Sonríe sorprendido.

—Sí.

—¿Te acostaste con ella? —me pregunta de pronto con un tono muy neutro mirándome a los ojos.

—No. Tras del juego en la piscina me quedé con Clara en las tumbonas hablando hasta las tantas. Después me fui a dormir.

—Ah, pues creo que se acostó con Fani y Lucas, no sé.

—¿No le has preguntado?

—Todavía no. ¡Qué putada que se vaya esta noche! —exclama y se recuesta en la silla contrariado.

—¿No te vas con ella? —pregunto confundido. Creía que el plan era ese.

—No, al final no. Tiene trabajo y si vuelvo tampoco podré estar con ella así que prefiero quedarme y vuelvo con vosotros —me mira dubitativo antes de continuar—: no te molesta, ¿no?

—¿Cómo va a molestarme? ¡Yo encantado de que te quedes!

Sonríe satisfecho y acaba el café. Doy sorbos al zumo y está realmente delicioso, se nota que lo han hecho al momento y que son todo ingredientes frescos. Pura vida.

Por fin aparecen ellas, con bolsas en cada mano y riendo de algo. Me encanta ver que Sofi está volviendo a ser ella misma, ¡menos mal! Quizá haya hablado algo con Mónica que le haya servido para relajarse.

Se piden un zumo ellas también.

—¡Qué pena me da tener que irme hoy! —exclama Mon con tristeza.

—Joo... y a mí que te vayas —le dice Sofi acariciándole el brazo.

—Bueno, no hagáis demasiadas cosas sin mí, ¿eh? —nos pide divertida—. Que aquí cada noche es más intensa que la anterior.

Nos reímos.

—Ibiza potencia nuestros sentidos —afirma Christian—. Es cosa de la isla. —Levanta las manos en señal de inocencia.

—Sí, sí... por eso lo digo. Porque muy potenciados os veo a todos.

—No puedo prometerte nada, cielo, aquí ya sabes que va de fluir y dejarse llevar —le dice él muy relajado y sonriente.

—Está bien. Joo, no quiero perderme nada. Pero tengo varios eventos que no puedo rechazar, son muy buenos para mi blog.

—El finde que viene tenemos una fiesta muy chula en Caprice —le digo para que piense en otra cosa.

—¡Ah genial! Pues guardad potencia para el sábado que viene cuando esté yo también —pide entre risas.

Tras los zumos y el café, paseamos un rato por el paseo marítimo y a la hora de comer paramos en una tienda de *sushi* y compramos cantidades ingentes de *makis, uramakis, nigiris* y otras variedades... Lo pedimos para llevar y nos vamos a casa.

Nos encontramos a Lucani flotando en dos colchonetas en la piscina, con las gafas de sol puestas y botella de agua en mano. La piscina parece estar en plena limpieza y mantenimiento ya que hay un tubo flotando y la bomba filtrando el agua. ¡Menos mal! Mientras, dos señoras están limpiando toda la casa, cambiando sábanas, toallas... No sabía que estaba incluido. ¡Genial!

—¿De resacón, pareja? —pregunta Christian en cuanto pasamos por su lado—. ¡Venga que os hemos traído *sushi*! Vamos a comer.

Fani emite algún tipo de sonido similar a una queja, pero rema hasta el borde y sale del agua, Lucas la sigue. Parecen dos zombis.

Sofi prepara la mesa con Christian mientras Mon y yo vamos abriendo todos los envases del *sushi* y la salsa de soja. Noto como Sofi está cada vez más relajada, sonriente y contenta. Cada vez menos aislada y pensativa. Parece que ha encajado lo que sea que la tenía preocupada y eso hace que yo también me sienta mucho más relajado, contento y alegre.

¡Me encantan estas vacaciones! Nos pasamos con el alcohol anoche, pero por lo demás... es una pasada pasar tantas horas con ella y tener la sensación de que vuelan y querer más y más. No nos hemos dado ni cuenta y solo nos quedan dos días en Ibiza. El domingo por la tarde ya volvemos.

—¿Qué pasa tío? ¿No te sentó bien el juego de tu mujer? —lo pica Christian.

—Grrr... —Lucas gruñe como respuesta y come otro trozo de *sushi*.

—Mmm... Está delicioso —murmura Fani poniendo cara de deleite como si estuviese teniendo un orgasmo con la comida o algo así.

Todos coincidimos. Hemos acertado con el menú. Además he podido coger un par de bandejas que no llevan pescado, solo vegetales y cosas así. Riquísimo.

Sofi me da un beso en la mejilla y la miro encantado y sorprendido.

—Perdona por haber estado así antes —me susurra al oído.

—No hay nada que perdonar, nena. Y si quieres hablar de algo, sabes que puedes decirme lo que sea. —La beso en la mejilla con dulzura.

—¡Iros a un hotel! —exclama Lucas. Cómo no. ¡Para eso sí que habla!

—A un hotel te vas a ir tú como volváis a intentar matarnos con vuestro licor de piruleta —le dice Christian entre risas.

—¡Qué dices! —exclama Fani—, si es flojísimo.

—Sí, flojísimo —ironiza Mon.

—Poca broma, yo no vuelvo a beber en lo que queda de vacaciones —anuncia Sofi.

—Me uno —añado yo.

—Ohhh... sois tan ideales... y tan ejemplares, ¡que dais un poquito de rabia! —dice Fani en broma y me tira un trozo de jengibre que le devuelvo sin piedad.

—Eh, eh... bajad el tono y no juguéis con los alimentos —pide Lucas muy afectado por la resaca.

Nos reímos todos. No lo lleva nada bien.

Tras recoger la mesa entre todos, planeamos hacer una siesta, luego llevar a Mónica al aeropuerto y ya quedarnos por el centro para salir un rato.

Sofi cierra la ventana y ponemos el aire acondicionado en el comedor. Dejamos la puerta abierta para que entre el fresco y nos tumbamos en ropa interior sobre las sábanas.

No dice nada pero me mira inquieta.

La acerco a mí y la beso con las ganas que tengo desde hace demasiado rato. Ella responde con muchas ganas succionando mis labios y acariciando mi nuca.

—¿Te he dicho hoy cuánto me importas? —le pregunto separando nuestros labios un poco.

Me mira sonriente y niega con la cabeza.

—Mucho. Me importas mucho —afirmo.

—Tú a mi también me importas muchísimo, David.

Suena deliciosa cada palabra en sus labios. Se me remueve todo por dentro, sobre todo cuando pronuncia mi nombre con tanto amor.

—¿Estás mejor? ¿Has dejado de darle vueltas al juego? —pregunto con interés.

—Sí. He estado hablando con Mónica antes, mientras comprábamos y no sé... me ha servido para quitarle importancia. Saber que no está molesta es importante. Y que tú tampoco lo estés es... vital para mí —confiesa bajito.

—Claro que no lo estoy, ¿por qué iba a estarlo?

—Hombre... No sé en otras sociedades o culturas, pero en la nuestra, acostarte con el mejor amigo de tu... pareja —dice dubitativa— es como lo peor del mundo.

—Sofi, para empezar: ¿qué más da lo que piense la sociedad? Lo único que importa es lo que pensemos nosotros sobre nuestra relación.

Asiente y sigue en silencio.

—Y para continuar, creo que tampoco llegasteis a hacerlo —anuncio suave. Espero que no se moleste que lo haya hablado con Christian.

—Ah... ¿no? Bueno, yo recuerdo cosas, pero tampoco lo tengo muy claro.

—Me lo ha dicho Christian.

—¿Se lo has preguntado tú? ¿Te preocupaba que lo hubiera hecho? —me pregunta con angustia en su voz.

La abrazo intentando que note cuánto la quiero.

—Nena, me lo ha contado él. No me preocupa que lo hayas hecho. Eres libre y era un juego en el que estábamos todos de acuerdo. ¿Qué tiene eso de malo? Yo también participé en la piscina y por esa regla de tres, podrías estar enfadada conmigo.

Busca mis ojos y sé que está a punto de soltar una pregunta que la tiene rayada.

—¿Aparte de lo de la piscina... tú... hiciste algo más?

—No, nena, estuve con Clara hablando y luego me fui a dormir.

—¿Y por qué no hiciste nada más?

—No surgió —confieso y me encojo de hombros—. Estaba cansado y, la verdad, hablar con Clara en las tumbonas me apetecía más que hacer cualquier otra cosa con personas que no fueran tú.

—¿Te molestó que desapareciera? En realidad venía a buscar ropa seca a la habitación, pero parece que, por el camino, los planes cambiaron —confiesa con mucha culpabilidad en la voz.

—No me molestó para nada —le digo sincero.

—Jolin... no me acostumbro a esta libertad que tengo. Es muy diferente a todo. Nunca he estado con alguien así.

—Eso es lo que quiero. Que no puedas comparar lo nuestro con nada. —Sonrío complacido—. Que descubras una forma de querer que ya nunca puedas igualar con nadie. Así nunca te separarás de mí, es todo un plan que tengo —le digo en broma— para engancharte y que no quieras irte nunca más.

Sonríe mucho y le brillan los ojos. No dice nada, me abraza y me estrecha contra su pecho con fuerza.

—Eres demasiado increíble —me dice.

—Tú sí que eres increíble.

Entre besos, caricias y una sensación de plenitud que pocas veces se sienten en la vida, nos quedamos dormidos.

—Arribaaaaa pareja —grita Fani entrando en nuestra habitación—. Venga, vamos a llevar a Mónica al aeropuerto y luego por ahí.

Se sienta en la cama entre nosotros mientras nos despertamos.

—Vale, vale —contesto.

—¿Qué hora es? —pregunta Sofía.

—¡¡¡La hora de levantarse!!! —responde Fani riendo—. Las siete de la tarde, bella durmiente.

—Mira quién habla —ironizo.

—Oye, yo con vosotros aún no he jugado a nada, ¿eh? —dice divertida metiéndonos mano en broma. A mi me pellizca el culo y a Sofi le pellizca una teta.

Sofi se ríe y le hace cosquillas.

—¡A ver si esta noche tengo suerte con vosotros! —exclama Fani bromeando.

—No somos fáciles... Tendrás que seducirnos —la reto.

—Eso no lo dudes, mi *amol* —responde ella imitando el acento cubano.

—No te lo vamos a poner fácil, nena —la reta Sofi muy seductora.

—Ohhh. ¡Pero esto qué es! Sofi está despertando a la fiera que lleva dentro —exclama Fani, a modo de halago, a su manera.

—Oh sí, ya verás tú a mi fiera —dice ella siguiendo el juego—. Roaarrrrr. —Araña en el aire como una leona.

—Venga, fieras, vamos a levantarnos antes de que... —no acabo la frase.

—¿Antes de qué? —me pide Fani—. ¿Es que te pone vernos jugar?

Se tira encima de mí mientras Sofi no deja de reír.

—Oh, sí, mucho —digo con sarcasmo aunque en realidad sí lo hacen—. Vamos, va.

Al final nos deja levantarnos y nos cambiamos rápido mientras nos mira desde la cama.

Me pongo unos tejanos y una camisa azul que tiene un estampado blanco como de espiga. Sofi se pone un vestido azul claro con la espalda descubierta que le queda demasiado sexy. Es un vestido de esos que con solo verlo, ya te entran ganas de sacárselo. Además, juraría que no se ha puesto sujetador... y con las ganas que le tengo... esta chica no sabe lo que hace.

Nos repartimos en dos coches y lo primero que hacemos es llevar a Mónica al aeropuerto. Tras una interminable despedida (y eso que nos vemos en dos días), coge su vuelo para volver a Barcelona. Mañana a primera hora hemos de volver al aeropuerto otra vez, ya que Fani y Lucas tienen su vuelo. Nosotros nos quedamos hasta el domingo. Tendremos un día para estar solos, bueno solos con Christian. Aún no sé qué haremos pero quiero organizar algo chulo para que Sofía recuerde nuestro último día de las vacaciones con muy buen sabor de boca.

Como es la última noche de Lucani han decidido que hoy mandan ellos en todo. Además, se les ha antojado cenar marisco, vaya dos personajes.

Después del aeropuerto nos vamos a un restaurante de pijería máxima a cenar marisco (ellos). La carta no tiene ninguna opción buena para alguien vegano, así que no me queda más remedio que pedir un pescado para mí. El marisco nunca me ha gustado. Sofi va probando todo y parece que le gusta. Desde que Mónica se ha subido al avión, Christian está como más atento o cariñoso con Sofía. No me molesta para nada, es solo que me hace gracia notarlo. Quizá anoche no llegó a pasar nada, pero está pendiente que pase. Hay química y eso se nota.

Recuerdo que cuando jugamos en casa de Fani y Lucas la primera vez, me cabreó un montón saber que se había tirado a Lucas. En cambio esta noche, sabía que podía estar follando con Christian y no me preocupaba para nada, mis celos son de lo más extravagantes y selectivos.

Acaricio su espalda desnuda suavemente mientras tomamos los cafés. La pareja del marisco se ha bajado dos botellas de vino ellos solitos y están más divertidos que de costumbre, así que Christian, Sofía y yo, que no hemos bebido más que refrescos, nos reímos mucho de ellos y, bueno, también con ellos, como siempre.

—¿Entonces me dais el aprobado? ¿Os moló mi juego? —pregunta Fani y nos mira uno a uno a los ojos esperando ansiosa una respuesta.

—A mí me pareció muy bueno, creo que podría tener mucho potencial como *app* para el móvil —explico—. Lo único que no me gusta, es que haya tanto alcohol de por medio. Aunque para ponerlo en práctica en Caprice, seguro que la barra lo agradece. —Río.

—Bien visto —me reconoce Lucas.

—A mí también me gustó mucho y creo que tiene mucho potencial para el móvil, en Caprice no sé cómo lo implementaríamos —añade pensativo Christian.

—Bueno, ya lo pensaremos, ¡pero sin duda fue un éxito! —exclama Lucas y besa a su chica en la mejilla.

—¡Lo pasamos bien!, ¿verdad? —pregunta ella sonriente.

—Sí, desde luego —murmuro yo y miro de reojo a Sofi que está muy callada. Sonríe pero no dice nada.

—¿Lo pasaste bien Sofi? —le pregunta Fani al notar lo mismo que yo.

—Sí, fue muy divertido e interactivo. Sobre todo la primera parte con el móvil —especifica.

—¡Sí! Esa es la idea, que sea interactivo y rompa el hielo en un grupo como pasó anoche.

La verdad es que nos lo pasamos muy bien y pasó la noche volando entre una cosa y otra. Fani es muy creativa para estas cosas, no la explotamos lo suficiente.

Tras cenar, Fani y Lucas insisten en invitarnos y acabamos aceptando. Pretenden que nos vayamos de fiesta a alguna discoteca, pero, tras las negociaciones, acabamos en un pub que hay cerca del puerto de Ibiza Nueva para tomar algo.

El ambiente en el pub es bueno aunque extraño, hay un nivel económico muy alto. Se nota que los ricachones de los yates del puerto salen por aquí a tomar algo. También hay muchas chicas guapas sospechosamente solas, bailando con todo el mundo y, en definitiva, buscando clientes para esta noche. Y la sospecha se confirma mientras pedimos una bebida en la barra y vemos en directo como una de esas chicas se lanza sobre un ricachón; tras bailar un poco con él, le da su tarjeta de contacto y se va. Al tío se le queda una cara que es para hacerle una foto. Estas cosas solo se ven así en Ibiza. Y todo tan normal.

Fani, copa en mano, comienza a bailarlo todo con Sofía. Ella responde encantada y se lo pasa bien. Me gusta verla divertirse. Christian está embobado con el móvil, escribiéndose con Mónica. ¡Está poco pillado el tío!

Lucas a mi lado mira cómo bailan ellas y toma su *gin-tonic*.

—¿Te he dicho que anoche la rubia estuvo en nuestra cama? —me pregunta de pronto al oído.

—¿Ah, sí? —pregunto curioso.

—Oh, sí. ¡Vaya bomba es! Por cierto, esta noche podrías dejarnos a Sofía, ¿no?

Lo miro escéptico.

—Sofía no es algo que pueda dejar a nadie. Es una persona libre que toma sus propias decisiones —respondo un pelín borde.

—¡No me seas dramas! Me refiero a «tu bendición» —dice enmarcando con comillas en el aire lo que realmente me pide.

—Mi bendición la tiene ella para hacer lo que le apetezca, así que háblalo con ella, no conmigo —aclaro.

—¡Puto dramas! —exclama y da por finalizada nuestra conversación.

Se une a las chicas y se pone entre ellas a bailar con mucho cachondeo mientras ellas se parten de risa.

ANOCHE CRUCÉ UNA BARRERA IMPENSABLE

Suena música actual variada y me lo estoy pasando superbién bailando con Fani y Lucas. Están como cabras. Fani interpreta las canciones como si fuera una obra de teatro y Lucas se mueve sensualmente con mucho ritmo y canta a viva voz todo lo que suena.

David nos mira divertidos desde la barra, toma una tónica con limón. Christian, a su lado, toma una Coca-Cola y no deja de sonreír mientras teclea cosas en su móvil. ¡Seguro que habla con Mon! Me encanta verlos así.

Dos chicas me tapan esa maravillosa visión cuando se ponen justo delante de ellos y les dicen algo. Ambos las miran y les responden sonrientes. Son dos odiosas chicas espectacularmente guapas, ¡qué rabia dan! Y qué buen gusto tienen. La mirada de David se encuentra con la mía y disimulo, dejo de mirarles. No quiero parecer una celosa monógama posesiva.

Lucas me coge por la cintura para que baile con él. Es una canción *house* y, en realidad, me escabulliría en cualquier otro momento, pero ahora... acepto y le sigo el rollo.

—No temas, no tienen nada que hacer —me dice gritando por encima de la música.

Lo miro confundida y señala con el mentón hacia David, Christian y las chicas.

—No temo —miento.

—Tú y tu amiga, tenéis a esos dos embobadísimos, te lo aseguro —insiste.

—Ya... —Sonrío aunque algo incrédula.

Fani me coge por detrás y baila sensualmente conmigo, así que me separo de Lucas y me giro para hacerle caso a ella.

Lucas entonces se me acerca por detrás y me habla cerca del oído haciéndome cosquillas.

—¿Sabes? Nunca te he visto liarte con Fani.

Me giro buscando su mirada muy sorprendida. ¡Pues claro que no me ha visto! Ni lo verá... Creo.

—¡Ya! ¿Y sabes? Yo nunca te he visto liarte con David —respondo maliciosa.

Lucas se ríe antes de volver a la carga.

—Si es por cumplirte una fantasía sexual, sería capaz de hacerlo... por ti —dice muy sexy.

Me halaga su predisposición a satisfacer mis fantasías sexuales pero la verdad es que no, no es ninguna fantasía sexual para mí verles liarse. Vamos, podría ser... muy morboso... pero no me llama especialmente. Entiendo que a Lucas sí que le llama ver a su chica conmigo.

Los brazos de David aparecen, rodeándome, y le abrazo con muchas ganas. Me da mucha alegría que se haya deshecho de esas chicas y esté buscándome a mí.

Sonríe y baila un poco conmigo. Los hoyuelos que se le marcan son demasiado sexys. Sus movimientos masculinos siguiendo el ritmo me matan. Todo él parece diseñado para seducirme y volverme loca.

Cuando vuelvo la atención a los demás, veo que Christian sigue cerca de la barra con el móvil, pero las chicas ya no están.

Me pilla mirándole y me guiña un ojo con una sonrisa traviesa. Me río algo tímida y sigo bailando con los demás.

Me sigue torturando sobremanera no recordar con todo detalle lo que pasó anoche entre nosotros. ¡Joder!

Anoche crucé una barrera impensable y me lie con Christian. Es, como mínimo, para acordarme. Daría lo que fuera por recordar nítidamente cómo fue besarle. Y todo lo demás, aunque no tengo claro que hubiera mucho más. Sin embargo, recuerdo estar sobre él en la cama. Quizá aún no habíamos llegado a hacerlo. Qué rabia no recordarlo todo claramente. En serio, ¡no vuelvo a beber!

Esta mañana, cuando estaba en un probador de una tienda de ropa probándome un conjunto de ropa interior sexy, se ha metido Mónica en mi probador con otro conjunto muy sensual puesto para enseñármelo y ha aprovechado para confesar que David la había tocado en la piscina y le había encantado. Que se sentía fatal por ello y temía mucho por mi reacción. ¿Y yo? En la cama con su novio. Ha sido liberador poder hablarlo y dejar claro que era un juego y que no hay motivos para enfadarnos la una con la otra. Me ha abrazado con cariño y me ha dicho que me quería. Yo también la quiero, ¡y mucho!

No me imagino otra amiga en el mundo con la que pudiera compartir tantas cosas, ¡hasta experiencias como las de este viaje! ¡O chicos! Jamás en mi vida había pasado algo así. Pero no es molesto, es solo curioso. La imagen de David masturbando a Mónica es como mínimo turbadora. Pero es porque ella para mí es como una hermana. A parte de eso, no me molesta que jugaran. Clara masturbó a David por lo que tengo entendido y luego pasaron la noche hablando en la terraza. Me hubiese encantado saber de qué. Pero tampoco me molesta, sé que son amigos. Además, Clara me gustó mucho. Me pareció muy transparente y sincera. Si estuviera más cerca, nos haríamos amigas, seguro.

Es difícil procesar todas las cosas que estoy viviendo últimamente. Pero... ¡me gusta! No lo cambiaría por nada. Mi vida es mucho más excitante, divertida y alucinante que hace un tiempo. Si lo pienso... ¡era como una seta hasta hace poco!

Una canción me hace volver al presente. «Felices los cuatro» es como el himno de estas vacaciones ya. Lucas y Fani lo están dando todo, se ríen y les encanta. La cantan, bailan y se cruzan con nosotros que también nos reímos y les seguimos el rollo.

Cuando acaba la canción aprovecho para ir al lavabo. Tras un pis, me lavo las manos y limpio el maquillaje negro que se estaba posando en los parpados, me pongo cacao hidratante en los labios y salgo de vuelta adonde estábamos. Empiezo a sortear gente para llegar a la otra punta de la sala y un brazo fuerte me para y me inmoviliza. Me giro algo confusa pero me relajo en cuanto veo la sonrisa de Christian.

—¿Todo bien? —me pregunta acercándose mucho a mí para hablar.

—Sí. —Sonrío y no sé qué más decir.

Pone una mano en mi cintura acercándome un poco a él y vuelve a hablarme cerca del oído para que le oiga a pesar de la música.

—No quiero que estés incómoda conmigo, ¿eh?

—¡Noo! —exclamo negando—, claro que no.

Aunque un poco sí que lo estoy. No saber qué pasó exactamente me mata.

—Sí que lo estás —asegura con media sonrisa.

—Bueno —miro al suelo indefensa. ¡Siempre me pilla!—, un poco.

Con una mano me acaricia la cintura y con la otra levanta mi barbilla para que le mire.

—Soy yo, Sofi. No has de estar incómoda conmigo. —Sonríe tan cálido que se me contagia.

—Lo sé... es que, bueno, pffff — bufo agobiada —. Anoche bebí demasiado. —Me tapo los ojos con una mano avergonzada.

—Sí. Por eso no pasó nada.

—¿Nada? —Le miro curiosa, recuerdo besos, recuerdo cama, recuerdo haber amanecido semidesnuda con su cuerpo pegado al mío. ¿Seguro que nada?

—Bueno... pasó mucho. —Sonríe travieso como si recordara algo en concreto—. Pero no llegamos a hacerlo —aclara.

—Ah... vale —no sé qué más decirle. Estoy incómoda.

Me mira en silencio. La música suena fuerte. La gente baila a nuestro alrededor. Su mano sigue en mi cintura. Se inclina hacia mí y estoy convencida de que voy a sentir sus labios sobre los míos pero... los posa cerca de la comisura de mis labios y me da un beso amistoso con cariño.

—¡Me costó pararte por eso! —dice al separarse; él ríe travieso y yo quiero morir.

—¡No me digas! —Siento el ardor en mis mejillas.

—Mucho. No sabía yo que... —se para antes de continuar la frase—. Bueno, solo quería asegurarme de que...

—¿No sabías qué? —pregunto. Quiero que acabe lo que iba a decir. ¿A qué se refiere?

—Nada —quita importancia y mira mis labios antes de volver a mirarme a los ojos.

—No, dime —insisto con una sonrisa.

—No sabía que... bueno... —titubea y parece que no sabe cómo decirlo—. Tú también me tenías tantas ganas.

Christian tímido es como lo más sexy que puede existir en este momento. Dan ganas de comérselo.

Me sonrojo un poco por lo que pude dar a entender. Madre mía... estaba desatada. De hecho, no recuerdo haber tenido tentaciones de Christian antes de anoche, por eso me sorprende mucho que lo poco que recuerdo de nuestro encuentro fuera tan apasionado, desenfrenado y lleno de deseo.

—En fin... Solo quería asegurarme de que está todo bien. —Sonríe como si fuera un niño bueno que jamás ha roto un plato—. Entre tú y yo —añade señalándonos.

—Sí. ¡claro! Todo bien —respondo muy convincente.

—Vale. Me voy a casa, estoy cansado —dice y vuelve a besarme cerca de la comisura con cariño.

—¿Ya te vas?

—Sí. ¡Nos vemos mañana! ¡Pasadlo bien!

Acepto y siento como me suelta, se aleja y a una parte de mí le sabe mal. No quiero que se vaya. Me encanta que esté cerca. Es su presencia, su energía, no sé cómo explicarlo.

Sigo mi camino hasta donde están los demás y veo que David está con el móvil escribiendo y Lucas sigue bailando y dándolo todo con Fani. ¡Vaya dos!

Me pongo al lado de David, pero sin mirar su pantalla ni nada, él, en cuanto nota mi presencia, bloquea el móvil y está por mí.

—Se ha ido Christian. ¿Tú quieres irte o quieres quedarte un rato más?

—Lo que quieras —respondo algo indecisa.

Me lo estoy pasando bien, pero también estoy cansada. No me desagrada nada la idea de irme a la cama con él. De hecho lo estoy deseando, creo que la proximidad de Christian hace unos instantes y hablar de anoche me ha encendido un poco, ¡para qué negarlo!

—Cuando quieras nos vamos, podemos llevarnos el coche y que ellos se vuelvan en taxi.

—Vale.

Fani parece que intuye nuestra conversación y se acerca bailando, *gin-tonic* en mano y meneando las caderas sexy hacia nosotros.

Se pone a bailar sobre David como si fuera una *stripper* o algo así y ambos nos reímos, no es para menos. Es sensual, pero también es cómica. Entonces Lucas aparece y se pone a bailar sobre mí, acaricia mi cuerpo por un lado y me hace girar y dar una vuelta sobre mí misma.

—¿Esta es vuestra idea de seducirnos? —pregunta David entre risas—, ¡vais muy mal!

—¡No jodas! Es lo más sexy que sé hacer —se queja Fani frustrada y luego estalla en risas.

—Vale, vamos a dejarnos de bromas —dice Lucas serio y nos hace acercamos un poco para oír lo que dice—, esta es la propuesta: una *suite* doble.

David bufa y mira hacia otro lado como si ya supiera todo cuanto va a decir a continuación.

—Una botella de cava... la noche por delante... y vosotros mandáis —acaba la propuesta Lucas.

Suena curioso como mínimo, la verdad. Mentiría si no dijera que me ha tentado un poquito.

—Sofía manda. Lo que ella diga —responde David y me mira con una sonrisa expectante.

Cojo su mano y tiro de él para alejarme unos pasos y tomar la decisión juntos en intimidad.

—¿Tú quieres? —pregunto directa.

—Puede ser divertido —responde sopesándolo—. Pero si prefieres ir a casa y dormir cada uno en su habitación, también tengo ideas divertidas para ti y para mí —añade tan sensual e insinuante que se me contrae una zona muy interna.

Me río por el abanico de posibilidades sexuales que tengo para esta noche. Algo cruza mi mente y cambia el rumbo de mis decisiones y nuestros actos: «¿por qué no?».

Volver a estar en Villas de Ibiza es como sentir un *déjà vu*. Pero me gusta. Lo que viví en este hotel (para bien o para mal) no lo olvidaré jamás.

La *suite* que han reservado es una doble, lo que significa que tiene dos camas de matrimonio. Al parecer es muy difícil de conseguir porque siempre hay mucha demanda, pero parece que hemos tenido suerte esta noche.

Por cierto, estas cosas me sorprenden y me dejan loca. ¿Tantas parejas hay que vayan de hotel y quieran compartir habitación con otra pareja? Jamás lo hubiera pensado que movía a tanta gente estas cosas. ¡De hecho no sabía ni que existían habitaciones dobles de dobles!

Una chica muy amable nos acompaña por esos caminitos de bosque que recorrimos muchas veces hace días para ir a las villas y finalmente llegamos a la *supersuite* de las parejas depravadas.

Por dentro es como la que tenía yo, igualita. Solo que delante de la cama, hay otra cama igual y la bañera, en vez de estar en el baño, es de hidromasaje y está junto a la ventana de la terraza. En el baño hay una ducha muy chula y moderna. Toda la decoración de la habitación es minimalista y lujosa.

Lucas le pide a la chica que nos ha acompañado varias cosas mientras Fani se pone cómoda (se ha quitado los zapatos) y está conecta su móvil a un altavoz *Bluetooth* que hay en la pared. David está dejando el móvil, la cartera y las llaves del coche en la mesita de la que será nuestra cama. Así que en esa misma mesita dejo mi bolso, móvil y me saco también las sandalias para ponerme cómoda. Me siento en un lateral de la cama y es tan gustosa que dan ganas de dormir en ella para siempre.

Cuando Lucas ha acabado de hacer la lista de la compra (o algo así), cierra la puerta y va hacia su chica. Comienza a besarla por el cuello mientras ella sigue conectando el móvil. Empieza a sonar música en toda la habitación; me temo que esté muy alta, pero, en realidad, esta villa está algo apartada de las demás y... ¡y es Villas de Ibiza! Que seguro que tienen una fiesta montada en la piscina que *pa qué*.

David se sienta en la cama a mi lado y coge mi mano. La besa con cariño y me dice:

—Nena, mandas tú. Lo que quieras hacer. Lo que no... Cuando quieras parar. Cuando quieras que nos vayamos, lo que sea. Solo has de decir nuestra palabra, ¿vale?

—Claro. —Sonrío.

Me encanta tener todo el poder y que siempre se preocupe tanto por mi bienestar y comodidad. Me hace sentir muy segura a su lado.

Lucas deja los zapatos a un lado y se acerca a nosotros abrazando a Fani y dando pasos al ritmo de la música que suena.

—¡Bueno! Vosotros mandáis. Está a punto de llegar algo de *sushi* y una botellita de cava bien fría. Id pensando qué nos queréis pedir. Somos vuestros esta noche.

Fani se ríe pero asiente con la cabeza.

¿Así que va de esto? ¿De que pidamos lo que queremos y ellos lo hagan?

Interesante.

Una parte muy caliente de mi mente se acaba de activar y un montón de posibilidades excitantes pasan por ella como coches a toda velocidad por una autopista.

Jamás se me habría ocurrido poder tener a una pareja a mi disposición para pedirles que hagan cosas y que ellos simplemente las hagan para mí. O me las hagan a mí.

Claro, esa posibilidad también está.

Interesante. Muy interesante.

Después de un rato bailando Fani, Lucas y yo (básicamente haciendo el tonto), con David partiéndose de risa viéndonos desde la cama, llaman a la puerta y entra un botones con un carrito. Cuando está cerca de nosotros, deposita una bandeja de *sushi* variado y con una pinta alucinante sobre la mesa del escritorio que hay junto a mi cama. ¡Qué rápidos han sido en traer todo lo que ha pedido! Se nota que los chicos tienen enchufe en este hotel. Seguro que si lo pido yo, tarda una hora por lo menos.

A su lado pone un pie que sujeta un cubo lleno de hielo con la botella de cava fría y deja, junto a la bandeja de comida, cuatro copas de cava que parecen heladas.

Deposita una fresa en cada una de ellas y abre la botella. Tras servirla, nos sonríe y se va con el carrito. Lucas le da un billete de propina antes de cerrar la puerta de la *suite*.

Fani se abalanza sobre el *sushi* como si hiciera años que no prueba bocado. David selecciona minuciosamente cuáles son los que no llevan pescado crudo y yo picoteo algunos que me parecen deliciosos. Lucas también picotea algunos.

Fani, tras coger su copa, nos propone un brindis:

—Por vosotros.

—Por vosotros también —añade David.

—Por todos nosotros —aclaro yo divertida.

—Felices los cuatro —sentencia Lucas con una sonrisa como si esta noche fueran a venir los reyes magos con sus regalos preferidos. Está ilusionado con esto.

Fani sigue bailando, copa de cava en mano, picando algunos *sushis* más, Lucas igual. David y yo estamos sentados en nuestra cama mirándoles y riendo de todas las tonterías que hacen. Son unos payasos la verdad.

Creo que si tuviera que destacar una cualidad en Fani sería su creatividad, pero en Lucas sería lo divertido que es. Es imposible no estar con él sin reír cada pocos minutos por alguna broma, comentario gracioso o acto. Es cómico hasta en los gestos. Es innato.

—¿Qué te apetece pedirles? ¿Lo has pensado? —me pregunta David al oído.

—La verdad es que no. Nunca he estado en una... situación como esta —explico.

—Me imagino. —Sonríe pícaro.

—¿Tú sí? —pregunto curiosa aunque enseguida sé la respuesta antes de que asienta.

¿Sería Gloria su pareja en ese juego? ¿Qué pediría ella de tener el poder?

—¿Qué cosas se pueden pedir? Dame ejemplos para que me haga una idea... —le pido totalmente ingenua.

—Puedes pedirles que se desnuden, que se toquen para ti, que Lucas se la folle mientras los miramos.

Bufff... cada cosa suena más caliente que la anterior. Y encima esa voz baja de David, llena de sensualidad y deseo... Me pone a mil cuando me habla así. Me muerdo el labio inferior por no morderle a él y asiento con la cabeza para que siga enumerando opciones.

—O puedes pedir cosas más... interactivas. —Sonríe muy pícaro antes de continuar hablando—, como que te toquen a ti, a mí. Que Fani me haga una felación, que Lucas te coma a ti. Que ambos te masturben mientras yo miro, que ambos me hagan cosas a mí mientras tú miras.

Oh, my God. ¡Qué fuerte!

Debo estar roja tono fuego del infierno. Mi entrepierna palpita y es solo por esta conversación. David me pone tanto. Me pone tanto todo lo que sea con él. Cada una de esas propuestas me ha excitado más que la anterior. Quiero hacerlo todo. De pronto me gustaría que esta noche no acabara nunca. ¡Cuántas posibilidades! Cuántas cosas podemos hacer... y yo soy la que lo decide. Qué poderosa me siento. Y qué cachonda también, todo hay que decirlo.

La mano de David se posa en mi muslo, sube despacio acariciando mi piel y erizándome de cosquillas y de gusto por el contacto mientras sigue dándome ideas al oído.

—Puedes pedirme a mí que le haga algo a Fani mientras nos miras. Puedes hacer tú lo que quieras con los tres. En realidad, estamos todos a tu completa disposición. Tú eres la que manda, nena.

—Interesante —trago con dificultad—, muy interesante.

David se ríe y su mano sigue subiendo por mi muslo por debajo de la tela del vestido hasta llegar a mi entrepierna. La acaricia suave y discretamente y ardo.

Ardo de deseo y desesperación porque no deje de tocarme así en toda la noche.

Su boca se acerca a la mía, pero no me besa, se queda a pocos centímetros mirándome y tocándome como tan bien sabe que me vuelve loca.

Jadeo y se muerde el labio inferior como respuesta.

—Me vuelves loco.

Ufff... no puedo más que respirar muy pesadamente. Sus dedos apartan despacio la tela del tanga y acaricia mis labios húmedos con suavidad, pero aplicando presión.

De pronto su boca está sobre la mía y nuestras lenguas se buscan con una desesperación y deseo tan fuertes que olvido por completo dónde estamos, con quién estamos y para qué.

David me besa profundamente y con mucho deseo. Puedo sentirlo. Acaricio sus hombros, sus brazos y su pecho hasta llegar a los botones de la camisa y comienzo a desabrocharlos. Separo un poquito las piernas, lo justo, para que pueda acceder bien a tocarme y él lo aprovecha enseguida pasando un dedo a lo largo por mi abertura. Uffff.

—Oyeeee, ¡¿pero qué es esto?! —exclama Lucas sorprendido y vuelvo a la realidad como si cayera de una nube directa al suelo—. ¿Habéis empezado sin nosotros?

¡Joder! Se me había olvidado por completo que existía vida fuera de esto que está pasando entre David y yo. Tiene este don para que se me olvide hasta la vida.

—¿Es que lo que queréis es que os miremos? A mí me parece bien —anuncia Fani con sonrisa lobuna.

David y yo nos reímos, pero su mano no deja de acariciar mi sexo y yo no dejo de desabrochar su camisa tranquilamente y muy despacio.

—¿Es lo que quieres? —me pregunta David con la voz cargada de sexualidad.

¿Es lo que quiero? ¿Qué nos miren? Hombre... pues pensándolo bien... lo que no quiero es que David deje de tocarme. Y no quiero dejar de tocarle yo a él. Quiero sentirlo dentro de mí YA y quiero que me folle como solo él sabe hacerlo.

Que Lucas y Fani nos miren es como un añadido. Me recuerda al día de la habitación en Caprice, con el espejo mágico. Aquellas parejas desconocidas que nos miraban... me volvió loca todo aquello. Quizá no sea mala idea probar lo mismo sabiendo quién nos mira y viendo cómo reaccionan, qué hacen. Oh, sí, creo que sí.

Asiento decidida y David sonríe complacido, parece que le gusta el rumbo que está tomando todo esto.

—De momento os vais a quitar la ropa y vais a mirar lo que hacemos —les dice con un tono autoritario que me alucina.

Veo como se desprenden de sus prendas por el rabillo del ojo y sigo con mi misión de desnudar a David. Le quito la camisa y aprecio su torso desnudo. Me encanta su piel, lo fuerte que está, la calidez que desprende su cuerpo, su aroma, todo. Él me pide que levante las manos en el aire y me quita el vestido por la cabeza con suavidad y cuidado. Me quedo en tanga ya que no llevo sujetador esta noche.

David se pone de pie frente a mí y desabrocho su cinturón, su tejano y lo dejo caer al suelo. El bulto que predomina en su bóxer me acaba de calentar lo que me faltaba. Tanto que al bajárselo despacito y dejar a la vista su enorme erección, ni siquiera lo pienso, simplemente recorro la distancia que me separa de ella y la lamo desde la base hasta la punta y vuelta a empezar. Oigo como David gime y me vuelve loca saber que le gusta lo que le hago.

Por el rabillo del ojo veo a la derecha a Lucas y Fani sentados en el borde de su cama. Él está desnudo, tocándose, y Fani, a su lado, acariciándose los pechos.

Siento que si me pongo a pensar un poco en ello me cortaré y se irá al traste todo el juego así que aparto cualquier pensamiento lógico de mi mente; simplemente cierro los ojos y disfruto de seguir lamiendo la erección de David mientras él acaricia mi pelo, mi cuello y mi nuca con cariño.

No ha pasado ni un minuto. David me empuja suavemente hacia atrás en la cama para que me tumbe y me arranca el tanga de un tirón. Adiós tanga nuevo.

Se tumba encima de mí a la altura de mi sexo y me devora sin piedad. Lame, succiona, tira, muerde... me tapo la boca con la mano para no gritar. Lo que me hace es demasiado. Ya no es solo lo que me hace, sino cómo lo hace. Y sentir las miradas puestas en nosotros, es todo...

Su lengua da vueltas alrededor de mi clítoris y creo que puedo salir volando en cualquier momento de esta habitación.

Todo mi cuerpo se tensa y me revuelvo un poco sobre las sábanas. ¡Dios! Lo que me está haciendo.

Sus dedos vuelven a jugar entre mis piernas presionando mi clítoris, mientras, su boca sube lamiendo todo mi cuerpo a su paso hasta llegar a mis labios. Me besa de manera incendiaria justo cuando introduce dos dedos en mí y juega con mi sexo como le da la gana dándome un placer que no se puede medir ni explicar con palabras. Sus labios saben un poco a mí y es muy erótico todo cuanto está pasando.

Dejamos de besarnos unos segundos y nos giramos hacia nuestros espectadores. Lucas sigue masturbándose sin quitarnos ojo y sin decir nada; Fani ha comenzado a acariciarse entre las piernas también.

—¿Les pedimos algo o quieres dejarlos así? —me pregunta David mirándome a los ojos sin dejar de meter y sacar dos dedos de mí y nublar por completo mi juicio racional.

—Les... pedimos... que vengan... —consigo decir entre jadeos y respiración muy pesada.

—Venid a nuestra cama —pide David y ellos responden.

Se sientan tímidos y expectantes en el borde de la cama.

—Pídeles lo que quieras, nena... —me dice David y comienza a lamer mi cuello erizando toda mi piel.

—Tenéis que... —tengo que interrumpir mi frase para suspirar porque lo que siento con los dedos de David entrando y saliendo de mi sexo es demasiado...—, tenéis que hacer... lo mismo... que nosottros... —consigo articular finalmente.

Ellos sin decir nada se ponen en la misma posición que nosotros y nos imitan. Fani queda tumbada a mi lado, a escasos palmos de mí y Lucas, sobre ella, comienza a tocarla como David hace conmigo.

Mi mano se cuela entre nosotros y acaricio la dura y potente erección de David mirando como Fani me imita y hace lo mismo con Lucas. Ambos nos miran completamente entregados a este momento, a lo que ven, a lo que hacen, a lo que sienten.

Es bastante alucinante y potencia mucho lo que estoy sintiendo. David jadea cerca de mi oído y me revuelvo toda del placer que me provoca todo esto.

Dirijo su erección a mi abertura. David deja de tocarme y simplemente me deja hacer a mi antojo lo que yo quiera. Me acaricio los labios y el clítoris con su pene como si fuera un consolador. Meto un poco la puntita y la saco dirigiéndola al clítoris y dándome algunos golpecitos con ella justo allí. Podría correrme en cualquier momento solo con esto.

—Dime lo que quieres —me pide David mirándome a los ojos con muchísimo deseo en la mirada.

¡ME HABÉIS TROLEADO!

David

—Te quiero a ti... dentro de mí... YA —consigue decir Sofi entre jadeos y me pone como una moto.

Me separo a disgusto de ella y busco un preservativo en la cartera. Miro a Lucas pero él no está haciendo nada, Fani toma pastillas y entre ellos no usan protección.

Me pongo el condón y vuelvo a estar encima de Sofi en un instante. Separo sus piernas y acaricio su sexo con el condón ya puesto para lubricarlo un poco, está tan mojada.

De una embestida se la meto hasta el final y siento como se remueve bajo mi cuerpo.

—Síííí... —susurra fuera de sí.

Observo como Lucas hace lo mismo y Fani cierra los ojos y se agarra a las sábanas con fuerza.

Lucas imita el ritmo que llevo, si paro, él para, si acelero, él también. No hace nada diferente ni por sí mismo, están muy metidos en el juego.

Sofi estruja mis nalgas; con ese gesto sé que me pide que profundice más las embestidas así que hago caso a sus deseos y la clavo hasta el fondo en cada movimiento.

Gime de placer y me hace perder la cabeza. Los gemidos se mezclan en el aire con los de Fani y en cierta forma es como estar follándola también a ella ya que yo marco el ritmo.

Bajo una mano entre nuestros cuerpos y presiono con dos dedos el clítoris de Sofía mirando cómo Lucas responde imitando ese movimiento. Fani automáticamente abre los ojos y me mira sonriente.

—Cómo sabes... lo que me gusta... —exclama encantada.

Sofi sonríe al escucharla y los mira como recordando que están aquí. Es como ver porno mientras follamos solo que en directo, real y dirigiendo cada movimiento. Es la puta hostia.

Había jugado antes con otras parejas *swingers* y de hecho, también lo había hecho con Lucas y Fani. Pero mi compañera era Gloria y aunque tenía muchas ideas creativas para peticiones a la otra pareja, no fluía de esta forma como fluyen las cosas cuando las hago con Sofi. Es que siempre la sensación con ella es la misma: «si lo hubiese planeado no habría salido tan bien». Así son las cosas con ella, siempre son mejores de lo que nadie puede pensar o imaginar.

Siento como el cuerpo de Sofía se tensa bajo el mío y paro de golpe, no quiero que se corra todavía. Me quedo estático respirando con dificultad y observando sus facciones y gestos.

Me mira con el ceño fruncido.

—Ponte encima —le pido.

Me tumbo y la subo encima de mí a horcajadas. Quiero que experimente lo que se siente al dirigir los movimientos de nuestro acto y del acto de la otra pareja.

Efectivamente comienza a moverse despacio sobre mí buscando su placer y cuando un jadeo de Lucas le llama la atención, los mira y sonríe divertida. Acaba de descubrir lo que está haciendo. Nos está follando a los dos a la vez. De hecho, a los tres.

Sus caderas golpean fuerte contra las mías en cada movimiento que ejerce y sus manos se apoyan en mi pecho. Le cae el pelo a los lados y está tan bonita que parece una visión, un sueño, algo que podría desvanecerse en cualquier momento.

Acaricio sus mejillas rosadas con devoción. La adoro.

Se acerca a mí y me da un beso suave pero caliente.

—¿Quieres acabar así? —le pregunto antes de que vuelva a erguirse—, ¿o quieres cambiar y acabar sobre Lucas?

Lo mira sopesando la opción y vuelve a mirarme.

—Quiero acabar contigo —sentencia y suena a una amenaza fantástica.

—¡Ya lo haces! —Río—. ¡Vas a acabar conmigo, nena!

Ella también ríe al ver el doble sentido. Vuelve a concentrarse en los movimientos que hace contra mi cuerpo, yo cierro los ojos y me pierdo en sentirla.

La cojo por la cintura y le acelero un poco el ritmo. Estoy a punto. Solo necesito un poco más...

Ella enseguida responde acelerando y, al mirarla, no puedo evitar cubrir sus tetas con mis manos. Rebotan en cada embestida y las estrujo suavemente sintiéndolas bajo mis manos. Sofi cierra los ojos y echa la cabeza hacia atrás, ya casi está ella también.

—Córrete para mí, nena.

Los siguientes movimientos son más lentos, más profundos, algo erráticos, siento como todo su cuerpo se tensa alrededor de mi polla y eso hace que me corra también sintiendo como el placer se apodera de absolutamente todo.

Escucho a Fani gritar y a Lucas respirar muy fuerte poco después. ¡Vaya sincronización!

Sofi se deja caer sobre mí, sonriente, con la respiración aún agitada.

Fani hace lo mismo y, tras pocos instantes en los que nos reponemos Lucas rompe el silencio:

—¡Nos toca!

—¿Que os toca qué? —pregunta Sofi divertida levantándose un poco sobre mi pecho.

—Nos toca mandar, ¡claro! —responde él tan tranquilo.

—Eso no estaba en el trato.

—Está implícito, obviamente —sentencia él con seguridad y sonrisa petulante.

Sofi me mira desconcertada.

—No hay nada implícito en ningún trato. Aquí cada uno hace lo que quiere —aclaro—, y nada más ni nada menos que eso.

—¡Puto aguafiestas! —exclama Lucas. Fani se levanta, saliendo de él, y se va al lavabo.

—Bueno... en realidad... —dice Sofi pensativa—, sería lo justo... ¿no?

—¡Claro! —exclama Lucas triunfal.

—Aquí no se trata de hacer justicia, nena... aquí se trata de hacer lo que uno quiere y tiene ganas.

—Ya, bueno... si tú quieres, a mí me parece bien —dice algo cortada.

—¿Sí? ¿Estás segura? —No sabe lo que está diciendo. ¡Que es Lucas!

—¡Está segura! ¡Ya la has oído! —grita Lucas entusiasmado.

Sofi sale de mí despacio para no llevarse el condón con ella y se va al lavabo tras Fani.

Yo aprovecho para quitármelo y tirarlo a la basura mientras miro su trasero alejarse con deleite, ¡vaya cuerpazo tiene!

Me acabo la copa de cava que tenía servida y busco agua en el minibar. Abro una botella y relleno la copa.

—¡Tu piba es la puta ama! —exclama Lucas a mi lado rellenando su copa de cava.

Sonrío como respuesta.

—¡En serio! Cuando la conocí, pensé que era la típica monja que tenías esperanzas de depravar, pero qué va tío, ¡estaba tope-equivocado! —dice como si tuviera algo de sentido lo que está diciendo.

—Tú sí que estás equivocado.

—¡Es la puta ama!

—Sí, en eso sí que tienes razón —confirmo con una sonrisa.

Las chicas salen del baño, envueltas en toallas a modo de vestido hablando entre ellas y riendo.

—Vale, chicos, este es el plan —anuncia Fani y los dos la miramos—. Vamos a repetir pero ahora mandamos nosotros —dice acercándose a Lucas.

—¡Así se habla, churri! —contesta Lucas encantado.

—¿Y tú estás de acuerdo? —pregunto a Sofía.

Asiente sonriente y se sienta en el borde de la cama con su copa de cava.

—Vale. —Levanto las manos en rendición—. Vosotros mandáis.

Lucas sonríe perverso y se frota las manos con malicia, creo que no estamos preparados para lo que sea que tenga en mente. Pero si Sofi quiere probar... no seré yo quien se niegue.

—Para empezar... —dice Fani y le quita la copa a Lucas de las manos—, ven aquí.

Se tumba en la cama junto a Sofi, que también se tumba a su lado. Ambas abren la toalla y quedan desnudas de nuevo. Lucas se acerca a ella decidido.

—Ah, ah —dice parándolo—... tú vas ahí —dice señalando al sexo de Sofía.

Lucas modifica la ruta y se tumba sobre Sofía, abriéndole las piernas y colocándose frente a su sexo. Hago lo mismo sobre Fani. Al menos si manda Fani, esto será más cómodo para Sofi. Más cómodo y menos perverso que lo que sea que tuviera en mente su novio, claro. Empiezo a pensar que lo han hablado en el baño y en realidad, son ellas las que mandan.

—Enséñale cómo me lo comes a mí —incita a Lucas—, y tú... ya sabes lo que tienes que hacer —me dice a mí.

Me gusta Fani cuando se pone dominante.

Separo sus labios vaginales con los dedos. Se debe haber lavado con agua fría porque la piel está helada. Comienzo a lamer de arriba abajo su abertura y sintiendo que poco a poco, se va humedeciendo. Levanto un poco la vista y veo que Sofi tiene los ojos cerrados y disfruta de lo que le hace Lucas. Me encanta que esté disfrutando. Me pone mucho, de hecho vuelvo a estar empalmado y aún ni me han tocado.

Trazo círculos con la lengua en el clítoris de Fani sintiendo como se va hinchando sutilmente gracias a las caricias.

—Chúpalo... —me pide entre jadeos Fani.

Succiono su clítoris y tiro un poco de él con mucha suavidad mientras ella gime de placer. Sofi también respira fuerte y me alegro de que Lucas se esté empleando a fondo en darle placer.

—Ahora ven aquí —me pide—, y tú ponte al revés, Sofía —le pide a ella.

—¿Al revés cómo? —pregunta ella confusa.

—Los pies hacia aquí —dice señalando a la almohada en la que Fani apoya la cabeza.

Sofi se gira en la cama y queda una con los pies hacia el cabezal y la otra hacia el otro lado con bastante separación entre ellas.

—Ahora tú, David, ponte así —dice señalándome con las manos cómo he de colocarme.

Al final ellas se mantienen en esa postura, pero se ponen encima de nosotros. Así que yo quedo tumbado con el sexo de Fani sobre mi cara y la cara de Sofi sobre mi polla. Después le explica a Lucas cómo colocarse también y este queda tumbado, con el sexo de Sofi sobre su cara y Fani sobre su polla. Formamos un 69 pero en cuadrado. No es tan cómodo para comérselo a ellas, pero sí para interactuar los cuatro a la vez. No había probado nunca esta postura a cuatro. Fani tiene pinta de que sí, aunque también podría estar improvisando sobre la marcha. ¡Ideas no le faltan!

Utilizo los dedos para seguir estimulando a Fani y con la lengua lamo hasta donde llego. Al mismo tiempo siento como Sofía me agarra la polla y se la mete en la boca y por un instante ya no coordino ningún movimiento más que el de jadear de placer absoluto.

Miro de reojo y veo que Lucas también se ayuda con las manos para dar placer a Sofía, ella abre las piernas y le da total acceso mientras sigue succionándome que da gusto.

Fani gime entre lametazos y el sonido en la habitación, al margen de la música que suena de fondo, es muy porno.

A los pocos minutos Fani pide un cambio y las que cambian de postura son ellas sobre nosotros. Así que yo paso a lamer enterita a Sofía, mientras es Fani quien me come a mí. Y Lucas lame a su chica, mientras Sofía se la come a él.

Me esmero mucho por hacer disfrutar a Sofi, uso los dedos, la presión en el clítoris, la lengua, todo... Y siento como se remueve y se tensa de placer todo su cuerpo, lo que me da *feedback* de que lo estoy haciendo bien.

Fani es más agresiva comiéndome la polla que Sofi, succiona más fuerte y casi le pediría que aflojara un poco, pero sin que le diga nada, comienza a aflojar por sí sola y no me hace falta decírselo.

Mejor, odio dar instrucciones.

Fani decide cuándo hemos de parar y me alegra que Lucas esté acatando todas sus órdenes y aceptando que manda ella sola. Es mejor para todos. Menos perverso y retorcido, seguro.

Ahora vamos a terminar en mi postura preferida —anuncia Fani y se pone a cuatro patas en la cama. Sofi imita la postura—. Cariño, tú decides quién folla a quién —le dice a Lucas otorgándole un limitado poder de decidir al menos algo en esta noche.

Lucas encantado con esa posibilidad se coloca un preservativo y sé qué ha decidido. Claro. Lógico. Yo habría elegido igual.

Me pongo también un preservativo y acepto que el final del juego sea de esta manera, mientras Sofi esté de acuerdo y lo esté pasando bien, a mí me da igual lo demás, sinceramente.

El culito moreno y redondo de Fani me espera así que me coloco tras él cogiéndola por las caderas y acariciando su sexo con mi erección. Observo a Lucas, él hace lo mismo. Veo que por mucha ansia que pueda tener de meterla, está haciendo las cosas con delicadeza y me sorprende gratamente.

Me relajo y vuelvo la atención a lo que estoy haciendo. Penetro despacio a Fani, sintiendo como voy entrando en su húmedo y apretado coñito lentamente.

Ella suspira y se remueve un poco al sentirme entrar. Sigue sonando una música de fondo que a ratos desaparece de mi atención por completo y en otros, vuelve a aparecer.

Recuerdo que he de seguir el ritmo que marque Lucas y vuelvo a observar qué hace. Sigo su ritmo, es lento de momento. La respiración pesada de Sofía me pone tanto... y en realidad ver cómo se la folla Lucas tampoco es desagradable, es muy morboso.

Cuando él acelera, lo hago también y continuamos así mientras las respiraciones, los jadeos, gemidos y algunas expresiones de placer, lo llenan todo en el aire de la habitación.

—Oh, sí... dame más... —pide Fani moviendo las caderas y buscando más fricción contra mi cuerpo.

Pero es Lucas quien comienza a dar más a Sofi como respuesta y seguidamente yo hago lo mismo.

La cama se mueve cada vez más y choca contra la pared por nuestros movimientos sincronizados. Si tuviéramos vecinos, estarían flipando, seguro.

Tras unos minutos de movimientos sincronizados entre Lucas y yo, cuatro respiraciones muy fuertes y el placer colonizando cada célula de nuestros cuerpos, Fani es la primera en correrse. Siento como se tensa bajo mi cuerpo y pega sus nalgas a mis caderas intentando que profundice al máximo en la última embestida. Después relaja el cuerpo y respira muy agitada.

Lucas lo ve y acelera sus movimientos buscando terminar, a los pocos segundos de ritmo frenético, Sofi alcanza el clímax y envidio a Lucas por no ser yo quien se lo esté dando. Pero rápidamente se difumina esa envidia pasajera y me concentro en lo que estoy haciendo imaginando que es Sofi quien tengo bajo mi cuerpo. Cierro los ojos y puedo sentirla. La deseo tanto...

Finalmente, tras varias embestidas profundas y fuertes, consigo correrme pensando en ella. Lucas también termina casi simultáneamente a la vez que yo.

Acabamos tumbados los cuatro, sudorosos, agitados, respirando desacompasadamente pero sintiendo ese bienestar que se expande por todo el cuerpo como resultado de la adrenalina, el ejercicio y la culminación del placer.

Sofi se acurruca sobre mi pecho y acaricio su pelo con dulzura. La echaba de menos, ¡joder! Y la tenía a escasos centímetros de mí.

Beso su frente y busco su mirada. Me mira sonriente y con un color rosado en las mejillas que me encanta. Está demasiado guapa.

—Me habéis tendido una trampa, ¡cabrones! —exclama divertido Lucas en cuanto recobra el aliento.

—¡¿Qué dices, churri?! —le contesta Fani desde el otro lado.

Estamos Sofi y yo abrazados juntos, dejando separados a cada lado de la cama a Fani y Lucas.

—¡Habéis mandado vosotras! ¡No yo! —Ríe despreocupado.

—Tú también has mandado. Has decidido cosas, has marcado el ritmo... —intenta convencerle Fani.

—Sí, bueno... ¡me habéis troleado! —exclama convencido él—. Pero vale, lo acepto por ser la primera vez que estábamos solos los cuatro.

«Y porque no te queda más remedio que aceptarlo», pienso divertido.

Las tías mandan y eso es un hecho. Cuanto antes lo acepte, mejor para él.

Podría quedarme dormido incluso aunque Fani y Lucas discutieran por encima de nosotros. Pero será mejor que vayamos a la ducha antes de que me quede *KO* del todo. Me levanto y tomo la mano de Sofi. Vamos juntos hasta la ducha y la abro para que se vaya calentando el agua. Mientras, la abrazo. Respiro el perfume de su cabello y siento su delgado, cálido y suave cuerpecito entre mis brazos, pegado a mi torso. Es una sensación única.

—¿Estás bien, mi nena? —le pregunto al oído. Ella me mira sorprendida por algo.

¿Qué?

—Sí —dice sonriente.

—¿Te ha gustado? ¿Lo has pasado bien?

—Sí. Ha sido muy... —busca la palabra—... divertido.

—Sí —coincido.

—¿Tú... lo has pasado bien? —pregunta dudosa.

—He tenido que pensar en ti para poder correrme —confieso en un susurro para que quede en privado y a ella se le incendian las mejillas—, pero sí, ha estado bien.

—Qué fuerte —exclama bajito sorprendida y con una enorme sonrisa.

—¿El qué es fuerte?

—Eso... que hayas tenido que... bueno, pensar en mí en vez de en lo que hacías.

—Es a ti a quien quiero follar a todas horas, Sofi. —Joder qué bruto sueno, pero es la pura verdad.

Sus mejillas han pasado de un rosado ligero a un rojo total. Me la como.

La beso con suavidad pero con mucha entrega y pasión; casi se nos olvida que tenemos el agua abierta corriendo.

—¡No me provoques más! —le pido en broma y nos metemos bajo el agua.

—¡Eres tú! Tú provocas —exclama entre risas.

—No, eres tú... ¡Me vuelves loco!

Vuelve a abrazarme bajo el agua y seguimos besándonos como si tuviéramos todo el tiempo del mundo.

—¿Ves cómo eres tú? Con esos besos que me das... y rozándome con las tetas —la acuso en broma en cuanto una erección aparece entre nosotros y me temo que necesito un respiro antes de volver a intentar nada.

Ella se parte de risa y se me contagia.

—¿De qué os reís tanto? —pregunta Lucas entrando en el baño y acercándose hasta la ducha curioso.

Yo no puedo dejar de reír ni para contestarle y ella tampoco.

—¡Joder con estos dos! —exclama con tono celoso, pero sonriendo—, ¡están para encerrarlos!

Desaparece del baño y nosotros poco a poco nos vamos calmando.

Nos lavamos rápido, nos secamos y dejamos vía libre por si se quieren duchar Lucas y Fani pero nos los encontramos dormidos en nuestra cama al salir.

Así que nos tumbamos en la suya, nos tapamos desnudos con una sábana y abrazo a la mujer que más me gusta del mundo entero.

—¿Te he dicho cuánto te quiero hoy? —le pregunto antes de que se duerma.

Me mira sonriente y niega con la cabeza.

—Demasiado —respondo enamorado.

—Tú sí que eres demasiado —responde ella encantada y me besa repetidas veces sobre los labios.

Antes de quedarme dormido, le envío un mensaje a Christian para que no se asuste cuando despierte y vea que no hemos vuelto. Le explico la situación y apago el móvil.

* * *

Cuando me despierto estoy en la misma posición, abrazando a Sofía. Todos duermen aunque entra un solazo por la ventana importante. Miro el móvil y son más de las doce. Claro que cuando envié el mensaje a Christian eran casi las seis.

Me levanto intentando no despertar a Sofía, me pongo el bóxer y salgo a la terraza de la *suite* a meditar unos minutos.

Oigo pasos cerca de mí cuando ya estoy acabando. En cuanto abro los ojos y hago varias respiraciones profundas volviendo la consciencia al aquí y ahora, veo que es Fani. Se ha sentado en una silla de la terraza y me mira entre dormida y sonriente.

—Buenos días. —Sonrío.

—Perdona, no quería interrumpirte —se disculpa inquieta.

—No lo has hecho, ya terminaba —respondo y me siento en una silla a su lado.

Admiramos el paisaje juntos en silencio. Se ve el cielo completamente despejado la vegetación verde del hotel y las otras villas más alejadas. Hay un jardinero cortando el césped y señoras de la limpieza arrastrando carritos de un lado a otro, limpiando las villas.

—¿Has dormido bien? —me pregunta Fani. Lleva la camiseta que llevaba por la noche y el tanga.

—Sí... ¿tú?

—Oh, sí —dice estirándose y levantando los brazos al aire—. ¡Vaya nochecita!

—¡Y que lo digas...!

—Me gustó volver a tenerte en la cama —confiesa y se muerde el labio inferior.

Le doy un empujoncito amistoso con mi hombro en el suyo a modo de respuesta.

—En serio. Desde que estás con ella no habías querido volver a quedar con nosotros —explica seria.

—Es verdad —le doy la razón.

—¡Con lo bien que lo pasábamos antes los tres! —exclama nostálgica y mira hacia delante.

—¿Y no lo pasamos bien ahora los cuatro?

—Sí... ¡claro! Pero no es lo mismo. Antes no os tenía que compartir con otra. —Sonríe perversa—. Os tenía a los dos para mí.

—No te pega nada estar celosa —le recrimino en broma.

—No, ¿verdad? —Se ríe.

—No.

Nos quedamos en silencio unos instantes. Solo se oyen algunos pajaritos que revolotean por encima de nosotros.

—¿Despertamos a esos y vamos a desayunar? —propone Fani señalando al interior de la habitación.

—Vale.

Fani decide despertar a Sofi y yo despierto a Lucas. Ella lo hace con tacto y cariño. Yo me debato entre echarle lo que queda de cava por encima o saltar en la cama y gritarle cosas hasta que se despierte. Al final salto en la cama junto a él y le grito que se levante, que es una emergencia, que hay un incendio y demás cosas que se me van ocurriendo para alarmarlo. Se levanta asustado y agitado y nos partimos de risa.

Nos vestimos, esperamos a que Lucani se duchen y se vistan y vamos a desayunar a la zona del restaurante de Villas de Ibiza.

Cuando llegamos allí nos sorprende un montón ver a Christian en una mesa desayunando con Óscar.

—¡Óscaaaaar! —grita Sofi y corre hasta él. Le da un beso en la mejilla y se sienta a su lado—. ¿Cómo estás? Ostras, hace días que quiero llamarte.

—¡Abandonado me tenías! —responde él riendo.

—Se me fue la olla —confiesa ella y se pone una mano en la frente en plan dramática.

—Qué va, yo también he estado liado, por eso no te he llamado.

—Hola, ¿eh? —le reclama Christian y ella le da un beso sonoro en la mejilla.

—Qué alegría verte por aquí —responde ella sonriéndole.

Tras saludarnos todos y coger zumos, cafés y tostadas, nos encontramos desayunando en una mesa larga junto a muchos guiris en medio de la terraza del hotel.

—¿Una noche movida? —pregunta Christian mientras toma un café y nos mira a unos y a otros travieso.

—Muy movida, tío. ¡Lo que te has perdido! —responde Lucas y mueve la mano en el aire dando a entender que ha sido mucho.

—¡Joder! Vaya día para irme a dormir pronto —se queja Christian.

—Oh, sí, no lo sabes tú bien —le confirma Fani.

—¿Qué? ¿Mucha fiesta? —pregunta confuso Óscar.

—Sí, mucha fiesta —le da la razón Sofi y nos reímos.

Si él supiera...

CADA DÍA MÁS Y MÁS

Según me cuenta Óscar, Christian lo llamó para desayunar y hablar de negocios. Al parecer lo quiere contratar para que supervise la seguridad de su web. Tuvieron una intrusión cibernética hace unas semanas y necesitan a alguien como él para que eso no vuelva a ocurrir jamás. Sin duda, Christian ha sabido reconocer el talento de Óscar. No creo que haya nadie mejor que él para esa tarea.

Tras el copioso desayuno en Villas de Ibiza, hacemos *check out* bajo la curiosa mirada de Óscar (seguro que se huele algo de lo que hemos hecho, ¡pero ni un tercio, vamos!), volvemos a casa a recoger las maletas de Lucani y los acercamos al aeropuerto.

Se van con las gafas de sol puestas, medio zombis por la resaca y el cansancio acumulado, pero sonrientes y satisfechos con los días (y las noches) que hemos pasado juntos. La verdad es que ha sido muy divertido e intenso.

Nos dan besos y abrazos a todos como si fuera una despedida por mucho tiempo aunque, en realidad, mañana ya nos vamos los demás: David, Christian y yo tenemos el vuelo juntos. Óscar se vuelve también pero unos días después. No sé qué vamos a hacer hasta mañana, pero tampoco me importa. Sea lo que sea, será genial.

—¿Nos vamos a comer a alguna playita? —propone Christian en cuanto llegamos a su coche los tres.

—Yo me retiro, pero nos vemos mañana si puedo, ¡sino ya en el curro! —anuncia Óscar entusiasmado. ¿Cómo puede estarlo por pensar en volver al trabajo? Es nuestra empresa, pero, aun así, yo preferiría tener vacaciones un par de meses más.

—Oh, está bien —acepto y le doy dos besos de despedida.

Choca la mano con los dos y desaparece hacia su coche.

—Por mí vale lo de ir a comer a la playa, ¿vamos al Chiringay? — propone David y me alegra un montón ver que recuerda la lista de sitios que hicimos y más concretamente mi propuesta.

—¡Buena idea! No podemos irnos de Ibiza sin haber ido al Chiringay —confirma Christian, que al parecer lo conoce—. Es una de las playas más bonitas de la isla.

—Y se come muy bien, hay un restaurante genial allí mismo — añado sonriente.

Como los tres estamos de acuerdo, nos subimos al coche de Christian y vamos para allá.

Por el trayecto no puedo evitar repasar mentalmente la noche que hemos pasado. Fue TAN excitante todo. Tener a Lucas y Fani de observadores fue muy morboso. Y eso de que imitaran nuestros movimientos, alucinante. Una de las experiencias más curiosas y estimulantes a nivel sexual que he probado hasta ahora.

Por otro lado, hacerlo con Lucas estuvo bien. La verdad es que se lo curró, estaba atento a lo que yo quería y simplemente, me lo daba.

Ver a David haciéndolo a escasos centímetros de mí con Fani fue superestimulante también. A diferencia de lo que podía pensar o esperar, no sentí celos en ningún momento. No aparecieron en mí esas ganas de querer matar a nadie ni nada por el estilo. Creo que empiezo a entender de qué va todo esto de las relaciones abiertas o múltiples. De momento sé lo que es ver a tu novio tirándose a otra y que eso sea excitante al máximo más que un trauma o algo terrible.

¡Viva yo y mi open mind*!*

Jamás en mi vida había pensado que podía llegar a vivir algo así y sentirlo de esta manera. ¡Cómo son nuestras creencias!

Fani estuvo muy bien en la segunda parte del juego. Cuando estábamos en el baño refrescándonos en la ducha me dijo que iba a seguir mandando yo aunque Lucas creyera que lo hacía él. Y de hecho, acordamos los siguientes movimientos que haríamos y todo estuvo consensuado antes de empezar. Fani mola mucho por eso. Es muy considerada y, además, sabe cómo llevar a su novio, lo cual me parece una tarea compleja, como mínimo.

David... (suspiro y lo miro) va de copiloto, junto a Christian que conduce, yo estoy detrás en el asiento de en medio. Van hablando de motores de coches y cosas así (por lo que he desconectado de su conversación). Están guapísimos los dos. Ambos llevan pantalones cortos tejanos y camiseta. La de David es negra con unas letras en rojo y la de Christian verde militar.

Yo me he cambiado rápido cuando hemos ido a buscar las maletas de Fani y Lucas. Me he puesto una camiseta ancha gris y unos *shorts* negros sobre el bikini.

David estuvo tan atento a mí toda la noche y me dio tanto cariño y atención... me hace sentir tan a gusto incluso en situaciones tan estrambóticas como las de anoche... Es una pasada.

Echo de menos a Mónica y solo hace un día que se ha ido. Le escribo un mensaje para decírselo y me contesta al momento con un montón de emoticonos de corazones y besos.

Llegamos a un *parking* de tierra donde dejamos el coche aparcado y cogemos las cosas (toallas, botella de agua, bolso de la playa con las cremas solares...). Empezamos a caminar por un camino de tierra que se va adentrando en un bosque de pinos. El ruido de las chicharras nos acompaña y hace un calor de mil demonios. Suerte que me he puesto gorra. Aunque los árboles van proporcionando tramos de sombra, el camino es duro.

—¿Vas bien? ¿Quieres un poco de agua? —me pregunta Christian y me coge de la mano para sortear un bache del camino.

—No, gracias... voy bien —suspiro cansada—; es solo que estoy deshaciéndome como un hielo en el desierto.

Christian se ríe divertido y continuamos avanzando.

Nunca me han gustado las playas a las que hay que caminar mucho para acceder, más que nada porque con el calor que hace, suele ser una excursión durísima. Pero sin duda, suelen ser playas más aisladas, menos turísticas y mucho más vírgenes y bonitas. Además, esta lo vale, lo sé de primera mano.

Vamos los tres avanzando por esos caminos de bosque en silencio, atentos a dónde pisamos por los desniveles del suelo, las rocas y baches que hay.

David me coge la mano en los tramos más duros para asegurarse de que no me mato, aunque no hay mucho desnivel y es bastante plano todo el trayecto.

Christian hace un *selfie* en mitad del camino para enviárselo a Mon. Salimos los tres acalorados pero sonrientes. Vaya tres.

—Así, qué, ¿cómo fue en la *suite* doble? —Christian nos mira a David y a mí.

—Muy bien —responde, escueto, David. Christian entonces me mira a mí esperando a que diga algo yo.

—Sí, muy bien. —Sonrío.

¿Qué quiere que le diga?

—¿Y qué hicisteis?

David pasa directamente de contestarle y avanza unos pasos caminando por delante nuestro concentrado en seguir el camino para llegar.

—Bueno, eran Fani y Lucas, ya te puedes imaginar —le explico riendo algo cortada.

—Preferiría haber estado allí en vez de tener que imaginarlo —me dice muy travieso.

—Pues no haberte ido.

Me mira con la boca abierta haciéndose el sorprendido por mi respuesta y luego se ríe. ¡Es la verdad! Nadie le dijo que se fuera. No sé cómo habría sido eso siendo cinco la verdad. Ni si Mon estaría de acuerdo en algo así. Pero bueno, ya nunca lo sabremos.

Cuando por fin llegamos a la playa, la media hora que llevamos de calor y caminata se nos olvidan por completo al ver lo paradisíaca que es. La extensión de arena blanca es grande, es una playa enorme. La arena es finita como harina y muy suave en los pies. El agua es cristalina y tiene unos tonos turquesas alucinantes. Además no hay ni una ola y parece una inmensa piscina natural. Está llena de barcos atracados en la zona más profunda.

Justo donde acaba el camino de tierra y comienza la arena hay un restaurante de madera precioso, todo abierto y decorado muy al estilo balinés. es el Chiringay. Un restaurante muy conocido por el público gay y gay-*friendly* que visita la isla. Está tal como lo recordaba.

David hace una reserva para comer los tres más tarde y nos vamos a la arena, donde deciden alquilar tres tumbonas de madera superchulas y una sombrilla enorme.

Me pongo en la tumbona de en medio y me estiro sobre mi toalla. La sombra que proporciona la sombrilla junto con la brisita marina me parece una combinación celestial. Qué alivio.

Christian está a mi izquierda con el móvil, creo que escribiéndose con Mon, y David a mi derecha leyendo el periódico, dice que está tan desconectado en estas vacaciones que no es normal.

A mí, por muy anormal que sea, me encanta estar tan desconectada de todo. Aunque hay conexiones que debería hacer. Pienso que es buen momento para ello y envío fotos de la playa al grupo donde tengo a mis padres y mi hermano para que vean que llevo días sin decir nada pero sigo viva y disfrutando. También le pregunto a Anaís por Bothor, me contesta enseguida que todo genial y que como tarde en volver, se lo queda del cariño que le está cogiendo.

Sonrío pensando en las ganas que tengo de achuchar al peludo.

—¿Te vienes al agua? —me pregunta David.

—Mmm, ¡sí! —acepto y me levanto tras guardar el móvil en el bolso—. ¿Vienes? —pregunto a Christian.

—No, iré después que ahora estoy hablando con Moni.

Sonrío como respuesta y voy hasta la orilla de la mano de David. El agua está fría pero tampoco demasiado. Avanzamos hasta que coge algo de profundidad y me zambullo para mojarme la cabeza. David igual.

—¿Qué tal van las vacaciones? ¿Te gustan? —me pregunta acercándose a mí, pero sin tocarme.

—Sí, desde luego. ¡Han sido muy divertidas! —exclamo y rodeo su cuello con mis brazos.

—¿Qué querrás hacer esta tarde?

—Me encantaría ir al mercadillo *hippy* —confieso esperanzada.

—¡Buena idea! Podemos ir al atardecer cuando ya no haga tanto calor.

—Sí, sería genial —respondo encantada.

—¿Y esta noche? Es nuestra última noche en la isla —me recuerda muy sugerente.

—Cierto. Lo que quieras.

Beso sus labios salados.

—*OK*. Le preguntaremos a Christian a ver si tiene alguna idea.

—Perfecto.

—Aunque, ¡ideas seguro que tiene muchas! —Ríe—. Veamos si tiene alguna propuesta que nos apetezca a los tres.

—Claro.

Se refiere... ¿a algo sexual? ¿O soy yo que interpreto todo con más sentido del que tiene realmente?

Bueno, seguro que aunque sea solo cenar y quedarnos en la casa al fresco, será una noche genial. Más tranquila que las anteriores, eso sí. Lucani nos revolucionaban cada día con algo diferente. ¡Les gusta más la fiesta que nada! Vaya pareja.

Me acuerdo que, cuando conocí a Fani, me pareció que en realidad era muy desgraciada por el tipo de relación que tenía. La percibí mal, es posible que quiera algo más de lo que tiene ahora como casarse o tener hijos. Pero en realidad creo que es muy feliz con Lucas tal como están. Ella no es nada convencional tampoco, con toda esa creatividad que tiene y la inventiva con los juegos sexys. No la imagino para nada en una relación monógama hipertradicional. Estaría aburridísima.

¿Y yo? ¿Podré tener alguna vez una relación tradicional después de lo que estoy viviendo y descubriendo ahora?

—¿En qué piensas? —me pregunta David haciéndome volver de mis pensamientos.

—En cómo he cambiado en poco tiempo —digo reflexiva.

—No creo que hayas cambiado tanto, solo que... te has expandido, has derribado muchas limitaciones.

—Sí, sin duda —afirmo convencida.

—Cambiar es bueno —defiende—. Además, todos cambiamos constantemente, aprendemos, maduramos, evolucionamos...

—Sí, si no lo digo a mal, al contrario. —Sonrío—. Me gusta la persona que soy ahora, mucho más que la que era hace unos meses.

Me abraza fuerte estrechándome contra su cuerpo mojado. Mis pechos se chafan en su torso.

—A mí me encantas. ¡Qué quieres que te diga! Cada día más y más. —Busca mi mirada y me besa sobre los labios.

—Y a mí me encantas tú. —Sonrío encandilada por su sonrisa de hoyuelos y el brillo de sus ojos, que están azules como el océano.

Tras abrazos, besos y arrumacos varios salimos del agua y volvemos a las tumbonas. Christian ya no está con el móvil, parece que esté dormido, pero como lleva las gafas de sol, no estoy segura.

—Voy a buscar una bebida, ¿te traigo algo? —pregunta David poniéndose la camiseta.

—Vale. Un agua fría *por fa*.

Me da un beso en los labios y se va caminando hacia el Chiringay. Mientras avanza hacia allí me río sola sola al darme cuenta de la cantidad de miradas masculinas que lo recorren enterito en ese corto trayecto. Tampoco pasan desapercibidas algunas miradas sutiles que caen sobre Christian. ¡En esta playa es como si yo no existiera! En cambio ellos... los deben de percibir como caramelitos. ¡No es para menos! ¡Los gais saben apreciar lo bueno!

Me tumbo, cierro los ojos y me concentro en los sonidos que me rodean. Algunos niños gritando y riendo en la orilla, el murmullo constante de las olas, la música *chill out* que tienen puesta en el Chiringay y algún pájaro a lo lejos que debe sobrevolarnos.

Hace calor, pero bajo la sombrilla se está de lujo.

—¿Te molesto mucho si te pido que me pongas crema? —me pide Christian.

—¡No, claro que no! —Me incorporo y cojo la crema solar que tiene en la mano.

Se sienta en mi tumbona dándome la espalda para que se la ponga por detrás.

Tiene la piel muy suave, cálida... y una espalda ancha y fuerte supersexy.

Observo algunos lunares al recorrer la piel con mis manos.

—Gracias. Es que, aunque estemos en la sombra, me quemo igual —me explica sonriente.

—Sin problema. —Sonrío y le devuelvo la crema.

—¿Quieres que te ponga yo a ti? —propone moviendo el bote de crema en su mano.

—Vale, sí.

Me tumbo bocabajo y reparte la crema suavemente por toda mi espalda desnuda y continúa por mis piernas para acabar arriba de nuevo en mis brazos. Pues me la está poniendo a conciencia.

Al sentir sus manos sobre mi piel, me vienen flashes de la noche de los juegos. Recuerdo cómo me acariciaba con esmero, con delicadeza, pero con mucho mucho deseo.

—Gracias —murmuro en cuanto ha terminado y vuelvo a ponerme bocarriba.

—¿Entonces lo pasasteis bien anoche? —me pregunta curioso volviendo al tema desde su tumbona.

—Sí, no estuvo mal. —Me río contenida recordando la locura de noche que pasamos.

—¿Lo recuerdas todo?

—Sí, todo —contesto algo confusa, a qué viene esa pregunta.

—Qué suerte entonces —dice algo serio.

—¿Qué quieres decir?

—No, nada. Que... como de lo que pasó conmigo no recuerdas nada... —Mira al mar como... ¿ofendido?

—No es que no recuerde nada, tengo recuerdos pero... a trozos —confieso y me siento fatal.

—Ya, bueno. Espero que esos trozos sean buenos, al menos.

Christian me mira con algo que no consigo descifrar en su mirada. No sé si está enfadado, ofendido o... ¿celoso de algo? Eso no tiene sentido, ¿no?

—Sí que lo son —confieso tímida—, y ojalá pudiera recordar más.

Sonríe satisfecho, parece que le gusta mi respuesta.

—Pues yo cierro los ojos —los cierra mientras sigue hablando—, y puedo revivirlo todo.

—Qué suerte —digo sin saber muy bien qué contestar a eso.

Suspira y sigue con los ojos cerrados y una sonrisa perversa se instala en sus labios. ¿Pero qué...? ¿Qué es lo que está recordando exactamente? ¡Oh, qué rabia me da no recordarlo todo igual de nítido como lo recuerda él!

—Sí —responde ido.

—Eh, ¡oye! —llamo su atención y chasco los dedos delante de sus ojos para que los abra.

—¿Qué?

—Compártelo al menos. Cuéntame —pido sin saber si realmente es eso lo que quiero.

Alarga el brazo hasta mi tumbona y me quita un mechón de pelo de la cara con suavidad y acaricia mi mejilla.

—Recuerdo el sabor de tus labios —dice en un susurro mirándolos—. Recuerdo cómo me acariciabas y las ganas que me tenías. Me sorprendiste mucho, ¿sabes? No tenía ni idea de que tú también me tuvieras tantas ganas como yo a ti.

Hola, ¿qué tal? ¿Emergencias? Es por si alguien puede venir con un tanque de agua muy fría para bajarme el calor corporal antes de que arda y muera por combustión espontánea.

—Recuerdo lo que me costó pararte —continúa explicando—. Me apetecías tanto. Fue muy duro frenarme, pero fue peor cuando tuve que frenarte a ti. Casi pierdo el control en varias ocasiones —confiesa con una risita tímida.

Lo confirmo. Christian en plan tímido es algo demasiado sexy para la humanidad. No estamos preparados para ello, lo aseguro.

—Ajá —consigo murmurar.

—Una lástima que tuviera que pararte, ¿no crees? —pregunta perverso.

Oh, my God.

Pasa de la timidez a la perversión en cuestión de segundos y me desconcierta totalmente. Es como si fuera dos personas distintas a la vez.

—Sí... una lástima —confirmo como puedo, ¿qué digo sino? ¡Es la verdad!

—Sí —murmura y vuelve a perder la vista en el mar muy pensativo.

David aparece con el agua fresca y lo amo por ello. Trae otra para Christian y nos las bebemos casi enteras.

La siguiente hora me quedo completamente dormida en la tumbona de lo a gusto que estoy. Dormimos poco anoche y eso se nota también.

Cuando me despierto veo que David y Christian están en el agua hablando entre ellos. Fani y Lucas han enviado un mensaje avisando de que ya están en casa, preparándose para la noche que les espera en Caprice.

Empiezo a tener hambre. Cuando David ve que me he despertado, avisa a Christian y salen del agua. Una imagen demasiado potenciadora el verles salir a ambos del agua. Media playa lo sabe y la otra media lo intuye. Yo me deshago por momentos.

—¿Vamos a comer, nena? —me pregunta David secándose con la toalla mientras yo pienso en comerlo a él.

—Eh... sí, qué hambre.

Christian se ríe, seguramente intuyendo lo que pasa por mi mente o viendo mi mirada lasciva sobre el cuerpo de David, ¡es que no es para menos! Madre mía cómo está... bueno, ambos.

Comemos juntos los tres unas ensaladas de primero compartidas y de segundo yo pido una pasta carbonara. Christian pide carne y David una hamburguesa vegetariana. Me alegra que este sitio tenga opciones para todos. Todo está riquísimo y el ambiente es muy divertido. Hay muchos gais, pero también parejas heteros, familias, niños, de todo. Es un ambiente muy sanote y diverso, ¡me encanta!

También estamos nosotros, claro, algunas personas nos miran de reojo. David hipercariñoso conmigo y Christian buscando tocarme con cualquier pretexto, dándome a probar su carne con el tenedor. Visto desde fuera debemos parecer una pareja de tres, sin duda.

¿Se dirá así?, ¿«pareja de tres»? Me río sola de mis pensamientos. En realidad me hace gracia imaginarme una relación así. No estaría mal, no.

¡Cuánta avaricia! No me reconozco.

Después de comer volvemos a las tumbonas, la siesta que nos pegamos los tres es de campeonato. Cuando me despierto veo que Christian está en el agua y me hace señas desde allí para que vaya. David está completamente frito así que no lo despierto y me meto al agua. Es un gustazo, parece una piscina natural. Es tan cristalina, limpia, transparente y agradable. ¿Puedo quedarme eternamente en este momento? Ohhh...

—¿Habéis venido a hacer una cura de sueño o qué? —me acusa divertido en cuanto me acerco a él.

—Pfff... eso parece, ¿no? —Sonrío culpable—. Es que anoche... no dormimos mucho.

—Ya me lo puedo imaginar, ya.

Se mueve rodeándome y yo me voy girando sin quitarle la vista de encima para ver qué hace. Parece como si fuera un tiburón acechando a su presa. Y yo soy la presa, claro.

Cuando ya hemos dado dos vueltas completas de esta forma, me río y le tiro agua, cosa que desencadena una guerra importante, acabamos riendo y él intentando ahogarme.

De pronto deja de intentar ahogarme y entre risas, me abraza estrechamente. Yo respondo igual, es un abrazo amistoso. Aunque con cariño y cercanía íntima, teniendo en cuenta que no llevo la parte de arriba del bikini y mis tetas quedan chafadas contra su torso.

Se separa lo mínimo como para mirarme a los ojos y tras una sonrisa cómplice, me besa sobre los labios. Así como si fuera lo más normal del mundo. Y así me lo parece en realidad.

Lo hace como algo tan natural. Mis manos descansan en su torso y él no deja de mirarme con una sonrisa que transmite muchas cosas. Me sorprende mucho encontrar deseo entre otras.

Vuelve a abrazarme amistosamente y yo me dejo encantada. Me gusta estar entre sus brazos. Es diferente a como me abraza David, no sé en qué, pero es diferente. Me siento otra. Es una relación distinta, claro. Los sentimientos también lo son.

—Me ha encantado conocerte mejor estas vacaciones —susurra cerca de mi oído y se me eriza un poco la piel de los brazos—, y no me refiero por lo de la otra noche. —Se ríe un poco—. Sino por todo, por conocerte mejor en todos los aspectos.

Uau.

—A mí también me ha gustado conocerte mejor. La convivencia con vosotros ha sido muy divertida. —Río recordando los momentos divertidos que hemos pasado estos días en la casa.

Vuelve a separarse un poco y me acaricia el pelo con ternura apartándolo de mi cara.

—Sé que cuando vuelvas tendrás un reto importante esperándote.

¿Ein?

—¿Qué? ¿A qué te refieres? —pregunto confusa.

—A Gloria —dice tan tranquilo. A mí se me contrae un poco el estómago al oír su nombre—. Sé que está en casa de David y, bueno, creo que habría sido mejor conocerla gradualmente que de esta forma.

—Ah, ya —le doy la razón—. Sí, ojalá fuera diferente esa situación, la verdad. No he pensado mucho en ello, pero no me gusta nada saber que está allí en su casa —confieso con tristeza.

—Me lo puedo imaginar. —Me acaricia la mejilla con su mano derecha y sonríe tierno—. Quiero que sepas que no pasarás por esto sola. Cualquier cosa que necesites, puedes llamarme.

Christian es amor total por ofrecerse a ayudarme con esto.

—Gracias —digo con un hilo de voz y me siento frágil por un momento, como si pudiera ponerme a llorar en cualquier momento y no sé por qué.

—De verdad. Sé que podrás con ello y que, en realidad, Gloria te caerá bien si la conoces —afirma convencido; yo me permito dudarlo seriamente—, pero también sé que de entrada no va a ser fácil, y quiero que me llames —me pide serio mirándome a los ojos—. No importa la hora que sea ni el día, me llamas y estaré ahí para apoyarte, para hablar o para lo que necesites.

—Gracias, de verdad, significa mucho para mí saber que estarás ahí si lo necesito. Y te llamaré. —Sonrío amenazándole.

—Eso espero. Confía en mí, Sofi, yo los conozco muy bien a los dos y te puedo dar otra perspectiva de lo que sea cuando lo necesites, ¿vale?

—Sí. Suena genial.

Me mira como si desconfiara de lo que digo y añade:

—Bueno, seguiré de cerca esta situación. Ya te iré llamando yo para que me vayas contando cómo vas.

Sonrío y asiento. Me siento totalmente llena de gratitud porque se preocupe así por mí. Es el amigo de David, pero, con cosas como estas, siento que es mi amigo también. Está de mi lado también y eso mola.

A NUESTRA CAMA NO TE HEMOS INVITADO

David

Sofi y Christian llevan un buen rato en el agua abrazándose y hablando muy estrechamente. Me gustaría saber de qué hablan aunque me lo puedo imaginar. Antes de comer he hablado un rato con él sobre el tema que más me preocupa ahora mismo y es que Gloria esté en mi casa y que mañana vayamos a encontrarnos de cara con esa situación. Me da pánico lo que pueda pasar. No sé cómo afrontarlo. No puedo echar de mi casa a Gloria ni no estar a su lado cuando más lo necesita, pero no puedo permitirme perder a Sofi por esto.

He de conseguir gestionar esta situación lo mejor posible para no hacer daño a ninguna de las dos. Christian me ha dicho que él apoyaría a Sofi y estaría muy pendiente de ella para que al menos tenga con quién hablar, desahogarse y gestionarlo mejor.

Confío mucho en él, es el mejor mediador de conflictos que conozco y tiene mucho cariño a Gloria y también a Sofía.

Cuando salen del agua, mientras se secan, decidimos ir tirando para casa, así nos da tiempo de ducharnos e ir al mercadillo que quiere visitar Sofía esta tarde.

A la vuelta, el paseo por el bosque se lleva mejor que a la venida, hace menos calor y se nos pasa más rápido. Llegamos enseguida al coche y le apetece conducir a Sofi, así que me pongo a su lado y Christian va detrás escribiendo cosas en el móvil (a Mon, obvio).

Cuando llegamos a casa, Sofi se ducha la primera. Yo decido no meterme con ella por eso de no hacer eterno el momento. Sé que si me ducho con ella, no acabaremos pronto. Así que me espero en el porche y aprovecho para hacer unos abdominales y estiramientos. En cuanto llegue a casa, he de volver al gimnasio, las vacaciones se empiezan a notar y a pasar factura.

Christian se ducha en el otro baño y en cuanto acaba él, me meto yo. Sofi tarda más que nosotros, pero sale tan bonita que se me olvida por completo el rato que llevamos esperándola.

Se ha puesto un short tejano que se le ajusta al cuerpo y le marca un culito que dan ganas de estrujar como si no hubiera un mañana y una blusa blanca sin mangas semitransparente que es muy sexy sin enseñar nada. Nosotros vamos los dos con tejanos cortos y un polo. El mío negro y el de Christian azul. Parece que nos hayamos puesto de acuerdo para ir conjuntados pero nada más lejos de la realidad, ha coincidido así.

En el coche me pongo detrás, Sofi va delante de copiloto mientras Christian conduce. Buscan música en la radio y cuando por fin Sofi encuentra una canción que le gusta, una latina con mucho ritmo, ambos la cantan a grito pelado y se ríen.

No sé por qué ver la complicidad que tienen y lo bien que se llevan, me hace recordar a los tiempos en los que vivimos juntos Christian, Gloria y yo. Fue una época muy bonita y era algo muy parecido a este momento.

Christian y Gloria tenían un rollito muy especial. Era como una amistad con mucha tensión sexual no resuelta (aunque se resolvía muchas veces), pero siempre parecía que tenían algo pendiente. Demasiada tensión de esa eléctrica que se percibe entre las parejas que comienzan. Mucha ENR (energía de nueva relación) y esto, a su vez, potenciaba todo, incluida mi relación con ella.

Mi relación con Gloria, en cambio, era más estable, éramos mucho más como una pareja convencional. Con discusiones, momentos de aburrirnos juntos, algunos celos por parte de ella, a veces, pero sobre todo mucha estabilidad. Christian en realidad nos aportaba electricidad.

Jamás hubo problema entre nosotros, todo estuvo siempre claro y consensuado desde el principio. Nunca he sentido celos de él ni él de mí. En ese sentido, nos compenetramos muy bien. Es la persona en la que más confío en el mundo entero. Y cualquier relación que yo tenga, sé que él la potencia más que perjudicarla si participa en ella.

No podría decir lo mismo de Lucas. Con Lucas todo es imprevisible y es una incógnita, nunca sabes por dónde te puede salir o qué puede querer. Por eso con él necesito que esté todo mucho más normatizado y controlado.

Con Christian jamás he puesto normas, no ha hecho falta nunca poner ninguna. Él sabe muy bien dónde están los límites y lo que me parecerá correcto o lo que no. No hace falta que lo hablemos, ya lo sabemos.

Aparcamos en el *parking* de tierra del mercadillo y nos adentramos a pie en él. Para ser las siete de la tarde, todavía hace algo de calor y hay demasiada gente paseando y mirando los puestecitos.

Sofi va mirando todos y parando un poco más en unos que en otros. Yo, a mitad del mercadillo, estoy un pelín saturado, más que nada por la cantidad de gente que hay y lo que cuesta avanzar, así que decido esperarles en el puesto de los zumos naturales que se encuentra en medio de uno de los patios; hay un poco más de aire y de espacio vital. Me pido un zumo verde y observo que Sofi para en uno de los puestecitos y compra cosas tras pedirle consejo a Christian, este parece muy interesado en las artesanías.

—Perdona, ¿está libre? —me pregunta una voz femenina.

Cuando la busco con la mirada me encuentro con una morena bastante atractiva, más joven que yo, con algunos tatuajes, sonrisa traviesa y esperando a que le responda para poder sentarse en el taburete que hay a mi lado.

—Está libre. —Sonrío.

—Genial, gracias.

La chica se sienta y pide al camarero el mismo zumo que estoy tomando yo. Anda que no...

—¿No tendrás fuego? —pregunta sacando un cigarro de la cajetilla.

Niego con la cabeza.

—Lo siento, no fumo.

—Eso me gusta —responde ella totalmente directa. Acto seguido el camarero le proporciona fuego y enciende su cigarro.

Sonrío y niego con la cabeza. Doy varios sorbos a mi zumo y busco a Sofi y a Christian con la mirada, pero ya no están en el puestecito y tampoco los veo por ninguno cerca.

—¿Sabes a qué hora cierra todo esto? —pregunta la morena echando el humo del cigarro a un lado. No hay nada que me parezca menos sexy que una mujer fumando. No sé por qué... no me gusta nada.

—Diría que a las ocho, pero no estoy seguro.

No tengo ni idea en realidad. La chica lleva un vestido corto gris que realza la piel morena que tiene y deja a la vista todas sus piernas. Está buscando guerra, eso está claro.

—A las ocho es la hora de cierre oficial —interviene el camarero, que no le quita la vista de encima—, pero hasta las nueve no echamos a nadie. —Sonríe simpático.

—Ah, vale —le dice ella y vuelve a mirarme a mí—. Tengo una amiga comprando y me está volviendo loca, espero que acabe pronto.

La miro y sonrío como respuesta. No quiero ser maleducado pero tampoco me interesa darle pie a esta conversación.

—¿Tú estás esperando a alguien? —me pregunta directa, en la línea que lleva desde que ha llegado.

—Sí, a mi chica —respondo intentando ser claro, pero cordial.

—Ah... —mira su zumo y murmura mucho más bajo—: qué suerte la suya.

Me río, no puedo evitarlo. Me encantan las chicas así de directas. Creo que consiguen mucho más que las tímidas. Es solo que ser directa no es sinónimo de conseguir siempre lo que uno quiera.

—Mira lo que he comprado.

La voz de Sofi me sorprende y alegra a la vez. Me enseña unas cajas de madera hechas a mano para poner el incienso y que el humo salga por la parte tallada. Christian está junto a ella y le lleva la bolsa con lo que ha comprado. Tiene tanta paciencia para estas cosas. ¡No sé cómo lo hace! Yo no puedo con las compras.

—¡Qué chulo! —le respondo observando las cajas con interés.

—Me falta algo para Anaís y ya estaré lista para irnos —anuncia entusiasmada.

Le doy un beso algo más intenso de lo que correspondería a este momento, pero es para dejar claras las cosas a la morena, la cual no nos quita ojo de encima, por cierto.

—No tardo. —Sonríe Sofi y desaparece con Christian que va muy cerca tras ella.

—¿Ese pibón también tiene novia? —me pregunta la chica en cuanto se están alejando señalando con el dedo pulgar a Christian.

—Me temo que sí —respondo con una sonrisa cordial.

—¿Y es la misma persona?

La miro con curiosidad. ¿Qué?

—Vuestra chica, ¿es la misma para los dos? —aclara al verme confuso—. Me gusta mucho este rollito vuestro —concluye mordiéndose el labio y repasándome de arriba abajo.

No se corta un pelo.

No le respondo y creo que mi silencio es suficientemente claro como respuesta. Tras unos instantes, coge su zumo y desaparece entre la multitud. Respiro aliviado en cuanto dejo de verla.

A Lucas le encantaría una chica así, de haber estado en mi lugar, probablemente ahora mismo estaría intentando convencer a Fani, muy insistentemente, para tener permiso y correr tras ella.

A mí cuando son tan directas, me gustan pero también me frenan, no sé, no me atrae. Siempre me han llamado más la atención los retos, cuando puedo conseguir tan fácil algo, pierdo interés. Pero ¿qué interés puedo tener en tirármela a la primera de cambio? Para eso existe la duchaja y luego no has de llamar ni responder a nadie.

—¡Ya está! —anuncia Sofi sentándose en el taburete que la morena ha dejado vacío—. Ya tengo todo.

—¡Genial, nena! —Le doy un beso suave en los labios.

Christian aparece tras ella también con bolsas de cosas que habrá comprado para Mon o algo así y se acaba mi zumo sin preguntar ni pedir permiso.

—¿Queréis que os pida algo?

Ambos niegan con la cabeza.

—¿Nos vamos a cenar por ahí? —propone Christian dando los últimos sorbos a mi zumo.

Tras estar los tres de acuerdo, nos vamos a un restaurante que hay muy cerca del mercadillo. Uno bastante peculiar. Es un jardín enorme con mesas de madera, plantas, sofás u unas lucecitas colgantes que dan una iluminación tenue y crean una atmósfera interesante. La gente cena algo, toma copas o escucha la música en directo. Muchos incluso están apalancados en los sofás como si estuvieran en su casa.

Yo no había estado nunca, pero Christian sí y aceptamos su recomendación. Nos sentamos los tres en un sofá ovalado que hay con una mesa de madera delante; en frente tenemos justo al grupo tocando música en directo. Situamos a Sofi entre nosotros, premeditadamente, claro.

Christian mira la carta y nos va preguntando si nos gustan algunos platos. Cuando viene el camarero pide varias cosas y dice que es todo para compartir.

—Esta noche lo vamos a compartir todo —concreta mirando a Sofi y con una sonrisa que no anuncia nada bueno.

Ella ya no se pone roja como habría pasado hace unas semanas, sino que se ríe y choca su hombro contra Christian juguetona. ¡Le sigue el rollo totalmente!

Me encanta verla tan cómoda y tan libre. Es como una versión mejorada de una versión que no creí que pudiera ser mejor.

Para beber ambos se piden un mojito, yo me mantengo en mi línea y pido una Coca-Cola.

—¡Por nuestra última noche en Ibiza! —brinda Sofi alzando su mojito en el aire en cuanto se lo sirven.

—Y por nosotros —añade muy sutil Christian.

—Por los tres —concreto yo y brindamos.

Sofi se ríe un poco viendo el doble sentido con el jugamos todo el rato y bebe su mojito.

—¿Os apetece hacer algo esta noche? ¿Salir por ahí? ¿Estar solos? —pregunta Christian y nos mira a ambos—. Por mí no hay problema, ¿eh? Tened total confianza para decirlo.

Sofi me mira y espera a que responda algo yo.

—Por mi parte, que tú estés, suma puntos... ya lo sabes —le guiño un ojo.

—Por mi parte igual, me alegro de que te hayas quedado con nosotros una noche más. —Sonríe sincera.

—Vale, vale, no insistáis —dice levantando las manos como para frenar a una masa de fans—, pasaré la noche con vosotros.

Sofi se parte de risa.

—A nuestra cama no te hemos invitado —le aclaro perspicaz (y en broma).

—Cierto. Pero lo haréis. Cuando vayamos por el postre me suplicaréis y yo tendré que pensármelo —contesta con falsa vanidad.

—Muy seguro estás tú, ¿eh? —lo provoca Sofi.

Christian responde con una mirada de depredador. Está *on fire* el tío.

La verdad es que las probabilidades de que acabemos los tres en la misma cama hoy son muy elevadas, ¿para qué engañarnos? Basta con ver la química que hay y lo a gusto que estamos con la posibilidad.

El camarero nos trae una ensalada tibia de quinoa con verduras braseadas y otra ensalada de tomate con *mozzarella* y salsa pesto. Probamos los tres de ambos platos y está todo muy bueno.

—¿Qué hace Mon esta noche? —pregunta Sofi a Christian.

—Está en un evento de una web de moda, estará cenando ahora.

—Ah, sí, algo me comentó —murmura pensativa.

—¿Ahora te puedo preguntar algo yo a ti? —le dice haciéndose el niño bueno. Yo lo veo venir a kilómetros.

—¡Claro!

No tan claro, nena, ahora verás lo que te suelta.

—¿Alguna vez has estado sola con dos hombres a la vez? En la cama, me refiero —concreta él de manera natural.

Sofi tose un poco y parece que se ha atragantado con la quinoa. Bebe mojito mientras Christian se ríe contenido, yo le acaricio suave la espalda atento a que se recupere, finalmente cuando lo hace del todo, le responde muy graciosa:

—¿Cuenta la otra noche?

Christian también se ríe antes de contestarle.

—Definitivamente no.

—Entonces no —responde finalmente ella.

—¿Y te gustaría? ¿Te llama la atención?

—Sí, supongo. ¿Por qué no? —pregunta más para sí misma.

—Interesante —murmura Christian perverso.

—Yo tengo una pregunta para ti —digo mirando a Christian.

—Lánzala.

—¿Qué acuerdo tienes con Mónica con respecto a eso?

Sonríe porque sabe a lo que me refiero. Quiero saber si es posible o si solo está caldeando el ambiente gratuitamente.

—Tenemos total confianza el uno en el otro y hemos acordado permiso para ello —me confirma.

—Interesante —respondo. Sofi sonríe muy juguetona.

Así que puede. Mmmm. La noche promete. Me parece muy excitante la idea de dar placer a Sofi entre los dos. Satisfacerla de ese modo ha de ser alucinante. Acaricio la piel de su brazo mientras lo imagino y ella me mira sonriente por el contacto.

El camarero nos trae unas *focaccias*, Christian las corta en varios trozos y nos las pasa para que vayamos probando. Deliciosas todas. Ha sido buena idea venir a cenar aquí. Además, es muy cómodo y agradable el sitio. La música en directo es muy suave, tipo *bossa nova* y crea un ambiente muy *lounge* y relajado.

—¿Compartimos un tiramisú? —propone Christian mirando la carta de postres.

—Sofi es más de *brownies* o *coulants*.

Me mira y me sonríe seguro que por recordarlo. ¡Me la como!

Literalmente me lanzo a sus labios y la beso hambriento de ella. Toda esta conversación y la especulación de lo que puede pasar me está encendiendo de mala manera.

—Eh, vale, vale... ¡que pedimos el *coulant*! —nos calma Christian entre risas y llama al camarero.

Al final compartimos un tiramisú y un *coulant* y quedamos satisfechos.

Sofi se pide un segundo mojito y anuncia que es el último. Quiere estar despejada. Lección aprendida de la otra noche.

Christian también pide otro. Este en cambio quiere estar más suelto, por eso ha decidido beber un poco esta noche.

Yo me pido un san francisco por eso de añadirle algo de *glamour* a lo que bebo.

Aparece una cantante y todo el mundo aplaude y atiende a lo que va a cantar. Yo me recuesto un poco con los almohadones y Sofi lo hace sobre mi pecho. Acaricio su pelo y la beso en la cabeza. Me encanta tenerla tan cerca.

—¿Te importa? —le pregunta Christian antes de colocar un cojín sobre las piernas de Sofi y tumbarse de lado sobre el sofá apoyando la cabeza sobre las piernas de ella.

De hecho, no le ha dado tiempo ni a contestar. Sofi se ríe divertida y para nada molesta, así que bien.

Disfrutamos de ver la actuación en directo, aunque yo estoy más concentrado en admirar la sonrisa de Sofía y sentirla apoyada en mi torso. Me da paz sentirla así. Christian le hace cosquillas por las piernas, a cada rato, muy juguetón.

Aplaudimos en cuanto acaba la actuación, la verdad es que canta muy bien la chica. A mitad de la segunda canción, algo va mal. Siento una pesadez en la frente que no indica nada bueno. Me paso la mano aplicando presión e intentando que desaparezca.

Una migraña ahora no me viene nada nada bien.

—¿Qué ocurre? —pregunta Sofi mirándome con preocupación en cuanto nota mis movimientos.

—Nada. —Sonrío y disimulo.

—¿Te duele? —pregunta señalando a mi cabeza.

Muevo la cabeza sopesando.

—Un poco, creo.

—¿Quieres que nos vayamos? —pregunta Christian levantándose y quedando sentado de nuevo.

—No quiero, pero... quizá no me irá muy bien seguir con tanto ruido.

Me da una rabia total estropear así la noche. Pero con suerte, cuando lleguemos a casa y esté en silencio y tranquilo, se me pase sin más.

Christian paga sin dar opción a nada, intenta conducir cuando llegamos al coche, pero me niego. No me duele tanto (aún) y él ha bebido.

Conduzco hasta la casa en silencio, con las ventanas abiertas, sintiendo la brisa fresca de la noche y el aroma a hierbas que desprende la isla. Rezo porque se me pase y no fastidie nuestra última noche.

Sofi va con su mano puesta sobre la mía en el cambio de marchas y me va mirando a cada rato como analizando en qué grado de dolor me encuentro. Con ese simple gesto me transmite que está atenta a lo que me pasa y me hace sentir muy bien.

La casa está en total silencio y es como un oasis de tranquilidad ahora que estamos solos. Lo primero que hago es tomarme un ibuprofeno. Soy contrario a ello, pero esta noche no puede ganarme la migraña. Lo segundo es sacarme la ropa y quedarme en bóxer y camiseta negra.

Salgo descalzo al porche y allí están Sofi y Christian sentados uno junto al otro en una hamaca de las de tomar el sol.

—¿Cómo estás? —pregunta Sofi y extiende sus brazos pidiéndome que me acerque.

Me agacho frente a ella y dejo que me acaricie la frente y las sienes con cariño. Cierro los ojos para sentirla más. Su contacto me hace sentir mejor.

—De momento no muy bien. Me he tomado un ibuprofeno ya, a ver si me ayuda y se me pasa rápido.

—¿No es mejor que te acuestes y descanses? —me pregunta con tono preocupado.

Asiento con la cabeza, muy a mi pesar. A la mierda la noche que tenía prevista. ¡Me cago en la puta migraña!

—Vamos —me dice resolutiva y se pone de pie tirando de mí hacia nuestra habitación.

Choco la mano de Christian en cuanto paso por delante y le pongo cara de decepción por haber arruinado lo que podía haber sido una muy buena noche para los tres.

—Mejórate, *bro* —susurra y me sonríe.

—Buenas noches, Christian. —Sonríe Sofi y le da un apretón en el brazo cariñosamente al pasar por su lado.

—Buenas noches, pareja.

Sofi abre la cama y me meto en ella tras sacarme la camiseta. Abre la ventana y apaga la luz. Se cambia delante de mí y no puedo más que rabiar todavía más por no poder darle lo que quería esta noche. Se pone un camisón negro de tirantes que es muy sexy y se tumba junto a mí, de lado, mirándome y repartiendo caricias por mi frente y mi pelo.

—Lo siento, nena.

—¿¡Qué!? —pregunta muy extrañada.

—Que lo siento. Vaya manera de arruinar nuestra última noche, ¡joder! —exclamo con frustración.

—De eso nada. ¡Más faltaría! Eres tú el que está sufriendo una migraña, para nada has de pedir perdón. —Sonríe tierna mientras yo solo quiero comérmela.

—Ven aquí —susurro y tiro de ella hasta tenerla pegada a mi cuerpo y sus labios donde deben estar: sobre los míos.

Intento ignorar el dolor punzante que va en aumento en el lado derecho de mi frente mientras me concentro en besarla, en los labios tiernos y suaves que tiene, en la delicadeza con la que responde a mi beso como si temiera lastimarme, en el amor que me hace sentir.

—¿Te he dicho hoy que te quiero cada día un poco más, Sofi?

Sonríe y se ruboriza un poco antes de responder.

—No. No me lo habías dicho.

—Pues es así, nena. —Acaricio su pelo y sus mejillas rosas.

—¿Sabes? Hay algo que yo nunca te he dicho —me comenta misteriosa.

—¿Ah, sí?

—Sí. ¿No sabes qué es?

Me rasco la cabeza pensativo. No estoy para muchos acertijos ahora mismo, la verdad.

—Nunca te he dicho que te quiero —confiesa con un hilo de voz y a mí se me acelera un poco el corazón y se me seca la boca. No sé por qué.

—No tienes de decirlo —intento quitarle presión, si no lo siente.

—Ya sé que no, por eso no lo he hecho. Hasta ahora. —Sonríe y se muerde el labio inferior haciendo una pausa inquietante antes de continuar hablando—: David, te quiero.

Un océano de emociones me remueve por dentro. Es tanto lo que provocan esas palabras, que durante unos instantes incluso desaparece el dolor de mi cabeza. Solo existe ella.

La cojo por la nuca con dulzura y la atraigo hacia mí, la devoro con un ansia que va *in crescendo* a medida que nos besamos. Intento que sienta cuánto la quiero, me encantaría poder transmitírselo y que lo sintiera a través de nuestro beso.

Se coloca sobre mí a horcajadas y queda sentada justo sobre mi erección. Sí, incluso encontrándome fatal como me encuentro, me pone como me pone.

Se sorprende un poco al sentir cómo estoy de empalmado, pero lejos de apartarse, comienza a moverse encima buscando el roce y me vuelve completamente loco.

Le saco el camisón por la cabeza y mientras me quito el bóxer ella se tumba y se saca el tanga. Me pongo sobre ella; sentir nuestros cuerpos desnudos es lo mejor que ha pasado en los últimos días. Es tan cálida, tan suave, tan preciosa.

Separo sus piernas suavemente y me coloco justo sobre su sexo. Continúo con el roce tal como sé que le gusta y siento como se humedece al contacto y comienza a respirar pesadamente.

Antes de que se me vaya de las manos cojo un preservativo de la mesita y me lo pongo ante su atenta mirada.

—David —susurra mientras me lo enfundo—, ¿es buena idea esto?

Su preocupación por mí es de lo más bonito que hay.

—Te aseguro que es muy muy buena idea, nena. Además, tu amor me lo cura todo.

Sonríe y le brillan los ojos.

Introduzco un poco la punta y siento como, aplicando una leve presión, se resbala prácticamente hacia adentro.

—¡Cómo estás! —exclamo extasiado por sentirla tan mojada.

Emite una risita tímida y tira de mi cabeza para acercarme a ella, succionarme los labios y morderme con ansia.

Yo también estoy ansioso de ti, mi nena.

La embisto fuertemente para sentirla lo máximo que se puede y ella gime con cada nueva arremetida. La cama se mueve y da contra la pared y por un instante pienso en Christian. Pero es un pensamiento que tal como aparece, se desvanece y solo puedo sentir lo que me provoca estar dentro de ella. Cómo tira de mi pelo, cómo me muerde, cómo gime en mi boca, cómo me abraza con sus piernas y me empuja a que la penetre hasta el fondo. Es demasiado.

Sus manos bajan hasta mi culo y me lo estruja sin piedad y tira de mí para que le de más fuerte, lo cual me vuelve completamente loco; siento que estoy a punto de correrme sin ningún control. Intento frenarme, ha de correrse ella primero. Sigue apretando mis nalgas y sé que voy a durar muy poco por mucho que quiera alargar este momento eternamente.

—Nena, córrete para mí —casi le suplico entre embestidas—, necesito sentir... cómo te corres.

Dos movimientos más tarde, todo su cuerpo se tensa bajo el mío y siento los espasmos en su interior alrededor de mi polla, lo que hacen que se me dispare y me corro también liberando toda la tensión que se había acumulado en mi cuerpo.

Me quedo completamente exhausto sobre ella intentando recuperar la respiración y vigilando no chafarla demasiado.

—Madre mía —susurra sorprendida entre jadeos.

Busco su mirada curioso.

—Para estar malo... ¡vaya polvazo! Bufff —jadea recuperando la respiración extasiada.

¿Cómo no voy a desearla con todo mi ser?

Ruedo para tumbarme a su lado y nos quedamos mirando al techo mientras nuestras pulsaciones van bajando lentamente. Me quito el preservativo, hago un nudo con él y lo dejo en el suelo junto a la cama. Iría al lavabo pero estoy muy *KO*.

—¿Cómo está tu cabecita? —pregunta poniéndose de lado y acariciándome con ternura el contorno de la cara.

—Bueno... —Hago un escaneo del dolor y parece que está volviendo a medida que la sangre vuelve a repartirse correctamente por todo el cuerpo—. No va muy bien, pero ahora se me pasará en cuanto me duerma.

—Vale. Si necesitas algo, lo que sea, despiértame, ¿eh? —me pide muy seria.

—Gracias, nena. Eres lo mejor que me ha pasado —confieso enamorado mirándola como si fuera un sueño.

Me besa repetidas veces sobre los labios y continúa dándome caricias por la frente, por el pelo y por el contorno de mi cara hasta que me quedo completamente dormido.

La puerta de la habitación se cierra y me despierto sobresaltado. Sofi no está. Habrá salido al lavabo.

Me vuelvo a dormir sintiendo el vacío en la cama de que ella no esté.

La siguiente vez que me despierto Sofi está entrando en la habitación. Ha debido estar fuera hasta ahora, aunque no sé cuánto rato a pasado pero la percepción que tengo es que ha sido mucho rato, horas. Vuelvo a dormirme abrazándola contra mi cuerpo con ansia.

Me despierto en la misma posición, con Sofi entre mis brazos y sonrío por ello. La estrujo un poco. No no me cabe dentro todo lo que siento por ella. Me dijo que me quería. Hasta ahora no lo había hecho. Empieza a confiar en mí y a dejarse sentir. Es muy importante que yo no la cague ahora. No me perdonaría perderla.

—Mmmmm —murmura dormida ante mi estrujamiento.

—Buenos días, mi nena —susurro en su oído y se remueve estirándose.

—¿Cómo estás? —pregunta lo primero mirándome atentamente con los ojos entreabiertos.

—¡Bien! Ya ha pasado, por suerte.

—Ahhh. —Suspira aliviada—, ¡menos mal!

Me besa con cariño en los labios y yo reparto mil entre su cuello, su mandíbula y el contorno de su cara.

—¡Estás muy contento esta mañana! —concluye tras ver mi comportamiento juguetón.

—Es que ayer mi nena me dijo que me quería —confieso alegre como un niño lleno de ilusión, es como me siento.

Ella sonríe hasta con los ojos y me besa.

Se levanta para ir al lavabo y justo cuando está abriendo la puerta me surge una duda.

—Por cierto, nena, ¿anoche...? —empiezo con la intención de preguntar si anoche salió de la habitación porque no podía dormir, pero mi duda cambia de rumbo en mi mente hasta que termino formulando una pregunta diferente—: ¿Anoche... estuviste con Christian?

Su sonrisa se evapora ante mi pregunta y cierra la puerta que acaba de abrir. Viene cautelosa hasta la cama, se sienta a mi lado y toma mis manos entre las suyas.

Su mirada está fija en la sábana hasta que parece que se arma de valor y clava sus enormes ojos miel en los míos.

Llena de, ¿culpabilidad?, asiente tímidamente con la cabeza respondiendo a lo que le he preguntado.

BUFFF... ¡SE PRENDIÓ ESTA MIERDA!

David comienza a respirar rítmicamente y sé que se ha dormido. Sin embargo, yo estoy muy alterada. No sé si han sido los mojitos, la situación con Christian y David toda la noche jugando conmigo como si fuera a pasar algo, el polvazo que me ha pegado este hombre o qué. Pero no consigo dormirme ni parar mi cabecita que va a mil revoluciones por minuto.

He pasado toda la cena imaginando cómo sería llegar a casa e irme a la cama con los dos. ¿Qué puedo decir?, estaba como loca por descubrirlo.

Tras muchas vueltas decido ir a beber un vaso de agua a la cocina y remojarme un poco la nuca y el cuello a ver si rebajo este calor interno que tengo.

Abro la puerta de la habitación y la cierro intentando no hacer ruido. Camino descalza hasta la cocina y me sirvo un vaso de agua. Lo bebo allí mismo, a oscuras, escuchando el canto de los grillos que proviene del exterior de la casa. Es lo único que se oye, la casa está en completo silencio.

Miro hacia la habitación de Christian. Tiene la puerta cerrada.

¿Pero en qué pensaba?

Bueno, no en nada raro, solo en si aún estaba despierto... para hablar un rato.

—¿No puedes dormir?

La voz de Christian me sobresalta tanto que hasta me tiro un poco del agua por encima.

—¡Qué susto! —exclamo dejando el vaso en la pila y poniendo la mano sobre mi corazón, descubro que va a mil por hora del sobresalto que me he pegado.

Lo busco con la mirada y lo encuentro riendo tumbado en el sofá a lo largo.

—Ven, acércate —me pide.

Me acerco y me hace sitio para que me siente en el borde del sofá junto a él.

—Perdona, no quería asustarte —dice conteniendo una risa.

—No pasa nada... no esperaba que estuvieras aquí. ¿Qué haces en el sofá?

Está vestido solo con un bóxer negro y nada más. Es una imagen demasiado... peligrosa. Tiene el pelo negro revuelto y el azul de los ojos muy oscuro. Solo nos ilumina la luz que entra del exterior, alguna que debe haber en el porche. Es muy tenue.

—No podía pegar ojo. —Mueve la cabeza señalando a mi habitación.

¡Ups! ¿Hemos hecho mucho ruido antes? Me tapo la cara con las manos al entender a qué se refiere.

—Lo siento —murmuro superavergonzada sin destaparme la cara.

—¿Qué? ¡Qué va! —Ríe despreocupado—. No hay nada que sentir. Es que echo de menos dormir con Moni, después de tantas noches juntos.

Coge mis manos, las quita de mi cara y entrelaza los dedos con los míos. Me parece un gesto tan íntimo que no sé cómo reaccionar.

Por otro lado, me encanta que eche de menos a Mon. Lo adoro por ello. Yo también la echo de menos. Se nota que no está. Es de esas personas que suma con su presencia.

—Levanta un momento —me pide decidido.

Me pongo de pie curiosa y empuja el sofá hacia fuera haciéndolo mucho más ancho. Ah, es un sofá cama o algo así.

Vuelve a tumbarse y estira su brazo pidiendo mi mano. Cuando se la doy tira de mí y me hace tumbar a su lado, ahora cabemos los dos.

Me acuesto boca arriba a su lado y me pongo bien el camisón tapando las piernas. Bueno, no tapa nada realmente, pero yo lo intento.

Siento su respiración agitada. Su cuerpo pegado al mío y una corriente eléctrica que no estaba preparada para sentir ahora mismo entre él y yo. Ambos miramos al techo y nos mantenemos en silencio.

Vuelve a coger mi mano derecha y entrelaza sus dedos con los míos.

—¿Qué te pasa a ti? ¿Por qué no duermes? —pregunta en un susurro y me mira.

Yo sigo mirando hacia arriba porque temo que si me giro para mirarle, mis labios quedarán sobre los suyos; está tan cerca...

—No podía... no sé qué llevaban esos mojitos —añado en broma quitando hierro al asunto.

—Sí... iban fuertes, ¿eh? —Sonríe peligrosamente.

Todo me parece muy peligroso ahora mismo y no sé por qué.

—¿Te han gustado estas vacaciones? —susurra sin dejar de mirarme mientras acaricia mi cara con la mano que tiene libre.

Trago saliva con dificultad. Me pone algo nerviosa que estemos tan cerca y no me refiero solo a la cercanía física, sino a cercanía total, en más de un sentido.

Siento que si me giro y le miro a los ojos ahora mismo, probablemente acabaremos besándonos y una cosa llevará a la otra y las probabilidades de acabar follando en este mismo sofá, a pocos metros de David me parecen algo demencial. Pero muy muy tentador.

De hecho, siento la posibilidad de que estemos follando en cuestión de minutos muy potentemente en el aire que nos envuelve. Es como si todo su ser me estuviese avisando. Me tiene ganas. Eso es algo confirmado. ¿Le tengo ganas yo? Sí, es evidente que sí, por cómo está respondiendo mi cuerpo a esta cercanía.

—Las vacaciones... —respondo recordando que me ha preguntado algo—. Sí, mucho, han sido geniales.

—¿En qué pensabas? —Ríe un poco—. Lo has pensado mucho, no me parecía una pregunta tan compleja. —Vuelve a reír divertido y se me contagia.

—No, en nada. —Niego con la cabeza y sigo mirando al techo.

—No, dime —pide muy rotundo y me hace entender que no va a dejarme ir por las ramas, quiere que le diga exactamente lo que pensaba y no tengo otra opción más que hacerlo.

—Bueno... —Me remuevo algo incómoda; me pone nerviosa—. En esto. —Muevo la mano que tenemos unida señalándonos a nosotros mismos.

—¿Estás incómoda? —pregunta muy serio y casi asustado.

—No.

—Sí. Sí lo estás —confirma y se aparta un poco soltando mi mano y dejando de rozarme como si le quemara mi piel—. Me gustaría que empezaras a confiar en mí, Sof... Puedes decirme la verdad. Soy yo, Christian.

—Sí, ya sé. —Río un poco y aunque estoy más cómoda con la distancia, echo de menos su contacto en el acto.

Me giro sobre mí misma y quedo de lado completamente frente a él. Por fin me enfrento a mirarle directamente a los ojos. ¡Que sea lo que tenga que ser!

Sin querer la vista se me va un poco recorriendo su cuerpo muy discretamente y descubro un prominente bulto en su bóxer. *Oh, my God!* De esta no salgo ilesa.

Un palpitar húmedo aparece en mi entrepierna como respuesta. Acabo de tener un orgasmo alucinante hace menos de media hora. ¿Cómo puede ser que...?

Su mano interrumpe mis pensamientos, acaricia el contorno de mi cara y baja acariciando mi cuerpo por encima del camisón lenta, muy lentamente.

Mi pulso se dispara solo por eso y se me reseca la boca.

—¿Tú me deseas? —me pregunta de pronto en un susurro.

¿Qué demonios he de contestar a eso?

Me encojo de hombros como respuesta y él hace una mueca con la boca de decepción aunque sigue acariciando mi cuerpo por encima de la ropa con suavidad y mucha lentitud.

—¿Y t-tú...? —no me salen las palabras, no sé si quiero que me responda a esto, me mojo un poco los labios y añado—: ¿tú me deseas a mí?

Sonríe como si fuera una depredador y yo su presa. Es demasiado sexy todo él. Yo sonrío por inercia, me sale solo.

Entonces su mano deja de contornear mi cuerpo, coge mi mano suavemente y la lleva hasta el bulto que hay en el bóxer. La posa justo encima y hace presión para que sienta lo durísima que la tiene.

Bufffff... ¡*Se prendió esta mierda!*

Ya no tengo salida ni escapatoria posible. Ni en este universo ni en ningún otro.

—¿Responde esto a tu pregunta? —Sonríe muy perverso y sigue presionando mi mano contra su erección.

Mi mano en un principio está inmóvil, pero de pronto cobra vida por sí misma y la acaricia palpando su longitud por encima de la tela. Es como si quiera saber exactamente cómo de grande es, dónde comienza, dónde acaba, cómo de dura está... todo. Una curiosidad insana me ha poseído.

—Buffff. —Suspiro sonoramente sacando mucha tensión que se me estaba acumulando en el pecho.

—Me pones tanto... —susurra con un tono muy íntimo que jamás le había oído, pero que, a la vez, me suena muy familiar—, eres pura sensualidad.

Mi cara ha de ser un poema. Sin embargo, mi mano va a su puta bola. Continúa palpando su erección como si quisiera aprendérsela de memoria. Su pulso se acelera, puedo sentirlo.

Su mano acaricia mis piernas y levanta mi camisón muy despacio. Me da tiempo de pensar en las posibilidades de qué es lo que va a hacer a continuación y la anticipación me vuelve loca. La cabeza me va a mil por hora. ¿Cómo puede ser? ¡Joder! No se puede decir que no esté satisfecha sexualmente. ¡La madre que me...!

Su mano se cuela entre mis muslos y hace sitio para llegar hasta el centro de mi tanga, deja su mano posada sobre mi sexo, abarcándolo todo. Presionando, palpando, reconociendo la zona tal como he hecho yo.

—No me has contestado antes —susurra mirándome primero a los labios y después los ojos de nuevo—, pero tu cuerpo... —Ríe un poco satisfecho—. Tu cuerpo dice que sí.

¡Será cabrón! Me río a punto de entrar en un ataque de timidez y vergüenza absoluto, pero consigo evitarlo porque sus dedos se mueven sobre mi tanga y toda la atención de mi cuerpo y mi mente van para allá.

—¿De veras no recuerdas nada...? De la otra noche —murmura cerca de mi cara sin dejar de acariciarme sobre el tanga.

—Algunas cosas, pero borrosas. ¿Qué pasó? —le pregunto muy curiosa, ávida de tener más información y detalles.

Sonríe de lado y parece que de nuevo está rememorando cosas interesantes.

—Ibas a tu habitación a cambiarte y te paré justo ahí —dice señalando la puerta de mi habitación con la barbilla—, te puse contra la puerta y te besé. Te besé fuerte.

Lo recuerdo perfectamente. Me encendió por completo. Me sorprendió, pero fue una sorpresa muy muy agradable.

—¿Y qué más? —pregunto mientras sigo acariciando por encima de su bóxer muy suave y lentamente.

—Entramos en mi habitación, te quité la toalla que te envolvía; pude tocar toda tu piel a mi antojo, sin prisa.

Su voz suena muy incitadora. Se mezcla el erotismo del relato con lo que estamos sintiendo. Es terriblemente ardiente este momento. Arderé en el infierno, de eso ya no tengo dudas. Pero David estaba de acuerdo esta noche en que jugara con Christian. Claro, él también estaba incluido, pero he de suponer que no estoy haciendo nada malo, ¿no? Tengo la libertad para hacerlo.

—Nos devoramos, Sofi —confiesa. Cierra los ojos y se lame los labios como si pudiera saborearlo.

Suspiro sonoramente. Lo recuerdo perfectamente. El sabor de sus labios, el ansia con el que nos besamos, el deseo latente que había y que de pronto nos sorprendió a ambos arrasándonos de excitación, más o menos como está pasando ahora mismo.

—Te subiste sobre mí.

Recuerdo estar encima de él y moverme para rozar y sentirle.

—Ajá —consigo murmurar para que siga.

—Friccionabas esto contra mí —dice aplicando presión en mis labios vaginales. Comienza a apartar el tanga, pero vuelve a ponerlo en su sitio enseguida y lo maldigo mentalmente por eso—. Estabas muy mojada. Podía sentirlo a través de la tela, como ahora.

Siento el calor concentrarse entre mis piernas como un fuego descontrolado. Madre mía, ¡qué calor hace de pronto! No sé cómo va a terminar esto pero estoy que ardo.

—Paraste un momento —retoma el relato abriendo los ojos y mirándome fijamente—, querías hablar con Mónica. Volviste, te pusiste un tanga rojo que había entre la ropa de ella.

—El tanga rojo.

—Querías hacerlo. Querías que te follara. Me lo pediste incluso. —Sonríe al recordarlo.

Bufff... cómo me pone cuando me habla así de claro.

—Pero tuve que tomar la dura decisión de parar. Estabas tan borracha... Me costó tanto pararte.

—Ya... qué mal... —es todo cuanto consigo aportar a la conversación.

Paseo mis yemas también por encima de sus testículos y siento como se remueve un poco por la sorpresa, pero le gusta... me da esa sensación, al menos.

Suspira sonoramente y cierra los ojos.

—¿Y nos dormimos...? ¿Ya está? —quiero que siga hablando, lo deseo.

Vuelve a abrir los ojos y sonríe sorprendido, quizá porque le pregunte tanto y quiera saber más, quizá porque esté captando cuánto me pone que me relate lo que pasó.

—Después de mucho insistir, rogar e incluso suplicar. —Ríe un poco por esto último y yo también—, te quedaste dormida.

—¿Tú también?

—No, no puedo decir lo mismo de mí. Estaba duro como una piedra. Empezaba a tener un dolor en los huevos... importante. —Hace una mueca como de timidez por lo que me confiesa—: Me tuve que ir al baño.

—¿Ah, sí? —pregunto con mucha intriga. Dios, la imagen de Christian tocándose tan excitado por mí. ¡Qué fuerte todo!

—Sí. Terminé en mi mente lo que no pude terminar contigo. —Sonríe con malicia.

—¿Y cómo fue? En tu mente digo.

Soy una pervertida y acabo de descubrirlo.

Sus dedos presionan mi clítoris y tengo que reprimir un gemido. Ufff, quiero arrancarle la ropa y terminar con esto ¡YA! Pero a la vez quiero seguir así indefinidamente. Es tan erótico y excitante... y placentero... y alucinante... y... bufff...

—Fue fantástico. En mi mente ya no tenías el tanga rojo. Me ponía sobre ti en la cama, separaba tus piernas y hacía lo que más ganas tenía de hacer. —Hace una pausa en la que mira hacia la mano con la que me está tocando y añade—: Metértela hasta el fondo —lo aclara con una voz ronca que es demasiado.

Trago con dificultad y siento como mi respiración se acelera y mi corazón también. Voy a estallar.

—¿Te hubiese gustado? —pregunta buscando mi mirada como si quisiera valorar que mi respuesta será sincera.

—S-sí... —Me humedezco los labios—. Se-seguro.

—¿Hubieses preferido que te lo hiciese lento?, ¿o más bien fuerte?

Ahora es él el que hace las preguntas. Me muero de vergüenza, en parte, por responder a algo así, pero él ha respondido a todo.

—Primero lento, después más fuerte —confieso con un hilo de voz.

Un dedo juega con la tela de mi tanga y la aparta. Comienza a acariciar directamente sobre mi sensible piel. Acaricia mis pliegues, mi clítoris. Todo. Suave pero con la presión justa.

Yo también bajo el bóxer y le acaricio directamente sobre la piel. Cierra los ojos al sentirme y respira pesadamente, lo cual me pone loca. ¡Más si cabe!

—Me habría pasado la noche follándote —añade abriendo los ojos y mirándome fijamente muy serio. Suena a confesión íntima.

—Habría estado muy bien —confieso yo. Es la verdad, ¡joder!

Sonríe satisfecho. Un dedo se cuela en mi interior a lo que no puedo reprimirlo más y gimo de placer cerca de su boca.

Sus labios se posan sobre los míos. Antes de que me de cuenta, me está besando con una decisión tan fulminante que no tengo tiempo ni de sopesar lo que está pasando ni de asimilarlo. Solo de vivirlo.

Bajo su bóxer como puedo y le agarro bien para dejarme de caricias superficiales y suaves. Comienzo a masturbarlo como está haciendo él conmigo con los dos dedos que entran y salen de mí.

—Esta noche tenía muchas ganas de jugar contigo —confiesa cerca de mi oído y yo vuelvo a gemir sin control.

—¿Sí? —pregunto excitadísima.

—Sí. Había imaginado que estaríamos los tres en tu habitación... —para de hablar, jadea un poco por lo que le hago y continúa—: pensaba que pasaríamos toda la noche dándote placer los dos.

—Ufff, sí... yo también lo había pensado —confieso ya desatada.

Sus dedos entran y salen de mí con más velocidad y la fricción es terriblemente deliciosa. Lo que me dice, cómo lo dice, la voz con la que lo hace... es demasiado todo esto.

—Habría empezado por comértelo todo —susurra en mi oído y muerde mi lóbulo generando una descarga que me atraviesa todo el cuerpo y hace que me tense por completo—. Y después te habría follado bien. Primero yo, después él. —Lame mi lóbulo antes de continuar hablando y yo acelero los movimientos con los que lo estoy masturbando—. O quizá los dos a la vez.

—¿A la vez? —pregunto sorprendida.

—Sí. —Se separa un poco de mí para mirarme y sonríe encantado—. Un día lo haremos. Te encantará y a nosotros también. Ufff... —gime cerrando los ojos. Deja los labios entreabiertos mientras me deleito en tocarle arriba y abajo, aplicando presión y acelerando.

Mientras sus dedos continúan entrando y saliendo de mí con rapidez, su pulgar traza círculos en mi clítoris y siento como todo mi cuerpo se tensa; estoy al borde del orgasmo. Solo necesito un poco más.

—Un poco más —le pido en un susurro casi sin darme cuenta.

—¿Así? —me pregunta mientras acelera los movimientos de entrada y salida.

—No... Necesito... más... aquí... —le digo y presiono el pulgar con el que traza círculos sobre mi hinchado clítoris y vuelvo enseguida a tocarle.

Él ralentiza el ritmo con el que me penetra con los dedos pero aumenta la presión sobre el clítoris y me vuelve loca. En cuestión de segundos estallo en un orgasmo que me atraviesa entera. Curvo un poco la espalda y gimo en sus labios.

—Ohh... síí...

Me da un beso suave sobre los labios y sonríe satisfecho y hasta diría que orgulloso.

¡Dios! Qué me ha hecho.

Deja de tocarme y me pone bien el tanga por encima. Se baja más los bóxers para que tenga total acceso y me concentro en masturbarle para que él también sienta el clímax.

Su mano atrapa mi pecho y lo estruja suavemente con deleite.

—¿Así te gusta? —le pregunto acelerando los movimientos con los que lo estoy masturbando.

Asiente sin decir nada y sigue concentrado en mis tetas, ahora con estrujar la otra y bajar un poco el camisón para verla bien.

No tengo prisa por conseguirlo pero quiero que se corra. Quiero que sienta lo que me ha hecho sentir él.

—¿Sabes? Me ha gustado mucho lo que me has hecho —confieso en un susurro sensual.

—Síí. Dime más cosas —me pide hiperexcitado.

—Cómo me tocabas... bufff —intento expresar lo satisfecha que estoy con ello pero no tengo muchas palabras a la mano ahora mismo.

—Te he escuchado antes. Cuando habéis follado —confiesa cerrando los ojos, medio rindiéndose a lo que le hago sentir medio intentando terminar la frase—, y me has puesto tan cachondo.

—¿Ah, sí? —pregunto divertida. Me sorprende mucho no sé por qué. Bueno, no era consciente ni de que podía oírnos, la verdad.

—Bufff. Sí. Me he debatido todo el rato entre entrar ahí con vosotros o no.

—Deberías haberlo hecho.

Abre los ojos y me acaricia el contorno de la cara con el dorso de su mano.

—¿Sí?

—Sí. Deberías haber entrado. Te habríamos recibido encantados. Ya lo sabes.

Sonríe pícaro.

Se pone boca arriba y me releva de masturbarle. Continúa él. En parte me sabe mal, pero también entiendo que quiera terminar y sea más rápido si lo hace él mismo.

—Bésame, Sof —pide sin abrir los ojos.

Me incorporo un poco y atrapo sus labios entre los míos, mi lengua se abre paso y acaricia la suya. Comienzan a moverse unidas en círculos y profundizamos el beso convirtiéndolo en un señor morreo.

Acaricio todo su torso con mi mano y siento la velocidad con la que se está masturbando. Me pone loca presenciarlo. Acaricio sus testículos y parece que es el estímulo que le faltaba, pues en ese momento emite un gemido ronco y masculino cerca de mi boca. Siento como se tensa todo su cuerpo y sé que se está corriendo.

¡Madre del amor hermoso! Lo que acaba de ocurrir. Voy a necesitar varios días para asimilarlo. Y quizá algo de terapia también.

Su respiración está muy agitada y permanece con los ojos cerrados, lo que me da un margen para recuperarme también yo.

Abre los ojos y comienza a reírse.

—¿Qué? —pregunto divertida.

—¡Cómo me he puesto! —exclama entre risas y desvío la mirada a sus manos. Se ha pringado con su semen.

—Vamos a lavarnos —propongo levantándome y esperando a que se levante también él.

Lo hace con cuidado de no manchar nada y cuando está de pie, deja caer el bóxer, que estaba por las rodillas, al suelo.

Me sigue hasta el baño desnudo, pero cuando entro y enciendo la luz veo que no me sigue. Retrocedo al pasillo y me encuentro con que está parado mirándome.

—Voy a ir al otro, ¿vale?

Me encojo de hombros. Pues vale. Si prefiere lavarse solo, no hay problema.

—Es que... como entre ahí contigo... —dice, amenazante, con un susurro ronco; yo me pongo totalmente roja—, no te vas a salvar de que te empotre en la ducha.

Oh my God...

Esto me está superando.

No sé ni que contestar. Ni qué cara poner. Ni siquiera recuerdo cómo se hacía eso de respirar.

—Vale, pues... —no consigo decir nada más.

Sonríe, niega con la cabeza y se mete en el otro baño. Oigo que abre la ducha.

Me meto en el mío y me doy una ducha rápida sin mojarme el pelo. Pongo el agua fría por eso de bajar la temperatura corporal un poco. Dios, estoy ardiendo por lo que ha pasado.

¡Vaya nochecita! Cuando he acabado de secarme me vuelvo a poner el camisón pero no el tanga, lo llevo en la mano para ponerme uno limpio. Salgo del baño y cuando llego al comedor la voz baja de Christian hace que me sobresalte de nuevo del susto.

—Dame un beso de buenas noches, ¿no?

Me giro y lo tengo justo detrás. Me empuja contra la puerta de su habitación lentamente y me parece un *déjà vu*. Esto ocurrió igual la otra noche.

Respira sobre mi boca y sus labios se separan mientras me mira fijamente y me coge por la nuca con decisión.

Acorto el espacio antes de morir de la tensión que crea este hombre y le beso. Me empuja por la nuca para que me acerque aún más a él y profundice el beso al máximo. Se me cae el tanga al suelo al concentrarme en lo que está pasando entre nuestros labios. Las piernas se me vuelven de gelatina y temo incluso poder caer al suelo en cualquier momento.

Termina el beso muchas horas antes de lo que me gustaría, me da varios besos rápidos sobre los labios aplicando presión y me mira con sonrisa lobuna.

—Estás para follarte toda la noche y no parar hasta que no podamos más.

Sofía llamando a emergencias. ¿Hola?, ¿qué tal?, ¿cómo estáis? Sí, vuelvo a ser yo. Necesito que alguien venga y recoja la gelatina en la que me acabo de convertir. En serio.

Trago con dificultad y mi mente privilegiada no consigue relacionar suficientes palabras como para formar una frase coherente, completa y con sentido.

Christian se agacha, recoge el tanga del suelo y lo dobla con cuidado antes de añadir:

—Y esto me lo quedo.

—Oh, no —exclamo e intento cogérselo pero no me deja.

Se ríe un poco muy travieso.

—Sí, ya te digo yo que sí. Ahora vete antes de que te encierre en mi cuarto y no te deje salir hasta mañana.

Me sorprende un montón este Christian. Claro hasta ahora había conocido su versión de amigo, pero la versión de Christian suelto y sexual, ¡es tremenda! ¡Qué energía sexual tan potente tiene este hombre! No me lo esperaba para nada.

Asiento como una niña buena y me voy a mi habitación bajo su atenta mirada. Antes de cerrar le sonrío y me guiña un ojo con complicidad justo antes de meterse en la suya con mi tanga en la mano. ¿Para qué lo querrá? Dios me muero de la vergüenza de pensar que pueda... olerlo o algo así... no sé. Prefiero no darle más vueltas, que haga lo que quiera con él.

Me acurruco junto a David que está completamente dormido en la cama y me encuentro hecha un mar de dudas.

¿Lo que he hecho ha estado mal? ¿David me odiará por ello? ¿Es terrible? ¿Iré al infierno? ¿Será que ocurre algo malo en mi cerebro? ¿Me estaré volviendo una ninfómana descontrolada o algo así?

No, no creo, me autorrespondo mentalmente a todo.

En cualquier caso mañana se lo contaré todo a David y seguro que no se enfadará. Si él mismo ha bromeado toda la noche con hacer cosas los tres, y la otra noche se suponía que ya había pasado algo entre Christian y yo y nadie se había enfadado.

Suspiro agobiada. En fin... necesito descansar. Mañana será otro día.

YO NO SOY NI QUIERO, NI PRETENDERÉ NUNCA, SER EL DUEÑO DE TUS ORGASMOS

David

—Tranquila, nena, no pasa nada. —Sonrío con cariño para que vea que no hay nada de malo en lo que le pregunto—. Es solo que me pareció que salías y volvías mucho más tarde.

—Sí... yo... —Vuelve a bajar la mirada a las sábanas y me da la sensación de que se siente fatal por lo que sea que haya hecho con él.

—Ey... —Levanto su cara por la barbilla con suavidad—. Está todo bien. No has de contarme nada que no quieras, solo era curiosidad.

Me mira llena de culpa con esos enormes ojos marrones que me enamoran cada día cuando los veo.

La abrazo estrechándola fuerte contra mí.

—No quiero que te sientas mal por nada. Está todo bien.

—¿Seguro? No podía dormir. Fui a por un vaso de agua. Él estaba en el sofá. Yo...

—Tranquila, Sofi —le pido. Me importa más que se tranquilice y deje de sentirse mal a que me cuente nada—. En serio, no has de sentirte mal. No importa lo que haya pasado.

Asiente algo incrédula.

—No lo hicimos —confiesa con dificultad—, pero... nos tocamos.

Interesante.

Intento reprimir una sonrisa y continuar neutro para que me siga contando lo que quiera. Se me ocurre probar algo para que deje de sentirse mal y le pregunto:

—¿Hubo algo contra tu voluntad?

—¡No! —exclama con energía—. ¡Claro que no!

—¿Te sentiste incómoda o violenta?

—¡Nooo! ¡Nada de eso! —exclama con vehemencia.

Ya lo sabía. Solo quería que dejara de sentirse culpable.

—¿Ves? Entonces no ha pasado nada malo.

—Yo... no... pero... tuve un orgasmo... con él.

Parece que le cueste la vida decírmelo. Quiero comérmela.

—En serio, Sofi, no lo digas como si fuera algo terrible. ¿Tener un orgasmo no es algo maravilloso?

Asiente y me mira con los ojos expresando muchas dudas.

Sonrío para transmitirle que está todo bien.

—Nena, anoche la idea era hacerlo los tres, ya lo sabes. Ya viste las ganas que teníamos.

—Sí, ya sé... Pero tú no estabas... estabas malo y yo... bueno, no sé...

—No pasa nada... me parece genial que mi migraña no estropeara la noche a todos. —Vuelvo a sonreír sincero, lo digo muy en serio. Además, estoy muy contento de que ya se me haya pasado y me encuentre bien.

—Dios... ¡no me acostumbro a esta libertad! —exclama divertida.

—Pero... ¿te gusta?

—Sí.

—Eso es lo que quería oír. Yo no soy ni quiero, ni pretenderé nunca, ser el dueño de tus orgasmos. Lo que sí espero es ser quien más orgasmos te dé.

Me mira con los ojos muy abiertos asimilando lo que le digo.

—Pero que tengas orgasmos contigo misma o con otra persona es algo bueno —explico sincero—. Cuando amas a alguien, ¿no le deseas lo mejor? ¿La máxima felicidad? ¿Las mejores sensaciones?

—Sí. Pero se suele desear que sean solo contigo —exclama muy metida en el discurso monógamo.

—Claro, nena, ya sé. Suele ser así, pero mi forma de quererte no es así. No es: «las cosas buenas solo puedes tenerlas conmigo», para mí cuántas más cosas buenas tengas, mejor. Sea conmigo o no.

—No sé, es tan extraño para mí todo esto...

—Pero es positivo, créeme —le pido.

La beso con todo mi amor y ella me responde con todo el suyo.

Salimos en dirección al lavabo y dejo que pase primero ella. Yo me paro en la puerta de Christian.

—Voy a despertarlo —explico a Sofi que me mira inquieta desde la puerta del lavabo.

—Vale.

Entro en la habitación y lo encuentro despatarrado sobre la cama en ropa interior. Abro la ventana y dejo que entre aire nuevo y toda la luz de la mañana a lo que él se tapa la cara con las manos y masculla algo.

—Buenos días, princesa —le digo en coña y me estiro a su lado en la cama, bocabajo.

—¡Joder, tío! —me contesta muy dulce él.

—¿Qué? Ya es hora de levantarse. ¿No dormiste anoche? Ya me han contado, ya.

Se destapa la cara y me mira con un ojo abierto y el otro cerrado.

—¡Anda que no te quedaste a gusto tú también! —dice señalando a la pared que da a nuestra cama—. ¡Se os oía desde el porche!

Me muero de la risa con los celos que expresa su comentario. No puedo evitarlo.

—Pero luego tuvisteis vuestro momento, ¿no? —pregunto sin maldad.

—Sí... eso parece. Esto... con respecto a eso... ¿Todo bien? —pregunta mirándome dubitativo.

—¡Pues claro! Ya lo sabes.

—Solo nos tocamos.

—Ya tendremos más ocasiones para hacer lo que teníamos en mente ayer. —Le guiño un ojo y me levanto de la cama dando por finalizada esta charla.

Me voy al lavabo y me cruzo con Sofi por el camino. Me da un beso fresco con aliento mentolado y continúo.

Meo, me lavo los dientes y la cara para despejarme.

Cuando salgo, Sofi, con un vestido playero, está preparando el café y unas tostadas. Christian debe estar en el otro baño ya que oigo el ruido del cepillo de dientes eléctrico y el agua.

Me pongo a ayudar a Sofi con el desayuno y sacamos todo afuera a la mesa del porche. Hace un día soleado estupendo. ¡Qué pena que se nos acabe esto! Me quedaría un mes más en esta casa. Aunque en parte también sería por retrasar el marrón que me espera al llegar.

—¿Ya no te duele nada la cabeza? —Sofi pregunta con interés, sentada a mi lado.

—Nada, ya ha pasado —explico contento.

—¡Menos mal!

Christian sale al porche hablando por el móvil, se sienta junto a Sofía y tras varios «ajá... qué bien... genial», cuelga, da una palmada en el aire y se frota las manos contento.

—¿Era Lucas? —le pregunto suponiendo con quién hablaba y de qué.

—Sí, ¡efectivamente!

—¿Cuánto facturamos anoche? —concreto la pregunta.

—Más que el finde pasado... y menos que el próximo —me responde él muy positivo. Sofi nos mira a uno y a otro divertida.

—¡De puta madre!

Caprice va viento en popa. Lucas lleva muy bien la gestión del local y poco a poco se está haciendo un nombre en la noche Barcelonesa entre las personas que aspiran a tener fiestas algo más alternativas, fuera de lo común, mucho más *hot*. En poco tiempo nos está dando una rentabilidad muy alta.

—Bueno, ¿tenéis pensado algo para hoy? —pregunta Christian mientras se prepara una tostada con mermelada—. ¿A qué hora sale nuestro vuelo?

—Sale por la tarde, a las seis. Hasta entonces... —Miro la hora en mi móvil, son las once—. Podemos recoger, hacer las maletas, el «check out» de la casa, ir a algún pueblo que nos falte por visitar, comer y después ir al aeropuerto a devolver los coches y esperar ya para embarcar.

—¡Perfecto!

—¿Alguna preferencia? ¿Te apetece ir a algún sitio a comer? —pregunto a Sofi que está muy callada desde que ha salido Christian al porche.

—¡Ninguna! Lo que queráis. —Sonríe diplomática y sigue con su tostada.

—¿Y tú? ¿Alguna idea? —le pregunto a él.

—Yo, ideas, ya sabes que tengo muchas —responde malicioso.

Con que esas tenemos. Sofi se ríe nerviosa e incluso diría que algo incómoda.

—Pero para ir a comer... —continúa él pensativo—, sí, se me ocurre un sitio. Está cerca del aeropuerto, además.

—Vale. ¿Reservas tú?

—Hecho.

Christian termina rápido la tostada y sale para llamar al restaurante para reservar. Aprovecho esos minutos que se aleja de la mesa y camina por el porche para acercarme a Sofi y preguntarle bajito:

—Estás incómoda, ¿verdad?

Me mira inquieta y no contesta.

—Tranquila, nena, lo entiendo. Toda esta... situación —digo señalándonos a los tres— es nueva para ti.

—Es que... —Mira hacia Christian abatida—. No sé cómo actuar con él, me siento un poco... rara, después de lo de anoche.

—Pues actúa con normalidad. —Sonrío y acaricio sus mejillas intentando que se relaje un poco y sonría, pero no funciona.

—Ya... mi normalidad es estar así. —Hace una mueca de culpabilidad con la boca.

—Bueno, poco a poco irás normalizando todo. Tampoco ha de ser ahora mismo, tranquila.

—Me gustaría saber si... ¿entre vosotros...?

No termina la frase y se pone a mirar sus manos entrelazadas nerviosamente en su regazo.

—¿Qué, nena?, ¿entre nosotros qué?

—¿Estáis bien? Quiero decir... ¿Afecta en algo lo que ha pasado a vuestra amistad? —Me mira con mucha preocupación en los ojos.

—¡Claro que estamos bien! ¿Eso es lo que te preocupa?

—Sí... entre otras cosas.

—Nena, entre nosotros jamás ha habido celos ni problemas del estilo posesivo con nuestras parejas. Christian siempre ha sumado a mis relaciones y quiero pensar que yo también a las suyas. Sé que no es nada convencional todo esto —añado al ver la cara de incomprensión que pone ella—, y que es muy... contracultural. Pero es que somos así. —Me encojo de hombros—. No puedo pretender ser diferente y él tampoco. Somos como nos conoces.

—¡Si a mí me encantas! —exclama ella y pone sus manos sobre mi torso—, y él también, claro —añade con reservas.

—¡Pues entonces disfrútalo! —Sonrío convincente—. ¿Cuántas veces en tu vida has tenido a dos tíos por ti dispuestos a darte lo que quieras sin ningún tipo de mal rollo? —Levanto las cejas varias veces sugerente y ella se ríe.

—¡Estáis loquísimos! —exclama entre risas.

Christian vuelve a la mesa y da un sorbo a su café.

—¿Qué estamos loquísimos, dices? —le pregunta gracioso—. ¡No lo sabes bien!

Reímos y siento cómo Sofi ha destensado parte de su incomodidad. ¡Misión cumplida!

Nos ponemos a hacer las maletas y a recoger. Una vez todo listo, Christian llama al propietario para que venga y así le entreguemos las llaves. Después, abre la nevera y empieza a sacar toda la comida que ha sobrado y que ni hemos tocado. ¡Nos pasamos un huevo comprando!

—No irás a tirarlo a la basura, ¿no? —le pregunto en cuanto veo que está metiendo todo en bolsas de plástico. Creo que antes de tirarlo podríamos ofrecérselo al propietario para que lo aproveche o los siguientes inquilinos quizá.

—No, ¡claro que no! Vamos a llevarlo a Cáritas o a la Cruz Roja —explica con naturalidad.

—¡Muy buena idea! —sentencio y le ayudo a recoger lo que falta. Allí seguro que lo aprovechan.

Christian y yo cargamos las maletas en el coche y las bolsas de comida. Christian entrega la llave al propietario en cuanto llega y finalmente nos vamos de la casa con nostalgia y una sonrisa rememorando los momentos que hemos vivido allí todos juntos. ¡Ha sido divertido!

Lo primero que hacemos es ir a devolver el coche de Christian, así nos quedamos juntos con uno solo. Lo segundo es ir a Cáritas a entregar las bolsas de comida, las cuales agradecen muchísimo ya que la mayoría de cosas están incluso sin abrir y podrán aprovecharlas seguro. Y lo tercero, nos vamos a un pueblo cercano al aeropuerto donde Christian ha hecho una reserva para comer. Parece que nuestro último día la isla también está algo nostálgica ya que de pronto se nubla el cielo y comienza a llover como despedida.

Nos metemos en una tienda de artesanías que vende también paraguas para comprar uno y resguardarnos mientras afloja un poco la lluvia. La tienda es pequeña pero muy acogedora y tiene muebles tallados a mano, objetos de decoración y joyería. Absolutamente todo es artesanal. Sofi da la vuelta a la tienda entera muy interesada en todo y se distrae escogiendo unos pareos. Christian y yo la esperamos en el mostrador charlando con el dueño, que es un *hippy* muy interesante y, mientras hablamos de la lluvia y de cosas varias, está grabando una pulsera de plata.

—Mira qué bonito.

Christian me enseña un colgante de oro rosado con un talle redondo de una piedra que no había visto nunca.

El dueño nos explica que es una piedra lunar. Es una piedra semipreciosa que, tradicionalmente en la India, el novio lo regalaba a la novia la noche antes de la boda. Nos explica también que la piedra lunar es la piedra del ciclo de la mujer, se carga con la luna y tiene una energía muy femenina.

No sé si es el momento o la explicación tan curiosa, pero ambos decidimos comprarla. Yo compro el anillo y Christian el colgante. Será un recuerdo bonito de estas vacaciones para las chicas. Pagamos antes de que venga Sofi y nos lo da envuelto.

Sofi compra dos pareos y un paraguas grande; después de casi una hora en la tienda, salimos a buscar el restaurante.

Vamos los tres bajo el paraguas de Sofi hasta el restaurante y conseguimos llegar sin mojarnos demasiado, eso sí, nos reímos poco de lo torpes que somos para mantenernos los tres debajo sin que se moje Christian o yo.

El restaurante es como una casa antigua de techos altos y paredes gruesas. Es todo blanco con muchas ventanas y una iluminación muy cálida. Tiene diferentes salas y nos meten el la primera. Hay algunas parejas más, pero en general es muy tranquilo y silencioso. Es de esos sitios donde la gente habla casi susurrando, no sé por qué.

Nuestra mesa es una cuadrada de madera. Está pegada a un ventanal enorme y a través de él vemos el exterior lluvioso. Sofi y yo nos sentamos juntos en un lado donde hay un sofá y la pared es nuestro respaldo y Christian delante de Sofi en una silla.

Vaya día tan gris, aunque a mí estos días así me encantan. Y en mitad del verano son un respiro, un pequeño descanso del sol, del calor, de todo.

Vemos como caen gotas de la lluvia contra el cristal; Christian hace un vídeo muy artístico de ellas con el móvil. Muy flojito suena, como hilo musical, Lana del Rey.

Pedimos gazpacho casero los tres de primero y carne, pescado y *risotto* de segundo. Cada uno diferente. Para beber nos traen vino de la casa, gaseosa y agua. Yo bebo agua. Christian y Sofi prueban el vino con gaseosa y dicen que es bastante decente.

—¿Qué es lo que más te ha gustado de estas vacaciones? —le pregunta Christian cuando ya vamos por el segundo plato.

—Mmmm. —Sofi se apoya en la pared pensativa unos instantes antes de contestar—: estar todos juntos y lo bien que hemos aprovechado los días para ver playas y disfrutar también de la noche.

—¿Y si tuvieras que escoger un momento como tu preferido?

Yo tengo claro cuál es el mío. Me da mucha curiosidad saber cuál dirán ellos.

—¿Solo uno? —pregunta ella dubitativa y Christian asiente como respuesta—. La noche que fuimos a la fiesta blanca, concretamente antes de empezar el juego —aclara ella antes de que hagamos comentarios al respecto—. Justo cuando estábamos todos bailando. Ese es mi momento preferido —confirma satisfecha.

Qué curioso.

—¿Cuál es el tuyo? —pregunto a Christian. Se rasca la barbilla y lo piensa bien antes de contestar.

—Yo también tengo muchos, pero ahora mismo me ha venido a la mente el día que rescatamos a aquel niño del agua. La verdad es que no olvidaré nunca los nervios que pasé y el alivio al ver que respiraba.

—Oh, sí... ¡fue un momentazo! —añade Sofi con mucho énfasis.

—¿Y el tuyo, David? —me pregunta Christian.

—Este. —Sonrío convencido.

—¿Este? —pregunta Sofi muy sorprendida y señala hacia fuera para recordarme que llueve y es un día gris.

—Sí... —Cojo sus manos entre las mías—. Porque el mejor momento es el presente para mí, siempre. Es lo único real que tengo.

—Sabía que dirías este. —Ríe Christian. Me conoce bien, nadie puede negarlo.

Sofi, en cambio, me mira asombrada. Beso el dorso de sus manos.

—¿Y el peor? —lanza Christian a Sofi con mirada desafiante.

—Mmmm... el mismo día de mi momento preferido.

—¿Cuándo? —pregunta él muy curioso.

—Comenzó después de jugar en la mesa. Ese fue el peor. Básicamente porque me pasé bebiendo y perdí el resto de la noche. Odio no recordarlo.

Fue un marrón que bebiera tanto como para no recordar. Pero también me parece que tiene mucho significado que lo peor sea no recordar cómo fue estar con Christian. Por eso no me sorprende nada la cara de ilusión que se le ha puesto a él al oírla.

Por otro lado, me alegro de que no haya mencionado el momento de abandono en el avión, me haría sentir fatal, aunque me lo merecería, claro.

—¿Y el tuyo peor? —le devuelve la pregunta a Christian.

—Coincido contigo, el mío peor fue ese también, aunque por otros motivos que no voy a detallar ahora. —Sonríe malicioso.

—¿Y el tuyo? —me pregunta Sofi centrando toda su atención en mí.

—No quiero recordar los momentos malos ni los peores porque aún me siento fatal de haberlos creado —digo aludiendo al enfado que pillé y a cómo reaccioné por encontrar el informe y demás.

Sofi pone expresión triste y apoya su mano en mi pierna con ternura. Le doy un beso suave sobre los labios como respuesta.

—¿Y el más gracioso o divertido? —pregunta Sofi cambiando de tema y de ánimo y nos mira a ambos esperando respuestas.

—El mío más divertido fue la noche en Pacha. Ya os habíais ido vosotros —dice Christian mirándonos y recordándome que esa noche tampoco lucí mi mejor faceta ni carácter—, y nos encontramos a Fani y Lucas intentando ligar con una pareja monógama en la terraza. —Ríe solo de recordarlo—. Si hubieseis visto las caras de esa pareja. ¡Estaban realmente asustados! Y no era para menos, la verdad. —Ríe fuertemente y se nos contagia un poco al imaginar la escena.

—¡Qué bueno! —Ríe Sofi—. ¿Y el tuyo?

—El mío más divertido... cuando descubriste que Bárbara era mi madre. —Río al recordar la escena y Sofi se une animadamente.

—¡Uy, sí! Eso fue muy bueno. —Ríe a carcajadas—. Es el mío favorito también.

De postres pedimos *Graixonera* los tres. Es un postre típico de Ibiza y está hecho con ensaimadas del día anterior, es algo que me recuerda un poco al pudin. Está muy bueno.

Sin preguntar, nos traen unos chupitos de hierbas ibicencas tras el postre y los bebemos brindando por los mejores momentos vividos juntos en la última semana.

Sofi nos invita a comer y no da pie a negociaciones. Aceptamos al no tener ninguna otra opción. Cuando quiere es implacable.

Gloria no deja de escribirme mensajes. Quiere saber el vuelo, la hora a la que llego, lo que quiero cenar... Me siento un poco agobiado por esta situación. Lo único que quiero ahora mismo es llegar a casa y solucionarlo. Hablar con ella claramente y ver cuál es su intención. Imagino que quedarse a vivir en mi casa para siempre, no será.

Igualmente debería llamarla y pedirle que baje un poco la intensidad que está poniendo y allanar un poco el terreno para cuando lleguemos esta noche. No sé si Sofi querrá venir a mi casa, yo espero que sí, que duerma conmigo. Pero quizá quiera ir a ver a Bothor, lo cual es comprensible. En cualquiera de los casos, tengo que hablar con Gloria y pedirle que se relaje un poco, que no me tiene que preparar ninguna cena, que cuando llegue, llegaré.

—Chicos, ¿qué os parece si voy a buscar el coche y vengo a recogeros? —les pregunto levantándome y dejando la servilleta sobre la mesa.

—Dame las llaves, ya voy yo —propone Christian y se levanta también.

—No, *tranqui*, tengo que hacer dos llamadas y así aprovecho mientras voy a buscarlo.

—Ah, vale, como quieras —dice encogiéndose de hombros.

Le doy un beso sobre los labios a Sofi, que me mira con una sonrisa comprensiva, y me dispongo a salir del restaurante.

—Llévate el paraguas —me dice ella y me lo acerca.

—Y avísame al móvil cuando estés aquí afuera y salimos —añade Christian aún de pie.

—Hecho.

Cojo el paraguas por no hacerla insistir si le digo que no hace falta y salgo. Aún llueve bastante así que lo abro y le doy buen uso. Aprovecho para hacer la primera llamada mientras camino hacia el coche.

—¡Hola, mi cielo! —exclama la voz al otro lado con mucha alegría.

—Gloria, ¿cómo estás?

—Ahora que te escucho, infinitamente mejor.

¿ESTÁS INCÓMODA CONMIGO HOY?

Tan pronto David sale del restaurante, Christian da la vuelta a la mesa y se sienta pegado a mí acorralándome, en cierta forma, contra la ventana.

Su cuerpo queda totalmente inclinado sobre el mío y su sonrisa a escasos centímetros de mí.

—Hola —susurra con un tono tan íntimo que me sorprende y más cuando coge el contorno de mi cara con sus manos y me besa sobre los labios suave y lentamente.

El pulso se me dispara por completo, tanta proximidad, intimidad y complicidad no me la esperaba para nada, me pone nerviosísima, pero es una mezcla extraña de emociones porque, a la vez, me encanta.

Mis labios responden al suave contacto. Christian absorbe un poco mi labio superior entre los suyos y después su lengua se abre paso en busca de la mía. Me dejo llevar. No pienso, no juzgo, no razono, solo lo vivo.

Cuando separamos los labios, él apoya su frente contra la mía aún con los ojos cerrados. Respiramos algo acelerados, ¡qué momento!

—Hola —susurro tímidamente respondiendo a lo que ha dicho antes.

Él sonríe sin decir nada. Después me besa en la mejilla y me hace torcer la cabeza para darle acceso a mi cuello, el cual ha decidido devorar en este preciso instante.

Trago con dificultad e intento aguantar las cosquillas que me provoca su barba sexy al rozar suavemente por mi piel.

¿Pero a qué demonios viene todo esto? Y no lo digo quejándome, sino de sorpresa absoluta. No entiendo nada. Es cierto que anoche pasaron cosas, pero hoy ha estado todo el tiempo como siempre. Ahora de pronto parece que vuelve a ser el que era anoche. Es como si hubiese conocido a un segundo Christian y le hubiese dejado la puerta abierta para aparecer y desaparecer dependiendo del momento del día y la situación.

Me aparta el pelo a un lado y sigue besándome por el cuello con mucha pasión.

—Christian. —Río un poco y lo aparto suavemente.

Me mira inquieto. Hago una mueca de timidez, medio restaurante nos mira.

—Me hacías cosquillas.

—¿Estás incómoda conmigo hoy? —me pregunta sin apartar su vista de la mía y sonriendo expectante.

—¿Incómoda? —¿Qué le digo? No sé, en parte supongo que sí, pero hasta ahora estaba cómoda porque todo era «como siempre»—. Bueno, no... no sé. —Me encojo de hombros y me río un poco nerviosa.

—No quiero que lo estés, ¿eh? Que soy yo, el de siempre.

A mí no me parece el de siempre. Para nada. Este es Christian 2.0 y de eso no tengo dudas. No tiene nada que ver con el 1.0.

—Ya...

—¿Estás nerviosa por volver a casa y encontrarte el tema de Gloria?

Una amarga sensación me atraviesa al recordar «ese pequeño detalle».

—¡Por tu cara veo que sí! —exclama y se ríe.

Parece ser que soy un libro abierto o algo así.

—Nerviosa no. Pero preocupada, un poco.

—Es normal, pero todo irá bien y yo estaré para lo que necesites, ya lo sabes.

—Sí. Gracias.

Me reconforta saber que tengo su apoyo, la verdad.

—Por cierto, he hablado con Mónica esta mañana.

Uy...

—¿Ah, sí?, ¿y qué tal?

—Bien. Le he explicado un poco lo de anoche; espero que no te moleste.

—No, claro, es vuestra relación y entiendo y celebro que seáis así de sinceros.

También espero que siga siendo mi amiga llegados a este punto.

—Está todo bien, solo quería que lo supieras.

Uffff. Respiro aliviada. Ni había pensado en que llegara un momento en el que tuviera que sentarme a explicarle a Mon nada de lo que pasó. Me alegro de que haya sido él y de que esté todo bien.

—¿No está molesta? —pregunto por asegurarme.

—¡No! Para nada, te lo aseguro.

Asiento con la cabeza y veo que el móvil de Christian se ilumina sobre la mesa.

Es David.

Nos levantamos, salimos y subimos al coche que nos recoge en la puerta. Sigue lloviendo y el día es supergris. Es de esos días que invitan a estar en casa, bajo una manta, viendo películas, leyendo un libro o simplemente mirando cómo cae la lluvia a través de la ventana con una taza de té entre las manos.

Durante el trayecto al aeropuerto, Christian va delante hablando con David del consumo de gasolina que ha tenido el coche y lo comparan con el que alquiló él.

Yo voy mirando la lluvia a través de la ventana y pienso en si la chaquetita de hilo que me traje estará muy al fondo en la maleta o podré recuperarla antes de embarcar. Hace un poquito de fresco con el cambio de tiempo.

¡Qué pena me da irme de Ibiza! ¡Jo!

Cuando llegamos, me bajan la maleta, me ayudan a abrirla y saco la chaquetita para poder ponérmela. Después entregamos el coche con su debido papeleo y entramos al aeropuerto en busca de la puerta de embarque. Cruzamos el control policial y localizamos la puerta que nos toca. Aún falta una hora para que salga nuestro vuelo y media hora para que abran el embarque.

Vamos los tres arrastrando las *trolleys* con sus ruedecitas. No quiero, pero no puedo evitar pensar que cuando llegué a este aeropuerto fue muy muy diferente de cómo estoy ahora mismo. La situación ha cambiado como de la noche al día.

Nos sentamos frente a la puerta de embarque y nos ponemos a hacer cosas con el móvil los tres. Yo escribo a mis padres para decirles que ya vuelvo y que esta semana iré a verlos. También le escribo a Óscar para decirle que al final no me ha llamado y que ya nos vemos en Barcelona. Y por último le escribo a Anaís para avisarle de que llego hoy y de que iré directa a casa así que no es necesario que pase esta noche a darle la cena.

Aún no he hablado con David de si vamos a dormir juntos hoy, a mí me gustaría, claro, pero no me apetece ir a su casa y que esté la tipa esa de por medio. Además, he de ver a mi gatito, me muero por estrujarlo y comérmelo a besos.

Christian habla por teléfono muy meloso; estoy convencida de que habla con Mon. David teclea y teclea, pero no sé qué hace.

—Voy a mirar la tienda de *souvenirs*, ¿vale? Dejo aquí mi maleta —les anuncio.

Ambos asienten con la cabeza y continúan con lo que estaban haciendo.

En la tienda encuentro rápidamente lo que quería. Unos detalles sorpresa para todos. Quiero tener algo para recordar nuestra semana juntos. ¡Ha sido genial!

La cajera pone cada detalle en una bolsita de papel individual y me da un boli donde marco la inicial de la persona a la que se lo voy a dar.

—¿Qué compras, nena? —me pregunta David, que aparece justo detrás de mí y me abraza por la cintura.

—Nada, unos detallitos.

—¿Quieres algo de chocolate? —me pregunta al oído y me giro un poco para verlo—, voy a comprar unas chocolatinas.

—Mmmm, te robaré un trocito de la tuya. —Sonrío.

Me guiña un ojo, me besa en la mejilla y se va en busca del chocolate.

Mmmm... chocolate y David, qué combinación.

¿Hola? ¿Es que mi mente ha perdido completamente la razón? Solo puedo pensar en cosas sexys y sensuales. Con lo sosita que era yo, ¡madre mía! Intento recordar en toda mi vida y no recuerdo haber sido como soy ahora en ningún momento, ¡ni de adolescente siquiera!

Este chico ha venido para revolucionarme. ¡Él y sus amigos! Porque vaya con los otros dos también... ¡No se quedan cortos!

Cuando David ya tiene su botín de chocolates, volvemos con Christian. Sigue concentrado con su móvil. Ríe por momentos y sigue escribiendo.

Me siento a su lado y no puedo evitar acercarme un poco disimuladamente y ver que, en efecto, está escribiéndose con Mon.

Río mentalmente por ver lo colgados que están, ¡me encanta! ¿Y lo colgada que estoy yo por haber tenido sexo con él? ¿Qué locura de vida tengo ahora mismo? Toso un poco para disimular la risa que se me escapa solo de pensarlo.

A mi otro lado está David y me tiende un auricular. Me lo pongo y descubro que tiene puesta *Odd Look ft. TheWeeknd* de Kavinsky. Me gusta en el acto.

Esperamos el rato que queda hasta que abren el embarque escuchando música juntos y mirando la gente que va y viene sin cesar por todo el aeropuerto. Está muy concurrido. A través del ventanal se ve como sigue lloviendo y pienso en si no afectará a nuestro vuelo. Imagino que no, pero buen rollo no da.

En el avión vamos David y yo juntos en un lateral, yo en la ventana y él en el pasillo. Christian va unas filas más atrás. Al haber comprado el billete otro día, ya no pudo pillarlo juntos.

Las azafatas informan de las medidas de seguridad y tras ello, ya con los cinturones abrochados y nuestras manos cogidas, esperamos a que despegue.

—Ya sé que es feo sacar esto ahora —me dice David y le miro casi asustada. ¿A qué se refiere?—, pero no puedo evitar pensar en cómo fue nuestro último vuelo.

Uhhh. ¿Ahora piensa en eso? Yo creo que prefiero evitarlo. Fue horrible mi vuelo. Entre la llorera, el mareo y casi desmayo o lo que sea que me pasara... Creo que nunca he pasado un vuelo tan malo como ese.

—Bueno, no pienses en ello. —Acaricio su mano, la que tiene cogida la mía, con ternura.

—Sí lo pienso, y quiero volver a pedirte perdón por ello —estoy a punto de contestarle, pero, entonces, continúa hablando—: y prometerte que jamás volverá a pasar.

—Gracias, David. Significa mucho para mí —contesto finalmente—. ¡Pero está superado! No te atormentes más con ello, por favor.

—Ya... sí, tienes razón. El presente... aquí... juntos... ahora. —Sonríe hasta con la mirada.

Presiono su mano y me inclino para besarle.

—¿Te he dicho hoy cuánto te quiero, nena? —me pregunta con brillo en los ojos.

Niego con la cabeza mientras siento como el avión comienza a moverse por la pista.

—Mucho. Te quiero mucho.

—¿Y yo a ti hoy te he dicho algo con respecto a mis sentimientos por ti? —pregunto haciéndome la confusa.

Se ríe enseñándome los hoyuelos más sexys del planeta y niega con la cabeza expectante.

—Ah, vale.

Me quedo callada y miro hacia fuera por la ventana. Oigo cómo David se parte de risa.

—¿Ah, vale? ¿Ya está? ¿No dices nada? —me pregunta entre risas.

Vuelvo a mirar a los ojos más azules que hay en este vuelo y me quedo súper a gusto al confesar lo que siento:

—Te quiero, David.

Los siguientes minutos se llenan de besos muy tiernos en los que transmitimos ese mismo amor del que acabamos de hablarnos.

No nos damos casi ni cuenta de que ya hemos despegado. Y cuando nos separamos, sonrientes y enamorados como adolescentes, miro por la ventana y alucino al comparar un vuelo con otro. ¡Jolín! Vaya diferencia.

Definitivamente, el recuerdo de este vuelo quedará siempre por encima del otro. El amor que siento ahora mismo llena todo el vacío que pude sentir aquel día y me siento muy afortunada por lo que estoy viviendo y experimentando desde que me lo crucé en el ascensor del trabajo. Este es nuestro primer vuelo juntos y así lo recordaré siempre. Pase lo que pase.

El vuelo es cortito y pasa rápido escuchando música juntos de su móvil. El aterrizaje es bueno y David baja con su maleta y la mía. Nos encontramos con Christian ya en el aeropuerto y avanzamos juntos hasta la calle.

—Bueno, chicos, voy a pillar un taxi y me voy a ver a Mon que está en su casa esperándome. ¿Hablamos? —dice mirándome concretamente a mí.

—Sí, ¡hablamos! Dale un beso de mi parte a Mon.

Cristian me da un beso sobre los labios rápido de despedida, choca la mano de David y se sube en un taxi.

David me tiende el tirador de mi maleta y me mira inquieto.

—¿Y nosotros?, ¿qué quieres que hagamos? ¿Adónde vamos primero? —pregunta dando por hecho que vamos juntos.

Me derrite que tenga ese pensamiento y no el de irse a su casa y descansar de haber pasado tantos días conmigo.

—Bueno, yo tengo que ir a casa. Bothor me espera y no aguanto más sin verle —explico delicadamente—. Y tú, bueno, tienes que ir a tu casa, ¿no?

No quiero nombrarla. Pero lo pienso: «Gloria te espera allí».

—Sí —dice abatido—, debería. ¿No podemos ir juntos a la tuya y después vamos a la mía? —propone con esperanza.

Lo medito unos instantes. No me veo con la fuerza de afrontar esto así de buenas a primeras.

Niego con la cabeza.

—Creo que es mejor que gestiones lo que tengas que gestionar y... ¿nos vemos mañana?

—¿En serio? ¿No vas a dormir conmigo? —pregunta serio y muy sorprendido.

—Es que... tienes a alguien en tu casa, y yo... yo no estoy muy cómoda con esa situación. Prefiero que no.

—Me vas a castigar por algo que no he decidido yo —comenta abatido.

—¡No te castigo! —exclamo defendiéndome—. De todas formas, sí que has decidido algo, ¿no? ¿O es que está en tu casa porque ha forzado una ventana para entrar?

Mis celos están tomando el poder del habla y están diciendo cosas sin consultarme. Pero, ¡joder! Es la verdad. Vale que no la haya invitado, pero esa chica, por algún motivo, tiene llaves de su casa y eso sí que es cosa de él. No digo que esté mal ni que sea algo insuperable, es solo que no tengo fuerzas para afrontarlo ahora mismo. Que vaya él y lo gestione... no sé.

Asiente con la cabeza y me mira con algo en la mirada y en la expresión, diría que es decepción.

—Si crees que lo mejor es esto, pues muy bien. Castígame por dejar que una amiga se quede a dormir cuando no tiene a donde ir —explica triste—, pero no lo veo justo.

Me da un beso sobre los labios, llama a un taxi que pasa por delante nuestro y cuando este para, carga mi maleta y me abre la puerta para que suba.

—David —murmuro junto a la puerta antes de subirme.

—Tranquila, lo entiendo. No puedo forzarte a una situación por la que no quieres pasar. Yo tengo el problema en casa y soy quien debe gestionarlo.

Me alegra que se refiera a ella como un problema aunque no hace que me sienta mejor.

—¿Nos vemos mañana? —pregunto algo insegura.

—Claro, cuando quieras —responde algo ácido.

Asiento y decido que es mejor dejarlo estar. Me subo al taxi y doy la dirección de mi casa.

Nada más arrancar, las lágrimas comienzan a rodar por mis mejillas. ¡Joder! Con lo que bien que estábamos hace escasos minutos. ¿Por qué se ha torcido tanto todo?

Me paso todo el trayecto del taxi pensando en si he hecho mal. En si debería pedirle al taxista que me lleve a casa de David. O quizá llamarlo o... no sé.

Pero no hago nada. Ni cambio la ruta, ni le llamo, ni cambio de idea. Aunque ya lo echo de menos y me duele que las cosas hayan sido así. De no estar Gloria en su casa, ¡claro que seguiríamos juntos! Y dormiría con él, que es lo que más quiero hacer esta noche. Pero ese tema me cuesta la vida y él debe ser más comprensivo conmigo.

Cuando entro en mi casa se me pasa un poco la tristeza al encontrarme con Bothor.

Viene a recibirme y lo achucho y le doy cariñitos durante largo rato. Es una pasada el cariño que transmiten los animales.

Deshago la maleta, pongo una lavadora, llamo a mis padres y hablo un rato con ellos. Después me desnudo, enciendo una vela aromática, lleno de agua caliente con espuma la bañera del baño de invitados y me meto dentro mientras se lava la ropa. Son las ocho de la tarde. En Barcelona el día también ha estado lluvioso y gris. Un poco como está mi estado de ánimo ahora mismo.

Sentir el agua calentita por todo el cuerpo, el olor a frambuesas de la vela y la música relajante que suena en mi móvil, ayudan bastante a que deje de pensar en que David está con Gloria ahora mismo.

No puedo haber llegado hasta aquí y volverme una loca celosa monógama de pronto, he de conseguir superar esto.

He de aceptar que Gloria es una persona a la que quiere, es una amiga y es alguien con quien a veces tiene relaciones íntimas. Como Fani.

Si pienso en Fani se me pasan todos los celos. ¿Por qué con ella no me preocupa y con Gloria sí? No sé si es que he entendido que Fani no es una rival o una amenaza y con Gloria no lo tengo tan claro.

Christian me dijo que cuando la conozca, todo será más fácil. Quizá sea eso lo que necesite. Conocerla y confirmar que no me supone una amenaza para nada.

Pero no será esta noche. Hoy quiero descansar, despejar la mente; mañana será otro día. Cierro los ojos y me dejo llevar por las sensaciones del baño, ¡es tan relajante! En verano nunca lo hago, en invierno pocas veces, por eso de no gastar mucho agua (no por economía, sino por el planeta), pero hoy me apetecía muchísimo.

Una llamada para la música. Me seco una mano con la toalla y cojo el móvil del suelo. Es David. Dudo en contestar una milésima de segundo, pero contesto.

—¡Hola! —exclamo como si nada hubiese pasado.

—Sofi —responde abatido y me asusta un poco el tono.

—¿Qué ocurre?

—Nada. Te echo de menos.

Oigo como cierra la puerta. ¿Quizá de su habitación?

—Ah... sí, yo también a ti.

—¿Cómo has encontrado a Bothor?

—Bien, un pelín más gordito, pero genial. —Sonrío mirándole. Está sentado encima del váter y me mira desde allí—. ¿Y tú?, ¿cómo está el tema en tu casa?

—Bien. He estado hablando con Gloria y me ha explicado bien lo que ha pasado con su marido. También le he dicho que no puede quedarse mucho más en mi casa.

Lo dice triste. No entiendo el porqué de este tono de voz tan lúgubre.

—Ahm, bueno.

—De momento no tiene a dónde ir —hace una pausa—, y no puedo echarla a la calle —susurra bajando mucho el tono.

—Ya, claro.

Yo en ningún momento le he pedido tal cosa.

—¿Qué haces?

—Estoy en la bañera, la he llenado y estoy relajándome —explico alegre.

—Mmmm... lo que daría por estar ahí contigo.

—No estaría mal, no. —Sonrío de imaginarlo.

Se hace un silencio.

—Bueno —lo rompe David—, ¿me llamas cuando quieras verme?

No lo dice a malas, pero me da rabia. No es la primera vez que da a entender que no nos vemos porque yo no quiero y no es así. No nos vemos porque tiene a una pseudo-novia-liberal metida en casa y yo paso de esa movida. Pero podría venir a mi casa, ¿no? ¿O es que va a dormir con ella?

En fin, no quiero ni pensarlo.

—Sí, te llamo mañana y nos vemos.

—De acuerdo. Descansa, nena. Un beso.

—Un beso.

Cuelgo y me doy cuenta de que estoy rabiando y mi momento zen ha pasado.

Pffff. Aunque también he de valorar que me ha llamado, no hace ni dos horas que nos hemos separado y ya me ha llamado.

Termino de lavarme y al salir decido secarme el pelo y alisármelo. Quizá no sea la mejor idea teniendo en cuenta que el tiempo dice que mañana sigue la lluvia, pero me apetece.

Y qué demonios... he de llenar el tiempo como sea para no darle mil vueltas a la situación. Repaso la depilación de las piernas, me seco el pelo, me lo plancho, me pinto las uñas de los pies, las de las manos... tiendo la colada, pongo la cena a Bothor. Me baja la regla, para acabar de hacer redondo el día, y son solo las nueve y media cuando abro la nevera asqueada, algo triste y malhumorada. Encima la nevera está vacía y pataleo contra el suelo como una niña pequeña en una rabieta.

Keep Calm *Sofía. Eres una mujer madura y adulta y puedes arreglar esto.*

Me acuerdo de que David usa una aplicación del móvil para pedir comida a domicilio, rápidamente la busco y la instalo. Aparecen cantidad de restaurantes de la zona y se me hace la boca agua con cada posibilidad nueva que aparece en la pantalla. Ahora el problema será decidirme por algo.

Mmmmm, me acabo decidiendo por un andaluz que al parecer no está muy lejos de mi casa y me aseguran que recibo la cena en media hora si la pido ya. Pido salmorejo casero, una ración de jamón, aceitunas aliñás, picos, una tapa de queso curado... Todo caprichos.

En cuanto he finalizado el pago, me tumbo en el sofá en pijama con una pierna en alto sobre el respaldo y Bothor mordisqueándome porque quiere jugar con mi pie.

Veo junto a la aplicación de la comida a domicilio una que se llama «PoliLove» y el icono es un corazón rosado con un infinito dorado encima. No me suena nada, es que no sé ni qué es.

Tal como la abro caigo en la cuenta. Christian me la instaló en Ibiza, la tarde que tomamos un café después de comprar y me habló de todo el tema. Pues hasta ahora ni me había fijado. Para hacer tiempo mientras llega mi suculenta cena andaluza, me registro en la *app* poniendo el mínimo de datos personales. He de poner un pseudónimo... ¿qué podría poner? Pruebo con «GirlBcn30» y tengo mucha suerte. Está libre. No relleno nombre ni apellidos, solo que soy heterosexual, que busco conocer hombres y que estoy en una relación abierta. Es todo cierto, ¿no?

Bueno, no busco conocer a nadie. Pero es por ver cómo funciona la *app*. Veo muchos perfiles de parejas, y de solteros también. Se puede filtrar bastante la búsqueda, por zona, edad, rasgos físicos e incluso de personalidad. ¡Está muy bien hecha esta *app*!

Solo por el hecho de probar, aplico algunos filtros. En la búsqueda pongo que solo salgan hombres de entre treinta y tres y treinta y seis años, de Barcelona, que midan a partir de un metro setenta y cinco y tengan los ojos azules.

Espera... ¿estoy intentando encontrar a David? Bueno, es solo por ver cómo funciona. Activo la búsqueda y me da más de treinta resultados. ¡No veas! Ojeo los perfiles por encima, casi todos tienen foto, pero algunos solo un avatar, como el que tiene de forma automática mi perfil.

Voy mirando y entrando en algunos que me parecen llamativos. Al entrar en su ficha descubro que muchos están incluso casados. ¡Pero es que sus mujeres están en la *app* también! ¡Qué locura!, ¿no?

Suena el timbre y me pega tal susto que se me cae el móvil en la cara y me da en la nariz. Me levanto rezongando por el golpe y voy hasta el portero automático. Es un chico con una mochila amarilla enorme. Ha de ser mi cena. Le abro y veo que en la *app* de pedir comida tengo un aviso «tu repartidor está en la puerta». ¡La madre que...! ¡Esta *app* es la bomba!

Abro la puerta y espero al repartidor. Aparece por las escaleras un chico joven, algo despeinado y abriendo la mochila amarilla. Me entrega una bolsa de papel y le doy un par de euros de propina, ¡ha tardado menos de media hora! Y al parecer ha venido en bici.

Se va la mar de contento y yo me quedo contentísima con mi cena también. ¡Qué maravilla este descubrimiento!

Despliego todo el contenido de la bolsa en la mesa del sofá y enciendo la tele. A ver si hay alguna peli romántica que me haga pensar en cosas bonitas y no en relaciones abiertas sobre las que no tengo ningún tipo de control. Al final no me decido por ninguna, nada me apetece lo suficiente... Acabo poniendo una serie cómica de unos jóvenes que comparten piso muy al estilo *Friends*, pero en moderno.

El jamón es el mejor que he comido en muchos años... el queso tiene un sabor saladito delicioso y el salmorejo me recuerda al que hace mi madre y que es receta de mi abuela. Los picos y aceitunas también me encantan y no dejo ni uno. Ha sido un gran acierto esta cena. Entro en la *app* para valorar muy positivamente al repartidor y al restaurante. Ambos me han salvado la noche.

Cuando termino de cenar, me relajo en el sofá mientras acaricio a Bothor que se ha tumbado a mi lado. Durante un buen rato me quedo viendo capítulos de la serie. Cuando ya llevo como cuatro o cinco vistos, son las doce y media pasadas. Miro el móvil y me sorprende ver que tengo muchas notificaciones en la *app* PoliLove y también mensajes en WhatsApp que no había oído.

En cuanto abro la aplicación veo que son de David los más antiguos (de hace una media hora) y de Christian los más recientes (de hace cinco minutos).

David:
¿Ya duermes? Te echo mucho de menos. Mi cama está tan vacía sin ti.

23:53

Espero no despertarte... hablamos mañana.

00:03

Un beso... de los buenos ;)

00:03

Sonrío como una tonta. Pero no tengo claro si es por el «beso de los buenos» o porque ha dejado caer que está en su cama solo (y no con Gloria). Ambas cosas me alegran.

Le respondo que aún no duermo, pero que en breve lo haré y que yo también lo echo de menos. Me quedo unos instantes mirando su conversación, pero no está en línea desde hace rato. Entro a ver los de Christian.

Christian:
¿Cómo va? ¿Qué haces?

00:24

> Bien... en casa. He cenado y estoy viendo
> una serie :)
>
> 00:31

> ¿Y tú? ¿Con Mon?
>
> 00:31

Se pone en línea y veo que escribe.

Christian:
No.

00:32

¿Puedo ir a verte?

00:32

¡¿Qué?! ¿¡A verme!? ¿¡Ahora!? ¿¡Y eso es buena idea!?

Estoy pensando que es muy mala idea se mire por donde se mire, pero me doy cuenta de que lo estoy pensando con una sonrisita en los labios, lo cual me da a entender que la idea no me horroriza tanto como pienso, en el fondo.

¿VOY MUY A SACO? ¿QUIERES QUE PARE?

¿Ahora?
00:33

Es todo cuanto le contesto. Da un poco a entender mi sorpresa y a que diga algo más. Enseguida me contesta:

Christian:
Sí, ahora. ¿Me das tu dirección?
00:33

Juer. Sí que lo tiene claro. Me faltaría aclarar cuál es la intención que tiene para querer venir a mi casa a las doce y pico de la noche. Pero no sé cómo preguntarlo y no sonar borde o algo así.

¿Por? ¿Pasa algo?
00:34

Así doy a entender que sigo sorprendida y que, además, me preocupa que haya algún problema.

Christian:
¿Qué va a pasar? Solo quiero verte y hablar contigo.
00:34

Ahí está la declaración de intenciones. Que quiera verme me

sorprende, pues nos hemos visto ya hoy, hace escasas horas. Hablar conmigo en cambio es algo que puedo entender mejor y comprender aunque sea tarde.

Le mando mi ubicación como respuesta y concreto el número de piso que es.

Repaso ante el espejo si mi imagen es aceptable. Llevo un pantalón de pijama corto blanco de algodón con dibujitos de unicornios y una camiseta de manga corta a juego. Es lo que hay. Mi pelo está genial planchado y llevo la cara limpia, pero no pienso maquillarme porque venga, así que me quedo tal cual.

Enciendo la vela de frambuesa que tenía en el baño, en la mesita del sofá para que se reparta el perfume por todo el comedor. Dejo solo la luz de pie que hay junto al sofá, la cual, además, se puede regular y la pongo bajita. No es por crear un clima romántico. Es porque estoy en pijama y con la cara lavada, tampoco hace falta que esto tenga la iluminación de un estadio.

Mientras recojo todo lo de la cena y dejo la cocina limpia y ordenada (aunque tampoco había ensuciado casi nada), suena el portero automático y le abro. Me espero en la puerta y lo veo aparecer por la escalera. Lleva unos tejanos largos, un polo negro y está algo serio. Echo en falta enseguida su sonrisa de seducción masiva.

Tal como llega hasta mí me coge por la cintura y deja un beso en mis labios como si fuera lo más normal, natural y lógico del mundo. Pues vale.

—¿Cómo estás? —pregunta serio.

—Bien. —Sonrío—. ¿Y tú? Estás muy serio.

Me aparto para que entre y cierro la puerta.

—Bien también —responde escueto y poco convincente.

Avanza detrás de mí hasta el sofá y se sienta a mi lado sin recostarse ni adoptar una pose muy cómoda. Más bien como si fuéramos a hablar de negocios o algo así.

—¿Qué te trae por aquí? —pregunto divertida intentando que sonría.

—Quería verte. ¿Es tan raro?

Sigue serio. No entiendo.

—No, claro que no. ¿Has visto a Mon?

A ver si es por ese lado que hay problemas. Espero que no y mucho menos que sea por mi culpa porque me muero aquí mismo.

—Sí, me he ido a su casa directo desde el aeropuerto y he estado con ella hasta hace un rato. Luego he ido a casa y pensaba acostarme, pero me he dado cuenta de que quería verte y aquí estoy.

—Vale, pues ya me ves. —Sonrío enseñando todos los dientes divertida.

Acaricia mi pelo como analizándolo.

—Estás muy guapa. ¿Te lo has peinado diferente?

—Sí, me lo he planchado un poco.

Todo un puntazo que haya notado algo.

—¿Has cenado? —pregunta de pronto preocupado.

—Sí, hace rato; he pedido comida a domicilio y, ¡me he puesto las botas!

—Ahh... qué bien.

—¿Tú has cenado, Christian?

Espero que sí porque si no, tengo poco que ofrecerle.

—Sí, con Mon.

—Ah, vale.

Nos quedamos mirándonos. Sin decir nada. No entiendo muy bien a qué ha venido ni de qué va esto de hablar superficialmente de cosas aleatorias. Es nuevo.

Mira la vela y la coge para olerla. Después la deja sobre la mesa donde estaba. Vuelve a mirarme y sonríe como forzado. Cada vez entiendo menos lo que está pasando así que me armo de valor y con mucha delicadeza lanzo la siguiente pregunta:

—¿Qué te pasa? —tal como lo pregunto cojo sus manos entre las mías.

—¿Me tiene que pasar algo para venir a verte? No entiendo tu pregunta —responde serio, pero sin apartar las manos.

—No, Christian, puedes venir a verme cuando quieras y yo encantada. Te lo pregunto porque me parece que estás como preocupado o triste y creo que hay confianza como para que me hables y me expliques.

Lo digo todo con muchísimo tacto y suavidad, lo juro.

—¡Claro que hay confianza! —exclama como si fuera algo obvio—. Pero que haya confianza no quiere decir que tenga que explicarte todo lo que me pasa, ¿no?

Así que sí le pasa algo. Pero está cerrado a cal y canto y no quiere largarlo. Bueno, no insistiré, ha sido él quien ha venido a mi casa casi a la una de la mañana para hablar y ahora no quiere hacerlo.

—No, claro que no —susurro abatida—, no has de contarme

todo. Solo quería que supieras que puedes.

—Ya sé que puedo.

—Vale. —Suspiro rendida.

Me recuesto en el sofá poniéndome cómoda y lo observo. Está mirando todo, la tele, la mesa, la decoración.

—Tienes un piso muy bonito.

—Gracias, a mí me encanta. —Sonrío complacida.

Vuelve a hacerse el silencio. Me mira de pronto como si acabara de recordar algo importante.

—Oye, ¿cómo ha ido con Gloria?

—Pues... no ha ido. —Me río un poco—. David ha ido a su casa y yo he venido a la mía. Así que no sé nada de ese tema.

—¿Y has hablado con él o algo?

—Sí. Me ha llamado esta tarde. Bien, todo bien. Supongo que mañana nos veremos. No sé si tendré ya que conocerla o no, pero bueno, ya veremos.

—Te gustará —afirma convencido.

Yo levanto las cejas incrédula. Pero vale, si él lo dice.

Estiro los dedos de mi mano derecha con la izquierda uno por uno por eso de hacer algo y llenar el espacio y silencio en el que nos encontramos.

No es que esté incómoda, pero, para estar así, me voy a dormir.

Christian de pronto se gira hacia mí y me observa sin decir nada. Sigue serio y me encantaría saber qué le pasa o qué piensa.

Tras unos segundos mirándome, se acerca mucho poniéndose justo encima de mí. Se aproxima el poco espacio que nos separa mirándome fijamente y yo me quedo inmóvil y expectante de ver qué rumbo tomará todo esto.

Sus labios se posan sobre los míos y comienza besándome muy suave, como si temiera molestarme o algo así. No sé por qué me transmite inseguridad. Yo respondo al beso y eso parece que la va eliminando. Cada vez presiona más, succionando mis labios entre los suyos. Para un momento y levanta mis pies poniéndolos sobre el sofá y obligándome a quedar tumbada a lo largo. Se sube encima de mí con cuidado de no aplastarme y vuelve a buscar mis labios con los suyos.

Acaricia mi pelo mientras me besa suave y lentamente. Poco a poco va dejando caer más peso de su cuerpo sobre el mío y yo rodeo su cuello con mis brazos. Quedamos completamente tumbados, abrazados y liados.

Su móvil suena en el bolsillo de su tejano y paramos un momento, el tiempo que utiliza para ponerlo en silencio y dejarlo sobre la mesa sin responder.

Vuelve a besarme, menos suave, más profundamente. Succionando, lamiendo, jugando con mi lengua. No se ha desatado la pasión, sino que es más como algo contenido, pero un grado más avanzado que el beso anterior. No va *in crescendo*, sino que se mantiene estable a un nivel interesante.

Deja de besarme los labios para descender por mi cuello como hacía esta mañana en el restaurante. Solo que ahora nadie nos mira y me gusta bastante más que entonces.

—Tenía tantas ganas de verte —susurra contra mi cuello erizando todo el vello de mi piel.

No respondo nada, acaricio su pelo y la piel de su nuca mientras sigue besando la curva de mi cuello. Su mano derecha de pronto está sobre mi pecho izquierdo y lo estruja con suavidad. Palpando su tamaño, su consistencia, su estado.

Mis pezones reaccionan en el acto y comienzo a sentir mucho calor por todas partes.

—Christian, yo... no... —comienzo a decir y no sé cómo acabar la frase. Christian deja de tocarme y de besarme en el acto y vuelve a ponerse frente a mí mirándome a los ojos con expresión seria.

—¿Voy muy a saco? ¿Quieres que pare? —pregunta muy preocupado.

—No es eso.

—No te apetece —afirma convencido—. ¿Estás incómoda por algo?

—Yo... bueno, es que me ha venido la regla —confieso finalmente y hago una mueca de disgusto.

—Oh... —murmura sorprendido y al instante siguiente sonríe y vuelve a besarme como si no hubiese dicho nada.

Acaricia el contorno de mi cara y me besa con cariño. De pronto para y me mira intrigado.

—Pero... ¿te duele?, ¿te encuentras mal? —pregunta poniendo su mano sobre mi barriga con delicadeza.

—No... pero... no creo que sea momento para hacer nada. No estaría cómoda —confieso con vergüenza. Si esto sigue avanzando acabaremos haciéndolo y yo hoy, así, prefiero que no.

Christian se ríe un poco como tímido y se incorpora. Yo también me incorporo un poco y quedamos sentados el uno junto al otro.

—Yo no tenía pensado hacer... —para sin terminar la frase. Se rasca la nuca y vuelve a comenzar—. No venía para hacer nada. Solo quería verte, de verdad.

—Vale —respondo.

—¿No me crees?

—Sí, te creo.

Sonríe. Por primera vez veo su sonrisa, la que seduce a cualquiera.

—Ven —me pide y me recuesto sobre su pecho. Él me rodea con los brazos y reparte caricias por mi brazo, mi contorno, mi espalda.

Busco su mirada.

—¿Te inquieta tener ganas de verme? —pregunto intentando aclarar su preocupación anterior y la seriedad que tenía al llegar.

Menea la cabeza como si estuviera decidiendo la respuesta. Medio sonríe y empiezo a pensar que es eso. Quizá le preocupe tener ganas de verme. No sé bien bien qué grado de libertad tiene con Mon para estar ahora mismo aquí, en mi sofá, besándome.

—Sí, supongo que sí —dice finalmente y resopla. Me da la sensación de que saca mucha tensión en esa respiración, mucha preocupación contenida.

—¿Puedo preguntarte por qué? —digo muy suave y acaricio su pelo peinándolo hacia atrás.

—Puedes. —Coge mi mano y la besa en el dorso—. Es simple y justamente eso.

Lo miro interrogante y aclara:

—Me preocupa tener tantas ganas de verte. Estaba con Mónica y no sé... deseaba tanto verla, la he echado mucho de menos desde que se fue, pero pensaba: «¿Y Sofi? ¿Estará bien? ¿Qué estará haciendo?». Y me ha pillado un poco por sorpresa.

—Pero ¿no pasa nada, no? —me aclaro un poco la voz— Quiero decir, no es nada malo.

—No, claro que no.

—Somos amigos —afirmo aclarando nuestra situación.

—Ya sé que somos amigos. —Sonríe pícaro—. ¿Has pensado que no lo sabía? ¿O que tenía dudas?

—No, tonto. —Le pego en el brazo de broma—, pero quiero decir... no es malo que quieras ver a una amiga, ¿no? O saber si está bien.

—Claro que no, pero el nivel de ganas que tenía de verte era un poco más que todo eso.

Hago una mueca y se ríe.

—Bueno, será mejor que me vaya —anuncia y se incorpora un poco.

—Como quieras.

—No digas eso, que me quedo, ¿eh? —amenaza sexy.

Yo me río y me tapo la cara con las manos. Mejor no digo nada más.

—Tranquila, que me quedaría solo a dormir, sin intención de nada más —aclara divertido.

—Bueno, si te quieres quedar, tienes el sofá —anuncio siguiéndole el rollo.

—¡Y tu cama!, ¿no?

—Si tienes muy claro que solo vamos a dormir, sí —digo insegura. No tengo claro para nada que sea buena idea que se quede.

—¿Sabes? No. Será mejor que me vaya —dice poniéndose de pie y guardando el móvil en su tejano.

Mi móvil se ilumina justo en la mesa y él lo coge y lee algo que le parece divertido.

—¿Qué? —pregunto levantándome y mirando mi móvil en sus manos.

Resulta que tengo como mil notificaciones de la *app* de PoliLove.

—¿Así que estás usando la *app*? —Me mira sorprendido y con una risa contenida.

—¡Me la instalaste tú! —me defiendo—, y solo la he activado para ver cómo es.

—Muy bien, así me gusta —dice y me enseña mi móvil.

—¿Qué?

—Desbloquéalo un momento, por favor.

Desbloqueo el móvil y al momento abre la *app* y mira mi perfil de arriba a abajo.

—Interesante. ¿Así que buscas un chico de unos treinta y tres años, alto, ojos azules y de Barcelona? —dice señalándose a sí mismo—. Aquí estoy.

Me río nerviosa.

—Era por poner algo —quito importancia.

—Vale, vale. Bueno, espero que la sigas explorando, ya me dirás qué te parece o si hay algo que creas que se podría mejorar. Yo me encargo de todo el desarrollo y actualizaciones de la aplicación.

—Vale, lo haré.

Me devuelve el móvil y se dirige hacia la puerta. La abro y me quedo expectante. No sé si darle dos besos, uno, uno grande, uno pequeño.

Mis dudas quedan resueltas cuando me coge por la cintura, me acerca hasta él y acaricia mi nariz con la suya muy íntimamente justo antes de besarme.

Parecía un beso casto y superficial, pero de pronto se vuelve más profundo y no sé qué va a pasar a continuación. Podría ser que cerráramos la puerta, volviéramos al sofá y continuáramos toda la noche con esto.

Pero no, para. Me da varios besos suaves, me sonríe y antes de alejarse me dice:

—Buenas noches, Sof.

—Buenas noches, Christian.

Cuando lo veo bajar por la escalera, cierro la puerta y resoplo sacando mucha tensión acumulada por culpa de ese último beso.

Apago la vela, la luz y me voy a la cama con el móvil. Le doy bastantes vueltas en la cabeza a lo que ha pasado. Se ha presentado en mi casa, rayadísimo al parecer por las ganas que tenía de verme. Nos hemos liado, según él sin intención de ir a más, y ha sido como retroceder en el tiempo hasta los dieciséis años, cuando liarte con un chico eran besos durante largo rato y un poco de manoseo mutuo como mucho.

Abro la *app* antes de dormirme y veo que tengo muchas solicitudes de chicos que quieren hablar conmigo por el chat de la aplicación.

Estoy mirando una por una las fotos de los chicos que me han hablado en lo que va de noche cuando me entra una solicitud nueva.

«Namaste33 quiere hablar contigo».

Uyyy... que no sé por qué me suena muchísimo a Christian esto.

Acepto y se abre la conversación.

Namaste33: Hola, buenas noches. ¿Qué tal?

GirlBcn30: Muy bien, a punto de irme a dormir. ¿Y tú?

Namaste33: Oh, vaya. Espero pillarte mañana y hablar contigo, me gustaría conocerte.

GirlBcn30: Encantada. Mañana nos conocemos ;)

Namaste33: Descansa y sueña bonito. Besos.

GirlBcn30: Besos.

Al instante me llega un WhatsApp de Christian, ¡qué casualidad!

Christian:
Espero que duermas bien. Siento haberme presentado así en tu casa.
02:07

No te preocupes. Espero que tú también duermas bien.
02:08

Christian:
Te envío un beso de buenas noches... (como el de la puerta).
02:09

Buf. Se me remueve todo. Esta conversación... ya sé que no tiene nada, pero hay una intención latente y una tensión que se palpa en el aire.

Otro para ti...
2:09

Pongo el modo avión y me quedo dormida con una sonrisa permanente e inquietante.

Me despierto por la mañana, cuando siento que ya he dormido suficiente, sin despertador, sin prisa. ¿Existe sensación mejor? Bothor ronronea a los pies de mi cama y le hago mimitos mientras me despierto.

Miro el móvil y me doy cuenta de que son casi las once de la mañana, ¡sí que he dormido! Quito el modo avión y veo que tengo varios mensajes.

Mónica:
¡Buenos días nena! Voy a desayunar contigo. ¿Te apetece?
09:57

Es de hace una hora. Le contesto que si aún está en pie, sí.

David:
Buenos días. ¿Has dormido bien?
10:38

¿Te apetece que quedemos para comer?
10:38

Muero por verte.
10:39

Sonrío por ver a David intenso. Me encanta. Le respondo que encantada y que a qué hora y dónde quedamos. Me responde enseguida que pasa a buscarme a la una y yo le confirmo que me va bien.

Tocan al timbre y veo por el portero automático que es Mon. Pues no ha esperado a tener confirmación para venir. Le abro. Espero a que suba, viene con una caja de cartón y me temo que sean donuts, aunque también se me hace la boca agua.

—¡Corazón! —exclama y me abraza con un brazo mientras sostiene la caja con el otro.

—¿Cómo estás? Pasa.

Entramos y deja la caja sobre la mesa del comedor, la abre y efectivamente: son donuts. Mmmmm.

—¡Pues muy bien! ¿Y tú?

—Me acabo de despertar.

—Ya veo. Molan los unicornios —dice señalando con una risita mi pijama.

—¿Quieres café? —le pregunto y voy bostezando hasta la cocina, donde enciendo la cafetera para que se vaya calentando.

—Vale, un café solo —responde cantarina desde el comedor.

Preparo ambos cafés y vuelvo con ella.

—¿Cómo fueron los últimos días en Ibiza? ¡No sabes la rabia que me dio tener que irme! —exclama de muy buen humor.

—Bien, divertidos. El viernes acabamos en Villas de Ibiza. En una habitación doble con Lucas y Fani —confieso y dejo caer mi cara sobre la mesa haciendo de almohada con mis brazos.

—¡Qué me dices! ¡Uhhhh! —exclama entusiasmada—. ¡Eso debió ser muy interesante!

—Sí.

Me incorporo y cojo un donut. Es de los normales pero con glaseado de fresa. ¿Por qué estarán tan buenas estas porquerías? Mon da sorbitos a su café solo.

—Y el sábado también fue interesante, ¿no?

La miro algo cauta. Christian me dijo que le había contado todo. Pero no sé en qué nivel de detalles.

—El sábado. Sí. David tuvo una migraña y, en realidad, no fue para tanto la noche.

—Ya, ya —dice irónica—, tranquila, nena, ¡Christian me lo contó todo!

—Lo sé. Yo también te cuento todo lo que quieras saber —le digo sinceramente.

—¿Y anoche? —pregunta y deja la taza de café justo tapándole la boca y no puedo ver su expresión.

¿Anoche? ¿Es que le habrá dicho que vino?

—Anoche nada. David se fue a su casa. Y estuvo Christian un rato después, pero se fue enseguida.

—¿Ah, sí? —pregunta curiosa, pero no cambia la expresión.

—Sí. Vino para ver si estaba bien con el tema de Gloria. La verdad es que la estoy evitando un poco. No sé si quiero conocerla realmente —explico intentando desviar la atención de un tema a otro.

—No sabía que vino aquí por la noche. —Mira a todas partes como si pudiera estar escondido o algo así—, pero bueno, es que aún no hemos hablado hoy. ¡Será por eso! —Sonríe y le saca importancia—. ¿Pasó algo que deba saber?

Deja su taza y me mira interrogante. ¡Joder! Qué difícil es esto. En qué lío me he metido.

—No. Hablamos, bueno, nos besamos en un momento dado, pero nada más, se fue enseguida, ya te digo.

—Ajá —dice y levanta un poco una ceja. Esto no va bien.

—Oye, Mon. —Cojo su mano por encima de la mesa—. Yo quiero hablar contigo de esto.

—¿Sí? Dime.

Está molesta.

—Bueno, ya sabes que ellos tienen todas sus normas internas, entre ellos y para sus juegos.

Mon asiente con su cabeza y los rizos rubios se mueven con un brillo increíble. ¡Vaya pelazo tiene!

—Y creo que es importante, que al margen de eso, nosotras también tengamos las nuestras, ¿sabes? —pregunto con delicadeza sopesando su reacción.

—Sí. No es mala idea —dice pensativa y se pone bastante seria antes de continuar—. ¿Pretendes tener una relación secundaria con Christian?

¿¡Qué!?

NO PUEDO ACEPTAR QUE TENGAS UNA RELACIÓN SECUNDARIA CON MI NOVIO

—¡Nooo! ¡No pretendo eso para nada! Lo de poner normas es porque creo que es importante para nosotras, solo eso.

—Está bien. —Suspira, relaja los hombros y sonríe—. Yo... no puedo aceptar que tengas una relación secundaria con mi novio. Perdona que me haya puesto así.

—Tranquila, ¡lo entiendo!

Joder, claro que lo entiendo.

—Pero poner normas entre nosotras... sí, claro, ¿por qué no? Ellos las tienen.

—Exacto, a eso me refería —exclamo gesticulando con las manos.

Termino el donut mientras Mon mordisquea uno de chocolate y puedo oír el ruido de su cabecita pensando y dándole vueltas a todo.

—Yo ya tengo bastante con una relación, Mon, y todo lo complicada que es.

—Ya. Lo sé... —dice comprensiva y acaricia mi mano.

—Lo de Christian, bueno, fue como con Lucas o Fani, un juego.

—Sí, lo sé. Si yo también participé en un juego con David.

Me río al darme cuenta de cómo han cambiado nuestras conversaciones. Jamás habían sido de este estilo.

—Pero para nada tengo intenciones de tener más relaciones con nadie.

—Ya, yo tampoco, nena —aclara ella y pone una mueca divertida—. ¿Y qué norma quieres poner?

—Bueno, no sé... ¿quieres poner tú alguna?

Se queda pensativa mientras acaba el donut y yo me muerdo el labio inferior nerviosa.

—Mi norma es que no tengas una relación secundaria con Christian, no puedo aceptarlo.

—¡Hecho! Tú tampoco la tengas con David. —Sonrío divertida y ella se parte de risa.

—Vale vale, ¿y qué más? Bueno, Christian tiene absoluta libertad para liarse, jugar, ¡o tener el sexo que quiera! Dónde, cuándo y con quién quiera. Solo le pido que me sea muy sincero y no me oculte nada.

—Sí, yo estoy en la misma situación.

—Pero me gustaría que si hay algo entre vosotros, aunque solo sea un juego, me lo cuentes también tú.

—Vale, me parece muy buena la norma número dos —le digo y le hago una señal con los dedos de *OK* juntando pulgar con índice por los extremos.

—¿Tú quieres añadir alguna más?

—No, de momento con estas dos creo que ya está bien.

—Perfecto. —Aplaude contenta—. ¡Todo claro!

—Sí.

Se levanta de la mesa y viene directa a achucharme así que me pongo de pie y nos abrazamos.

—¡Te quiero, corazón!

—¡Y yo a ti, rubia!

—Me tengo que ir, tengo una reunión en media hora en el centro.

—Vale. Gracias por los donuts —digo de camino a la puerta.

—Gracias a ti por ser sincera conmigo.

—Siempre lo seré —le aseguro.

—Y yo contigo también. —Sonríe dulce—. ¡Hasta luego!

—Suerte en la reunión.

Me da un beso sonoro en la mejilla y desparece.

¿Yo teniendo una relación secundaria con Christian? ¡Qué locura tan disparatada! Pero si no tengo casi ni una relación principal con David aún. Me río sola por mi casa mientras recojo las cosas del desayuno y guardo el donut que ha sobrado en un armario. ¡Como para tener una relación secundaria estoy yo! En fin.

Me visto con unos tejanos largos, unas cuñas y una blusa negra con flores que tiene un escote cruzado muy sugerente (aunque no enseña nada). Maquillaje suave y básico y me voy a hacer la compra al súper.

Voy llenando el carro y estoy eligiendo una sandía cuando una voz femenina cantarina me saluda.

—¡Hola, Sofía!

Me giro y me encuentro con Carla. La pelirroja. La mujer de mi ex.

—¡Hola, Carla! ¿Qué tal? —Respondo con una sonrisa.

—¡Muy bien! Me alegra verte. —Sonríe y comienza a alejarse con su carro—. Por cierto —dice girándose hacia mí—, ¡me he separado!

—Ah... ¡Espero que todo vaya muy bien! —digo con expresión neutra, no sé si felicitarla o animarla.

—¡Va de puta madre! ¡Vaya peso me he quitado de encima! —Ríe y me saluda con la mano mientras se aleja.

Pues sí chica, te has quitado un buen peso y un buen cabrón también.

Me alegro por ella. Una persona tan mentirosa, falsa y manipuladora como Mark no era bueno, ni para mí ni para ella. Ninguna mujer se merece una relación de mierda como esa. Cada vez lo veo más claro.

Acabo la compra y vuelvo a casa para guardar todo. Ya es casi la hora en que me va a recoger David así que me echo perfume a tope y espero impaciente a que me avise de que ya está aquí y así bajo.

Por eso de hacer tiempo, abro la aplicación PoliLove y veo que tengo mensajes de Namaste33 y de muchos más. Pero solo abro los de Namaste33.

Namaste33: ¡Buenos días! ¿Qué tal has dormido?

GirlBcn30: ¡Muy bien! ¿Y tú?

Me quedo mirando la conversación y veo que me contesta enseguida.

Namaste33: También. Cuéntame un poco sobre ti.

GirlBcn30: ¿Qué quieres que te cuente?

Me río un poco y me muerdo el dedo pulgar mientras imagino que es Christian y que no sé a ciencia cierta cuál es el objetivo de hablarme por esta *app* sin decirme que es él.

Namaste33: Tu postura sexual preferida.

¡¿Qué?!

Namaste33: ¡Es broma! Ja, ja, ja, ja, cuéntame cómo eres... físicamente.

Ya lo sabes, tonto.

GirlBcn30: Mido uno sesenta y cuatro... tengo el pelo castaño oscuro, ojos marrones... muy normalita, vamos. ¿Cómo eres tú?

Namaste33: Muy normalita dice. Ja, ja, ja seguro que de normalita no tienes nada.
He visto lo que buscas y puedo decirte que encajo bien.
Soy moreno, mido uno ochenta y cinco, tengo los ojos azules.
Treinta y tres años...

¡Es Christian fijo!

GirlBcn30: Mmmm. Qué guapo. ¿No tendrás una foto tuya?

Namaste33: ¡No! Lo siento, no tengo fotos aquí.

Claro, claro...

Namaste33: Oye, ¿y qué buscas?

¿No es esa una pregunta totalmente cliché de estas webs de contactos y aplicaciones? Me río sola en el sofá mirando el móvil.

Namaste33: A parte de un chico como yo je, je.

GirlBcn30: Nada en especial.
Solo estaba trasteando un poco la aplicación.
¿Qué buscas tú?

Namaste33: Tampoco busco nada en concreto.
¿Has visto qué día tan gris hace hoy en Barcelona?

GirlBcn30: Sí. Pero a mí los días grises como hoy me gustan.

Namaste33: ¡Eres una romántica! Ja, ja, ja.

GirlBcn30: Me has pillado.

Namaste33: A mí también me gustan.
Sobre todo para pasarlos en la cama.

GirlBcn30: ¿Durmiendo? Ja, ja, ja.

Namaste33: No, durmiendo no. ;)

Vale... ¡Alerta! Esto se pone *hot.*

GirlBcn30: ¿Y qué más te gusta? A parte del sexo en días lluviosos.

Namaste33: ¡Me has pillado! Ja, ja, ja.
Me gusta viajar, conocer otras culturas, estar con mis amigos, practicar deporte, los coches, las nuevas tecnologías, pasarlo bien...
¿Qué te gusta a ti? A parte de que te hagan el amor muy lento cuando llueve. ;)

¡Qué cabrón!
Me río sola y Bothor me mira extrañado desde lo alto del sofá. «Esta humana cada día está más loca», debe de pensar.
—Tienes razón, cariño —le digo y le acaricio la cabecita.

GirlBcn30: Me gusta la playa, la música, leer, hacer ejercicio, estar con mis amigxs, Netflix.

Namaste33: Tú y yo nos podemos llevar muy bien. :D

Una llamada perdida de David aparece en mitad de la pantalla y me pongo de pie de golpe. ¡Qué susto!

Cojo el bolso, el paraguas y me despido de Bothor. Salgo, cierro la puerta y mientras bajo por la escalera escribo:

GirlBcn30: Oye, tengo que dejarte. Hablamos en otro momento. Un beso.

Namaste33: Otro beso para ti.

Salgo de la aplicación, bloqueo el móvil, lo guardo en el bolso y salgo a la calle. David está en su coche justo delante de mi portal y me mira sonriente.

Me subo, le doy un besito rápido y cuando voy a separarme, me coge el contorno de la cara con sus manos y me besa bien. Sin prisa, transmitiendo muchísimas cosas, con cariño, con delicadeza, con amor.

Sus labios absorben una y otra vez los míos y yo hago lo mismo con los suyos.

—Hola, nena —susurra separándose lo mínimo como para mirarme a los ojos.

—Hola. —Sonrío como una tonta.

—Buf... ¡No sabes lo que necesitaba verte! ¿Qué me haces? —Me mira interrogante.

—¿Yo? ¿Qué me haces tú? —Río y me siento bien, abrochando el cinturón de seguridad.

Arranca el coche y disimuladamente lo repaso visualmente. Lleva unas bambas bajas blancas, un pantalón verde militar pitillo y una camiseta de manga corta gris. ¡Está guapísimo!

—¿Te parece bien si vamos a un flexiteriano? —pregunta mirándome de reojo.

—No sé qué es. —Sonrío divertida con una mueca.

—Es un vegetariano pero «flexible», hay pescado y algo de carne también.

—Ah, vale, sí, por mí genial.

—*OK.*

Busca mi mano y me hace ponerla sobre la suya en el cambio de marchas. Me encantan estos detalles.

Vamos escuchando música de la radio. Yo estoy preparándome mentalmente para una conversación delicada en la que me va a hablar de Gloria y no me va a gustar un pelo. También he de explicarle lo de anoche con Christian.

Me pregunta si he dormido bien, qué cené. Está orgulloso de que me haya atrevido a usar una aplicación para algo. Nos reímos y él me cuenta que se hizo un sándwich vegetal y que se durmió muy pronto, pero que ha dado mil vueltas esta noche porque notaba la cama vacía y me extrañaba.

Aparcamos en un *parking* y vamos juntos de la mano hasta el restaurante bajo mi paraguas. Nuestro humor es muy bueno, nada que ver con cómo estábamos ayer cuando nos separamos en el aeropuerto.

David tiene una mesa reservada y está casi al fondo del restaurante. Es un sitio amplio, luminoso, con techos muy altos que dan sensación de mayor amplitud. Todas las mesas son de madera y hay algunas plantas verdes decorando entre mesa y mesa.

Pedimos unos entrantes para compartir (*hummus* con crudités y unas tostaditas con patés veganos) y de segundo él pide fajitas veganas y yo una pasta rellena de calabaza.

Mientras estamos compartiendo el primero, aunque no me apetece lo más mínimo, saco yo el tema.

—Bueno, ¿cómo ha ido...?

—¿Con Gloria? —pregunta terminando mi pregunta por mí.

—Sí.

—Como te dije. Llegué a casa, hablamos mientras deshacía la maleta y ponía una lavadora y me estuvo explicando. Es que su marido es policía y parece que tuvieron una bronca bastante importante y él se fue de casa. Ella no quiso estar cuando él volviera y por eso fue a mi casa.

—Ajá —digo mientras como el *hummus* como una loca. Está delicioso.

—Al parecer él ha estado desaparecido unos días, pero ya ha vuelto y la llama para hablar y arreglar las cosas pero ella se lo está pensando.

—¿Hace mucho que están casados?

—Unos dos años.

—¿Fuiste a la boda?

Es una pregunta tonta, pero me muero por la curiosidad. David se ríe antes de contestarme y se echa hacia atrás en la silla.

—¡No! Claro que no.

—¿No te invitaron? —pregunto en tono de broma.

—¡Claro que no! Nunca he conocido a Javi. Él nunca ha querido saber de mí tampoco y Gloria ha hecho porque no nos veamos.

—Ah... él es... monógamo, digamos, ¿no?

—Sí, bastante. Pero bueno, sabe que ella no desde que la conoció y parecía que lo tenía aceptado. Además, yo hace más de un mes que no quedo con ella. Christian hace mucho más, igual un año. Dejaron de verse y quedaron como amigos.

Tú también podrías quedar como amigo, rubito sexy.

—Y no sé qué mosca le habrá picado de pronto para llegar a este punto —añade reflexivo.

—Ya.

Pues se habrá cansado de compartir a su mujer, ¡así de simple!

Terminamos las últimas tostaditas de paté vegano y se hace un silencio mientras el camarero se lleva los platos vacíos y nos sirve los segundos. He de hablar de lo otro.

—¿Sabes? Anoche vino Christian a verme —dejo caer como algo totalmente natural y sin importancia.

David deja sus cubiertos a un lado, se cruza de brazos, me mira muy sorprendido y finalmente habla:

—¿Anoche? ¿A qué hora?

¿Qué más dará la hora?

—Mmmm, no sé... a las doce y algo, creo; esto está delicioso por cierto —digo señalando con el tenedor la pasta.

—¿Y a qué venía esa visita nocturna? Si se puede saber —añade intentando mantener un tono muy neutro.

—Nada, pasó a verme un *ratillo*. Quería ver cómo estaba, ya sabes, por el tema este.

—¿Por lo de Gloria?

Que manía con nombrarla todo el tiempo, chico.

Asiento con la cabeza y como otro ravioli de calabaza.

—¿Y ya está? Bueno, no sé para qué pregunto —dice negando con la cabeza y con una sonrisa irónica—, si ya sé perfectamente la respuesta.

No sabría decir si está enfadado, molesto, ofendido o divertido. Comienza a comer sus fajitas.

—No pasó nada —añado con un hilo de voz y me seco los labios con la servilleta.

—Quizá no hicisteis nada. Pero pasar, siempre pasan cosas con Christian. —Sonríe con suficiencia.

Es evidente que lo conoce mejor que nadie.

—Nos besamos —confieso insegura—, nada más, se fue a su casa. Fue una visita muy corta.

—¡Joder con Bárbara y sus predicciones! —exclama más para sí mismo y se ríe.

—¿Tu madre? ¿Qué predicción?

—Me dijo que llegaría a mi vida una mujer muy especial, la que siempre había deseado. —Sonríe tierno y yo me deshago un poquito—. También me dijo que pondría mi mundo del revés. ¡Y Sofi!, ¿qué quieres que te diga? —Se ríe—. Mis dos mejores amigos van de culo detrás de ti. Yo he dejado de ver a las chicas que veía, incluyendo a Gloria, que es alguien importante en mi vida. Estoy aprendiendo a gestionar celos y sentimientos varios que nunca antes había tenido que gestionar —su tono es positivo, a pesar de lo que dice, así que me mantengo expectante y no digo nada—, y joder, nena, no se me ocurre nada que no haría o dejaría de hacer por ti. ¡Si eso no es que alguien ponga tu vida del revés, que venga Bárbara y me lo explique! —Se ríe y busca mi mano por encima de la mesa.

No sé qué decir, así que respondo a su sonrisa y a su caricia y le miro atenta.

—No te sientas mal por lo de Christian, ¿vale? Aunque hubiese pasado algo más, puedes contarme siempre todo, ya lo sabes.

—Sí, lo sé.

—Y anoche no pasó, pero va a pasar, de eso no tengas dudas. Lo conozco.

Vuelve a comer sus fajitas y yo le doy vueltas a lo que acaba de decir.

—¿Qué quieres decir? —pregunto a pesar de poder parecer una ingenua.

—Que cuando algo se le mete en la cabeza... ¡es como yo! No parará hasta conseguirlo. —Se ríe y quita tensión a lo que está diciendo.

¿Estamos hablando de lo mismo? ¿De que Christian quiera algo conmigo? ¿Christian? ¿Su mejor amigo? ¿El novio de mi mejor amiga?

—Creo que es muy buen momento para que hablemos de normas, ¿qué te parece? —propone y suena algo irónico. Ahora ya no es un tono positivo y ligero. Algo le está molestando de verdad.

—Por supuesto, sí.

—Imagino que tú también querrás poner alguna, ¿no?

Me encojo de hombros. He de pensar en ello.

—Vamos, ¡estoy casi seguro de que no querrás que me acueste con Gloria!

¡Por supuesto que no! ¡Odio a Gloria! ¡Y te mataré como lo hagas!

—No me entusiasma, no. Si te tengo que ser sincera, la idea de que te acuestes con ella... —pongo cara de asco sin querer—, me revuelve el estomago.

Se ríe un poco y vuelvo a sentir una energía ligera, divertida, positiva. Estamos construyendo nuestra relación, las bases, las normas... como todas las parejas. Es bueno esto. ¡Qué casualidad que hoy he propuesto a Mon poner normas y ahora me lo propone él a mí! Este debe ser el día de poner normas o algo así.

—¿Quieres ponerla como tu primera norma?

Suspiro y pienso en ello. ¿Quiero negarle que se acuesten? Meneo un poco la cabeza y bebo agua sopesándolo. Finalmente tomo una decisión.

—No.

—¡¿No?! —Me mira como si me hubiesen salido tres cabezas.

—No —confirmo—. No quiero que esa sea mi primera norma para esta relación.

La romántica que hay en mí ha tomado el control y no sé... si estamos construyendo la base de nuestra relación, ¿es esa la primera norma que quiero poner? ¿Tanto poder tiene esa chica? ¿Tan importante es para mí negarle algo con ella? No. No quiero esto.

David ya me ha demostrado que le importo y... ¡joder! Estamos poniendo normas para que todo funcione mejor, él apuesta por mí. Ni siquiera se ha acostado con ella hasta ahora y yo jamás se lo pedí. Él desde el principio me dijo lo que había y fue totalmente sincero conmigo. No quiero empezar esto prohibiéndole a Gloria. Lo que realmente quiero es que no se acuesten, pero porque sea a mí a quien deseé en su cama y no a ella.

—¿Cuál es entonces tu primera norma? —pregunta sorprendido.

—Quiero que sigas siendo sincero conmigo, que me digas la verdad, que me cuentes las cosas que pasan.

—Eso ya sabes que lo hago siempre —confirma y busca mi mano por encima de la mesa de nuevo. La acaricia con ternura.

—Lo sé. Eso es lo que quiero de ti. Esa es mi primera norma.

Sonríe encantado.

—Pues esa ya estaba puesta, aunque no lo hubiésemos dicho, pero vale. Ahora quedará mucho más explícita.

—Genial.

—Joder, bueno... —Se rasca la nuca y parece contrariado—, yo iba a poner una norma, pero después de esto me has dejado descolocado —anuncia sorprendido—. Estaba seguro de que ibas a poner un veto con Gloria y quería ponerte yo a ti uno con Christian.

Me atraganto un poco con el último ravioli y toso intentando no morir.

¿Qué me quería vetar a Christian? ¡Joder con el poliamoroso liberal!

—¿Estás bien? —pregunta asustado y se incorpora para darme golpecitos en la espalda con suavidad.

—Sí, sí... se me ha ido el por el otro lado. —Bebo un poco de agua para que baje—. ¿Qué me decías?

—Iba a vetar que te acostaras con Christian. —Se queda mirándome pensativo, creo que sigue decidiendo si hacerlo o no.

Deseo que no lo haga. No quiero que me lo vete. Quiero poder acostarme con él si surge; me sorprende mucho tener esta sensación y estos pensamientos, pero es lo que siento y pienso ahora mismo.

—No lo voy a hacer —añade resolutivo—. Yo tampoco quiero que mi primera norma sea prohibirte algo que, además, sé que deseas.

—Yo n-no... —intento negarlo, pero él me corta.

—Tranquila. Podemos hablar de esto con naturalidad, Sofi. Poner sobre la mesa nuestros miedos y deseos es bueno para nosotros. Es la relación que quiero tener. ¿No es la que quieres tú?

—Sí, ¡por supuesto! —confirmo con efusividad.

Claro que quiero poder hablar con él de todo. Pero no soy capaz de aceptar en voz alta que deseo a Christian para algo más que una amistad como ha sido hasta ahora. No sé por qué, creo que implica demasiadas cosas contraculturales para las que aún no he evolucionado lo suficiente como para romper.

¿El novio de tu mejor amiga? ¡Caca! ¡No se toca ni con un palo!

¿El mejor amigo de tu novio? ¡Ni hablar! ¡Prohibido!

¿Un chico que reúne esas dos condiciones? ¡Está mal! ¡Muy mal!

—No es malo que lo desees, y no me voy a enfadar por ello, lo entiendo.

—Ojalá pudiera decirte lo mismo —añado triste pensando en cuánto me jodería que me dijera que desea a Gloria.

Él niega con la cabeza contrariado.

El camarero retira nuestros platos y pregunta si deseamos postres, pedimos fruta.

—¿Entonces qué norma quieres poner, David? —pregunto inquieta.

—Te pido que seas sincera como hasta ahora y me cuentes todo sin miedo. No pasa nada si quedas con él o si lo ves.

Pero ¿qué dice? ¿Cómo no va a pasar nada? ¡Es terrible!, ¿no?

NO MÁS POLIDRAMA POR HOY

David

—Hay otra cosa que quiero poner sobre la mesa —le digo y se inquieta a la vez que me mira con sus enormes y expresivos ojos marrones.

Justo el camarero nos trae el melón y lo deja sobre la mesa.

—Pues me han quitado el sitio —bromeo por lo que había dicho y comenzamos a comerlo.

—¿Qué querías decir? —pregunta intranquila.

—Te lo digo luego, ¿vale? Es que el melón me ha cortado el rollo. —Reímos.

—Está bien.

El melón está superdulce. Lo comemos mientras hablamos de cosas más sencillas y ligeras.

—¿Qué te apetece hacer esta tarde? —le digo tal como salimos del restaurante y vamos de la mano hacia el coche bajo el paraguas.

—Mmmm, ¿qué propones?

—¿Quieres ir al cine?

—En realidad... ¿podemos ir otro día? Hoy casi prefiero ir a casa. Podemos ver una peli allí, si quieres —propone insegura.

—Claro, ¡sin problema!

—Es que me bajó la regla ayer —confiesa algo tímida— y hoy me está doliendo un poco todo.

—Ah. Joder, qué putada eso de la regla —exclamo contrariado. Debe ser lo peor tener esas molestias y dolores cada mes por norma.

Sofi se ríe y me da la razón.

Conduzco hasta su casa y aparco muy cerca, por suerte. Subimos y Bothor me saluda muy animado, seguro que recuerda que yo le puse el nombre de macho que tiene ahora.

—Se acuerda de ti —murmura Sofi mirando como le acaricio y pensando casi lo mismo que yo.

—¿Cómo iba a olvidarme? —Le guiño un ojo con falsa arrogancia.

Nos ponemos en el sofá a buscar alguna peli en Netflix, pero son todas bastante viejas.

—¿Por qué se te ilumina tanto el móvil? —pregunto y señalo a la pantalla que está llena de notificaciones sobre la mesa.

—Ah, porque Christian me puso una aplicación en Ibiza. Bueno, ¡la vuestra! —exclama sonriente.

—¿Te puso PoliLove en el móvil?

¿Con qué fin? Si eso es para conocer gente y buscar con quién follar.

—¡Sí! Y la estoy probando, la verdad es que está muy bien hecha.

—¿Ah, sí? ¿Te gusta? La verdad es que nos da muy buen rendimiento. —Su pantalla se vuelve a iluminar—. ¿Y todo eso son chicos que te escriben?

Intento sonar neutro, en serio. Pero, joder, ¡tenía que instalarle la *app*!

—Sí. He recibido como mil mensajes —exagera divertida—, y eso que ni completé el perfil ni puse foto ni nada. Aun así me han escrito muchos.

—Sí, sí, va a tope. Tuvo mucho éxito cuando la lanzamos porque aunque ya había mil millones de aplicaciones para conocer gente como Badoo, Tindero, Adoptauntio, esta es la única que te permite poner en tu estado el tipo de relación que tienes y el tipo de relación que buscas.

—Ajá. —Me mira con mucho interés y me da pie a que siga hablando.

—Puedes poner que estás en una relación abierta, que eres poliamoroso, que estás casado pero tu mujer también busca algo más... O tu inclinación sexual, ¿sabes? Están todas las posibilidades, eso en las otras *apps* no existe.

—¡Uau! Claro. Qué bueno.

—¿Tú qué has puesto sobre tu estado amoroso? —pregunto con curiosidad.

—Soltera... creo.

Oh. Vaya.

—¿Y por qué no has puesto que estás en una relación abierta? —pregunto sonriendo sugerente.

—Bueno, ya te digo que ni completé el perfil; fue por poner algo —se queda pensativa por un instante y me mira interrogante—: ¿es eso lo que tenemos, David? ¿Una relación abierta? ¿Esto es como una relación principal?

Me acerco todo cuanto puedo a ella y cojo sus manos con las mías. La miro a los ojos con ternura.

—Sofi, ¿te he dicho hoy lo que siento por ti? —pregunto haciéndome el distraído.

Ella niega y se ríe.

—Te lo iba a decir cuando nos han traído el melón. Él ha interrumpido nuestro momento.

—¿Ah, sí? —pregunta divertida—. Pues ahora ningún melón nos va a interrumpir.

—Quería decirte que te quiero muchísimo. —Ella suspira algo emocionada; me la comería—. Que estos días en Ibiza contigo han sido muy especiales y reveladores.

—¿Reveladores?

—Sí. Me han hecho ver ciertas cosas con mucha claridad —le explico y ella asiente muy atenta—. Desde el principio te dije que no pusiéramos etiquetas, y me lo preguntaste en diferentes ocasiones, ahora entiendo que debí ser más comprensivo y no tan radical.

—Oh, bueno... —interrumpe ella sorprendida, pero vuelve a quedarse callada y continúa atenta a que hable yo.

—Me ha costado unas cuantas semanas llegar a pedirte esto, pero la verdad es que me gustaría muchísimo que tuviéramos una relación en serio.

Se remueve en el sofá y pone sus manos sobre mis hombros acercándose más a mí.

—¿Una relación en serio? ¿Qué quieres decir?

—Que seamos nuestra relación principal, la base, la más importante; con la que construir una vida juntos.

Creo que está algo nerviosa. Yo de pronto también lo estoy. Pero recuerdo algo antes de que pase el momento y saco una cajita de madera del bolsillo.

—¿Te gustaría intentarlo conmigo, Sofi? —Le doy la cajita y, cuando la abre, me regala una sonrisa alucinante.

—¡Sí! Claro que me gustaría —exclama y se lanza a abrazarme.

La estrecho fuerte contra mi pecho.

—¿Seguro, nena? ¿Aun con lo complicado que soy y que te lo pongo todo? —pregunto con reservas.

—Sí, David, ¡de verdad! —exclama contenta y busca mi mirada.

Acaricio su pelo apartándolo de la cara porque quiero verla bien.

Vuelve a abrir la cajita y mira el anillo. Lo saco de ella y se lo pongo en el dedo anular de la mano derecha. Por suerte le queda perfecto.

—¿Te gusta? —pregunto ilusionado.

—¡Muchísimo! Qué bonito es. ¿Y esta piedra? No la había visto nunca. ¡Parece mágica!

Me río un poco por la alegría y también por su efusividad.

—Lo compré en Ibiza. Es una piedra lunar.

Le explico un poco la historia mientras lo admira encantada en su mano.

—¿Entonces eres mi novio? —pregunta divertida entre risitas.

—Sí, mi nena. Soy tu novio, tu amigo, tu pareja, tu amante, tu relación principal y todo lo que tú desees.

—Uau, suena tan bien. —Me mira ilusionada.

Beso toda su cara y termino en sus labios.

—¡Me encantas! —exclamo entre beso y beso.

—¡Y tú a mí, novio mío! —dice entre risas en clave de broma.

La beso con suavidad y sus labios me absorben con ganas e intensidad. Me empuja un poco hacia atrás y quedo tumbado en su sofá y ella encima de mí.

Intento no ir a más, si tiene la regla tampoco estará para muchas fiestas y no quiero que se sienta incómoda.

Pero ella sigue besándome con mucha intensidad y como siga así, no habrá quien nos pare.

—Nena, será mejor que pongamos la peli, ¿no? —pregunto divertido parándola un poco.

—Supongo que sí. Ohhh, ¡¡qué rabia!! —exclama con frustración y se separa un poco sentándose de nuevo.

Me siento a su lado y la consuelo.

—Tranquila, tenemos toda la vida por delante. No va de un día o dos. —Sonrío con ternura.

Pero entonces se abalanza sobre mí y vuelve a empujarme contra el sofá con violencia.

¿¡Pero qué he dicho!?

Su boca devora la mía y maldigo la incontrolable erección que aparece entre nosotros en cuestión de segundos.

A ver, que a mi la regla no me para. Siempre podemos hacerlo en la ducha y no manchar nada. Por mí, ningún problema. Pero es más por ella. Muchas chicas con la regla prefieren no hacer nada o están incómodas. Y yo no quiero que ella se vea forzada a nada que no le apetezca.

—Te deseo tanto —exclama contradiciendo todos mis pensamientos.

—Y yo a ti, pero podemos esperar a que se te vaya.

Comienza a bajar por mi cuerpo y desabrocha mis tejanos. Me mira mordiéndose el labio inferior y creo que es lo más sexy que he visto nunca.

Me baja un poco los pantalones con decisión y también los slips y saca mi erección para comenzar a manosearla y lamerla en todas direcciones.

Uffff.

—Sofi... —digo como puedo— no... no tienes por qué... ha-hacer nada... Yo...

—Shhhh —susurra. Yo echo la cabeza atrás y me rindo a lo que quiera hacerme.

Me lame con tanto deseo que puedo sentirlo. Se mete mi polla en la boca y la succiona por completo sacándola y metiéndola de nuevo. Buf.

Jadeo inquieto. Me sabe fatal no poder darle placer a ella también... bueno, quizá si que podamos ir a la ducha.

—¿Y si vamos a la ducha y... y lo-lo... —¡Joder lo que me está haciendo!—. ¿Lo hacemos allí?

Ni siquiera contesta. Sigue concentradísima y con muchísima dedicación dándome un placer sublime que me nubla la mente por completo.

Aprieto los puños sin darme cuenta y tenso las piernas. Como siga así voy a durar muy poco.

—Nena... —Me inclino un poco y verla en plena acción me acaba de hacer perder la razón por completo, solo puedo pensar en sus labios, en cómo succiona, en sentir como entra y sale de su boca y en todas las sensaciones que me provoca por todo el cuerpo—. ¿Por qué no coges... papel?

No responde. De nuevo sigue lamiendo, succionando y acariciando, todo a la vez. Y yo siento que me voy.

—¡Ohhh... Sofía...!

Me corro en su boca sin poder frenarlo y jadeo su nombre con devoción.

Ella baja el ritmo y la intensidad, se separa un poco, pero lame unas veces más mientras aún tengo espasmos de placer por lo que me ha provocado.

—¡Bufff, nena! —exclamo medio en otro planeta.

Tras unos instantes, repta por encima de mí y se tumba a mi lado acariciando mi pecho, mientras, yo recupero la respiración y normalizo el pulso. Unos minutos más tarde consigo volver en mí mismo.

—¿Te ha gustado? —me pregunta tímida.

—¿Qué si me ha gustado? ¡Joder, Sofi! No tengo palabras.

Se ríe encantada.

—¿Puedo hacer algo yo por ti? —pregunto acariciando su barriga.

—No. —Pone cara triste—. Pero cuando se me vaya...

—¡Eso ni lo dudes! —le aseguro con entusiasmo.

En cuanto pueda, la dejo seca.

Mi móvil suena en los pantalones que los tengo medio bajados. Me incorporo un poco y me los pongo bien. Lo saco del bolsillo y veo que tengo varias llamadas y mensajes de Gloria.

Gloria:
¡David, coño! ¿No puedes contestar al teléfono?
17:09

Está saliendo agua por debajo de la lavadora, ¡y ya no sé qué hacer!
17:09

Tu portero se ha tomado el día libre o algo así. ¿Dónde diablos está la llave del agua?
17:09

—¡Joder! —exclamo y me pongo de pie de golpe.

—¿Qué pasa? —me pregunta inquieta.

—Un problemilla doméstico. Se me está inundando el piso.

—¡Qué dices! —exclama y se pone de pie.

—Voy a tener que ir a ver qué es y cerrar la llave del agua, ¿vienes? —pregunto esperanzado y cojo su mano.

—Yo... ¿Ella está...? No... creo que no... —Niega con la cabeza convenciéndose de que no.

—Si, ella está allí. Me ha avisado de lo del agua porque acaba de llegar del trabajo.

—¿Te importa si me quedo?

—No, nena, claro que no. ¿Te importa a ti que yo vaya?

Se ríe un poco.

—No. Tranquilo. ¿Pero vuelves?

—Sí, mi nena. —La beso en los labios—. Vuelvo enseguida, ¿vale?

Asiente y me acompaña a la puerta. Le doy otro beso rápido y salgo escopeteado. En menos de diez minutos estoy entrando en mi casa.

Avanzo a la cocina y veo a Gloria agachada junto a la lavadora buscando algo.

—La llave está aquí —anuncio y voy a un armario que hay en la entrada.

—¡Joder! —exclama contrariada y viene a verlo—. ¡Ya podía yo buscarla!

La cierro y vamos a la cocina de nuevo. Valoro visualmente el desastre y no es tanto como pensaba. Cojo la fregona y comienzo a secar.

—Vaya susto me he dado. He llegado de trabajar y quería prepararme algo de merienda... ¡cuando he visto que estaba sobre un charco inmenso de agua!

—Se habrá roto la lavadora. No te preocupes, mañana llamaré para que vengan a arreglarla.

—Vale. Voy a darme una ducha. ¿Te quedas o te vas? —pregunta mirándome desde la esquina que gira hacia el comedor.

—No. Acabo de secar todo y me iré. Además, no volveré esta noche.

Me hace una mueca de desprecio. Lleva el pelo en un moño alto despeinado. Un short de pijama y una camiseta de tirantes. Pero aun con esas pintas, está preciosa y lo peor es que lo sabe y lo usa a su favor.

—Tiempo, Gloria.

—Ya, tiempo. ¿Cuánto más? —exclama haciendo aspavientos en el aire con los brazos indignada.

—El que ella necesite. Ya te lo dije ayer.

Sigo fregando y escurriendo la fregona en el cubo, no deja de salir agua de debajo de la lavadora.

—¿Y lo que yo necesito? ¿Eso no te importa ya? —pregunta al borde del llanto.

Oh, no. Alzo la vista y veo sus ojos llenos de lágrimas que comienzan a caer.

Me acerco negando con la cabeza y la abrazo por la cintura. Se recuesta en mi pecho y llora. Se me parte el alma por estar haciéndole daño. Es mi amiga desde hace casi diez años. Ha estado cuando la he necesitado, ¡siempre!

No solo hemos sido amantes o pareja, es que ha sido siempre mi amiga y la quiero muchísimo.

—Gloria, por favor.

—Ya, ya lo sé. Estás construyendo algo y debo aceptarlo. —Se separa de mí y pone los brazos en alto como si quisiera impedirme que me acerque.

—Estoy construyendo algo importante y necesito tiempo.

—Ya, ya. Ya lo sé —dice cansada.

—¿Y por qué lloras, Yoyi? —De verdad que no puedo verla llorar y menos por mi culpa.

—Bah. Es igual —dice y da media vuelta de camino a la ducha—, me ha bajado la regla y estoy desquiciada; no me hagas caso.

La sigo para poder seguir hablando. Otra con la regla, ¿es que se ponen de acuerdo?

—Oye... espera. —La cojo de un brazo para que pare.

—En serio, no me hagas caso. Entre lo de Javi, la regla y que tú... —se le rompe la voz y deja la frase en el aire. De nuevo las lágrimas comienzan a caer.

—¿Yo qué? —pregunto con suavidad y seco sus lágrimas con mis manos observando las miles de pecas que tiene en las mejillas.

—Tú estás tratándome como si no me conocieras de nada, como si fuéramos desconocidos. Jamás, desde que te conozco, me has tratado así. ¡Nunca!

Sigue avanzando hacia el baño y se quita la camiseta.

—Ya lo sé. Por favor, entiéndeme.

—Sí, sí, sí —vuelve a decir con cansancio y esto parece un bucle infinito—, estás superenamorado construyendo algo precioso y es nuestro final.

—¿Por qué dices eso? —pregunto inquieto.

—Porque es evidente, David. Lo nuestro ha terminado, ¿no lo ves? Estoy en tu casa, semidesnuda delante de ti y tú ni siquiera me ves.

Claro que la veo.

—Te veo.

—No como antes. Ahora me ves como si fuera un mueble. No una mujer a la que quieres y deseas.

—Pffff, Gloria, no me hagas esto. Ya lo hemos hablado. Tienes que ser un poco comprensiva y darme tiempo.

—Sí, yo he de darte el tiempo que necesites, pero te recuerdo que en diferentes ocasiones yo te pedí tiempo a ti.

Mierda.

—¿Y sabes qué hiciste? ¿Me diste tiempo? —pregunta muy cabreada—. ¡No! ¡No me diste tiempo! Ni fuiste comprensivo conmigo. Me diste un ultimátum: «o estás conmigo o no lo estás», ¿te suena?

Fue lo que le dije cuando me dijo que se casaba y que íbamos a dejar de vernos por un tiempo.

Pero no fue por darle un ultimátum. Me pareció que quería dejarme y no sabía cómo, yo solo se lo puse sobre la mesa. O estamos o lo dejamos, no había más.

De todas formas tiene razón. Así que asiento triste.

—Pero yo ahora debo darte tiempo a ti indefinidamente y ser ultracomprensiva con tus historias. ¡No es justo! —grita cada vez más cabreada.

—Ya.

—Pero es lo que hay, ¿no?

Me quedo callado. No sé qué decirle.

Ella asiente rendida. Se quita lo que le queda de ropa y tras lanzarme una mirada desafiante y cabreada, se mete en el baño y cierra la puerta en mi cara.

Hago rotaciones con el cuello. ¡Vaya marrón!

Sin embargo, hoy Sofía me ha dado algo de esperanzas. Como siempre, me ha sorprendido como solo hace ella y me ha dejado alucinado al no vetarla.

No importa que la vete o no, yo ya sé que no haré nada con ella. Pero que ella no la haya vetado significa tanto. Realmente hay esperanzas. Ojalá pueda conocerla y ver que es una muy buena amiga, como Fani o Christian y que no ha de ser un problema para nosotros. ¡Es que no lo es!

En fin, preparo ropa para quedarme a dormir con Sofi y me voy antes de que salga de la ducha. Le dejo una nota en la puerta de su habitación.

«Lo siento. Te quiero».

No puedo decirle nada más. Quizá la acabaré perdiendo de todos modos, pero cuando alguien ha sido importante para ti durante casi diez años; ha sido incondicional contigo, tu amiga, tu amante, incluso tu pareja, eso no cambia de un día para otro por mucho que quieras.

Y en realidad, ella está casada y como mucho nos veíamos una vez al mes y muchas veces ni siquiera había sexo entre nosotros, sino afecto, cariño, amor, amistad, complicidad.

Saco el aire sonoramente un poco agobiado. Ojalá pudiera gestionar esto mejor o de otra forma, pero para mí Sofía ahora mismo es lo primero. Quizá no esté actuando bien con Gloria, no se lo merece, pero no puedo arriesgarme con Sofi. Sé cuánto le molesta todo esto.

Cuando llego al *parking* me llega un mensaje de Christian. Me pregunta qué hago. Arranco el coche y lo llamo mientras voy a casa de Sofi.

—Qué pasa tío —le digo intentando que mi voz suene animada.

—Eyyyy. ¿Qué haces?

—Voy para casa de Sofía, ¿y tú?

—Nada. Aquí con Mónica viendo una peli en su casa.

—Vaya apalanque de parejita que llevamos —le digo en coña.

—¡Ya te digo, tío! —Se ríe—. Oye, ¿queréis quedar para cenar o algo?

—Hoy no creo, Sofi no se encontraba muy bien. ¿Lo dejamos para mañana?

—Venga, vale. Mañana cenamos los cuatro.

Cuando llego a casa de Sofi veo que Gloria me ha enviado un texto la vida de largo y lo leo antes de subir.

Gloria:
Lo siento. No debería haberme puesto así. Te aseguro que son las hormonas y todo el tema con Javi que me tiene algo desquiciada. Sé que estás enamorado por primera vez en muchos años. Es algo importante, lo veo en tus ojos cuando hablas de ella. Te conozco, Deivid... te conozco muy bien. Y

no te equivoques, me hace muy feliz que hayas encontrado alguien que te importe tanto. Es solo que... duele. Duele porque de pronto yo ya no existo para ti y sabes cuánto te quiero yo. Sabes cuánto me importas. Cuánto he arriesgado por ti. Siempre he apostado por ti...

18:02

Claro que esperaré el tiempo que sea necesario. Ojalá Sofía quiera conocerme pronto, vería que no soy un problema. En cualquier caso, yo también lo siento y te quiero, mucho. Y siempre te querré, pase lo que pase. Ya lo sabes también. Incluso, aunque acabes borrándome de tu vida para siempre, yo te guardaré en mi corazón porque eres alguien muy importante para mí y siempre lo serás. ¡Vale! Dejo el polidrama ya por hoy... ja, ja, ja mañana será otro día. Lo siento de veras. Te deseo lo mejor y toda la felicidad del mundo. Nadie la merece más que tú. Un beso, mi amor.

18:06

Se me encoje un poco el corazón por saber que estoy haciendo daño a una persona tan noble. Aun sabiendo que quizá lo nuestro haya llegado a su fin, sigue pensando y poniendo por encima de todo lo que sea mejor para mí. Pocas relaciones hay tan puras como la que he tenido yo con Gloria durante todos estos años.

Yo también te quiero Gloria, de verdad. Tiempo...

18:16

No puedo decirle nada más. Lo demás ya lo sabe todo. Respiro hondo, guardo el móvil y subo a casa de Sofi.

Me abre sonriente y algo sobresaltada.

—¡Qué rápido! Pensaba que tardarías más.

—¿Quieres que me vaya y vuelva más tarde? —pregunto confuso en broma.

—¡No! —Me pega en el brazo en cachondeo y entro en su casa.

—¿Qué hacías? —pregunto mientras veo que la tele está apagada, la luz algo bajita y su móvil lleno de notificaciones en el sofá.

—Nada, trastear aquí y allá con el móvil —dice recogiéndolo, bloqueándolo y dejándolo bocabajo en la mesa.

Uy.

—¿Así que has estado ligando con alguien? —pregunto como si fuera lo que acaba de decirme y ella abre la boca como si alucinara.

—Yo... no... —responde entrecortada—, solo he hablado con alguien por la aplicación pero no ligaba.

—Vale, vale. Yo solo pregunto. —Sonrío intentando relajar el ambiente.

Joder, ¡parece que haya dado en el clavo!

No más polidrama por hoy... ¡por favor!

LA ROPA INTERIOR ES ALGO ASÍ COMO MI FETICHE

David acaba de salir por la puerta y, como si mi amigo misterioso lo supiera, justo me escribe en ese momento.

Namaste33: Toc, toc, ¿se puede?

GirlBcn30: Sí. ¿Qué tal?

Namaste33: Muy bien. ¿Qué tal el día de lluvia? ¿Ha sido romántico?

GirlBcn30: No me puedo quejar. ¿Y el tuyo? ¿Ha habido sexo lluvioso?

Me río sola y me tumbo en el sofá con unos cojines detrás de la cabeza.

Namaste33: No me puedo quejar tampoco... Ejem... ja, ja, ja.

GirlBcn30: Ja, ja, ja.

Namaste33: ¿Qué haces ahora? ¿Estás en casa o te pillo por ahí?

GirlBcn30: Estoy en casa, tumbada en el sofá, ¿y tú?

Namaste33: Igual. ¿Estás sola?

GirlBcn30: Sí. ¿Tú?

Namaste33: Estoy en casa de alguien, pero no está aquí ahora. ¿Tienes pareja, por cierto? En tu perfil pone soltera, pero por asegurarme.

GirlBcn30: En realidad, estoy en una relación abierta. ¿Y tú? ¿Tienes novia?

Namaste33: Sí, también es una relación abierta.

Ay Christian, que no disimulas nada.

GirlBcn30: ¿Hablas con muchas chicas por aquí?

Namaste33: Solo contigo.

GirlBcn30: Vaya.

Namaste33: Hoy he pensado que si alguna vez aceptas que tengamos una cita, me esperaré a que sea un día gris de lluvia.

GirlBcn30: ¿Y eso? Qué travieso.

Namaste33: Ja, ja, ja me has pillado.

GirlBcn30: ¿Tu intención es que tengamos una cita algún día?

Namaste33: Claro. No vamos a estar chateando «forever». Siempre que tú quieras verme y conocerme, claro.

¿Y qué le dirías a Mon? ¿Que has quedado con una desconocida de internet o que has enredado a su amiga Sofi?

GirlBcn30: Bueno, ya veremos. Cuéntame algo interesante sobre ti...

Namaste33: Vale, pero primero cuéntame tú una cosa.

GirlBcn30: Claro. ¿Qué quieres saber?

Namaste33: ¿De qué color es la braguita que llevas?

¡Joder, Christian!
Me río tímida en el sofá y no sé si contestarle. Bueno... ¿por qué no?

GirlBcn30: Gris. ¿De qué color es tu ropa interior?

Namaste33: Mmmm... te imagino desnuda solo con esa braguita gris en tu sofá.

Y tú conoces bien cómo es mi sofá, mi cuerpo desnudo, mi ropa interior...

GirlBcn30: En realidad es un tanga.

Namaste33: ¡Mejor me lo pones! Je, je, je.
Yo llevo un slip negro.
La ropa interior es algo así como mi fetiche.

GirlBcn30: ¿Ah, sí? ¿Te pone eso?

Nunca lo hubiera dicho...

Namaste33: Sí. Mucho. Me encanta la lencería en una mujer sexy como debes de ser tú.

GirlBcn30: Hago lo que puedo, je, je, je.

Namaste33: ¿Quieres que te confiese algo muy íntimo?

GirlBcn30: Claro... cuéntame.

Me muero de la curiosidad.

Namaste33: Hay algo que me pone todavía más que un tanga sexy en una mujer como tú.

GirlBcn30: ¿Ah, sí? ¿Y qué es?

Namaste33: Un tanga sexy, usado por una mujer como tú.

Uffff... sí que es un fetiche, sí, algo depravado... pero muy morboso.

GirlBcn30: ¡Interesante!

Namaste33: ¡Debes de pensar que soy un pervertido! Ja, ja, ja.

GirlBcn30: Sí... ja, ja, ja es justo lo que estaba pensando.

Namaste33: ¿Ahora me confiesas tú algo que te ponga mucho?

Es lo justo. Pero ¿qué le digo? Yo no sé si tengo un fetiche así como el de él.

GirlBcn30: Está bien, pero has de guardarme el secreto, ¿sí?

Namaste33: Seré una tumba.

GirlBcn30: Me pone mucho, cuando estoy con un chico, que nos puedan ver.

Namaste33: Mmmm... ¡qué morbo!
El día que quedemos, a parte de ser lluvioso y de ponerte un tanguita que no esperes llevar a casa de vuelta... Recuérdame que vayamos a un sitio público.

Ufff, Christian... ¡Morbo es poco!
Vaya conversación. Estoy que me subo por las paredes.
Cruzo las piernas y presiono los muslos con fuerza. Si no tuviera una copa menstrual puesta, ahora mismo me tocaría. Me pone mil estar hablando así con él.

Namaste33: ¿Te has asustado?

GirlBcn30: No... no me he asustado.

Namaste33: Te has quedado callada.

GirlBcn30: Sí. Estaba pensando en esa cita.

Namaste33: Hoy miraré el tiempo en las noticias, a ver cuándo anuncian lluvias, ¡y quedamos! Je, je, je, je.

Acaricio mis labios con la yema de los dedos. Recuerdo cómo me besaba anoche en este mismo sofá, contenido pero con deseo, tierno pero con un punto de firmeza.

GirlBcn30: Ya lo vamos hablando. Je, je, je.

Namaste33: ¿Prefieres que siga siendo virtual?

Es lo mejor para todos...

GirlBcn30: No. Pero bueno, lo vamos viendo.

Namaste33: Mmm. Lo que me gustaría estar en ese sofá ahora mismo y demostrarte lo poco virtual que soy.

¡Joder!
Me hago aire con la mano en la cara. Debo de estar roja.
Pican al timbre; debe de ser David. ¿Cuánto ha tardado? Me ha parecido que se acaba de ir.

GirlBcn30: Tengo que irme. ¡Hablamos en otro momento! Un beso.

Abro y espero a que venga David.
Cuando sube ponemos una serie, ya que de las pelis no nos convence ninguna. Me prepara él la cena y no deja que me mueva del

sofá. Lo agradezco mucho ya que de manera intermitente me duele bastante la barriga.

Tras cenar juntos en el sofá, nos acostamos en mi cama. Me besa, me da cantidad de mimos, caricias, y finalmente nos quedamos dormidos acurrucados, él abrazándome por detrás y yo sintiéndome en el cielo.

Me despierta el olor dulce de las tortitas y, tras lavarme la cara y los dientes, voy como una zombi hasta la cocina siguiendo el aroma delicioso que sale de ella. Me lo encuentro solo con un pantaloncito de pijama holgado y corto, dando vueltas a las tortitas en una sartén con Bothor mirándole atentamente desde una encimera.

Sí, amigo peludo, incluso tú no puedes quitar ojo de este humano.

Lo abrazo por detrás y aspiro el aroma de su piel desnuda mientras beso su hombro.

—Buenos días —susurra; deja la sartén y se gira para abrazarme estrechamente—. ¿Has dormido bien?

Asiento frotándome un ojo.

—¿Te encuentras mejor hoy? ¿Tienes hambre?

Vuelvo a asentir y emito un sonido de placer al ver la torre de tortitas que tiene hechas.

—Siéntate, nena. Ahora llevo el desayuno. —Me besa y vuelve a concentrarse en lo que está haciendo.

Bostezo de camino al comedor y, mientras termina de hacer el desayuno, enciendo mi móvil. Me entra un mensaje de Christian de hace diez minutos.

> Christian:
> Buenos días, ¿estás mejor? David me dijo ayer que no te encontrabas muy bien, espero que sí. Te envío un beso.
> 10:15

Sonrío releyendo el mensaje.

> Sí, mucho mejor, gracias.
> 10:25

Sale leído enseguida pero no dice nada más. David entra al comedor con los dos platos de tortitas.

—¿Yo tenía todos los ingredientes para esto? —pregunto señalando las tortitas extrañada.

—No, traje cosas de mi casa ayer pensando en poder hacerlas.

—Ah, qué apañado.

Se ríe un poco por mi comentario. Desayunamos entre miradas cómplices, comentarios divertidos y muy muy buen estado de ánimo.

No dejo de mirar el anillo que me regaló ayer cuando me habló de que tengamos una relación «seria». Me sorprendió muchísimo, la verdad. No esperaba que fuera él quien quisiera poner «etiquetas» a nuestra relación pero en realidad lo agradezco mucho, ahora sé lo que somos.

Aunque nuestra relación sea diferente al resto, es una relación. Y es en serio. No puedo estar más feliz y sentirme más plena. Jamás pensé que llegaría este momento y en realidad ha llegado superpronto, porque aunque parece que llevemos una vida juntos, no llega a un mes. ¡Un mes! Pero tan intenso.

—Me dijo Christian de ir a cenar esta noche, los cuatro. ¿Te apetece? —propone mientras recogemos todo lo del desayuno y lo ponemos en el lavavajillas.

—¡Sí! Claro.

—Genial, pues le diré que reserve.

—Oye, una pregunta: ¿tú usas la aplicación de PoliLove? —le pregunto así como quien no quiere la cosa.

Se apoya en la encimera y me mira con una sonrisa que denota que esto le divierte.

—Tengo un usuario creado y tengo la aplicación instalada. La he usado —me explica con total naturalidad—. Ahora hace bastante que no la uso.

—¿Y Christian y Lucas la usan?

—Tienen usuario y la tienen instalada, pero no sé si ahora mismo le dan uso. —Se rasca la barbilla pensativo—. ¿Por qué lo preguntas?

—No, por nada, por saber. —Me echo el pelo hacia atrás y pego mi cuerpo más al suyo—. ¿Sabes cuáles son sus usuarios? Bueno y, ¿cuál es el tuyo?

—El mío es DVBLUE. El de Christian, si no recuerdo mal, era... XTN33 y el de Lucas... —se ríe un poco antes de decirlo—, 22CM_BCN.

—¡Joder! —exclamo sorprendida—. ¡Vaya seudónimo!

—Imagínate para qué usa la aplicación... Pero, eh, que Fani también está. Si no recuerdo mal es algo como SEXYENFERMERA31.

—Levanta las cejas sugerente y se ríe.

—Pues el mío es GirlBcn30.

—Luego te agregaré. —Me guiña un ojo y me acaricia el contorno de los brazos—. ¿Qué plan tienes para hoy?

Ninguno.

—Creo que voy a ir a la pelu a cortarme un poco el pelo. —Me miro las puntas y creo que no es mala idea para nada.

—Vale, yo he de ir a la oficina hoy. —Hago una mueca triste—. Aunque esté de vacaciones, han querido hacer una reunión y tendré que asistir. Iré a comer con los clientes y después ya estaré libre. Así que puedo venir por la tarde y luego ya nos vamos a cenar.

—Vale.

Tras una larga despedida llena de besos en el rellano, se va a la oficina. Me encanta pensar que a mí aún me queda esta semana y la que viene de vacaciones. ¡Uau! Hacía años que no tenía un mes entero. Es hasta demasiado.

Me quedo pensando en lo que me ha dicho de los seudónimos. Entro en la *app* y busco todos los que me ha dicho, efectivamente existen y son ellos. Los agrego como favoritos y observo el de Christian. Pone que hace días que no se conecta.

¿Entonces no es Namaste33? ¿O será que tiene dos perfiles?

En el de David pone que hace semanas desde su última conexión. Lucas y Fani en cambio, lo han estado usando recientemente, como yo.

Paso la mañana en la pelu, me cortan las puntas dejándolo largo por debajo del hombro, me ponen un tratamiento hidratante y me lo secan bien liso. Salgo contenta y con un brillo y un pelazo espectacular.

Quedo para comer con Mon y Anaís en el mismo restaurante de Poblenou que quedamos hace unas semanas, pero Mon no puede venir. Así que quedo, como con Anaís y le doy el pareo y la cajita de madera para el incienso, lo compré todo en Ibiza para ella. Quiero agradecerle aunque sea con un detalle lo bien que ha cuidado a mi bolita de pelo preferida.

—¡Me encanta todo! Pero no tenías que comprarme nada. Lo he hecho encantada y no ha sido molestia.

—Ya lo sé. Pero ha sido una semana entera. Es lo mínimo, Anaís. Además, te debo una y bien grande.

—¡Tranquila, Sofía! Ha sido un placer, en serio. Bothor es un amor.

Sonrío dándole la razón. Se hace querer el peludo.

—¡Cuéntamelo todo! ¿Habéis hecho tríos? ¿Orgías? ¿Intercambios?

—Joder, Anaís. —Me río a carcajadas—. ¡Qué puesta estás en estos temas liberales!

—Ya te dije que leo mucho —afirma con suficiencia—. Estoy más que informada.

—Ha sido divertido.

—¡O sea que habéis hecho de todo! ¿La rubia también? —pregunta y antes de que le conteste nada, añade—: ¡Maldita sea que me he perdido las vacaciones de mi vida!

—Te lo habrías pasado bien, sin duda —afirmo y me río.

—¿Y con David qué? ¿Cómo vais?

—Muy bien. —Sonrío y le enseño el anillo—. Ayer me propuso que tengamos una relación seria. Abierta, pero seria y que sea nuestra relación principal.

Anaís coge mi mano entre las suyas e inspecciona el anillo de cerca con ilusión.

—Ohhh... ¡eso suena muy bien! —exclama emocionada—. ¿Y a la rubia cómo le va con el amigo?

—Pues muy bien también —afirmo sonriente.

—Uy, ¿qué pasa aquí? ¡Cuéntamelo ya! ¡Es una orden! —dice muy imperativa.

En realidad, es a la única persona a la que se lo puedo contar.

—Bueno... en Ibiza, hubo algunos juegos.

—¡Ohhhh! ¡Cuéntame más! —pide excitada.

—No te voy a contar más —respondo abriendo mucho los ojos—, pero sí te diré que pasaron cosas entre Christian y yo.

—¡Ohhhh! ¡Qué fuerte! Parece que me estés contando una de las novelas que leo. ¿Y qué? ¿Os gustó? ¿Mon se cabreó? ¿Qué está pasando? —me interroga como loca.

—Nos gustó, sí... y nadie se enfadó. De hecho Mon también jugó con David. —Anaís abre mucho la boca y comienza a abanicarse con la mano como si estuviera acalorada—. El tema es que, después de lo que pasó con Christian, él está diferente conmigo.

—¿Para bien?, ¿para mal? —pregunta con muchísima curiosidad.

—Ehhh... no sé. Para intenso. —Se ríe un poco conmigo—. Me escribe, viene a verme a casa, nos besamos... es complicado.

—¡Ostras, nena! Este quiere tener algo contigo a más, a más de lo que ya tiene con Mon.

Es lo que parece, sí. No sé.

—Bueno, en cualquier caso Mon ya me dijo que eso no pasará.

—¡Será melona la rubia! —exclama divertida y se lleva la mano a la frente.

—Hombre, Anaís, yo la entiendo. En su lugar habría hecho exactamente lo mismo —respondo empatizando con Mon; tiene toda la razón del mundo.

—Bueno, sí, visto así.

El camarero retira los postres y le pedimos unos cortados. Tras esa leve interrupción, Anaís ataca de nuevo.

—¿Pero y a ti te está gustando él también o tú pasas?

—Bueno, a mí él me gusta desde siempre. —Anaís ahora se hace aire a dos manos, la muy exagerada—. Como amigo.

—¡Sí, sí! ¡Como amigo! Así lo llaman ahora.

—En serio. Bueno, desde que pasaron cosas, quizá me gusta más, pero no como para una relación paralela ni mucho menos.

Me viene a la mente Clara. Recuerdo lo que me explicó, cuando la conocí, aquello de que Víctor aportaba cosas a su relación que complementaba y equilibraba lo que ya tenía con Ian. Pero a mí con David no me falta de nada, lo de Christian es pura avaricia.

—Bueno, ¡prométeme que me mantendrás al día! Ohhh, amo estás historias.

—Sí, solo que no son historias, te hablo de mi vida —respondo ácida y ella se parte.

—Es como una buena novela erótica todo esto que te pasa, amiga. ¡Así que disfrútalo por todas las que no podemos!

—¡Te quejarás tú! Con el marido que tienes y la relación de película.

—No. —Se tapa la cara avergonzada entre risas—. ¡No puedo quejarme!

Cuando acabamos el cortado, me despido de Anaís, que tiene que volver al trabajo, y pillo el metro para volver a casa.

No puedo evitar abrir la aplicación para ver si Namaste33 está conectado.

Me encuentro con algo mucho mejor: me ha escrito hace un rato. Activo las notificaciones para que cuando me escriba suene como un mensaje. Porque sino hasta que no entro en la *app* no me entero de que me ha escrito.

Namaste33: ¿Si esta noche tuviéramos una cita de qué color sería tu ropa interior?

¿Christian quiere saber qué tanga llevo esta noche a nuestra cena? Esto es un poco *heavy*, ¿no? Que estamos jugando y es un tonteo inofensivo, vale. Pero ambos sabemos quien es el otro y esto no sé hasta que punto lo autorizarían o nos darían su bendición nuestras respectivas parejas.

Aun así le respondo y no solo le respondo, sino que añado picante al asunto.

GirlBcn30: Dime de qué color quieres que la lleve.

Me aguanto una risita traviesa en el metro y me quedo mirando la pantalla expectante de su respuesta. No se hace de rogar, llega enseguida.

Namaste33: Me encantaría que no llevaras sujetador y que tu tanga fuese rojo.

GirlBcn30: Pues si esta noche quedáramos... eso sería lo que llevaría puesto.

Namaste33: Eres muy traviesa, ¿eh?
Me encanta.
¿Sabes con qué me harías ya feliz del todo?

GirlBcn30: Sorpréndeme.

Namaste33: Con que en mitad de la cena me pasaras tu tanga por debajo de la mesa.

Madre mía, Christian es un depravado absoluto y yo soy otra del mismo rango por estar disfrutando tanto de esta conversación y de este juego.

Arderemos en el infierno, cada día lo tengo más claro.

Llego a mi parada y me bajo completamente ensimismada en mi móvil y en releer las cosas que me ha dicho.

No le he contestado a lo último, pero es que no sé ni qué decir. Creo que hay un límite, una línea roja que separa el juego de la infidelidad o de la mentira deliberada.

Yo siempre he pensado que lo que está mal es todo aquello que tendrías que ocultarle a tu pareja. Por ejemplo, esta conversación caliente con Christian o con un desconocido, o quien sea realmente. No sé si a David le haría gracia como para aceptarla y decirme que está todo bien.

Por eso no es que se la vaya a ocultar, pero tampoco se la enseñaría en plan: «mira qué guay la conversación que he tenido hoy por internet con un desconocido». Esa es la alarma que me avisa de que esto está mal.

Por otro lado pienso que si le pareció aceptable que nos masturbáramos mutuamente hace pocas noches, ¿qué tiene de malo un poco de mensajeo *hot*?

No sé, creo que debería hablarlo con David o bien cortar el juego. Quizá debería hablar con Christian y poner las cartas sobre la mesa. En realidad creo que Mon tampoco aprobaría este juego.

Tras este largo razonamiento, llego a casa. Me pongo una camiseta de tirantes gris sin sujetador y un tanga rojo debajo de una falda sueltecita y larga hasta el suelo negra.

Lo que me lleva a pensar que quizá no estoy del todo fina de la cabeza (al fin y al cabo).

Me pinto los labios rojos, bastante rímel y estoy lista y perfumada en cuanto David me recoge. De camino al restaurante donde hemos quedado con Mónica y Christian, me cuenta que ha tenido un día de mierda.

Volver al trabajo después de la desconexión de las vacaciones siempre supone un día de mierda o dos, pero claro, que te interrumpan tus vacaciones para ponerte una serie de reuniones densas, soporíferas y compromisos con clientes, ha de ser terrible. A pesar de ello, está de muy buen humor y guapísimo. Lleva un pantalón gris algo ceñido con el bordillo doblado hacia fuera, una camisa blanca y unas bambas bajas también blancas.

Llegamos al restaurante los primeros y esperamos en la puerta a que lleguen los otros dos. Enseguida vemos aparecer a la pareja; Mon viene con un vestidito negro, suelto y un montón de collares finos y largos chulísimos que dan un toque a su *look*, como siempre. Está preciosa. Christian lleva unos tejanos y una camisa gris clarita, el pelo peinado hacia atrás y la sonrisa de destrucción masiva (ya no seduce, ahora directamente lo destruye todo).

Mon me semiabraza con unos besos sonoros y una sonrisa dulce y veo por el rabillo del ojo como besa a David en los labios muy natural.

Christian por su parte me sorprende muchísimo. Comienza con un «hola» casi susurrado y muy sonriente, con algo en la mirada perverso que no le había visto nunca antes y que hace que mi centro se contraiga un poco.

Tras eso, me da dos protocolares besos muy castos, pero eso sí, su mano derecha se cuela bajo mi ropa acariciando mi baja espalda (sin que yo sepa cómo reaccionar) y me presiona un poco contra él. Parece un movimiento totalmente premeditado. A la vista de todos me ha dado dos besos sin más, pero en realidad, esa mano en mi baja espalda tocando directamente mi piel, ese empujoncito para acercarme más a su cuerpo y toda la energía que desprendía solo con ese saludo, conlleva una intimidad y una complicidad muy potente.

Entramos al restaurante, es un sitio que está de moda en Barcelona y cuesta muchísimo conseguir reserva, pero al ser martes por la noche, Christian tuvo suerte al llamar.

Nos llevan a una mesa que está justo en el fondo, la más alejada de la entrada de todas y es un rinconcito con iluminación muy cálida y suavemente.

Me siento junto a la pared con David a mi lado. Christian se avanza a Mónica y se sienta él delante de mí, dejando a Mónica delante de David.

Vale, lo que me faltaba, tenerlo toda la noche en frente.

Dios, dame fuerzas para superar esta cena.

¡MENUDO MARRÓN, TÍO!

David

Sofi está algo tensa y estoy casi seguro de que Christian es quien genera esta tensión, como siempre. Es su gran especialidad: la tensión.

«El tensionador», deberíamos llamarlo.

Pedimos un menú degustación en el que nos van a servir como siete platillos y dos vinos distintos. Es uno de esos menús en el que van trayendo constantemente platillos y el camarero te va explicando con gran lujo de detalle las características de cada plato. Cuando lo vas a comer te sabe mal porque de saber tanto de él ya le has cogido incluso cariño.

Mon nos cuenta los eventos y avances que ha tenido con su blog desde que volvió de Ibiza, está muy contenta con todo ello. Me pide que durante la semana quedemos una tarde ya que quiere que Fani y yo la ayudemos con el *post* que va a publicar sobre Ibiza y la anécdota del niño que salvamos.

Una llamada me sorprende en mitad de la cena.

—Hola, mi *amol* —saludo a Fani con nuestras tonterías de siempre.

Sofi sonríe divertida al escucharme comprendiendo que hablo con Fani y después se levanta para ir al lavabo.

—David, ¿dónde estáis? —pregunta Fani algo angustiada.

—¿Qué ocurre? —pregunto yendo directo al grano.

Fani resopla agobiada antes de responder.

—¡Voy a matar a Lucas!

—¿Qué ha pasado?

Christian y Mónica me miran atentamente intentando descifrar qué ocurre con Fani.

—¿Estás con Sofi? ¿Puedo ir a veros? Necesito hablar con alguien.

—Estoy con Sofi, Christian y Mónica. Estamos cenando en un sitio del centro.

—Ah... bueno... —murmura desanimada—, no os quiero molestar. Es igual, déjalo.

Me parece que está llorando. Christian me hace gestos para que le diga qué pasa.

Tapo el micrófono del teléfono y le susurro:

—Es Fani, ha discutido con Lucas o algo.

Christian asiente como si ya lo entendiera todo.

—Voy a buscar a la camarera, quiero agua, ¿queréis algo vosotros? —pregunta Christian y después de que Mónica y yo neguemos con la cabeza, se aleja de la mesa.

—Escucha Fani, ahora te paso la localización y te vienes.

—No, no quiero molestar.

—¡Déjate de tonterías! Te la paso y vienes —digo zanjando este asunto.

—Está bien.

Colgamos y le paso la ubicación por WhatsApp.

Estamos Mónica y yo solos en la mesa. Ella mira para todas partes como si buscara algo.

—¿Qué? —le pregunto.

—No, nada —dice volviendo la vista a mí—. Es que Sofi ha ido al lavabo y Christian ha dicho que quería buscar a la camarera.

—Sí. ¿Y? —intento entender a dónde quiere llegar.

—Nada... que la camarera está ahí —dice señalando a dos mesas más allá.

—Pues habrá ido al lavabo también. —Me encojo de hombros.

—Sí —responde poco convencida—. ¿Qué le pasa a Fani?

—Nada, ahora viene y nos cuenta. Habrá discutido con Lucas. —Me echo hacia atrás en la silla cansado—. Lo de siempre.

Mon hace un gesto de tristeza ante lo que le he dicho.

Sofi aparece en ese mismo momento, se sienta y se bebe toda la copa de vino que tenía.

—¿Todo bien? —pregunto mirándola curioso. ¿Está un poco roja?

—Sí, sí... claro —balbucea y sonríe.

Enseguida aparece Christian con una botella de agua fría y sirve los cuatro vasos con ella aunque hemos dicho antes que no queríamos.

—La camarera estaba aquí mismo —dice Mónica señalándola.

—Sí, he ido a la barra —responde él tan tranquilo.

Terminamos la cena con risas, recordando momentos de las vacaciones y especulando sobre lo que le habrá pasado a Fani.

Ella llega para el postre y pone una silla en la cabecera de la mesa, entre Mónica y yo. Parece que ha llorado y está algo alterada.

—¡Os juro que lo mato! —exclama cabreada.

—¿Nos vas a contar por qué? —le cuestiona Christian—, ¿o solo vienes a informarnos para hacernos cómplices ante el juez?

—¡Me dijo que ya no vería a Laia!

Laia es una las jefas de barra de Caprice. Lucas nunca ha tenido nada serio con ella, pero es verdad que se la tiraba cada vez que decía que iba a hacer inventario.

—¿Y no es verdad? —intento averiguar.

—¡No! Creo que esta noche está con ella.

—¿En qué te basas, cielo? —pregunta Mon cogiéndole la mano muy comprensiva.

—Ha estado rarísimo con el móvil esta tarde, me ocultaba algo, y luego me ha dicho que se iba a hacer inventario a Caprice.

Ahí lo tienes. Efectivamente se la está tirando. Christian y yo nos miramos con complicidad al escucharlo. Sabemos lo que significa igual que debe de saberlo también ella.

—¿Qué? Está con ella, ¿no? —nos pregunta al vernos el gesto apesadumbrado.

Yo simplemente asiento con la cabeza. Christian la mira preocupado.

—¡Debería haber ido directamente a Caprice y matarlo con mis propias manos! —grita llamando la atención de las mesas que tenemos cerca—, ¡o cortarle la p...!

—¿Te dijo que ya no se la... que ya no quedaban? —cuestiona Christian cortando su amenaza.

—¡Me lo prometió!

—¿La habías vetado? —le pregunto yo.

Ella asiente con mucha vehemencia.

—Pues si la habías vetado y se la está tirando, yo mismo te ayudaré a matarlo —le digo e intento que sonría un poco. Ella se ríe agradecida y parece que se calma.

—¿Lo vas a hablar con él? —pregunta Sofi que hasta ahora ha estado muy callada y seria.

—No. He tenido una idea mejor —dice Fani con una sonrisa malvada—. ¿Me ayudaréis?

—¿No es mejor que hables con él directamente? —insiste Sofi.

—No. Jamás lo reconocerá. Y si está rompiendo las reglas de nuestra relación merezco saberlo. ¿Me ayudáis a conseguir la verdad? —pide mirándonos esperanzada a todos.

—Claro. ¡Cuenta con nosotros! —confirma Mónica muy pronto.

Preparar una emboscada a mi mejor amigo no es lo que más deseo hacer. Pienso como Sofi, ella debería hablar con él claramente y dejarse de emboscadas. Él acabará diciéndole la verdad, seguro. No es mala persona, lo conozco muy bien. Si se está saltando una regla de veto, es algo muy grave, pero deberíamos saberlo con total seguridad antes de apoyar a Fani en cortarle la polla.

No nos cuenta su plan, pero nos pide a todos que vayamos mañana a cenar a su casa. ¿Y qué puedo decir? Suena mal, muy mal. Fani es muy creativa y si le das tiempo y estimulación suficiente, la venganza que debe estar elaborando ha de ser compleja y peligrosa.

Las chicas acompañan a Fani hasta la puerta del restaurante cuando dice que se va, Christian y yo nos quedamos en la mesa acabando el café.

—¿Le decimos algo a Lucas? —pregunta Christian preocupado.

—Pffff —resoplo yo—, es meternos en un marrón. Como se entere Fani de que le avisamos, no nos lo perdonará.

—Ya, tío, pero prepararle una emboscada tampoco me parece lo correcto.

—Si quieres dile algo tú. Yo me quedo al margen y no sé ni si iré mañana a esa cena —confieso jugando con la cucharilla del café.

—Vale. Tienes razón —recapacita Christian—, son cosas entre ellos. Yo tampoco creo que vaya mañana.

Cuando vuelven Sofi y Mon, pagamos y salimos del restaurante juntos. Nos despedimos y me voy con Sofi a su casa. Ya tengo hasta el pijama allí.

Duermo sintiéndola entre mis brazos y despierto oliendo la piel de su cuello. No sé qué me hace para estar así, pero así es como estoy.

Durante el desayuno, observando su sonrisa y la luz que desprenden sus ojos mientras hablamos, se me ocurre algo que quiero hacer con ella y me sorprende mucho incluso a mí mismo, pero acepto que estos sean los sentimientos que tengo y disfruto de sentirlos y de que sean justo así. No puedo ir contra lo que está escrito. Si en ningún universo paralelo he podido, ¿por qué iba a intentarlo en este?

Cuando acabamos de desayunar, la ayudo a recoger y me voy a casa para ducharme, cambiarme y recibir al fontanero que viene a ver qué pasa con las tuberías de la lavadora. Ella prefiere no acompañarme, aunque le explico que Gloria no llega hasta la tarde. Pero aun así, no quiere ir a mi casa.

Me duele que sea tan complicada esta situación. Me da la sensación de que haga lo que haga, le estoy haciendo daño a una de ellas. A Sofi por no echar a Gloria de mi casa y a Gloria por estar tratándola como si fuera una desconocida cualquiera. Pero no se me ocurre una forma mejor de gestionarlo, así que, de momento, es todo cuanto puedo hacer. El tiempo seguro que jugará a mi favor y, mientras tanto, estoy construyendo la relación que quiero con Sofía, lo cual ahora mismo es mi máxima prioridad.

A mediodía, como en mi piso mientras el fontanero cambia una tubería que había reventado y por la tarde, cuando ya está todo arreglado y recogido, me voy para casa de Sofi.

—Ábrelo —le pido sonriendo.

—¿Otro regalo? —pregunta ella sorprendida con el pequeño sobre de papel reciclado entre sus manos.

—Sí. —Sonrío expectante y deseando que lo abra.

Sofi saca la llave de dentro del sobre y la mira muy sorprendida.

—¿Esto es...?

—Sí, nena, es la llave de mi casa. Quiero que la tengas para venir cuando tú quieras.

Sonríe encantada y se abalanza sobre mí emocionada.

—Significa mucho para mí —exclama buscando mi mirada; yo me derrito de verla así.

—Y para mí. Quiero que sepas que mi casa, es tu casa y que me encantaría que, además de ir siempre que quieras, cuando haya solucionado lo de Gloria, vengas mucho más.

—Claro. —Sonríe encantada.

Quería pedirle que viva conmigo, pero he decidido esperar a que Gloria se vaya para hacerlo formalmente. De todas maneras quiero que tenga ya la llave para que sienta que puede venir cuando quiera sin avisarme. No tengo nada que esconderle.

Después de darle la llave, me convence de que vayamos a la cena que ha preparado Fani, dice que debemos apoyarles. En realidad, ella tampoco está a favor de putear a Lucas, pero considera que debemos ir para mediar entre ellos y ayudarles a solucionarlo.

Yo no tengo tan claro que podamos ayudar, ellos han de solucionar sus problemas privados entre ellos. Pero al final pienso en que quizá no sea mala idea mediar y nos vamos a esa cena. Parece que Mónica también ha convencido a Christian porque nos los encontramos cuando vamos a coger el ascensor para subir a casa de Fani y Lucas.

Mónica vuelve a saludarme muy naturalmente con un beso en la boca. Espero que a Sofía no le moleste. No querría que hubiese mal rollo entre ellas por nada del mundo. Pero se me pasa un poco esta preocupación cada vez que veo cómo Christian toca a Sofi con cualquier pretexto y actúa rarísimo cuando está cerca de ella.

Como ahora subiendo en el ascensor, hay una tensión en el aire que podríamos cortarla con un cuchillo. Vamos algo apretados porque es un ascensor de mierda, callados, mirándonos y sonriendo incómodos mientras vamos avanzando pisos.

«El tensionador» está en marcha.

Cuando entramos en casa de Fani y Lucas suena *reggaetón* o *trap* o lo que sea que hayan puesto; el ambiente es muy distendido y alegre. Da la sensación de que hayan superado ya lo que fuera y, sin darme cuenta, me relajo.

Lucas nos recibe en el comedor realizando unos pasos de algún tipo de baile entre latino y puramente sexual, no sabría ubicarlo. Pero si lo practica con alguna chica, la deja preñada como mínimo. Las chicas se parten de risa viéndole.

—¿Os acordáis de la última cena que hicimos aquí? —Sonríe maléfico cuando nos sentamos en la mesa.

—Para hoy tengo un juego nuevo —añade Fani entusiasmada y da palmas en el aire.

Oh, no, no venimos para jugar. Sofi aún tiene la regla y no creo que quiera participar en ningún juego. Yo tampoco tengo especialmente ganas tampoco. Ahora mismo, prefiero irme a su casa y dormir con ella abrazados sin hacer nada que estar aquí con posibilidades de jugar a algo.

Las chicas se unen divertidas al entusiasmo de Fani y piden que explique el juego.

—Se me ha ocurrido por una película que he visto. Es un juego de confianza, ¿qué os parece? —pregunta Fani mirándonos a todos—. ¿Confiáis en vuestra pareja? —dice mirando a Lucas.

Ahí viene la emboscada.

—¿Confiáis en vuestros amigos? —dice mirándome a mí—. ¿En vuestra amiga de siempre? —Mira a Mónica—. ¿En vuestra amiga nueva? —Mira a Sofía.

Todos nos miramos algo confusos. Claro que confiamos, ¿pero a dónde nos lleva esta mujer con esas preguntas? ¿De qué va el juego que ha preparado? Sigo pensando que esto no es buena idea.

—Sí, ¡claro! —exclama Lucas el primero contestando a las preguntas de Fani—. ¡Confío en todas las personas de esta mesa más que en mí mismo!

Se unen Mónica, Sofía, Christian y, finalmente, también yo.

—Vale —afirma resolutiva y aparece una sonrisa diabólica en su cara—. Entonces no tendréis problema en poner vuestro móvil con sonido, sobre la mesa, desbloqueado y que durante la cena, leamos cualquier mensaje que os llegue entre todos o respondamos a las llamada poniendo el manos libres.

¿¡Qué!?

—Uyyyy —exclama Mónica entre divertida y asustada—, ya sé que peli dices y quiero recordarte que en la peli, los comensales no se matan entre ellos de milagro.

—Sí, pero nosotros confiamos, ¿no? —pregunta Fani aún con sonrisa maligna—, y somos sinceros y no nos estamos engañando, ¿verdad?

Todos asentimos por compromiso sin pensar demasiado en lo que está preguntando. Quiere pillar a Lucas y es una trampa muy elaborada. Al tener la presión de que los demás juegan, no le va a quedar más remedio que arriesgarse y poner el móvil sobre la mesa. A no ser que nos neguemos todos y nadie acepte participar.

—A mí me parece bien —dice Mónica y pone su móvil en el centro de la mesa desbloqueado y con sonido.

Se jodió la única escapatoria que teníamos, ahora tenemos que jugar todos.

—Está bien —acepto y dejo mi móvil junto al de Mónica.

Lucas es el siguiente. Sofi y Christian están como decidiendo. Todos los miramos expectantes.

—A mí... no me convence mucho este juego —dice Sofi seria—, no le veo la gracia.

—Yo tampoco —señala Christian.

—¿Tenéis algo que esconder o qué? —les ataca Fani. No va a permitir que nadie le chafe el plan. Mónica mira muy acusatoria a Christian. Yo simplemente me mantengo a la espera, si Sofi no quiere jugar, es libre de no hacerlo. ¡Faltaría más!

—Para nada... —dice Sofi y deja su móvil sobre la mesa.

—Claro que no —se une Christian.

—¡Pues que empiece el juego! —dice Fani y da una palma en el aire.

Lucas trae unas ensaladas mientras se hacen las pizzas en el horno. Las comemos hablando del trabajo, de la fiesta que hay el sábado en Caprice y de las vacaciones que nos quedan a cada uno antes de volver a trabajar. Los móviles se mantienen callados y sin interrumpir, lo cual se agradece y en parte hace que nos olvidemos de ellos.

Yo no espero llamadas ni mensajes de nadie y tampoco me preocupa que me llame Gloria o me escriba (que es la única que podría hacerlo a esta hora) porque todos saben la situación que tenemos.

Lo curioso del juego es que Lucas está completamente relajado e incluso le divierte, sin embargo, es Christian quién está más tenso. Más de lo que me parecía estarlo en el ascensor y eso me preocupa. Yo soy el primero que sabe todo cuanto pasa en su vida. Él es muy sincero y estoy seguro de que no hay nada; si tuviera algo que esconder a Mónica, yo ya lo sabría. Por lo que no acabo de entender por qué está así.

Van trayendo las pizzas del horno y la cena continúa avanzando muy relajada y entre risas.

—Pues parece que vamos a superar la primera fase del juego con un excelente «en confianza» todos —anuncia Fani con algo perverso escondido en la voz cantarina que tiene—, espero que todos aprobemos la segunda fase con la misma nota. —Sonríe y da un sorbo a su copa de Lambrusco.

—¿Cuál es la segunda fase? —pregunta Sofi intentando parecer muy neutra pero capto enseguida cierta incomodidad en ella, no sabría explicar por qué.

—La segunda fase es mucho más divertida y activa —anuncia Fani— y de hecho... ¡Qué demonios! Vamos a activarla ya: ¡empieza la segunda fase!

Lucas da palmas victorioso. Creo que no está pillando nada. Este juego no es sexual ni va a acabar en placer. Esto cada vez va a peor.

—¿Cómo funciona la segunda fase? —pregunta Christian sonriente pero muy tenso.

—Muy fácil. Como no hemos recibido mensajes ni llamadas, vamos a tener todos una carta —dice repartiendo unas tarjetas hechas a mano que ponen «comodín de la llamada»—, y vamos a poder usarla para conocer algo del móvil de otra persona.

—¿Qué quieres decir? —pregunta Mónica interesada.

—Que, por ejemplo, con tu carta —dice Fani señalando a la carta que acaba de darle—, cuando quieras jugarla, puedes pedir algo como «quiero ver el último mensaje que ha enviado Christian en WhatsApp» y Christian tendrá que enseñarlo delante de todos.

¡La madre que la parió! ¡Menudo juego ha pensado la tía!

—O, por ejemplo, tú —dice señalando a Sofi—. Puedes pedir «quiero ver el último mensaje que ha recibido David de tal persona en concreto».

¿Ahora quiere joderme a mí? Pues no me va a joder nada enseñarle ningún mensaje de nadie a Sofía. No tengo nada que esconderle.

—Ajá —murmura Sofi y mira seria la carta que tiene en la mano.

Me da que no le está gustando este juego. ¿Quizá tiene miedo de que la esté engañando? Pues puede pedirme que le enseñe cualquier cosa, nada de esto será un problema para nosotros.

—¿Quién quiere empezar? —pregunta Fani mirándonos a todos uno por uno muy entusiasmada. Ninguno responde nada, nos miramos los unos a los otros algo inquietos. A lo que Fani añade—. ¡Está bien! Empiezo yo. Escojo a Lucas.

—Churri, eres la creadora del juego y la anfitriona de la noche, no está bien que empieces por ti —le responde muy tranquilo—, deberían empezar los invitados. ¿Qué te parece si empezamos por Sofi?

¿Es que se han propuesto joderme los dos?

¡Que fijación con que Sofía vea mi móvil, tío!

—Por mí, bien —digo completamente tranquilo—. Sofi, pide lo que quieras. —Sonrío mirándola.

—No, yo... no hay nada que quiera ver en tu móvil. —Se encoge de hombros y se muerde el labio inferior. Me vuelve a parecer que está incómoda. ¿Qué teme encontrar en mi móvil? ¡Joder!

—En serio. Pide algo, ¡lo que sea! No me preocupa lo más mínimo y así ya nos dejan tranquilos y se destripan entre ellos —añado provocador mirando a Fani.

—Pues... no sé... —dice pensativa—. ¿El último mensaje que has recibido por WhatsApp? —pide con miedo.

—Perfecto —respondo cogiendo mi móvil y abriendo la aplicación. El último mensaje es de Gloria, de hace dos horas. Le tiendo el móvil y lo coge entre sus manos algo temblorosas.

—Lee en voz alta —pide Fani.

A lo que Sofi comienza a leer en voz alta el mensaje:

—Es de Gloria —anuncia con tristeza— y dice lo siguiente: «Veo que hoy tampoco vas a venir y que sigues igual que todos los días anteriores... evitándome, esquivándome y haciendo como que ni existo. Aún así te quiero y te sigo esperando».

Sofi lee con tanta dificultad la última parte que se me encoge el estómago. Odio que esto le haga daño.

—¿Y David ha contestado? —pregunta Fani metiendo el dedo en la herida.

Sofi niega con la cabeza y me devuelve el móvil seria.

—¡Muy bien! David acaba de superar la prueba con excelente —aplaude y me felicita Fani.

¡A veces la mataría! Si no fuera porque la quiero y es mi amiga... Vale que esté en crisis con su novio, ¡¿pero qué culpa tenemos los demás?! Por cierto, todos se mantienen en silencio y en bastante tensión.

—¿Quién quiere seguir? —pregunta mirando a los demás.

—Quiero seguir yo —propongo con tal de quitarme el puto juego de encima.

Tiro la carta sobre la mesa con desprecio.

Sofi se remueve inquieta a mi lado. No sé qué le incomoda tanto, pero en un puto juego delante de todos nuestros amigos no me parece que sea la forma de descubrirlo. Luego lo hablaré tranquilamente en casa con ella. Si hay algo que la inquieta, podemos hablarlo y solucionarlo. No tengo dudas de eso.

Sin embargo, empiezo a pensar que algo pasa con Christian, no deja de evitar mi mirada. Una idea curiosa se empieza a formar en mi mente y, prácticamente sin pensarlo, hago mi petición:

—Christian... —propongo y este me mira sorprendido—. ¿Nos puedes enseñar el último mensaje que has enviado? —y tal como lo digo, otra idea cruza mi mente y añado——. El que hayas enviado a través de PoliLove.

La cara de Christian es un poema. Me da la sensación de que he dado en el botón acertado en el momento que este coge el móvil con gran pesar, abre la aplicación y me la pasa para que lea el último mensaje que él ha enviado.

Mi semblante cambia por completo en el momento que leo por encima ese mensaje y me doy cuenta de que ahora he de leerlo en voz alta para todas las personas que atentamente me rodean y esperan a que lo haga.

Me arrepiento por completo de lo que he pedido y maldigo no haberlo pensado un poco más antes de pedir algo así. ¡Joder! Pensaba que sería una chorrada.

¿¡En qué coño estaba pensando!?

¿¡Y tú, Christian!? ¿¡En qué coño pensabas tú!?

¡Joder! ¡Menudo marrón, tío!

VAMOS A CALMARNOS TODOS

Me tiemblan un poco las manos y decido ponerlas entre la silla y mis muslos a ver si paran un poco.

La cara de David es tal cual la que más temía ver.

Ufffff. Estoy jodida.

¡No me va a perdonar esto en la vida!

He cruzado una línea roja y he roto, ¡fijo!, varias normas poliamorosas. Si sé que esto iba a ser así, no habría venido a la cena. ¡Justo el día que me da la llave de su casa! Me quiero morir. Seguro que ahora mismo se está arrepintiendo.

Christian me mira inquieto y me transmite muchísimas cosas con su mirada: «estamos jodidos» es la que me llega más clara de todas. O quizá soy yo la que se lo transmite a él.

—¡Eh! Que has de leerlo en voz alta —recuerda Fani.

—¿Y si no quiero? —pregunta David muy frío y con la mirada desafiante.

—¿Perdona? —pregunta ella molesta—. ¡Este juego es de confianza entre todos! ¿Cómo no vas a leerlo en voz alta? Dame, ya lo leo yo —pide extendiendo la mano para coger el móvil con gesto brusco.

—No. Lo leo yo —decide David con mucha templanza—. El último mensaje que Christian ha escrito en PoliLove dice: «Si ayer hubiésemos tenido una cita, y te hubiese acorralado en el lavabo, te habría presionado para que me dieras tu tanga. Ahora lo tendría en mis manos pensando en cuánto me gusta tu aroma. Mmmm, me entra hambre solo de pensarlo».

David lo ha leído con tono robótico. Sin sentimientos, sin entonación, sin disgusto ni enfado.

¡Yo me quiero morir!

Pero me queda una mínima esperanza... la de que no recuerde el usuario que le dije que tenía yo y que aparece justo a continuación de ese mensaje con mi respuesta... Es remota y bastante imposible, pero me aferro a ella.

A pesar de ello, el pulso se me ha disparado y mi corazón late desbocado. Creo que hasta me estoy poniendo roja. Intento calmarme y controlarme, pero no puedo.

—¡Pero bueno! —exclama Mónica alucinada—. ¿¡Y eso!? —pregunta mirando a Christian con los ojos fuera de órbita, acusativa y con un tono muy serio—. ¿Se puede saber a qué coño viene? ¿A quién le has escrito eso?

Saco las manos de debajo de mis muslos antes de que me quede sin circulación. Por suerte han parado de temblar, pero ahora muevo las piernas nerviosas y no las puedo parar. ¡Menudo lío tengo!

—¡Una cosa Mónica! —interrumpe Fani justo cuando Christian iba a hablar para responderle—. Entiendo que quieras hacerle muchas preguntas a Christian, pero hemos de acabar con el juego primero. ¡Usa tu carta para sacar más información!

Mónica la mira molesta y por un instante me da la sensación de que va a hacer que el juego termine. Pero algo sucede. De pronto, su cara cambia totalmente y pasa del enfado al asombro como si acabara de comprender algo. Sus ojos azules se clavan en los míos y juro que quiero morir. Si pudiera lanzar rayos me estarían atravesando por todas partes. Quiero desaparecer. Quiero hacerme muy pequeña y desaparecer.

—Sofía —dice en un susurro con dolor en la voz—, ¿tú tienes esa aplicación instalada?

Asiento asustada intentando parecer neutra. ¿Debería haber mentido? ¡No puedo mentirle! ¡No soy capaz!

Su gesto cambia del asombro al alucine de nuevo. La rubia es más lista que el demonio.

—¿Podrías leernos lo último que has escrito tú allí? —pide intentando mantener un tono adecuado y correcto y deja su carta sobre la mesa.

Estoy jodida.

¿Pero en qué fatídico momento pensé que escribir cosas subidas de tono con Christian era buena idea? ¿Qué era lo que le pasaba a mi mente racional en ese momento? ¿Y por qué decidí seguir adelante con ello aun sabiendo que estaba mal? Porque lo sabía y no puedo negarlo. ¡Lo sabía perfectamente!

Cojo mi móvil sacando aire pesadamente con un sonido y abro la aplicación. Pienso por un instante en hacer trampas e inventarme cualquier cosa, pero, joder, es un juego de confianza y estoy vendida. No me queda más que poner las cartas sobre la mesa y aceptar las consecuencias de mis actos. ¡Es lo que hay! ¡Estoy acabada! Seguramente gracias a esto voy a perder a David y también a Mónica. ¡Y con razón!

—Mi último mensaje en PoliLove dice: «cuando tengamos esa cita».

Varios sonidos de sorpresa y de exclamación me cortan y no puedo evitar levantar la vista y ver a Lucas cubriéndose la boca con las manos por la sorpresa, a Fani mirándome a mí y a Christian alternativamente como si estuviera relacionando los hechos. A David inmóvil con la mirada fija en su plato y a Mónica conteniendo un fuego que podría arrasarnos a todos con solo pestañear. Solo con ese comienzo que he leído ya saben que los mensajes iban entre él y yo. Ya han visto y entendido que están relacionados.

—«No tengo claro que vaya a darte mi tanga» —continúo leyendo con dificultad y con un hilo de voz que en cualquier momento se me rompe y deja de salir—, «pero eso de acorralarme en el baño... igual te funciona para conseguirlo».

Suspiro sacando todo el aire de mi cuerpo y dejo el móvil sobre la mesa rendida y muy avergonzada.

David sigue sin levantar la vista de su plato, sin embargo, me sorprende sobremanera cuando su mano busca la mía por debajo de la mesa y me la coge con cariño entrelazando sus dedos con los míos.

Dios mío... ¿no me odia? ¡No merezco nada así de él!

La cara de Mónica, sin embargo...

—¡No me lo puedo creer! —exclama y se levanta de la mesa tirando la servilleta sobre el plato—. ¿Ese mensaje es de hoy? —pregunta mirándome a mí y a Christian. Él asiente con tristeza—. ¡Es que no me lo puedo creer! Pero ¡¿qué clase de amiga eres?! —dice dirigiendo toda su furia hacia mí.

—Mónica... escucha... —le pido levantándome y rodeando la mesa para acercarme a ella.

—¡No me toques! —exclama completamente alterada cuando ya estoy llegando a ella. Yo me quedo a dos pasos, helada y asustada. Jamás se ha enfadado conmigo así. Claro que jamás le he dado motivos como el de hoy.

—¡No es nada! ¡Ha sido una tontería...! Christian me instaló esa aplicación en Ibiza y, en realidad, hasta hoy no sabía ni que era él. Me hablaron muchas personas por esa aplicación —intento defenderme y sacarle hierro al asunto.

—¿¡Qué no sabías quién era!? —me pregunta abriendo muchos los ojos—. ¿Y tú tampoco sabías que era ella? —pregunta con rabia a Christian señalándome a mí—. Pero ¿qué os pensáis?, ¿qué soy tan tonta como para creérmelo? ¿Encima me queréis tomar el pelo también? —escupe con dureza.

—Escucha, nena —pide Christian levantándose y cogiéndola por el brazo con firmeza—. ¡Sofía te dice la verdad! Ella no sabía que era yo, sin embargo, yo sí que sabía que era ella desde el principio —reconoce con mucha entereza y sinceridad.

—¿¡Ahora pretendes defenderla!? —pregunta ella sorprendida—. ¡Ayer mismo hablé contigo! —grita volviendo a mirarme a mí—, y te dejé muy claro que no podías intentar nada con mi novio. ¡No me puedo creer que hayas sido tan egoísta y tan... tan...! —parece que no encuentra el insulto con el que quiere definirme—, ¡tan zorra! —escupe finalmente mirándome con desprecio.

Quiero morir.

Me quedo paralizada por el miedo y la tristeza. Miedo a perderla y tristeza por haberme cargado una amistad tan importante como la que teníamos por algo tan tonto. ¿Cómo he podido no darme cuenta antes de que el final del camino era este?

David aparece interponiéndose entre nosotras como un rayo y no soy consciente de cómo ha llegado hasta delante de mí tan rápido.

—No voy a permitir que la insultes —me defiende con mucha templanza—. Creo que debéis de hablar de esto civilizadamente como buenas amigas que sois.

—¡De amigas nada! —grita ella con mucha decisión—. ¡Una amiga jamás me habría hecho lo que me ha hecho ella! ¡Ayer mismo me prometió que me explicaría las cosas que pasaban entre ella y Christian! ¡Me lo prometió mirándome a los ojos! Menuda embustera... —

concluye con mucho desprecio.

—No es justo que la culpes a ella —explica Christian—. ¡Ya te he dicho que ella no sabía que era yo!

—¡No la defiendas más! —grita ella llena de furia mirando a Christian.

—Chicos, vamos a calmarnos todos —propone Lucas poniéndose de pie también y haciendo un gesto con las manos como de bajar la velocidad y pedirnos calma.

—Tú no te metas en esto —escupe con rabia Mónica—, ¡y reconoce aquí, delante de todos, qué hacías ayer en Caprice!

Fani la mira alucinada y queda a la espera de que Lucas diga algo. Yo sigo queriendo morir y aguanto las lágrimas, no sé cómo, sin derramarlas. David me ha pasado un brazo por la espalda y me la acaricia suavemente lo cual me reconforta mucho más de lo que me merezco. Christian intenta acercarse a Mónica y ella hace un gesto despreciando su contacto a lo que él se mantiene cerca, pero sin tocarla.

—¿Qué hacía yo ayer en Caprice? —pregunta asombrado por la pregunta—. ¡Inventario! ¿Qué querías que hiciera allí? ¡Pues mi puto trabajo! —responde con malas formas.

Entonces Fani tira su carta sobre la mesa con decisión.

—Quiero ver tu último mensaje a Laia, por la aplicación que sea que os escribáis.

—¿Va de eso? ¿Todo este *show* era para ver mis mensajes con Laia? —pregunta asombrado y al borde de pillar un cabreo importante.

—¡Enséñalo si no tienes nada que esconder! —le reta ella con rabia.

Lucas coge su móvil, lo desbloquea y se lo tira de malas maneras delante de ella sobre la mesa.

La cara de Fani tras leer los mensajes se contrae en una mueca extraña y comienza a llorar mientras los sigue mirando. Como acto reflejo, mis lágrimas comienzan a caer y David se da cuenta. Se pone delante de mí y me las seca con sus dedos. Sus ojos están llenos de preocupación y tristeza, pero no encuentro odio por ningún lado. ¡No entiendo como puede no odiarme ahora mismo! ¡Yo misma me odio!

—No llores nena —me susurra muy bajito para que solo lo oiga yo.

Me habla con tanta ternura que empiezo a pensar que, o bien está sordo y no ha escuchado nada de lo que hemos hablado los últimos quince minutos, o bien algo no ha funcionado en su cerebro relacionando hechos y mensajes de móviles. Porque no tiene ningún sentido que me esté consolando con amor después de lo que he hecho. Algo está fallando aquí.

—¡Que no me toques! —exclama de nuevo Mónica deshaciéndose del contacto de Christian con un gesto muy brusco y bastante desdén—. ¡Vete a quitarle las bragas a otra! —grita con cara de asco mientras coge su móvil, su bolso y se dirige a la puerta—. ¡A mí no vuelvas a llamarme!

Se oye el portazo que pega y retumban hasta los cimientos del edificio. Christian coge sus cosas y sale corriendo tras ella.

Yo también quiero irme corriendo de esta casa y de esta vida, pero el sollozo de Fani me devuelve al presente.

Sigue mirando el móvil de Lucas y llorando. Lucas está frente a la ventana mirando hacia fuera, yo diría que haciendo grandes esfuerzos por calmarse.

—¿No t-te la esta-bas ti-tirando? —pregunta ella entre sollozos e hipos.

—¡Claro que no! ¡Joder Fani! ¡La madre que te...! —exclama Lucas desde la misma posición sin acercarse. Respira hondo antes de continuar—, ¡me la vetaste! ¿Recuerdas?

—Pero a-ayer dijiste que tenías in-inventario con... con ella... y antes eso significaba... —expone ella intentando hacer entender de dónde venían todas sus sospechas—, significaba que te la ti-tirabas.

—¡Me la vetaste!, ¿es que no te acuerdas? ¿O qué coño te pasa? —pregunta él completamente enfurecido. Nunca le había visto tan serio ni enfadado.

—Sí —confirma ella rendida y baja la mirada al suelo llena de culpabilidad.

—¿Y todo este puto *show* que has montado? ¿Estás contenta con la que has liado?

Fani vuelve a llorar con fuerza y me sabe tan mal que quiero consolarla, pero a la vez no quiero meterme. David y yo nos mantenemos al margen respetando que es algo entre ellos.

—No me hables así —pide ella casi sin fuerzas.

—¿Qué no te hable así? —pregunta Lucas incrédulo bajando mucho el tono a uno más contenido—. ¡Es que ya no sé cómo hablarte! —gesticula mucho y mueve los brazos mientras se acerca a la mesa de nuevo—. ¿Cuántas veces te he dicho que superes los putos celos irracionales que tienes de todo y que hables las cosas conmigo? —Ella asiente dándole la razón y él sigue—. ¿No podías haberme llamado ayer y preguntado qué estaba haciendo?

Fani vuelve a asentir en silencio.

—Lo he hablado contigo mil millones de veces, *churri* —expone, cansado, sentándose en la silla a su lado—, y no hay manera. Ya sabes lo que hay. Si esto no es lo que quieres, ¿por qué sigues conmigo? ¿Por qué no buscas otra persona que te dé lo que quieres?

¡Qué duro es esto, madre mía! Presenciar algo tan íntimo en un momento en el que me siento tan frágil es terrible. Creo que si David no me sujetara por la espalda me desharía como una gelatina en el suelo y podrían recogerme con una fregona cuando hayan acabado de hablar.

—Yo no te retengo. Ya sabes que te quiero con locura —expone con cariño Lucas mientras le seca las lágrimas con una servilleta—, pero no voy a ser otra persona. Soy la persona que conociste y de la que te enamoraste. Si ahora necesitas algo diferente, has de buscar a alguien diferente.

Entonces ella se abalanza sobre él y lo abraza con fuerza mientras sigue llorando; él la consuela acariciándole el pelo.

—¿Nos vamos? —me pregunta David con mucha cautela sacándome del trance de la escena que estoy presenciando y recordándome que tengo un marrón en mi vida que ni he asimilado todavía.

Asiento con la cabeza.

—Chicos, nos vamos —anuncia David cogiendo su móvil y el mío—. Nos llamamos, ¿vale? Y... ánimo, todo irá bien. —Le da unas palmadas en la espalda a Lucas y unas caricias muy fraternales en la cabeza a Fani.

—Hablamos —es todo cuanto consigo articular yo.

Salimos del piso. Nos subimos al ascensor, David marca el cero y bajamos en silencio absoluto.

Nos subimos al coche. David me va observando mientras conduce hacia mi casa, pero no dice ni pregunta nada. Parece que estuviera respetando mi silencio o dándome espacio hasta que yo hable primero.

O quizá simplemente sea que me odia.

Las palabras de Mónica retumban en mi cabeza una y otra vez: «no puedo creer que hayas sido tan egoísta y tan zorra».

¿Es lo que he sido?, ¿una egoísta y una zorra? Supongo que sí, debe de tener toda la razón del mundo.

No sé si Mónica llegará a perdonarme lo que ha pasado. No sé si perdonará a Christian tampoco.

No tengo claro que David esté tan tranquilo con lo que ha pasado, creo que está contenido y explotará en cualquier momento. Y Lucas y Fani... tal como los he visto, creo que están rompiendo su relación.

¿Se habrán roto tres relaciones esta noche y una amistad de toda la vida?

AGRADECIMIENTOS

Gracias a todas las personas que habéis apostado por esta historia de amor, habéis leído la primera parte y estáis aquí leyendo la segunda.

Gracias a mi familia por todo el apoyo que me ha dado.

Gracias a todos los que me habéis pedido el primer libro dedicado.

Gracias a los que habéis dejado valoraciones en Amazon. ¡Son muy importantes para mí, y también para poder llegar a más lectores!

Gracias a todos los que habéis recomendado la novela a otras personas.

Gracias a los que me habéis hecho reseñas en vuestras redes sociales y blogs. Una mención especial a @elbauldemislibros que, además de reseñas y darme un apoyo total, incluso me ha hecho de *coach* literario.

Gracias a todos los que me habéis buscado por redes para escribirme y decirme cuánto os ha gustado leer la primera parte. También gracias a los que me habéis escrito ansiosos por leer la segunda.

Gracias a las personas que me habéis ayudado cuando he tenido dudas técnicas sobre diferentes temas mientras escribía, con mención especial a mis dos azafatas de vuelo preferidas, Jenny y Mariona.

Gracias a mi correctora Elizabeth Norlam por dejar esta novela mucho mejor de lo que estaba. Me ha ayudado muchísimo a que todo tenga más coherencia y sea más real.

Gracias a mi tía Patri por ayudarme con correcciones ortográficas y de estilo en algunas partes.

Gracias a David por haber hecho esta portada que me encanta.

Y sobre todo, lo reitero, gracias a ti por estar aquí.

NOTA DE LA AUTORA

Si te has quedado con ganas de saber cómo continúa esta historia, me alegra anunciarte que la tercera parte estará muy pronto disponible en Amazon, tanto para Kindle como en tapa blanda.

Hasta entonces, te espero en mis redes sociales donde te iré informando de todo y estarás a la última de todas las novedades de VibratingLove.

Instagram @CarolBranca
Facebook @CarolBrancaEscritora
Wattpad @CarolBranca

ACERCA DE LA AUTORA

Nací en Barcelona el 12 de diciembre de 1984. Soy la mayor de tres hermanas, fruto del amor de un argentino y una uruguaya (ambos descendientes de italianos) que se conocieron en Ibiza. Esto hace que en mi familia las costumbres y los acentos, sean en general una mezcla muy divertida.

Soy una lectora empedernida, siempre tengo una novela entre manos y mis preferidas son las romántico-eróticas. Creo que las novelas, cuando son buenas, son un viaje mágico a otra vida que no se puede comparar con ninguna otra experiencia que podamos tener.

Además de leer, escribo desde que tengo memoria. Si bien todos mis escritos los he ido guardando cuidadosamente en el olvido, en 2016 algo cambió con *VibratingLove*, sentía que esta novela no me la podía guardar solo para mí, a esta necesitaba darle la oportunidad de que más personas pudieran leerla. Seguí ese impulso y la empecé a publicar semanalmente en Wattpad. Fue así como empezó un camino que me ha traído hasta aquí hoy, y al recorrerlo, lo he disfrutado muchísimo.

Además de lectora y escritora soy *Coach* personal y trabajo en ello desde 2012. Me encanta acompañar a las personas en ese camino sorprendente, que las lleva a cambiar sus creencias para conseguir sus sueños.

Estoy casada con Albert Ureña, el amor absoluto de mi vida, desde 2015, y soy muy afortunada por ser la mamá de Sofía, quien no deja de darme alegrías desde que la traje al mundo en 2018 (aunque, en realidad, ya me hizo inmensamente feliz desde que vi las dos rayitas en el test).

Con esta novela quiero transmitir mi concepto del Amor, ya que creo que es la energía que mueve al universo, sin importar la forma, el color o la edad que lo acompañe.

Printed in Poland
by Amazon Fulfillment
Poland Sp. z o.o., Wrocław

62217250R00277